「十四五」时期国家重点出版物出版规划项目

国家社会科学基金重大招标项目

总主编 蒋承勇

19世纪西方文学思潮研究

第一卷 浪漫主义

曾繁亭 著

北京大学出版社

图书在版编目 (CIP) 数据

19 世纪西方文学思潮研究. 第一卷，浪漫主义 / 曾繁亭著；蒋承勇总主编. —北京：北京大学出版社，2022.9

ISBN 978-7-301-31173-8

Ⅰ. ① 1… Ⅱ. ①曾… ②蒋… Ⅲ. ①浪漫主义–文艺思潮–研究–西方国家– 19 世纪 Ⅳ. ① I109.9

中国版本图书馆 CIP 数据核字 (2022) 第 062718 号

书　　　名	19 世纪西方文学思潮研究（第一卷）浪漫主义 19 SHIJI XIFANG WENXUE SICHAO YANJIU（DI-YI JUAN）LANGMAN ZHUYI
著作责任者	曾繁亭　著　蒋承勇　总主编
责任编辑	刘　爽
标准书号	ISBN 978-7-301-31173-8
出版发行	北京大学出版社
地　　　址	北京市海淀区成府路 205 号　100871
网　　　址	http://www.pup.cn　新浪微博：@北京大学出版社
电子信箱	nkliushuang@hotmail.com
电　　　话	邮购部 010-62752015　发行部 010-62750672　编辑部 010-62759634
印　刷　者	涿州市星河印刷有限公司
经　销　者	新华书店 720 毫米 × 1020 毫米　16 开本　33.25 印张　596 千字 2022 年 9 月第 1 版　2022 年 9 月第 1 次印刷
定　　　价	158.00 元

未经许可，不得以任何方式复制或抄袭本书之部分或全部内容。
版权所有，侵权必究
举报电话：010-62752024　电子信箱：fd@pup.pku.edu.cn
图书如有印装质量问题，请与出版部联系，电话：010-62756370

总　序

　　与本土文学的演进相比，现代西方文学的展开明显呈现出"思潮""运动"的形态与持续"革新""革命"的特征。工业革命以降，浪漫主义、现实主义、自然主义、唯美主义、象征主义、颓废主义，一直到20世纪现代主义诸流派烟花般缤纷绽放，一系列文学思潮和运动在交叉与交替中奔腾向前，令人眼花缭乱、目不暇接。先锋作家以激进的革命姿态挑衅流行的大众趣味与过时的文学传统，以运动的形式为独创性的文学变革开辟道路，愈发成为西方现代文学展开的基本方式。在之前的文艺复兴及古典主义那里，这种情形虽曾有过最初的预演，但总体来看，在前工业革命的悠闲岁月中，文学演进的"革命""运动"形态远未以如此普遍、激烈的方式进行。

　　毫无疑问，文学思潮乃19世纪开始的现代西方文学展开中的一条红线；而对19世纪西方文学诸思潮的系统研究与全面阐发，不仅有助于达成对19世纪西方文学的准确理解，而且对深入把握20世纪西方现代主义与后现代主义思潮亦有重大裨益。从外国文学学科体系、学术体系和话语体系建设的角度看，研究西方文学思潮，是研究西方文学史、西方文论史乃至西方思想文化史所不可或缺的基础工程和重点工程，这也正是本项目研究的一个根本的动机和核心追求。

一、文学思潮研究与比较文学

　　所谓"文学思潮"，是指在特定历史时期社会文化思潮影响下形成的具有某种共同思想倾向、艺术追求和广泛影响的文学潮流。一般情况下，主要可以从四个层面来对某一文学思潮进行观察和界定：其一，往往凝结为哲学世界观的特定社会文化思潮（其核心是关于人的观念），此乃该文学思潮产生、发展的深层文化逻辑（文学是人学）；其二，完整、独特的诗学系统，此乃该文学思潮的理论表达；其三，文学流派与文学社团的大量涌现，并往往以文学"运动"的形式推进文学的发展，此乃该文学思潮在作家生态层面的现象显现；其四，新的文本实验和技巧创新，乃该文学思潮推进文学创作发展的最终成果展示。

通常，文学史的研究往往会面临相互勾连的三个层面的基本问题：作品研究、作家研究和思潮研究。其中，文学思潮研究是"史"和"论"的结合，同时又与作家、作品的研究密切相关；"史"的梳理与论证以作家作品为基础和个案，"论"的展开与提炼以作家作品为依据和归宿。因此，文学思潮研究是文学史研究中带有"基础性""理论性""宏观性"与"综合性"的系统工程。"基础性"意味着文学思潮的研究为作家、作品和文学现象的研究提供基本的坐标和指向，赋予文学史的研究以系统的目标指向和整体的纲领统摄；"理论性"意味着通过文学思潮的研究有可能对作家作品和文学史现象的研究在理论概括与抽象提炼后上升到文学理论和美学理论的层面；"宏观性"意味着文学思潮的研究虽然离不开具体的作家作品，但又不拘泥于作家作品，而是从"源"与"流"的角度梳理文学史演变与发展的渊源关系和流变方式及路径、影响，使文学史研究具有宏阔的视野；"综合性"研究意味着文学思潮的研究是作家作品、文学批评、文学理论、美学史、思想史乃至整个文化史等多个领域的研究集成。"如果文学史不应满足于继续充当传记、书目、选集以及散漫杂乱感情用事的批评的平庸而又奇怪的混合物，那么，文学史就必须研究文学的整个进程。只有通过探讨各个时期的顺序、习俗和规范的产生、统治和解体的状况，才能做到这一点。"①与个案化的作家、作品研究相比，以"基础性""理论性""宏观性"与"综合性"见长的西方文学思潮研究，在西方文学史研究中显然处于最高的阶位。作为西方文学史研究的中枢，西方文学思潮研究毋庸置疑的难度，很大程度上已然彰显了其重大的学术意义。"批评家和文学史家都确信，虽然古典主义、浪漫主义和现实主义这类宽泛的描述性术语内涵丰富、含混，但它们却是有价值且不可或缺的。把作家、作品、主题或体裁

---

① R. 韦勒克：《文学史上浪漫主义的概念》，裘小龙、杨德友译，见 R. 韦勒克《文学思潮和文学运动的概念》，刘象愚选编，北京：中国社会科学出版社，1989年，第186—187页。

描述为古典主义或浪漫主义或现实主义的,就是在运用一个个有效的参照标准并由此展开进一步的考察和讨论。"①正因为如此,在西方学界,文学思潮研究历来是屯集研究力量最多的文学史研究的主战场,其研究成果亦可谓车载斗量、汗牛充栋。

19世纪工业革命的推进与世界统一市场的拓展,使得西方资本主义的精神产品与物质产品同时开启了全球化的旅程;现代交通与传媒技术的革命性提升使得世界越来越成为一个相互联结的村落,各民族文化间的碰撞与融汇冲决了地理空间与权力疆域的诸多限制而蓬勃展开。纵观19世纪西方文学史不难发现,浪漫主义、现实主义等西方现代诸思潮产生后通常都会迅速蔓延至多个国家、民族和地区——新文化运动前后,国门洞开后的中国文坛上就充斥着源自西方的浪漫主义、现实主义等文学思潮的嘈杂之声;寻声觅踪还可见出,日本文坛接受西方现代思潮的时间更早、程度更深。在全球化的流播过程中,原产于西方的浪漫主义、现实主义等诸现代文学思潮自动加持了"跨语言""跨民族""跨国家""跨文化"的特征。换言之,浪漫主义、现实主义等西方现代文学思潮在传播过程中被赋予了实实在在的"世界文学"属性与特征。这意味着对西方现代文学思潮的研究,在方法论上必然与"比较文学"难脱干系——不仅要"跨学科",而且要"跨文化(语言、民族、国别)"。

事实上,很大程度上正是基于19世纪西方文学思潮"跨语言""跨民族""跨国家""跨文化"之全球性传播的历史进程,"比较文学"这种文学研究的新范式(后来发展为新学科)才应运而生。客观上来说,没有文化的差异性和他者性,就没有可比性;有了民族与文化的差异性的存在,才有了异质文学的存在,文学研究者才可以在"世界文学"的大花园中采集不同的样本,通过跨民族、跨文化的比较研究,去追寻异质文学存在的奥秘,并深化对人类文学发展规律的研究。主观上而论,正是19世纪西方现代文学思潮国际性传播与变异这一现象的存在,才激活了文学研究者对民族文学和文化差异性审视的自觉,"比较文学"之"比较"研究的意识由此凸显,"比较文学"之"比较"研究的方法也就应运而生。

比较文学可以通过异质文化背景下的文学研究,促进异质文化之间的相互理解、对话、交流、借鉴与认同。因此,比较文学不仅以异质文化视

---

① Donald Pizer, *Realism and Naturalism in Nineteenth-Century American Literature*, Carbondale: Southern Illinois University Press, 1984, p.1.

野为研究的前提,而且以异质文化的互认、互补为终极目标,它有助于异质文化间的交流,使之在互认、互鉴的基础上达成互补与共存,使人类文学与文化处于普适性与多元化的良性生存状态。比较文学的这种本质属性,决定了它与"世界文学"存在着一种天然耦合的关系:比较文学之跨文化研究的结果必然具有超越文化、超越民族的世界性意义;"世界文学"的研究必然离不开跨文化、跨民族的比较以及比较基础上的归纳和演绎,进而辨析、阐发异质文学的差异性、同一性和人类文学之可通约性。由于西方现代文学思潮与生俱来就是一种国际化和世界性的文学现象,因此,西方文学思潮的研究天然地需要比较文学与"世界文学"的方法与理念。

较早对欧洲19世纪文学思潮进行系统研究的当推丹麦文学史家、文学批评家格奥尔格·勃兰兑斯。其六卷本皇皇巨著《十九世纪文学主流》虽然没有出现"文学思潮""文学流派"之类的概念(这种概念是后人概括出来的),但就其以文学"主流"为研究主体这一事实而论,便足以说明这种研究实属"思潮研究"的范畴。同时,关于19世纪流行于欧洲各国的浪漫主义思潮,勃兰兑斯在《十九世纪文学主流》中区分不同国家、民族和文化背景做了系统的"比较"辨析,既阐发各自的民族特质又探寻共同的观念基质,其研究理念与方法堪称"比较文学"的范例。但就像在全书中只字未提文学"思潮"而只有"主流"一样,勃兰兑斯在《十九世纪文学主流》中也并未提到"比较文学"这个术语。不过,该书开篇的引言中反复提到了作为方法的"比较研究"。他称,要深入理解19世纪欧洲文学中存在着的"某些主要作家集团和运动","只有对欧洲文学作一番比较研究"[①];"在进行这样的研究时,我打算同时对法国、德国和英国文学中最重要运动的发展过程加以描述。这样的比较研究有两个好处,一是把外国文学摆到我们跟前,便于我们吸收,一是把我们自己的文学摆到一定的距离,使我们对它获得符合实际的认识。离眼睛太近和太远的东西都看不真切"[②]。在勃兰兑斯的"比较研究"中,既包括了本国(丹麦)之外不同国家(法国、德国和英国)文学之间的比较,也包括了它们与本国文学的比较。按照我们今天的"比较文学"概念来看,这属于典型的"跨语言""跨民族""跨国家""跨文化"的比较研究。就此而言,作为西方浪漫主义思潮研究的经典文献,《十九世纪文学主流》实可归于西方最早的比较文

---

① 勃兰兑斯:《十九世纪文学主流(第一分册)流亡文学》,张道真译,北京:人民文学出版社,1997年,第1页。

② 同上。

学著述之列,而勃兰兑斯也因此成为西方最早致力于比较文学研究实践并获得重大成功的文学史家和文学理论家。

日本文学理论家厨川白村的《文艺思潮论》,是日本乃至亚洲最早系统阐发西方文学思潮的著作。在谈到该书写作的初衷时,厨川白村称该书旨在突破传统文学史研究中广泛存在的那种缺乏"系统的组织的机制"[1]的现象:"讲到西洋文艺研究,则其第一步,当先说明近世一切文艺所要求的历史的发展。即奔流于文艺根底的思潮,其源系来自何处,到了今日经过了怎样的变迁,现代文艺的主潮当加以怎样的历史解释。关于这一点,我想竭力的加以首尾一贯的、综合的说明:这便是本书的目的。"[2]正是出于这种追根溯源、系统思维的研究理念,他认为既往"许多的文学史和美术史"研究,"徒将著名的作品及作家,依着年代的顺序,罗列叙述","单说这作品有味、那作品美妙等不着边际的话"。[3] 而这样的研究,在他看来就是缺乏"系统的组织的机制"。稍作比较当不难见出,厨川白村的这种理念恰好与勃兰兑斯"英雄所见略同"。作为一种文学史研究,勃兰兑斯的《十九世纪文学主流》既有个别国家、个别作家作品的局部研究,更有作家群体和多国文学现象的比较研究,因而能够从个别上升到群体与一般,从特殊性上升到普遍性,显示出研究的"系统的组织的机制"。勃兰兑斯在《十九世纪文学主流》的引言中曾有如下生动而精辟的表述:

> 一本书,如果单纯从美学的观点看,只看作是一件艺术品,那么它就是一个独自存在的完备的整体,和周围的世界没有任何联系。但是如果从历史的观点看,尽管一本书是一件完美、完整的艺术品,它却只是从无边无际的一张网上剪下来的一小块。从美学上考虑,它的内容,它创作的主导思想,本身就足以说明问题,无须把作者和创作环境当作一个组成部分来加以考察,而从历史的角度考虑,这本书却透露了作者的思想特点,就像"果"反映了"因"一样……要了解作者的思想特点,又必须对影响他发展的知识界和他周围的气氛有所了解。这些互相影响、互相阐释的思想界杰出人物形成了一些自

---

[1] 厨川白村:《文艺思潮论》,樊从予译,上海:商务印书馆,1924年,第2页。
[2] 同上书,第3页。
[3] 同上书,第2页。

然的集团。①

在这段文字中,勃兰兑斯把文学史比作"一张网",把一部作品比作从网上剪下来的"一小块"。这"一小块"只有放到"一张网"中——特定阶段的文学史网络、文学思潮历史境遇以及互相影响的文学"集团"中——作比照研究,才可以透析出这个作家或作品与众不同的个性特质、创新贡献和历史地位。若这种比照仅仅限于国别文学史之内,那或许只不过是一种比较的研究方法;而像《十九世纪文学主流》这样从某种国际的视野出发进行"跨语言""跨民族""跨国家""跨文化"的比较研究时,就拥有了厨川白村所说的"系统的组织的机制",从而进入了比较文学研究乃至"世界文学"研究的层面。在这部不可多得的鸿篇巨制中,勃兰兑斯从整体与局部相贯通的理念出发,用比较文学的方法把作家、作品和国别的文学现象,视作特定历史阶段之时代精神的局部,并把它们放在文学思潮发展的国际性网络中予以比较分析与研究,从而揭示出其间的共性与个性。比如,他把欧洲的浪漫主义文学思潮"分作六个不同的文学集团","把它们看作是构成大戏的六个场景","是一个带有戏剧的形式与特征的历史运动"。② 第一个场景是卢梭启发下的法国流亡文学;第二个场景是德国天主教性质的浪漫派;第三个场景是法国王政复辟后拉马丁和雨果等作家;第四个场景是英国的拜伦及其同时代的诗人们;第五个场景是七月革命前不久的法国浪漫派,主要是马奈、雨果、拉马丁、缪塞、乔治·桑等;第六个场景是青年德意志的作家海涅、波内尔,以及同时代的部分法国作家。勃兰兑斯通过对不同国家、不同团体的浪漫派作家和作品在时代的、精神的、历史的、空间的诸多方面的纵横交错的比较分析,揭示了不同文学集团(场景)的盛衰流变和个性特征。的确,仅仅凭借一部宏伟的《十九世纪文学主流》,勃兰兑斯就足以承当"比较文学领域最早和卓有成就的开拓者"之盛名。

1948年,法国著名的比较文学学者保罗·梵·第根之《欧洲文学中的浪漫主义》,则是从更广泛的范围来研究浪漫主义文学思潮,涉及的国家不仅有德国、英国、法国,更有西班牙、葡萄牙、荷兰与匈牙利诸国;与勃兰兑斯相比,这显然构成了一种更自觉、更彻底的比较文学。另外,意大

---

① 勃兰兑斯:《十九世纪文学主流(第一分册)流亡文学》,张道真译,北京:人民文学出版社,1997年,第2页。

② 同上书,第3页。

利著名比较文学学者马里奥·普拉兹之经典著作《浪漫派的痛苦》，从性爱及与之相关的文学颓废等视角比较分析了欧洲不同国家的浪漫主义文学。美国比较文学巨擘亨利·雷马克在《西欧浪漫主义：定义与范围》一文中，详细地比较了西欧不同国家浪漫主义文学思潮产生和发展的特点，辨析了浪漫主义观念在欧洲主要国家的异同。"浪漫主义怎样首先在德国形成思潮，施莱格尔兄弟怎样首先提出浪漫主义是进步的、有机的、可塑的概念，以与保守的、机械的、平面的古典主义相区别，浪漫主义的概念如何传入英、法诸国，而后形成一个全欧性的运动"[①]；不同国家和文化背景下的"现实主义"有着怎样的内涵与外延，诸国各自不同的现实主义又如何有着相通的美学底蕴[②]……同样是基于比较文学的理念与方法，比较文学"美国学派"的领袖人物R.韦勒克在其系列论文中对浪漫主义、现实主义和象征主义等西方现代文学思潮的阐发给人留下了更为深刻的印象。毫无疑问，韦勒克等人这种在"比较文学"理念与方法指导下紧扣"文学思潮"所展开的文学史研究，其所达到的理论与历史高度，是通常仅限于国别的作家作品研究难以企及的。

本土学界"重写文学史"的喧嚣似乎早已归于沉寂；但"重写文学史"的实践却一直都在路上。各种集体"编撰"出来的西方文学史著作或者外国文学史教材，大都呈现为作家列传和作品介绍，对文学历史的展开，既缺乏生动真实的描述，又缺乏有说服力的深度阐释；同时，用偏于狭隘的文学史观所推演出来的观念去简单地论定作家、作品，也是这种文学史著作或教材的常见做法。此等情形长期、普遍地存在，可以用文学（史）研究中文学思潮研究这一综合性层面的缺席来解释。换言之，如何突破文学史写作中的"瓶颈"，始终是摆在我们面前没有得到解决的重大课题；而实实在在、脚踏实地、切实有效的现代西方文学思潮研究当然也就成了高高矗立在当代学人面前的一个既带有总体性，又带有突破性的重大学术工程。如上所述，就西方现代文学而论，有效的文学史研究的确很难脱离对文学思潮的研究，而文学思潮的研究又必然离不开系统的理念与综合的方法；作为在综合中所展开的系统研究，文学思潮研究必然要在"跨语言""跨民族""跨国家""跨文化"等诸层面展开。一言以蔽之，这意味着本课

[①] 刘象愚：《〈文学思潮和文学运动的概念〉前言》，见R.韦勒克《文学思潮和文学运动的概念》，刘象愚选编，北京：中国社会科学出版社，1989年，第8页。

[②] R.韦勒克：《文学研究中现实主义的概念》，高建为译，见R.韦勒克《文学思潮和文学运动的概念》，刘象愚选编，北京：中国社会科学出版社，1989年，第214—250页。

题组对19世纪西方文学思潮所进行的研究,天然地属于"比较文学"与"世界文学"的范畴。由是,我们才坚持认为:本课题研究不仅有助于推进西方文学史的研究,而且也有益于"比较文学与世界文学"学科话语体系的建设;不仅对我们把握19世纪西方文学有"纲举目张"的牵引作用,同时也是西方文论史、西方美学史、西方思想史乃至西方文化史研究中不可或缺的基础工程。本课题研究作为"国家社科基金重大项目",其重大的理论价值与现实意义大抵端赖于此。

二、国内外19世纪西方文学思潮研究撮要

20世纪伊始,19世纪西方文学思潮主要经由日本和西欧两个途径被介绍引进到中国,对本土文坛产生巨大冲击。西方文学思潮在中国的传播,不仅是新文化运动得以展开的重要动力源泉之一,而且直接催生了五四新文学革命。浪漫主义、现实主义、自然主义、象征主义等西方19世纪诸思潮同时在中国文坛缤纷绽放;一时间的热闹纷繁过后,主体"选择"的问题很快便摆到了本土学界与文坛面前。由是,崇奉浪漫主义的"创造社"、信奉古典主义的"学衡派"、认同现实主义的"文学研究会"等开始混战。以"浪漫主义首领"郭沫若在1925年突然倒戈全面批判浪漫主义并皈依"写实主义"为标志,20年代中后期,"写实主义"/现实主义在中国学界与文坛的独尊地位逐渐获得确立。

1949年以后,中国在文艺政策与文学理论方面追随苏联。西方浪漫主义、自然主义、象征主义、唯美主义、颓废派等文学观念或文学倾向持续遭到严厉批判;与此同时,昔日的"写实主义",在理论形态上亦演变成为"社会主义现实主义"或与"革命浪漫主义"结合在一起的"革命现实主义"。是时,本土评论界对现实主义和自然主义做出了严格区分。

改革开放之后,"现实主义至上论"遭遇持续的论争;对浪漫主义、自然主义、象征主义、唯美主义、颓废派文学的研究与评价慢慢地开始复归学术常态。但旧的"现实主义至上论"尚未远去,新的理论泡沫又开始肆虐。20世纪90年代以来,现代主义、后现代主义等文学观念以及解构主义、"后殖民主义"等文化观念风起云涌,一时间成为新的学术风尚。这在很大程度上延宕乃至阻断了学界对19世纪西方诸文学思潮研究的深入。

为什么浪漫主义、自然主义等西方文学思潮,明明在20世纪初同时进入中国,且当时本土学界与文坛也张开双臂在一派喧嚣声中欢迎它们

的到来,可最终都没能真正在中国生根、开花、结果?这一方面与本土的文学传统干系重大,但更重要的却可能与其在中国传播的历史语境相关涉。

20世纪初,中国正处于从千年专制统治向现代社会迈进的十字路口,颠覆传统文化、传播现代观念从而改造国民性的启蒙任务十分迫切。五四一代觉醒的知识分子无法回避的这一历史使命,决定了他们在面对一股脑儿涌入的西方文化—文学思潮观念时,本能地会率先选取—接受文化层面的启蒙主义与文学层面的"写实主义"。只有写实,才能揭穿千年"瞒"与"骗"的文化黑幕,而后才有达成"启蒙"的可能。质言之,本土根深蒂固的传统实用主义文学观与急于达成"启蒙""救亡"的使命担当,在特定的社会情势下一拍即合,使得五四一代中国学人很快就在学理层面屏蔽了浪漫主义、自然主义、象征主义、唯美主义以及颓废派文学的观念与倾向。20年代中期,浪漫主义热潮开始消退。原来狂呼"个人"、高叫"自由"的激进派诗人纷纷放弃浪漫主义,"几年前,'浪漫'是一个好名字,现在它的意义却只剩下了讽刺与诅咒"①。在这之中,创造社的转变最具代表性。自1925年开始,郭沫若非但突然停止关于"个性""自我""自由"的狂热鼓噪,而且来了一个180度的大转弯——要与浪漫主义这种资产阶级的反动文艺斩断联系,"对于个人主义和自由主义要根本铲除,对于反革命的浪漫主义文艺也要采取一种彻底反抗的态度"②。在他看来,现在需要的文艺乃是社会主义和现实主义的文学,也即革命现实主义文学。所以,在《创造十年》中做总结时他才会说:"文学研究会和创造社并没有什么根本的不同,所谓人生派与艺术派都只是斗争上使用的幌子。"③借鉴苏联学者法狄耶夫的见解,瞿秋白在《革命的浪漫谛克》等文章中亦声称浪漫主义乃新兴文学(即革命现实主义文学)的障碍,必须予以铲除。④

"浪漫派高度推崇个人价值,个体主义乃浪漫主义的突出特征。"⑤"浪漫主义所推崇的个体理念,乃是个人之独特性、创造性与自我实现的

---

① 朱自清:《那里走》,《朱自清全集(第四卷)》,南京:江苏教育出版社,1990年,第231页。
② 郭沫若:《革命与文学》,郭沫若著作编辑出版委员会编《郭沫若全集(文学编·第十六卷)》,北京:人民文学出版社,1989年,第43页。
③ 郭沫若:《创造十年》,郭沫若著作编辑出版委员会编《郭沫若全集(文学编·第十二卷)》,北京:人民文学出版社,1992年,第140页。
④ 瞿秋白:《革命的浪漫谛克》,《瞿秋白文集(文学编·第一卷)》,北京:人民文学出版社,1985年,第459页。
⑤ Jacques Barzun, *Classic, Romantic and Modern*, London: Secker & Warburg, 1962, p.6.

综合。"①西方浪漫主义以个体为价值依托,革命浪漫主义则以集体为价值旨归;前者的最高价值是"自由",后者的根本关切为"革命"。因此,表面上对西方浪漫主义有所保留的蒋光慈说得很透彻:"革命文学应当是反个人主义的文学,它的主人翁应当是群众,而不是个人;它的倾向应当是集体主义,而不是个人主义……"②创造社成员何畏在1926年发表的《个人主义艺术的灭亡》③一文中,对浪漫主义中的个人主义价值立场亦进行了同样的申斥与批判。要而言之,基于启蒙救亡的历史使命与本民族文学—文化传统的双重制约,五四一代文人作家在面对浪漫主义、自然主义等现代西方思潮观念时,往往很难接受其内里所涵纳的时代文化精神及其所衍生出来的现代艺术神韵,而最终选取—接受的大都是外在技术层面的技巧手法。郑伯奇在谈到本土的所谓浪漫主义文学时则称,西方浪漫主义那种悠闲的、自由的、追怀古代的情致,在我们的作家中是少有的,因为我们面临的时代背景不同。"我们所有的只是民族危亡,社会崩溃的苦痛自觉和反抗争斗的精神。我们只有喊叫,只有哀愁,只有呻吟,只有冷嘲热骂。所以我们新文学运动的初期,不产生与西洋各国19世纪(相类)的浪漫主义,而是20世纪的中国特有的抒情主义。"④

纵观19世纪西方诸文学思潮在中国一百多年的传播与接受过程,我们发现:本土学界对浪漫主义等19世纪西方文学思潮在学理认知上始终存在系统的重大误判或误读;较之西方学界,我们对它的研究也严重滞后。

在西方学界,对19世纪西方文学思潮的研究始终是西方文学研究的焦点。一百多年来,这种研究总体上有如下突出特点:

第一,浪漫主义、现实主义、自然主义、象征主义等西方文学思潮均是以激烈的"反传统""先锋"姿态确立自身的历史地位的;这意味着任何一个思潮在其展开的历史过程中总是处于前有堵截、后有追兵的逻辑链条上。拿浪漫主义来说,在19世纪初叶确立自身的过程中,它遭遇到了被其颠覆的古典主义的顽强抵抗(欧那尼之战堪称经典案例),稍后它又受

---

① Steven Lukes, *Individualism*, Oxford: Basil Blackwell, 1973, p.17.
② 蒋光慈:《关于革命文学》,转引自中国社会科学院文学研究所现代文学研究室编《"革命文学"论争资料选编(上)》,北京:人民文学出版社,1981年,第144页。
③ 何畏:《个人主义艺术的灭亡》,转引自饶鸿兢等编《创造社资料(上)》,福州:福建人民出版社,1985年,第135—138页。
④ 郑伯奇:《〈寒灰集〉批评》,《洪水》1927年总第33期,第47页。

到自然主义与象征主义几乎同时对其所发起的攻击。思潮之争的核心在于观念之争，不同思潮之间观念上的质疑、驳难、攻讦，便汇成了大量文学思潮研究中不得不注意的第一批具有特殊属性的学术文献，如自然主义文学领袖左拉在《戏剧中的自然主义》《实验小说论》等长篇论文中对浪漫主义的批判与攻击，就不仅是研究自然主义的重要文献，同时也是研究浪漫主义的重要文献。

第二，19世纪西方诸文学思潮观念上激烈的"反传统"姿态与艺术上诸多突破成规的"先锋性""实验"，决定了其在较长的历史时间区段上，都要遭受与传统关系更为密切的学界人士的质疑与否定。拿左拉来说，在其诸多今天看来已是经典的自然主义小说发表很长时间之后，在其领导的法国自然主义文学运动已经蔓延到很多国家之后，人们依然可以发现正统学界的权威人士在著作或论文中对他的否定与攻击，如学院派批评家布吕纳介、勒梅特尔以及文学史家朗松均对其一直持全然否定或基本否定的态度。

第三，一百多年来，除信奉马克思主义的文学批评家（从梅林、弗雷维勒一直到后来的卢卡契与苏俄的卢那察尔斯基等）延续了对浪漫主义、自然主义、象征主义（巴尔扎克式现实主义除外的几乎所有文学思潮）几乎是前后一贯的否定态度，西方学界对19世纪西方诸文学思潮的研究普遍经历了理论范式的转换及其所带来的价值评判的转变。以自然主义研究为例，19世纪末、20世纪初，学者们更多采用的是社会历史批评或文化/道德批评的立场，因而对自然主义持否定态度的较多。但20世纪中后期，随着自然主义研究的深入，越来越多的学者采用符号学、语言学、神话学、精神分析以及比较文学等新的批评理论或方法，从神话、象征和隐喻等新的角度研究左拉等自然主义作家的作品，例如罗杰·里波尔（Roger Ripoll）的《左拉作品中的现实与神话》、伊夫·谢弗勒尔（Yves Chevrel）的《论自然主义》、克洛德·塞梭（Claude Seassau）的《埃米尔·左拉：象征的现实主义》等。应该指出的是，当代这种学术含量甚高的评论，基本上都是肯定左拉等自然主义作家的艺术成就，对自然主义文学思潮及其历史地位同样予以积极、正面的评价。

第四，纵观一百多年来西方学人的19世纪西方文学思潮研究，当可发现浪漫主义研究在19世纪西方诸文学思潮研究中始终处于中心地位。这种状况与浪漫主义在西方文学史上的地位是相匹配的。作为向主导西方文学两千多年的"摹仿说"发起第一波冲击的文学运动，作为开启了西方现代文学的文学思潮,浪漫主义文学革命的历史地位堪与社会经济领域的工业革命、社会政治领域的法国大革命以及社会文化领域的康德哲学革命相媲美。相形之下,现实主义的研究则显得平淡、沉寂、落寞许多;而这种状况又与国内的研究状况构成了鲜明的对比与巨大的反差。

三、本套丛书研究的视角与路径

本套丛书从哲学、美学、神学、人类学、社会学、政治学、叙事学等角度对19世纪西方文学思潮进行跨学科的反思性研究,沿着文本现象、创作方法、诗学观念和文化逻辑的内在线路对浪漫主义、现实主义、自然主义、象征主义、唯美主义、颓废派等作全方位扫描,而且对它们之间的纵向关系(如浪漫主义与自然主义、浪漫主义与象征主义等)、横向关联(如浪漫主义与唯美主义、浪漫主义与颓废派以及自然主义、象征主义、唯美主义、颓废派四者之间)以及它们与20世纪现代主义的关系进行全面的比较辨析。在融通文学史与诗学史、批评史与思想史的基础上,本套丛书力求从整体上对19世纪西方文学思潮的基本面貌与内在逻辑做出新的系统阐释。具体的研究视角与路径大致如下:

(一)"人学逻辑"的视角与路径

文学是人学。西方文学因其潜在之"人学"传统的延续性及其与思潮流派的深度关联性,它的发展史便是一条绵延不绝的河流,而不是被时间、时代割裂的碎片,所以,从"人学"路线和思潮流派的更迭演变入手研究与阐释西方文学,深度把握西方文学发展的深层动因,就切中了西方文学的精神本质,而这恰恰是本土以往的西方文学研究所缺乏或做得不够深入的。不过,文学对人的认识与表现是一个漫长的发展历程。就19世纪西方文化对人之本质的阐发而言,个人自由在康德—费希特—谢林前后相续的诗化哲学中已被提到空前高度。康德声称作为主体的个人是自由的,个人永远是目的而不是工具,个人的创造精神能动地为自然界立法。既不是理性主义的绝对理性,也不是黑格尔的世界精神,浪漫派的最高存在是具体存在的个人;所有的范畴都出自个人的心灵,因而唯一重要的东西就是个体的自由,而精神自由无疑乃这一自由中的首要命题,主观性因此成为浪漫主义的基本特征。浪漫派尊崇自我的自由意志;而作为"不可言状的个体",自我在拥有着一份不可通约、不可度量与不可让渡的自由的同时,注定了只能是孤独的。当激进的自由意志成为浪漫主义的核心内容,"世纪病"的忧郁症候便在文学中蔓延开来。古典主义致力于传播理性主义的共同理念,乃是一种社会人的"人学"表达,浪漫主义则强调对个人情感、心理的发掘,确立了一种个体"人学"的新文学;关于自我发现和自我成长的教育小说出现,由此一种延续到当代的浪漫派文体应运而生。局外人、厌世者、怪人在古典主义那里通常会受到嘲笑,而在浪漫主义那里则得到肯定乃至赞美;人群中的孤独这一现代人的命运在浪漫派这里第一次得到正面表达,个人与社会、精英与庸众的冲突从此成了西方现代文学的重要主题。

无论是古希腊普罗米修斯与雅典娜协同造人的美妙传说,还是圣经中上帝造人的故事;无论是形而上学家笛卡尔对人之本质的探讨,还是启蒙学派对人所进行的那种理性的"辩证"推演,人始终被定义为一种灵肉分裂、承载着二元对立观念的存在。历史进入19世纪,从浪漫派理论家弗·施莱格尔到自然主义的重要理论奠基者泰纳以及唯意志论者叔本华、尼采,他们都开始倾向于将人之"精神"视为其肉身所开的"花朵",将人的"灵魂"看作其肉身的产物。这在很大程度上要归功于19世纪中叶科学的长足发展逐渐对灵肉二元论——尤其是长时间一直处于主导地位的"唯灵论"——所达成的实质性突破。1860年前后,"考古学、人类古生物学和达尔文主义的转型假说在此时都结合起来,并且似乎都表达同一个信息:人和人类社会可被证明是古老的;人的史前历史很可能要重新写过;人是一种动物,因此可能与其他生物一样,受到相同转化力量的作用……对人的本质以及人类历史的意义进行重新评价的时机已经成熟"①。在这种历史文化语境下,借助比较解剖学所成功揭示出来的人的动物特征,生理学以及与之相关的遗传学、病理学以及实验心理学等学科纷纷破土而出。在19世纪之前,生理学与生物学实际上是同义词。19世纪中后期,随着生理学家思考的首要问题从对生命本质的定义转移到对生命现象的关注上来,在细胞学说与能量守恒学说的洞照之下,实验生理学的出现彻底改变了生理学学科设置的模糊状态,生理学长时间的沉滞状态也因此得到了彻底改观。与生理学的迅速发展相呼应,西方学界对遗传问题的研究兴趣也日益高涨。在1860年至1900年期间,关于遗传的各种理论学说纷纷出笼(而由此衍生出的基因理论更是成为20世

---

① 威廉·科尔曼:《19世纪的生物学和人学》,严晴燕译,上海:复旦大学出版社,2000年,第111页。

科学领域中的显学)。生理学对人展开研究的基本出发点就是人的动物属性。生理学上的诸多重大发现(含假说),有力地拓进了人对自身的认识,产生了广泛的社会—文化反响:血肉、神经、能量、本能等对人进行描述的生理学术语迅速成为人们耳熟能详的语汇,一种新型的现代"人学"在生理学发现的大力推动下得以迅速形成。

无论如何,大范围发生在19世纪中后期的这种关于人之灵魂与肉体关系的新见解,意味着西方思想家对人的认识发生了非同寻常的变化。在哲学上弭平唯物主义和唯心主义二元对立的思想立场的同时,实证主义者和唯意志论者分别从"现象"和"存在"的角度切近人之"生命"本身,建构了各具特色的灵肉融合的"人学"一元论。这种灵肉融合的"人学"一元论,作为现代西方文化的核心,对现代西方文学合乎逻辑地释放出了巨大的精神影响。可以毫不夸张地说,与现代西方文化中所有"革命性"变革一样,现代西方文学中的所有"革命性"变革,均直接起源于这一根本性的"人学"转折。文学是"人学",这首先意味着文学是对个体感性生命的关怀;而作为现代"人学"的基础学科,实验生理学恰恰是以体现为肉体的个体感性生命为研究对象。这种内在的契合,使得总会对"人学"上的进展最先做出敏感反应的西方文学,在19世纪中后期对现代生理学所带来的"人学"发现做出了非同寻常的强烈反应,而这正是自然主义文学运动得以萌发的重要契机。对"人"的重新发现或重新解释,不仅为自然主义文学克服传统文学中严重的"唯灵论"与"理念化"弊病直接提供了强大动力,而且大大拓进了文学对"人"的表现的深度和广度。如果说传统西方作家经常给读者提供一些高出于他们的非凡人物,那么,自然主义作家经常为读者描绘的却大都是一些委顿猥琐的凡人。理性模糊了,意志消退了,品格低下了,主动性力量也很少存在:在很多情况下,人只不过是本能的载体、遗传的产儿和环境的奴隶。命运的巨手将人抛入这些机体、机制、境遇的齿轮系统之中,人被摇撼、挤压、撕扯,直至粉碎。显然,与精神相关的人的完整个性不再存在;所有的人都成了碎片。"在巴尔扎克的时代允许人向上爬——踹在竞争者的肩上或跨过他们的尸体——的努力,现在只够他们过半饥半饱的贫困日子。旧式的生存斗争的性质改变了,与此同时,人的本性也改变了,变得更卑劣、更猥琐了。"[①]另外,与传统文

---

① 拉法格:《左拉的〈金钱〉》,见朱雯等编选《文学中的自然主义》,上海:上海文艺出版社,1992年,第341页。

学中的心理描写相比,自然主义作家不但关注人物心理活动与行为活动的关系,而且更加强调为这种或那种心理活动找出内在的生命—生理根源,并且尤其善于刻意发掘人物心灵活动的肉体根源。由此,传统作家那里普遍存在的"灵肉二元论"便被置换为"灵肉一体论",传统作家普遍重视的所谓灵与肉的冲突也就开始越发表现为灵与肉的协同或统一。这在西方文学史上,明显是一种迄今为止尚未得到公正评价的重大文学进展;而正是这一进展,使自然主义成了传统文学向"意识流小说"所代表的20世纪现代主义文学之心理叙事过渡的最宽阔、最坚实的桥梁。

(二)"审美现代性"的视角与路径

正如克罗齐在《美学纲要》中所分析的那样,关于艺术的依存性和独立性,关于艺术自治或他治的争论不是别的,就是询问艺术究竟存在不存在;如果存在,那么艺术究竟是什么。艺术的独立性问题,显然是一个既关乎艺术价值论,又关乎艺术本体论的重大问题。从作为伦理学附庸的地位中解脱出来,是19世纪西方现代文学发展过程中的主要任务;唯美主义之最基本的艺术立场或文学观点就是坚持艺术的独立性。今人往往将这种"独立性"所涵纳的"审美自律"与"艺术本位"称为"审美现代性"。

作为总体艺术观念形态的唯美主义,其形成过程复杂而又漫长:其基本的话语范式奠基于18世纪末德国的古典哲学——尤其是康德的美学理论,其最初的文学表达形成于19世纪初叶欧洲的浪漫主义作家,其普及性传播的高潮则在19世纪后期英国颓废派作家那里达成。唯美主义艺术观念之形成和发展在时空上的这种巨大跨度,向人们提示了其本身的复杂性。

由于种种社会—文化方面的原因,在19世纪,作家与社会的关系总体来看处于一种紧张的关系状态,作家们普遍憎恨自己所生活于其中的时代。他们以敏锐的目光看到了社会存在的问题和其中酝酿着的危机,看到了社会生活的混乱与人生的荒谬,看到了精神价值的沦丧与个性的迷失,看到了繁荣底下的腐败与庄严仪式中藏掖着的虚假……由此,他们中的一些人开始愤怒,愤怒控制了他们,愤怒使他们变得激烈而又沉痛,恣肆而又严峻,充满挑衅而又同时充满热情。他们感到自己有责任把看到的真相暴露在光天化日之下。而同时,另一些人则开始绝望,因为他们看破了黑暗中的一切秘密却唯独没有看到任何出路;在一个神学信仰日益淡出的科学与民主时代,艺术因此成了一种被他们紧紧抓在手里的宗教的替代品。"唯美主义的艺术观念源于最杰出的作家对于当时的文化与社会所产生的厌恶感,当厌恶与茫然交织在一起时,就会驱使作家更加逃避一切时代问题。"①在最早明确提出唯美主义"为艺术而艺术"口号的19世纪的法国,实际上存在三种唯美主义的基本文学样态,这就是浪漫主义的唯美主义(戈蒂耶为代表)、象征主义的唯美主义(波德莱尔为代表)和自然主义的唯美主义(福楼拜为代表)。而在19世纪后期英国那些被称为唯美主义者的各式人物中,既有将"为艺术而艺术"这一主张推向极端的王尔德,也有虽然反对艺术活动的功利性,却又公然坚持艺术之社会—道德价值的罗斯金——如果这两者分别代表该时期英国唯美主义的右翼和左翼,则沃尔特·佩特的主张大致处于左翼和右翼的中间。

基于某种坚实的哲学—人学信念,浪漫主义、自然主义和象征主义都是19世纪在诗学、创作方法、实际创作诸方面有着系统建构和独特建树的文学思潮。相比之下,作为一种仅仅在诗学某个侧面有所发挥的理论形态,唯美主义自身并不具备构成一个文学思潮的诸多具体要素。质言之,唯美主义只是在特定历史语境中应时而生的一种一般意义上的文学观念形态。这种文学观念形态因为是"一般意义上的",所以其牵涉面必然很广。就此而言,我们可以将19世纪中叶以降几乎所有反传统的"先锋"作家——不管是自然主义者,还是象征主义者,还是后来的超现实主义者、表现主义者等——都称为广义上的唯美主义者。"唯美主义"这个概念无所不包,本身就已经意味着它实际上只是一个"中空的"概念——一个缺乏具体的作家团体、缺乏独特的技巧方法、缺乏独立的诗学系统、缺乏确定的哲学根底支撑对其实存做出明确界定的概念,是一个从纯粹美学概念演化出的具有普泛意义的文学理论概念。所有的唯美主义者——即使那些最著名的、最激进的唯美主义人物也不例外——都有其自身具体的归属,戈蒂耶是浪漫主义者,福楼拜是自然主义者,波德莱尔是象征主义者……而王尔德则是公认的颓废派的代表人物。

自然主义旗帜鲜明地反对所有形而上学、意识形态观念体系对文学的统摄和控制,反对文学沦为现实政治、道德、宗教的工具。这表明,在捍卫文学作为艺术的独立性方面,与象征主义作家一样,自然主义作家与唯美主义者是站在一起的。但如果深入考察,人们将很快发现:在文学作为艺术的独立性问题上,自然主义作家所持守的立场与戈蒂耶、王尔德等人

---

① 埃里希·奥尔巴赫:《摹仿论——西方文学中所描绘的现实》,吴麟绶、周新建、高艳婷译,天津:百花文艺出版社,2002年,第564页。

所代表的那种极端唯美主义主张又存在着重大的分歧。极端唯美主义者在一种反传统"功利论"的激进、狂躁冲动中皈依了"为艺术而艺术"(甚至是"为艺术而生活")的信仰,自然主义作家却大都在坚持艺术独立性的同时主张"为人生而艺术"。两者的区别在于,前者在一种矫枉过正的情绪中将文学作为艺术的"独立性"推向了绝对,后者却保持了应有的分寸。在文学与社会、文学与大众的关系问题上,不同于同时代极端唯美主义者的那种遗世独立,自然主义作家大都明确声称,文学不但要面向大众,而且应责无旁贷地承担起自己的社会责任和历史使命。另外,极端唯美主义主张"艺术自律",反对"教化",但却并不反对传统审美的"愉悦"效应;自然主义者却通过开启"震惊"有效克服了极端唯美主义者普遍具有的那种浮泛与轻飘,使其文学反叛以更大的力度和深度体现出更为恢宏的文化视野和文化气象。就思维逻辑而言,极端唯美主义者都是一些持有二元对立思维模式的绝对主义者。

(三)"观念"聚焦与"关系"辨析

历史是断裂的碎片还是绵延的河流?对此问题的回答直接关涉"文学史观"乃至一般历史观的科学与否。毋庸讳言,国内学界在文学史乃至一般历史的撰写中,长期存在着严重的反科学倾向——一味强调"斗争"而看不到"扬弃",延续的历史常常被描述为碎裂的断片。比如,就西方文学史而言,20世纪现代主义与19世纪现实主义是断裂的,现实主义与浪漫主义是断裂的,浪漫主义与古典主义是断裂的,古典主义与文艺复兴是断裂的,文艺复兴与中世纪是断裂的,中世纪与古希腊罗马时期是断裂的,等等。这样的理解脱离与割裂了西方文学发展的传统,也就远离了其赖以存在与发展的土壤,其根本原因是没有把握住西方文学中人文传统与思潮流派深度关联的本原性元素。其实,正如彼得·巴里所说:"人性永恒不变,同样的情感和境遇在历史上一次次重现。因此,延续对于文学的意义远大于革新。"[①]当然,这样说并非无视创新的重要性,而是强调在看到创新的同时不可忽视文学史延续性和本原性的成分与因素。正是从这种意义上说,因西方文学潜在之人文传统的延续性及其与思潮流派的深度关联性,它的发展史才是一条绵延不绝的河流,而不是被时间、时代割裂的碎片。

---

① 彼得·巴里:《理论入门:文学与文化理论导论》,杨建国译,南京:南京大学出版社,2014年,第18页。

本套丛书研究的主要问题是19世纪西方文学思潮,具体说来,就是19世纪西方文学发展过程中相对独立地存在的各个文学思潮与文学运动——浪漫主义、现实主义、自然主义、唯美主义、象征主义和颓废派文学。我们将每一个文学思潮作为本套丛书的一卷来研究,在每一卷研究过程中力求准确把握历史现象之基础,达成对19世纪西方文学思潮历史演进之内在逻辑与外在动力的全方位的阐释。内在逻辑的阐释力求站在时代的哲学—美学观念进展上,而外在动力的溯源则必须落实于当时经济领域里急剧推进的工业革命大潮、政治领域里迅猛发展的民主化浪潮,以及社会领域里的城市化的崛起。每个文学思潮研究的基本内容大致包括(但不限于)文本构成特征的描述、方法论层面的新主张或新特色的分析、诗学观念的阐释以及文化逻辑的追溯等。总体说来,本套丛书的研究大致属于"观念史"的范畴。文学思潮研究作为一种对文学观念进行梳理、辨识与阐释的宏观把握,在问题与内容的设定上显然不同于一般的作家研究、作品研究、文论研究和文化研究,但它同时又包含以上诸"研究",理论性、宏观性和综合性乃其突出特点;而对"观念"的聚焦与思辨,无疑乃是文学思潮研究的核心与灵魂。

如前所述,文学思潮是指在特定历史时期社会—文化思潮影响下形成的具有某种共同美学倾向、艺术追求和广泛影响的文学思想潮流。根据19世纪的时间设定与文学思潮概念的内涵规定,本套丛书共以六卷来构成总体研究框架,这六卷的研究内容分别是:"19世纪西方浪漫主义研究""19世纪西方现实主义研究""19世纪西方自然主义研究""19世纪西方唯美主义研究""19世纪西方象征主义研究"和"19世纪西方颓废主义研究"。各卷相对独立,但相互之间又有割不断的内在逻辑关系,这种逻辑关系均由19世纪西方文学思潮真实的历史存在所规定。比如,在19世纪的历史框架之内,浪漫主义与现实主义既有对立又有传承关系;自然主义或象征主义与浪漫主义的关系,均为前后相续的递进关系;而自然主义与象征主义作为同生并起的19世纪后期的文学思潮,互相之间乃是一种并列的关系;而唯美主义和颓废派文学作为同时肇始于浪漫主义,又同时在自然主义、象征主义之中弥漫流播的文学观念或创作倾向,它们之间存在一种交叉关系,且互相之间在很大程度上存在着一种共生关系。正因为如此,才有了所谓"唯美颓废派"的表述(事实上,如同两个孪生子虽为孪生也的确关系密切,但两个人并非同一人——唯美主义与颓废派虽密切相关,但两者并非一回事)。这种对交叉和勾连关系的系统剖析,不仅对"历史是断裂的碎片还是绵延的河流"这一重要的文学史观问题做出了有力的回应,而且也再次彰显了本套丛书的"跨文化""跨领域""跨学科"系统阐释之"比较文学"研究的学术理念。

目 录

引 论 "个人解放"与"国家革命"的变奏
——西方浪漫主义中国百年传播省思 ………………………… 1

Ⅰ 浪漫主义文学革命

第一章　浪漫主义的定义与核心观念 ………………………… 15
　第一节　词源追溯：从"罗曼司"到"罗曼蒂克" ……………… 15
　第二节　词义汇释："浪漫主义" ……………………………… 28
　第三节　内核辨识：浪漫主义的"自由"观念 ………………… 40

第二章　德国浪漫主义文学运动 ……………………………… 50
　第一节　耶拿派 ………………………………………………… 51
　第二节　海德堡—柏林浪漫派 ………………………………… 63
　第三节　后期浪漫派翘楚海涅 ………………………………… 69

第三章　英国浪漫主义文学运动 ……………………………… 74
　第一节　湖畔派笔下的自然与哲思 …………………………… 75
　第二节　撒旦派诗人的诘问与探究 …………………………… 86
　第三节　"浪漫津梁"司各特 ………………………………… 100

第四章　法国浪漫主义文学运动…………………………………… 113
　　第一节　革命时代的流亡作家…………………………………… 115
　　第二节　浪漫主义中的自由派…………………………………… 121
　　第三节　浪漫主义中的保皇派…………………………………… 127
　　第四节　30年代的转折:从个体自由到社会解放……………… 134

第五章　其他国家的浪漫主义文学运动………………………… 147
　　第一节　俄罗斯…………………………………………………… 147
　　第二节　美国……………………………………………………… 156

Ⅱ　浪漫主义的自由旨要

第六章　个体自由与孤独的本体性………………………………… 169
　　第一节　"古代人的自由"与"现代人的自由"………………… 170
　　第二节　浪漫主义的"个体性原则"……………………………… 175
　　第三节　"人群中的孤独":作为个体本质或命运………………… 186
　　第四节　孤独个体:从"忧郁"到"荒诞"……………………… 193
　　第五节　浪漫主义与"恶"的表现………………………………… 197
　　第六节　个体主义与小说的繁荣………………………………… 201

第七章　情感自由与对婚姻问题的探究…………………………… 208
　　第一节　"爱情的本性是自由"…………………………………… 210
　　第二节　"道德的忠贞"还是"自由的坚贞"?…………………… 217
　　第三节　"浪漫之爱"与性爱……………………………………… 223
　　第四节　对传统婚姻制度的质疑………………………………… 229
　　第五节　对理想婚姻模式的探究………………………………… 236

第八章　"民族自由"与文化多元论……………………………… 242
　　第一节　浪漫主义:民族主义与自由主义的纽带……………… 243

第二节　文化民族主义与浪漫派的民族语言、文学、文化整理……… 250
　第三节　政治民族主义的文学表达……………………………………… 260
　第四节　超越民族主义：为异族奔走呼告与东方情调………………… 265
　第五节　民族主义底层的民粹主义潜流………………………………… 274

第九章　艺术自由与唯美主义的生成……………………………………… 278
　第一节　浪漫派"为艺术而艺术"作家群的形成………………………… 279
　第二节　"艺术自由"的内涵……………………………………………… 287
　第三节　唯美主义："美才是真正艺术的唯一命运"…………………… 294
　第四节　自由的想象与象征……………………………………………… 299
　第五节　悲剧艺术家……………………………………………………… 308

Ⅲ　浪漫主义的自由渊源

第十章　浪漫主义"自由"的哲学渊源……………………………………… 323
　第一节　康德与浪漫主义………………………………………………… 324
　第二节　德国古典哲学与浪漫主义的"个体自由"……………………… 331
　第三节　浪漫诗学："有限"对"无限"的永恒渴慕……………………… 337
　第四节　浪漫主义的"个体自由"与"荒诞"观念的形成………………… 343
　第五节　克尔凯郭尔：浪漫主义与存在主义之间的桥梁……………… 348

第十一章　浪漫派之"自由信仰"与"诗化宗教"…………………………… 352
　第一节　基督教复兴：两股潜流及其成因……………………………… 353
　第二节　浪漫主义的宗教情怀…………………………………………… 365
　第三节　施莱尔马赫："情感乃宗教的基础"…………………………… 375
　第四节　夏多布里昂："基督教是最有诗意的"………………………… 382

第十二章　自由与理性：浪漫主义反对启蒙主义…………………………… 391
　第一节　浪漫主义"反理性"……………………………………………… 392
　第二节　浪漫主义反启蒙主义…………………………………………… 401

第三节　浪漫主义与科学 …………………………………… 410
　　第四节　浪漫主义与科幻小说 ………………………………… 417

第十三章　自由与平等：浪漫主义与法国大革命 …………… 425
　　第一节　浪漫主义文学是法国大革命的产物吗？ …………… 426
　　第二节　启蒙主义与法国大革命 ……………………………… 430
　　第三节　小说的新方向："社会小说"及空想社会主义 ……… 436

第十四章　自由与自然 ……………………………………………… 449
　　第一节　浪漫主义自然观："有机论"与"泛神论" …………… 449
　　第二节　"返回自然"及"疯癫""废墟"意象 …………………… 458
　　第三节　《瓦尔登湖》：另一种"返回自然"的"绿色圣经" ……… 465

主要参考文献 ……………………………………………………… 475
主要人名、术语名、作品名中外文对照表 ……………………… 487

引 论
"个人解放"与"国家革命"的变奏
——西方浪漫主义中国百年传播省思

作为主导 19 世纪上半期西方文坛的思潮,浪漫主义乃西方文学史上空前绝后的文学革命:它不但以"自由"取代"理性",终结了此前两百多年的古典主义文学主潮,而且用"表现说"颠覆了此前两千多年占主导地位的"摹仿说",从根本上革新了西方的文学理念。如果说,18 世纪后期首先发端于英国的工业革命使西方社会在经济层面以告别农业文明、进入工业文明的方式开启了真正的"现代时期",1789 年在法国爆发的政治大革命使西方社会在政治层面以告别专制制度、进入民主制度的方式开启了真正的"现代时期",那么,在康德哲学革命的基础上于 18 世纪末首先发端于德国的浪漫主义文学革命则开启了西方"现代文学"的大门。

不唯如此,中国现代文学的大门也正是由百多年前叩关而来的西方浪漫主义开启的。

一、"个人的发现"

1902 年,梁启超就在《新中国未来记》中借人物之口引出乔治·戈登·拜伦(George Gordon Byron,1788—1824)及其诗篇《哀希腊》("The Isles of Greece",1819),盛赞他为最自由之人,并以为这首诗似乎正为国人所写——鼓励其为摆脱奴役地位而奋起反抗。他提出要以拜伦等"泰西文豪之意境之风格熔铸,然后可为此道开一新天地"①。

鲁迅在1907年写下的《摩罗诗力说》,乃国内浪漫主义研究最重要的早期文献。鲁迅亦认为拜伦好自由——他及其笔下人物均有任由自我、推崇强力的倾向,诸如《海贼》(现多译为《海盗》)(*The Corsair, A Tale*, 1814)中的康拉德,遵从自己的意志与手中之剑,而轻蔑国家法度与社会道德;再如《曼弗列特》②(*Manfred*, 1817)中的同名主人公,自诩知悉善恶,而不惧鬼神。鲁迅称"立意在反抗,指归在动作"的拜伦是一个混合了拿破仑(Napoléon Bonaparte, 1769—1821)的破坏和华盛顿(George Washington, 1732—1799)的自由的人③,是一个以个人主义为核心的自由者④,并因此视浪漫主义为一个以个体自由为核心的文学流派。与此后一百多年本土对西方浪漫主义的若干论断相对照,人们当会惊讶地发现:站在20世纪起点上的鲁迅,才是目光如电洞悉了浪漫主义实质或秘密的先知。

浪漫主义在中国广为人知亦大致是在五四前后。备受封建思想桎梏的学人当时热切期盼来一场颠覆传统的运动,而西方浪漫主义正是以挣脱旧规则、旧秩序束缚的自由解放著称;两者一拍即合,就有"在'五四'运动以后,浪漫主义的风潮的确有点风靡全国青年的形势,'狂风暴雨'差不多成了一般青年尚习的口号。当时簇生的文学团体多少都带有这种倾向"⑤。五四前后,拜伦、雪莱(Percy Bysshe Shelley, 1792—1822)、沃尔特·司各特(Walter Scott, 1771—1832)、海因里希·海涅(Heinrich Heine, 1797—1856)与沃尔特·惠特曼(Walt Whitman, 1819—1892)等浪漫派作家纷至沓来,诸多浪漫主义作品被翻译进来——拜伦的《哀希腊》在当时甚至有梁启超、苏曼殊、马君武和胡适等人的4个译本,而郭沫若则在很短的时间内翻译了雪莱、海涅等多位浪漫派作家的作品。

对西方浪漫主义的评论阐释,一时间也成了五四一代着力甚多的文化焦点。如,1920年,茅盾发表了《文学上的古典主义、浪漫主义和写实

---

① 梁启超等:《世博梦幻三部曲》,上海:东方出版中心,2010年,第67页。
② 现译为《曼弗雷德》。
③ 鲁迅:《摩罗诗力说》,见《鲁迅全集(第一卷)》,北京:人民文学出版社,2005年,第81页。
④ 对个人主义的阐发,同参鲁迅是年另一篇文章《文化偏至论》:个人对自我的意识诞生于法国大革命,而后人"既知自我,则顿识个性之价值;加以往之习惯坠地,崇信荡摇,则其自觉之精神,自一转而之极端之主我"。鲁迅:《鲁迅全集(第一卷)》,北京:人民文学出版社,2005年,第51页。
⑤ 郑伯奇:《中国新文学大系小说三集·导言》,转引自饶鸿兢等编《创造社资料(下)》,福州:福建人民出版社,1985年,第720页。

主义》一文,先是提到浪漫主义乃文艺复兴的发扬光大,其后论及了提倡个性与想象的浪漫主义是对古典主义拘役于古人思想和理性的反驳:古典主义认定美是不变的,后者以为美是相对的;古典主义的文学是静的,后者是动的……"有两个字可以包括浪漫文学的精神的,便'是自由'"①。再如,1921年,黄仲苏发表了《一八二〇年以来法国抒情诗之一斑》,文称对浪漫主义下定义是很困难的事情,而他则试图从尊重中世纪的艺术、启发人类对于自然界及世界的新观念、破除一切习俗的拘束、提倡个性的完成和着重主观的表示等八个方面来对之进行概括描述。②

相对于从整体上阐述西方浪漫主义,是时学人们做得更多的是对浪漫派作家作品的推介性阐发。1919年,田汉写了《平民诗人惠特曼的百年祭》,称"按着本性而非规则"写作的惠特曼为平民主义诗人。③ 郭沫若在20年代初就将歌德(Johann Wolfgang von Goethe,1749—1832)为浪漫主义奠基的名著《少年维特之烦恼》(The Sorrows of Young Werther,1774)译进国内,并在译本"序引"中罗列该书的要旨:主情主义,即以个人情感为书写重心与创作源泉——作者根由自己的主观情感表现事物,抑或依据自己的想象创造事物,即使事物原本不存在;"泛神思想",即自然万物皆是神的表现,而万物皆因"我"之存在、观察而显现——"一切自然都是我的表现",这实际上意指主体自我即为神。④ 1923年,《创造季刊》开设了"雪莱纪念号",刊载了郭沫若的《〈雪莱的诗〉小序》、徐祖正的《英国浪漫派三诗人拜伦、雪莱、箕茨》等多篇评述雪莱的文章。1914年,商务印书馆出版了林纾和魏易翻译的《撒克逊劫后英雄略》,该书1924年再版时正文前面刊有沈雁冰(茅盾)对司各特的评述:尽管与雪莱等同属浪漫派,但他多受古代诗人影响,创作有怀旧情绪。⑤ 1925年,《文学旬刊》还发表了萨渥特尼克《俄罗斯文学中的感伤主义及浪漫主义》的译文⑥,

---

① 茅盾:《文学上的古典主义、浪漫主义和写实主义》,见丁尔纲等编《茅盾论文学艺术:茅盾文艺思想研究资料之一》,郑州:郑州大学出版社,1979年,第99页。
② 黄仲苏:《一八二〇年以来法国抒情诗之一斑》,转引自王锦厚《五四新文学与外国文学》,成都:四川大学出版社,1996年,第643页。
③ 田汉:《平民诗人惠特曼的百年祭》,见《田汉文集(第十四卷)》,北京:中国戏剧出版社,1987年,第6页。
④ 郭沫若:《〈少年维特之烦恼〉序引》,《创造季刊》,1922年第1期。
⑤ 沈德鸿:《司各德评传》,转引自Walter Scott《撒克逊劫后英雄略》,上海:商务印书馆,1924年,前言第2页。
⑥ 萨渥特尼克:《俄罗斯文学中的感伤主义及浪漫主义》,吕漱林译,《文学旬刊》,1925年第76期。

评介了俄罗斯浪漫主义代表人物茹考夫斯基(现译为茹科夫斯基)(Vassily Zukovsky,1783—1852)。

　　在西方浪漫派作家中,拜伦因其激越的自由反叛而成为五四一代津津乐道的文化"明星"。在其逝世 100 年后的 1924 年,《小说月报》第 4 期刊发了三十多篇纪念他的文章(执笔者几乎囊括了当时学界的所有重要人物),其中有译作,比如徐志摩译的《海盗之歌》、顾彭年译的《我见你哭泣》等;有国外拜伦研究著述的译文,如勃兰兑斯(Georg Brandes,1842—1927)的《勃兰兑斯的拜伦论》、鲍尔斯(R. H. Bowles,1763—1823)的《拜伦在诗坛上的位置》等;更有本土学人撰写的评介文章,如郑振铎在《诗人拜伦的百年祭》中称,拜伦是一个为自由而战、反对专制且坦白豪爽的诗人,他的全部人格都显现在其作品中[1];王统照在《拜伦的思想及其诗歌的评论》[2]中扼要地将拜伦的一生分为五个时期展开论述,尤其提到其自由是文艺、道德与政治三个方面的自由。曾写过《夏多布里昂的浪漫主义》[3]一文的华林 1928 年在《贡献》上撰文《拜伦的浪漫主义——读〈曼佛莱特〉(Manfred)》[4],盛赞拜伦是"王中之王",且称拜伦的诗篇使其泣涕滂沱、拔剑狂呼。饶有趣味的是,在时人对拜伦一派热情推崇的赞颂声中,胡适却在翻译拜伦的时候对其诗作提出了批评:虽富于情性气魄,但铸词炼句,失之粗豪。[5]

　　尤其值得注意的是,五四前后,本土众多新文学社团纷纷以西方浪漫主义文学理念相标榜,引其为自身的基本文学立场与价值取向。如,创造社的领袖人物郭沫若在诗中狂热地歌颂拥有绝对自由、位处宇宙中心的独立自我[6];而创造社另一位重要成员郁达夫则干脆宣称"自我就是一切,一切都是自我",因而"我"只要忠于我自家好了,有我自家的所有好

---

[1] 郑振铎:《诗人拜伦的百年祭》,见《郑振铎全集(第十五卷)》,石家庄:花山出版社,1998 年,第 227 页。
[2] 王统照:《拜伦的思想及其诗歌的评论》,《小说月报》,1924 年第 4 期。
[3] 华林:《夏多布里昂的浪漫主义》,《贡献》,1928 年第 2 期。
[4] 华林:《拜伦的浪漫主义——读〈曼佛莱特〉(Manfred)》,《贡献》,1928 年第 8 期。
[5] 参见胡适:《〈哀希腊歌〉序》,见《尝试集》,成都:四川人民出版社,2018 年,第 102 页。
[6] 譬如:"我赞美我自己,我赞美这自我表现的全宇宙的本体! ……一切的偶像都在我面前毁破","我是一条天狗呀! 我把月来吞了,我把日来吞了,我把一切的星球来吞了,我把全宇宙来吞了。我便是我了"。(郭沫若:《梅花树下醉歌》,见《郭沫若全集(文学编·第一卷)》,北京:人民文学出版社,1982 年,第 95—96 页;郭沫若:《天狗》,见《郭沫若全集(文学编·第一卷)》,北京:人民文学出版社,1982 年,第 54 页。)

了,另外一切都可以不问的①——夏志清因此说郁达夫有将"五四运动含蓄的个体自由推到极处的勇气"②。又如,新月诗派的徐志摩在《列宁忌日——谈革命》(1926)一文中声称:"我是一个不可教训的个人主义者。这并不高深,这只是说我只知道个人,只认得清个人,只信得过个人。"③显然,大力推崇"自我"的如上表述在本土文化传统中堪称空谷足音——"五四运动的最大成功,第一要算'个人'的发现。从前的人,是为君而存在,为道而存在,为父母而存在,现在的人才晓得为自我而存在了。"④

作为新文学革命的内核,"个人的发现"实则标志着中国现代文学大门的开启。五四一代不仅在思想上普遍接受了作为浪漫主义核心观念的自由思想,且在文学观念上也大都推崇浪漫主义的"情感表现"。1920年,田汉吸取了华兹华斯(William Wordsworth,1770—1850)等浪漫派诗人的观点,称诗是托外形于音律的一种情感文学,是创作者内部生命与宇宙意志接触时的一种音乐的表现:"诗歌者有音律的情绪文学之全体!"⑤郭沫若等人也异口同声地宣称,文学不是现实的反映,而是创作者之自我世界与主观情感的表现,"诗底主要成分总要算是'自我表现'了"⑥;"艺术是艺术家自我的表现,再无别的"⑦。既然创作基于诗人内心,是诗人自我的表现,那么文学作品就不是一个遵从固定规则制作出来的产品,而是一种天才的独特创造,"文艺是天才的创造物,不可以规矩来测量"⑧。郭沫若甚至提出了一个诗的构成公式:诗=(直觉+情调+想象)+(适当的文字),第一个括号内的部分构成内容,第二个括号内的部分则是形式。⑨

---

① 郁达夫:《自我狂者须的儿纳 Max Stirner》,见《郁达夫文集(第五卷)》,香港:三联书店香港分店,1982年,第144—145页。
② 夏志清:《中国现代小说史》,杭州:浙江人民出版社,2016年,第115页。
③ 徐志摩:《落叶》,天津:百花文艺出版社,2005年,第124页。
④ 郁达夫:《〈中国新文学大系·散文二集〉导言》,见《郁达夫文集(第六卷)》,香港:三联书店香港分店,1982年,第261页。
⑤ 田汉:《诗人与劳动问题》,见许霆编《中国现代诗歌理论经典》,苏州:苏州大学出版社,2008年,第92页。
⑥ 郭沫若:《郭沫若全集(文学编)(第十五卷)》,北京:人民文学出版社,1990年,第119页。
⑦ 郑伯奇:《新文学之警钟》,转引自饶鸿兢等编《创造社资料(上)》,福州:福建人民出版社,1985年,第71页。
⑧ 郁达夫:《艺文私见》,见《郁达夫文集(第五卷)》,香港:三联书店香港分店,1982年,第117页。
⑨ 郭沫若:《郭沫若全集(文学编)(第十五卷)》,北京:人民文学出版社,1990年,第16页。

二、"革命浪漫主义"

20世纪20年代中期,浪漫主义热潮开始消退。原来狂呼"个人"、高叫"自由"的激进派诗人纷纷放弃浪漫主义,"几年前,'浪漫'是一个好名字,现在它的意义却只剩下了讽刺与诅咒"①。在这之中,创造社的转变最具代表性。自1925年始,郭沫若不仅突然停止关于"个性""自我""自由"的热情鼓吹,而且来了一个180度的大转弯——要与浪漫主义这种"资产阶级的反动文艺"斩断联系,"对于个人主义和自由主义要根本铲除,对于反革命的浪漫主义文艺也要采取一种彻底反抗的态度"②。在他看来,现在需要的乃是社会主义和现实主义的文学,也即革命现实主义文学。借鉴苏联学者法捷耶夫(Alexander Alexandrovich Fadeyev,1901—1956)的见解,老牌革命文艺理论家瞿秋白在《革命的浪漫谛克》(1932)等文章中亦声称浪漫主义乃新兴文学(即革命现实主义文学)的障碍,必须予以铲除。③

不同于郭沫若、瞿秋白等人将浪漫主义与革命以及革命现实主义对立起来的做法,受苏联理论家思想的启发,年轻一代革命文艺理论家周扬30年代初连续发表了《关于"社会主义的现实主义和革命的浪漫主义"——"唯物辩证法的创作方法"之否定》(1933)、《现实的与浪漫的》(1934)和《高尔基的浪漫主义》(1935)等多篇关于"革命浪漫主义"的文章。周扬认为,因为对社会主义与现实主义都不无用处,浪漫主义与革命现实主义并非是截然对立的,它作为革命现实主义的一个元素存在,能促进革命现实主义的丰富与发展;革命文学不可以虚无缥缈,但可以浪漫幻想;高尔基(Maxim Gorky,1868—1936)的浪漫主义就充分地体现了革命文学中的浪漫主义,它既不遮掩现实使人遁入神秘、虚无之境,也不只是描绘现实的丑陋面,而是经由浪漫蒂克描绘出进步的革命英雄,表现出积极的乐观精神,从而照耀现实、充实现实、鼓舞群众。事实上,蒋光慈在1928年发表的《关于革命文学》一文中便表达了类似观点:革命文学并不是照搬现实或社会的机械照相,它也要歌咏和创造,即以浪漫的方式去热

---

① 朱自清:《那里走》,见《朱自清全集(第四卷)》,南京:江苏教育出版社,1990年,第231页。
② 郭沫若:《革命与文学》,见《郭沫若全集(文学编)(第十六卷)》,北京:人民文学出版社,1989年,第43页。
③ 瞿秋白:《革命的浪漫谛克》,见《瞿秋白文集(第一卷)》,北京:人民文学出版社,1985年,第459页。

情赞颂革命活动和革命英雄,只不过革命英雄已经不是拜伦笔下的个人主义者,而是群众。蒋光慈主动承认自己是浪漫派,他认为革命的理想、革命的创造精神就是浪漫主义。

左翼文人基本确立了将浪漫主义区分为革命与反动两类的政治意识形态话语模式。事实上,首先提出革命浪漫主义与反动浪漫主义这种区分的是高尔基——他在 30 年代便将西方浪漫主义区分为积极与消极两类:"一个是消极的浪漫主义——它或者是粉饰现实,想使人和现实妥协;或者就使人逃避现实,堕入自己内心世界的无益的深渊中去……积极的浪漫主义则企图加强人的生活的意志,唤起人心中对于现实,对于现实的一切压迫的反抗心。"①有人将在本土大行其道的"革命浪漫主义"视为中国特色的"准浪漫主义":"它摈斥了'五四'浪漫文学思潮的个性意识,强化了阶级意识与群体意识,作品表现出一种社会化、群体化的情绪……在它所推崇的群体意识中,又分明流露出许多知识分子的个人情趣和个人意志;在它所塑造的革命浪漫主义英雄形象身上,也分明可以看到拜伦式人物的影子。因此,革命浪漫蒂克文学应该属于浪漫主义思潮的范畴,只是它比'五四'浪漫文学思潮更加不纯,在这个意义上,我们同意将它称为'准浪漫主义'。"②但事实上,作为西方浪漫主义在中国的变异形态,被周扬等左派理论家首肯的浪漫主义(革命浪漫主义)与作为文学思潮的西方浪漫主义(五四一代早先接受的浪漫主义)已然不是同一个东西。革命浪漫主义作品中的主人公是没有个人意识、无条件为集体的革命事业服务并献身的英雄。"'革命的浪漫主义'是和古典的资产阶级的浪漫主义乃至'揭起革命的小资产阶级文学的旗帜'的所谓'革命浪漫谛克'没有任何的共同之点的。"③西方浪漫主义以个体为价值依托,革命浪漫主义则以集体为价值旨归;前者的最高价值是"自由",后者的根本关切为"革命"。因此,表面上对西方浪漫主义有所保留的蒋光慈说得很透彻:"革命文学应当是反个人主义的文学,它的主人翁应当是群众,而不是个人;它的倾向应当是集体主义,而不是个人主义……"④创造社成员何畏在 1926 年

---

① 高尔基:《我怎样学习写作》,戈宝权译,北京:生活·读书·新知三联书店,1950 年,第 11—12 页。
② 罗成琰:《现代中国的浪漫文学》,长沙:湖南教育出版社,1992 年,第 19 页。
③ 周扬:《关于"社会主义的现实主义和革命的浪漫主义"——"唯物辩证法的创作方法"之否定》,见《周扬文集(第一卷)》,北京:人民文学出版社,1984 年,第 114 页。
④ 蒋光慈:《关于革命文学》,转引自中国社会科学院文学研究所现代文学研究室编《"革命文学"论争资料选编(上)》,北京:人民文学出版社,1981 年,第 144 页。

发表的《个人主义艺术的灭亡》①一文中,对浪漫主义中的个人主义价值立场亦进行了同样的申斥与批判。

三、改革开放之后

1983年,中国外国文学学会会同华东地区十高校在安徽召开了西方浪漫主义研讨会,学界重新评价西方浪漫主义的学术工程正式启动。

随着对浪漫主义作家作品重新阐释的逐步深化,对浪漫主义的整体再认识也得以逐步推进。《文艺理论研究》杂志在80年代初连续刊发了保罗·梵·第根(Paul Van Tieghem,1871—1948)之《前期浪漫主义》、居斯塔夫·朗松(Gustave Lanson,1857—1934)之《司汤达》等多篇国外浪漫主义研究文献的译文,《中国比较文学》《国外社会科学》等杂志也纷纷刊载亨利·雷马克(Henry H. H. Remak,1916—2009)所撰《西欧浪漫主义:定义与范围》、R. 塞耶与M. 洛维联合撰写的《论反资本主义的浪漫主义》等译文。同时,类似于《关于浪漫主义的评价问题》②这样的文章也表明:表现主观不等于歪曲真实,浪漫主义能够用自己的方式反映现实,有其独特的美学意义。总体来看,这类文章大都比较谨慎,小心地提出不应该将浪漫主义一棒子打死。

"积极浪漫主义"与"消极浪漫主义"这样的划分直到90年代都难以彻底放下,如马家骏在《关于欧洲浪漫主义的几点思考》③一文中称,不应将浪漫主义视为整体一块,它是一个复杂的文艺思潮,即便消极的浪漫主义作家身上也会有积极的部分。大致来说,本土对西方浪漫主义的阐发转型为真正的学术研究范式,大致是在90年代中后期,但有价值的学术成果的产出无疑是在21世纪。以"浪漫主义"为关键词在中国知网搜索,90年代相关文章大致有100篇左右,但2000年后每年则有数百篇,2012年的论文数量更是高达创纪录的885篇。

正常学术生态中该有的学术争鸣或观点交锋亦随之出现。如,认为将卢梭(Jean-Jacques Rousseau,1712—1778)与康德(Immanuel Kant,

---

① 何畏:《个人主义艺术的灭亡》,转引自饶鸿竞等编《创造社资料(上)》,福州:福建人民出版社,1985年,第135—138页。
② 邹忠民:《关于浪漫主义的评价问题》,《文艺研究》,1984年第5期。
③ 马家骏:《关于欧洲浪漫主义的几点思考》,《外国文学研究》,1990年第4期。

1724—1804)看作浪漫主义鼻祖实乃望文生义与断章取义的文章①发表后,进一步论证"卢梭是浪漫主义之父"这一旧有认知的文章《卢梭:浪漫主义的先驱》②也旋即刊出。当然,更多的学术争鸣是针对之前阐释的不足与局限,如《关于浪漫主义中的反科学主义的几点质疑——与俞兆平〈中国现代文学史浪漫主义的历史反思〉商榷》③一文,对俞兆平之浪漫主义反科学的观点提出了质疑,并指认其犯了逻辑上简单概括的错误;又如,《革命·意识·语言——英国浪漫主义研究中的几大主导范式》④一文指认近两百年的"英国浪漫主义研究"主要受政治—历史范式、内在性范式和解构主义的语言范式的影响,对浪漫主义中著名的"雅努斯"难题——浪漫主义本质为何物、它究竟是启蒙还是反启蒙——没有做出很好的解释,作者认为"现代性"范式的引进必将有助于这一难题的解决。应该说,这些质疑或争论,对本土学界深入准确地理解浪漫主义显然大有裨益。

相对于之前的研究偏重于英法浪漫主义,21世纪本土浪漫主义研究越来越倾向于德国浪漫主义(尤其是德国早期浪漫派)。蒋承勇的论文《于"颓废"中寻觅另一个"自我"——从诺瓦利斯与霍夫曼看德国浪漫主义的人文取向》⑤,透过德国浪漫主义文学所谓"病态"与"颓废"的表象,发掘出其自我扩张与个性自由的理想:"死亡诗人"诺瓦利斯(Novalis,1772—1801)通过歌颂"黑夜"与"死亡"去感悟生命,表达对生命的执着,其间隐藏着一个向"无限"扩张开去的精神自我;霍夫曼(Ernst Theodor Wilhelm Hoffmann,1776—1822)借离奇怪诞的情节与人物展示了人之双重自我与心理张力,表现出了在人文取向上与启蒙文学的明显分野。在《德国早期浪漫派的美学原则》⑥中,张玉能认为耶拿派将诗宗教化、崇尚非理性、高标无意识及反讽等一系列美学建树对整个欧洲的浪漫主义文艺观念影响

---

① 申扶民:《被误解的浪漫主义——卢梭的非浪漫主义与康德的反浪漫主义》,《学术论坛》,2010年第7期。
② 高宣扬:《卢梭:浪漫主义的先驱》,《上海交通大学学报(哲学社会科学版)》,2012年第5期。
③ 汤奇云:《关于浪漫主义中的反科学主义的几点质疑——与俞兆平〈中国现代文学史浪漫主义的历史反思〉商榷》,《文学评论》,2000年第5期。
④ 张旭春:《革命·意识·语言——英国浪漫主义研究中的几大主导范式》,《外国文学评论》,2001第1期。
⑤ 蒋承勇:《于"颓废"中寻觅另一个"自我"——从诺瓦利斯与霍夫曼看德国浪漫主义的人文取向》,《外国文学研究》,2008年第4期。
⑥ 张玉能:《德国早期浪漫派的美学原则》,《厦门大学学报(哲学社会科学版)》,2004年第6期。

甚大。王歌在《德国早期浪漫主义的反启蒙与启蒙——以"自我"概念为契机》①中提出浪漫主义并不是反理性的,它反对的是启蒙理性中隐含的暴力以及工具理性对人的情感及想象力的销蚀。刘渊的博士论文《德国早期浪漫派诗学研究:以弗·施莱格尔为代表》②着重阐释弗·施莱格尔(Karl Wilhelm Friedrich Schlegel,1772—1829)的诗学主张,认为德国早期浪漫派诗学立基于康德、约翰·戈特利布·费希特(Johann Gottlieb Fichte,1762—1814)等人的哲学,以感性生命存在为依托,以"诗化人生"为手段,促进了人的全面发展。

随着对德国浪漫派研究的深入,浪漫主义文学中的宗教问题、哲学问题、美学问题均得到了本土学者的充分关注。张欣在论文《体验的自我——欧洲初期浪漫主义文学中的基督教印迹》③中,认为浪漫主义继承和发展了中世纪基督教的许多重要概念与精神,不少抒情主人公像修士一般倾诉内心,"忏悔"成为很多作品中的重要文学因素。生安锋的论文《美国浪漫主义文学中的人神关系》④、王林的博士论文《西方宗教文化视角下的19世纪美国浪漫主义思潮》⑤等则聚焦美国浪漫主义文学中的宗教问题。而李金辉的《浪漫主义的反讽概念:实质、类型和限度》⑥、张世胜的《施莱格尔浪漫主义反讽理论的形成》⑦、陈安慧的《从哲学到美学的浪漫主义反讽》⑧等文章对浪漫派反讽问题的深入阐发,则从一个侧面揭示了本土21世纪西方浪漫主义研究的理论深度。可喜的是,在"反讽"概念被深入研讨的同时,浪漫主义中的"直观""隐喻""天才"与"象征"等诸重要范畴亦均有专论做深入梳理。

尤为值得注意的是,从维塞尔(Leonard P. Wessell,1898—1983)的《马克思与浪漫派的反讽——论马克思主义神话诗学的本源》(*Karl*

---

① 王歌:《德国早期浪漫主义的反启蒙与启蒙——以"自我"概念为契机》,《现代哲学》,2013年第2期。
② 刘渊:《德国早期浪漫派诗学研究:以弗·施莱格尔为代表》,华中师范大学博士学位论文,2008年。
③ 张欣:《体验的自我——欧洲初期浪漫主义文学中的基督教印迹》,《外国文学》,2008年第5期。
④ 生安锋:《美国浪漫主义文学中的人神关系》,《外国文学研究》,2002年第4期。
⑤ 王林:《西方宗教文化视角下的19世纪美国浪漫主义思潮》,东北师范大学博士学位论文,2007年。
⑥ 李金辉:《浪漫主义的反讽概念:实质、类型和限度》,《思想战线》,2018年第3期。
⑦ 张世胜:《施勒格尔浪漫主义反讽理论的形成》,《外语教学》,2017年第4期。
⑧ 陈安慧:《从哲学到美学的浪漫主义反讽》,《华中学术》,2011年第2期。

Marx , Romantic Irony , and the Proletariat: The Mythopoetic Origins of Marxism，1980，中译本于 2008 年出版）之中译本①面世开始，许多学者开始关注马克思哲学与浪漫主义的关联，也就生成了近年本土西方浪漫主义研究中一个特殊的学术热点。中山大学罗纲的《反讽主体的力度与限度——从德国早期浪漫派到青年卢卡奇的马克思主义》（2009）、山东大学李正义的《诗意的延续：从浪漫主义到共产主义——对于马克思哲学的一种解释》（2010）和吉林大学刘聪的《现代政治哲学视域下的浪漫派、黑格尔与马克思——从浪漫主义反讽角度重释马克思阶级理论》（2011）等博士论文均为代表性的成果。2012 年 11 月 26 日至 29 日，国内 11 所重点院校的专家还在中山大学马克思主义哲学与中国现代化研究所召开了"马克思与浪漫主义传统"学术研讨会。这一研究初步揭示出：马克思没有一刀切地否定浪漫主义，浪漫主义本身就是马克思思想的渊源；马克思在写作风格上还学习借鉴了浪漫派的反讽形式。②

四、浪漫主义的变异及其逻辑

本土新时期西方浪漫主义的研究，热点之一便是对其在中国的变异进行反思。在《现实主义、浪漫主义在中国的误读与误判》③一文中，杨春时和刘连杰梳理了浪漫主义在中国被误判的过程与问题，称误读发生的根本原因在于审美现代性和国家现代化二者的冲突。王元骧在《我国现代文学理论研究的反思与浪漫主义理论价值的重估》④一文中也分析了浪漫主义在中国的非正常"遭遇"：被简单地等同于内容上的"主情主义"、艺术上的"自由主义"和意识形态上的"资产阶级属性"等。应该说，这些反思性的阐述均触及了问题的某些方面。

除却 20 世纪初始的短暂蜜月，西方浪漫主义在中国的百年历程可谓艰难竭蹶、命运多舛；究其内里不难发现：作为西方浪漫主义内核的"个体自由"观念在本土文化土壤上始终水土不服难以落地，当为根本的因由。

在西方文学史上，没有哪个时代的作家像浪漫派一样如此全面地关注自由问题，也没有哪个时代的诗人写下那么多热情的自由颂歌。启蒙

---

① 陈开华翻译的该书中译本，由华东师范大学出版社于 2008 年出版。
② 罗纲：《马克思与浪漫主义初探》，《马克思主义研究》，2008 年 11 期。
③ 杨春时、刘连杰：《现实主义、浪漫主义在中国的误读与误判》，《社会科学战线》，2007 年 4 期。
④ 王元骧：《我国现代文学理论研究的反思与浪漫主义理论价值的重估》，《外国文学评论》，2000 年第 1 期。

学派曾以理性的怀疑精神与批判精神消解了官方基督教神学的文化专制,但最终却因丧失了对自身的质疑与批判又建立了一种唯理主义的话语霸权。浪漫派反对启蒙学派的理性主义,因为在他们看来只有感性生命才是自由最实在可靠的载体与源泉,而经由理性对必然性认识所达成的自由在本质上只不过是对自由的取消。"浪漫主义其真正的定义,不过是文学上的自由主义而已。"① 正是在此等"个体自由"的观念形成的氛围中,浪漫派作家才以一种近乎偏执的儿童式的任性大肆讴歌遗世独立的个人,几乎没有限度地张扬"无政府主义"式的自由。"浪漫派高度推崇个人价值,个体主义乃浪漫主义的突出特征。"② "浪漫主义所推崇的个体理念,乃是个人之独特性、创造性与自我实现的综合。"③

在中国数千年的文化传统中,个人是被严格约束于社会、群体与家庭之下的存在,而文人甚至只可代圣人言而不可有自己的观点。渴望从这种"个体不张"的文化传统中挣脱出来,正是五四一代热烈推崇浪漫主义的重要缘由。但即便是在达成"个人的发现"之辉煌历史时刻,五四一代精英学人对西方浪漫主义之"个人"价值取向依然也持有保留态度:从一开始,不管是作品的翻译还是作家的推介,文化启蒙与政治革命共同构成的"新家国情怀"使得国人对西方浪漫主义的选择明显体现出"弃德而就英法",重拜伦、维克多·雨果(Victor Hugo,1802—1885)而轻华兹华斯、弗朗索瓦-勒内·德·夏多布里昂(François-René de Chateaubriand,1768—1848)的倾向。

很快,以"集体"为价值旨归、以"革命"为根本关切的"革命浪漫主义",便压倒了以"个体"为价值依托、奉"自由"为最高价值的西方浪漫主义。作为西方文化现代转型开启的标志,浪漫主义虽有着自身的美学规定与方法论系统,但它首先更是一个丰富、复杂的文化价值系统;本土的"革命浪漫主义"将其简化为一种以"表现理想"为本质规定的文学创作方法(作为两种基本的创作方法之一,排在"反映现实"的现实主义后面)④。

---

① 雨果:《〈欧那尼〉序》,见《雨果论文学》,柳鸣九译,上海:上海译文出版社,2011年,第91页。
② Jacques Barzun, *Classic, Romantic and Modern*, London: Secker & Warburg, 1962, p.6.
③ Steven Lukes, *Individualism*, Oxford: Basil Blackwell, 1973, p.17.
④ 1988年,复旦大学、华东师范大学、武汉大学等多所著名高校的专家联合编撰了《西方浪漫主义文学史》(杨江柱、胡正学主编,武汉出版社,1989年),该书除第三编介绍19世纪欧美各国的浪漫主义文学外,其余篇幅都是在缕述古希腊神话、中世纪骑士文学、文艺复兴文学等内容。明明就是一本西方文学史,却要冠以"浪漫主义文学史"的名头,其背后的逻辑就是将浪漫主义理解为一种"基本的创作方法"。

Ⅰ 浪漫主义文学革命

浪漫主义除了是对新生事物的一种尝试和追求，基本上不太可能说明白它究竟还意味着什么。

——F. W. J. Hemmings, *Culture and Society in France：1789—1848*

浪漫主义是一个非常难以界定的名称。无论是就其在诗歌、音乐、绘画等诸艺术领域的时期勘定，还是就其迥然不同的民族表现形态——从苏格兰浪漫主义的文化民族主义（约 1760—1820）到葡萄牙和巴西浪漫主义的阴郁悲观主义（约 1830—1865），人们不难发现其外延与内涵均充满弹性、暧昧、模糊。

——Alexander J. B. Hampton, *Romanticism and the Re-Invention of Modern Religion：The Reconciliation of German Idealism and Platonic Realism*

从根本上说，所谓浪漫主义就是自由的精神和对自然的回归。

——Lascelles Abercrombie, *Romanticism*

个性的扩张、个人兴趣和同情的增长超出了艺术和生活的原有界限，必然会引发反对古典主义清规戒律的革命。

——N. H. Clement, *Romanticism in France*

第一章
浪漫主义的定义与核心观念

第一节 词源追溯:从"罗曼司"到"罗曼蒂克"

说来话长。"罗曼蒂克"或"浪漫的"(德语 Romantisch,英语 Romantic,法语 Romantique)一词的词源最早可以追溯到拉丁文的 Roma,即意大利那个著名的旅游城市罗马,当然 Roma 同时也指人们普遍认为最不浪漫的古罗马人。从夏多布里昂的《勒内》(*René*,1802)、奥·施莱格尔(August Wilhelm von Schlegel,1767—1845)的《罗马:挽歌》(*Rom:Elegie*,1805)、史达尔夫人(Madame de Staël,1766—1817)的《柯丽娜》(*Corinne*,1807)、拜伦的《恰尔德·哈罗尔德游记》(*Childe Harold's Pilgrimage*,1812)以及阿尔封斯·德·拉马丁(Alphonse Marie Louis de Lamartine,1790—1869)的《自由,或罗马一夜》(*La Liberté ou une nuit à Rome*,1822)等作品中不难见出——最不浪漫的古罗马人之"古罗马废墟",一时间竟然成了所谓浪漫派作家最为热衷的独特题材之一,这不能不说是西方文化史上的一个极为有趣的反讽。

从词源学的角度觅踪考源,当可发现:Roma 后来衍生出了古法语单词 Romanz。Romanz 意指"普通百姓说的话",最早的意思是指从拉丁语生发出来并隶属于"罗曼"语族的欧洲地方语言,如法语、普罗旺斯语、意大利语、西班牙语、加泰罗尼亚语、葡萄牙语等,后来也泛指一切用罗曼语写成的文本。中世纪后期,Romanz 进一步演化出专有名词"罗曼司"(法语 Romaunt,英语 Romance)①;"罗曼司"特指骑士传奇故事——在一段历险征程中,充满奇思异想的魔幻情节与贯穿着荣誉观念的典雅之爱相交织,"忠君、护教、行侠"的骑士英雄往往既风姿绰约、玉树临风又神勇机敏、所向披靡。英雄的骑士主人公言情一往情深,论义满腔赤诚,演绎出荡气回肠、引人入胜的"传奇故事",这使得"罗曼司"在法语中很早就成了"小说"的代名词,而后德国、俄罗斯等其他国家也沿袭了这一用法。② 简言之,"罗曼司"意即"传奇",特指中世纪及其后期阶段文艺复兴时期的故事传说(Tales);从民谣到史诗,虽在形式上千变万化,但其主旨都是围绕着游侠骑士的冒险故事而展开。

因此,也就不难理解雷纳·韦勒克(René Wellek,1903—1995)、罗根·皮尔索尔·史密斯(Logan Pearsall Smith,1865—1946)以及汉斯·艾赫纳(Hans Eichner,1921—2009)等人的考证结果——"浪漫的"(Romantic)最初是与叙事文学而非抒情诗联系在一起的。大致说来,在17世纪,法语中的 Romaunt 衍生出了其形容词 Romantique,英语中随之出现了与 Romance 相对应的 Romantic("罗曼蒂克")③,但这些语汇并没能很快流行开来。由于纯粹而单一、空灵而浓郁的"典雅之爱"往往是"罗曼司"中必不可少的关键要素,这一文类从一开始便被内在地赋予了活跃、强烈的情感体验之品格。自17世纪后期始,伴随着对作为抵达真理途径之理性的信赖以及对古典主义之价值与形式的推崇这一时代文化氛围的持续增长,"浪漫的"作为一种与"梦幻"或"幻想"联系在一起的非主流艺术风格不断得到彰显。显然,"浪漫的"最早便是用来描述某种虚构的古老传说之文本特质:充斥着神乎其神的城堡、魔法师与食人魔,洋溢着高亢、夸张、匪夷所思的情感或激情。英国古典主义剧作家托马斯·沙德韦尔(Thomas Shadwell,1642—1692)在其1668年的戏剧《阴郁的情人》(*The Sullen Lovers*)中展示了其在戏剧结构上恪守三一律的偏好,并用贬抑的口吻讨论了其所区分的作为另类的"浪漫派"(Romantick)的过度夸张:"那些作者有着近乎疯狂的浪漫风格,他们推崇情爱、荣誉到了一

---

① 英语 Romance 由16世纪中期法语 Romaunt 演化而来,《牛津英语大词典》认为它首次出现在1530年。

② 但与此不同的是,英语中则沿用了意大利语中的 Novella 一词来指称"小说",而将"罗曼司"限定于特指中世纪的作品或后来的一类特殊的小说,比如司各特的《艾凡赫》(*Ivanhoe*)、霍桑的《福谷传奇》(*The Blithedale Romance*)等。

③ 《牛津英语大词典》认为它首次出现在1659年。

种荒谬的程度,以至于有些滑稽。"①在此种表述中,"浪漫的"作为一个贬义词的负面意味自不待言。

18世纪伊始,"浪漫的"这一术语中的贬义色彩逐渐被更多的中性用法所抵消。如约瑟夫·艾迪生(Joseph Addison,1672—1719)1711年在《探索者》(*The Spectator*)上刊文提到一位民谣作家富于"浪漫风格"的作品"情感非常自然,富有诗意,且充满了在古代诗歌中我们推崇不已的那种庄严朴素的风格"②。18世纪上半期,"浪漫的"在英语中越发成为一个艺术领域的高频词语,且其语义从"罗曼司"生发开去,开始泛指与美妙风景或奇幻事物相关涉的某种艺术风格或审美趣味——这从某个侧面揭示了是时英国文学艺术领域推崇情感的潮流正在潜滋暗长。然而,主流评论对正在茁壮成长的这一文学潜流仍长久持守一种不以为然或不屑一顾的否定态度,如执文坛牛耳的头面人物塞缪尔·约翰逊(Samuel Johnson,1709—1784)在其编纂的《英语词典》中便沿袭早前的用法将Romantic称为"类似于传奇故事或罗曼司的;不合情理的、不可理喻的;虚假的;充满蛮荒景象的"③。

18世纪中叶,在詹姆斯·汤姆逊(James Thomson,1700—1748)《四季》(*The Seasons*,1726—1730)的巨大影响之下,"罗曼蒂克"一词开始作为正面的用语在英语世界中流行开来。稍后,在1762年刊行的《骑士文学与浪漫传奇》(*Letters on Chivalry and Romance*)中,理查德·赫德(Richard Hurd,1720—1808)将伊丽莎白时期英国的哥特文学与古希腊罗马经典文本进行了比较,坚称哥特文学虽与前者有所不同,但这并不意味着它比古代经典低俗:"假如一个建筑师用希腊式风格的标准来衡量一个哥特式建筑,他只会觉得畸形。但是与希腊式建筑一样,哥特式建筑有自己的规则;若非囿于旧的标准,仔细鉴赏当不难发现其优点。"④赫德甚至更大胆地指出:在文本的结构安排等很多方面,"哥特风"的浪漫作品要远胜过古代的经典。这种有悖于传统评判标准的重新评价,在大名鼎鼎的托马斯·沃顿(Thomas Warton,1728—1790)之《英格兰诗歌史》(*History of English Poetry*,1774—1781)中终被定于一尊。在其置于该

---

① Quoted in Aidan Day, *Romanticism*, London, New York: Routledge, 1996, p.80.
② See Aidan Day, *Romanticism*, London, New York: Routledge, 1996, p.80.
③ 转引自邓肯·希思:《浪漫主义》,李晖、贾倩译,北京:生活·读书·新知三联书店,2019年,第2页。
④ Quoted in Aidan Day, *Romanticism*, London, New York: Routledge, 1996, p.81.

书开篇的长文《欧洲浪漫小说的起源》("Of the Origin of Romantic Fiction in Europe",1774)中,尽管与其作为古典主义者的固有立场相背离,沃顿在将中世纪一直至文艺复兴时期的"传奇"(Romance)或"浪漫文学"(Romantic literature)与古代传统经典所做的对比分析中,一再试图廓清对"浪漫风格"(Romantic)的固有偏见:想象的力量持续蔓延壮大,不唯锻造了意大利诗歌崇高宏伟的新气象,同时也在英国成就了其杰出的代表人物莎士比亚(William Shakespeare,1564—1616)与斯宾塞(Edmund Spenser,1552—1599)。①

"罗曼司"与"罗曼蒂克"这些术语热度的升温,在英国文坛产生的一个直接后果便是各种"真""假""罗曼司"的流行。首先是爱丁堡的詹姆士·麦克弗森(James Macpherson,1736—1796),其在18世纪60年代初假托游吟诗人莪相(Ossian)所作的"民间史诗"《芬格尔》(*Fingal*,1762)和《帖木拉》(*Temora*,1763)先是在苏格兰引发轰动效应,并旋即风靡全欧。在英国,奇才少年托马斯·查特顿(Thomas Chatterton,1752—1770)假托15世纪诗人托马斯·罗利之名,伪造了一批中世纪的手稿,并在几年后自杀——将自己以及他十二三岁便开始创作的那批手稿均以"悬案"定格为传奇。② 伪造中世纪"罗曼司"文本的麦克弗森与查特顿本身成了传奇故事,这从一个侧面揭示了18世纪后期英国以及全欧文坛的关注热点与文脉走向。弄假成真,假托文本的成功很快便诱发出了大量真的与中世纪骑士相关的"谣曲"与"罗曼司":除了托马斯·珀西(Thomas Percy,1729—1811)的《英诗辑古》(*Reliques of Ancient English Poetry*,1765)外③,沃尔特·司各特一大批脍炙人口的中世纪"罗曼司"也正拍马赶来。在德国,不仅约翰·戈特弗里德·冯·赫尔德(Johann Gottfried von Herder,1744—1803)这样的文坛大佬开始潜心地收集本地的民间歌谣,而且忧郁少年维特开始大段大段地背诵莪相的诗句,而前一年,其作者歌德还用一个"罗曼司"故事写下了其著名的戏剧《铁手骑士葛兹·冯·伯利欣根》(*Götz von Berlichingen*,1773)。在法国,甚至连拿破仑这样的政客武将都成了莪相的粉丝。

---

① See Aidan Day, *Romanticism*, London, New York: Routledge, 1996, p.82.

② 在查特顿死后一百多年,人们还在争论那批手稿的真假;而他本人则作为神奇的天才与"诗人殉难者"成为柯勒律治、维尼等浪漫主义大作家笔下的主人公。

③ 德罗莫尔主教珀西是18世纪英国的著名诗人、收藏家与西方当时罕有的汉学家之一。《英诗辑古》收录了176首英格兰和苏格兰的民谣,包括自14世纪至18世纪的一些骑士传奇、十四行诗等。

在沃顿之后，英国文坛普遍开始关注对"中世纪骑士传奇"和"浪漫小说"的讨论。但在此后很长的时间里并没有人将"古典主义"与"浪漫主义"相提并论，也没有人很快意识到《抒情歌谣集》(*Lyrical Ballads*，1798)开创了一种新型的文学形式。古典主义与浪漫主义的区分，最早出现在柯勒律治(Samuel Taylor Coleridge，1772—1834)1811年所做的讲演——讲演中的观点显然直接来自奥·施莱格尔。但由于这些讲演当时并未公开发表，因此这种区分广泛流传开来还要在史达尔夫人的著作1813年在英国出版之后。1815年前后，奥·施莱格尔对古典派与浪漫派的区分及其对莎士比亚的高度评价为威廉·赫兹里特(Hazlitt William，1778—1830)所引用；随后，司各特在其《戏剧论》(1819)等文中，也都曾援引过施莱格尔的论点。但有趣的是，即便在20年代及其后很长的时间中，仍然没有哪位英国作家承认自己是浪漫主义者，甚至没有人意识到为他们所经常援引的德国人关于两种文学的辩论与英国有关。流亡国外的拜伦读过《论德国》(*De l'Allemagne*，巴黎，1810；伦敦，1813)，也了解奥·施莱格尔的关于"古典文学与浪漫文学"的区分，但他却始终将其视为大陆文坛的无聊论争。1820年，拜伦在写给友人的信中称："在德国和意大利，所谓古典派与浪漫派的斗争非常引人注目；至少四五年前我离开英国时，英国文界都还未曾对这些术语进行区分。"① 显然，拜伦并没有意识到他是属于浪漫派的。相形之下，在意大利的奥地利密探倒是更清楚一些：密报中称与烧炭党关系密切的拜伦属于"浪漫派"，"写过而且还在继续写作这一种新流派的诗"②。直到1831年，卡莱尔(Thomas Carlyle，1795—1881)在其论席勒的一篇文章中仍自傲地宣称："我们没有为关于浪漫主义和古典主义的论战所苦。"③ 总体来看，英国文坛上那种与蒲伯(Alexander Pope，1688—1744)风格相对立的新的风格，后来是被追认为"浪漫主义"的。在英国学界，如下轮廓很久之后才逐渐清晰并被作为文学史的叙述框架确立了下来——"汤姆逊、彭斯、考珀、格雷、格林斯和查特顿被誉为先驱；珀西和沃顿兄弟被誉为创始人。华兹华斯、柯勒律治和骚塞三人被公认为奠基人，随着时间的推移，又加上了拜伦、雪莱和约

---

① Quoted in Aidan Day, *Romanticism*, London, New York: Routledge, 1996, p. 84.
② 参见R. 韦勒克：《文学史上浪漫主义的概念》，见R. 韦勒克《批评的诸种概念》，丁泓、余徵译，成都：四川文艺出版社，1988年，第143页。
③ 转引自R. 韦勒克：《文学史上浪漫主义的概念》，见R. 韦勒克《批评的诸种概念》，丁泓、余徵译，成都：四川文艺出版社，1988年，第144页。

翰·济慈(John Keats，1795—1821)；尽管事实上，后三人由于政治上的原因，对前三人进行了谴责。"①

与英国的托马斯·沃顿对 Romantic 一词的用法一样，18 世纪末叶，维兰德(Christoph Martin Wieland，1733—1813)和赫尔德等人在德国、吉拉尔丹(Emile de Girardin，1806—1881)等人在法国也分别用 Romantisch 与 Romantique 来指称一种新的文学样式。在赫尔德的著述中，明显存在着将"哥特式的"(Gothic)和"古典主义的"两者并置的现象。如他认为托尔考托·塔索(Torquato Tasso，1544—1595)的作品在风格上是"介于哥特式作品和古典主义作品之间的"，认为《仙后》("The Faerie Queene"，1590)乃"哥特式的而非古典主义的诗作"；"有时他将'浪漫的'(骑士的)趣味同'哥特式的'(北欧日耳曼人的)趣味区分开来；但多数情况，'哥特式的'与'浪漫的'这两个字眼在他是互换着使用的"。② 在此基础上，同时也基于希腊语古典文学与拉丁—罗曼语文学的对照，1798 年，在耶拿施莱格尔兄弟为核心的圈子中，"浪漫的"开始被明确作为区别于"古典的"(Klassisch)的另一种文学范畴，并同时成为这个正破土而出的文学社团的标签。"古典的是健康的，浪漫的是病态的。"③1830 年，始终鄙薄年轻浪漫派的歌德在一次与爱克曼(J. P. Eckermann，1792—1854)的谈话中称：是席勒最先发现了"素朴的"与"感伤的"这两类诗之间的差别，而施莱格尔兄弟不过是将它们重新表述为"古典的"与"浪漫的"而已。但事实上，这种将两者简单联系起来的说法却难以成立：席勒认为莎士比亚是"素朴的"，而施莱格尔却认为莎士比亚是"浪漫的"。就此而言，两者之间在逻辑上完全不是一回事。事实上，作为名词使用的"浪漫主义"(Romantik)和"浪漫主义者"(Romantiker)两个术语，是诺瓦利斯 1798—1799 年间的发明。对他来说，"浪漫主义者"只是指具有他自己那种特殊风格的传奇和神话故事的作家。弗·施莱格尔当时并不认为自己置身其中的时代是浪漫主义的，因为他在谈论同时代作家让·保尔(Jean Paul，1763—1825)时，称其所创作的小说是"非浪漫主义时代唯

---

① 参见 R. 韦勒克:《文学史上浪漫主义的概念》，见 R. 韦勒克《批评的诸种概念》，丁泓、余徵译，成都：四川文艺出版社，1988 年，第 150 页。
② R. 韦勒克:《文学史上浪漫主义的概念》，见 R. 韦勒克《批评的诸种概念》，丁泓、余徵译，成都：四川文艺出版社，1988 年，第 129 页。
③ 转引自 R. 韦勒克:《文学史上浪漫主义的概念》，见 R. 韦勒克《批评的诸种概念》，丁泓、余徵译，成都：四川文艺出版社，1988 年，第 130 页。

一的浪漫主义作品"。在使用"浪漫主义"这个术语时,其所指是颇为含糊的——他甚至曾声言所有诗歌都是浪漫主义的;在影响甚广的《雅典娜神殿》(Athenaeum,1798—1800)第 116 号的断片中,"浪漫主义的诗"被他界定为是一种"进步的、涵盖一切的诗"。① 这里,"进步的"区别于"古典的、定型的、机械的",而与"有机的生命""向未来展开"的"进化"同义。

19 世纪伊始,奥·施莱格尔作出了将古典文学与浪漫文学间的差异和古代诗与现代诗间的差异相提并论的著名论断。在其 1801—1804 年在柏林的演讲中②,奥·施莱格尔不仅以古代诗与现代诗完成了古典与浪漫的对比,而且将"浪漫"与"现代"(Modern)、"进步"(Progress)以及"基督教"这些关键词联系了起来。在概述浪漫文学的历史时,他认为其起源在中世纪,而但丁(Dante Alighieri,1265—1321)、彼特拉克(Francesco Petrarca,1304—1374)、薄伽丘(Giovanni Boccaccio,1313—1375)等人虽推崇古典文学,但这些人的艺术形式全然是非古典的,因而他们是现代浪漫文学(Modern Romantic Literature)的奠基人。这些讲演很受欢迎,这些概念也就由此传播开去:在谢林(Friedrich Wilhelm Joseph von Schelling,1775—1854)的《艺术哲学》(1802—1803)初稿中,在让·保尔的《美学入门》(1804)中,在 F. 阿斯特的《艺术理论体系》(1805)里,人们都可以发现类似的"类型学"表述。1808—1809 年,奥·施莱格尔在维也纳的演讲中③进一步表述了其重要观点:浪漫与古典的对立,不仅是现代与古代的对立,究其内里更体现为有机论与机械论、不确定性与确定性之间的差异。他明确申明:以希腊古典文学以及 17 世纪法国为代表的那种古典主义文学与莎士比亚、卡尔德隆(Pedro Calderón de la Barca,1600—1681)等人所创作的浪漫戏剧是相对立的——后者乃是对想象和联想的自由表达,透着对无限的渴望。④ 在这里,"浪漫文学"和"古典文学"的概念,进一步与中世纪/希腊、有机/机械、现代/古代、发展(无限)/完美、表现/再现、绘画/雕塑、性格/情节等对立的范畴联系起来了。在与古代文学以及法国古典主义戏剧的对比中,莎

---

① 参见 R. 韦勒克:《文学史上浪漫主义的概念》,见 R. 韦勒克《批评的诸种概念》,丁泓、余徵译,成都:四川文艺出版社,1988 年,第 131 页。
② 演讲稿最终在 1884 年才出版。
③ 此讲稿于 1809—1811 年整理出版。
④ 参见 R. 韦勒克:《文学史上浪漫主义的概念》,见 R. 韦勒克《批评的诸种概念》,丁泓、余徵译,成都:四川文艺出版社,1988 年,第 132 页。结合英文原文对该书的译文做了必要的订正,如 1801—1804 年施勒格尔在柏林的演讲稿最终出版于 1884 年,而该书舛误为 1880 年。

士比亚的浪漫主义属性得到了进一步彰显。而其直接的重要影响在于：其一，在"浪漫文学"中，文学的核心摆脱开诸多"非人"的因素而进一步向"人"本身聚集；其二，莎士比亚作为"浪漫文学"的模板或典型个案被彻底确定下来，成为后来各国倡导浪漫主义的统一旗帜或标识。在20年代中期发表的小册子《拉辛与莎士比亚》(*Racine et Shakespeare*，1823，1825)中，法国的司汤达(Stendhal,1783—1842)认为莎士比亚是浪漫主义的，这绝非孤立的现象。

特定历史时期思潮概念术语，往往是在派别的攻讦中得以确立并流传开来。浪漫主义、自然主义、现代主义等莫不如是。对"浪漫文学"这一"类型学"的概念如何演变成为一个被用于指称当时文学运动的"历史时期"概念，观念史专家韦勒克曾经做过简要梳理：在较早时的施莱格尔兄弟那里，"浪漫文学"基本上是一个与他们所反对的古典主义相对立的"类型学"的概念；1803年曾自称"浪漫人物传记作家"的让·保尔，在1804年将路德维希·蒂克(Ludwig Tieck,1773—1853)等神话故事或艺术童话作家称为"浪漫主义者"。尽管这个概念之于他们如此重要，但依然必须注意到：耶拿派等早期浪漫主义者开始时并没有依据这个概念来界定他们自身。"这个术语只在1805年才被首次应用于一个后来的浪漫派团体，并且那时只是一个讽刺性的用法。"①

1810年前后，将当时反对古典主义的时代潮流或文学运动称为"浪漫主义"这样的说法最终确定下来，这无疑要归功于海德堡派(Heidelberg School)——人们现在习惯上将其称为德国第二代浪漫主义——与耶拿派的论争。海德堡派的核心人物路德维格·阿希姆·冯·阿尔尼姆(Ludwig Achim von Arnim,1781—1831)和克莱蒙斯·布伦塔诺(Clemens Brentano,1778—1842)首先在其把持的《隐士报》不无贬义地采用这一术语指称其前的耶拿派(1808)；同年有人在《科学与艺术杂志》上撰文从正面谈论耶拿派这些"浪漫主义者"。1819年，布特维克在其《文学史》的第11卷中才用了"所谓浪漫派(Romantik)这个文学新党"的表述——但在该书中，耶拿派与布伦塔诺等海德堡派均被放在"浪漫派"这一历史编码下一并作了论述；而海涅晚得多的《论浪漫派》(*Die Romantishe Schule*，1833)一书，则进一步将富凯(Jean Fouquet,1420—

---

① 弗雷德里克·拜泽尔：《浪漫的律令：早期德国浪漫主义观念》，黄江译，北京：华夏出版社，2019年，第18页。

1477)、乌兰德(Ludwig Unland,1787—1862)、维尔纳和 E. T. A.霍夫曼等人也包括了进去。饶有趣味的是,R.海姆(Rudolf Haym,1821—1901)后来常常被人提起的《论浪漫派》(*Die Romantische Schule*,1870)一书的指涉范围再次限制在施莱格尔兄弟、诺瓦利斯和蒂克等为代表的早期耶拿派,德国文学史上"浪漫主义"这一术语最初广义的历史所指又被做了新的切割——"浪漫派"这一术语重新被用来指称那群他们自己并未自称为"浪漫主义者"的耶拿派作家。而且,海姆直言施莱格尔的浪漫诗在本质上指的是现代小说,其中歌德的《威廉·迈斯特》(*Wilhelm Meisters*,1795—1796)便是范例。依据海姆的表述,浪漫诗就是罗曼诗(Romanpoesie),其中的罗曼(Roman),依据其德语词源,指的是小说(Der Roman)。[①]

与"浪漫文学""浪漫主义""浪漫派"这样的表述在德国从一个"类型学"概念转变为一个"历史时期"的编码相适应,由施莱格尔兄弟等耶拿派作家最先使用的这些概念也迅速从德国向四面八方传了出去。北欧国家似乎首先采用了这些术语——A.奥伦斯莱格在19世纪的第一个十年,就把德国的这些概念带到了丹麦;差不多同时,围绕《晨星》杂志的一群作家将这些概念移植到了瑞典。奥·施莱格尔关于古典与浪漫相对立的观点,因为推崇德国文化的柯勒律治在1812—1815年间所做的系列文学演讲传到了英国;几乎同时,与当时德国文学圈渊源更深的史达尔夫人则通过其《论德国》(*On Germany*,1813)一书将这一观点推向法国乃至整个欧洲。对奥·施莱格尔观点的传播,史达尔夫人居功至伟,这不仅是因为其新书《论德国》以法语、英语同时出版,而且更是因为其作为当时欧洲最受瞩目的文人之一影响力几乎无人堪比。受施莱格尔兄弟思想影响很深的史达尔夫人,是时运不济的前法国财政部长雅克·内克尔(Jacques Necker,1732—1804)的女儿。因拒绝与拿破仑政权合作,她长久地逗留德国;而与施莱格尔兄弟的频繁接触与交流,则直接促使她写出了《论德国》一书。法国文化从路易十四时代始便在整个欧洲占据主导地位,史达尔夫人认为法国人由此变得故步自封,在自以为是中严重缺乏对他国文化的认知与尊重。因此,她特别渴望在其著作中把德国人的新思想介绍给自己褊狭的法国同胞。事实上,"浪漫的""浪漫派""浪漫主义"等语汇

[①] 参见弗雷德里克·拜泽尔:《浪漫的律令:早期德国浪漫主义观念》,黄江译,北京:华夏出版社,2019年,第23页。

在19世纪初叶的欧洲文坛能够成为主流的文学语汇,这在很大程度上的确应归功于史达尔夫人,其《论德国》以及更早出版的《论文学》(*On Literature*,1800)使得"浪漫的"与"古典的""浪漫主义"与"古典主义"的区分永远进入了欧洲文坛以及学界的视野。

在荷兰,人们发现N. G. V. 卡姆本1823年详细阐述了古典诗同浪漫诗之间存在的差异。在法国,第一个阐释浪漫主义的学者则非C. 维耶尔斯莫属,其1810年发表在《百科杂志》上的一篇文章将但丁和莎士比亚说成是"经得起时间考验的浪漫主义者",但维耶尔斯的文章几乎没有引起任何注意;1813年当然是关键性的一年——S. 德·西斯蒙第(Sismondi,1773—1842)的《南欧文学》在五、六月出版;10月,史达尔夫人的《论德国》在伦敦出版,尽管它在1810年就曾准备好在法国付印;12月,奥·施莱格尔的《戏剧文学讲演录》(1809—1811)由史达尔夫人的表妹N. D. 索绪尔夫人完成的译本在法国出版。接下来发生的最重要的事当属《论德国》1814年5月终于在巴黎出版……显然,就"浪漫派"等概念在法国的传播而言,德国尤其是奥·施莱格尔的确是直接的源头。在《论德国》第11章中,史达尔夫人"对古典艺术与浪漫艺术作了比较性的评述,其中包括古典的与雕塑的平行,浪漫的与绘画的平行,古希腊情节剧与近代性格剧之间的对比,命运诗与天命诗的比较,以及完美的诗与发展的诗的对比,诸如此类显然都是来自施莱格尔"[①]。尽管邦雅曼·贡斯当(Benjamin Constant,1767—1830)发表长篇小说《阿道尔夫》(*Adolphe*,1816)时,人家攻击他为"浪漫派文学种类"增强了实力,但直到那时并没有一个法国人自称为浪漫主义者。不久,侨居米兰的司汤达读到了刚出版的奥·施莱格尔的《戏剧文学讲演录》的法文译本;他在一封信中称奥·施莱格尔为一个枯燥无味的学究,但又抱怨法国人攻击他并以之击败了"浪漫主义"。司汤达似乎是第一个自称为"浪漫主义者"的法国人——1818年他便放言:"我是一个狂热的浪漫主义者,那就是说,我支持莎士比亚,反对让·拉辛(Jean Racine,1639—1699),支持拜伦爵士,反对尼古拉斯·布瓦洛(Nicolas Boileau,1636—1711)。"[②]是时,他也正在大声疾呼声援意大利的浪漫主义运动。显然是受到了意大利浪漫主

---

① R. 韦勒克:《文学史上浪漫主义的概念》,见R. 韦勒克《批评的诸种概念》,丁泓、余徵译,成都:四川文艺出版社,1988年,第135页。

② Quoted in F. W. J. Hemmings, *Culture and Society in France*:1789—1848, Leicester:Leicester University Press, 1987, p. 165.

义的影响,司汤达在 20 年代初写下了两篇文章:《什么是浪漫主义?》和《美术中的浪漫主义》;但《拉辛和莎士比亚》的第一部分发表在了《巴黎评论月刊》(1822)上,这是法国书刊中第一次使用 Romanticisme 这种受了意大利影响的拼写形式。同时,Romantisme 在法国则更为流行——F. 米涅(François Auguste Marie Mignet,1796—1884)在 1822 年使用了这种拼法,维里曼和拉克利特尔在 1823 年也这样使用。这一术语的普及肯定是在法兰西学院院长 L. S. 奥热尔《论浪漫主义》(1824)的讲演对这一旁门左道所进行的抨击之后。在《拉辛与莎士比亚》(1825)第二版中,司汤达本人因为喜欢 Romantisme 这一形式而放弃了他原先使用的 Romanticisme 的拼法。20 年代末的法国文坛,"与意大利一样,一个由史达尔夫人引进的含义广泛的类型学和历史上的术语,成了一群作家的战斗口号。他们发现,这对于表达他们对新古典主义理想的反抗来说,是一个很方便的标签"[①]。

意大利是第一个发生并自觉推进浪漫主义运动的拉丁语系国家。"浪漫主义的"(Romantico)在意大利语中出现大约是在 1814—1820 年间。19 世纪初,意大利在法国占领之下,存在着若干依附于拿破仑法国的地区,另外一些地区则被划归奥地利帝国的版图。因此,意大利浪漫主义文艺运动是与挣脱外国统治、消除国家分裂的民族复兴运动联系在一起的。意大利最早的浪漫主义者当推诗人与小说家乌戈·福斯科洛(Ugo Foscolo,1778—1827)。1809 年初,他在帕维亚大学所做的"论文学的起源和功能"(1809)的演讲号召研究民族历史,用明晰、充满活力的语言彰显民族特色,表达民族感情;同年,在《诗歌批评原则》(1809)中他又强调想象的创造作用,指称"诗是对自然的模仿"这一源自亚里士多德的古典主义基本原则是错误的。史达尔夫人的《论德国》1814 年就译介到了意大利,但并未引起广泛的重视。乔万尼·白尔谢(Giovanni Bercher,1783—1851)是意大利重要的浪漫主义理论家和诗人。作为烧炭党成员,他 1821 年参加皮埃蒙特起义,失败后被迫长期流亡国外;1848 年复回国参加著名的米兰起义。在其《格利佐斯多莫给儿子的亦庄亦谐的信》(1816)中,他提出了新时代诗歌的创作原则:诗歌应描写自然,表达同时代人的思想和激情,成为"活人的诗";诗歌需跳出上层社会的狭窄天地,

---

[①] R. 韦勒克:《文学史上浪漫主义的概念》,见 R. 韦勒克《批评的诸种概念》,丁泓、余徵译,成都:四川文艺出版社,1988 年,第 139 页。

"面向人民";诗歌的形式要突破传统的框框,生动活泼。该信因其观念的新颖与系统历来被视为意大利浪漫主义的宣言;但实际上,白尔谢并没有使用过"浪漫主义"这一名词,也从来没有谈到过意大利的浪漫主义运动。大致来说,1816年乃意大利浪漫主义运动启动的年份,除了白尔谢的"宣言",这一年在米兰爆发了关于浪漫主义与古典主义孰优孰劣的广泛论争。1817年,G.格拉迪尼(Gherardini)翻译了奥·施莱格尔的《戏剧文学讲演录》,不过,这个小册子所引发的大论战是次年的事情。1818年,意大利文坛普遍开始使用"浪漫主义"(Romanticismo)这个术语。卡洛·波尔塔(Carlo Porta,1775—1821)具有论战性质的《浪漫主义》(*Romanticismo*,1819)批判古典主义,肯定浪漫主义打破旧传统、确立新规范的权利,意味着到1819年时,"浪漫主义"已在意大利稳稳地站住了脚跟。意大利浪漫主义的代表作家是亚历山德罗·曼佐尼(Alessandro Manzoni,1785—1873)与贾科莫·莱奥帕尔迪(Giacomo Leopardi,1798—1837)。曼佐尼早年的诗歌热忱礼赞自由,歌颂在烧炭党起义中英勇捐躯的烈士;他尖锐抨击古典主义戏剧的三一律和主人公必须是贵族等观点,其两部悲剧《卡玛尼奥拉伯爵》(*Il Conte di Carmagnola*,1820)与《阿岱尔齐》(*Adelchi*,1822)均取材于历史,借古喻今表达对祖国命运和前途的关切;其著名历史小说《约婚夫妇》(*The Betrothed*,1821—1823)堪称是意大利浪漫主义文学的代表作,通过描写17世纪西班牙奴役下一对乡村青年的爱情故事,触及民族独立和统一这一意大利当时最尖锐的社会问题。莱奥帕尔迪乃意大利最有影响的浪漫主义诗人,其最优秀的诗篇同早期民族复兴运动的高涨紧密地联系在一起。1818年,他写下了《致意大利》("To Italy",1818)和《但丁纪念碑》("On Dante's Monument",1818),前者歌颂意大利过去的荣光,哀悼它现在的屈辱——将其比作一个遍体鳞伤、身戴镣铐、掩面痛哭的妇女;后者呼吁意大利人放弃对和平的幻想,以爱国者但丁的形象激励同代人发扬意大利的伟大爱国主义传统。

同为拉丁语系国家的西班牙,1818年出现了 Romantico 这样的语词;差不多同时,人们开始将"古典的"与"浪漫的"相提并论。在葡萄牙诗人中,A.加雷特(Almeida Garrett,1799—1854)1823年第一次在其长诗《卡蒙斯》(*Camões*,1823)中用了"我们浪漫主义者"(Nos Romanticos)这样的表述。斯拉夫语系国家接受浪漫主义相关语词的时间大致与拉丁语系国家相同。在波希米亚①，形容词"浪漫主义的"（Romaticky）早在1805年就已出现；名词"浪漫主义"（Romantismus）出现在1819年，来自德国的名词"浪漫主义"（Romantika）出现在1820年。在波兰，C.布罗德金斯基1818年写了一篇论文，论述了古典主义和浪漫主义；亚当·密茨凯维奇（Adam Mickiewicz,1798—1855）为其《歌谣和传奇》（1822）所写的序言进一步阐述了古典主义文学与浪漫主义文学的差异。在俄国，1810年就出现了Romanticeskij这样的语词；1821年普希金（Alexander Pushkin,1799—1837）将其《高加索的俘虏》（*The Prisoner of the Caucasus*,1821）直接称为"浪漫主义的诗"。

概要来说，"罗曼司"与"罗曼蒂克"在18世纪后期之所以能在西方文坛流行开来，这与工业革命初起及其所引发的社会－历史观念的变革息息相关。与对古代希腊罗马的褒奖赞美相对照，启蒙学派普遍有将中世纪妖魔化的倾向——所谓"野蛮时代""黑暗千年"等大而无当的武断评判在很长的历史区段上曾甚嚣尘上。在对极端理性主义的不满与反思中，浪漫派的前驱者开始用全新的目光重新打量人类的全部历史遗产，并由此发出了重估中世纪之诚挚热烈的呼请。中世纪"这一遭受贬斥的时代不仅被看作是足以媲美古希腊罗马英雄的行为发生的背景，而且民族的历史也被认为是骄傲的来源"②。基于对工业革命及其所带来的城市文明的本能排斥，那些构成了浪漫派前驱的诗人普遍流露出对往昔的强烈迷恋。经由怀古之幽情与乡愁之郁思，他们不唯为历史提供一幅史诗般的全景叙事，"使得欧洲的视野扩展了一倍"③，而且更重要的是——他们阻断了启蒙学派所开启的对"进步"的信仰，不再简单地相信"过去"总是这样或那样较之"现在"逊色。

对中世纪历史文化的热情，其直接的文坛效应便是中世纪的"罗曼司"与"谣曲"被重新发掘－高标－流行开来；而以此为模板所启动的一股新的文学风尚被以"罗曼蒂克"名之，一种挑战既往文坛主流的文学革命便呼之欲出——"浪漫主义"（Romanticism）作为与"古典主义"（Classicism）相提并论的一种新的文学思潮即将以主导者的角色步上历史的舞台。巧合而又吊诡的是，1789年爆发的法国大革命本来试图带领人类与过去划

---

① 波希米亚原本是拉丁语、日耳曼语对捷克的称呼。在有关的历史文献中，当今摩拉维亚以及包含西里西亚在内的整个大捷克地区，均属波希米亚王国。
② 大卫·布莱尼·布朗：《浪漫主义艺术》，马灿林译，长沙：湖南美术出版社，2019年，第196页。
③ 同上书，第190页。

清界限,并从此踏上一条新的自由、平等的康庄大道,实际带来的却是使复古主义的热情陡然高涨,蔚然成风。尤其是那些生存地位受到拿破仑大军威胁的国家或地区,本就潜滋暗长的民族热情一下子被彻底点燃——到既往文学中寻求共同的文化精神作为民族的凝聚力,这不再仅是简单的文人雅事,而是直接关乎民族存亡、国家兴衰的头等大事。勃兰兑斯在《十九世纪文学主流》(*Main Currents in Nineteenth Century Literature*,1873—1890)中所提到的"法国的反动",其实绝非仅仅是法国的反动,而是法国大革命与拿破仑战争所激发出来的整个欧洲历史一文化的回撤。不管是法国的夏多布里昂、拉马丁,还是英国的华兹华斯、柯勒律治,更不要说德国的威廉·亨利希·瓦肯罗德(Wilhelm Heinrich Wackenroder,1773—1798)、蒂克、诺瓦利斯⋯⋯曾几何时还在为大革命热烈欢呼不吝赞美乃至甘愿牺牲的一代人,纷纷从革命的幻灭中挣脱出来,重新"退隐到过去以寻找他们的民族和宗教根源"[①]。

时代厌倦了智力和理性,人们需要真情实感。18世纪后期的欧洲文坛,一系列的迹象都在昭示:人们将很快摆脱僵死腐朽的文学系统。"在这一系统中,感情和想象力贫乏,诗歌披着陈腐的神学外衣,散文和诗歌都在用抽象的语言书写。"[②]至此,浪漫主义作为时代文学一文化的标签已然浮出历史的地表。"浪漫的"或"浪漫主义"作为西方文学演进中出现的新术语,在接下来的一段不短的时间内将会引发剧烈的文学变革与持续的学术争议。

第二节　词义汇释:"浪漫主义"

毫无疑问,欧洲文坛某些根本性的历史转折均在18世纪末出现,但普遍用"浪漫主义"这样的概念对此重大事实进行描述或阐释,那则是稍后的事情。

首先是在文学领域,同时也在音乐、绘画、雕刻以及其他艺术领域,甚至是在生活层面,似乎都存在着一个广为人知的东西被命名为"浪漫主义",但这个词究竟是什么意思,人们又常常语焉不详。"浪漫主义是一个

[①] 大卫·布莱尼·布朗:《浪漫主义艺术》,马灿林译,长沙:湖南美术出版社,2019年,第198页。
[②] N. H. Clement, *Romanticism in France*, New York: Kraus Reprint Corporation, 1966, pp.78—79.

非常难以界定的名称。无论是就其在诗歌、音乐、绘画等诸艺术领域的时期勘定，还是就其迥然不同的民族表现形态——从苏格兰浪漫主义的文化民族主义（约1760—1820）到葡萄牙和巴西浪漫主义的阴郁悲观主义（约1830—1865），人们不难发现其外延与内涵均充满弹性暧昧模糊。"[1]

18世纪末至19世纪初，两个世纪之交的欧洲，各主要国家诸方面的情形并不相同。

英国不仅在政治上很早就完成了资产阶级革命，经济上正处于工业革命之中，综合国力空前增长，科学文化一派繁荣。诗人们或温饱思"批判"，慨叹失去的田园与乡村，反科学、求简朴、赞自然一时间竟成为文化主流；或舒适生"反叛"，憧憬更多的梦想与未来，反权威、求解放、赞自由的社会风尚亦是蔚然成风。

此时的德意志，政治上邦国林立，经济上小国寡民，虽因未统一国力不昌，但个体精英知识分子却也因此获得了更多转圜的空间，享有更多的精神自由；诗人们或基于现实的"民族"关怀倡导共同的文化传统，或基于精神的无限自由而徜徉于纯粹哲学的王国、宗教的领地与艺术的家园。显然，德意志是时有着更旷达深远、更玄奥神秘的文化土壤与精神理想。

法兰西的情形最为独特。这个曾几何时因理性主义哲学与古典主义文学的发达而执欧洲文化牛耳的专制帝国，此时正伴着隆隆炮声在弥漫的硝烟中走向法兰西帝国最后的辉煌——拿破仑第一帝国时代。自由与专制在血与火的映衬下越发暧昧模糊、难以分辨，经济结构、文化结构均与社会结构一样处于历史破旧立新的痛苦痉挛之中，虽时有辉光闪现，但旋即复在突然响起的炮声中倏然而逝、无影无踪。

一言以蔽之，浪漫主义发端的时候，首推工业革命的英国正在开启其历史上"日不落帝国"的伟大荣光——与之交换国运的则是此前长时间以"欧洲霸主"自诩的法兰西帝国；而将注意力几乎全部投向精神创造、一时间文化星空一派灿烂的德意志，历史地注定不消多少时日终将令这个在荒诞中日新月异的世界刮目相看。浪漫主义，这一西方历史上最伟大的文学艺术革命，就是在如上背景下首先从德意志发端的。

19世纪伊始，奥·施莱格尔在系列演讲与文章中提出了"浪漫的"或"浪漫文学"的表述，其中有两个要点特别值得注意：其一，他将"浪漫文

---

[1] Alexander J. B. Hampton, *Romanticism and the Re-Invention of Modern Religion: The Reconciliation of German Idealism and Platonic Realism*, Cambridge: Cambridge University Press, 2019, p.3.

学"视为对"启蒙运动"的反动;其二,他将"浪漫文学"视为现代或当代的文学,以此区别于旧时代的文学。但毋庸讳言,"中世纪精神是年轻的德国作家群体的一个引人注目的特征"①。施莱格尔兄弟及其盟友寻求一种与统治欧洲文坛几个世纪的古典主义截然不同的新的艺术,这种艺术将与其所处的时代环境相契合;但同时他们又将自己鼎力倡导的现代艺术定义为始于基督教的全面确立。这种艺术不唯要广泛借鉴古典时代的遗产,更要充分吸收中世纪基督教文学的艺术精神。既与民族主义合流,但本身又体现为弥漫各国的国际文化时尚;既保有激进反传统的革命热情,又禀有致敬传统的保守主义精神;既留恋过去吟咏乡愁,又憧憬未来渴慕"蓝花";既耽于梦幻,又关注现实在"含混"与"不确定"中体现出来的多元价值取向,成为此后全欧风起云涌的浪漫主义文学运动一个突出的、无法回避的属性。而其必然的后果便是,关于浪漫主义的界定在浪漫主义学术史上竟然首先成了一个难题。

何谓"浪漫主义"？它起源于何时,又在什么时候结束(如果它结束了的话)？谁是"浪漫主义者"？他或她究竟是怎样的？华兹华斯是浪漫主义者吗？那被华兹华斯不齿的拜伦呢？膜拜、模仿拜伦的普希金呢？在法国,若雨果是浪漫主义者,那叫板雨果的夏尔·皮埃尔·波德莱尔(Charles Pierre Baudelaire,1821—1867)呢？与以雨果为首的文学社团几乎没有交集的司汤达呢？在德国,若赞美中世纪的诺瓦利斯是浪漫主义者,那神往古希腊的弗里德里希·荷尔德林(Friedrich Hölderlin,1770—1843)呢？荷尔德林的同窗谢林与黑格尔(Georg Wilhelm Friedrich Hegel,1770—1831)呢？抨击他们所有人的海涅呢？"在德国,比起其他国家,浪漫主义有着更大的普遍性,它也影响了人类的全部精神领域——哲学、政治学、语言学、历史学、科学及所有其他艺术。"②

在其他国家,也产生过浪漫主义的哲学、语言学、历史学、政治学、甚至科学,更不用说浪漫主义的绘画和音乐了。"最合适的观点还是将所有的因素都考虑进去,将浪漫主义看作一个欧洲思想和艺术的普遍运动,这个运动在每一个主要的欧洲国家都有其本地的根源。象这样具有如此深刻意义的文化革命运动,是不可能仅靠输入来完成的。"③自"浪漫主义"

---

① John B. Halsted, ed., *Romanticism*, London, Melbourne: Macmillan, 1969, p.16.
② R. 韦勒克:《文学史上浪漫主义的概念》,见 R. 韦勒克《批评的诸种概念》,丁泓、余徵译,成都:四川文艺出版社,1988年,第159页。
③ 同上书,第160页。

作为一个文学术语出现以后,其在不同的语言之中都经历了被界定——质疑、再被重新解释——再次遭受批判、驳难以及辩护……如此循环反复,但似乎终是难有定论。因为在不同的时代、不同的国度、不同的理论家或史学家那里,人们总是可以看到诸多既相似又不同,有时候甚至完全南辕北辙的答案——

指出"浪漫主义"在19世纪初曾完全是贬义已经是老生常谈了,过去它指的是幼稚空谈的理想主义或者令人烦忧的幻想,完全不同于现在我们定义的"浪漫主义"。随后,马修·阿诺德①和罗伯特·布朗宁②等维多利亚时代的作家确实强化了许多既不完善也不可靠因而无效的浪漫主义观念。而诸如象征主义、拉斐尔前派、颓废派等后起运动也的确受到了直到那时才被明确下来的"浪漫主义"的影响。然而,就如亚瑟·O. 洛夫乔伊③于1924年所指出的那样,这一指称直接意味着一系列的混乱。概念内核的缺失当然会引出诸多麻烦;直到20世纪中叶,诸如艾布拉姆斯④的《镜与灯:浪漫主义理论和批评传统》(*The Mirror and the Lamp*:*Romantic Theory and the Critical Tradition*,1953)这样伟大的巨著问世,才将"天才之个人抒情的表现"提炼出来作为浪漫主义的核心理念。但浪漫主义从来就不是一个简单的文学史概念,其中一个原因在于它从来就不是一个纯粹的历史范畴。之前,文学史的分期多是以客观的历史纪元来命名的,比如18世纪或维多利亚时代或现代早期,但为了消解皇权和民族的界限,浪漫主义首次采用了超历史的态度。⑤

浪漫主义的本质特征是在人身上寻找新的力量和新的情感,并在其与外部自然相互作用的关系中达成人的自由。在一种解放了的感性生命与和想象力中,自由的人与外部世界的相互作用在一种个性化和私人化的方式中得到表现,这就是浪漫主义……激情,在卢梭以后却被神化成为人生的法则。情感,与想象——作为其不证自明

---

① Matthew Arnold(1822—1888),英国著名批评家、诗人,1869年印行的《文化与无政府状态》是其代表性作品。
② Robert Browning(1812—1889),与丁尼生齐名的英国维多利亚时代诗人、剧作家。
③ Arthur Oncken Lovejoy(1873—1962),美国哲学家、思想史家。
④ Meyer Howard Abrams(1912—2015),美国著名文学理论家与文学史家。
⑤ Joel Faflak and Julia M. Wright,"Introduction", in *A Handbook of Romanticism Studies*, eds., Oxford: Blackwell Publishing Ltd., 2012, p. 3.

的权利,与外在的自然——两者融为一体时它得到了最充分、最自由的表现,与个体主义——作为其必然的最终目的,最终达成了一种新的综合,由是浪漫主义诞生了。古典主义乃是以牺牲情感和排除自由想象为代价所达成的理性和意志居于支配地位的文学系统;而在浪漫主义的综合中,情感和想象支配地位的达成,同样也是以牺牲(经常是排除)理性和意志为代价的。从古典主义的合成转变为浪漫主义的综合,这是一种根本性的文学转型,其间既有总体的观念变革,亦有具体的方法革新。这些要素演变的故事内在地构成了浪漫主义文学的历史。①

传统的看法也许是对的——英国浪漫主义可被视为罗曼司的复兴——不仅是复兴,更是罗曼司的内在化;尤其是被赋予了多样性寻求的内在化,因其人性化的希冀通向强烈的启示,也就禀有了更多疗救的功用。浪漫派诗人采用了"寻求—罗曼司"的模式,并将它们变换成为自身富于想象力的生活……浪漫主义运动从自然趋向想象力的自由……这种想象力的自由聚焦于精神的净化和救赎,且常常是对"社会自我"的解构。②

浪漫主义是一场欧洲文化运动或是一组相似运动的集合体。它在象征性和内在化的浪漫情境中发现了一种探索自我、自我与他人以及自我与自然之间关系的工具;认为想象作为一种能力比理性更为高级且更具包容性。浪漫主义主张在自然世界中寻求慰藉或与之建立和谐的关系;认为上帝或神明内在于自然或灵魂之中,否定了宗教的超自然性,并用隐喻和情感取代了神学教义。它将诗歌和一切艺术视为人类至高无上的创造;反对新古典主义美学的成规,反对贵族和资产阶级的社会及政治规范,更强调个人、内心和情感的价值。③

20世纪初叶,拉塞尔斯·阿贝克隆比(Lascelles Abercrombie,1881—1938)曾对"浪漫主义"概念的混乱进行这样的描述:"说一位诗人是浪漫主义的,因为他陷入了爱河;而另一位被称为浪漫派诗人则是因为

---

① N. H. Clement, *Romanticism in France*, New York: Kraus Reprint Corporation, 1966, pp. 168—169.

② Harold Bloom, *Romanticism and Consciousness*(1970), Quoted in Aidan Day, *Romanticism*, London, New York: Routledge, 1996, p. 104.

③ 迈克尔·费伯:《浪漫主义》,翟红梅译,南京:译林出版社,2019年,第12页。

他看到了幽灵，或是听到了布谷鸟的啼叫，又或者是他与教会保持了一致。这个词在很多情况下可能很容易理解，但却不是非常实用。"①

一位批评家说："从根本上说，所谓浪漫主义就是自由的精神和对自然的回归。"第二个评论家却说："对自然的回归？不可能。浪漫主义不仅是反对自由的，而且更是对自然的背叛——它崇尚的是超自然，超自然的才是浪漫的。"第三个评论家接着出来表达自己的意见："你们都不对。浪漫主义仅仅是艺术的真实。"第四个评论家却反驳道："胡说，浪漫主义只是对这个不安定社会的反映。"驳辩就这样进行下去。浪漫主义是对往昔的回忆与招魂、是形式的消解、是个人对传统的独特的挑战……不一而足。②

而浪漫主义最重要的奠基人与理论家弗·施莱格尔很早就称："浪漫主义的艺术……一直在生成，从未达到完美……它本身就是无穷无尽的，自由地生长。它的第一条原则便是创作者的意志，而创作者的意志没有任何规则可言。"③1829 年，在第一本关于浪漫主义的研究著作中，批评家托雷因斯便将其描述为"不可定义的"④。大名鼎鼎的思想史专家阿瑟·O. 洛夫乔伊在其著名的《诸浪漫主义辨识》（"On the Discrimination of Romanticisms",1924）一文中干脆声称众说纷纭的"浪漫主义"因其意义的驳杂混乱而丧失了存在的价值——它涵纳着许多意思，但其本身并不指向任何事物，并没有什么确切的意义，已然丧失了其作为一个学术概念的意指。文中，他提到了不同作家或学者对这一术语在各个层面所发生的诸多分歧，并做了概括："假设浪漫主义 A 派与浪漫主义 B 派所共有的特性为 X，后者与浪漫主义 C 派所共有的特性为 Y，而人们常常发现——X 与 Y 却是完全不相干的。"⑤在 30 年代出版的观念史经典《存在巨链——对一个观念的历史的研究》（*The Great Chain of Being：A Study of the History of an Idea*，1936）中，洛夫乔伊又说：

> 这些假设尽管的确不是唯一重要的，但在被一两个批评家或历

---

① Lascelles Abercrombie, *Romanticism*, London: Martin Secker Ltd., 1926, pp.10-11.
② Ibid., p.12.
③ 转引自大卫·布莱尼·布朗：《浪漫主义艺术》，马灿林译，长沙：湖南美术出版社，2019 年，第 389 页。
④ 参见大卫·布莱尼·布朗：《浪漫主义艺术》，马灿林译，长沙：湖南美术出版社，2019 年，第 8 页。
⑤ A.O. Lovejoy, "On the Discrimination of Romanticisms", in *Essays in the History of Ideas*, Baltimore: The Johns Hopkins Press, 1948, p.236.

史学家冠以"浪漫主义"的大量的各不相同的倾向中是一个共同的因素：即诗歌种类和形式的无限增长；对 *genre mixte*［混杂文类］的美学合法性的认可；*the gout de la nuance*［对细微差别的爱好］；"怪异"艺术中的自然化；对地方色彩的贪求；在想象中重建在时间、空间或文化状态上大不相同的人群的有特色的内在生活的努力；*the etalage de moi*［自我炫耀］；对风景画的特殊逼真性的要求；对简单化的厌恶；对政治学中普遍程式的不信任；对标准化的美学的反感；使神和形而上学中的"具体普遍物"相同一；"赞美不完善性"的情感；对个体的、民族的和种族的特殊性的研究；对明显性的蔑视和对（与大部分较早时期完全不同的）独创性的总体高度评价，以及对这种独创性通常是无价值的和荒谬的自觉追求。①

与洛夫乔伊因定义的不可能而开始使用"复数的浪漫主义"这样的做法不同，同样声名卓著的思想史专家以赛亚·伯林(Isaiah Berlin, 1909—1997)反对这种自暴自弃，但他最终也不得不承认给浪漫主义下定义的任务"就像维吉尔(Virgil, 前70—前19)所描述的黑暗洞穴，所有的脚步都朝着一个方向……那些进去了的人似乎再也不会出现了"。②

18世纪末叶，"莎士比亚热"首先在其故国英格兰出现。1787年，伦敦甚至出现了专门的莎士比亚画廊——用来展出取材于莎剧的绘画作品。柯勒律治和赫兹里特等人也重新评价了莎士比亚对英国文学的卓著贡献。很快，这股热潮就从英国流向了德、法等国。莎士比亚对三一律的背叛、悲喜剧相混的做法以及怪诞的艺术风格，都重新得到了人们广泛的肯定与借鉴。应该说，奥·施莱格尔热切地为德国人译介莎士比亚，雨果把莎士比亚奉为近代文学最杰出的人物，这都不是偶然发生的现象。在法国，浪漫主义运动在1827年开始风生水起，这与该年度英国演员将莎士比亚带到法兰西舞台并引发火爆反应直接相关。而稍早些的时候，司汤达的小册子《拉辛与莎士比亚》似乎尚未引起人们的足够注意。

对本民族文化—文学传统的强调，是这一时期各国文坛的突出特点，这契合于这一时期风行全欧的民族主义风潮，"对英国浪漫主义者来说，

---

① 阿瑟·O. 洛夫乔伊：《存在巨链——对一个观念的历史的研究》，张传有、高秉江译，北京：商务印书馆，2015年，第396页。

② Quoted in Alexander J. B. Hampton, *Romanticism and the Re-Invention of Modern Religion: The Reconciliation of German Idealism and Platonic Realism*, Cambridge: Cambridge University Press, 2019, p. 5.

德国人的抽象表述似乎过于沉闷无趣,而在喜欢哲学思辨的心灵看来,英国的经验主义则过分平淡无奇。而与此同时,法国人在英、德两国人看来都显得有些狭隘与空洞"①。但"大致来说,各国的浪漫主义文学都吸取了一些相同的资源,例如,各国都掀起了重新解读莎士比亚的热潮"②。与哥特式及尚古风一样,莎士比亚热作为英、法、德各国浪漫主义文学运动中的一个标志性动作,意味着欧洲浪漫主义的统一性。③ 卡莱尔在其为蒂克选集所作的序言中,清楚地描画出这场首先在英国与德国,稍后蔓延至全欧的运动的相似之处:

> 这种变化不能说是由席勒和歌德首创的,因为这一改变并不源于个人,而是源于普遍的环境;它不属于德国,而是属于欧洲。举例来说,在我们中间,在过去的三十年内,有谁没有提高声音,用双倍的力气赞美莎士比亚和大自然,咒骂法国趣味和法国哲学呢?有谁没有听见过古老的英国文学的光荣、伊丽莎白女王时代的富有、安女王时代的贫困呢?有谁没有听到过蒲伯是不是一个诗人的询问呢?同样的趋势也曾在法国自身发生过。它封闭得严严实实,好象这个国家对一切外来影响都持反对态度似的;而怀疑开始滋生了,甚至表现出来了。这是一种针对高乃依和"三一律"的怀疑。在本质上,它似乎与德国发生的是同一回事……只不过这场革命在这儿走在前面,在法国才在开始,在德国似乎已经结束了。④

如果说"哥特风"的出现还是文化脉动的浅表体现,那么莎士比亚的重新发现与阐释则清楚无误地揭示了文学思潮的历史走向。18 世纪后期,仿佛从历史的深处突然获得了力量支撑的莎士比亚一举冲破拉辛等古典主义戏剧家的重重包围,陡然成为时代的标识人物,这不仅是因为其极富表现力的语言才华与其将悲、喜剧熔于一炉的卓越能力,更是因为他的历史剧叙事既能从大人物的视角展开,又能够随时灵活地转换到小人

---

① Marshall Brown,"Introduction", in *The History of Literary Criticism*:*Romanticism*, ed., Marshall Brown, Cambridge:Cambridge University Press, 2008, p. 4.

② John B. Halsted, ed., *Romanticism*, London, Melbourne:Macmillan, 1969, p. 17.

③ See Paul H. Fry, "Classical standards in the period ", in *The Cambridge History of Literary Criticism*:*Romanticism*, ed., Marshall Brown, Cambridge:Cambridge University Press, 2008, pp. 7—28.

④ 转引自 R. 韦勒克:《文学史上浪漫主义的概念》,见 R. 韦勒克《批评的诸种概念》,丁泓、余徵译,成都:四川文艺出版社,1988 年,第 147—148 页。

物的视角。这样的处理方式,不仅打碎了拉辛等古典主义剧作家那种拘泥于英雄叙事的刻板模式,而且也与新时代西方历史观的拓进相契相合:"把历史看作一幅史诗般的全景,横跨时间和空间,包含同一个时间系列里的现在和未来,是浪漫主义的中心思想。"①

在英国和法国,前浪漫主义的本国文学存在(法国18世纪中叶卢梭的创作,英国18世纪后期的感伤主义文学)与德国早期浪漫主义观念的对接,直接促成了浪漫主义运动的展开。作为文学社会学最早的理论表述,史达尔夫人的著作着意表现了一种超越狭隘民族和地域眼光的广阔视角。但她同时又坚称文学首先应该是民族的,这实际上宣告了一种德国文化要脱离法国文化自主发展的迫切愿望。她的著作推动了德国文学在法国的流行,早期的柯勒律治和后来的卡莱尔在英国发挥了同样的作用。当然,这两个国家都没有简单地照搬德国的浪漫主义教条。就欧洲总体的情形来看,浪漫主义大致是在卢梭、歌德以及英国感伤主义的影响下,情感、想象力、自然和个体主义等诸要素在1760—1800年间酝酿发酵渐趋综合而成的一个新的文学体系。这种综合在德、英、法诸国表现出不同的侧重与特质,并因时代和代表人物的更替各自经历了不同的阶段。

在洛夫乔伊看来,没有任何一种批评标准对所有的浪漫主义者是普遍适用的。与此针锋相对,大名鼎鼎的后来者雷纳·韦勒克坚持认为,浪漫主义与古典主义的对抗构成了把握浪漫主义的一个有力的抓手,这也正是其皇皇巨著《近代文学批评史(1750—1950)》(*A History of Modern Criticism*, 1750—1950,全八卷)第二卷写作的一个基本的切入点。"我认为我们必须承认,只有当我们采用一种广阔而又全面的视角,同时坦诚地将新古典主义信条中被抛弃的东西当作一种普通的共性,并对之加以考虑评析之时,我们才能谈论大体上的欧洲浪漫主义运动。"在对洛夫乔伊的著名回应中,雷纳·韦勒克扣住"与古典主义的冲突"这一抓手将"浪漫主义"区分为一个拥有自己一套新的规范的系统,并且提出了浪漫主义者之间通行的三个特征对该规范系统进行了描述——"想象力诗学""自然观"以及"象征与神话":

> 在自然、想象和象征诸问题上,种种浪漫主义观点之间存在着深刻的连贯性,彼此之间有着复杂的牵连。没有这样一种自然观,我们恐怕不能相信象征和神话所具有的意义;没有象征和神话,诗人恐怕

---

① 大卫·布莱尼·布朗:《浪漫主义艺术》,马灿林译,长沙:湖南美术出版社,2019年,第190页。

会缺乏洞察他所声称为真实的工具；而没有这样一种信任人类大脑的创造力的认识论，恐怕就不会有一个活泼泼的大自然和一个真正的象征体系。①

在韦勒克看来，人们在浪漫主义那里寻找到的根本特征不是一个而是三个。他也承认人们所说的有些浪漫主义者并没有完全满足上述条件：拜伦并没有将想象力看作基础的创造力，而威廉·布莱克（William Blake, 1757—1827）对自然也不够重视。

拜伦的例子使得韦勒克的表述显得有点儿尴尬——若拜伦仅仅是一个非典型浪漫主义者，那还有谁才能称得上是一个彻底的浪漫主义者呢？但这并没有影响其观点与做法赢得了许多学者的支持与效仿。亨利·雷马克（Henry H. H. Remak, 1916—2009）提供的西欧浪漫主义的"元素"表列出了"民间文学""中世纪精神""个人主义""悲观厌世"以及"自然"等条目。② 而迈克尔·费伯则汲取布鲁姆、弗莱（Northrop Frye, 1912—1991）、艾布拉姆斯等人的表述，尝试将韦勒克对浪漫主义核心元素三个方面的概括扩大为更多的具体内容：

> 想象力诗学；
> 体现为世界观的自然；
> 作为风格的象征与神话；
> "超自然主义的自然"；
> "分裂的宗教"；
> "不在信念而在现实空间感的深刻变化"；
> "寻求—罗曼司的内化"；
> 文学的抒情化；
> 断片形态的优势；
> 对牛顿科学和功利主义的蔑视；
> 作为生物学、社会学、法学等学科框架的历史；
> 不可重复的童年，原住民、孤独者、野蛮人以及被放逐的诗人的尊贵，涵纳着最高精神真实的黑夜，月光下的废墟等主题；

---

① R. 韦勒克：《文学史上浪漫主义的概念》，见 R. 韦勒克《批评的诸种概念》，丁泓、余徵译，成都：四川文艺出版社，1988 年，第 191 页。

② Michael Ferber, "Introduction", in *A Companion to European Romanticism*, ed., Michael Ferber, Oxford: Blackwell Publishing Ltd., 2005, p.7.

与镜子相对的灯或喷泉、与微风相对应的竖琴、与机器相对立的有机体、火山等隐喻。①

亚历山大·J. B. 汉普顿对此种核心元素或内在特性的列举不以为然——称其不过是创造了一些更加难以说得清楚的术语而已,而且言多必失——列举出义项稍多,彼此之间势必就相互矛盾,如保守与激进、社群主义与个人主义、民族主义与世界主义……即便说浪漫主义的那些自我描述——有机的、非系统的、松散的——似乎是有效的,但这些描述本身常常就是在有意识地逃避或反对"定义"。②

而如下论断则不啻宣告了采用核心元素列举法对浪漫主义进行界定之诸多尝试的无效——

> 每个作家都以自己的方式去看、去感觉,尔后都以自己的方式去表现自己的所见所感,这正是浪漫主义的精髓所在。③

在《何谓浪漫主义》("What Is Romanticism?")一文中,波德莱尔曾断言:"浪漫主义既不在于主题的选择也不在于精确的事实,而在于感受的方式。"④在《浪漫主义》一书中,拉塞尔斯·阿贝克隆比也称——人们可能很难看到纯粹的浪漫主义,因为它的品质中总是包含着混合物;因此,要用一两句话或几个关键词来界定浪漫主义,这有点儿像精确指出构成泥土的元素或构想出泥土的本质一样困难。由此出发,他更换了就文学谈文学的思路,后退一步来审视浪漫主义,首先发现"浪漫主义本身可能就是生活(Living)的理论,甚至是生存(Being)的理论"⑤。经由文本的鉴赏剖析,阿贝克隆比进一步指出:浪漫主义的艺术世界与远处的风景有些相似。为何远处那些色泽模糊的悬崖比近处的什物更加迷人、更加引人神往?这不是因为"色泽模糊的悬崖"本身,而是因为人离得远。距离

---

① Michael Ferber, "Introduction", in *A Companion to European Romanticism*, ed., Michael Ferber, Oxford: Blackwell Publishing Ltd., 2005, pp. 6-7.

② See Alexander J. B. Hampton, *Romanticism and the Re-Invention of Modern Religion: The Reconciliation of German Idealism and Platonic Realism*, Cambridge: Cambridge University Press, 2019, p. 5.

③ N. H. Clement, *Romanticism in France*, New York: Kraus Reprint Corporation, 1966, p. 180.

④ Charles Baudelaire, "What Is Romanticism?", in *Romanticism*, ed., John. B. Halsted, London, Melbourne: Macmillan, 1969, p. 119.

⑤ Lascelles Abercrombie, *Romanticism*, London: Martin Secker Ltd., 1926, p. 40.

"遥远"本身似乎会让人产生满足感;"真正令人愉悦的风景往往是那些模糊、朦胧、若隐若现的事物;因为这些事物往往会让你在其实已经熟知的事物面前变得犹豫和徘徊,会让你产生无限的遐想,去猜测那些朦胧的观感底下究竟隐藏着什么东西"①。而其最后的结论则是:"愈远愈思慕!——无论如何这是浪漫主义全盛时期在英国的产物。"②

拉塞尔斯·阿贝克隆比审慎地规避着诸如"浪漫主义的本质"这样的表述,而将浪漫主义归结为一种"远离现实的趋势":

> 浪漫主义的趋势就是远离或偏离现实。灵魂慢慢地逸出商业化的世界,全神贯注于——至少是渴望着——越来越多地信靠那些富有灵韵的事物。③
>
> 全然不仰靠于对事物的外在认知,而仅端赖于对其内部能量的体察。在生活世界的各个方面,注意力从外部事物愈来愈转向内在心灵,自我由是越发觉得满足,这就是浪漫主义的精神品格。④

推远时空,在朦胧中体味美的愉悦;深入内心,在纤细中领略丑的震惊。不管"远"还是"深",浪漫主义都是对生活本身的逃离、反叛与超越。审美需要距离;生活总在别处。经由梦想与憧憬,达成超越与无限,就有了诗的远方。大卫·布莱尼·布朗亦有相近的观点,但却说得更为明确:

> 浪漫主义本性的核心特征正是逃避现实,遁入过去,遁入遥远的或原始的社会、宗教、梦和幻想之中,或者遁入对无限、死亡、虚无和来世的沉思之中。⑤

无聊、无力、无奈、无方向、无目标,这一切都同时来自一个确定的、稳定的、笃定的世界的丧失与一份动荡、多变、不确定的生命体验的涌动。"浪漫主义艺术通常产生于对当代世界的幻灭,产生于法国人称之为是'世纪病'、德国人称之为'厌世'的倦怠和失望之中,这种幻灭感的症状从无能的惰性一直到强迫性的梦想和憧憬。"⑥

---

① Lascelles Abercrombie, *Romanticism*, London: Martin Secker Ltd., 1926, p.44.
② Ibid., p.36.
③ Ibid., p.49.
④ Ibid., p.50.
⑤ 大卫·布莱尼·布朗:《浪漫主义艺术》,马灿林译,长沙:湖南美术出版社,2019年,第12页。
⑥ 同上。

第三节 内核辨识:浪漫主义的"自由"观念

　　一系列的迹象都在昭示:在18世纪、19世纪两个世纪之交的欧洲文坛,人们将很快摆脱僵死腐朽的文学系统。"在这一系统中,感情和想象力贫乏,诗歌披着陈腐的神学外衣,散文和诗歌都在用抽象的语言书写。"①设若人们意识到法国的卢梭是一代作家共同的也是最重要的来源,设若人们认识到18世纪苏格兰与英格兰的评论家已在很大程度上为赫尔德等德国狂飙突进运动的理论家提供了思想装备,设若人们承认德国耶拿派关于浪漫主义的若干理论表述经由史达尔夫人、柯勒律治这样一些关键人物的拨弄在19世纪初弥漫了全欧,那么就必须承认:尽管有着各自的民族特色与艺术品质,但浪漫主义在本质上的确是一个统一的文学—文化运动。

　　那么,作为一个统一的文学—文化运动,浪漫主义的核心观念究竟是什么?

　　18世纪末,法国大革命的狂潮刺激了时代的敏感神经,一种新的"自由"精神以暴风雨般的猛烈势头汹涌而来,开启了"浪漫主义"的新时代。"自由"精神乃浪漫主义文学思潮乃至整个浪漫主义文化思潮的精神内核,即法国浪漫主义文学领袖雨果所言:"浪漫主义其真正的定义不过是文学上的自由主义而已。"②

　　"自由主义"当然推崇"自由";从雨果的论断中可以达成我们的结论——浪漫主义的核心观念是"自由"。这一观点在诸多文学史家与思想史家的表述中不断得到印证——

> 　　浪漫主义的本质特征是在人身上寻找新的力量和新的情感,并在其与外部自然相互作用的关系中达成人的自由。在一种解放了的感性生命与想象力中,自由的人与外部世界的相互作用在一种个性化和私人化的方式中得到表现,这就是浪漫主义。③

---

　　① N. H. Clement, *Romanticism in France*, New York: Kraus Reprint Corporation, 1966, pp.78—79.
　　② 雨果:《〈欧那尼〉序》,见《雨果论文学》,柳鸣九译,上海:上海译文出版社,2011年,第91页。
　　③ N. H. Clement, *Romanticism in France*, New York: Kraus Reprint Corporation, 1966, p.168.

但浪漫主义的自由究竟是一种怎样的自由？——众所周知：自由乃西方文化的伟大传统，并非浪漫主义时代所独有。法国浪漫主义的重要作家，也是当时西方最重要的自由主义思想家贡斯当曾经写过一篇著名的文章《古代人的自由与现代人的自由》，文章翔实分析了古代雅典城邦人的自由与浪漫主义时代"现代人"的自由在内涵上的重大分别：古代西方人的自由是"群体的自由"，而现代人——也就是浪漫主义时代的人的自由是"个体的自由"。而所谓"个体的自由"，绝非是说个人可以肆意妄为——想干什么就干什么；卢梭曾说："人是生而自由的，但却无往不在枷锁之中。"①这里，"人是生而自由的"指的主要是人之精神层面的自由，而"无往不在枷锁之中"则显然是指行为层面上的人的自由的现实状况。虽然浪漫派的"个体自由"的确包含了诸多行为层面的自由，如迁徙自由、贸易自由、婚姻自由等，但它首先强调的却是人的精神自由——只有在精神层面，人的自由才是无限的、无条件的。

浪漫派对理性逻各斯的扬弃，使得人类的命运第一次与荒诞正面相遇，索伦·克尔凯郭尔（Soren Aabye Kierkegaard，1813—1855）作为现代西方第一位"荒诞哲学家"在浪漫主义时代应时而生。在荒诞隐现的现代的开端，敏感的浪漫派第一次意识到：个人真正可以凭依的东西只有与生俱来的自由。但西方自由主义传统本身即是复杂的，它提供了诸多自由的概念；作为在西方各国持续半个世纪之久的文学思潮，浪漫主义同样是复杂的，它也因提供了诸多不同的自由范式而具有多元论的特征。自由，在浪漫主义文学中呈现为复杂乃至悖谬的奇异文化－文学景观。大致说来，浪漫主义"自由"的内涵要旨应从如下几个方面来把握：

1. 个体自由与孤独的本体性。"浪漫派高度推崇个人价值，个体主义乃浪漫主义的突出特征。"②既不是理性主义的绝对理性，也不是黑格尔的世界精神，浪漫派的最高存在是具体存在的个人；所有的范畴都出自个人的心灵，因而唯一重要的东西即是个体的自由，而精神自由无疑乃这一自由中的首要命题，主观性因此成为浪漫主义的基本特征。

"理性——它通常被认为是从少数简要的和自明的真理的知识中概括出来的——在所有人中都是相同的，也为所有人所平等地拥有；这种共通的理性应该是生活的指南；因此，这种普遍的可理解性，普遍的可接受

---

① 卢梭：《社会契约论》，何兆武译，北京：商务印书馆，1980年，第8页。
② Jacques Barzun, *Classic, Romantic and Modern*, London: Secker & Warburg, 1962, p. 6.

性,甚至普遍的融合性,对人类所有的正常成员,无论他们在时间、地点、种族和个人品质及天赋上多么不同,构成了在不可或缺的人类关系的所有事务中具有决定性和合法性的标准或价值标准。"① 迥异于致力传播理性主义共同理念的古典主义,浪漫主义强调对个人情感、个体心理的发掘,确立了一种个体"人学"的新文学;关于自我发现和自我成长的"教育小说",由此应运而生成了一种延续到当代的浪漫派文体。局外人、厌世者、怪人在之前通常会受到嘲笑(如莫里哀等),而现在则得到肯定乃至赞美;人群中的孤独这一现代人的命运在浪漫派这里第一次得到正面表达,个人与社会、精英与庸众的冲突从此成了西方现代文学的重要主题。浪漫派尊崇自我的自由意志;而作为"不可言状的个体",自我在拥有着一份不可通约、度量与让渡的自由的同时,注定了只能是孤独的。"世纪病"的忧郁症候由是在文学中蔓延开来。

拜伦等浪漫派作家光大了启蒙派的自由批判精神;与大革命后社会政治领域里的自由主义思潮相呼应,他们祭出叛神撒旦的大旗,反对一切目的论、决定论的社会历史观,怀疑一切既定的社会、政治、伦理成规,且声称"文学自由"乃"政治自由"的新生女儿。② 拜伦式英雄用生命来捍卫至高无上的个体自由,而自由的敌人则不但有专制的国家权威,更有"多数人的暴政"。愤世嫉俗、天马行空的拜伦式英雄所体现的无政府主义的自由主义,显然不同于贡斯当等浪漫主义者所信守的自由主义。自由即反叛,而且反叛一切,浪漫派由此所发明的英雄崇拜意味着他们真正关注的只是自由意志的恣肆放纵和感性陶醉,而其政治立场则是暧昧模糊的。

2. 情感自由与两性关系之新建构。与浪漫主义渊源甚深的哲学家叔本华(Arthur Schopenhauer,1788—1860)不但将世界的本质界定为是"生命意志",而且明确将性欲视为生命意志的核心。"激情——广义上指任何情感,狭义上是指至高无上的爱——通过卢梭的作品成功融入了文学之中。"③ 浪漫派认为:"艺术的使命即是爱情与感情的使命"④,诗本是性爱的兄弟。由此,在爱情婚姻问题上阐释一种新的理念,乃浪漫主义所

---

① 阿瑟·O. 洛夫乔伊:《存在巨链——对一个观念的历史的研究》,张传有、高秉江译,北京:商务印书馆,2015年,第390页。
② 雨果:《雨果论文学》,上海:上海译文出版社,1980年,第32页。
③ N. H. Clement, *Romanticism in France*, New York: Kraus Reprint Corporation, 1966, p.40.
④ 勃兰兑斯:《十九世纪文学主流(第五分册)法国的浪漫派》,李宗杰译,北京:人民文学出版社,1997年,第144页。

从事的唯一社会任务。"爱情的本性是自由",自由的爱情既是一种充溢整个心灵的神圣激情,又是一种不可抗拒的反贞节的自然力量。在热情讴歌自由爱情的同时,不少浪漫派作家合乎逻辑地流露出了对传统婚姻制度的大胆质疑乃至否定。

3. 民族自由与文化多元论。作为19世纪一种引人注目的意识形态,民族主义或许后来转向了反动,但在其刚刚兴起的世纪初叶,它既不反对自由主义,也不全然是国际主义的对立面;它仅仅意味着——民族是旧有社会政治秩序土崩瓦解之后新的社会平等的天然载体,"民族性"乃是上帝赋予每个民族在塑造人类过程中的角色,所有民族均有自由自决的权利。浪漫派高标个体,否定作为整体的人类生活的重要性与作为政治实体的主权国家的权威,但承认个体恒受民族语言、文化遗产的制约,乃至承认自由的个体在很大程度上要通过特定的民族身份来实现自我,因而他们本能地认同自由主义的民族主义,并信守文化多元论。与当时方兴未艾的民族主义思潮相呼应,浪漫派作家普遍表现出对异族文化风情的热切关注和对民族解放斗争的坚定支持。在俄国和波兰等东欧国家,浪漫主义尤其容易与本土民族主义同流契合。

4. 艺术自由与文学革命。以影响他人并为他者服务为目的,这是多少世纪以来文学艺术的决定性特征;而在浪漫主义时代,泰奥菲尔·戈蒂耶(Théophile Gautier,1811—1873)等浪漫派作家却将诗与雄辩术区别开来,标举艺术的自足地位和天才的灵感与创造,倡导为艺术而艺术。伴随着美学从关于真与善的科学中剥离出来,浪漫派成功确立了艺术自由的观念。艺术自由大大解放了艺术家的生产力与创造力,浪漫主义因此注定演进成为一场最深刻的文学革命。

在《忏悔录》(Les Confessions,1782)一开篇,浪漫主义的直接奠基人卢梭就郑重宣告该书之"个体"品格:"我正在从事一项前无先例而且今后也不会有人仿效的事业。我要把一个人的本来面目真真实实地展示在我的同胞面前;我要展示的这个人,就是我。只有我才能这样做。我深知我的内心,我也了解别人。我生来就不像我所见过的任何一个人;我敢断言,我与世上的任何一个人都迥然不同;虽说我不比别人好,但至少我与他们完全两样。"[①]当艺术家个人的表现成为文本的中心,既往基于摹仿的"再现美学"便走到了尽头。就此而言,浪漫主义的革命性并非是对规

---

① 卢梭:《忏悔录(上册)》,李平沤译,北京:商务印书馆,2010年,第3页。

则的否定,而只是对崇尚摹仿的古典美学规则的拒绝。在《忏悔录》中,卢梭很早就表明新文学旨在反叛以外在摹仿的标的物为中心的"再现的美学",而走向以内在表现的艺术家为中心的"表现的美学"。"我的《忏悔录》的本旨,就是要正确地反映我一生的种种境遇,那时的内心状况。我向读者许诺的正是我心灵的历史……象我迄今为止所做的那样,诉诸我的内心就成了。"①"我一生的经历是真实的,我按事件发生的先后把它们写出来,不过我写事件的经过要比写我在这一事件中的心理状态要少些。(毕竟)人之是否崇高,只是以其情感是否伟大高尚、思想是否敏捷丰富而定。这里,事实只是些偶然的原因而已。"②"我怎样感受的,怎样看到的就怎样写。我使自己同时处于现实的感受和过去的印象的回忆之中,以便描绘自己内心状况的双重性,也就是事件发生时及把它写下时的心情……我重复一遍,这是一份研究人的内心活动的参考资料,也是世上独一无二的一份资料。"③

卢梭如上极为朴素感性的表述,在后来欧洲各国的浪漫派作家那里获得了强烈的共鸣;"他预示着浪漫主义执着于个人主体性的发展倾向"④。蒂克在小说《弗兰茨·施特恩巴德的游历》(*Fraz Sternbalds Wangerungen*,1798)中说:"我想描摹的不是这些树,不是这些山,而是我的灵魂、我的情绪,此时此刻它们正主宰着我。"⑤英国诗人布莱克甚至干脆说:"只有精神的存在才是真实的;而所谓的物质,无人知道它的居所,其存在只是一场骗局。"⑥内在的自我就是一切:如果内心没有自我的光芒闪烁,人必会一事无成,而所谓艺术亦将不复存在。这套用黑格尔的理论话语来说就是——浪漫主义革命的精髓在于其"绝对的内向性":浪漫主义的"自我成为一个内在的万神殿,但其中所有的神祇都被剥夺了灵位,主体性的火焰已将它们焚毁净尽。艺术中灵动的多神论如今被唯一

---

① 卢梭:《〈忏悔录〉的讷沙泰尔手稿本序言》,参见卢梭《忏悔录(第二部)》,范希衡译,北京:商务印书馆,1986年,第344—345页。
② 同上书,第815页。
③ 同上书,第820页。
④ 邓肯·希思:《浪漫主义》,李晖、贾倩译,北京:生活·读书·新知三联书店,2019年,第24页。
⑤ 转引自蒂莫西·C.W.布莱宁:《浪漫主义革命:缔造现代世界的人文运动》,袁子奇译,北京:中信出版集团有限公司,2017年,第27—28页。
⑥ Maurice Cranston, *The Romantic Movement*, Oxford: Blackwell Publishing Ltd., 1994, p.53.

的神所取代——唯一的自我之神、唯一独立的绝对存在,其感知与意志也是绝对的,并在其自身的绝对中获得了自由与统一"①。而用艾布拉姆斯在《镜与灯:浪漫主义理论和批评传统》一书中的概括来说就是——在浪漫主义时代,诗人艺术家不再是一面反映外部世界的镜子,而是用内心的光辉照亮世界的明灯。

"浪漫主义所推崇的个体理念,乃是个人之独特性、创造性与自我实现的综合。"②自由开启了创新的大门;创新乃浪漫主义的外在标识。在攻击M. H.艾布拉姆斯《镜与灯》用"表现"置换"摹仿"的经典分析时,海登辩称浪漫主义之所以是有趣的,不在于其"表现的理论"而在于其"创造的理论"。③ 法国思想史专家海明斯(F. W. J. Hemmings,1920—1997)更是反复断言——

> 浪漫主义就是现代主义的代名词,这意味着它要抛弃古典主义对诗歌的影响,选择现当代的题材,并采用一种恰当的新的写作方式。④
>
> 浪漫主义除了是对新生事物的一种尝试和追求,基本上不太可能说明白它究竟还意味着什么。⑤

"浪漫主义是最近的、最新的对美的表述。"⑥浪漫诗学与浪漫反讽的确立以及浪漫派的文类创新,均从不同的向度揭示了浪漫主义的"革命性"。浪漫派制造了诗人被冷酷无情的社会和庸众所毁灭的悲情传说;将艺术自由发挥到极致的唯美主义作家群的出现,标志着纯文学与通俗文学、精英文化与大众文化的分裂在浪漫主义时代已初现端倪。对"为艺术而艺术"观念的追随者来说,艺术构成了与现实世界平行的另一个世界。一头扎进艺术的王国,在精神世界徜徉沉醉,以此构成对现实的逃避或者

---

① G. W. Hegel, *Aesthetics: Lectures on Fine Art*, 2 vols., tran., T. M. Knox, Oxford: Oxford University Press, 1975, p.519.

② Steven Lukes, *Individualism*, Oxford: Basil Blackwell, 1973, p.17.

③ See Paul H. Fry, "Classical standards in the period ", in *The Cambridge History of Literary Criticism: Romanticism*, ed., Marshall Brown, Cambridge: Cambridge University Press, 2008, p.14.

④ F. W. J. Hemmings, *Culture and Society in France: 1789—1848*, Leicester: Leicester University Press, 1987, p.165.

⑤ Ibid., pp.171-172.

⑥ Charles Baudelaire, "What Is Romanticism?", in *Romanticism*, ed., John B. Halsted, London, Melbourne: Macmillan, 1969, p.120.

拯救,这种消极避世的倾向是浪漫主义的标志之一。这里同样有一个巨大的悖论。一方面"为艺术而艺术"的浪漫派本身有脱离现实、脱离大众的精英化倾向;另一方面也正是浪漫派独立自由的艺术立场,使得艺术家开始从既往必须仰靠贵族赞助的艺术体制中解放出来,将艺术还给喜欢他的每一个人。前者意味着属于少数艺术精英与精神贵族的实验性的先锋艺术,开始成为此后艺术发展过程中的一个最具革命性的力量;后者则意味着属于普罗大众、作为文化消费品的艺术市场体制的诞生。两者的确是相互矛盾的,然而这一切又的确都是源于浪漫主义。

"自由"缘何成为西方浪漫主义文学思潮中的核心问题?通过对浪漫主义与康德哲学革命、浪漫主义与世纪之交基督教复兴、浪漫主义与启蒙主义、浪漫主义与西方工业革命及法国大革命关系的研究,也许会找到问题的答案。

1. 个体自由在康德-费希特-谢林前后相续的哲学系统中已被提到空前高度,且康德等人均重视通过审美来达成自由。康德声称作为主体的个人是自由的,个人永远是目的而不是工具,个人的创造精神能动地为自然界立法;在让艺术成为独立领域这一点上,康德美学为浪漫派开启了大门。康德哲学之所以构成了西方文化史上的"哥白尼式革命",主要是因为他把哲学探究的焦点从精神之外转移到精神之内,进而高标人之自由精神乃一切创造性活动的源头;康德之后,费希特、谢林等人均在各自的理论体系中进一步拓展了这种主体的精神自由。很大程度上沿袭了费希特"普遍精神"与"绝对自我"的理念,谢林 1809 年出版了《对人类自由的本质及与之相关对象的哲学探究》(*Philosophical Investigations into the Essence of Human Freedom*,1809),该书作为其"最伟大的成就",同时也是"西方哲学最深刻的著作之一"①,在德国古典哲学与浪漫主义之间搭建起了另一座重要的桥梁。"谢林体系的核心在于源于同一原则的神圣自由观。"②他认为上帝的主要特征是自由,世界是上帝的心灵,那么就无限者在历史中的活动来说,根本没有一套规律来做仲裁者。正是从这种自由观出发,谢林指责启蒙运动陷入了误区:当启蒙主义者相信自然是由规律主宰的领域,自然和自由蕴涵其中的心灵便被割裂开来。

2. 信仰自由与中世纪情怀。与大革命后宗教复兴的社会文化思潮相

---

① 参见海德格尔:《谢林:论人类自由的本质》,王丁、李阳译,北京:商务印书馆,2018 年,第 4 页。
② 史蒂夫·威尔肯斯、阿兰·G. 帕杰特:《基督教与西方思想(卷二)》,刘平译,北京:北京大学出版社,2005 年,第 57 页。

联系,渴慕"无限"自由的浪漫派注定要向宗教信仰寻求精神支援,夏多布里昂、蒂克等人的心灵由此倾向于正统的天主教或新教;深切而又孤绝的自我意识,也使得浪漫派作家将宗教当成可以带来心灵安慰的诗歌或神话,与之相应的则是泛神论以及超验主义宗教观的勃兴。

不少浪漫派作家将诗与宗教、诗人与上帝(或先知)界定为一体,这在某种程度上倒也合乎神性观念与完美观念结合在一起的基督教传统。弗·施莱格尔说:如同上帝在其"被造物"中揭示了"其不可见的存在乃至其无限的能力和神圣的睿智"一样,施莱格尔因此认定浪漫主义诗人在其同样的对象性创造中得到彰显的也正是其作为艺术家的魅力、荣耀和智慧。一种与宗教相关联的猜测在施莱格尔的美学思想体系中是极为重要的,这种猜测是:"艺术家与其作品的关系,就像上帝和他的创造物的关系一样";"所有艺术的神圣的活动,都仅仅是在不清晰地摹写世界的无限活动,也就是摹写那一直不停地铸造自身的艺术作品"。[①] 浪漫派的宗教观经由自由精神的催发愈发多姿多彩,其共同点在于:用内心情感体验作为衡量信仰的标准,使宗教变成热烈而富有个人意义的东西;这不唯使浪漫派神学与福音派和虔敬派为代表的基督教复兴相互呼应,而且也使信仰自由成了浪漫派自由价值观体系中最重要的命题之一。上帝不再是"自然神论"或理性宗教中的机械师,而是一桩令人陶醉的神秘事物;中世纪被浪漫派从启蒙学派的讥讽中解救出来,成为作家反复吟唱讴歌的精神图像,这显然不宜简单地一概定性为社会政治立场的复古与反动。

3. 浪漫主义不仅是对启蒙主义的继承,更是对启蒙主义的反动。与启蒙运动标准化、简单化的机械论相反,浪漫主义的基本特征是生成性、多样性的有机论,即欣赏并追求独特和个别而不是普遍和一般。浪漫派反启蒙主义的思想立场使其在"平等"与"自由"两个选项中更强调自由。启蒙学派曾以理性的怀疑精神与批判精神消解了官方基督教神学的文化专制,但最终却因丧失了对自身的质疑与批判又建立了一种唯理主义的话语霸权。浪漫派反对理性主义,因为在他们看来只有感性生命才是自由最实在可靠的载体与源泉,而经由理性对必然性认识所达成的自由在本质上只不过是对自由的取消。启蒙主义倡导的乃是一种一元论的、抽象的群体自由,且往往从社会公正、群体秩序、政治正义的层面将自由归

---

① 阿瑟·O. 洛夫乔伊:《存在巨链——对一个观念的历史的研究》,张传有,高秉江译,北京:商务印书馆,2015 年,第 410 页。

于以平等、民主为主题的社会政治运动,因而它在本质上是一种倾向于革命的哲学;浪漫主义则更关注活生生的个体的人之自由,且将这种自由本身界定为终极价值。

4.对法国大革命以集体狂热扼杀个体自由的反思,强化了自由在浪漫派价值观念中的核心地位。法国大革命既是启蒙理念正面价值的总释放,也是其负面效应的大暴露。大革命所招致的对启蒙主义的反思,尤其是对其政治理性主义的清算,对浪漫主义思潮的集聚和勃兴起了推波助澜的作用。另外,作为现代性的第一次自我批判,浪漫主义反对工业文明;在其拯救被机器喧嚣所淹没了的人之内在灵性的悲壮努力中,被束缚在整体中成为"零件"或"断片"的人之自由得以开敞。对工业文明和城市文明的否定,使浪漫派作家倾向于到大自然或远古异域寻求灵魂的宁静和自由。

的确,没有哪个时代的作家像浪漫派一样如此全面地关注自由问题,也没有哪个时代的诗人写下那么多热情的自由颂歌。19世纪后半期,随着自然主义文学以及构成其文化基础的实证主义哲学在西方文学—文化领域获得主导地位,浪漫主义文学思潮以及构成其重要思想基础的自由主义文化风潮开始偃旗息鼓。一时间,各式否定自由意志的"决定论"调调甚嚣尘上,曾几何时西方学人趋之若鹜的浪漫主义研究慢慢陷入沉寂。但峰回路转,从19—20两个世纪之交开始,随着现代主义文学思潮的勃兴以及作为其文化基础的非理性主义思潮[叔本华、尼采、柏格森(Henri Bergson,1859—1941)等前后相续的生命意志学说,雅斯贝尔斯(Karl Theodor Jaspers,1883—1969)、海德格尔(Martin Heidegger,1889—1976)、萨特(Jean-Paul Sartre,1905—1980)、加缪(Albert Camus,1913—1960)等人的存在主义哲学等]的激荡,西方学界浪漫主义研究的第二波高潮应时而起;而且,第二波高潮比第一波热潮,不管从持续的时间与弥散的空间,还是从外在的声势规模与内在的学术水准,均有过之而无不及。

纵观西方浪漫主义研究的学术历程,当不难发现:浪漫主义研究的存在状态与时代的自由主义精神状况息息相关;两者之间存在着正向的呼应契合关系。由此,人们很容易理解——随着以"新保守主义""新自由主义""存在主义"等名头行世的20世纪西方自由主义愈发显现出复杂、多元的面相,研究范式愈益成熟的20世纪西方学人对浪漫主义思潮的探讨,也就日趋细致入微,更其斑驳多彩。在最近的一百多年中,浪漫主义研究一直是西方文学史与思想史研究中的显学；文学史家勃兰兑斯的皇皇巨著《19世纪文学主流》、文学史家H. M. 琼斯论述法国大革命与浪漫主义关系的鸿篇巨制《大革命与浪漫主义》(Revolution and Romanticism, 1974)、思想史家伯林的名著《浪漫主义的根源》(The Roots of Romanticism, 1965)、思想史家斯特龙伯格(Roland N. Stromberg, 1916—2004)的大作《1789年以来的欧洲思想史》(European Intellectual History Since 1789, 1994)，均对浪漫主义文学思潮中的"自由"问题以"散论"的方式有所关涉。

"自由"之于浪漫主义文学思潮的核心地位，不仅使浪漫主义丰富光大了构成西方文化精髓的自由主义传统，而且使其成了西方文学史上最光辉灿烂的篇章。作为文学思潮，浪漫主义因其内在的"自由"理念，而成了西方近现代文学发展过程中最伟大的一场文学革命。在文学艺术领域，浪漫主义堪与德国的哲学革命、英国的工业革命、法国与美国的政治革命相媲美，同时又是对它们的表达或补偿。但浪漫派之自由观念亦因其历史局限性而呈放出负面效应：社会文化层面——在以自由至上对理性至上的反拨过程中，浪漫派在某种程度上将个性扩展为任性，将自我变成自恋，将张扬感性演绎为情欲泛滥，将对"无限"的憧憬转化为对现实的弃绝，终使自由在失却了自己的边界之后缥缈成为迷雾流云，幻化成一抹失却了精神力量的虚无；文学艺术层面——浪漫派在消解功利主义艺术观念的过程中，割裂了艺术作为自由之象征与艺术作为苦闷之象征的关系，从艺术自由推衍出艺术至上，终使艺术在很大程度上蜕变为失却了现实生活大地的牵引而任凭自由理念吹向神秘天国的断线风筝。浪漫派自由观念的局限性决定了它将随着历史的演进而退场。

浪漫主义中的"自由"问题是一个学术课题。对该课题的探讨，不但有望从整体上拓进国内浪漫主义研究的理论深度，抑或更是完善重构国内浪漫主义研究学术体系和研究范式的一次大胆尝试。从"自由"问题切入对浪漫主义文学思潮的研究，其意义绝不仅限于浪漫主义研究本身，甚至亦不仅限于西方文学史的研究本身；要而言之，这一研究对把握文学发展的内在规律、推进全球化语境下中国特色的文艺理论建设乃至文化建设、促进中国文学艺术的大繁荣均不无裨益。

第二章
德国浪漫主义文学运动

德国是浪漫主义文学的发源地。司各特在一篇题为《论古代谣曲的模仿》(1830)的回顾性文章中曾这样强调德国人在这场文学革命中所起的先锋作用:"早在1788年,一种新的文学类型就开始被引入这个国家。德国……那时第一次听说是一种诗歌和文学风格的发源地。"[①]很多研究者都曾指出德国浪漫主义所具有的特征,如虚无主义与"无限"主题、恶魔崇拜与"颓废"情调、唯美主义与"空灵"风格等,这些特征不仅彰显着其与其他国家浪漫主义的区别,更揭示了其自身浪漫主义的本色与深度。德国的浪漫主义的确禀有神秘主义的倾向。他们认为现实生活是丑而不和谐的,是混乱而庸俗的,高尚的文艺不应去描写外部世界,文艺的目的应该是写内心世界,写内心的追求和理想,但这追求和理想在恶劣的现世却又无法实现,因此作品中往往会出现一些神秘力量与庸俗的现实对抗。由此,德国浪漫主义合乎逻辑地伴随着一种宗教的狂热和虔敬。德国浪漫派尤其是早期浪漫主义者,大多把宗教改革前由基督教统治的欧洲视为理想世界,主张用基督教思想统一人的意识,认为宗教改革带来了自由思想,而自由思想又带来了社会动荡。因此,他们的文学创作中常常会反映出一种宗教虔诚和对"彼岸""来世""无限"的追求。

事实上,德国早期的浪漫主义运动,亦不乏浓厚的政治色彩和民族倾向。德国的浪漫主义者反对拿破仑占领德国莱茵地区,也反对他在这个地区所推行的资本主义改革,他们不满于动荡的欧洲现实,向往理想化了

---

① 转引自R.韦勒克:《文学史上浪漫主义的概念》,见R.韦勒克《批评的诸种概念》,丁泓、余徵译,成都:四川文艺出版社,1988年,第148页。

的中世纪;他们强调文学的民族文化属性与功能,对民间文学和民间题材表现出浓厚的兴趣——广泛搜集民间故事和歌谣,深入发掘中古德国文学。格林兄弟(Jacob Grimm,1785—1863;Wilhelm Grimm,1786—1859)的民间童话、格勒斯的民间故事、海德堡浪漫派的著名民歌集《男童的神奇号角》(*Des Knaben Wunderhorn*,1806,1808),均对德国文学与文化传统的发扬光大影响深远。当然,德国浪漫派作家也积极借鉴外国文学,如奥·施莱格尔翻译莎士比亚,蒂克翻译《堂·吉诃德》(*Don Quijote de la Mancha*,1605,1615)等。德国浪漫派的文学样式虽以诗歌为主,但在小说创作方面的诸多先锋实验却更引人注目,且对后世产生了绵延不绝的影响。如霍夫曼奇特的梦幻艺术与象征手法,就对俄国的果戈理(Nikolai Vasilievich Gogol-Anovskii,1809—1852)、法国的巴尔扎克(Honoré de Balzac,1799—1850)和现代作家卡夫卡(Franz Kafka,1883—1924)都产生了巨大影响。

德国浪漫派注重个人感情的强烈抒发,注重描写内心的理想、幻想,注重突出自我。他们的主人公往往喜欢发表议论及抒写个人的主观感受,注重描写大自然的美丽,把大自然作为自己精神上的寄托,并通过大自然的美反衬现实的丑。在文艺创作上德国浪漫主义表现出了一种蔑视传统的创新精神。德国浪漫派企图打破各种文艺体裁的界限,但过头的创新背离了大众的艺术趣味与审美水准,他们的作品显得曲高和寡。

在文学之外,德国的浪漫主义运动也波及其他艺术领域。韦伯(Carl Maria von Weber,1786—1826)、舒伯特(Franz Schubert,1797—1828)以及后来的瓦格纳(Richard Wagner,1813—1883)等都是著名的浪漫派音乐家,只不过音乐上的浪漫派并没有表现出文学浪漫派的复杂性。

第一节　耶拿派

与英、法相比,19世纪开始时的德国区域没有大城市,只有乡村与小城镇——柏林当时的人口还不到20万。乡村的闭塞连接着庸俗——所以德国的艺术家与庸俗势力的对立情绪甚为激烈。由是,有批评家甚至认为:"正因为小镇心态,浪漫主义才最先出现在德国。"①

奥·施莱格尔、弗·施莱格尔是德国早期浪漫主义的理论倡导者和奠基人,他们首先提出了"浪漫主义"一词,并创立了耶拿派。1798年,施莱格尔兄弟在耶拿城创办了文艺杂志《雅典娜神殿》,该刊作为德国早期浪漫派发表文学主张与创作的主要阵地,乃浪漫主义文学运动兴起的标志。"早期浪漫派在本质上是一场文学和文艺批评运动,其主要目的是发展出一种新式的文学和文艺批判以对抗新古典主义的文学和文艺批评。这种解释把浪漫诗概念作为早期浪漫派的核心与基础,认为浪漫诗无非是指一种新的文学和文艺批评。"②随着《雅典娜神殿》的发行,以施莱格尔兄弟为核心的德国早期浪漫派——耶拿派迎来了自身发展的高潮。"1798年,在耶拿施莱格尔的圈子里,'浪漫'一词(Romantisch)已被明确归属于区别于'古典'(Klassisch)的另一种文学范畴;很快它就成了直属于施莱格尔圈子本身的一个文学学派。"③

施莱格尔兄弟出生于汉诺威一个很有声望的新教家庭,父亲是高级神职人员,对文学有相当的造诣,他们的伯父约翰·埃利亚斯·施莱格尔(Johann Elias Schlegel,1719—1749)是戈特霍尔德·埃夫莱姆·莱辛(Gotthold Ephraim Lessing,1729—1781)之前德国最有才华的批评家与剧作家。虽然青少年时期两兄弟就表现出了鲜明的性格差异,但奥·施莱格尔与弗·施莱格尔之间的关系是十分亲密的。

奥·施莱格尔是一位著名学者,也是一位出色的翻译家——在翻译介绍世界优秀文学典籍方面卓有建树,尤其是对英国剧作家莎士比亚及其作品的翻译和介绍。他翻译了17部莎士比亚戏剧,是德国第一个用诗体翻译莎士比亚作品的人,其丰沛优美的译文至今仍为人称道推崇。正是奥·施莱格尔对莎士比亚的翻译,日耳曼世界才得以从多个方面了解这位文学巨匠。在莎士比亚之外,他还翻译了荷马(Homer,约前9世纪—前8世纪)的断简残篇、希腊的哀歌、西班牙戏剧家卡尔德隆以及但丁、彼特拉克、塔索等诗人的代表性作品,甚至还有印度古老的诗篇。理

---

① 蒂莫西·C.W.布莱宁:《浪漫主义革命:缔造现代世界的人文运动》,袁子奇译,北京:中信出版集团有限公司,2017年,第54页。

② 弗雷德里克·拜泽尔:《浪漫的律令:早期德国浪漫主义观念》,黄江译,北京:华夏出版社,2019年,第18—19页。

③ Michael Ferber, "Introduction", in *A Companion to European Romanticism*, ed., Michael Ferber, Oxford: Blackwell Publishing Ltd., 2005, p.1.

论与历史相结合,而非简单地仅在理论层面作学理演绎和推理,这使得奥·施莱格尔在文学批评方面也卓有建树。他认为理论、历史、批评三者不能单独存在,只能并存于彼此的关联和相互作用中。对他而言,感受作品需要发自灵魂的热情,而批评的任务则是要点燃读者对艺术的激情;因此,不同于冷冰冰的高头讲章,其批评文字均志于缩短读者和作品的距离。

弗·施莱格尔是德国早期浪漫派最重要的理论家、批评家与小说家。其先在《雅典娜神殿》刊发后结集出版的《断片》(*Fragmente*,1797,1798,1800),是早期浪漫主义最重要的理论文献。其极具实验性的长篇小说《卢琴德》(*Lucinde*,1799)鼓吹妇女解放和恋爱自由,对当时的婚姻制度进行了激烈的抨击。在语言学研究和文学史著述等方面,弗·施莱格尔也成就卓著:比较语言学的巨著《印度人的语言和智慧》(*Ueber die Sprache und Weisheit der Indier*,1808)使其成为德国梵文研究的奠基人;其早期论文《希腊文学研究》("Über das Studium der griechischen Poesie",1798)对古希腊艺术的探讨影响深远。而1808年皈依天主教后,愈发逃避现实、向往中世纪宗法社会的弗·施莱格尔,又拓开了德国中世纪文学研究的先河。弗·施莱格尔认为批评与创作是同时出现的,而且同等重要:批评不应仅是解释评论艺术的工具,而且要为未来的艺术提供理论依据。他认为艺术绝非简单的情绪抒发或直接的情感表达,因为迥异于自然生长的植物,艺术乃是有意识的创造,内里灌注着精神反思所孕育的意义;而批评作为"诗的逻辑"则以澄明文本内在的意义为使命。在具体文学批评实践中,他总是试图揭示作品的内在个性,着意探寻隐藏在文本肌理中的意义关联。

施莱格尔兄弟对德国以及西方浪漫主义文学运动的形成与发展具有重大的影响。文学史家惯常把他们并称为"现代文学批评之父"——凭借广博的语言知识、深厚的艺术学养、纵深的史学眼光以及严谨的科学方法,他们大大拓展了文学批评的视野,并进而开启了比较文学之先河。作为理论家,弗·施莱格尔的成就远在其胞兄奥·施莱格尔之上。弗·施莱格尔强调文艺的主观性,认为"天才"可以越过现实的限制,更不必接受法则的约束。其写于1798年的《雅典娜神殿》断片116号阐明了德国早期浪漫派的文学主张与创作纲领:

> 浪漫诗是渐进的总汇诗。它的使命是要把所有被割裂的诗的体裁重新统起来,使诗与哲学、雄辩术有所关联。同时,它要也应当让

韵文与散文、创造与批评、艺术诗与自然诗或混合,或交融,给诗注入生命与社交活力,赋予生活与社会以诗意,让机趣诗化,使艺术形式通过所有良好的教育材料得以充盈、通过幽默的震颤得到灵性……其他的诗体已发展完毕,现在可以全部肢解开来。而浪漫诗体尚在生成之中;确实,浪漫诗本质上是一直变化、永远不会臻于至境的。浪漫诗不能为理论所穷尽,只有充满神性的批评才敢去刻画它的理想。只有浪漫诗才是无限的,正如只有浪漫诗才是自由的,才承认它的第一法则:诗人意之所纵,容不得任何法则束缚自己。浪漫诗体是惟一高于诗体的诗体,几乎就是诗艺本身:因为在某种意义上,一切诗都是或者都应当是浪漫的。①

其对"浪漫诗"之"万象"与"总汇"的阐发,揭示了浪漫主义的如下特质:文学是不断发展、渐进生成的,浪漫主义几乎具有无限的包容性,在这里各种类型化的界限都应该被打破;浪漫主义诗人在精神上禀有无限自由,浪漫主义文学就是充分的幻想或想象;浪漫主义艺术就是生活的诗化。在弗·施莱格尔、诺瓦利斯、蒂克、荷尔德林等浪漫派作家的作品中,常常是散文叙述中夹杂着诗句,情感的奔放或情绪的波动中摇曳着主人公的哲学思考,这使得他们的作品从各个层面来看都不再是单纯的诗、小说或哲学,而是这一切的"总汇"。《卢琴德》是弗·施莱格尔唯一的小说作品,历来被文学史家视为浪漫派最大胆的文体实验:小说是各种文学形式的大杂烩——包括书信、对话、抒情诗、编年纪事、小故事、讨论等;同时也是内容的大杂烩——故事主线看似写了一对青年艺术家卢琴德和尤里乌斯的爱情,但两人的对话实则表达了作者对许多问题的见解和看法。小说不仅在艺术形式上独树一帜对文学传统构成了挑战,而且经由主人公之所作所为、所思所想宣示了一种新的浪漫主义婚恋观,进而构成了对陈旧爱情观念和传统社会习俗的挑战。作为"自由"灵魂对"无限"的追求,施莱格尔认为爱情在任何意义上都不应该是"有限"的;他反对传统的婚姻,赞美自由的恋爱;反对法律和社会习俗对婚姻的设定,提倡性爱自由,甚至将纵欲和放荡加以诗化。两个艺术家的故事旨在表明:真挚的爱情是伟大而神圣的,不仅能改变人生的轨迹,而且能赋予生命以意义。此种浪漫主义的恋爱与婚姻主张当时虽饱受诟病,但其爱情至上和男女平

---

① 参见施勒格尔:《雅典娜神殿断片集》,李伯杰译,北京:生活·读书·新知三联书店,1996年,第72—73页;译文有改动。

等的思想却对后世文学与文化的发展产生了深刻影响。

弗·施莱格尔在诗学上所提倡的"浪漫反讽"在《卢琴德》中也有体现。其所提出的"浪漫反讽"并不等同于一般的反讽修辞——反讽被浪漫化了,一个意义完整但却充满悖论的世界因此得以呈现。"反讽是对永恒的敏捷以及无限充溢的混沌的清楚意识"——人们造出简单易懂的句子,而这些句子会游弋着进入无法理解的状态。在精神世界里,诗人可以自由地幻想,尽情地表达对事物的渴望,然后再痛苦地将这个由自己创造的幻想世界粉碎破坏。这种粉碎和破坏是诗人对自己的嘲讽,但由于诗人已经"浪漫"地描绘过自己的渴望了,所以也是一种"浪漫主义的反讽",其目的在于表达对现实的不满以及讽刺自己在现实中无法实现的浪漫主义幻想。

诺瓦利斯,本名弗里得利希·冯·哈登尔克(Friedrich von Hardenberg),诺瓦利斯乃是他的笔名。这位文学天才出身贵族,早年学习法律,后专事采矿和地质学研究,同时还钻研数学和其他自然科学。诺瓦利斯是德国早期浪漫派中才华横溢的人物,其诗作意蕴广博深邃,意象诡谲神秘,语言纯净清新,代表着德国早期浪漫派文学创作的最高成就。其重要作品有散文诗集《夜的颂歌》(*Hymne an die Nacht*,1800)、未完成的长篇小说《海因里希·冯·奥弗特丁根》(*Heinrich von Ofterdingen*,1802)、政论文《基督世界或欧洲》("Die Christenheit oder Europa",1826)①等。而其"魔幻唯心主义"诗学则进一步奠定了其在浪漫主义文学中的地位,且对济慈、埃德加·爱伦·坡(Edger Allan Poe,1809—1849)及后来的法国象征主义诗人均产生过重大影响。

诺瓦利斯的"魔幻唯心主义"旨在激活自然的灵性,开拓诗意的世界,其要旨在于"回到内心"。诺瓦利斯把内心世界视为外部世界的根本和来源——人理解自己就是理解世界;作为"魔幻唯心主义"的起点,回到内心不是单纯的自我观照,更不是逃避现实,而是理解与把握世界的基本方法。只有"回到内心",才有可能"观照外部世界"。这里的"观照"有别于科学观察,它既不是依赖感官摄取外界图像,也不是把捕获的现象归结在某一理性概念之下,而是要以诗的语言给自然之物注入精神。诗之魔力就在于它能赋予凝结在物质世界中的精神以生命,从而恢复自然的本来面貌,实现精神与物质的统一。诗的表达是间接的,类乎天启,它只是把

---

① 又译《基督教或欧罗巴》。

客体与主体相融合的内在过程表征出来,而不是呈现已知的真理。在诺瓦利斯看来,真理本身便是正在进行中的、动态的诗。因此,他认为越是诗的便越是真实的,诗和真本来就是一回事。英国诗人济慈持有与其完全相同的观点。

作为德国文学史上"最美的散文诗",诺瓦利斯的《夜的颂歌》乃浪漫主义文学的经典之作。诺瓦利斯曾与一个贵族小姐索菲订婚,但两年后这位女士不幸患肺病离世;诗作的缘起可以追溯到诺瓦利斯在未婚妻墓前一次不寻常的经历。他在1797年5月13日的日记中写道:"晚上我去找索菲。无以名状的欣悦——突来的瞬间的狂喜——我像吹尘土一样吹开坟墓——千百年如同几个瞬间——感到她近在咫尺——觉得她随时会走出来。"而《夜的颂歌》里描写了其与已逝恋人神交的幻象,诗中的"我"不仅看到了她,还抓住她的手,伏在她肩上流出了喜悦的泪花。诺瓦利斯在诗中几乎重复了日记中的话,这段经历也成了诗歌的核心——经过这次神秘体验,诗中的"我"便进入了更高的境界,以爱与诗超越了自身存在的局限。

《夜的颂歌》顾名思义是对黑夜的礼赞,在作品中人随时可以通过睡眠或陶醉的状态进入夜的王国。夜既是内心世界的空间延伸,也是融合万物的和谐状态,而且还是透着浓郁的性爱色彩的爱的时光。夜里,情人才会出现,人们才能与自己的所爱融为一体。只有在夜里,人才能从"光的束缚"中解脱出来,克服异化,超越喧嚣,成为真正意义上的人。因此,诗人在诗歌中极力赞美黑夜,并由此过渡到对死亡的歌咏。传统观念认为,死亡相当于光的熄灭,沉入万劫不复的黑暗,因此夜理所当然就是死亡王国。诺瓦利斯称:夜是无限的象征,是生活的基本要素,是黑夜产生了白昼,在死亡中显示出永生。很多人因此认为该作思想消极、格调颓废,而诺瓦利斯则强调神秘的死亡乃是"无限",而尘世的生活却意味着"有限";人生作为对永远无法达到的理想的追求,只不过是向死亡的过渡;由是,死不再是被压抑和拒斥的对象,而成了生不可或缺的条件和背景。诗中从希腊来到巴勒斯坦的歌手对耶稣的赞颂道出:耶稣的死不同于古希腊时代的永别,而是一种超越,即浪漫主义之"无限"。这里既不是以死的名义取消生,也不是以生的名义排斥死。在意识到死亡的基础上,理解人生的短暂与脆弱,从而珍视人生,克服生的盲目,提升生的品质。所以诺瓦利斯笔下的昼与夜、光与暗、生与死的对立当然并非是绝对的、一成不变的,它们在更高的层次上是统一的。而诗便是个体与整体、有限与无限、瞬息与永恒之和谐统一的表征。就此而言,"夜"在《夜的颂歌》中乃是诗之表征的媒介。在无边无际、莽莽苍苍的神秘之"夜"里,想象力挣脱一切局限和禁锢自由翱翔,隐蔽的内心世界彻底开放,个人的意志在销魂的爱欲中超出生死之界,诗缘此成为可能。显然,诺瓦利斯以"魔幻唯心主义"的魔杖点石成金,这就有了《夜的颂歌》中精妙的构思与玄奥的意象。

未竟之作《海因里希·冯·奥弗特丁根》分上下两部(《期待》和《实现》)。像许多德国浪漫派作家一样,诺瓦利斯在这部长篇小说中选择诗人、艺术家作为主人公,并用其心驰神往的中世纪作为故事发生的背景。作品描写了行吟诗人海因里希·冯·奥弗特丁根的成长历程——他的漫游、追求和渴望。主人公奥弗特丁根从小就是个性格忧郁的孩子,梦中的蓝花则使他与现实世界更加疏离,更加忧郁。为驱散儿子的忧郁,母亲便带着儿子与友人一起从故乡爱森纳赫出发前往奥格斯堡。这次意在拜访外祖父的旅行开拓了奥弗特丁根的视野,使他了解了商贸,了解了十字军东征……在奥格斯堡,奥弗特丁根结识了一个名叫克林斯奥尔的诗人,不仅成了他的学生,还和他的女儿玛蒂尔德结了婚。不久之后,爱人溺水而亡,他不胜悲痛离开了奥格斯堡。他在梦里梦到的那朵蓝花成了其神秘追求和憧憬的象征,也成了现实本质的象征。蓝色代表遥远的天际,蓝色花则代表极遥远的理想,这朵蓝花后来也成为浪漫派的神秘象征物,既是永远无法追求到的无限,也是能使人获得内心平静的遥远他方。作者的这部小说虽在形式上模仿了歌德的《威廉·迈斯特》,但在意旨上却反其道而行之。在歌德那里,主人公迈斯特通过牺牲原来的艺术爱好,融入务实的社会团体,从而完成了自己的"学习时代"。在诺瓦利斯看来,迈斯特舍弃个人爱好以适应外界社会要求,乃是对自己天性的一种扭曲;因此他要在自己的作品中塑造一个顺应内心召唤、不受世俗功利干扰、最后实现艺术理想的诗人的典型。如果说迈斯特代表的是"进取",即基于现实要求为成为合格的社会成员而磨平自己的棱角,那么奥弗特丁根则代表了"静观",即个人经历、外界印象都只是为了激发和催化内心的艺术灵感。虽然迈斯特在生活和实践中最后达成了自己的理想,但诺瓦利斯认为迈斯特实现世俗目标的理想根本就不是理想,而奥弗特丁根一直追求的"蓝花"则因禀有"无限"的品格才是真的理想。《海因里希·冯·奥弗特丁根》的主题是"过渡"或"生成":既是从"期待"到"实现"、从"理念"到"艺术"的"过渡"过程,也是由"无限"析出为"真实"、由"朦胧"结晶为"清晰"

的"生成"过程。诗意与哲理相融合,小说从内容到形式颇为契合弗·施莱格尔对"浪漫诗"之"万象""总汇"的界定。

在其离世二十多年后的1826年,诺瓦利斯的重要政论文本《基督世界或欧洲》终得公开发表。文中,诺瓦利斯对现实的欧洲深感不满,他认为应该返归宗教改革前中世纪的宗教统一和基督教统治的欧洲,主张要在一个新的统一的教会领导下,建立一个欧洲国家联盟;他反对新教,认为新教带来了自由思想,而自由思想则使世界变得分裂动荡。诺瓦利斯呼吁,浪漫主义文学运动应帮助基督教与当今充斥着革命氛围的欧洲作斗争。他严厉批判启蒙运动,说它对天主教的憎恨"逐渐上升为对圣经,对基督教信仰,最终甚至上升为对宗教的憎恨"[①]。

路德维希·蒂克,与前三位并称为"浪漫主义奠基人",是耶拿派浪漫主义思想的主要践行者之一。他与最早倡导唯美主义的瓦肯罗德是同学,早年在柏林曾与启蒙运动成员交往,后又与耶拿派接触成了耶拿派的一员。蒂克的创作生涯很长,作品甚丰,且涉及多种体裁,在小说、童话、诗歌、戏剧等诸多领域都有建树。其童话不仅为德国浪漫主义文学开辟了一片新的天地,而且为他赢得了"欧美现代艺术童话奠基人"的美誉。蒂克的代表作有长篇小说《威廉·洛弗尔》(*Willam Lovell*,1795—1796)、《弗兰茨·施特恩巴德的游历》,童话集《民间童话》(*Volksmarchen*,1797),艺术童话《金发的埃克贝特》(*Der Blonde Eckbert*,1797)、《穿靴子的猫》(*Puss in Boots*,1797)等。

小说《威廉·洛弗尔》叙述了同名主人公因自私自利而行凶杀人的故事。个性的放纵导致了洛弗尔精神堕落——行凶做了强盗、生活放荡——诱奸了少女,并最终导致了其泯灭人性的杀人行为。《弗兰茨·施特恩巴德的游历》在某种意义上可以被看作《一个热爱艺术的修士的内心倾诉》(1797)的续篇,本由蒂克与其同学、好友瓦肯罗德共同构思,拟各写一半,然后合并;怎料瓦肯罗德一病不起只能由蒂克一人执笔,但终究也没能完成。主人公施特恩巴德是阿尔布莱希特·丢勒(Albrecht Dürer,1471—1528)的学生,为了完善技艺,他告别恩师,离开纽伦堡,前往尼德兰和意大利深造。作品所述15世纪这位青年画家的漫游故事——其一路上与各阶层的接触及其所见所闻与所思所感,乃是浪漫主义文学的第一部艺术家小说,也常被认为是一部成长小说。其中,作者对大自然景物

[①] 转引自陈恕林:《论德国浪漫派》,上海:上海社会科学院出版社,2016年,第151页。

的描绘极为出彩——蒂克常把大自然写得寂静阴森,不禁使人想起德国浪漫主义绘画大师卡·达·弗里德利希(Caspar David Friedrich,1774—1840)的风景画。小说的主旨在于阐发浪漫主义的艺术观——对"无限"的渴望,情节结构上模仿了歌德的《迈斯特的学习时代》,但又有着明显的不同:迈斯特通过外在的漫游经历使内心得到发展,而施特恩巴德的漫游只是为漫游而漫游,漫游本身就是目的,他并没有在漫游中为了适应和融入社会而放弃自己喜爱的艺术;相反,他通过探究自己的内心世界进一步认识自我,走向艺术的成熟。他的游历是向"内"的,而不是向"外"的,他不以外部经验来充实自己,而以所见所闻为机缘激活内心的艺术才情,从而确立自己的艺术使命。小说出版后,文学界褒贬不一、毁誉参半。弗·施莱格尔认为它是塞万提斯以后首屈一指的漫游小说,艺术成就远高于歌德的《迈斯特的学习时代》。但也有人批评它情感泛滥,思想空洞,结构松散,情节拖沓……

因最能表现浪漫派钟爱的幻想和梦境,童话成了浪漫主义作家十分钟情的体裁,1797年蒂克出版了《民间童话》,其中既有根据古代德国的民间故事改写的童话,也收录了其最重要的艺术童话创作,体现了其早期浪漫主义童话创作的风格。这一作品集的问世,很大程度上标志着蒂克文学创作理念的形成。他用"幻想"和"梦境"这样的字眼来形容自己的作品,他希望引导读者从日常生活进入幻想和梦境的世界——那个与童年紧密相连的世界。他要将这个已被遗忘的领域重新打开,带领人们回到那个自由嬉戏的童年世界。蒂克"艺术童话"有别于"民间童话":一是作品出自作家之手而非集体创作的产物;二是其素材与内容不再囿于惩恶扬善的思维套路,不以道德化的情节达到教化的目的,而是打破艺术与现实的界限,增加生活的多维性和不确定性,增加歧义和暧昧。由此,童话被陌生化,情节结构被心理化,意旨也随之被深化。作为富有寓意和象征的新体裁,艺术童话成了一种揭示现代人矛盾的内心世界的理想手段。作品往往借助超自然力量和诡谲可怖的氛围,使读者感受到强烈的情感震动,引起读者的震颤与惊悚,使人在不可捉摸的神秘力量中意识到理性的局限。1797年,蒂克的《金发的埃克贝特》问世,标志着浪漫主义"艺术童话"这一文类体式的基本成型。该作因其优美的语言风格、出色的风景描写和神秘的氛围营造而为人称道。

一般的童话往往通过超凡的神力,使主人公最后得到幸福,而蒂克的《金发的埃克贝特》却讲述了主人公在自己制造的冥想中不能自拔,最后酿成悲剧的故事：埃克贝特的妻子贝尔塔小时候耽于幻想，不时受到父亲责罚。8岁那年，她离家出走，到了人迹罕至的险恶山林。一位佝偻的老太婆把她带到自己的小屋，收留了她。老太婆独居山林，只有一狗一鸟为伴。鸟是只奇鸟，不仅会说话，而且下的蛋是珍珠宝石，还会唱一支名为《山林孤寂》的歌来赞美快乐、与世无争的隐居生活。老太婆外貌古怪，待她如亲人，教她纺线读书，还让她管家。贝尔塔远离人烟，过起了安逸幸福的日子。长到14岁，她理智甫备，情窦初开，未免向往起外面的尘世生活，梦想着找一位英俊骑士结婚。一天，她趁老太婆不在家，盗走奇鸟和珍珠，偷偷下了山。自离开了与世隔绝的山林，奇鸟便开始昼夜不停地唱着《山林孤寂》这首歌，贝尔塔受不了心理折磨，就把它活活扼死了。后来，贝尔塔终于如愿以偿与骑士埃克贝特结婚——她变卖了珍宝，在哈尔茨山的一座小城堡里过着安逸的日子。

小说用倒叙的手法从贝尔塔向丈夫的朋友瓦尔特讲述自己的离奇经历开始。在叙述故事时她一直想不起老太婆家那只小狗的名字，而当她讲完故事时，瓦尔特却说出了那小狗的名字。这使贝尔塔十分恐惧，她讶异于这一秘密怎么会为一个陌生人所知悉。自此之后，她一直惶惶不可终日，总觉得似乎有人在监视她，并因此生了大病。丈夫埃克贝特认为是瓦尔特引起了妻子的疾病，于是便杀死了瓦尔特以安慰妻子——让她知悉了解她过去秘密的人已经死了，她可以放心了。可埃克贝特杀死瓦尔特回家时，贝尔塔却已经死去了。此后，埃克贝特更加惴惴不安，一方面因杀害朋友而感到负疚，另一方面又感到一种隐隐的不祥。后来，他出游时认识了一个名叫胡戈的青年骑士，发现他与死去的瓦尔特竟是十分相像；他在森林中迷路向一个农民问路，那农民竟然也越看越像瓦尔特。最后他在林中遇到了收留过贝尔塔的老太婆，她依然生活在当年贝尔塔出逃的小屋里，和那只已经复活了的小鸟以及小狗住在一起。老太婆最终告诉埃克贝特，瓦尔特和青年骑士胡戈都是她变的，而贝尔塔不是别人，正是他儿童时代就分离的妹妹。听见这一不幸的消息，埃克贝特终于承受不住发疯而死，而就在这时，奇鸟又唱起了它的歌来。

这则童话的用意显然不在于杀人偿命、恶有恶报，而在于赞美与世隔绝的"山林孤寂"：静寂才是幸福，它象征着人与自然未分离的原始境界，仿佛圣经里的乐园，自给自足，没有冲突与矛盾。奇鸟则代表着表达这种理想的艺术：鸟蛋只能观赏，本无实用价值。可是，当贝尔塔意识到这些珍宝在世俗生活中的价值时，就破坏了乐园里的原始和谐。虽然下山后她找到了梦想的骑士,偷来的珍宝也使她过上了衣食无忧的日子,但是她失去了内心的宁静,也无法摆脱盗宝杀鸟的内疚,最终毁灭了自己。故事中的老太婆代表着神秘的力量,她观察一切,也安排一切,她的存在透出了人在命运面前的无能为力。

三幕童话剧《穿靴子的猫》讲述了这样一个故事:一个农民家庭,父亲死了,留下了一匹马、一头牛和一只猫。兄弟三人中老大要了马,二弟要了牛,名叫高特利普的小弟只能要了猫。那只猫很有同情心,它对高特利普说,只要给它买一双靴子穿,它一定帮他得到幸福,甚至帮他获得国王的土地。于是高特利普用尽了最后的一点儿钱,为这只猫买了一双靴子,而这只猫也运用它的智慧,施展了诸多诡计帮助高特利普获得了邻国国王的一片土地。猫儿叫高特利普冒充伯爵,骗取昏庸国王的恩宠,并把公主也嫁给了他,而且这只猫也因此成了宫中大臣。在这出喜剧中,蒂克通过国王的形象嘲笑了当时四分五裂的德意志小国和昏庸愚蠢的诸侯。作品的形式十分奇特,当台上之台演戏时,台上的观众各自评论,但观众之间的意见有分歧,竟因此引起争执,最后作者自己也不得不上台平息他们的争论。

瓦肯罗德,德国浪漫主义的前驱,最早为德国浪漫主义提出系统理论纲领的艺术天才。文学史大师勃兰兑斯称:"浪漫主义的艺术热忱最初表现在一个沉醉的青年的纤巧的作品中。这个青年一方面抱着炽烈的感情,渴望为艺术而生活,另一方面又迫于父命,不得不屈服于实际事物的约束,他在内外夹攻之下,终于精疲力尽,25岁就离开了人世。"[①]值得指出的是,长时间以来,这位早夭的天才因为种种原因没有引起国内学界的足够重视。

瓦肯罗德1773年生于普鲁士的首都柏林,父亲是刻板、严苛的普鲁士官员。他天生异禀,感情丰富,长于静观默想,敏感脆弱,喜欢文学艺术;这使其自幼难容于父亲所施行的家庭教育。在著名的弗里希威尔德高级中学,瓦肯罗德结识了与其同岁的同学蒂克,两位同样喜欢文学的好友保持了终生的友谊。1792年春中学毕业后,两位好友暂时分离:蒂克去了哈雷大学学习神学,而瓦肯罗德则迫于父亲的意志寓居家中为进入大学学习法学做准备。1793年春,瓦肯罗德来到埃尔兰根修习法律,得以结识中世纪文学专家E. J. 科赫——是时科赫已出版了其《从远古到

---

① 勃兰兑斯:《十九世纪文学主流(第二分册)德国的浪漫派》,刘半九译,北京:人民文学出版社,1997年,第95页。

1781年的德国文学史概要(第一卷)》(1790),正在紧锣密鼓地致力于第二卷的撰写工作。瓦肯罗德投入大量时间帮助科赫搜集材料,事实上成了科赫的重要合作者。

1793年暑假期间,瓦肯罗德与蒂克结伴游历了古风浓郁的法兰肯地区。在纽伦堡欣赏到了16世纪丢勒的画作,在班姆贝格见识了真正的德国古城及其哥特式教堂,更有森林的幽深、山河的壮美……文物中领略到的古朴历史与灿烂艺术,自然中领悟到的生命奥秘与万物生长,这一切不仅使得这两位自幼生活在柏林的年轻人增进了对本民族古老文化的了解,而且大大强化了他们对艺术的热爱。正是从这个时候开始,两位分别研修神学与法学的大学生不约而同地明确了自己投身文学的职业志向。1793年秋天,两人转学到哥廷根大学后,他们主要的精力不再是学习各自的课程,而是共同制定计划从事文学活动。1794年春,蒂克干脆放弃了大学学业,回到柏林成为一位职业作家。同年秋天,瓦肯罗德也辍学来到柏林——父命难违,他在21岁的时候成为一名公职律师。但职业与柏林都使瓦肯罗德痛苦莫名,为了逃避,他只好逮住一切机会出游,并越来越沉迷于文学、绘画、音乐等一切艺术。对艺术的热爱使其越发感觉到生活的无聊与难以忍受,生活的乏味与意义匮乏又越发让其沉醉于艺术。

作为沐浴着启蒙思想长大的一代年轻人,瓦肯罗德与蒂克均有强烈的个体自由意识与追求,但现实环境却只是让他们备感煎熬与孤独。既是出于自由平等的启蒙主义信念,也是基于年轻人苦闷茫然的生命状态,他们无条件地支持法国大革命——即使面对着1793年前后雅各宾派恐怖的革命专制。热情似火的蒂克为自己想象中的革命前景兴奋不已,甚至一度欲参加革命军;相比之下,内省冷静的瓦肯罗德则更早对革命感到失望,并因这份失望而很早就将自己的理想寄托于文学艺术。用拯救艺术来代替追求现实,瓦肯罗德将自己的这一核心思想通过随笔、评论以及小说、书信等各种文体写下来,这就有了德国浪漫主义最早的纲领性文献《一个热爱艺术的修士的内心倾诉》。

该书出版后的第二年,瓦肯罗德因罹患伤寒逝于柏林。《一个热爱艺术的修士的内心倾诉》于作家生前匿名出版。瓦肯罗德最亲密的同学、好友,德国浪漫主义文学运动的杰出奠基人蒂克参与了该书的写作。[①] 作

---

① 《一个热爱艺术的修士的内心倾诉》共收录19篇文献,其中含"前言"等4篇出自蒂克之手,其余15篇则为瓦肯罗德所撰。

品通篇为一个修士——"我"的独白。"我"因出于对现世虚伪和功利的憎恶,隐遁修院,意欲从辉煌的过去,即从文艺复兴时期意大利的绘画中,寻找艺术的神性和荣耀。该书由叙事散文、书信、文论、短篇小说以及诗歌等多种文体构成,篇幅不长,但却是早期德国浪漫主义文学的扛鼎之作,浪漫主义文学的基本理念均可以在这本小册子中找到根源。"这本精致的小书宛如整个浪漫主义文学建筑的基层结构,后来的作品都摆在它的周围。它虽不是气势磅礴的创作,它的萌芽能力却非常令人惊叹。"①

第二节 海德堡-柏林浪漫派

在海德堡,布伦塔诺与阿尔尼姆于19世纪初共同编纂印行了德国第一部民歌集大全《男童的神奇号角》,其中收录了七百多首德国民间歌谣。之后不久,两人又一起创办了同人期刊《隐士报》。围绕着这份同人期刊,海德堡很快成了德国浪漫主义运动的另一个中心,史称海德堡派。

1809年,阿尔尼姆和布伦塔诺到了柏林,在此组织了很多文人都参加的"基督教德国聚餐会",文学史上又把这些人称为"柏林浪漫派"。柏林地处德国北部,故柏林浪漫派又称"北浪漫派"。其中著名的代表人物有约瑟夫·冯·艾辛多夫(Joseph von Eichendorff,1788—1857)、沙米索(Adelbert von Chamisso,1781—1838)、亨利希·冯·克莱斯特(Heinrich von Kleist,1777—1811)、霍夫曼等人。

布伦塔诺出生于法兰克福一个富裕的市民阶级家庭,父亲是意大利商人,母亲是歌德青年时代便认识的女友。他天赋异禀,常由朋友当场命题后即兴赋诗;其诗作极富音乐性,但他似乎将其诗才全用在了宣传天主教上。布伦塔诺的代表作有叙事谣曲《罗累莱》(*Die Lorelay*,1802)、中篇小说《勇敢的卡斯帕尔和美丽的安耐尔的故事》("Geschichte vom braven Kasperl und dem schönen Annerl",1817)等。《罗累莱》②叙述了莱茵河边某悬崖上一个美丽的女妖的传说。传说中,每当太阳下山,美丽的女妖就会以其美丽的长发和迷人的歌声吸引莱茵河上渔夫的注意力,

---

① 勃兰兑斯:《十九世纪文学主流(第二分册)德国的浪漫派》,刘半九译,北京:人民文学出版社,1997年,第95页。
② 自布伦塔诺写了这首叙事谣曲后,后来书写这一动人传说的诗作连篇累牍,其中尤以海涅的同名诗作最为有名。

一旦渔夫为其美貌和歌声所着迷就会被附近的急流吞没。《勇敢的卡斯帕尔和美丽的安耐尔的故事》中,男主人公卡斯帕尔是一位军人,从小就视荣誉为生命。有一天,他的马匹和行囊被父亲和异母兄弟所盗,责任心驱使着他把他们交给法庭审判,但他自己也因此成了盗窃犯的家属,深感屈辱的他于是在母亲的坟边自杀。卡斯帕尔在自杀前曾爱过一个名叫安耐尔的姑娘,她是一个有钱人家的女仆;由于长久没有得到男友的消息,她屈从了一个贵族的引诱。为了逃避耻辱,她亲手杀死了私生子,但在法庭面前却拒不讲出那个诱奸者的姓名。如上故事是一位老妇人讲给诗人听的,她最后的话是——安耐尔因杀婴罪在当天便要被处决。听故事的诗人大为感动,主动面见公爵请求刀下留人。公爵得知详情后,立即派军官格罗辛格伯爵前往刑场救人,但安耐尔已经被处决。格罗辛格伯爵在刑场上认出,安耐尔就是他此前引诱过的姑娘,内心的自责使其服毒自尽。作品旨在表明——为了荣誉与尊严而抛弃尘世的生活乃是值得赞美的勇敢之举;人生最大的幸福不是活着,而是带着荣誉与尊严去到"彼岸"。与蒂克的艺术童话一样,这篇故事充满神秘与宿命的氛围,如美丽的安耐尔还是一个小孩子时曾跟随老祖母去刽子手那里买药,在其接近刽子手的柜子时,她听见里面有什么东西在动,便吓得高叫:"一只老鼠!一只老鼠!"可是刽子手却比安耐尔表现得更害怕,他对老妇说:"老奶奶,这个柜子里挂着我行刑用的剑。每当一个迟早要被它砍去脑袋的人接近它时,它就会自行跳动。我的剑正馋着这孩子的血呢。请允许我用这把剑在孩子的脖子上划个小口。我的剑沾了这一小滴血后就满足了,再也不会有进一步的要求。"可是老妇不听,最后安耐尔果真被这柄剑处死了。自1817年改宗天主教后,布伦塔诺便陷入了天主教的神秘主义而难以自拔。

艾辛多夫生于西里西亚的一个贵族世家,先后在哈勒大学、海德堡大学及维也纳大学攻读哲学和法律。他和阿尔尼姆、布伦塔诺、弗·施莱格尔等人均有密切来往。在反拿破仑战争时期,他写了许多具有鲜明爱国主义思想的诗歌,并于1813年志愿参军。艾辛多夫是位杰出的抒情诗人,他的诗歌善于描绘祖国的山河、原野、森林、小溪,风格单纯朴素,用字简洁传神,常带有一丝淡淡的感伤情调,具有极强的歌唱性和民歌风味;其很多抒情诗更被音乐家谱成曲子流传至今。艾辛多夫也写小说和戏剧。其长篇小说《预感和现实》(*Ahnung und Gegenwart*,1815)是一部描写主人公成长过程的"教育小说",企图探索生活奥秘的主人公弗里德里希周游世界，见到了各种不同的人物和社会现象，全书表现出对现实社会的批判，透出一种浓重的忧郁气息。在其诸多小说作品中，流传最广、最为读者喜爱的当推《废物传》(*Aus dem Leben eines Taugenichts*，1826)，全书共分十章，以第一人称方式讲述。主人公是一个磨坊主的儿子，性格开朗，天真朴实，有音乐才华，但不被人赏识。他不满平凡的生活，不追随社会习俗，因而被人看作一无是处的废物。他为了寻找幸福外出流浪，一路上为大自然的美景所陶醉。后来，他来到宫廷，给伯爵当下人，并爱上了伯爵收养的孤女。和孤女结婚时，伯爵夫人送给他们一座小宫殿，可他却又打算去意大利游历。到处寻求幸福而不得，反映出主人公与现实之间的格格不入。一个不满意周围环境的人，当然不可能是一个"废物"；但其面对环境的无可奈何，使其也只能孤芳自赏、饱食终日，在这个意义上他又的确堪称是一个"废物"。作家采用现实与梦幻交织的手法，把浪漫派推崇的"懒散""无目的性""自由自在"加以诗化，描绘了令人神往的田野、森林、小岛、河流、古堡和月色，充满了浓郁的浪漫主义气息。

沙米索出身法国贵族，1789年法国大革命后随父母逃亡到普鲁士。他从十多岁起担任普鲁士皇帝的侍童，后在军中服役多年。退伍后，沙米索在大学专攻植物学，还做过航海旅行，旅行结束后回柏林植物园任负责人。沙米索最为人称道的童话体小说《彼得·施莱米尔奇遇记》①(*Peter Schlemihls wundersame Geschichte*，1814)，素材来自德国民间传说，讲述了一个追逐金钱以致差点儿弄丢自己灵魂的人的奇遇。穷人施莱米尔偶然得遇一个"穿灰衣的人"：他有个神奇的口袋，他要什么口袋里便会有什么。这个"灰衣人"看中了施莱米尔的影子，于是两人达成协议——用魔袋换取施莱米尔的影子。施莱米尔有了这个魔袋后成了富翁，他想要什么口袋都会满足他的愿望。但由于成了没有影子的人，他为人所恐惧、憎恶与鄙视。他最害怕阳光，有了阳光或光亮，他的致命弱点便会暴露。为了避免阳光，除了要住朝北的房间，他甚至不敢在晴天外出，即便月光皎洁的夜晚也只能躲在家里。后来，他举行了一次盛大的宴会，在宴会上结识了当地森林长官的女儿米娜并互生情愫。当森林长官夫妇发现施莱米尔是一个没有影子的人时，因害怕与其解除了刚刚缔结的婚约，米娜最终嫁给了施莱米尔的管家拉斯克尔。施莱米尔在这样一个人人害怕他、逃避他的人间痛苦至极；为了摆脱这巨大的痛苦，他决定去见魔鬼，归还口

---

① 又译《出卖影子的人》。

袋换回自己的影子。可魔鬼称,要归还影子不难,只要他肯签下出卖灵魂的契约。施莱米尔在经历了没有影子的痛苦生涯后已然醒悟,因此断然拒绝再向魔鬼交易灵魂。愤然扔掉魔袋后,他重新得到了自己的影子。后来,他在集市上得到了一双神靴,他穿着它遍游世界,在研究自然——尤其是研究植物——中获得了生活的意义。

柏林浪漫派中成就最大的作家是亨利希·冯·克莱斯特。克莱斯特出生于法兰克福的一个没落贵族军官家庭,他17岁入伍,对法国及法国革命都充满了敌意,曾企图暗杀拿破仑。34岁时,他与其有精神病的女友自杀于柏林近郊。

克莱斯特从1801年开始写作,创作生涯不过短短十年,但给后世留下了丰富的文学遗产。他既是戏剧家,又是小说家。早期的《施罗芬史泰因一家》(*Die Familie Schroffenstein*, 1803)、《彭提西丽亚》(*Penthesilea*, 1808)和《海尔布隆的凯蒂欣》(*Das Käthchen von Heilbronn*, 1810)三部爱情戏剧被人们称为"命运剧"——这些剧本中的主人公都具有纯洁的感情和本能的情欲,可感情和情欲又常在命运面前(其实常常是在现实面前)遭遇重创,最终酿成悲剧。克莱斯特剧作中的女主人公往往完全为感情或狂热到几乎变态的情欲所控制。在《彭提西丽亚》等命运悲剧中,作者表达了这样的见解:人的情欲与本能决定一切,情欲和本能会使人发狂,如痴如醉,所以才常常会误解对方的行为动机,但爱的愿望能否实现最终还要靠命运的安排。克莱斯特曾深受康德不可知论的影响,认为人的理智最终不能认识真理。事物的本质既然不可知,悲观的宿命论也就自然由此导出。克莱斯特不像席勒那样能在美好的理想中找到安慰,他写的常常是美在赤裸裸的现实中的毁灭。

《海尔布隆的凯蒂欣》是一部典型的浪漫主义骑士剧,描写铁匠女儿凯蒂欣的爱情故事。15岁的少女凯蒂欣对韦特尔伯爵一见钟情,紧追不舍,甚至不惜冒着生命危险冲入大火燃烧的室内取出伯爵肖像。之所以如此,是因为凯蒂欣梦见一位骑士——梦中的天使说这就是她未来的夫君。与此同时,韦特尔伯爵梦中也有同样经历。不同的是,天使预言他将娶国王之女为妻。几经挫折,凯蒂欣终于证实了自己的公主身份,成了伯爵的新娘。凯蒂欣跟踪韦特尔的这一悬念紧紧扣住观众心弦,凯蒂欣公主身份的确认又使故事的结局发生了一个大转折。在梦幻与现实的相互交替中,异乎寻常的情节使人感到惊异,但神秘面纱笼罩下的宿命却一步步得以显现。

克莱斯特最著名的喜剧是其独幕剧《破瓮记》(*Der zerbrochene Krug*, 1808)。《破瓮记》的故事发生在尼德兰,青年农民鲁布莱希特与同村少女埃娃相恋。乡村法官亚当为占有埃娃,伪造军令,扬言要将鲁布莱希特送往东印度服役,但同时又声称他可以出具疾病证明,使埃娃的未婚夫免去东印度。亚当借送证明之机,夜晚来到埃娃房间,提出可耻要求,遭到拒绝。这时,适逢鲁布莱希特来到埃娃家,亚当在忙乱中跳窗而逃,打碎埃娃母亲玛尔特心爱的罐子,又丢掉假发,头上还被鲁布莱希特痛击两下。次日,玛尔特去法院告状。在来此巡视的检察官督促下,狼狈不堪的亚当不得不当即升堂问案。玛尔特状告鲁布莱希特打碎她的罐子,要他赔偿。鲁布莱希特一面为自己辩解,一面指责埃娃另有新欢,要求解除婚约。经过法庭对质,终于真相大白。法官变成了被告,只好狼狈逃走,一对年轻人也消除误会,重归旧好。剧本歌颂了农村青年男女淳朴的品质和坚贞的爱情。埃娃一切言行的出发点,皆出于对鲁布莱希特的爱。该剧情节浑然天成,人物对话幽默风趣、朴实粗犷,在思想和艺术上都取得了巨大成就,被誉为德国文学史上的三大喜剧之一。

克莱斯特受海德堡浪漫派的影响,善于从民间文学中吸取自己创作的素材。这不仅使克莱斯特在戏剧创作方面硕果累累,而且也使其留下了一些脍炙人口的中短篇小说。著名短篇《侯爵夫人》("Die Marquise von O", 1808)叙述了意大利北部守寡的侯爵夫人的奇异经历。女主人公是一个出身名门望族、品行端庄的寡妇。因为在战乱中遭到俄国士兵侮辱,她怀上了身孕但又不敢道出真情;百般无奈之中,她只好登报寻找孩子的父亲。侯爵夫人是一个具有清醒的自我意识、面对社会责难敢于独立生活的妇女形象。小说故事的安排颇具匠心:从一开始,小说便扣人心弦,一位寡居三年、名声极佳的妇女居然身怀六甲。作者将针锋相对的两种品格集中在一个人身上,使小说的情节变得扑朔迷离,在貌似荒诞的故事中,蕴含着合乎情理的必然性。

E. T. A. 霍夫曼一生创述极丰,是创作上最能代表德国浪漫主义文学成就的作家之一,也属于柏林浪漫派。这位律师的儿子是一个全才,既是作家,又是画家、音乐家、作曲家、指挥家,还是导演和律师,其大学毕业后便在普鲁士的司法机构供职。代表作有童话与短篇小说集《谢拉皮翁兄弟》(*Die Serapions-Brüder*, 1819—1821)、未完成的长篇小说《雄猫穆尔的生活见解:附音乐指挥约翰内斯·克莱斯勒传记片断》(*Die Lebensansichten des Katers Murr: nebst fragmentarischer Biographie* des Kapellmeisters Johannes Kreisler in zufälligen Makulaturblättern，1820)。像多数德国浪漫派作家一样,霍夫曼也偏爱童话,他的著名童话有《金罐——一篇新时代的童话》("Der Goldne Topf: Ein Märchen aus der neuen Zeit",1814)、《跳蚤师傅》("Meister Floh",1822)等。此外,霍夫曼还有一个名篇《魔鬼的长生药水》(Die Elixiere des Teufels,1815—1816)。由于其作品的怪诞、离奇以及幻想和现实交织的手法等特点,他历来被看作颓废派和神秘主义的始祖,20世纪现代派作家中也有很多人奉他为先驱。

霍夫曼往往通过离奇怪诞的情节、神秘古怪的人物,批评讽刺当时社会中的种种腐朽丑恶现象。他的作品常以艺术家为主人公,《卡罗特式的幻想集》(Fantasiestücke in Callots Manier,1814)中的大部分作品反映的就是作者从事音乐活动时的经历和感受。其中最著名的《金罐》叙述了一个荒诞不经的故事:主人公安穆斯是一个在日常生活中十分笨拙的大学生,但其内心却有着诗一样纯真的境界。他凭借幻想能力摆脱了日常生活中的庸俗追求,找到了诗意的魔境。一次出游,他见到树上有三条会跳舞、能说人话的小蛇。之后,他偶然结识了城里的档案保管人,才知这三条小蛇是保管人的女儿。其中一条有蓝眼睛的小蛇爱上了这个大学生,她告诉他,父亲原本也是条蛇,但由于犯了错,上天对他惩罚,把他变成了人;只有三个女儿找到像他那样纯真而有诗意的人结婚,才会结束这种现状。大学生还在那里见到一只金罐,这是蓝眼睛小蛇将来的嫁妆。大学生向由蓝眼睛小蛇变成的塞尔彭蒂娜表达了爱情。但这时来了个妖婆,她盗走了会给人带来幸福的金罐,并使大学生看了她的魔镜,于是大学生立刻失去了他的纯真和诗意,回到了现实庸俗的生活。大学生被囚禁在一个狭窄的水晶瓶里,他感到憋屈,难以忍受,这里和他广阔的幻想世界相距太远。最后小蛇的父亲战胜了妖婆,大学生终于和塞尔彭蒂娜结了婚,档案管理员全家搬到一个小岛上生活,从此金罐一直保护着他们。小说的主题是庸俗生活和诗意生活的对照。霍夫曼在描绘现实世界时,采用现实手法,多见讽刺嘲弄,而在刻画诗意世界时则充满幻想色彩,甚至让妖魔鬼怪纷纷登场,显示了惊人的想象力。

《魔鬼的长生药水》是一个用自叙方式讲述的故事,主人公是个修道士,他禁不住诱惑喝了神秘的长生汤,从此就让魔鬼缠上了身,变成一个十足的恶棍。他爱上了美丽的姑娘奥莱利,并杀了她的继母和兄弟,走上了逃亡的道路,在森林里他遇到了长得和他一样的"疯修道士"。于是,他改名更衣来到一个朝廷，又见到了奥莱利，她认出他就是杀人凶手，于是他被逮捕了。这时和他长得一样的"疯修道士"又突然出现，自称是凶手并代他入了牢狱。修道士终于如愿以偿和奥莱利结婚，但就在结婚那天，他看到代他入狱的"疯修道士"正被押送刑场，修道士一冲动，要杀死奥莱利，但没有成功，他逃到罗马的一座修道院开始忏悔修行。后来他回到家乡，正要主持奥莱利的出家仪式时，从刑场出逃的"疯修道士"又突然出现，把奥莱利杀死在教堂里。从此，修道士潜心修行，并记下了他的一生。内心分裂和双重人格的描绘是全书最为突出的特点；这种写法对陀思妥耶夫斯基（Fyodor Mikhailovich Dostoevsky，1821—1881）等后世作家有很大的启发。

《雄猫穆尔的生活见解：附音乐指挥约翰内斯·克莱斯勒传记片断》是他的最重要代表作之一，全书分三卷，但第三卷没有完成。整部小说以两条线索交错展开，有两个完全不同的角色：雄猫是典型的德国庸俗市侩的代表，经由这个形象作家写出了其对生活的各种观感；而乐队指挥在恶劣庸俗的社会环境下的遭遇，则揭示了艺术家的理想与丑恶的现实之间的矛盾以及艺术家在这种矛盾中的痛苦。

第三节 后期浪漫派翘楚海涅

海涅，德国后期浪漫主义的代表人物，著名抒情诗人、政论作家和文艺评论家，其诗歌、游记和理论著作都在德国文学史上占有重要的地位。海涅的重要作品有《诗歌集》（Buch der Lieder，1827）、四卷本《游记集》（Reisebilder，1826—1831）、讽刺长诗《德国，一个冬天的童话》（Deutschland. Ein Wintermärchen，1843），抒情诗集《罗曼采罗》（Romanzero，1851）、文学批评著作《论浪漫派》（Die romantishe Schule，1833）、《论德国宗教和哲学的历史》（Zur Geschichte der Religion und Philosophie in Deutschland，1834）等。

海涅出生于杜塞尔多夫城，父亲是个穷犹太商人，但他在汉堡的叔父沙乐蒙·海涅却是一位富商——诗人海涅后来在经济上曾长时间受到这位叔父的资助。父亲希望海涅继承衣钵，因此1815年起海涅便开始在法兰克福从商，1816年到汉堡，1818年在叔父的资助下开了一家布店，但不久便宣告倒闭。海涅在汉堡不仅事业受挫，爱情上也遭受了重大打击。

在汉堡他爱上了叔父的长女阿玛丽亚,然而这位美丽骄矜的姑娘对海涅却并无爱意。海涅的第一部诗集《诗歌集》中有许多诗都描写了海涅这一时期苦闷的单相思。1819年,海涅尊叔父之命去波恩大学学习法律。在波恩大学,他常去听浪漫派领袖奥·施莱格尔的文学课程。后来又到柏林大学和哥廷根大学学习,其间他听了黑格尔的课程并于1825年获得哥廷根大学的法学博士学位。1825—1830年,海涅游历了柏林、波茨坦、慕尼黑等地,后来又去英国、意大利游历,他为这些旅行写了四部游记。这四部游记是海涅创作成熟的里程碑,显示了其杰出的讽刺才能,也显示了他对社会现象的敏锐观察力。

1830年,海涅曾在北海小岛黑尔戈兰疗养。从这时开始,他便出现了瘫痪的征兆。当他听闻法国七月革命推翻了复辟的波旁王朝,万分兴奋,同时也深感德国的落后。他向往革命的法国,于是从1831年始侨居巴黎;一直到1856年去世,他只短暂地回过两次德国,晚年还干脆加入了法国国籍。1843年,海涅回汉堡省亲,回巴黎后,写下了著名的长诗《德国,一个冬天的童话》。海涅在巴黎居住了二十多年,结识了一大批法国的文豪,如贝朗瑞(Pierre Jean de Beranger,1780—1857)、乔治·桑(George Sand,1804—1876)、巴尔扎克等,并认识了波兰浪漫主义大音乐家肖邦(Fryderyk Franciszek Chopin,1810—1849),还与法国圣西门主义者交往密切。海涅在法国写了不少报道,给法国人介绍德国的情况,而作为德国的《奥格斯堡汇报》的通讯员,他又不断给德国人民介绍法国的情况。因此,海涅是当时沟通德法文化的重要桥梁。

由于海涅及其同人的创作反对普鲁士的封建专制,尖锐讽刺德国各方面的落后,1835年德国议会禁止海涅及其同人"青年德意志"作家的作品在德国出版。1843年在巴黎与马克思建立的友谊对海涅一生的创作都具有极大影响。1845年开始,海涅的瘫痪病症开始迅速恶化。1848年5月后便卧床不起,在床上躺了8年的海涅称这可怕的床是"床褥墓穴"。可是即便在痛苦的疾病折磨下他仍然顽强地创作,不仅关心时事和社会,写下了许多政治诗篇,还写下了很多优美的抒情诗。海涅没有因可怕的病痛而失去对人类未来的关心,他依然热爱生命,热爱生活。

从文学史角度看,海涅与其德国浪漫派前辈的关系既密切又敌对。对他而言,浪漫派既是传统,又是眼前的事物。他作为青年学生就已熟悉霍夫曼、富凯,以及施莱格尔兄弟等著名浪漫派作家的理论与作品。1819年在波恩大学求学时,他就曾受到奥·施莱格尔的精心培养,这位浪漫派先哲亲自指导这位青年才子学习音韵艺术。随后在柏林读书时,他同霍夫曼、富凯和阿尔尼姆等人均有接触;在慕尼黑当编辑时,他生活在谢林和格雷斯身边。毫无疑问,他是吸吮着浪漫主义的乳汁长大的。因此,海涅在早年便接受并追随浪漫主义是完全合乎逻辑的,而其《诗歌集》等青年时代的作品也的确继承了以主观抒情见长的浪漫主义诗风。

后来,随着其诗作中关涉现实、批判现实的成分逐渐增多,他与其浪漫主义前辈的嫌隙便日益加深。19世纪20年代中期以后,海涅开始同浪漫派疏远而倾向于黑格尔的美学。在黑格尔美学思想的影响下,他意识到自己在艺术与现实生活的关系问题上与浪漫派有重大分歧。此外,早期浪漫派代表人物政治思想上的倒退,也是海涅背弃浪漫派前辈的主要原因。海涅既是德国浪漫主义运动的参加者和浪漫派遗产的继承者,同时在政治上又是浪漫派的批判者。像歌德讨厌十字架如同讨厌臭虫、大蒜和烟草一样,海涅对天主教也深恶痛绝。针对德国浪漫派的代表人物与天主教的关系,他在论战性著作《论浪漫派》中严厉批判了他们向往基督教的中世纪而逃避现实的不良倾向。在海涅看来,德国早期浪漫派"它不是别的,就是中世纪文艺的复活。这种文艺表现在中世纪的短诗、绘画和建筑物里,表现在艺术和生活之中。这种文艺来自基督,它是一朵从基督的鲜血里萌生出来的苦难之花"①。诗人的这番描述,从根本上断开了浪漫派与启蒙运动的联系,揭示了两者在原则立场上的对立。在德国,海涅是继歌德之后批判浪漫派的名宿大佬,由于其在文坛上具有权威性,他对浪漫派的评论对后世产生了深远的影响。

海涅呼吁文艺要走出基督教的中世纪,回到现实生活中来,他说:"德意志的文艺女神又应是个容光焕发、不矫揉造作、真正德国的自由少女,而不是多愁善感的修女,也不是以祖先自豪的骑士小姐。"②但设若承认如下论断是正确的——"浪漫主义就是现代主义的代名词,这意味着它要抛弃古典主义对诗歌的影响,选择现当代的题材,并采用一种恰当的新的写作方式"③,那么,海涅不过是背弃了其前辈的中世纪情结,而将注意力投向了其所置身其中的社会现实;但无论在个人感情还是艺术精神上他与上一代浪漫主义作家都依旧是骨头断了连着筋,所以海涅在回顾自己

---

① 海涅:《论浪漫派》,张玉书译,北京:人民文学出版社,1979年,第5页。
② 转引自陈恕林:《论德国浪漫派》,上海:上海社会科学院出版社,2016年,第211页。
③ F. W. J. Hemmings, *Culture and Society in France*:1789—1848, Leicester:Leicester University Press,1987,p.165.

的一生时曾经这样评价自己:"我虽然向浪漫派发起过毁灭性的讨伐,但我本人始终是个浪漫派作家,并且是个比我本人预料的还要高一级的浪漫派作家。"他在给浪漫派以"最致命的打击"之后,又"无限思念浪漫主义梦乡中的蓝色之花"。① 直到最后他依然声称自己是"浪漫主义末代寓言之王"②。

一部《诗歌集》使海涅成了19世纪最重要的德语诗人之一。

海涅早期的代表作《诗歌集》包括五部分,即"青春的烦恼"("Junge Leiden")、"抒情插曲"("Lyrisches Intermezzo")、"归乡"("Die Heimkehr")、"哈尔茨山游记中的诗"("Die Gedichte aus der Harzreise")和"北海"("Die Nordsee")。这部诗集的主要内容是表达海涅(对其堂妹阿玛丽亚)的绝望爱情,此外还描写了美丽的大自然。与其后期的作品不同,诗集并没有涉及多少政治内容。但年轻的海涅与其浪漫主义前辈作家之间的区别在这部诗集中也有所体现:他描写的爱情是人间的而不是来世的,是生活中的而不是梦幻中的,他爱的是一个现实中的姑娘而不是仙人或墓中的游魂。海涅的诗清新自然、质朴可爱,毫无神秘色彩,却充满了真正的爱的青春激情。由于诗集的音乐性和民歌风味,许多作曲家都争相为《诗歌集》中的若干诗篇谱曲。《诗歌集》使海涅声名远播,奠定了其在文学史上的重要地位。诗集中的著名诗篇有《在奇妙的五月里》("Im wunderschönen Monat Mai",1823)、《乘着歌声的翅膀》("Auf Flügeln des Gesanges",1822)、《一棵棕榈树在北方》("Ein Fichtenbaum steht einsam",1823)、《罗累莱》("Die Loreley",1824)、《你像一朵花》("Du bist wie eine Blume",1824)等。《诗歌集》在表达对爱情失望的同时,也表达了诗人对社会的失望;在描写失恋的忧愁时,也写出了他在社会中的孤独;当然,社会的主题在《诗歌集》中还不占主要地位。诗集流露出的忧郁情绪主要是失恋的产物,但也程度不一地表现了现实生活给他带来的苦恼。

长诗《德国,一个冬天的童话》写下了海涅1843年由巴黎返回德国时的观感。1843年年底,海涅回到了阔别13年的祖国,次年1月他重返巴黎后不久便以这次旅行的见闻为素材写成了这部长诗。诚如海涅自己所说,这篇长诗是极其幽默的"旅行叙事诗"。海涅在自由空气比较浓厚的

---

① 转引自陈恕林:《论德国浪漫派》,上海:上海社会科学院出版社,2016年,第215页。
② 同上书,第210页。

法国生活了13年后,见到故国封建割据依旧,且军国主义甚嚣尘上,不禁百感丛生,深切体验到自己祖国的落后。作者以极其厌恶与鄙视的心情讽刺了其在旅途中所目睹的德意志丑恶的现实。

在与病魔抗争了8年之后,海涅于1856年逝世。海涅的一生是不断前进的一生,他从一个抒情诗人开始,而后认识到诗人的社会使命,并以其敏锐的政治嗅觉写下了很多优秀的政治讽刺诗与政论杂文。海涅的创作演进——尤其是其30年代对其浪漫主义前辈的批判——表明:30年代后,德国浪漫主义文学运动已然日薄西山,正渐渐地退隐成为历史。

第三章
英国浪漫主义文学运动

  18世纪末19世纪初的英国是欧洲最大的工业国,资本主义的力量较为强大,作家的自由民主意识甚强。因此,英国浪漫主义文学更具有反封建精神,更注重对社会问题的探讨。按时间线索检视,英国浪漫主义文学明显分为两派,即湖畔派和撒旦派(又称恶魔派)。湖畔派指19世纪英国早期浪漫主义运动中的一个文学派别,撒旦派诗人则是第二代英国浪漫主义的代表。华兹华斯等英国早期浪漫主义者多喜欢在诗中描画自然风景,表现其天然、原始的状态,主人公往往能在自然中得到某种情感慰藉;而拜伦和雪莱等撒旦派诗人则迥然有别——他们笔下的主人公往往由于个人主义的选择与行动而陷入不幸和悲痛之中。总体而言,在思想上,后者的激进反叛明显有别于前期的湖畔派诗人;但在艺术上,他们又继承并发展了湖畔派开创的浪漫主义诗风。

  在英国,人们通常以1789年为浪漫主义运动的开端,是年布莱克的《纯真之歌》(*Songs of Innocence*,1789)的刊行与法国大革命的爆发相互照应构成了时间上的记号。但事实上布莱克在此时却默默无闻,一直到离世;因此,1798年看起来更像一个英国浪漫主义文学运动开始的日期——华兹华斯和柯勒律治的《抒情歌谣集》发表与耶拿集团的出现不谋而合构成了时间上的记号。但这似乎也有问题,两位诗人的诗集产生影响是在几年之后;直到1812年,拜伦因《恰尔德·哈罗尔德游记》而声名鹊起时,浪漫主义才成为主导——尽管拜伦本人也会对这样的表述感到惊讶。英国浪漫主义的结束日期经常被认为是1832年,以《改革法案》为标志,大致与此相契合的文学事件则是此前三个年轻浪漫主义者的早逝。①

尽管法国的启蒙学派因其激进更为闻名,但熟悉思想史的人不难了然——启蒙主义的故乡与成就的集散地没有任何悬念地首推英国——科学领域的牛顿(Isaac Newton,1643—1727)、经济学领域的亚当·斯密(Adam Smith,1723—1790)、政治学领域的约翰·洛克(John Locke,1632—1704)……启蒙主义的原创思想家几乎全在英国,而法国的启蒙运动不过是崇拜英国思想成就的伏尔泰(Voltaire,1694—1778)与孟德斯鸠(Charles-Louis de Secondat, Baron de La Brède et de Montesquieu, 1689—1755)从英国盗来的"天火"。总体来看,文化上的保守主义传统使得19世纪初期的英国还存在着许多与18世纪理性时代相同或相近的观点。"英国的浪漫主义运动,从来也没有象德国和法国的运动那样,是半意识的,也可能从来没有那样激进。"②在英国,唯一一个建构了"唯心主义"或"主观主义"理论体系的浪漫主义作家是柯勒律治,而他的"体系"在很大程度上却是从德国耶拿派那里输入的。M. 多伊奇拜恩的《浪漫主义之本质》(1921)一书揭示了英、德两国浪漫主义在综合性想象、有限与无限、永恒与瞬间、普遍性与个性等方面的一致。他特别指出,德、英两国浪漫主义惊人地一致,常常应归于这样一个事实:英国浪漫主义最重要的理论家柯勒律治,不过是德国浪漫主义美学家谢林的转述与阐释者而已。③

第一节　湖畔派笔下的自然与哲思

湖畔派指19世纪英国早期浪漫主义运动中的一个流派,主要代表有华兹华斯、柯勒律治和骚塞(Robert Southey,1774—1843)。他们同情法国大革命,对资本主义的工业文明和金钱关系感到不满。他们常常隐居于英国西部的昆布兰湖区,寄情于湖畔山水,歌颂大自然,缅怀中世纪,以表示他们对现实社会的不满与憎恶,湖畔派也因此而得名。三位诗人中,

---

① 济慈逝于1821年,时年26岁;雪莱逝于1822年,时年30岁;拜伦逝于1824年,时年36岁。
② R. 韦勒克:《文学史上浪漫主义的概念》,见R. 韦勒克《批评的诸种概念》,丁泓、余徵译,成都:四川文艺出版社,1988年,第186—187页。
③ 参见R. 韦勒克:《再论浪漫主义》,见R. 韦勒克《批评的诸种概念》,丁泓、余徵译,成都:四川文艺出版社,1988年,第197页。

骚塞在思想与艺术上均难以与前两者相提并论。他早年亦曾欢迎法国大革命,思想激进,但后来却成了"神圣同盟"的拥护者与吹鼓手。他用诗歌赞美反动势力,其长诗《审判的幻景》(*The Vision of Judgment*,1821)即为暴君乔治三世歌功颂德,他也因此被统治者封为"桂冠诗人"。

世纪之交,较早发动的德国浪漫主义传到了英国,要求个性解放、强调创作自由、反对传统束缚的新的美学风尚正在潜滋暗长。英国作家的兴趣开始转向自然,转向乡村。针对当时古典主义诗歌注重文雅、讲究节制的风气,18世纪末叶极具代表性的诗人罗伯特·彭斯(Robert Burns,1759—1796)便强调诗的灵感来自大自然,诗的价值在于用真挚的情感打动人心。用苏格兰方言写作的彭斯,继承和发扬苏格兰民歌传统,擅长从平凡的生活中发掘不平凡的诗意,其纯朴的农村题材和清新的语言风格体现着新时代的自由平等观念。从题材和诗歌语言两个方面来考察,彭斯的创作思想堪称《抒情歌谣集》的先导。

德国思想收获了两位忠实的英国门徒——柯勒律治与华兹华斯。两人于1798年同游德国,饱览德国文学与哲学。柯勒律治曾进入哥廷根大学就读,而华兹华斯则在戈斯拉尔开始创作后来闻名于世的自传体长诗《序曲》(*The Prelude*,1805)。德国浪漫主义观念给柯勒律治和华兹华斯打上了深深的文化烙印——德国哲学中对自然的关切在他们合作完成的《抒情歌谣集》中有着清晰的体现。歌德和赫尔德提倡的民间诗歌代表着一种新的自然主义诗歌风格:写实,语言通俗具有本地色彩,情感真挚深沉。从"德国文学丛林"中,柯勒律治吸取了其诗作中最具生命力的养分——"自然的整体性"①,并逐步发展出属于他自己的浪漫主义观点。对他来说,诗人任何时候都不能脱离他所观察、描绘的自然,诗人应该主动与风景融为一体,寻求"甜蜜而不可分割的结合"②。华兹华斯则在诗作中延续了"人与自然同构"的观点。他确信人类对大自然的感知和经验与人类的诗意想象之间存在着共通性,且人的机体与自然的机体极为相似,浪漫主义的自然主义就应该主动调动想象力,充分发挥人类记忆在意义构造上的作用。在华兹华斯看来,记忆所蕴含的力量比直观的体验更加强大,意蕴更深,能够让人产生更丰富的感触。记忆中的印象所含之价

---

① 参见勃兰兑斯:《十九世纪文学主流(第四分册)英国的自然主义》,徐式谷、江枫、张自谋译,北京:人民文学出版社,1997年,第85页。
② James. C. McKusick, "Nature", in *A Companion to European Romanticism*, ed., M. Ferber, Oxford: Blackwell Publishing Ltd., 2005, p.422.

值是由成为自我这个整体的一部分直接赋予的,这种"记忆体验"为内心深处的自我觉醒作出了巨大贡献,人也由此形成了对自己的身份认同。①

湖畔派诗人中最出名的是华兹华斯。他出生在英格兰星罗棋布的湖区,这里秀美的山水令诗人终身眷恋。雨后的湖区,常有彩虹,一明一暗,一霓一虹,仿佛开启了登临天堂的双拱门。"我一见彩虹高悬天上,心儿便跳荡不止";"我一世光阴,自始至终贯穿着对自然的虔敬"。② 1798年,华兹华斯与柯勒律治将各自的诗作合为一册出版,题名为《抒情歌谣集》。其中,柯勒律治的诗仅有5首,其余大部分诗作均来自华兹华斯。诗集中的作品清新脱俗,以平民百姓日常使用的语言描绘大自然的景色和人们在大自然中的田园生活,从整体上摆脱了18世纪诗人所恪守的典雅、机智、明晰等古典主义的创作陈规,开创了探索和发掘人的内心世界的现代诗风。历史早已证明,正是这部问世之初便遭到苛评的诗集,为英国诗歌开启了进入"现代时期"的大门。

1800年《抒情歌谣集》再版,为了反击所遭受的攻击,华兹华斯为再版的诗集写下了洋洋万言的序文。1815年,诗人从诗集中抽出自己的诗作,单独成册,又附加了一篇序言,以补充1800年的序言。这两篇序言被文学史家视为英国浪漫主义诗歌的美学宣言,其影响甚至远远超出了诗集本身。而也正是在1800年前后,华兹华斯、柯勒律治、骚塞等人聚居在湖区,形成了英国文学史上的所谓"湖畔派"。

工业革命及其带来的功利主义的价值观,使人的心灵越来越丧失了主动性与丰富性。面对此情此景,华兹华斯试图重新审视并回答"什么是诗""何谓诗的目的"这样一些重大的理论问题。"诗是强烈感情的自然流露"③;"诗的目的在于真理"④,即把真理传达给读者;而要做到这一点,诗人便应比一般人更具有想象力与语言表达能力,诗歌便该自始至终采用民众日常使用的语言。华兹华斯呼吁诗人奋起突破古典主义规范,选择日常生活的事件作为描写的对象——最重要的是要从城市转向乡村湖畔、山林田园;诗人应该在一定程度上矫正人们的感觉,带来新的体验,使

---

① James. C. McKusick, "Nature", in *A Companion to European Romanticism*, ed., M. Ferber, Oxford: Blackwell Publishing Ltd., 2005, pp.423—424.
② 华兹华斯:《华兹华斯诗选:英汉对照》,杨德豫译,北京:外语教学与研究出版社,2012年,第3页。
③ 华兹华斯:《抒情歌谣集·序言》,转引自刘若端编《十九世纪英国诗人论诗》,北京:人民文学出版社,1984年,第22页。
④ 同上书,第15页。

人们的心灵更加健全、纯洁、完善。在长诗《序曲》中，华兹华斯进一步批判了所谓的"学识"，声称更高的"理性"才能看到更深的道理——而想象力和直觉就是这种更高的理性；他称想象力的滋养离不开自然、书籍和宗教的协同作用。华兹华斯坚信诗人的特殊才能，诗人在没有外界直接刺激的情况下也能够比别人更敏捷地思考和感受，并且比别人更有能力把内心产生的思想和感情表现出来。"教育""教诲""教化"等词汇在华兹华斯的诗中频频出现。

时代厌倦了智力和理性，人们需要真情实感。18世纪后期的欧洲文坛，一系列的迹象都在昭示：人们将很快摆脱僵死腐朽的文学系统。"在这一系统中，感情和想象力贫乏，诗歌披着陈腐的神学外衣，散文和诗歌都在用抽象的语言书写。"[①]在这样的时代背景下，华兹华斯在诗歌语言方面的理论追求与创作实践就越发引人注目。自然科学的勃兴和科学主义的滥觞，使得人们认为人类的一切活动都应该以实验科学的方法来分析对待——只有可以度量的东西才是客观的，只有客观的东西才是真实的。面对此种文化风潮的卷裹，古典主义作家愈发陷入观念论（Conceptualism）的泥淖，诗歌也就越发变成了穿着修辞外衣的概念性表述。华兹华斯认为像人的心灵一样永存不朽的诗，乃是一切知识的起源和终结；诗人与科学家都在探索自然，但前者研究的是自然的特定部分，而后者观照的则是普遍的自然或自然的普遍性；以表达抽象概念为主的"科学话语"是事实性的陈述，而诗歌则是情感性的表达。总体来看，在浪漫主义取代古典主义的历史链条上，华兹华斯乃是一位过渡性的人物——其文学观念与传统摹仿说既有冲突的一面，也有承袭相因的一面。

华兹华斯出生于湖区，并从那里的自然风景中获得源源不断的艺术创作灵感。对他而言，自然是沟通的对象，是灵感的源泉，而非需要再现或者模仿的生硬现实。在很多浪漫派作家看来，"用心灵的眼睛来观看，这样才会更加明晰，而艺术是人与自然进行沟通的中介"[②]。华兹华斯初始也曾热烈地拥抱革命理想，但最后与其他欧洲的知识分子一样，走向了幻灭。此后，他投入山水田园之中，在英国乡村特有的自然风光中，他发现了一种神秘的灵性，并由此走向了诗歌创作。为了将其从自然中

---

① N. H. Clement, *Romanticism in France*, New York: Kraus Reprint Corporation, 1966, pp. 78—79.

② 大卫·布莱尼·布朗:《浪漫主义艺术》，马灿林译，长沙：湖南美术出版社，2019年，第132—133页。

发现的灵性与精神、所体验到的兴趣与情感表现出来，华兹华斯成了一名诗人。《序曲》是华兹华斯带有自传性质的长诗，其笔下的自然以及与之联系在一起的神性，实际上也是其他诸多浪漫主义艺术家所感受到的东西；柯勒律治在《沮丧颂》("Dejection: an Ode", 1802)中便用另一种方式表达了这种感受。对华兹华斯来说，"感觉"是主体意志贯通事物的明敏目光，是不受条件制约直接抵达事物隐幽内核的通道。"我们的日常体验给我们指出了通向永恒的方向，崇高就在人的心中。"① 而这用费希特的话来说就是——"我们在观看世界的同时，也在创造或发明这一世界；而且，这一世界也绝不会超出我们对于它的意识。"②

罗斯金(John Ruskin, 1819—1900)曾称华兹华斯为"英国诗坛的风景画家"。华兹华斯这样描绘湖区的阳春三月："雄鸡鸣唱，溪水滔滔，鸟雀声喧，湖波闪闪，绿野上一片阳光，青壮老幼，都忙农活，吃草的群牛，总不抬头，四十头姿势一样！"阳光正好，有声有色，有张有弛。英国乡村的恬静优美全在这里。华兹华斯听觉敏锐，他能听到瀑布与野蔷薇的争执，"滚开，你这莽撞的小东西！你怎敢愣头愣脑，在这里，把我的去路阻挡。""你怎敢堵在我的路上？小东西！滚开！再不滚，我就踢翻你扎根的石块，叫你头朝下栽个跟头！"③他的吟诵时常与笼中斑鸠应和："在这儿，每当我出声吟咏，还没写完的诗章，旁边的斑鸠，在柳条笼子里，便应声咕咕低唱。""是教我柔和歌曲？是给我贫乏的诗才助兴。"④人类的听觉有一种神秘力量，是精神力量的象征。它既可以怡情，又可益智。

柯勒律治常说，华兹华斯具有一种能给常人心目中已经被习惯剥蚀尽光彩的形体、事件和情景笼罩上一层理想世界的色调和气氛的特异才能。这一评判，揭示了华兹华斯笔下自然的特征，即富有崇高感。与其他浪漫主义者对想象和幻想的重视不同，华兹华斯诗歌中所描写的多为自己熟悉的寻常景物，但又不止于此。他独具的慧眼总能敏锐地捕捉到那些寻常景物中常人难以察觉的特质，这便为其塑造了真切、质朴而又不失鲜明、亮丽的诗风；基于此，其诗歌体现出来的自然的崇高感显然并非是

---

① 转引自邓肯·希思：《浪漫主义》，李晖、贾倩译，北京：生活·读书·新知三联书店，2019年，第76页。

② 转引自大卫·布莱尼·布朗：《浪漫主义艺术》，马灿林译，长沙：湖南美术出版社，2019年，第125页。

③ 华兹华斯：《华兹华斯诗选：英汉对照》，杨德豫译，北京：外语教学与研究出版社，2012年，第81页。

④ 同上书，第93页。

经由夸张的手法所达成。华兹华斯在诗歌中选取的自然景象多为自然界中静穆空灵的景致;面对时静时动的自然,他更乐于描写静的一面;对于自然一天中的各个时段,他更喜爱宁静的清晨和傍晚。如《在西敏寺桥上》("Composed upon Westminster Bridge",1802),描写的便是晨光中的伦敦:诗人只选取静谧的寺院一角,描写的时段又处于人们还在安睡的清晨,虽是简笔勾勒,但一幅宁静中浸透着庄严的自然图景却呼之欲出。他善于用各种各样的光将所描写的景笼罩起来——光辉使得笔下的自然时刻披附着神圣的光彩。因其诗歌中的语言多是来自生活在田园中的民众的一种更纯朴和有力的语言,他所描绘的自然便少了许多矫揉造作的成分。

与崇高质朴的自然相对的是华兹华斯诗歌中谦卑的自我。在其自然诗中,自我多视自然为长辈。在自我眼中,山雀可以是"指挥官";小小的雪莲"告诫人们莫把流年虚度";山谷的回音则教混沌的"漂泊者"看清世界与人生。在与自然的对话中,自我始终是聆听者——等待自然的教诲、引导以及启蒙。在其著名的《致云雀》("To a Skylark",1820)一诗中,云雀对于自我来说似乎具有一种强大的吸引力,足够把自我吸入"体内",进而把自我带入理想的境地。大致来说,在华兹华斯的诗歌中,人们看见的是一个将自然视为一种神圣信仰而由衷崇拜的自我形象:他是自然最虔诚的信徒,他以一种朝拜式的姿态渴望被自然教育、净化和救赎。他渴望融入自然:就自然与自我关系而言,自然在上自我在下;自然崇高自我谦卑。①

柯勒律治曾称华兹华斯诗作"清新脱俗"的艺术魅力在于语言极度纯粹;思想感情明智而强烈;每个诗行、诗节都既有独到之处又有力量;完全忠实于自然界中的形象;沉思中包含着同情,深刻而精致的思想里带着感伤;想象力丰富。"深厚情感与深刻思想的融合——是观察到的真相与修整被观察物的想象官能的微妙平衡;尤其是那种呈现基调与氛围的天赋,塑造出了一个卓有深度和高度并围绕着各种形式、事件和情景的理想世界;若以普通的眼光看待这个世界,约定俗成的习惯早已使所有光彩黯然失色;露珠早已干涸,清新早已腐朽。"②纵观英国文学史,华兹华斯的确为英国诗歌增添了新内容,引进了新语言,开创了新风格。

---

① 曾繁亭,Wushan,《自我与自然——英国浪漫派自然观探析》,《东岳论丛》,2013 年第 8 期。

② Quoted in Basil Willey, *Nineteenth-century Studies: Coleridge to Matthew Arnold*, Harmondsworth: Penguin Books Ltd., 1973, p. 20.

康德等人为代表的德国古典哲学及美学对英国文化领域的持续渗透,是英国浪漫主义文学运动的重要背景之一。作为当时德国与英国思想界的桥梁与英国浪漫主义运动的发起人之一,与德国文化渊源颇深的柯勒律治,一生都在向英语世界的读者推广那套被称作形而上学的先验、唯心观念:它既来自康德恢宏艰涩的哲学,也得益于莱辛、席勒的美学,当然最直接的来源则是德国耶拿派诗人。"史达尔夫人推动了德国文学在法国的流行,早期的柯勒律治和后来的卡莱尔在英国发挥了同样的作用。"①柯勒律治被视为他那个时代最富有成就的英国思想家之一,同时也被视为19世纪初叶欧洲反叛18世纪哲学思想运动在英国最出类拔萃的代表,用约翰·斯图亚特·密尔(John Stuart Mill,1806—1873)的话来说就是:直接源自德国的柯勒律治的学说"表达了人类思想对18世纪哲学的反驳。它是本体论的,因为对方是经验论的;它是保守的,因为对方是革新的;它是宗教的,因为对方基本不信教;它是实体的、历史的,因为对方是抽象的、纯哲学的;它是诗的,因为对方是实证的、散文的"②。

从孩提时代起,柯勒律治便接受了世界乃统一的生命系统的观念。尽管后来他受到其他思想的影响,但他从未根本背离这种信仰——神圣的精神活动乃万物存在的基础;上帝存在于万物之中,万物皆在上帝之中。年轻时的柯勒律治曾为法国大革命所鼓舞,信奉威廉·戈德温(William Godwin,1756—1836)的无政府主义民主思想,拥护共和政体。1794年6月,柯勒律治在写给骚塞的信中首次提及"大同世界"(Pantisocracy)的构想,这是一项旨在立刻用行动实现戈德温《政治正义论》③(Essays on Political Justice,1793)原则的计划:"大同世界"的信仰者离开故土,在萨斯奎哈纳(Susquehanna)河岸建立自己的共和国。托马斯·普尔在1794年9月的一封信中,对这一计划给出了进一步的说明:"12名受过良好教育、奉行自由原则的绅士将在明年4月和12名女士一起出发",把他们的住所安顿在"令人愉悦的新地方"。每个人每天两三个

---

① John B. Halsted, ed., *Romanticism*, London, Melbourne: Macmillan, 1969, p.17.
② Quoted in Basil Willey, *Nineteenth-century Studies*: *Coleridge to Matthew Arnold*, Harmondsworth: Penguin Books Ltd., 1973, p.20.
③ 第一版于1793年问世;第二版出版于1796年;第三版出版于1798年。由于第一版是在边写作边付印的情况下完成的,全书的写作时间仅用了16个月,所以第二版和第三版均有改动,前四篇和最后一篇实际上进行了重写。作为定稿的第三稿,全名为《论政治正义及其对道德和幸福的影响》(*Enquiry Concerning Political Justice and Its Influence on Modern Morals and Happiness*, 1798)。

小时的劳动就足以养活整个部落,农产品属于公共财产;部落兴建一个很好的图书馆,充裕的时间可以用来学习、讨论和教育孩子;妇女们不仅要照看婴儿,还要陶冶自己的情操;所有人都享有表达政治和宗教观点的最大自由……起初,每位绅士都交纳125镑。①

法国大革命的血雨腥风,很快便让柯勒律治这等"启蒙王国"的信奉者从理念的梦乡中醒转过来。1794年年底,这种思想的转变便已萌动;至1796年与华兹华斯的友谊开始之后,在新朋友的影响之下这种转变得以完成。1797年2月,柯勒律治致塞尔沃尔的信中写道:"感谢上帝!我痛恨戈德温主义!"②1797年夏,柯勒律治与威廉·华兹华斯及其妹妹成了亲密的朋友,诗歌创作进入高潮——其一生中的几乎所有重要诗作均是在这段很短的时间中完成的。1798年4月,在写给兄长乔治的信中,他将自己与法国大革命的政治观念撇清了关系,开始放弃对因果关系等理性形而上学的偏执,转而重新投向自然与上帝的怀抱:"我热爱幻想,喜欢田野、树林和山川。并且由于随着这种喜好的与日俱增,我发现内在愈来愈仁慈与宁静。"③迥然有异于洛克的"白板论",柯勒律治坚持认为,人不是通过被动的接受而认识客体,而是通过自身努力和本质形式来认识客体;它不仅认识客体本身,而且通过客体认识自己:"如果心灵并不是被动的,如果它确实是以上帝的形象创造出来的……我们有理由怀疑,任何建立在被动思维基础之上的体系,作为一种体系,都是不合理的。"④由此出发,柯勒律治将想象力视为各种对立的、不和谐因素的均衡或协调。即:想象力是诗歌创作的灵魂;正是凭借这一神奇的综合力量,它能够将原本对立的、不和谐的各种因素协调起来,融合在一个整体之中。韦勒克对柯勒律治的想象力做了词源上的考证:"柯勒律治把德语普通名词'Einbildungskraft'(想象力)曲解为是指'In-eins-Bil-dung'(在一个形象中),然后将其译成希腊语,意为'Esemplastic'(化零为整的)或'Coadunating'(聚合为一的能力)。想象力是具体体现自身的能力,像多变的海神那样自我变形的天才能力。'变为万物而又保持本色,使无常的

---

① See Basil Willey, *Nineteenth-century Studies: Coleridge to Matthew Arnold*, Harmondsworth: Penguin Books Ltd., 1973, pp. 14—15.
② Quoted in Basil Willey, *Nineteenth-century Studies: Coleridge to Matthew Arnold*, Harmondsworth: Penguin Books Ltd., 1973, p. 17.
③ Ibid., p. 17.
④ Ibid., p. 22.

上帝在江河、狮子和火焰之中都能被人感觉到——这才是真正的想象力。'在诗人心智的能力范围之内,想象力还具有统一的功能,它介于理性和知性之间。如同理性,它不受时空支配,所以给与诗人以处理时间和空间的能力。想象力也是变可能为实在的这样一种力量。"按柯勒律治此种别开生面的阐发,无论"相同的与差异的""一般的与具体的""个别性的与代表性的",还是"新奇的和新鲜的感觉与陈旧的和熟悉的事物""一种异乎寻常的情感状态与一种异乎寻常的秩序",都将在想象力的综合作用下,构成"一个优美而智慧的整体"。"诗的天才以良知为躯体,幻想为外衣,运动为生命,想象力为灵魂——而这个灵魂到处可见,深入事物,并将一切合为优美而机智的整体。"在柯勒律治的"同一"思想中,万事万物皆以"灵"而彼此联系、互相影响,又通过"灵"形成有机整体,就如诗歌是"良知""幻想""运动"和"想象力"的有机结合。①

与华兹华斯不同,柯勒律治对于奇异事件尤感兴趣。由此出发,他将"断章"这一文类植入英国浪漫主义文学的机理当中。"断章"这一文类与德国浪漫派的魔幻观念遥相呼应。魔幻观念拒绝偶然与机缘,而将整个世界理解为必然;世上一切不完美都指向完美,一切不圆满都趋向圆满,一切紊乱都蕴含秩序,一切残像碎片都蕴含着特定的意义,一切邪恶势力都有可能转换为救赎恩典……而这既非自然也非文化所赐,端赖神秘、灵知以及魔术。柯勒律治最优秀的作品《古舟子咏》("The Rime of the Ancient Mariner", 1798)写一位水手无端地射杀一只被航海者认为是好运象征的信天翁,结果随后的旅程中遭到了神秘的报应:全船水手一个个走向死亡,只有他一人留存承受天谴和自责——在伙伴诅咒的目光中,他煎熬了七天七夜,最终明白人与鸟兽之间存在着某种超自然的关联。水手与信天翁的故事中包含着一个深刻的罪与罚的逻辑,但此处的"罪"绝非理智所能解释,"罚"当然也就不是所谓理性社会法律的惩处。

柯勒律治最有名的断章是《忽必烈汗》(Kubla Khan, 1798)。1797年,柯勒律治在梦中创作了作为其代表作之一的《忽必烈汗》。诗人在长达五百余言的序引中这样描述该诗的写作过程:是年夏天,因健康状况不佳而在某农舍静养。一日服用镇痛剂②后披阅《珀切斯东方游记》,读到"忽必烈汗下令在此兴建皇宫和豪华御苑,于是十里膏腴之地都被圈入围

---

① 参见雷纳·韦勒克:《近代文学批评史(第二卷)》,杨自伍译,上海:上海译文出版社,2009年,第 226 页。
② 实际上是吸食鸦片以缓解严重的风湿病带给他的痛苦。

墙"时药性发作,熟睡约三小时。梦中异象纷呈,文思泉涌,作诗不下二三百行;醒来后,记忆甚为清晰,急取纸笔一一写下。其间,突有人来访致写作中断;约一小时后再来续写,记忆俱已模糊,遂被迫搁笔。

这首来源于梦境的诗作,一经发表就在英国风行一时,诗人浪漫神秘的笔触把西方人的目光带到了遥远的东方。现有54行的《忽必烈汗》是梦中那个"二三百行"长诗的一部分,由两个既独立又相互联系的部分组成。既是部分又是整体,《忽必烈汗》具备断章体的典型特点。若进一步审读全诗和序言当不难发现:"断章"不止是一种诗歌体式,还是一种主题策略。在正文和序言中,"断章""片断"的意象不断出现:诗人入梦前读到的有关忽必烈汗宫殿的记载只是《珀切斯东方游记》中的一个片断;访客走后,他仅能记下的"八九十行散落的诗句"是片断;序言中所引的诗句是全诗的一个片断,而这一片断的开头写水面的幻象被裂成无数片断("一千个圆形的涟漪随之散开,/彼此连动变形"),结尾处写希望水面能平整如初("很快那模糊可爱的片断在颤抖中/现身,返回,聚合")。在《忽必烈汗》一诗的正文里,忽必烈汗殿宇楼台的迷离倒影,会被粼粼碧波化为断片,而最显眼的莫过于那些伴随着大股泉水喷吐的"巨大断块"(Huge Fragments),"像冰雹纷纷跳起,/又像链枷捶打下飞迸的谷粒;/从这些蹦跳的乱石中间穿过,/片刻不歇地腾跃着那条圣河"。① 虽说是残块断石,但因为它们源源不断地往外奔突,其力量不容小觑,甚至可以说,正是因为其碎裂不整,让它的源头——幽壑或它代表的自然显得更加深不可测;虽说断章在结构上不完整,但正因如此,反而会引发读者无尽的遐想。

按照该诗序言中的自说自话,《忽必烈汗》实乃灵感降临后信笔涂鸦的无意识写作。就诗之创作而言,西方从古至今一直存在灵感与技艺之争。柏拉图是灵感派的祖师爷,他认为写诗全靠神灵的凭附:当灵感来临时,诗人失去平常的理性而进入一种迷狂的状态,沦为神灵表达的工具;灵感结束后,诗人又恢复常态——现实中的诗人可能极为平庸。因此,写诗的过程是被动、无理性的。而亚里士多德对诗歌的观点则几乎全然相反:虽不否认灵感的作用,但他认为写诗乃一种人为的制作活动,诗人的工作主要关乎技术,他可以且应该通过后天的努力来不断提高自己的写

---

① Elisabeth Schneider, *Coleridge, Opium and "Kubla Khan"*, New York: Octagon, 1966, pp. 26—27.

作技巧。鉴于柯勒律治对柏拉图的喜爱,他无疑该有天然地趋近于"灵感"写作的传统。但要指出的是,柯勒律治的诗学观也是不断发展变化的——他后来曾这样阐发莎士比亚的天才:"莎士比亚,绝非自然之子;绝非天才的傀儡;绝非灵感的被动工具;他首先耐心探究、深刻思考、仔细领会,直到让知识变成习惯和直觉,跟惯常的感觉联成一体,最终才迸发出如此巨大,无人可比、可续的力量。"柯勒律治在这里所流露的观点显然又迥然有异于简单的"灵感说":莎士比亚这种一流的诗人并非被动地听凭灵感或天才的摆弄,而是发挥自身的意志力和理解力才创造了一流的作品。①

断章的形式即内容。在诺瓦利斯看来,魔幻观念论的秘密就在于:"我们到处寻找绝对之物(das Unbedingte),却始终只找到常物(Dinge)。"②然而,俗世人间那些有限的常物,却是神圣领域那一无限绝对之物的踪迹。自然为媒,常物为象,诱惑、中介、牵引人心去趋近那个无限的绝对之物。自然,因为指向神圣和传递灵性,而成为诗的"灵媒";"完篇"本身只是常物,而"断章"则因更接近自然的不完美而成为诗歌园地中特异的"花朵"。通过研究18世纪末的文艺风尚,学者哈里斯发现"未完成的形式"(The Unfinished Manner)即"断章"在当时十分盛行;他援引埃德蒙·伯克(Edmund Burke,1729—1797)《崇高与美概念起源的哲学探究》("Philosophical Inquiry into the Origin of Our Ideas of the Sublime and the Beautiful",1757)一文中的观点,将断章划归"美"(Beautiful)的一类,与代表阳性的"崇高"(Sublime)相对,认为未完成的作品比完整的作品更讨人喜欢,是"阴性美"的一种体现。弗·施莱格尔则认为断章是诗人在追求不可企及的理想作品过程中的必然结果——跟人无限的经验相比,所有的作品都只能是对经验的部分反映。③ 与新古典时期重秩序、求完整的美学取向不同,浪漫主义时期的断章在结构上的特点便是要介乎部分与整体之间;就此而言,断章可谓浪漫主义的最终体式。柯勒律治的断章固然与其怠惰的个性相关,但更可能的原因则是他受到了当时写作风尚的影响。

---

① See Mary Anne Perkins, *Coleridge's Philosophy: The Logos as Unifying Principle*, Oxford:Clarendon Press, 1994, p.12.
② 诺瓦利斯:《花粉》,见刘小枫编《夜颂中的革命和宗教:诺瓦利斯选集卷一》,林克等译,北京:华夏出版社,2007年,第77页。
③ See Elizabeth Wanning Harries, *The Unfinished Manner: Essays on the Fragment in the Later Eighteenth Century*, Charlottesville: University Press of Virginia, 1994, p.165.

《忽必烈汗》出版后的第二年,柯勒律治将自己的诗作结集出版,诗集题名《西比尔的叶子》(Sibylline Leaves,1799),意为"不完整片断的杂烩"。1800年,自觉才思枯竭的柯勒律治决绝地转入另一种文字生涯。诗人柯勒律治的隐退堪称意味深长——他既凭信灵感,但又极具理性。后期身体状况欠佳、大部分时间居住在伦敦的柯勒律治是一个出色的文学评论家,曾创办杂志,并长时间讲授莎士比亚和英国诗歌,后来有《关于莎士比亚的演讲集》行世;其关于诗歌本质以及批评标准的若干讨论主要集中在一部结构凌乱但博大精深的文学杂记《文学传记》(Biographia Literaria,1817)中。1816年,他在其医生朋友詹姆士·吉尔曼的帮助下开始戒除毒瘾。《政教宪法》(The Constitution of Church and State,1829)是其最后的散文作品。就其一生的文学生涯而言,柯勒律治不仅留下了极具原创价值的诗作,使其成为英国浪漫主义文学的代表人物,而且其独步天下的"想象力"理论前抗古典主义后启现代主义,使其成为英国浪漫主义诗学最重要的发言人。

第二节　撒旦派诗人的诘问与探究

撒旦派诗人是第二代英国浪漫主义的代表,主要有拜伦、雪莱和济慈。1821年,骚塞在《审判的幻景》中对拜伦、雪莱、济慈等进行猛烈攻击,把拜伦的作品说成是恐怖、下流、邪恶的荒谬结合。拜伦也以"审判的幻景"("The Vision of Judgment",1822)为题进行回击。由于此派诗人蔑视传统、敢于斗争,因而被英国绅士斥之为"撒旦"(即魔鬼),史称"撒旦派"。在思想上,撒旦派的激进明显有别于前期的湖畔派诗人;在艺术上,他们又继承并发展了湖畔派开创的浪漫主义诗歌传统。

1815年春天,拜伦和华兹华斯在塞缪尔·罗杰斯(Samuel Rogers,1763—1855)家里有一次友好的会面。根据罗杰斯的说法,华兹华斯"话说得太多了",但急性子的拜伦并没有反感更没有打断他。关于这次一起吃了一顿晚餐的会面,拜伦回家后对妻子安娜贝拉(Annabella)说:"从开始到结束,我只有一种感觉——尊敬。"[①] 这就是人们所知道的两位英国

[①] Jerome McGann, *Byron and Romanticism*, Cambridge: Cambridge University Press, 2002, p. 173.

大诗人之间唯一的一次会面。

但其实不难想象,即便好客的主人罗杰斯事先做了精心的安排,拜伦和华兹华斯的会面也一定是尴尬透顶的。这不仅是因为他们都意识到了对方的分量,而且也清楚对方之前对自己的看法。如拜伦在《英格兰诗人与苏格兰评论家》(*English Bards and Scotch Reviewers*,1809)中便公开斥责过当时文坛地位远高于自己的华兹华斯;而华兹华斯对拜伦作品的看法则始终模棱两可,他在其迅速崛起的辉煌名声面前心底难免感到恼火。事实上,这次会面不到一年之后,两人脆弱的关系便陷入了更深的厌恶之中。拜伦婚姻破裂的丑闻,使华兹华斯私下里提到拜伦时称其是一个"精神错乱的人",而让其迅速成名的那些"打油诗"则是"不道德和恶毒的"。[1] 拜伦后来则喜欢把华兹华斯称为反动政府的"走狗",净写些"昏昏欲睡的懒散的诗"。

拜伦是19世纪西方浪漫主义诗人的杰出代表。

1788年1月22日,拜伦出生于一个没落的贵族家庭。父亲是一个相貌英俊、行为放纵的军官兼浪子。他为财产与苏格兰贵族小姐凯瑟琳结婚,将妻子带来的陪嫁挥霍干净后,只身一人浪迹欧陆,最终客死法国。拜伦从未见过自己的父亲。独自养育儿子的母亲性情大变,喜怒无常。特殊的家庭环境,加上他先天跛足,难免引来别人的异样眼光与冷嘲热讽。孤独、愤怒、痛苦,几乎是诗人幼年生活中的全部风景;而敏感、自尊、反叛,则是这风景留给诗人心灵永远难以磨灭的印痕。这样的印痕,不但释出了拜伦后来生活中的孤傲不羁,而且也影响了其作为诗人的创作主题与格调。

10岁时,叔祖父去世,拜伦由此继承了爵位和诺丁汉郡纽斯泰德世袭领地。随后,他于1801年就读于哈罗公学,1807年入剑桥大学。青年拜伦醉心于演说、历史和文学,大学一年级时就出版了诗集《懒散的时日》(*Hours of Idleness*,1807)。诗作虽尚稚嫩,但却体现出了独立的精神姿态。第二年,《爱丁堡评论》(*Edinburgh Review*)发表匿名文章对其进行挖苦,拜伦旋即发表了长篇讽刺诗《英格兰诗人与苏格兰评论家》,对整个英国文坛进行了激烈的抨击。是年,拜伦大学毕业后在贵族院获取了世袭议员的席位,并很快离开英国去国外游历。他先后到过葡萄牙、西班

---

[1] Jerome McGann, *Byron and Romanticism*, Cambridge: Cambridge University Press, 2002, p.174.

牙、马耳他、阿尔巴尼亚、希腊、土耳其等地,1811年7月才回到英国。这次见闻丰富的出游,直接影响到《恰尔德·哈罗尔德游记》[①]一、二章和《东方叙事诗》(Oriental Tales,1813—1816)的写作。

《恰尔德·哈罗尔德游记》以哈罗尔德在欧洲各地的游历为线索,描写了奇异的异国风光以及主人公的各种经历与见闻;但相比之下,诗人本人以"插话"形式所进行的大段抒情与议论在文本中却处于更为主导的地位。长诗中的哈罗尔德是一个孤独、忧郁、叛逆的贵族青年,亦即第一个"拜伦式英雄"。他性格高傲,憎恶冷酷的文明,厌倦虚伪的上流社会,与周围的环境格格不入;然而,他的高傲同时也决定了他无法与人民相通:"古堡矗立着,像心灵的孤高,虽然憔悴,但绝不向庸众折腰。"于是,就只剩下了难以排遣的孤独和难以解脱的悲观、悒郁、痛苦与绝望。"旅人的心是冰冷的,旅人的眼是漠然的。"长诗出版后,像一颗重磅炸弹震撼了英国,并很快为作者赢得了全欧的声誉。拜伦充满魅力的性格与过人的才华,一时间成为贵族妇女聚会时最热门的话题。诗人自称:一早醒来,我发现自己已经成了名人。

当时,英国爆发了工人破坏机器的"卢德运动"。1812年2月,英国国会制定了《编织机法案》,规定凡破坏机器者一律处死。拜伦义愤填膺,以议员身份首次在上议院发表演说,为破坏机器的工人辩护。不久,他还在报纸上发表了讽刺诗《〈编织机法案〉制定者颂》。面对现实愈发孤独和愤懑的诗人,开始创作一组以反叛为题旨的叙事诗,这就是《东方叙事诗》。《东方叙事诗》包括作者在1813—1816年间写下的《异教徒》("The Giaour",1813)、《阿比多斯的新娘》("The Bride of Abydos",1813)、《海盗》("The Corsair",1814)、《莱拉》("Lara",1814)、《科林斯的围攻》("The Siege of Corinth",1816)、《巴里西纳》("Parisina",1816)。《海盗》中的主人公康拉德生来就有一颗"富于柔情的心",但环境却使他变成一个憎恨人类、铁石心肠、杀戮成性的人。他说,人们把他的心"当作蠕虫来践踏,它将像毒蛇那样为自己复仇"。诗作中的主人公均有诗人本人生活遭遇和性格气质的明显印记,被称为"拜伦式英雄"。他们的共同特征是:桀骜不驯,孤独傲岸,愤世嫉俗,以永不妥协的精神姿态跟整个社会对抗。

拜伦诗作中的政治倾向和反叛姿态招来英国上流社会的忌恨。流言

[①] 共四章;前两章发表于1812年,第三章完成于1816年,第四章1818年方告完成。

蜚语很快包围了拜伦,"桂冠诗人"骚塞甚至将其称为"恶魔"。而恰在此时发生的拜伦妻子离家出走事件,似乎使英国教会、政客与反动文人对诗人的攻击突然获得了一则具体的"道德证据",他们在亢奋中联合起来,"攻击"演变成了白热化的"围剿"。1816年4月,拜伦愤然离开英国。他先到比利时凭吊了滑铁卢战场,而后前往瑞士,并在此结识了雪莱夫妇。雪莱的无神论和乐观主义对拜伦的思想产生了有益的影响。1816年10月,他抵达意大利,并在那里一直滞留到1823年秋。

厄难与打击,锤炼了拜伦的诗才,灵感在他的心头闪闪发光。1816年6月到9月,拜伦一口气写出了《锡隆的囚徒》(*The Prisoner of Chillon*,1816)、《梦》("The Dream",1816)、《黑暗》(*Darkness*,1816)、《普罗米修斯》(*Prometheus*,1816)等诗作。接下来他又创作了《曼弗雷德》(*Manfred*,1816—1817),并于1818年最终完成了《恰尔德·哈罗尔德游记》最后两章。这两章以更为凝重、沉郁的格调抒写了作者愈发强烈的孤独感和对自由的热爱。与前两章相比,人们可以发现拜伦的思想更加成熟厚重,艺术表现上也更加圆熟练达。毕竟,饱经沧桑的诗人而今已不再是当年那个思想相对单纯的意气青年了。在《普罗米修斯》中,拜伦塑造了一个正气凛然的英雄形象,他蔑视强权,敢于抗拒一切邪恶势力,而且永远毫不妥协,具有不畏强暴的英雄主义精神与甘为正义牺牲的高贵品格。

怀疑论所引发的内在矛盾,使拜伦创造了一个非自然的、完全诗意的和富有想象力的艺术世界。一个人所有思想都在怀疑主义的迷雾中燃烧,想象力在奋力摆脱了悬置的怀疑与无所适从的模糊后,发现了一份终极的、可怕的自由,这就有了其代表作《曼弗雷德》。作为一部哲理诗剧,《曼弗雷德》在某种程度上可以被视为流亡诗人另一精神维度——幻灭情绪——的表现。同名主人公曼弗雷德厌恶人生,渴望与世隔绝。他独居阿尔卑斯山的古堡,埋头科学研究,像浮士德一样学识渊博。然而,他越博学便越对科学感到失望,认为所谓的掌握知识不过是由一种无知转向另一种无知而已。《曼弗雷德》表达了诗人"世界悲哀"的哲学。诗剧由对英国社会的否定,发展成对整个人类生存意义的怀疑和否定。曼弗雷德称:"狮子是孤独的……"好像除了孤傲的意志,一切都是虚空和荒诞。于是,主人公便只有去寻求"遗忘"和"死亡"。

"除了用思想穿透禁忌使其向光明和'思想的权利'敞开,没有一种文化禁忌比乱伦的禁忌具有更严厉的权威。同时在两个层面上都突破了既有的禁锢,这正是《曼弗雷德》的卓越成就。"①同名主人公曼弗雷德的作用,主要是作为一个戏剧性的形象导出其个人的精神世界,因而诗剧作者才是该剧被隐藏起来的真正存在——曼弗雷德实际上就是拜伦后来所称的"精神剧场"。知识至上揭示了知识的局限性,当他对自己的浮士德式力量做出此种批判性的揭示之时,诗剧开场了。在《曼弗雷德》中,女巫为曼弗雷德提供了一种永久的美的形式,供其作为心灵痛苦的避难所;但他拒绝了——因为他骄傲于自己的行动力。此处曼弗雷德的拒绝堪称是该部哲理诗剧中的一个关键事件,这不仅意味着曼弗雷德愿意承担其所有"行为"的责任,而且在很大程度上也是拜伦诗学思想的一个重要表达:对于诗人来说,所有精神乌托邦中的逃避,都意味着艺术的终结;诗人的"创造性想象"不是对先验秩序的揭示,而是在现实境遇中达成自我认知—判断—选择—行动的途径。

1817 年,拜伦创作了诗剧《该隐》(*Cain*, 1817)。它取材于圣经传说,却与圣经的主题南辕北辙。诗剧大胆指出:上帝是一个凶残邪恶的暴君,是世间一切罪恶和不幸的根源。在圣经中,该隐是第一个杀人犯;而诗剧中他是反抗专制统治与专制神权的斗士,是一切热爱自由、为自己的权利同暴政进行斗争的人们的化身。

流亡期间,拜伦曾写下诸多对时政做出直接反应的政治讽刺诗。1820 年,英国国王乔治三世去世后,"桂冠诗人"骚塞写了长诗《审判的幻景》为其歌功颂德。拜伦旋即写了同名诗作,揭露英国统治者,并痛斥御用文人的卑劣。这首长诗被视作讽刺诗的典范。1822 年 11 月,欧洲各国统治者在意大利的维罗纳召开"神圣同盟"会议,拜伦以此为题材写出长诗《青铜时代》(*The Age of Bronze*, 1822—1823)予以辛辣的嘲讽。19 世纪初叶,奥地利统治下的意大利民族解放斗争风起云涌;旅居在此的拜伦不仅与为自由而战的烧炭党人有密切联系,而且为激励意大利人民的斗争写下了《塔索的悲叹》(*The Lament of Tasso*, 1817)、《威尼斯颂》(*Ode on Venice*, 1819)、《但丁的预言》(*The Prophecy of Dante*, 1821)等以意大利为题材的诗篇。

《唐璜》(*Don Juan*, 1818—1823)是诗人最用心但因早逝未能最后完成的一部长篇叙事诗。该作凡一万六千余行,内容广博,气象万千,不唯

---

① Jerome McGann, *Byron and Romanticism*, Cambridge: Cambridge University Press, 2002, p. 192.

是拜伦的代表作,而且从某个侧面代表了浪漫主义时代欧洲诗歌创作的最高成就。

唐璜本是西班牙民间传说中一个放荡不羁、专事勾引良家妇女的花花公子。1630年西班牙剧作家莫里纳(Tirso de Molina,1584—1648)①作《塞维拉的荡子》(*El Burlador de Sevilla*,1630)之后,法国作家莫里哀(Molière,1622—1673)和德国作家霍夫曼等均曾以唐璜为主人公创作各自的剧本或小说。在以往的作品中,唐璜大都是被贬低鞭挞的对象;而在拜伦笔下,这一形象则完全被改写:首先,他是一个天真、善良、热情的贵族青年,虽艳遇不断,但却并非勾引者;其次,作者将生活于14世纪的唐璜放到了18世纪末叶,让他参加了伊兹梅尔战役(1790年的俄土之战),按原计划还要让他参加法国大革命;另外,作者使唐璜的活动范围大大扩大了——因与贵妇朱丽亚相爱暴露,他只好去外国远行,从西班牙去希腊,而后又先后去了土耳其、俄国和英国。在被"拜伦式英雄"所主导的拜伦的叙事诗作中,唐璜的形象是崭新的。他没有以往哈罗尔德的忧郁、彷徨,倒有几分乐天知命的达观;他也不像曼弗雷德那样愤世嫉俗,阴鸷绝望,倒是平添了些热情温柔的暖色;与该隐叱咤风云的反叛相比,他更顺从天性、随波逐流;与普罗米修斯大无畏的英雄主义担当相比,他显得既缺乏信念又意志薄弱……他有时勇敢有时怯懦,有时用情真挚有时逢场作戏,有时大义凛然有时好色荒唐,有时是命运的宠儿有时又被造化拨弄由环境支配……总之他是一个既有诸多人性美质又有不少人性缺陷的芸芸众生中的人物。并非不食人间烟火之唐璜所具有的性格的复杂性,使读者感到一种强劲而实在的现实历史感,这无疑可以更充分地展示现实世界的多样性,并为作者在诗中抒发现世情怀、臧否时政人物提供便利。

拜伦诗歌中最为有力的因素是辛辣的社会讽刺。讽刺在《唐璜》中达到出神入化的境界,诗人自己称这部作品为讽刺史诗。与早期主要针对某个事件所写下的诸多讽刺诗作相比,《唐璜》的讽刺范围异常广泛,堪称无所不包:从男女情事到婚姻生活,从时政要闻到历史制度,从世俗人情到深层文化……诗人辛辣的诗句像无情的长鞭,笔锋所及之处,所有的丑恶与荒谬无不原形毕露。在诗中,诗人将自己所处的时代称为"杀人和卖淫被认为伟大的时代";在这个"万恶时代",人们把钱看得高于一切:"拿走性命,拿走老婆,但绝不要拿走别人的钱袋";那些上流社会的阔少们

---

① 17世纪上半期西班牙天主教神父,剧作家。

"喝酒、赌钱、嫖妓","漂亮可是消衰,富有却没有一文钱;他们的精力在一千个怀抱中用尽了"。对所谓高贵的上流社会,诗人的讽刺甚至不时指名道姓:他称骚塞等御用诗人为专门向皇上、摄政王献媚取宠的小人;说英国外交大臣卡色瑞只懂两件事——"如何奉迎"和"如何压迫";挖苦俄女皇叶卡捷琳娜二世为"穷兵黩武"的"荡妇";指斥各国的统治者为"恶棍"。《唐璜》的前十章,主要写主人公的冒险经历,讽刺因笔锋胶着于叙事尚处于附属状态;但随着唐璜的脚踏上英国,诗作的讽刺突然得到加强,此后便几乎是不可遏止地喷涌而出,并由此构成了诗作后六章的主旋律。

在拜伦一生的创作中,《唐璜》从各方面看都堪称是一部带有"总结性"的作品。叙事和抒情的交融,是这部叙事长诗在艺术上的突出成就。与《恰尔德·哈罗尔德游记》相比,《唐璜》的叙事性明显得到了加强。叙事密度的增加,使唐璜的游历比哈罗尔德的"游历"更像游历,因为有更多、更具体的戏剧性事件不断发生:夜搜卧房、海上沉船、同类相食、岛上爱情、后宫艳遇、战场救美……正因为如此,T. S. 艾略特(Thomas Stearns Eliot,1888—1965)才将这部长诗称为"诗体故事"。但《唐璜》的主观抒情性依然十分鲜明。对游历故事的叙述,并没有影响诗人不时以"插话"形式或大段抒情或大段议论,"第一人称"的"插话"不断地锲入"第三人称"的"叙述"之中,在篇幅上两者大致持平。拜伦以其罕见的天才将叙事和抒情两种元素熔为一炉,很好地保持了两者的均衡,使得长诗既直率有趣、引人入胜,又生气勃勃、诗意盎然。因此,司各特称《唐璜》像包罗万象的莎士比亚戏剧一样,关涉现实人生的每一个问题,拨动了心灵深处的每一根琴弦。歌德赞《唐璜》是彻底天才的作品——愤世到不顾一切的辛辣程度,温柔到情感的每一纤细的波动。

1823年秋,为烧炭党人起义失败深感沉痛的诗人离开了意大利,奔赴反土耳其殖民统治斗争正酣的希腊。1824年4月19日,拜伦病逝于希腊。作为浪漫派的一代宗师,拜伦的天才罕有人匹,而强烈的主观抒情与辛辣的社会讽刺则是其独特诗才最鲜明的标记。

雪莱,英国著名浪漫主义诗人,被誉为英国文学历史上最杰出的抒情诗人之一,与拜伦、济慈并称为英国第二代浪漫主义诗人的典范。在其短短30年的生涯中,他创作了大量的诗歌、散文和政论文章,其代表作有长诗《麦伯女王》(Queen Mab,1813),抒情短诗《西风颂》("Ode to the West Wind",1819)、《致云雀》,诗剧《解放了的普罗米修斯》(Prometheus Unbound,1819)、《钦契》(The Cenci,1819),随笔《无神论的必要性》

("The Necessity of Atheism",1811)以及诗学著作《为诗辩护》(*A Defence of Poetry*,1821)等。

雪莱于1792年8月4日出生于英国萨塞克斯郡的菲尔德庄园,家境富裕。父亲是一个目光短浅、思想呆板的地主,对诗人的管教十分严厉。雪莱6岁开始读书识字,12岁进入英国著名的伊顿公学就读,18岁考入牛津大学。大卫·休谟(David Hume,1711—1776)、伏尔泰、潘恩(Thomas Paine,1737—1809)和卢梭等启蒙思想家的著作,尤其是无政府主义先哲威廉·戈德温的著述,对其反抗一切权威的自由意识的形成产生了重大影响。1811年,自称无神论者的雪莱发表了《无神论的必要性》一文,因此被保守主义氛围浓厚的牛津大学开除,且被父亲逐出了家门。

雪莱的第一位妻子哈莉特是咖啡馆老板的女儿。她在16岁时爱上了19岁的雪莱,两人在交往了一段时间之后私奔到苏格兰,在爱丁堡正式结婚,并很快生下了孩子。仓促的结合注定了悲剧的命运,两人在1814年结束了婚姻,哈莉特在两年后选择了自杀。在第一段婚姻出了问题但依然存续期间,雪莱认识了后来成为其第二任妻子、时年16岁的玛丽·戈德温(Mary Wollstonecraft Godwin,1797—1851),她是自由思想家威廉·戈德温和妇女解放先驱玛丽·沃斯通克拉夫特(Mary Wollstonecraft,1759—1797)的女儿。雪莱和玛丽·戈德温一见钟情,两人都信奉婚姻的核心应当是爱情——若没有爱情,婚姻不过是一张白纸;1813年7月28日雪莱不顾先前的婚约,与玛丽一同私奔去了欧洲大陆;同年9月,两人返回英国后在温莎附近定居。考虑到实际情况和子女的利益,在哈莉特死后的第二个月,他们举行了婚礼。由于雪莱的无神论思想及其之前那些不为世俗所理解的行为,法院剥夺了他对两个孩子的抚养权和监护权。身患肺病的雪莱和妻子玛丽·雪莱于1818年一起离开了英国前往意大利,之后就再也没有回过英国。1822年7月8日,尚不足30周岁的雪莱在意大利的斯佩齐亚海湾溺水而亡。

雪莱的诗歌(尤其抒情诗)音韵优美,措辞含蓄,是英语文学中不可多得的佳品。他有一双善于发现自然之美的眼睛,山川大海和自然万物在他的眼中都焕发出不一样的光彩。"自然,在他的心目中,是促使人们按照新教精神反省的鼓舞者和启示者"[①],是他心爱的兄弟姐妹,是其身心

---

① 勃兰兑斯:《十九世纪文学主流(第四分册)英国的自然主义》,徐式谷、江枫、张自谋译,北京:人民文学出版社,1997年,第244页。

的一部分。他如此吟咏敏感纤弱的含羞草：

> 春天在美妙的花园里升起，
> 像爱的精神，到处有她的踪迹；
> 大地黝黑的胸膛上花发草萌，
> 相继脱离冬眠中的梦境苏醒。
>
> 但是在花园、田野，在荒郊，
> 都没有什么像孤独的含羞草，
> 似午时的牝鹿渴求爱的甜蜜，
> 那样为幸福而颤抖，而喘息。
> ……
> 含羞草从叶到根都感受着爱，
> 却没有什么爱的果实结出来，
> 它接受得最多，也爱得最深，
> 在只需要它时，可以完全献身。①

名篇《西风颂》结构精巧，意象精妙。诗中那既是破坏者又是保护者的秋风，驱逐"菸黄、魆黑、苍白、潮红，疫疠摧残的无数落叶""把有翼的种子，催送到黑暗的东床上""给高山平原注满生命的色彩和芬芳"、让流云"挣脱天空和海洋纠缠交接的柯枝"，它的姿态"似狂热的酒神女祭司头上扬起的秀丽的发丝"，张扬而磅礴。将自然视为挚友的雪莱，知晓人的一生就如同自然界的万物，生长衰亡，不可避免。因此，这些诗句不仅展现出了大自然的雄奇壮美，也传达出了雪莱心底的呼声：

> ……
> 挣脱天空和海洋交错缠接的柯枝，
> 飘流奔泻；在你清虚的波涛表面，
> 似酒神女祭司头上扬起的蓬勃青丝。
> ……
> 像你以森林演奏，请也以我为琴，
> 哪怕我的叶片也像森林的一样凋谢！
> 你那非凡和谐的慷慨激越之情，

---

① 雪莱：《雪莱诗选（增订本）》，江枫译，长沙：湖南人民出版社，1987年，第227页。

定能从森林和我同奏出深沉的秋乐,
悲怆却又甘冽。但愿你勇猛的精神
竟是我的魂魄,我能成为剽悍的你!

请把我枯萎的思绪播送宇宙,
就象你驱遣落叶催促新的生命,
请凭借我这韵文写就的符咒,

就象从未灭的余烬飏出炉灰火星,
把我的话语传遍天地间万户千家,
通过我的嘴唇向沉睡未醒的人境,

让预言的号角奏鸣!哦,风啊,
如果冬天来了,春天还会远吗?①

除了是一位优秀的诗人外,雪莱也是一位杰出的政论家。他鼓动都柏林的解放运动;其在意大利度过的最后几年,更是将自己的关注重心偏向了政治改革,作品大多强调政治改革的重要性以及诗人应肩负的责任。他认为诗人的创作应当以消除人民遭受的贫困和不公正为宗旨。他在长诗《麦伯女王》中表达了他对君主制、贵族阶级、宗教势力以及战争的强烈谴责,呼唤人们挣脱枷锁,挥舞双臂,去与压迫者抗争。在1817年创作的诗剧《伊斯兰的起义》(*The Revolt of Islam*,1817)中,雪莱也表现出了对英国社会现状的不满和对强权的反抗。诗剧中的男女主人公一同鼓舞伊斯兰黄金城的民众奋起反抗,推翻了暴君的统治,但是出于人道主义放走暴君的决定,却让恶势力卷土重来,暴君大肆屠杀人民,并将两位主人公活活烧死。两人的高尚和勇敢使他们凭借着神力复活,进入了自由与美之精灵的庙宇。显然,雪莱虽在诗剧中指出了革命和反抗的重要性,但他并不赞成流血的暴力革命。

在1819年的《解放了的普罗米修斯》中,反抗专制统治的主题得到了进一步深化,这部作品也因此被视为雪莱诗剧创作的高峰。在希腊神话中,普罗米修斯从天界盗取火种,为人类带来光明,此举触怒了主神宙斯,

---

① 雪莱:《雪莱诗选(增订本)》,江枫译,长沙:湖南人民出版社,1987年,第185页。

将其拴缚于高加索山崖之上,日日让老鹰啄食他的肝脏;但普罗米修斯顽强不屈,最后被大力士赫拉克勒斯所救。雪莱从当时革命斗争的需要出发,对普罗米修斯的故事进行了改编。与歌德、拜伦笔下自由不羁、桀骜不驯的普罗米修斯形象不同,《解放了的普罗米修斯》将神话中的英雄普罗米修斯塑造成了智慧公正、勇敢坚忍、温和慈爱的人类解放者和捍卫者。他最终打败了暴君,取得了完全的胜利,全世界都得到了解放。诗剧的最后一幕描写了整个宇宙对新生和春天再度来临的欢呼——一个人人平等、互爱互敬的自由社会已然来临。

《钦契》是雪莱在1819年创作的五幕诗剧,拜伦赞之为"莎士比亚以后任何英国作家都未能写出的杰出悲剧"①。作品取材于16世纪末意大利罗马的一段史实,贝特丽采·钦契是一个珍视荣誉、勇于反抗的姑娘,"贝特丽采显然是这样一种罕见的人物,在这种人的身上,力量和温婉并存而互不侵犯,她的个性纯朴而又深邃"②。但她父亲钦契却极尽残暴卑劣之能事:侵占儿媳的陪嫁;虐待自己的妻子和孩子;为了不让儿子瓜分自己的财产,他诅咒他们死于非命,且在他们死后还开心地大宴宾客,并欲在死后将自己的财产全部销毁,不让任何人得到;而他对女儿贝特丽采的侵犯凌辱之乱伦行径更是令人发指。起初,贝特丽采对他的所作所为是隐忍的,她希望通过宗教的力量得到救赎;在经历了一系列的绝望之后,她终于决定奋起反抗,哪怕最后要付出生命的代价。而其他备受戕害的家人们也决定一同拿起反抗的武器,合谋杀死这个残酷的暴君。最终,即将被处死的贝特丽采泰然自若:"对于我,后果好比是疾风卷扫磐石,而磐石则岿然不动。"③这种坚定不只是因为她对暴政的痛恨,更是出于她对宗教、法律的绝望。

在英国浪漫主义文学中,济慈的诗名似乎永居拜伦、雪莱之后,但其独特的诗风与诗歌观念却越来越为后世的批评家所看重。

济慈于1795年10月31日出生于英国伦敦,家庭贫困。父亲是一位马厩工人,母亲是家庭主妇,在家照顾包括济慈在内的五个孩子。济慈自幼命运多舛,最小的弟弟未满1岁便夭折,9岁时父亲去世,6年后母亲也离开人世,济慈与另外两个弟弟、一个妹妹相依为命。15岁时济慈便被

---

① 转引自勃兰兑斯:《十九世纪文学主流(第四分册)英国的自然主义》,徐式谷、江枫、张自谋译,北京:人民文学出版社,1997年,第275页。
② 雪莱:《钦契》,汤永宽译,上海:上海译文出版社,1987年,第11页。
③ 同上书,第92页。

迫离开学校,进入赫蒙德诊所当学徒;后来他在伦敦一家医学学校就读,获得了助理医师资格,并辗转于各个医院实习。济慈很早就喜爱文学,正是秉持着这份热爱,他不久后弃医从文,走上了文学创作这条道路。1818年,弟弟汤姆因病去世,济慈也不幸染上了这种夺去弟弟生命的肺病。同年,济慈与邻居范尼·布劳纳(Fanny Brawne,1800—1865)小姐陷入爱河。但肺病越来越严重,病痛的折磨似乎扭曲了诗人的心态,即使范尼对他的爱未曾改变分毫,但疑心病却每每让其一次次写信逼迫对方对他表白情感。深感来日无多的济慈在信中写道:"我散步的时候最喜欢想两件事,一件是你的可爱,另一件是临终的时刻。啊,要是我能够在同一个时刻占全这两样东西就好了。"①济慈在其 26 载的短暂生涯中,留下了很多至今都为人捧读不厌的诗歌佳作,如《仿斯宾塞》("Sonnet to Spenser",1817)、《伊莎贝拉》("Isabella: or The Pot of Basil",1818)、《夜莺颂》("Ode to a Nightingale",1819)、《希腊古瓮颂》("Ode on a Grecian Urn",1819)、《秋颂》("To Autumn",1819)、《忧郁颂》("Ode on Melancholy",1819)、《海佩利安》("Hyperion",1819)等。

丰富的想象力使得济慈的诗歌融万千世界于一体。他曾在一封信中写道:"除了对于内心情感的神圣和想象力存在的真实性之外,我对其他什么都没把握。"②正如那以夜为披、栖息于林叶之间的夜莺,济慈把自己爱情的酸甜与病魔的纠缠都倾入其中:

> 我的心在痛,困盹和麻木
> 刺进了感官,有如饮过毒鸩,
> 又像是刚刚把鸦片吞服,
> 于是向着列斯忘川下沉:
> 并不是我嫉妒你的好运,
> 而是你的快乐使我太欢欣——
> 因为在林间嘹亮的天地里,
> 你呵,轻翅的仙灵,
> 你躲进山毛榉的葱绿和荫影,
> 放开了歌喉,歌唱着夏季。

---

① 勃兰兑斯:《十九世纪文学主流(第四分册)英国的自然主义》,徐式谷、江枫、张自谋译,北京:人民文学出版社,1997 年,第 146 页。
② 徐玉凤:《济慈诗学观研究》,北京:光明日报出版社,2019 年,第 32 页。

> 唉,要是有一口酒!那冷藏
> 在地下多年的清醇饮料,
> 一尝就令人想起绿色之邦,
> 想起花神,恋歌,阳光和舞蹈!
> 要是有一杯南国的温暖
> 充满了鲜红的灵感之泉,
> 杯沿明灭着珍珠的泡沫,
> 给嘴唇染上紫斑;
> 哦,我要一饮而悄然离开尘寰,
> 和你同去幽暗的林中隐没:
>
> 远远地、远远隐没,让我忘掉
> 你在树叶间从不知道的一切,
> 忘记这疲劳、热病和焦躁,
> 这使人对坐而悲叹的世界;
> 在这里,青春苍白、消瘦、死亡,
> 而"瘫痪"有几根白发在摇摆;
> 在这里,稍一思索就充满了
> 忧伤和灰眼的绝望,
> 而"美"保持不住明眸的光彩,
> 新生的爱情活不到明天就枯凋。①

　　济慈在诗中偏爱用多种多样的意象,营造出真实自然与唯美梦幻兼具的动人意境。在《秋颂》中,他展示出了一幅幅美妙绝伦的画卷,并纵情歌颂秋日田园,一句一句真是"诗中有画,画中有诗"。济慈主张"美即是真,真即是美",他超乎常人发达的感觉,使得他留心生活中的点滴,不掺杂任何个人喜恶,将景物最自然的状态于诗中展露无遗。他关于"消极的能力"(Negative Capability)②的论述,与其所处的时代潮流相背离,但却影响了艾略特和韦勒克等一大批后世诗人与理论家。在柯勒律治那里,华兹华斯那种"自我与自然的融汇"便开始现出明显的缺口。事实上,一

---

① 约翰·济慈:《夜莺颂》,穆旦译,见《拜伦 雪莱 济慈诗精编》,武汉:长江文艺出版社,2014年,第186—187页。
② 又译"消极感受力""客体感受力"与"否定的能力"等。

且深入追问"人"与"自然"是如何联结或融汇起来的,"人"与"自然"之间的联结马上就会绽开乃至断裂;对柯勒律治而言,华兹华斯的那种完全主观而又万能的"感觉"未必总是能够领会到外部世界那些有待探索的奥秘,一旦缺失了那种将诸事物联系起来的"综合"机能,"创造性的想象力"也不总是能够抵达大千世界的神秘内核。在第二代英国浪漫主义诗人济慈这里,人与自然的疏离进一步绽开。济慈将自己所说的"消极的能力",解释为自决停留在不确定、神秘与疑惑的境地,而不急于去弄清事实原委;应做的只消像花枝那样张开叶片,处于被动与接受的状态。凭借这种能力,他称自己可以分享地里啄食的麻雀之生存,能够感受到沉睡在深海海底的贝壳之孤独,甚至说可以进入一只没有生命的撞球之内为其圆溜光滑而感到乐不可支。济慈的创作心理极为复杂,但大致来说——诗人以"麻木"与"遗忘"为标志的情感怠惰,乃是通往"平和"与"从容"心境的必经驿站。

《希腊古瓮颂》描写处于希腊古瓮方寸之间雕刻上的图画,有神祇人形、少年少女、花草树木、山川城镇,宛若一幅人与自然和谐共处的百景图。济慈由古瓮上的图画,展开了想象的翅膀,勾勒出了简洁淳朴而又令人悠然向往的古代生活。结尾的那句"美即是真,真即是美"绝不仅是在为这首诗点题,而且也是在阐释济慈的整个创作生涯。在给贝莱的信中济慈曾写道:"想象力以为是美而攫取的一定也是真的——不管它以前存在过没有。"[①]济慈这句话所指出来的"真"并非是我们所认为的现实世界的"真",而是他通过自己的感觉去看、去听、去想象出来的,存在于诗人脑海中的虚拟世界的"真"。因此,不管诗中所描绘的是否为"真",济慈通过自己的感觉所感受到的美却是真真切切存在着的。《希腊古瓮颂》的开篇,诗人对古瓮的描绘并非客观的陈述性描写,而是由一连的感叹和发问组成。究竟古瓮呈现为怎样的形态,古瓮上的画面具体表现的是什么故事,那上面的人物是神还是人,是什么样的神或人,诗人终了也并不确知;诗中所表现的只是其对古瓮画面的想象。济慈的确重视想象,但与浪漫主义时期其他诗人对想象的推崇又明显不同。布莱克既是浪漫主义诗人又是浪漫主义画家,经由夸张乃至扭曲,他将视觉艺术推向非理性直觉的深层;华兹华斯、柯勒律治等诗人虽否定"视觉的专制",可也均从视觉的表象走向精神的升华。唯有在最为倚重视觉感受的济慈笔下,世界才只

---

① 约翰·济慈:《济慈书信集》,傅修延译,北京:东方出版社,2002年,第51页。

存在于目之所见——肉眼看不见的,心灵之眼也同样无法洞悉。

济慈是英国19世纪时期最具有艺术家气息的诗人,雪莱曾称他为露珠培养出来的鲜花。济慈不同于司各特将满腔的爱国情怀注入其中,也不似拜伦一般尽情讴歌那令人朝思暮往的自由。他最喜欢说的一句格言就是:"诗人应该无原则,无道德观念,无自我。"①因此,济慈的诗尤其强调感官体验,一切美好事物都应按照它原本的风貌去感受、欣赏、体味,不应以一己好恶评判事物喜悲,若是掺杂了其他强烈的个人希冀,便难以真正沉浸于诗的海洋,让思绪与想象在无边无际中纵情遨游。在《忧郁颂》中,济慈用"拧出附子草的毒汁当酒饮""啜泣的阴云,降自天空""把青山遮在白雾中"等原本就带有一种压抑与哀伤之感的意象所组成的意境与"早晨的玫瑰""锦簇团团的牡丹""或者是海波上的一道彩虹"这些自带欢欣雀跃的意象场景组合在一起,可谓是佳句天成。

济慈的绝笔之作《明亮的星!愿我像你一样坚定》是他短暂一生的完美诠释。这位一直被误解为软弱虚无的诗人,实则肝胆侠肠。虽潦倒一生却毅然决然地弃医从文,他从未改变心中对阿波罗神(希腊神话中,阿波罗身兼诗神与医药神)的崇奉。因为在济慈的心中,文学和医学都是"为世间敷涂药膏";这位肺痨缠身的诗人一心想做的只是世间"所有人的医生"。济慈25岁便英年早逝,正如雪莱写给他的挽歌:

> 他已经和自然化为一体,从自然界的一切音频——
> 由雷霆的殷殷呻吟直至夜莺甜蜜的啼鸣
> 从万象的天籁里,都可以听到他的声音……②

第三节 "浪漫津梁"司各特

18世纪、19世纪之交,英国文坛的价值取向明显发生了转折,这一转折使文学脱离了古典主义的藩篱。是时,尽管对"浪漫的"作家群的存在及其主张有一定了解,但"浪漫派"或"浪漫主义"的概念却并未引起英国文坛与学界的足够重视。不管是世纪之交就出现的湖畔派,还是后来以

---

① 参见勃兰兑斯:《十九世纪文学主流(第四分册)英国的自然主义》,徐式谷、江枫、张自谋译,北京:人民文学出版社,1997年,第150页。
② 同上书,第161—162页。

雪莱、拜伦等人为代表的撒旦派,在很长的时间里竟然并没有任何英国作家称自己为"浪漫派"(Romantics)。拜伦在1820年10月14日给歌德的信中曾写道:"在德国和意大利,所谓古典派与浪漫派的斗争非常引人注目;至少四五年前我离开英国时,英国文界都还未曾对这些术语进行区分。"①直至1831年,卡莱尔仍在声称:"古典主义与浪漫主义之间的论争在英国了无声息,这的确有些令人讶异。"②

问题当然不是当时的英国文坛不存在浪漫文学,而是现在被人们视为英国浪漫主义运动成员的那些作家及批评家大都尚未确立用"浪漫派"或"浪漫主义"这样的概念对此加以命名的清晰意识。1802年10月,弗朗西斯·杰弗里(Francis Jeffrey,1773—1850)在刚刚创刊的《爱丁堡评论》上刊文评论骚塞的史诗《毁灭者塔拉巴》(*Thalaba, the Destroyer*,1802)时提出了"湖畔派"的概念,且称华兹华斯、柯勒律治与骚塞构成的湖畔诗派十多年前(即1792年左右)便已然确立。杰弗里进一步指出:深受拒绝现有社会体制、具有反社会倾向且情感偏执紊乱的卢梭的影响,该诗派对既定的文学成规发起了挑战;而法国革命所带来的社会动荡、德国浪漫文学的影响等各种因素所构成的合力,使得由湖畔派发端的文学革命在英国的进程遽然加速。③

的确,在19世纪的很长时间里,英国人并没有将"浪漫的"一词拿来做此种文学"革命"的标签;因此应该指出——学界对英国浪漫主义运动的确认和历史定位,是在19世纪下半期才慢慢成形的。19世纪中期以降,很大程度受德国关于古典与浪漫区分的影响,文学史著作中对现代浪漫主义先驱的区分与界定开始在英国出现,例如,约翰·默里(John Murray,1808—1892)1864年刊行的《英国文学史》(*A History of English Literature*)④第19章标题为"浪漫派诗歌的曙光",开篇便称"在反叛并取代蒲伯创作中那种登峰造极的冰冷、明晰、做作的古典主义文风之后,在革命中建构起来的浪漫文学范式开启了一种全新的艺术旨趣"⑤。接下来,该章首先考察的是18世纪的前浪漫派作家,如汤姆逊、沃顿兄弟(Joseph Warton,

---

① Quoted in Aidan Day, *Romanticism*, London, New York: Routledge, 1996, p. 84.
② Ibid., p. 84.
③ See Aidan Day, *Romanticism*, London, New York: Routledge, 1996, pp. 84–85.
④ 该书是威廉·史密斯(William Smith)修订托马斯·B.肖(Thomas B. Shaw)之《英国文学概论》(*Outlines of English Literature*)形成的扩展版,原书首版于1846年,再版于1849年。
⑤ Quoted in Aidan Day, *Romanticism*, London, New York: Routledge, 1996, p. 87.

1722—1800；Thomas Warton，1728—1790)、马克·艾肯赛德（Mark Akenside，1721—1770)、考珀（William Cowper，1731—1800)、麦克弗森、查特顿、彭思，随后分节介绍珀西、司各特、拜伦、穆尔（Thomas Moore,1478—1535)、雪莱、济慈、托马斯·坎贝尔（Thomas Campbell，1777—1844)、骚塞、柯勒律治和华兹华斯。大致来说，20世纪衡量浪漫派作家的那些标准在该书中已基本成形。

到19世纪八九十年代，"浪漫的"一词用来指称世纪之交在冲破古典主义藩篱的斗争中所创造的新的文学风格，这已然是通行的做法。1885年，W. J. 考托普（W. J. Courthope，1842—1917)出版的《英国文学的自由运动》(*The Liberal Movement in English Literature*，1885)在集中讨论了华兹华斯、司各特、拜伦、雪莱、柯勒律治和济慈的创作之后，明确将世纪之交发生在英国的"文学自由运动"称为"浪漫主义运动"。"这里所讲的文学，是指那些富有想象力的文学，尤其是指诗歌；而所谓英国文学中的自由运动，便是指那些在历史的转折点上对法国大革命做出反应并遵循大革命的原则来选择题材与风格的作家所发起的文学革命。"[①]

在英国浪漫主义运动展开的过程中，有一个人的地位非常独特——他不仅在保守的湖畔派与激进的恶魔派之间的代际与立场上都处于中间地带，在英格兰与苏格兰充满张力的民族情绪之间高难度地维系着微妙的平衡，而且他还从一位桂冠诗人陡然转身成为历史小说的开创者，在诗歌与小说之间穿梭自如——这个人就是司各特。从1814年开始到1832年去世，他写了23本小说，其中只有3本没有历史背景。特罗洛普（A. Trollope,1815—1882)认为："经由在戏说的小说形式中注入严肃的历史内容，司各特成功使小说写作受到尊重。"[②]司各特性情温和，较少与人冲突；思想平和，从不挑战既定秩序。苏格兰人一直努力维持自己不同于英格兰的民族认同，两个民族和地区之间时有冲突发生；经由大量以苏格兰历史为题材的历史小说的创作，司各特在构建苏格兰的民族认同方面贡献卓著，但他同时又是一个温和、保守的"英－苏"统一论者，他一直在用自己的作品呼吁苏格兰和英格兰之间、天主教徒和新教徒之间的和解。"历史的、民族学的浪漫主义首先在苏格兰结出最丰硕的果实。当民族精神正在渗透进全欧洲的诗歌的时候，由这个国家产生出一位擅长描写和

---

① Quoted in Aidan Day, *Romanticism*, London, New York: Routledge, 1996, p.88.
② Donald Sassoon, *The Culture of the Europeans from 1800 to the Present*, London: Harper Press, 2006, p.146.

说故事的伟大诗人。"①

1771年8月15日,司各特生于苏格兰爱丁堡的一个律师家庭,母亲安妮·拉瑟福德是一位医生的女儿,受过良好的教育,对他以后走上文学创作道路影响至深。他自幼患有小儿麻痹症但却天资聪颖,幼年最大的乐事便是听家人讲古代民间传说、宗教故事。为了使饱受疾病折磨的司各特能在适宜的环境中静养,父母将他送至祖父的桑迪诺庄园休养。长期在苏格兰山区休养的童年经历,也有助于其想象力的孕育。桑迪诺庄园位于苏格兰边区,那儿的自然风光以及从祖母那儿听到的历史传说都使司各特对本民族有了更深的认识并产生了强烈的好奇心,神秘的英雄传说和民族故事培养了其强烈的民族自豪感。他自幼热爱阅读,6岁时便熟读蒲伯翻译的荷马史诗以及弥尔顿的诗文,而其尤为乐读的莎士比亚历史剧则深深地影响了他此后历史小说的创作。

1789年,他进入爱丁堡大学攻读法律,并开始广泛关注社会、政治、哲学、历史、文学等问题。1792年,司各特谨遵父命开始执律师业。他对18世纪90年代由法国大革命所引发的社会政治危机反应敏锐,坚决反对雅各宾主义。1797年,司各特助力组建了一支由中产者组成的骑兵志愿队:一方面为抵抗法兰西入侵做准备,同时也是用来威慑那些受法国革命鼓舞喧嚣着造反的民众。1799年,他出任副郡长;1806年,被任命为爱丁堡高等民事法庭庭长。18世纪90年代初,司各特经历了一场感情危机。他深深地爱上了一位名叫威廉明娜·贝尔思奇的姑娘,可对方父母却认为他配不上他们的女儿。司各特情感严重受挫,多年以后依然难以平复内心的伤痛。1797年年底,他迎娶了法国女人夏洛特·卡彭特。两人婚姻平稳,育有五个孩子。

虽关注社会政治问题,但司各特的心志却一直在文学方面。青年时期,他十分心仪"少年维特"所代表着的德国"狂飙突进文学"。他曾花费大量时间遍游苏格兰,特别是苏格兰与英格兰的交界处以及苏格兰高地,借以广泛了解苏格兰过去与现在的风土人情,并采集了大量民谣。1802年,他搜集整理的3卷本《苏格兰边区歌谣集》(*The Minstrelsy of the Scottish Border*,1802)出版,引起了广泛的关注。1805年,其第一部长篇叙事诗《最末一个行吟诗人之歌》(*Lay of Last Minstrel*,1805)问世,该

---

① 勃兰兑斯:《十九世纪文学主流(第四分册)英国的自然主义》,徐式谷、江枫、张自谋译,北京:人民文学出版社,1997年,第113页。

作作为基于历史事件和民间传说的浪漫冒险故事,展现了16世纪苏格兰封建贵族的生活,体现出丰富的想象力与高超的艺术技巧。1808年,长诗《玛密恩》(*Marmion*,1808)出版,它以1513年英格兰和苏格兰所进行的弗洛登战役为背景,描写英国贵族玛密恩使用诬陷手段夺取贵族拉尔夫的未婚妻,最后阴谋暴露,玛密恩在弗洛登战死。该作被认为是司各特最优秀的长诗。其脍炙人口的长诗《湖上夫人》(*The Lady of the Lake*, 1810)叙述中世纪苏格兰国王和骑士冒险的事迹,描绘了苏格兰的自然风光。之后,他还创作了《岛屿的领主》(*The Lord of the Isles*,1815)、《无畏的哈罗尔德》(*Harold the Dauntless*,1817)等诗作。一代天才拜伦横空出世后,诗人司各特意识到在诗歌领域无人堪与争锋,遂改行致力于小说创作。1813年,他婉拒了授予自己的"桂冠诗人"称号;经由二十多部历史小说的创作,这位拓荒者不但开启了"西方历史小说"的大门,也在另一个崭新的文学领域成了一代王者。

  1814年匿名出版的《威弗利》(*Waverley*,1814)乃司各特历史小说的处女秀。小说在当时的英国文坛地位甚低,大家普遍认为这是属于低俗大众的一种文体。基于这样的原因,在开始致力于小说创作的很长时间里,作为著名诗人的司各特并未用自己的真名署名。《威弗利》描写1745年詹姆斯党人起义的历史事件,讴歌热爱自由的苏格兰高地人民的斗争,同时也揭示出苏格兰落后的氏族社会制度面对资本主义冲击必然衰亡的命运。这部小说深受读者的欢迎;此后,他便用"威弗利作者"的化名创作出版了多部历史小说。直到1827年,司各特才公开承认自己是这些小说的作者。

  司各特的大部分历史小说均取材于苏格兰的历史,除《威弗利》外,著名的文本还有《清教徒》(*Puritáni*,1816)、《罗布·罗伊》(*Rob Roy*,1817)和《米德洛西恩的监狱》(*The Heart of Midlothian*,1818)等。《清教徒》描写1679年苏格兰清教徒反抗英国当局的暴动,作者歌颂起义者大无畏的牺牲精神,揭露统治者镇压的残暴,但也将暴动首领描写为失去理性的宗教狂热分子。《罗布·罗伊》写1715年詹姆斯党人第一次起义前夕苏格兰山地人民反抗英国统治的斗争。罗布·罗伊是"苏格兰的罗宾汉",这位正直的高地氏族领袖,在封建压迫下铤而走险,成为杀富济贫的绿林好汉。《米德洛西恩的监狱》以1736年爱丁堡市民反对英国当局的暴乱为背景,写苏格兰农村姑娘珍妮·丁斯长途跋涉前往伦敦求见王后,使无辜但被判死刑的妹妹获救,表达了作者对苏格兰普通民众的同情。

从1819年起,司各特开始创作一些取材于英国和欧洲历史的小说,其中最为著名的是《艾凡赫》①(*Ivanhoe*,1819)和《昆丁·达沃德》(*Quentin Durward*,1823)。《艾凡赫》生动地表现了12世纪英国"狮心王"理查在位时复杂的阶级矛盾和民族矛盾,揭露了诺曼贵族的骄横残暴和撒克逊劳动人民的苦难;值得注意的是,在其笔下"狮心王"理查乃是缓和民族矛盾的一代英明君主。《昆丁·达沃德》写15世纪法国国王反对封建割据、建立中央集权的故事;狡猾而又残忍的路易十一是司各特笔下最为鲜明生动的形象之一,作者肯定了其建立统一的封建国家之历史进步意义。

司各特善于将个性鲜明的人物形象、引人入胜的历史背景和扣人心弦的故事情节融为一体,这使他成为当时最受欢迎的历史小说家。其行销各国的作品成为"现象级的畅销书"。早在1818年,其小说版税的年收入便达到了一万英镑,而英国人当时的年均收入只不过是区区20英镑。1820年,司各特接受了英国国王乔治四世授予的"从男爵"勋位。1825年,因出资入股的出版社破产,他承担了114,000英镑巨额债务。为此,其小说创作的节奏被迫加快,这不但使得其后期的历史小说显得粗糙,也使其健康状况受到了严重损害。1832年9月21日,司各特于阿伯茨福德去世。

司各特的历史小说既突破了个人遭遇和日常生活的狭窄范围,又摆脱了传奇小说的虚幻性和神秘性。他把小说的立足点置于具体、广阔的社会历史生活中,力图真实地展示宏伟而生动活泼的人类社会历史场景,揭示社会历史发展的规律,强化了小说艺术地反映社会历史生活的功能,拓展了小说的表现领域。其作品描写了从国王、贵族到平民、奴仆等各个阶层的生活,而历史的整体感和广阔性乃是司各特历史小说的突出特点:通过决定国家民族历史进程的重大事件与各种敌对势力之间的冲突将上层与下层的生活有机地结合在一起,从这种复杂的关系和相互影响中全景式地再现活生生的历史场景。② 在司各特的历史小说中,我们可以看到英国以及法国历史上的伟大人物:狮心王理查(Richard Cœur de Lion,1157—1199)、路易十四(Louis XI,1638—1715)、伊丽莎白(Elizabeth,1533—1603)、玛丽·斯图亚特(Mary Stuart,1542—1587)、克伦威尔

---

① 旧译《撒克逊劫后英雄略》。
② 参见龚翰熊主编:《欧洲小说史》,成都:四川大学出版社,1997年,第263页。

(Oliver Cromwell,1599—1658)等①,这些人物都鲜活地出现在其壮观的历史蓝图中,但司各特没有受卡莱尔式装饰性英雄崇拜的浪漫主义情感影响,他认为这些伟大的历史人物是体现着广大人民群众意愿的重大社会运动的代表。基于此种认知,司各特似乎从来不会浪费笔墨展现人物性格的演变过程——当这个人物出场的时候就已经是一个"完整"的人。

司各特惯以宏大的叙述展现整个时代的全貌,因而他的历史小说中的事件很少孤立出现,总是会置于历史上某个伟大事件的背景之下,包含着广阔的历史内容,呈现出丰富的历史内涵。《米德洛西恩的监狱》的一条情节线是农家少女珍妮·丁斯(Jane Dinensi)为了解救失足入狱的妹妹艾菲·丁斯(Effie Dinensi)徒步前往伦敦向王后求情,但作者没有花费全部的笔墨来描述这一个事件,而是将这个故事与当时爱丁堡市民处死镇压群众的警备队队长波蒂厄斯的故事相联结。因此,整部小说就有两条情节线同时展开,一方面描述珍妮救妹的经历,另一方面也描绘了当时的暴动情形。但司各特的视野并不局限在"波蒂厄斯暴动"本身,他将这一事件与苏格兰民族主义的爆发联系起来,使国王、王后、贵族以及平民都卷入这一事件中,通过对他们在事件中表现出的态度和行为的描写,形象地揭示了苏格兰民族与英格兰民族长期的敌对状态以及矛盾冲突,以一种真实的笔墨描绘出这种矛盾冲突是如何在生活的方方面面影响民众的意识和行动的。此外,司各特作为一名小说家之所以伟大,就在于他并不把自己局限于当一个历史的记录者与揭示者,他描写平民生活的历史危机是为了展现在这种动乱时代人性的伟大。他将历史上发生的一系列骚乱进行真实又详细的描述,然后通过主要人物的登场来体现人性的光辉,这种伟大并非是英雄式人物的颂歌,而是展现平民百姓身上的优良品质,这种平凡而又伟大的人性,犹如一股涓涓的河水在时代的洪流中缓缓流动,触动着读者最柔软的内心。

善于运用自然景物来烘托真实的历史氛围,是司各特历史小说创作的鲜明特色。真切的历史背景,不仅是历史人物展现自我的平台,同时也是叙事获得历史真实性不可或缺的内在肌质。毋庸置疑,历史框架的搭建是历史小说家塑造人物的前提。《艾凡赫》中不仅还原了中世纪的城堡、教堂和丛林,还包括各个阶层的典型建筑物。小说中有这样的场景描

---

① 文美惠编选:《司各特研究》,北京:外语教学与研究出版社,1982年,第106页。

写:"在快乐的英格兰境内,沿着邓河两岸秀丽的地区,古时候有一大片森林覆盖着舍菲尔德和愉快的邓卡斯特城之间的大部分山谷。直到现在,我们还可以在温特沃兹、华恩克立夫公园和罗泽汉姆附近的贵族庄园里,看到这一片广袤森林的遗迹。"①"空地周围有数不尽的主干不高而枝桠茂密的橡树;它们年代久远,或许还目击过罗马帝国的大军向英格兰内地威武地进军呢。这些橡树的多节的老枝伸展在覆满了茸茸青草的空地的边缘。有些地方大橡树和榉树、冬青以及形形色色的灌木密密地交叉在一起,把落日的斜晖完全遮蔽住了。"②作者运用细腻的手法将每处景物都描绘得栩栩如生,使读者仿佛回到了中世纪的原始森林,感受到了大动荡前的片刻平静。除了这种纯粹的自然景物描写,司各特还描绘了带有强烈社会现实感的景物,使读者将故事中的人物自然而然地与当时的社会历史背景联系起来。在《艾凡赫》第二章中,作者这样描绘罗泽伍德宅院:"可是罗泽伍德也不是一座毫不设防的宅院。完全不设防的家宅在那动乱年代里随时都有遭受抢劫或转眼烧成灰烬的危险。这一座宅子周围都挖了壕沟,并从附近一条小溪引来了水把沟填满。壕沟两岸筑有两道用附近树林中砍伐的木料做成的栅栏,每根柱子都削成尖头,宅子的西边有一个入口,通过里外两道栅栏门,放下吊桥才可以进去。为了防护那个入口和栅栏门,两边还有凸出来的墙角,必要时弓箭手和投石手可以利用它们从侧面袭击。"③读罢如上的描写,读者眼前俨然屹立着一座栩栩如生的建筑,而且也亲临其境般感受到了浓厚的历史氛围:当时的英格兰处于诺曼王朝统治之下,尤其是在理查德被关押的那段时期,他的弟弟约翰的邪恶统治让整个英格兰陷入了动荡不安;当时的英格兰人不得不随时准备好面对可能要发生的战争,因此他们在建造房屋的时候就要把安全因素考虑在内,而这种结构的形成,正是社会因素造成的必然结果。平常的风物建筑中,深刻地蕴含着合乎逻辑的历史真实;作为描写自然场景与社会环境的圣手,司各特仿佛能将笔下的景物复活,最大程度地保持了一名真正的史诗作家所具有的历史客观性。④

早在17世纪、18世纪,小说文本中就不难找到历史主题的影子;有

---

① 司各特:《艾凡赫》,刘尊棋、章益译,北京:人民文学出版社,2004年,第1页。
② 同上书,第4页。
③ 同上书,第21页。
④ See Georg Lukacs, *The Historical Novel*, trans., Hannah Mitchell, Stanley Mitchell, Lincoln & London: University of Nebraska Press, 1983, p. 34.

人甚至把古典主义时期的历史故事以及中世纪的神话改编看作历史小说的"前兆"。但17世纪小说中的所谓"历史叙事"只是把历史作为故事发生的背景,无论是人物的心理活动还是言行举止都依旧是写作者所处时代的体现,而非作品所展现的历史时期应有的特质。即使在18世纪著名的"历史叙事"——沃波尔（Horace Walpole，1717—1797）的《奥特兰托堡》（*Castle of Otranto*，1764）一书中,历史也只是一种外在的装饰,作者在意的只是这种历史环境所能引起的怪事和好奇心,而并不重视从艺术上展现特定历史时期的真实面貌。在沃尔特·司各特爵士之前,那些所谓的"历史叙事"都严重缺乏从历史根源的角度来表现时代的历史特性对人物性格发展的影响,所以布瓦洛曾对其同时代的作家所做的"历史叙事"深表怀疑。

英国工业革命和法国资产阶级革命造成了社会生活重大而又快速的变化。人们亲自见证了人类生活正在发生的巨变,"历史意识"在不经意之间便成了时代文化内里的重要元素。这是西方历史小说在浪漫主义时期得以产生的内在根由之一。从18世纪末19世纪初,由英国掀起的工业革命浪潮开始迅速席卷整个欧洲和北美地区,这极大地促进了资本主义的发展,不仅对政治、经济产生很大影响,还延及文化领域,直接推动了这一时期史学的发展。西方史学由此进入繁荣时代,整个19世纪也被称为"史学的世纪"。法国的历史学家梯叶里（Augustin Thierry，1795—1856）自豪地说:"恰恰是历史学给19世纪打下了烙印,给19世纪以命名,正像哲学给18世纪以命名一样。"[①]在浪漫主义时期,历史材料的整理与编纂、历史文献的利用与保管,都取得了很大的成就。还有历史学的辅助学科,像考古学、人类学、古文字学以及其他学科都得到了发展,有效地推动了历史学的前进；随之而来的历史刊物的大量涌现,不仅使历史学逐渐进入大众的视野,让读者对历史有了更深的认识,还吸引了更多的作家去关注历史。历史学的兴盛使作家和民众更加关注历史性的人物与事件。

法国大革命、一系列革命战争以及拿破仑的兴衰,使历史第一次在欧洲范围内成为一种大众体验。1789—1814年间,欧洲各国比以往经历了更多剧变,各国独特的民族性格越发彰显出来,历史人物的事迹不再只是孤立的个人事件,而是更频繁地走进大众视野,如此一来,"历史"对大众

[①] 张广智:《西方史学史》,上海:复旦大学出版社,2000年,第171页。

而言,不再只是某种抽象的、冰冷的、与个人无关的、遥远的天然事件,而是被视为活生生的、有温度的、与个人息息相关的一种存在。在法国,正是由于法国大革命和拿破仑的统治,使农民和资产阶级下层民众开始体会到自己拥有私有财产的权利,这是他们第一次真正体验到法国是自己的国家,是自己创立的民族。民族意识的觉醒以及对民族历史的感受和理解并不只出现在法国,在拿破仑战争所遍及的地区都能感受到民族意识的波动,从对拿破仑政府的反抗中都能体会到民族独立的热情。这些民族运动都不可避免地向广大民众传递了历史意识和经验,民族独立和民族性格的吸引必然与民族历史的觉醒有关,伴随过去的记忆、过去的强大以及民族耻辱的时刻,一种进步或反动的思想逐渐萌发。因而在众多的历史经验中,民族意识的觉醒一方面与社会转型有关,另一方面也是由于意识到民族与世界史之间关系的人越来越多。

而一些特殊的原因,使得苏格兰人沃尔特·司各特成为历史小说这种新的文学类型的创造者。18世纪末19世纪初,苏格兰有三种不同历史时期的社会结构离奇地相互交织:苏格兰山区还保留着氏族生活的社会形式,苏格兰部族当时是这种社会结构在欧洲留存下来的最后遗迹;苏格兰大地主禀有许多封建时代的特殊习俗;苏格兰又已经产生了本地资本和外来资本(英格兰)所培植的资本主义社会生活和社会关系框架。因此,在那个时代的人看来,苏格兰把全欧的社会历史活生生地、绘画般地表现出来了。[①]

1707年,苏格兰和英格兰签署了一项《联合法案》,将随后的苏格兰身份带入了一场大危机。面对联合的大趋势,苏格兰启蒙思想家们开始积极探索应对新时代的方法,他们以全新的政治意识、道德伦理观、经济理论以及科学技术的发展观为切入点,希望能找到改变苏格兰贫困弱势地位的有效措施。对苏格兰联盟后身份的关注,使他们更加珍惜苏格兰独特的历史文化遗产,从而在整个社会兴起对苏格兰文化的崇拜与怀旧之风。18世纪、19世纪之交,欧洲各国的民族主义意识在拿破仑战争的炮火中开始萌发,而对法国军队的反抗直接导致这些国家和地区民族主义意识的崛起。在法国大革命以及随后兴起的民族主义思潮的影响下,素来反对英国统治、倡导自由独立的苏格兰民族诗人彭斯创作了长诗《苏格兰人》,该作通过对苏格兰独立王国的历史回顾,颂扬了伟大的民族英

---

① 金东雷:《英国文学史纲》,长春:吉林出版集团有限责任公司,2010年,第351页。

雄华莱士与布鲁斯反抗英格兰入侵的英雄事迹,对唤醒普遍的民族意识,激励苏格兰人为争取自由、团结、一致产生了深远的影响。简言之,社会与民族方面的这些特殊因素是启发司各特创作长篇历史小说的直接契机。司各特"以民族性格和历史为基础,创造了一种独具特色的英国类型的浪漫主义"[①]。

的确,历史小说这一文体在19世纪初叶的英国被创制出来,本身便有着复杂的历史渊源。1828年,麦考莱(Macaulay,1800—1859)在《爱丁堡评论》上发表了著名文章《论历史》,着重探讨历史学家应该如何进行历史写作:"一个完美的历史学家必须具有足够的想象力,才能使他的叙述既生动又感人。但他必须绝对地掌握自己的想象,将它限制在他所发现的材料上,避免添枝加叶,损害其真实性。"[②]在麦考莱看来,历史应是叙述与思辨的结合,优秀的历史学家应以缩微的形式来展现一个时代的精神特征。虽然历史描述的是特殊的具体事件,但一个时代的精神特征却呈现出那个时代的普遍性,因而需要用理性和思辨来完成这个艰巨任务。因而麦考莱指出:"一部每个细节都真实的历史,从整体上看未必是真实的。"[③]对于一部伟大的历史著作来说,其真实性主要表现在整体中而非单个细节中。而历史小说是指以历史为题材的小说,因而在本质上是小说而非历史,评价一部历史小说要看结构是否严谨、故事是否充实、人物塑造是否饱满,而不是某个细节是否和历史一模一样。历史是真实的、客观的,小说是虚构的、主观的,历史小说就是真实与虚构的结合。历史小说之所以和其他题材小说不同,是因为它和历史存在确切的联系,这种联系并非一座真实的建筑或一件历史事件,而是在一种虚构中存在着的真实人物。当生活呈现在文本中,就有了小说;当小说人物与历史人物相遇,就产生了历史小说。科林伍德(Robin George Collingwood,1889—1943)曾精辟地指出:历史小说中的事实与想象、史诗与虚构之间的联系源自历史学家和小说家之间的相似性,"他们都描绘出一幅完整的图画,一部分记述事件,一部分描述情节,剩下的部分用于展现主题和分析性格。每个部分的存在都旨在使图画成为一个连贯的整体,每个出场人物都和发生的状况紧密相连,在当时的状况下人物只能采取特定的方式行

---

① 勃兰兑斯:《十九世纪文学主流(第四分册)英国的自然主义》,徐式谷、江枫、张自谋译,北京:人民文学出版社,1997年,第109页。
② 转引自张广智:《西方史学史》,上海:复旦大学出版社,2000年,第189页。
③ 同上。

动。小说和历史都需要具有丰富的内涵和意义,而用来评判的标准就是想象力"①。"小说家只有一项任务,就是构建一幅多彩的图画;历史学家则有双重任务,除了构建图画,还需赋予图画一些真实存在的事物用以渲染。"②

司各特的历史小说既突破了个人遭遇和日常生活的狭窄范围,又摆脱了传奇小说的虚幻性和神秘性。他把小说的立足点置于具体、广阔的社会历史生活中,力图真实地展示宏伟而生动活泼的人类社会历史场景,揭示社会历史发展的规律,强化了小说艺术地反映社会历史生活的功能,拓展了小说的表现领域。司各特以自己卷帙浩繁、影响深远的著述创造了一个历史小说的时代。以1814年的第一部小说《威弗利》作为发端,其"威弗利"系列小说让无数读者变成了苏格兰历史的行家里手。司各特的《艾凡赫》被雨果褒扬为"这个时代的真正史诗"③。英国的狄更斯(Charles John Huffam Dickens,1812—1870)、斯蒂文森(Robert Louis Stevenson,1850—1894),法国的雨果(Victor Hugo,1802—1885)、巴尔扎克、大仲马(Alexandre Dumas,1802—1870),俄国的普希金,意大利的曼佐尼,美国的库柏(James Fenimore Cooper,1789—1851)等著名作家都曾受到司各特的深刻影响。

对历史的浓厚兴趣是浪漫主义时代文化领域的突出特征。④ 启蒙运动激进地否定过去、热情拥抱世界主义;对此,《人权与公民权宣言》可以为证。浪漫主义反其道而行之,普遍强调对民族历史的发掘与整理。启蒙思想家兼法国大革命的首席理论家西哀士曾经断言:"历史上所谓的真理,并不比宗教里所谓的真理更真实";而现在广为流行的则是埃德蒙·伯克的观点:"没人会期望一个先辈不受尊重的未来。"⑤弗·施莱格尔说

---

① Quoted in Avrom Fleishman, *The English Historical Novel*, Baltimore and London: The Johns Hopkins Press, 1972, p.5.

② Ibid.

③ Quoted in Michael Ferber, *Romanticism: A Very Short Introduction*, Oxford: Oxford University Press, 2010, p.103.

④ 爱德华·吉本(Edward Gibbon,1737—1794)之6卷本《罗马帝国衰亡史》(*The History of the Decline and Fall of the Roman Empire*,1788)的存在,意味着对历史探究与写作的兴趣在启蒙后期便已出现。

⑤ 转引自蒂莫西·C. W. 布莱宁:《浪漫主义革命:缔造现代世界的人文运动》,袁子奇译,北京:中信出版集团有限公司,2017年,第149页。

得更为简洁有力:"世界不是体系,而是历史。"①浪漫主义反对人造的规则与机械的秩序,坚持自然法则与有机生成,由此看重历史传统,尤其是被理性主义者所弃绝否定的中世纪。正如肯尼斯·克拉克(Kenneth Clark,1903—1983)所说:"对 18 世纪的人来说,中世纪是一片雾的海洋,其中孤零零耸立着一座地标,即诺曼征服,周围像不系之舟一般漂浮着一些中世纪教堂。"②然而,对中世纪教堂与哥特艺术的热情却是浪漫派最主要的特征之一。所有被理性主义思想家与古典主义作家所贬低的中世纪特质,无规则、雕饰、阴郁、宗教超越性乃至教权主义,现在都堂而皇之地成了浪漫主义创作的重要灵感来源。艾瑞克·霍布斯鲍姆(Eric Hobsbawm,1917—2012)曾经写道:"19 世纪上半叶,历史题材的写作在欧洲广为流行;之前从未有这么多人在对往昔连篇累牍的阐发著述中寻求对当下世界的理解。"③一切事物——民族、文化、语言、法律、宗教、经济体系,甚至地球——均从历史的视角得到呈现;各种专门史、历史地理学、历史语言学……大量史学专业著述雨后春笋般出现。诗人、剧作家与小说家也都对书写历史产生了空前的兴趣:骚塞撰写了有关葡萄牙、巴西的历史著述,拉马丁勾陈了吉伦特派的历史,雨果的小说《巴黎圣母院》(*Notre-Dame de Paris*,1831)与《悲惨世界》(*Les misérables*,1862)均是在研究大量档案史料的基础上创作出来的,相较之下普希金对普加乔夫起义的记录或许离真实的历史更近。浪漫主义时期,人们对历史的热衷首先体现在各式文艺创作之中。诗歌、小说、戏剧、绘画、雕塑、音乐等各领域的艺术家都从这一时期最著名的历史小说家司各特的创作中寻求灵感。"把历史看作一幅史诗般的全景,横跨时间和空间,包含同一个时间系列里的现在和未来,是浪漫主义的中心思想。"④在《约婚夫妇》中,意大利小说家曼佐尼将故事的背景放在 17 世纪的伦巴第。在其笔下,羁押在时间囚笼里的岁月,经由小说家"想象性投射"的作用重新复活,历史不再是一连串冰冷的数字,它浸透着情感,跳动着各种偶发事件所组成的细节。

---

① 转引自蒂莫西·C. W. 布莱宁:《浪漫主义革命:缔造现代世界的人文运动》,袁子奇译,北京:中信出版集团有限公司,2017 年,第 150—151 页。

② 同上书,第 151—152 页。

③ Quoted in Michael Ferber, *Romanticism: A Very Short Introduction*, Oxford: Oxford University Press, 2010, p.102.

④ 大卫·布莱尼·布朗:《浪漫主义艺术》,马灿林译,长沙:湖南美术出版社,2019 年,第 190 页。

第四章
法国浪漫主义文学运动

在德、英浪漫主义文学思潮的影响下,法国浪漫主义文学也在19世纪初兴起,并在1830年前后进入高潮。18世纪的法国乃古典主义的大本营,加之政治上革命与复辟的斗争异常激烈,因此,法国的浪漫主义具有强烈的政治色彩,其在法国文坛主导地位的最终确立历经了同古典主义的反复激烈较量。法国浪漫主义文学以1830年为界分为前后两个时期。

法国浪漫主义充满很多谜一样的悖论。首先,是夏多布里昂这样的政治保守派在世纪之交开启了艺术领域激进的浪漫主义革命,法国浪漫主义革命最早竟是由保守派酿就的。政治上的自由派贡斯当与史达尔夫人虽然也在同时倡导浪漫主义,但在当时文坛的影响力却明显要逊色于夏多布里昂领衔的保守派。稍晚,司汤达与普罗斯佩·梅里美(Prosper Merimee,1803—1870)为代表的自由派从侧翼进一步推进浪漫主义在法国的落地;至政治上原先的保皇派雨果也转向鼓吹自由倡导浪漫主义的时候,浪漫主义运动在法国已经基本进入了收官阶段或决胜的时日。就此而言,有人说司汤达而非雨果才是法国浪漫主义的真正领袖,这并非全然没有道理。

至30年代浪漫派凯歌高奏开始主导文坛的时候,文学领域浪漫主义者激进与保守阵营的对垒在很大程度上依然存在,但是时的判定标准已经由革命年代面对王室的立场转换为对现政府以及前拿破仑时代的态度。而且,一旦扩展到文艺之外的社会层面或将观察的时间拉长,情形则又变得越发复杂:激烈反对波旁复辟政权的年轻一代中的很多人,因其狂热的民族主义情绪而成为作为激进浪漫派之自由主义者的敌人;而作为保守浪漫派的雨果,随着时间的推移,不仅政治立场不断发生嬗变,而且在30年代成了文学上激烈反传统的领袖人物,也就是所谓浪漫主义的领袖。

  与19世纪上半期文化领域的两大主要思潮相契合,法国浪漫主义经历了两个阶段。大致来说,1830年之前的浪漫主义是属于君主制和天主教的,它呼应教会支持复辟,因此在政治和社会层面是反动的;1830年之后的浪漫主义契合于对18世纪政治自由和社会平等诸观念的回归——正是这些社会-政治观念引发了法国大革命。"在第一阶段,浪漫主义尊崇一切形式的情感,建构了以社会为对立面的个体,更多地表现出个人主义的抒情色彩;在第二阶段,致力于社会改革大业的浪漫主义,则更多地采用了关于社会进步和完善的教义。"①在其最初的二十多年,浪漫主义思潮堪称对法国大革命的反动,诸如伯纳尔德(Louis de Bonald,1753—1840)、夏多布里昂、拉马奈(Félicité Robert de Lamennais,1782—1854)、约瑟夫·德·梅斯特尔(Joseph de Maistre,1753—1821)等人均热衷于呼请重建教会与国家的权威;接下来的二十多年,社会与经济方面的话题取代了君主制和天主教。但浪漫主义两个阶段的划分并非像有些人说的那样截然分明,事实上两者之间有着许多重叠的部分。法国浪漫主义两个不同的阶段实际上是交叉并存的,既看上去彼此矛盾,又内在地相互统一。所谓"1830年之前的浪漫主义"和"1830年之后的浪漫主义",这样的措辞意味着两个时段有各自的新兴核心观念出场规定文学的症候,而其他的观念与文学症候则处于从属的地位。1830年以前,文学中并非没有相关社会问题的讨论;1830年之后,上个阶段被关注的那些政治观念与宗教意念在浪漫主义作品中也绝非戛然而止,只不过克劳德·昂利·圣西门(Claude Henri de Saint-Simon,1760—1825)及傅立叶(Charles Fourier,1772—1837)的理论,在诸多激荡社会和经济改革的学说中崭露头角。植根于这些对其持续产生影响的问题与理论之中,浪漫主义的外在形态难免被反复涂染;但说到底,浪漫主义仍然是情感和想象的综合体,它主要从自然中寻找灵感,以个人化的方式表达自我,而圣·普吕式的激情、维特式的幻灭、勒内式的绝望以及拜伦式的反叛,则是其作品的精神基调。"当时间慢慢让火爆的声势和缓,当感性生命的放纵渐趋消歇,法国的浪漫主义进入了其第二个阶段:崇奉人道主义信念,热衷于社会改革事业。"②很

---

① N. H. Clement, *Romanticism in France*, New York: Kraus Reprint Corporation, 1966, p. 170.
② Ibid., p. 172.

明显,"个体主义和情感两个要素在第一阶段的浪漫主义中占有更大的比重,其主要表现文体是诗歌。社会-政治观念因素占比更多的第二阶段,主要的文类是散文"①。

第一节　革命时代的流亡作家

在血与火的战乱岁月,第一代法国浪漫主义作家中的代表人物夏多布里昂与史达尔夫人等均有被迫流亡的经历。

1789—1794年,大约有18万法国人逃往他国。流亡者中有一些人客死异乡,而大多数人要么像博马舍(Pierre-Augustin Caron de Beaumarchais,1732—1799)一样在热月政变后不久回国,要么像夏多布里昂一样在拿破仑崛起为帝国之君后返乡。"不管时间长短,被迫羁留国外的流亡者的经历与体验,对文学发展产生了深远影响:非但出现了兴味蕴藉的新的故事,更产生了意味深长的新的主题。尤其对法国人来说,对异域文化之丰富性及深度的意识,是浪漫主义这一复杂文化现象诸构成要素中的重要一环。"②在17—18世纪,尽管法国人时不时就会有"英国热"——比如伏尔泰或孟德斯鸠,但是不待在法国是会被认定为非常不幸的。浪漫主义的世界性品格,一如后来它所展现出来的对"异国情调"的迷恋和"地方色彩"的热衷,很大程度上要归结于当时的流亡风潮。当然,曾在国外效力帝国军队和行政机构的法国人对意大利、德国和西班牙的重新发现也是至为重要的相关因素。

很多出身贵族的流亡者在国外平生第一次经历了贫穷,以及常常难以忍受的孤独与苦闷,后两者是浪漫主义不断吟咏的文学主题。社交活动的欢愉是流亡者——特别是那些来自巴黎和凡尔赛的流亡者——最为怀念的。不管何时,也不管是在外国城市的哪一个角落,只要有同胞可以聚首,他们就会聚在一起,整夜整夜地高谈阔论,这种醉生梦死的清谈艺术在旧制度下就高度发达。但这样的情况却并没有很多;而且这个过程也仅能使少数心态年轻的人得以振奋,大部分人到头来只是越发沮丧,旋

---

① N. H. Clement, *Romanticism in France*, New York: Kraus Reprint Corporation, 1966, pp. 180-181.

② F. W. J. Hemmings, *Culture and Society in France: 1789-1848*, Leicester: Leicester University Press, 1987, p.112.

即重陷孤独。塔列朗(Charles Maurice de Talleyrand-Périgord,1754—1838)和夏多布里昂面对北美洲人迹罕至的原始森林的崇高之美会激动万分,但其他人——特别是女性——却渴念现在被叫嚣的暴动者占领的巴黎那浮华梦幻的社交生活。最早被那些不习惯于自省独处、充满焦虑的流亡者视为"圣经"的是维尔扎维尔·德·迈斯特(Xavier de Maistre,1763—1852)的自传体小说《围绕房间的旅行》(*Voyage Around My Room*,1795),写他在房内的椅子、桌子、床榻、壁炉间或踱步或绕行时冒出的各种奇思怪想,而桌子上发现的一朵干枯的玫瑰则开启了其绵延不绝的回忆。在完成这些"小小的旅行"的过程中,他几乎忘记了自己身陷囹圄。似乎已充分意识到自己的书是多么及时,维尔扎维尔·德·迈斯特开篇直言:"当我想到我可以为无数不幸的人缓解苦闷,减轻他们正承受的苦难,我就感到无法言说的欢愉和满足。"

更能直接反映流亡经历的作品是加百列·塞纳·德梅尔罕写的《流亡者》(*Le Migré,Oulettres Ecritesen*,1803)。作者1790年五十多岁时离开法国,余生在俄国、布伦瑞克大公国和奥地利度过,1803年去世时还在流亡途中。他逝世同年出版的自传体小说叙事刻板俗套,但却真实再现了当时法国贵族流亡者的所思所想。主人公年轻的圣·阿尔班是典型的浪子形象,幽默风趣却又放荡不羁。女主角维多琳·德·罗文斯登是威斯特伐利亚一位伯爵的妻子,虽起初对浪子心怀戒备,但他的贵族风度、风趣言语却让她满心欢喜。被带到伯爵家去治伤的这位法国军官,很快便和伯爵夫人陷入热恋。在这对情侣结婚前夕,圣·阿尔班被革命派逮捕,并在被枪决之前自杀。就正面描写贵族在流亡中沦为赤贫的苦难而言,塞纳·德梅尔罕的小说在当时是最具代表性的一部。其他想要留下自己苦难记录的流亡者也大都选择了第一人称叙事的自传体形式;夏多布里昂的《墓畔回忆录》(*Mémories d'outre-tombe*,1848)当属其中最好的作品。

弗朗索瓦-勒内·德·夏多布里昂,21岁时从家乡布列塔尼来到巴黎,见证了巴士底狱暴乱。作为贵族家庭的次子和国王军队的军官,他本是与其他流亡者一样要去科布伦茨的,但他却突发奇想试着要去发现传说中在北美洲上方、从大西洋到太平洋的"西北航道"。1791年1月,他带着要交给华盛顿总统的介绍信,乘坐160吨的双轨帆船离开圣马洛。这次路程花了3个月。夏多布里昂在美国待了5个月,之后在当地报纸上得知王室被囚禁,便乘船返回法国。尽管他当时并未找到"西北航道",

但夏多布里昂在其不乏惊险的旅行中已然收获了茫茫的原始森林、银光闪闪的大河、无边无际的原野等诸多绝美的记忆,而所有这些绝美的记忆后来都化作了其笔下的优美辞章,更在《阿达拉》("Atala",1801)和《纳契人》(Les Natchez,1826)中被奉为神迹。

对一个有着贵族血统的保皇党来说,1792年的法国绝非宜居之地。回到法国后,为了获得一份最终并没有到手的嫁妆,夏多布里昂匆匆与一位贵族少女缔结了一段无爱但却持续了终生的婚姻。婚后不久,他便到科布伦茨加入了由保皇党流亡者组成的军队。为此,那个与其结婚的女子以"流亡保皇党人的妻子"的罪名被逮捕关押,直到热月9日才被释放。

在革命军和保皇党军队的一场遭遇战之后,负伤的夏多布里昂之行伍生涯宣告结束。他先是历尽艰难去了布鲁塞尔,有了兄长资助的一小笔钱后又设法逃到了泽西。1793年5月,在乘船抵达南安普敦后,他辗转去了伦敦。他饥肠辘辘地经过香味四溢的面包店,口袋里却没一分钱;为了缓解饥饿之苦有时甚至只能嚼纸片、碎棉布和草叶。蜗居在霍尔本一个小阁楼上、在极端拮据中度日如年的夏多布里昂,只能在与其处境相近、大都穷困潦倒的同胞身上找到些许安慰。后来,一个朋友告诉他在某地有个法语教师的空缺,夏多布里昂起初不愿意去——觉得做教师有辱自己的贵族身份,然而在朋友带他去附近一家饭馆吃了顿有烤牛肉和葡萄干布丁的丰盛大餐后,他的抗拒便被彻底瓦解了。

在英国,他完成了其剖析政治革命原因和过程的著作《论革命》(Essai historique, politique et moral sur les révolutions anciennes et modernes,1797)。作者称历史不过是按其自身的逻辑不断重复,故知过去则可以察未来;对希腊和罗马革命的研究,使他能够预判法国大革命的走向。夏多布里昂关注更多的是古代与现代之间有迹可循的相同点而非明显的差异之处。他将革命比作湍急的水流,回避将大革命归罪于任何一个团体,努力避免在当时的动乱中偏向左或者右的任何一方。其历史循环论在逻辑上质疑乃至否定了革命的必要;他认为,最大的恶便是无法无天——开明寡头统治的政府尽管不理想,却要比群龙无首的乌合之众统治的无政府国家要好得多。①《论革命》在1797年3月首次出版发行,

---

① See F. W. J. Hemmings, *Culture and Society in France: 1789—1848*, Leicester: Leicester University Press, 1987, pp. 114—115.

其中立性招致了左翼和右翼两方面的攻击。在宗教问题上，夏多布里昂与当时很多同代人一样持守怀疑论——保守主义者因此不满其对历史的解读几乎没有涉及上帝的作工。没过多久，他便放弃了这种怀疑论，这在一定程度上要归诸其在伦敦再次遇见的老友路易斯·德·方丹的影响。后者并不是虔诚的基督徒，但他在还是自由思想者时便得出结论：超越共和派过度扭曲的意识形态的唯一方法只能是回归古老的信仰。几年后，拿破仑也接受了这个思想。

在这种思想转变完成后，夏多布里昂着手撰写一系列颇具争议性的文章。后来以《基督教真谛》(Génie du christianisme, 1802)题名出版的这组文章，"新奇之处在于其立论基于审美体验而非哲学或伦理沉思"①。在这一系列文章中，夏多布里昂非但讨论了《神曲》(Divina Commedia, 1307—1321)这样的文学名著，更满腔热情地描写了教堂的建筑和艺术，强调教会仪式的巨大吸引力。"这样的文字在逻辑上常常站不住脚，正统基督教神学家绝不会同意用这种非神学的业余方式来论证教义。然而，在遭受伏尔泰以及百科全书派的长时间冲击后，教会知道想找一个更为合理的途径来达成宗教的复兴困难重重。就此而言，夏多布里昂的这本书可谓生逢其时。"②该书印行后风靡一时。不止一代青年学生会大声吟诵《基督教真谛》一书中的某些段落，19世纪初叶几乎所有像爱玛·包法利那种情窦初开、耽于幻想的少女都会为这则"浪漫愁思穿越了时空的耶利米哀歌"而激动不已。

1800年5月，当夏多布里昂改名换姓回到法国时，《基督教真谛》第一版已印刷出厂，但还未上架。他的名字依然在官方开列的流亡者名单上，在名字被移除前他随时都有可能被捕。然而，方丹与第一执政关系良好，作为复刊的《法国信使报》的编辑，他在抨击史达尔夫人《论文学》一书的文章中顺便给朋友的书做了预告。但夏多布里昂的朋友大都认为是时出版为基督教辩护的书未免风险太大，作为替代方案，他们建议从书中抽出没有明显意识形态偏向的一节单独发表，这就是《阿达拉》。在这个关于印第安土著女孩皈依基督教信仰的故事中，夏多布里昂把其对北美荒原的印象写得活色生香、引人入胜，其对异国风情和印第安人风俗的细致

---

① F. W. J. Hemmings, *Culture and Society in France: 1789—1848*, Leicester: Leicester University Press, 1987, p. 115.

② Ibid., pp. 115—116.

描写征服了所有读者，即便是史达尔夫人也为之心悦诚服。作为瑞士出生的新教徒，她与转向天主教信仰的贫穷的布列塔尼贵族在政治上本来有着巨大分歧，但这丝毫没有影响她在约瑟夫·巴拿巴的乡村别墅聚会上大声朗读《阿达拉》，并与其作者冰释前嫌、把手言欢。至于夏多布里昂，他知道史达尔夫人和权臣富歇关系融洽——没有人比富歇更能确保他的名字从流亡者名单中移除。

对小说不屑一顾的拿破仑起先拒绝阅读《阿达拉》，但在 1802 年 4 月 14 日《基督教真谛》最终面世时，情形就截然不同了。很少有其他作品出版时会际遇这么好的天时：6 天前的 4 月 8 日，立法团刚通过宗教事务协约；4 天后的 4 月 18 日（复活节），为了感恩法国回归天主教教会，一个隆重的弥撒将在巴黎圣母院举行。《阿达拉》已经让夏多布里昂成了名人，《基督教真谛》则完全奠定了他的文学地位。声名鹊起几乎冲昏了他的头脑，基于对自己适合外交生涯的执信以及对一份薪酬不俗的工作的需要，他对法国驻梵蒂冈公使馆秘书处的职位表现出了浓厚的兴趣。在 1803 年 3 月再版的《基督教真谛》的扉页上，赫然印着夏多布里昂对拿破仑阿谀奉承的献词。这位前保皇党人写道："不能不承认这是神奇的命运：他被上帝的手从千万人中拣选出来去完成上天的奇妙作工。"很快，他得到了他想要的：1803 年 5 月 4 日，报纸上公布了对夏多布里昂的任命，之后不久他就动身去了罗马。

1804 年，昂基安公爵［路易斯·德·波旁（Louis II de Bourbon-Condé，1621—1686）］被绑架杀害后不久，夏多布里昂辞掉了其在梵蒂冈的外交官职位。自此，他逐渐回归保皇党阵营，开始与拿破仑为敌。同时，他也像史达尔夫人一样开始了其在国外的流亡，只不过他的路途要比后者艰险许多：深入奥斯曼帝国，进入希腊（当时还属于土耳其），然后依次是巴勒斯坦、埃及和西班牙……

夏多布里昂在关键的时间节点又回到了法国：1907 年，时运似乎终于反转，拿破仑在战争中败走麦城的迹象已然出现。觉得是时候该亮出自己的旗帜了，夏多布里昂从方丹手里盘下了《法国信使报》（没人知道他的资金来源，当时他还很穷），发表了对其首要敌人含蓄却又雄辩的抨击："四围寂静无声，一片沉默，只有奴隶镣铐撞击的声响和告密者的私语；所有人都在暴君面前颤抖，得到他的垂青和招致他的愤怒一样危险。就在此刻，国家的复仇者——史官出场了。这恰如尼禄正值权力顶峰，塔西佗在帝国出生。"①文章还提及了古罗马的典故,当时沉迷于古典主义作品的读者,可轻易地将其解读为:拿破仑就是尼禄或苏拉;而夏多布里昂则是塔西佗或苏维托尼乌斯。

但后来的事实表明,夏多布里昂的反叛未免亮旗过早:经由把其他欧洲强国变成附庸的提尔西特条约以及埃劳和弗莱德兰两场艰难获胜的战役,拿破仑出人意料地夺回了权力。成功之时的君王常会大发善心——尽管他勒令革去夏多布里昂《法国信使报》主编的职位,却慷慨地免去了对他应施予的更大惩罚。他非常相信夏多布里昂并没有追随者——那篇讨伐文章只不过是其虚荣心作怪,而不是真的对第一帝国有什么深仇大恨。他曾当着梅特涅(Metternich,1773—1859)的面不无轻蔑地作出如下评判:"夏多布里昂是因为我拒绝了他才投向了敌对派。"这与他在另一场合的言论倒也一致:文人就像风尘女子,百般调情无伤大雅,但绝不能与其结婚或委以大任。"如果夏多布里昂乐意将其才能施展于文学,他会大有用武之地;但他却不会这样,所以最终他只能是一无所成、一无是处。"②

作为革命时代流亡作家的代表,他一方面推崇保皇党的保守主义,一方面又崇尚艺术领域的自由主义,其社会政治立场与其艺术追求充满矛盾与悖论。波旁王朝复辟后,他成为贵族院议员,先后担任驻瑞典和德国的外交官及驻英国大使,并于1823年短暂出任法兰西外交大臣。1830年法国七月革命后,对君主制不再抱有幻想的夏多布里昂拒绝对路易·菲利普效忠,退出了政界;之后专心于文学创作,在完全隐居的状态下度过了自己的晚年。夏多布里昂是法国浪漫主义文学的奠基人,对大自然的描写和对自身情感的抒发,使其在古典主义的老巢法兰西开一代浪漫主义新风。"阅读卢梭和夏多布里昂的散文,你能够触摸到个人隐秘的情感,因为在他们的书写中友善的自然始终在场见证着内心情感的流露。"③"因为夏多布里昂,浪漫主义才在法国的散文文学领域获得了全面的胜利。他的所有作品都充满着内心的对话和想象力……他用具体的语

---

① Quoted in F. W. J. Hemmings, *Culture and Society in France:1789—1848*,Leicester:Leicester University Press,1987,p.120.

② Ibid.,p.120.

③ F. W. J. Hemmings, *Culture and Society in France:1789—1848*,Leicester:Leicester University Press,1987,p.168.

言和意象替代了18世纪抽象的语言和无趣的风格。"①

第二节　浪漫主义中的自由派

除夏多布里昂之外,第一代法兰西浪漫主义作家中的另一位代表人物当属杰曼·德·史达尔(Germaine de Staël,1766—1817)。杰曼出身名门,父亲雅克·内克尔大革命前以法国财政总监的身份而被世人所知:其针对重农主义的改革措施使旧政权迅速趋于崩溃,而他的解职则直接加速了1789年7月14日革命的爆发。

自幼就有一种不可抑制的求知欲的杰曼,在父母主办沙龙的启蒙氛围中长大,很早就表现出过人的才智,成为巴黎乃至整个欧洲瞩目的才女名媛。1786年,她与瑞典外交官史达尔·冯·霍尔斯坦结婚,此后便以"史达尔夫人"名世。但其作为一位女性的成熟和作为一个女作家的成长,在很大程度上应归功于其与贡斯当等人的婚外关系。

在世纪初震动文坛的《论文学》一书中,史达尔夫人坚称,政治自由对人类幸福和艺术繁荣都至关重要。②她攻击军国主义以及秩序化社会的观念,反对唯科学主义,为作为艺术的文学进行声辩。在她看来,作家,尤其是根据自己内心的法则和分寸感来写作的最好的作家,毫无疑问是自由的捍卫者。而可悲的是,只要不阻碍其致力于追寻外在自然规律的事业,科学家往往会接受哪怕是独裁的任何政府。③ 作为法国自由派浪漫主义早期的代表人物,史达尔夫人的另一本文学理论著作《论德国》比前者更加重要,也更为著名。她在该书中从文学与宗教、政治、民族、社会风俗、自然环境的关系出发研究文学的发展规律,提出了环境制约文学的文艺思想,大大推动了法国乃至整个欧洲浪漫主义文学的发展。她向其法国同胞描绘了德国的文化图景——强调热情、地方特色以及基督教的良知,促使个人继续寻找并探索自己的内心世界。

在此之前,她创作并出版了"第一人称小说"的两个样本:《苔尔芬》

---

① N. H. Clement, *Romanticism in France*, New York: Kraus Reprint Corporation, 1966, p. 65.

② See F. W. J. Hemmings, *Culture and Society in France: 1789—1848*, Leicester: Leicester University Press, 1987, p. 121.

③ Ibid., p. 118.

(*Delphine*,1802)和《柯丽娜》。两部作品中的女主人公与其作者史达尔夫人本人一样,绝非普通的女性。尤其饱受爱情之苦的柯丽娜,在爱情中其所承受的痛苦远比她可能从中获得的任何持久性的满足都更为强烈;某种令人心醉的个性气质横亘在她与其平庸的伴侣之间,两人之间也就有了一道无法逾越的鸿沟。在《苔尔芬》的前言中,作者明确指出:"小说中发生的事件仅应提供一个发掘人类内心激情的机会……文学作品的目的在于揭示或描绘那些心灵深处或幸福或悲伤的复杂情感。"[①]史达尔夫人的小说不仅大都带有明显的自传性,而且很大程度上可以被视为当时女权主义的宣言。

小说《苔尔芬》1802年年底出版。该书因精确刻画了流亡、政治自由主义、革新派对英国人的普遍倾慕等当代法兰西社会-文化的真实图景而被广泛阅读。书中的人物大部分都是以巴黎交际圈知名人物为原型。贡斯当化身为德勒宾塞为离婚自由发声辩护。塔列朗,这位当时完全取得了拿破仑信任的权贵被刻画成一个冷酷、不择手段谋取名利的弗农夫人,而女主角苔尔芬当然是被美化过的作者自己。拿破仑认为《苔尔芬》一书有反社会倾向,缺乏爱国情怀;他说:"我希望史达尔夫人的朋友建议她不要来巴黎,否则我将派宪兵队遣送她出境。"[②]他对这本书的否定主要是因为其在情感问题上对个体自由权利所进行的女权主义式辩护。

从1807年开始,史达尔夫人就取代夏多布里昂成了帝国政府的眼中钉,后者在《法国信使报》风波后就隐退到郊外别墅,大部分时间里都与世无争地埋头于创作以后期罗马帝国为背景的叙事长诗《殉教者》(*Les Martyrs*,1809)。总体而言,史达尔夫人而非夏多布里昂,才是那个因敢于对抗拿破仑而享誉国外的作家。当时她身处维也纳,受到哈布斯堡家族的热情招待。在1807年冬天,她的密友,担任她儿子家庭教师的奥·施莱格尔做了颇负盛名的系列讲座,表达了激烈的反对拿破仑帝国的立场。史达尔夫人接受了这种思想,开始期望德国民族主义的崛起可以把欧洲(包括法国)从拿破仑的独裁统治中解救出来。正是这一想法才促成了她生前最后一部作品《论德国》的写作。1810年,这本书付梓印行时她返回法国布卢瓦的肖蒙别墅,这样书籍面世时她就不会离巴黎太远。没

[①] Quoted in Winfried Engler,*The French Novel*:*From 1800 to the Present*,tran.,Alexander Gode,New York:Frederick Ungar Publishing Co.,1970,p. 8.

[②] Ibid.,p. 119.

承想拿破仑突然下令查封了刚刚印好的全部图书,她反应够快才使手稿免于被付之一炬。

1812年5月23日,帝国大军进军俄国时,史达尔夫人开始为自己最后的漫长游历做准备:先去维也纳,之后是基辅、莫斯科、圣彼得堡、斯德哥尔摩,最后是英格兰。这次旅程颇为顺利。她见到了沙皇,与当时是瑞典皇储的贝纳多特重修旧好;她在伦敦受到热烈欢迎,所有人都认为她是欧洲大陆反波拿巴主义永恒精神的化身。摄政王对与她成为朋友很是骄傲,伯里公爵亲自会见她。尽管波旁家族(The Bourbons)没什么理由要喜欢她,毕竟她这些年的努力可不是为了波旁王朝的复兴,但是他们清楚如果与其结为同盟,想要重夺权力要容易得多。

1813年《论德国》最终在伦敦出版。就像史达尔夫人的其他创作一样,这本书很大程度上是一时情感迸发的产物,只有涉及当代德国文学的部分才对后世有较大影响。"史达尔夫人推动了德国文学在法国的流行,早期的柯勒律治和后来的卡莱尔在英国发挥同样的作用。"[1]随着帝国走向衰落,史达尔夫人对可预见的将来越发恐惧。唯一能让她安心的就是法国人能自发揭竿而起推翻独裁政权。在1814年初写给贡斯当的信中,她声称:"愿上帝让我远离法国,而不是借外人之手重回故土。"然而,这恰恰就是她返回法国的方式:她在1814年5月8日离开伦敦,踏上了看似自由,实际上却被俄国、德国、英国军队征服了的土地。作为昔日抗衡专制君王拿破仑的文化英雄,王朝复辟期间,史达尔夫人在巴黎重开了沙龙,受欢迎的程度似乎要远远超过夏多布里昂。

杰曼·德·史达尔的人生经历本身就是一部小说。从其多年的伴侣贡斯当的作品中可以明显看出这一点。贡斯当出生在洛桑市的一个胡格诺移民家庭,很小的时候就在各个领域展现出非凡的才能。1795—1802年间,他和史达尔夫人先是在科佩后来又在巴黎一起生活了7年。当拿破仑勒令驱逐史达尔夫人时,贡斯当随她一起流亡;拿破仑倒台后,1819年他成了一名自由派议员,1830年他死于巴黎。贡斯当不仅是当时法国重要的浪漫主义作家,而且也是当时欧洲重要的自由主义思想家与政治活动家。贡斯当的小说《塞西尔》(*Cécile*,1813)[2]和《阿道尔夫》清楚地展示了其冷静客观的心理描写艺术。以精彩的心理分析见长的自传性作品

---

[1] John B. Halsted, ed., *Romanticism*, London, Melbourne: Macmillan, 1969, p.17.
[2] 该书于1813年写于哥廷根,手稿1948年才被发现,1951年出版。

《阿道尔夫》不唯是其最重要的作品,也是西方心理分析小说的奠基之作。在《塞西尔》一书中,塞西尔少女般的清纯天真令男主人公迷恋,而马尔贝夫人(Madame de Malbée)则以"所见过的世界上最美丽的眼睛"和婚姻的承诺来吸引他:"她既是暴君,也是我人生的目标……而此时,塞西尔还在等着我,甜美、善良、天使般的塞西尔。"史达尔夫人在该书中以马尔贝夫人的身份出现,在两位女性之间犹豫不决的男主人公的原型毫无疑问便是贡斯当本人。

物换星移。在复辟期间,自由派之对抗的对象悄然发生了改变。自由主义者好像永远属于反对党,而且就像在历史任何时代相对来说要充满生气的一些年轻人一样,他们在原则上是反权威的。19世纪20年代前后的所谓"权威"就是在惠灵顿大军的帮助下卷土重来的波旁王朝。这里面不少贵族作为曾经的移民,年轻时大部分时间都待在国外,并且主要是在英国。相比巴黎大学的青年学生而言,圣日耳曼法布街的公爵夫人们更能理解莎士比亚所用的语言。因此,"法国出现了一幕极其矛盾的状况:当展现在面前的新奇事物是舶来品的时候,有教养的民众中那些政治上持有进步立场的人却同时也是对新奇事物最有敌意的人"①。

自由主义者的民族主义情绪不等同于自由主义的民族主义主张;在浪漫主义时代,这是两种东西。前者属于易受蛊惑的年轻的大众,后者一般来说属于文化上造诣高深的精英艺术家或思想家。年届40的司汤达,在拿破仑退位后一直旅居国外,在返回巴黎的途中,他对法国年轻一代自由主义者盲目爱国的蒙昧主义深感震惊。作为一个真正的自由主义者,他在看到法国文学因为政治自由主义而趋于不宽容之后,当然也就愈发地讶异。

1822年7月底曾在剧场领教过法国青年人狂热反英行为的司汤达后来写道:

  我们的青年一代,当他们谈论大宪章、审判、选举等,总之当他们谈到他们所不拥有的权利以及他们将如何使用这些权利的时候,他们是非常自由派的;可一朝权利在手,他们却变得比任何一个小阁员都更加专横跋扈。的确,他们在剧院有喝倒彩的权利;凡是他们认为不好的,仅仅因为他们认为不好,就嘘声怪叫、大喝倒彩;因为他们认

---

① F. W. J. Hemmings, *Culture and Society in France: 1789—1848*, Leicester: Leicester University Press, 1987, p. 163.

为不好，也就不让别的观众观赏，剥夺他人观剧的愉悦。

《立宪报》(Le Constitutionnel)和《镜报》(Le Miroir)煽动自由派青年就属这种情况，他们从圣马丁门剧院赶走英国演员，剥夺法国人兴高采烈观剧的权利，完全不分青红皂白。谁都知道，他们在英国戏剧开演之前就已开始嘘声哄叫，吵作一团。待英国演员出场，他们则攻之以鸡蛋与苹果，并不时吼叫：讲法语！不得不说：对维护国家面子而言，这真是巨大的胜利。

正派人士不禁要问：既然语言不通，为什么他们还要到剧院来？有人回答他们说：人们已经拿世界上最荒诞无稽的蠢事使青年中的大多数信以为真；有些卖时髦商品的商店的小店员竟也叫喊："打倒莎士比亚！莎士比亚是惠灵顿公爵的副官。"

何等的不幸啊！不论是煽动者还是被煽动者。怎样的耻辱啊！他们都是自由派。在我们自诩自由主义的青年大学生与他们所蔑视的检查制度之间，我竟完全看不出有什么区别。①

司汤达的义愤填膺是可以理解的；他早在学生时代就崇拜莎士比亚。1802 年，年仅 20 岁的司汤达曾想要改编《哈姆雷特》(Hamlet, 1599—1602)，并把它搬上法国的舞台；1810 年，司汤达将莎士比亚的著作列入他最喜爱的书单，是时他对这位"最伟大的诗人"的热情并没有比之前有所增加，因为已经不可能比之前更热情了。他曾经留下遗言——要将莎士比亚与莫扎特等人的名字篆刻在他的墓碑上。对于这样一位莎士比亚的狂热信徒来说，那些年轻人的行为的确堪称最恶劣的渎神行为。就那个时代的文化情境而言，司汤达对莎士比亚的崇拜，乃是他作为浪漫主义者的又一个重要的旁证。

在旅居米兰期间，司汤达与那些年轻的自由主义者一样不仅热烈讨论歌德、拜伦和穆尔，更阅读莎士比亚。他们订购辉格党的期刊《爱丁堡评论》(The Edinburgh Review)，并对那些认为没有任何剧作家可以媲美高乃依(Pierre Corneille, 1606—1684)、拉辛和伏尔泰的僵化的法国人报之以发自内心的鄙视。早在 1818 年，司汤达就曾在给其巴黎的朋友阿道尔夫·马里斯特的信中提到：米兰的浪漫主义和古典主义之争——好像吉本笔下拜占庭帝国中绿党和蓝党之间的对抗。"我是一名狂热的浪漫

---

① Quoted in F. W. J. Hemmings, *Culture and Society in France: 1789—1848*, Leicester: Leicester University Press, 1987, pp. 163—164.

主义者,"他写道:"就是说我支持莎士比亚,反对拉辛;支持拜伦爵士,反对布瓦洛。"①对于司汤达这样的浪漫主义者来说,"浪漫主义就意味着现代(主义);它意味着抛弃古典主义对诗歌的影响,选择现当代的主题并且采取一种适当的新的写作方式。在这个当时还被外国势力(奥地利)统治的城市,浪漫主义还暗指为建立争取民族独立的抗争,这也正是官方认为浪漫主义很恶劣的原因"②。

司汤达被奥地利人从意大利驱逐(同拜伦)回到巴黎后,很快便被当时正日趋热络的自由主义沙龙——如约瑟夫·阿尔伯特、阿尔伯特·施塔普费尔以及维欧勒·勒·杜克(Eugène Emmanuel Viollet-le-Duc, 1814—1897)等人主持的沙龙——所吸引。作为激进的自由派,这当然是再自然不过的事情;但其中值得注意的是,司汤达在维欧勒·勒·杜克姐夫埃特尼·德拉克鲁兹的住处遇到了新的朋友。德拉克鲁兹与司汤达年龄相仿,原是戴维工作室的一名画家,后来转向艺术批评并常给报刊投稿。他通晓多国语言,常在沙龙聚会上引领对拜伦、歌德作品的讨论。司汤达、梅里美和维克多·雅克蒙(Victor Jacquermont, 1801—1832)是这个团体后来加入的成员。三个后来者都有着强烈的求知欲,均为深刻的怀疑论者——虽然他们的怀疑主义呈现出不同的形式。梅里美最年轻,同时也最冷漠——后来他在创作中也描写了很多冷漠、冷酷的主人公;雅克蒙也许是最不能容忍异己的,而司汤达则易于对那些他人只是莞尔一笑的俏皮话没完没了地较真。③

夏多布里昂的华丽浮夸以及拉马丁、阿尔弗雷德·德·维尼(Alfred de Vigny, 1797—1863)和雨果等紧步夏多布里昂后尘的年轻保皇派诗人的自命不凡都受到了司汤达的尖锐抨击:

> 伪饰出一种犹疑且冷峻的调子,他们极力克隆拜伦勋爵那种甚为忧郁的意绪,但如此东施效颦最终只是徒增笑料而已;明明是侏儒,可举手投足非要效仿巨人;本来是病猫,却随时随地都要端着老虎的派头。为了逃避那些必然落到头上的嘲笑,这些摇头晃脑、吟诗弄对的绅士们聪明地投身到了居于主导地位的政党门下。除极个别

---

① Quoted in F. W. J. Hemmings, *Culture and Society in France: 1789—1848*, Leicester: Leicester University Press, 1987, p. 165.

② See F. W. J. Hemmings, *Culture and Society in France: 1789—1848*, Leicester: Leicester University Press, 1987, p. 165.

③ Ibid.

的一两家外，这个政党目前已或公然或私下收买了巴黎几乎所有报刊。在执政党的庇佑之下，这些报刊将这群伪游吟诗人或曲笔赞美或公然颂谀的作品刊发出来，所谓浪漫主义诗歌就是这样荒诞不经。①

第三节　浪漫主义中的保皇派

法国年轻一代浪漫主义者曾被寄望与德国、意大利和英国的浪漫派同侪一样致力于自由和进步的事业，但他们中的绝大部分人却在19世纪20年代成了复辟王朝反动统治的有力辩护者。在某种程度上，也许夏多布里昂那甚嚣尘上的声望该为此种历史的歧路与悖论承担责任：一直到1824年6月被削去外交大臣的职位，他一直堪称复辟王朝的主要发言人，当然也是王权和教会的最有力的捍卫者之一；但总体来看，要说清楚这一吊诡的历史现象并不容易，流亡归来的司汤达对此也是讶异莫名。

在夏多布里昂创办了冠名《保守派》(Le Conservateur)的报纸之后，雨果三兄弟——阿贝尔、尤金和维克多，不久便步其后尘于1819年12月创办了一个命名为《文学保守派》(Le Conservateur Littéraire)的文学期刊。家庭出身和个人经历的交互影响，使新一代天赋卓越的诗人再次趋向于皈依复辟的君主统治。拉马丁和维尼都是上层社会出身，他们（尤其是拉马丁）都是在对革命以及因为革命而产生的那个帝国的仇恨中长大的。的确，维克多·雨果的父亲曾经是跟随拿破仑征战的一名将军，但更应记住的是他的母亲却来自布列塔尼的一个顽固的保皇党家庭；而且在其性格成型的过程中，母亲对他的影响显然要大些。除此以外，年轻的雨果成家很早，这使得他越发不能承受非正统做派所带来的事业受挫；不唯如此，他还发现审慎地取悦当权者是明智的，这可以促进他的事业。在《文学保守派》上，他多次著文表达其对遭到暗杀的贝里公爵的悲悼，这些诗文由于黎塞留公爵(Duc de Richelieu, 1766—1822)的举荐得到了国王的青眼，为此他获得了从王室费用中拨出来的500法郎的奖金。

在雨果聚结起自己的文学团伙前的几年中，年轻浪漫派的头面人物

---

① Quoted in F. W. J. Hemmings, *Culture and Society in France*: 1789—1848, Leicester: Leicester University Press, 1987, p. 166.

当推维尼。他主要出没于雅克·德尚的沙龙。这个圈子中,最年长的诗人是亚历山大·苏梅,当时也就35岁左右。从1815年起,他就是图卢兹(Toulouse)百花诗赛的掌门人——在普罗旺斯最早可以追溯到1323年行吟诗人学院的诗人大会,保留了古代所有生动愉快的做法:诗歌比赛中颁发的奖品是由百合和白苋缠绕着的银牌和金牌,获奖者将在长笛的伴奏下戴上花环。因为写了一篇和亨利四世雕像复原有关的诗,17岁的青葱少年雨果首次夺得了百花诗赛的奖项。在这之后,苏梅把他介绍给了维尼和爱弥尔,这样,诗歌领域的浪漫主义运动的核心就形成了。

　　阿尔封斯·德·拉马丁从未参与到这个团体中来,而且终其一生他对他人的活动都保持一定的距离。在他的诗歌中,似乎永远不会有浪漫主义运动野蛮和革命性的一面。和马勒布以后的所有挽歌体诗人一样,拉马丁的诗歌语言风格是朴实无华的,措辞是崇高脱俗的。他的诗歌的主题没有什么新颖之处:对逝去的爱的悔恨、对童年纯真的怀念以及各种形式的宗教沉思,这些从诗题中就可略知一二——《祈祷》(La Prière)、《信仰》(La Foi)、《上帝佑人》(La providence à l'homme),不一而足。1820年3月初首印500册的《沉思集》(Les Méditations, 1820),当月即以三倍的册数再版,并在4月底前全部售完。当时,即便那些最单调的、最不易动感情的人也喜欢反复诵读《沉思集》中的诗歌,比如说塔列朗这样冷酷无情的政客。"如果夏多布里昂是法国浪漫主义散文的首创者,那么拉马丁和雨果就是浪漫诗歌的首创者。"①

　　《沉思集》所获得的巨大成功部分原因在于,它对于当代读者依然有吸引力的那种文句的质地与品质:柔和的乐感,缓缓地淌过心底几被催眠,这是一种任何分析都绝难抵达的感觉。"拉马丁的价值在于即使诗歌要表达的是最陈腐的感情,他也能成功地赋予它们轻柔如梦的光明。"②将一种真挚的内心情感自然地付诸笔端,这本诗集就产生了一种古典主义冰冷的诗句难以企及的心灵战栗。这正是拉马丁诗作中所特有的浪漫主义元素。以1820年拉马丁的《沉思集》的刊行为标志,真正的抒情诗体开始在法国诗歌中绽放。德国和英国的浪漫派诗人很久以前便已表明:诗歌除了公共职能之外,还有私人化的一面。换句话说,存在着一种抒情

---

① N. H. Clement, *Romanticism in France*, New York: Kraus Reprint Corporation, 1966, p. 65.

② F. W. J. Hemmings, *Culture and Society in France: 1789—1848*, Leicester: Leicester University Press, 1987, p. 168.

诗体——它既不同于慷慨激昂的颂诗,也异于欲盖弥彰的色情娱乐。"现代抒情诗体的盛行需要以个人主义、感伤主义、想象力、自然以及感受到这些因素的无穷和永恒的潜在力量作为前提。在每个因素得到充分发展,以及反复尝试经由这些因素的融合提供出新的艺术准则之前,真正的抒情诗不会出现。"①

拉马丁诗作的真正新奇之处可能被时人感觉到,但其历史意义却要到很久以后才能被专业的批评家清楚确切地阐述出来——这种情况在文学史上并不罕见。同一时代的评论家对拉马丁作品的评判是有偏见的,保皇党之所以会褒扬其诗作,这是因为诗歌所表达的宗教感情无可指责;而与此同时司汤达等持守自由主义立场的作家则对之多有讥讽和鄙视。不管是肯定还是否定,评判的标准都是源自意识形态的偏执意气,而拉马丁诗作真正的艺术成就反而被忽略或遗忘了。"拉马丁的成就是在1820年左右将卢梭主义带入了法国抒情诗歌的领域。作为一个抒情诗人,他是一个把自然和灵魂联系在一起的忧郁中透着神秘的歌手。"②另外,还必须指出的是,"德国思想在法国浪漫主义者——史达尔夫人、贡斯当、夏多布里昂、雨果、桑以及其他许多人心中留下了印痕,但在创作层面它对拉马丁的影响却是最为显著的——他包括散文和诗歌在内的所有作品都弥漫着情感以及对无限、神秘、神圣的感受"③。

1821年初,官方赞助的皇家文学协会(Société des Bonnes Lettres)成立。虽然没有证据表明该协会的成立是当时政府操纵的结果,但教会及宗教团体这些司汤达等正牌自由主义者的眼中钉的确乃协会的助产士。这个组织的章程直截了当地表明它"只会为健全的教义的胜利鼓掌"。若伯纳尔德那著名的论断"文学是社会的表现"能够成立,章程进一步发挥说——

> 在持续30年的革命中法国文学曾经是怎样的一副情状,人们都会有自己的想法。除了是对反叛、纷争以及不敬行为的表达,难道还有别的吗?有多少有才能的人在这次巨大的灾变中已然沉没!人类精神已完全误入歧途,除了历史一再提供的惨痛教训与

---

① N. H. Clement, *Romanticism in France*, New York: Kraus Reprint Corporation, 1966, p. 40.
② Winfried Engler, *The French Novel: From 1800 to the Present*, tran., Alexander Gode, New York: Frederick Ungar Publishing Co., 1970, p. 19.
③ N. H. Clement, *Romanticism in France*, New York: Kraus Reprint Corporation, 1966, p. 57.

难以磨灭的经验,没有人知道这个世纪愚昧的傲娇会将我们导向何处。这些不朽的经验和教训就像火炬,引导人们走入皇家文学协会,希望它也会将所有的缪斯都转化为保皇党人,使之成为君主制法国的代言人!①

由章程行文的语气来判断,协会的发起者好像希望协会发展成为古典主义文学的熔炉;然而,夏多布里昂是协会的创办者之一,同时他还为协会带来了当时尚处于萌芽期的浪漫派中所有主要的诗人:除拉马丁之外,还有雨果兄弟、维尼、亚历山大·苏梅和爱弥尔·德尚。维克多·雨果在协会中特别活跃,其诗歌朗诵给大家留下了深刻的印象。1822年12月10日,当雨果高声朗读其刚写下的路易十八颂的时候,协会副会长让-弗朗索瓦·罗杰漂亮的妻子紧扣着双手情不自禁地大叫:"太美妙了!太庄严了!"罗杰是保皇派的一名律师,他缔造了协会的座右铭——"上帝,国王,还有女士"。协会不仅是诗人的神学院,也给他们提供关于法国历史和文学的各种讲座,在后期甚至还会有天文学和生理学方面的报告,但是受众严格限于上层阶级。

罗杰还申明了协会的宗旨在于奖掖诗人"守卫一切合法性,不仅是布瓦洛权威的合法性,更有伟大的路易家族皇冠的合法性"②。没有比这个更加反动的了——不管是在文学领域,还是政治领域,"该宗旨的荒谬之处在于其将合法性的依据模模糊糊地与浪漫主义联系起来,而这仅仅是因为浪漫主义是崭新的,且最终必定会背弃那些往昔曾经辉煌但如今已然过时了的传统"③。1822年,雨果的第一本诗集《颂诗集》(*Odes et poésies diverses*,1822)出版,在诗集的序言中,他宣称诗作的灵感源泉是两个"意图":一个是政治的,另一个是文学的——"但前一个是后一个的结果,因为除非站在君主制信念与宗教信仰之精神制高点上进行评判,人类历史上哪有什么诗歌可言"④。就这位获得皇家奖金一年后国王路易十八又赐授每月100法郎津贴的年轻诗人而言,这样的表述、这样的情感

---

① Quoted in F. W. J. Hemmings, *Culture and Society in France*:*1789—1848*, Leicester: Leicester University Press, 1987, p. 170.

② Ibid.

③ F. W. J. Hemmings, *Culture and Society in France*:*1789—1848*, Leicester: Leicester University Press, 1987, pp. 170—171.

④ Quoted in F. W. J. Hemmings, *Culture and Society in France*:*1789—1848*, Leicester: Leicester University Press, 1987, p. 171.

倾向也许是无可责难的,但诗人的艺术立场还在吗?也许正是这个原因,文学史家很少有人认为雨果这本诗集中的诗歌是浪漫主义的产物。诸如路易十七作为"圣殿的孤儿"与圣婴耶稣如出一辙、大革命作为天降的瘟疫乃是对法兰西背弃宗教通途的惩罚云云,诗中的思想完全是对那些超级演说家阿谀陈词、奉承滥调的附和乃至夸大。总体来看,过时的形式与意象跟一种荒唐且反动的意识形态相勾连,这就是雨果献给复辟王朝的颂歌。

在颂诗之外,雨果的第一本诗集也为一种迥然不同的诗歌创立了典范,这从《梦魇》《蝙蝠》等诗歌的题名中即可了然:作者在小心翼翼地拿那些古怪或者可怕的事物做实验。小说处女作《北岛强梁》("Han d'Islande",1823)的叙事以中世纪的丹麦为背景,融司各特与玛丽·雪莱于一炉,做了更为大胆的实验。从《让·斯波加尔》("Jean Sbogar",1818)到《斯马拉》("Smarra",1821)与《特里尔比》("Trilby",1822),查尔斯·诺蒂埃(Charles Nodier,1780—1844)发表于1818—1822年间的这组作品的背景均为达尔马提亚或者苏格兰。作为最早尝试将故事背景设置在远方异域的法国作家,诺蒂埃很快便对《北岛强梁》表示了肯定,但同时也批评其展示了"一种病态想象力的野蛮趣味"。其他评论家在谈论《颂诗集》时也用到了"野蛮"一词:"诗集后面的一些诗歌,全都滥用了浪漫主义模式的优势;我谴责那些题为《梦魇》《蝙蝠》《乌云》的诗歌。必须承认,我们的文学现在已经衰老,需要一些新奇思想注入新鲜血液。但是这样的尝试永远都必须由纯正的审美趣味来引导;否则的话,那些尝试创新的诗人最终都只能以野蛮收场。"[①]

这位不知名的评论家很明显是一个循规蹈矩之辈,但他在不经意间却已触及了路易十八统治末期强行将浪漫主义与政治逆动串联起来的破绽。这期间,"浪漫主义除了是对新生事物的一种尝试和追求,基本上不太可能说明白它究竟还意味着什么"[②]。在其题名为《拉辛和莎士比亚》的小册子最早发表的部分(1823)中,司汤达对浪漫主义和古典主义有一个非常怪异的区分:"浪漫主义将一些特别的作品展示给人们,这些作品包含着人们目前明言的信念以及在当时对他们而言合适的生活方式,因

---

① Quoted in F. W. J. Hemmings, *Culture and Society in France: 1789—1848*, Leicester: Leicester University Press, 1987, p.171.

② F. W. J. Hemmings, *Culture and Society in France: 1789—1848*, Leicester: Leicester University Press, 1987, pp.171—172.

而能带给人们最大程度的愉悦。而古典主义则刚好相反,它展现给人们的是那些给他们的曾祖父们带来最大程度愉悦的文学作品。"①这一率性的表述实乃伯纳尔德"文学是社会的表现"这一公理的特别推论。一个处于反动时期的社会需要的是一种具有反动性质的文学形式,比如说过时的或者古典的文学。若就给予当代人"最大可能的愉悦"而言,作家最需要的则是创新。仅以僵化的方式去重复古老的主题,固然能赢得老一代人的支持,但同时却会使年轻一代读者心生厌倦。21 岁就写出了《北岛强梁》的雨果,正是基于这样的情形和逻辑,才在题材、主题与风格等方面寻求越来越多的创新;"在创新的道路上持续前行,他慢慢意识到——浪漫主义便是招致那些暴怒的前辈谴责的冒险"②。在同样的时间,出于同样的原因,年长雨果四岁的德拉克洛瓦(Eugène Delacroix,1798—1863)以及小雨果一岁的柏辽兹(Hector Berlioz,1803—1869)也在做着同样的事情。

正是循着"创新"的逻辑线路,保皇党人雨果的思维慢慢逸出其保守的社会-政治立场,一步步走向了文学自由主义,并最终落脚到政治自由主义。20 年代后期,雨果开始慢慢地脱离保皇党。1826 年年末新出版的《颂诗与长歌》(Odes et Ballades,1826)中所收录的大量应时而作的"颂诗"表明他仍然将自己看成波旁王朝的宫廷诗人——新任国王早在 1825 年就授予雨果荣誉军团勋章,现在又接见了《颂诗与长歌》的作者;为了表彰雨果的天赋,他的父亲——一位拿破仑战争时代的老兵——也得到了国王的擢升被授予了中将军衔。但这本新诗集饱受争议。在前言的字里行间他都在冒险呼吁自由:"文学与政治一样,最需要搞清楚的就是——秩序与自由是相互依存的,二者互为因果。"③如此欲言又止的论断自然很容易被解读为是共和派的观点,可也同样可以被解释为是君主派的观点。事实上,雨果的文学观点并非真的那么首鼠两端、模棱两可——因为他同时坚称:"诗人只有一个模型,那就是大自然;只有一个向导,那就是真理,其创作绝不是出自那些已有的著作,而是源于自己的心灵。"④如果从"颂

---

① Quoted in F. W. J. Hemmings, *Culture and Society in France:1789—1848*, Leicester:Leicester University Press, 1987, p.172.

② F. W. J. Hemmings, *Culture and Society in France:1789—1848*, Leicester:Leicester University Press, 1987,p.172.

③ Quoted in F. W. J. Hemmings, *Culture and Society in France:1789—1848*, Leicester:Leicester University Press, 1987, p.212.

④ Ibid., p.213.

诗"中还可以看出雨果披着宫廷的制服,那么《颂诗与长歌》中的"长歌"部分则暗示着他正在背弃保皇党的事业转而支持民主主义。"政治思量与文学考量双重因素的激发,这也正是其名著《巴黎圣母院》创作的契机。在他的引导下,浪漫主义不再仅仅是一种流行的风尚而呈现出激进的运动特征;从政治角度看,它一直在慢慢地向左转,直到与《环球报》的空想家们结成临时联盟,他们为七月革命奠定了基础。"①

20 年代后期,法国浪漫主义运动的年轻力量在迅速聚集。查尔斯·诺蒂埃举办的文化沙龙,维尼、雨果等人是常客;1830 年,围绕着德拉克洛瓦,新一代画家也有了自己的组织;其领袖人物德拉克洛瓦声称:"如果有人通过浪漫主义理解了我个体自由的表达形式,理解了我对学院里模仿的那些范式的厌恶和我对学院公式的憎恨,那么我必须表明:我不仅现在是一个浪漫主义者,而且我在 15 岁的时候就是一个浪漫主义者了。"② 差不多同时,《艺术家》(*L'Artiste*)开始刊行。③ 经常出入沙龙的艺术家有意无意地打扮花哨,衣着怪异,以此来表达他们对贵族礼节或资产阶级社会的蔑视。正是在这个过程中,"波希米亚式"生存姿态或神话开始流行。

1823 年,雨果曾与保守派文人创办过文学杂志《法兰西缪斯》。似乎意识到浪漫主义只有将其自身变成像政治集团争取权力那样的运动才能赢得胜利,他在 1827 年以家庭沙龙的形式创办了更为激进的文艺社团。是时,他在圣母院街邻近卢森堡公园的新居所较之以前要大很多;"雨果家的聚餐会"很快成为法兰西浪漫主义文学运动的领导核心。以 1827 年春《克伦威尔》为开端、1830 年上演《欧那尼》(*Hernani*,1802—1885)达到顶端的法兰西浪漫主义文学革命,由是迅速展开。

除了沙尔-奥古斯丁·圣伯夫(Charles-Augustin Sainte-Beuve,1804—1869)外,"雨果家的聚餐会"之骨干成员还有阿尔弗雷德·维尼、爱弥尔·德尚及其兄弟安东尼、拉马丁以及此前《法兰西缪斯》期刊社的大多数成员。后来陆续加入的成员还有大仲马、阿尔弗雷德·德·缪塞(Alfred de Musset,1810—1857)、泰奥菲尔·戈蒂耶(Théophile Gautier,

---

① Quoted in F. W. J. Hemmings, *Culture and Society in France*: 1789—1848, Leicester: Leicester University Press, 1987, p.214.
② 转引自大卫·布莱尼·布朗:《浪漫主义艺术》,马灿林译,长沙:湖南美术出版社,2019 年,第 60—61 页。
③ 该杂志 1848 年革命后更名为《共和国艺术和文学》(*Republique des Arts et des Letters*)。

1811—1873)和热拉尔·德·奈瓦尔(Gérard de Nerval,1808—1855)。一些年长成员——如亚历山大·苏梅、查尔德·诺蒂埃及其朋友泰勒——也会偶尔露面,浪漫主义画家德拉克洛瓦、布朗热(Gustave Boulanger,1824—1888)以及德沃利亚兄弟(Deveria brothers)等也深受欢迎。

第四节　30年代的转折:从个体自由到社会解放

　　19世纪20年代,法兰西浪漫主义在君主政体与教会的认可中慢慢积蓄力量。至1830年著名的"欧那尼之战",浪漫主义作为雨果宣称的"文学自由主义"已然大获全胜,终于在古典主义的老巢确立起自己的文坛主导地位。而随着君主政体和教会的衰落,浪漫主义开始寻找新的方向。

　　拉马丁在1831年敏锐地提出了三个问题:我们身在何处?我们将往何方?我们必须做什么?他的回答是:人类仍处于婴儿期,但他所处社会的形式已经老了,旧了,腐朽了;一个革新的时期已经降临。在行动自由和权利平等的基础上,一个进步的社会改革时代正在到来;这个时代的目标是"将人类理性、圣言和福音书精神运用于现代社会的重组。在哲学家眼中,社会的人必须是立法者,立法者也是真正基督徒眼中的个人:他们是上帝之子,在尘世之父——国家面前有同样的请求、权利和命运,正如在天国之父——上帝面前一样"[①]。雨果差不多同时也称:从今以后必须以人民为中心,改善他们的条件,健全他们的智力。渐渐地,一种越来越左倾的反对资本主义的精神在时代的感召下潜滋暗长、日趋壮大。

　　许多浪漫主义者,如雨果、维尼、贝朗瑞、圣伯夫等纷纷参加圣西门主义者的演讲会,拜读圣西门、傅立叶的著作。圣西门与傅立叶对社会问题的诊断以及对社会改革的断言深深地影响了这些浪漫主义者,虽然他们从未接受两位先驱者针对彻底改组社会所提出的乌托邦计划。种种迹象表明,浪漫派似乎很快在民主与进步事业中找到了新的同盟。很大程度上,它采纳了圣西门的观点——人类的黄金时代不是在我们身后,而是在

---

① See N. H. Clement, *Romanticism in France*, New York: Kraus Reprint Corporation, 1966, p.250.

社会秩序不断进步与完善的未来。浪漫主义新阶段以文学与社会问题的结合为特征，"19世纪20年代，浪漫派曾只关注自身的问题，现在转而关注社会问题。过度的关注自我以及夸张的抒情，使浪漫主义与人道的价值和诉求并不相称，它现在意识到要通过与人类建立密切联系来使自己重生"①。正如拉马丁在1834年一个关于文学未来使命的演讲中说的一样："诗歌将不再是抒情的……它将是哲学的、宗教的、政治的、社会的。"②30年代的浪漫派作家们开始以创造一个和谐、道德、大众的新时代为己任，在诗歌、小说、戏剧中揭示社会问题，激荡并传递正能量。

1830年之后浪漫主义者试图将基督教改造成一个进步、博爱的人道主义宗教。在这种人道主义理想下，进步将臻于完美，所有的人都是高贵、智慧和自由的；人们将拒绝在城市居住而转向乡村；人的头脑将解决一切难题，并且生活的物质性关注也将屈从于精神思考；全人类将只信仰一个上帝，在同一个信念下团结在一起，只有一种最普遍的兄弟情谊；所有人都是国王而不是臣民；战争被消除；所有人都道德高尚，法律也将失去存在的必要性；自私消失，而是"我为人人，人人为我"，这就是拉马丁在他的诗歌《理想国》(*Utopie*,1837)之中提出的千年梦想。③

19世纪30年代开始，法兰西浪漫主义者对于社会问题的兴趣要远远高于政治问题。他们相信社会问题要远比政治问题重要，对他们而言个体自由要比政治自由更重要——他们坚信无论在君主制国家还是在共和国，个体自由都有可能茁壮成长。拉马丁、雨果、维尼等浪漫派作家都以不同的方式赞同由圣西门与傅立叶等社会改革家们所阐发的"政体等值"理论——社会发展在任何政府形态下都可以发生。30年代，拉马丁开始反省自己早年那种狭隘、自私的个人主义，并由此转向人道主义。由此，他不仅在各种场合用各种方式谴责暴政，宣扬平等、博爱与民主，而且身体力行，积极投身到争取社会正义与和平的伟大斗争当中去。他自1833年被选举为下议院议员，并一直供职到1849年。1848年革命爆发以后，七月王朝旋即覆灭，热衷于社会改革事业的诗人拉马丁还被选出任了临时政府的首脑。

---

① N. H. Clement, *Romanticism in France*, New York: Kraus Reprint Corporation, 1966, p. 249.

② Quoted in N. H. Clement, *Romanticism in France*, New York: Kraus Reprint Corporation, 1966, p. 249.

③ Ibid., p. 254.

也许是抒情诗的成就太高,拉马丁大部分的散文作品《信念》(*Les Confidence*,1849)、《拉斐尔》(*Raphael*,1849)、《吉纳维芙》(*Geneviève*,1850)、《格拉齐耶拉》(*Graziella*,1852)等常常为人忽略。短篇小说《格拉齐耶拉》的时代背景是拿破仑时代,故事发生的地点是那不勒斯湾沿岸的某个地方,先在罗马、后在那不勒斯修行的两个法国年轻人,因欣赏渔民的简朴生活而成了渔民群体的一部分。一个年轻人因故提前离开时,另一个年轻人和渔夫的女儿格拉齐耶拉坠入爱河。随着时间的推移,这种关系在不断深化——在格拉齐耶拉方面,爱情演化成一种伟大和普遍的爱,它在不可避免的分离中倏忽即逝但却进入永恒。这个情感过于丰富的故事往往会让人想起圣皮埃尔(Jacques-Henri Bernardin de Saint-Pierre,1737—1814)的《保尔与维吉尼》(*Paul et Virginie*,1808)。

自30年代始,欧仁·苏(Eugène Sue,1804—1857)便运用社会小说来诊断社会,揭露病症,并为社会改革提供良方。这一切比任何其他作者都更加系统化;在其改良药方中,可以清晰地见出傅立叶思想的影响。很大程度上,正是因为欧仁·苏,社会小说才得以广泛地流行,所以他经常被描述为"社会小说的开创者"[①]。在其代表作《巴黎的秘密》(*Les Mystères de Paris*,1842—1843)中,欧仁·苏系统地谴责现实社会中的种种罪恶:拒绝给予女性以平等权,却一味谴责年轻女孩卖淫,并不试图改善她们的权利状况;使财产权凌驾于人权之上,却一味谴责穷人堕落、邪恶、犯罪,并不尝试去改变他们的处境;为富人和穷人分别制定法律,社会公正如此昂贵稀缺以至于只有富人才能求助于它,并不希望消除在慵懒、奢华充斥的富人与赤贫、痛苦充斥的无产者们之间的鸿沟。

对民主理想的热爱以及对所有社会不公的痛恨也是贝朗瑞创作的主导情感。在其所有诗歌中,他抨击或讽刺了皇室、贵族,以及神职人员。在1833年的一篇序言文字中,他宣称应该有人去替那些被压迫者说话并关爱他们,而他就是这样的人。他的诗歌是大众情感和想法的表达,因为他认为文学一定不能忘记它所负有的为大众呐喊的基本职责;在其诗歌中,贝朗瑞排除所有可能引起大众迷惑的抽象理性表达,转而用一种简单、通俗、有效的形式向劳工和农民解释圣西门和傅立叶的学说。

作为法兰西浪漫主义的领袖,30年代后的雨果堪称是法国浪漫主义

[①] N. H. Clement, *Romanticism in France*, New York: Kraus Reprint Corporation, 1966, p. 260.

者中的伟大改革家,是进步和博爱理念的虔诚信徒。他是穷人、失意者、悲伤者、违法者、被放逐者的捍卫者,是不合理社会制度下所有受害者的捍卫者。在他的诗歌、小说、戏剧、散文以及在立法议会履职的演讲中,他对自己的社会改革事业倾注了永不消退的热情。

在自由主义思潮日益高涨的时代氛围中,25岁前后,雨果的社会政治立场由保皇主义明显转向自由主义,缅怀拿破仑军功的诗作《铜柱颂》就是表征之一。20年代末,他与复辟的波旁王朝决裂;1826年,他与维尼、缪塞等浪漫派诗人组织第二文社。"在创新的道路上持续前行,雨果慢慢意识到——浪漫主义便是招致那些暴怒的前辈谴责的冒险。"[①]19世纪初叶,法国文坛虽早就有夏多布里昂、史达尔夫人、贡斯当等人写下不少浪漫主义作品,但在雨果正式步入文坛之前,由于古典主义文学传统在法国远比在英、德等国强大,加上拿破仑战争的影响,浪漫主义在法国事实上并没有真正得以确立。1827年,雨果发表了韵文剧本《克伦威尔》和《〈克伦威尔〉序》。剧本因不符合舞台演出要求而未能上演,但那篇序言却成了法国文学史上具有里程碑意义的文献,被称为法国浪漫主义文学运动的宣言。序言系统阐述了其浪漫主义的"对照原则":"大自然就是永恒的双面像",男女、善恶、忧喜、生死、爱恨、灵肉等无时无地不处于"普遍的对照"之中,"丑就在美的旁边,畸形靠近着优美,丑怪藏在崇高的背后,善与恶并存,光明与黑暗相共"[②]。因此,新的艺术绝不能像古典主义那样将两者割裂开来,只表现崇高伟大而排斥平凡粗俗与滑稽丑怪。1829年,雨果创作了浪漫主义剧本《欧那尼》。剧本写16世纪西班牙一个贵族出身的强盗欧那尼反抗国王的故事,充斥着浓郁的浪漫主义反叛精神。该剧于1830年2月25日首演,引发了古典派与浪漫派的最终对决;而其连续数十场成功演出的盛况,则标志着浪漫主义在古典主义的故乡取得了最后的胜利。雨果也因此名声大振,以青年才俊之身成为法兰西文坛领袖。在《〈欧那尼〉序》中,雨果进一步提出了其反对古典主义、主张浪漫主义的文学观,并明确指出:"浪漫主义其真正的定义不过是文学上的自由主义而已。"[③]1830年七月革命翌日,雨果为之欢呼,他认为革命将会

---

① F. W. J. Hemmings, *Culture and Society in France: 1789—1848*, Leicester: Leicester University Press, 1987, p.172.
② 雨果:《〈克伦威尔〉序》,见《雨果论文学》,柳鸣九译,上海:上海译文出版社,2011年,第30页。
③ 雨果:《〈欧那尼〉序》,见《雨果论文学》,柳鸣九译,上海:上海译文出版社,2011年,第91页。

引领一个社会改良－重组的时期。但当革命的美好许诺化为泡影,他又陷入了忧郁。

在写下《欧那尼》的同年,雨果还曾写有剧本《玛丽蓉·德罗尔姆》(Marion Delorme,1829)。在此后的创作生涯中,雨果不断有剧作问世,主要有:《国王取乐》(Le roi s'amuse,1832)、《吕克莱斯·波基亚》(Lucrèce Borgia,1833)、《玛丽·都铎》(Marie Tudor,1833)、《安日洛》(Angelo,1835)、《吕依·布拉斯》(Ruy Blas,1838)、《城堡卫戍官》(Les Burgraves,1843)等。总体来看,这些剧作不论其本身的艺术水准还是演出效果,似乎都逊色于那部为他博得显赫声名的《欧那尼》。

浪漫主义作家的主要文学体裁是诗歌,雨果也不例外。在19世纪法国文学史上,雨果的崇高地位主要是由其诗歌创作奠定的。他的文学生涯始于诗歌,并终于诗歌。30年代前后,雨果虽声名鹊起于舞台,在小说创作方面也颇有收获,但其主要的精力投向却无疑是在诗歌领域。在这十多年时间里,他总共有5部诗集面世:《东方集》(Les orientales,1829)是合乎时代精神的希腊组诗,歌颂自由,富有东方异国情调;《秋叶集》(Les feuilles d'automne,1831)抒写家庭和私人生活,因妻子与自己好友间的暧昧关系而抹上了浓重的忧郁色调;《晨夕集》(Les chants du crépuscule,1835)既抒发忧郁的情怀,又憧憬希望的到来;《心声集》(Les voix intérieures,1837)回忆家庭生活,描绘大自然美景;《光与影集》(Les rayons et les ombres,1840)则是他与梨园名媛朱丽叶的爱情见证,更多地将笔触探向了大自然。

40年代,乃雨果诗歌创作及整个文学创作的低潮,他的注意力转向了社会、政治问题。1841年,他被选入法兰西学士院;1845年,被路易·菲力普册封为法兰西贵族世卿,还当上了贵族院议员。1848年革命改变了雨果一度倾向于妥协的政治态度,他最终成为一个坚定的共和主义者。这一政治思想立场的转变,使其在1851年12月拿破仑三世发动政变后,坚定地站到了反抗暴政斗争的前沿,并为此被迫流亡国外19年之久;使其在巴黎公社革命失败后,毅然决然地向亡命的革命者敞开家门,并四处为革命者奔走。当然,作为作家,这一政治思想立场转变之最重要的影响还在于使雨果找回了那成就了所有真正的诗人与诗作的反叛者之"愤怒"。

1853年,流亡途中的雨果发表了政治讽刺诗集《惩罚集》(Les châtiments,1853)。除此之外,其他流亡期间的重要诗集还有《静观集》

(*Les contemplations*,1856)、《林园集》(*Les chansons des rues et des bois*,1865)等,而尤以《静观集》最为著名。《静观集》中既有令人陶醉的田园诗,也有面向社会问题的政治诗;既有咏诵爱情的抒情恋歌,也有探索宇宙及人生奥秘的哲理佳句……汇总了各种抒情题材,并加以发展和完善,成为雨果抒情诗的高峰。晚年,雨果的主要诗集有《凶年集》(*L'année terrible*,1872)与《历代传奇》(*La légende des siècles*,1883,第三集;前两集分别发表于1859年、1877年)等。《历代传奇》以圣经故事、古代神话和民间传说为题材,勾画了从上帝造人,中经古代东方、古代希腊罗马、中世纪,直到当代的漫长的人类历史,被称为"人的诗歌"。这部题材雄伟的大型诗作创作时间长达四十余年,充分表明雨果不仅是一位杰出的抒情诗人和讽刺诗人,而且还是一位伟大的史诗诗人。纵观雨果一生的诗歌创作,可以发现:题材的丰富,体式的多变,风格上的高昂和乐观,构成了其不同于维尼、拉马丁、缪塞等一般浪漫派诗人的鲜明特征。

早在刚刚步入文坛之初,雨果就曾涉足小说创作。中篇小说《北岛强梁》与《布格—雅加尔》(*Bug-Jargal*,1826)颇有英国哥特体传奇小说的风韵,乃其最早的尝试;而稍晚发表的中篇《死囚末日记》(*Le dernier jour d'un condamné*,1829)则表明了其早期小说创作中对现实社会问题的关注。1831年,从开始构思到最后完成耗时4年之久的长篇小说《巴黎圣母院》发表,标志着雨果早期小说创作的探索终于结出了硕果,该作也由此成为经典的浪漫主义长篇小说代表作之一。《巴黎圣母院》以离奇的手法描写了一个发生在15世纪的故事:巴黎圣母院副主教克洛德道貌岸然,因爱生恨迫害吉卜赛女郎埃斯梅拉达;而面目丑陋、心地善良的敲钟人伽西莫多却维护正义,甘为女郎舍生赴死。小说揭露了教会的黑暗与教士的虚伪,宣告了禁欲主义的破产。小说中的人物以埃斯梅拉达为中心呈现为一个对照的循环,诸如女主人公与克洛德内在的善恶对照、与伽西莫多外形上的美丑对照,堪称雨果浪漫主义美丑对照原则的文本实验。

随着人生阅历的增加,小说愈来愈成为雨果文学创作的主要形式。流亡期间,除1862年发表的《悲惨世界》之外,雨果还发表了《海上劳工》(*Les travailleurs de la mer*,1866)和《笑面人》(*L'homme qui rit*,1869)两部长篇小说。前者写青年渔民吉利亚特为了获得理想的婚姻,一个人来到大海上,战胜排山倒海的巨浪和大风暴的袭击,终于将老水手沉船上的机器运回去——这是老水手所开出的娶他侄女为妻的条件。雨果把主人公称为"约伯和普罗米修斯的结合",其与大自然搏斗过程中所显现出来的坚强意志被礼赞为人类不断进步的动力。后者以17世纪和18世纪之交英国的宫廷斗争为背景,写一个从小被拐卖毁容而成为马戏团小丑的贵族的故事,情节离奇曲折。描写法国大革命的历史小说《九三年》(*Quatre-vingt-treize*,1874)是雨果小说创作中的封笔之作。小说的中心人物是革命远征军司令郭文与政治委员西穆尔登。朗德纳克侯爵是保皇党军队的统帅,对革命充满仇恨,曾将被俘的巴黎联队士兵全部枪杀。叛乱失败后,已经成功逃脱的他为救3个孩子又返回,结果束手就擒被革命军判处绞刑。在郭文看来,侯爵牺牲自己救孩子,表明他已回到人道的圈子里来,于是他放走了朗德纳克。西穆尔登按革命法律判处郭文绞刑;郭文被推上绞架,西穆尔登开枪自杀。小说展现了残酷的革命与仁爱的人道之间的对立,整个故事论证了"在绝对正确的革命之上,还有一个绝对正确的人道主义"。

作为一位大作家,雨果的小说创作不仅得心应手地运用对比原则,把善恶美丑的揭示渗透在人物事件的描写之中,而且想象奇特、夸张大胆、情节大起大落,富有传奇色彩和史诗气氛。其小说的主人公多为地位低下而品质高尚的普通人,他喜欢拿社会底层人与当权者做比较。他让牧师克洛德·弗罗洛、贵族法比和伽西莫多形成对比,让吕依·布拉斯(Ruy Blas)和大学教师塞勒斯特形成对比……这种比较总是导向人们对那世界掌控者的困惑,因为即使是奴仆和野兽在他们可怜的外表遮蔽下仍是美丽和道德的心灵,而那些人美丽的肉体和华丽的衣裳底下却隐藏着那么丑恶的心灵。雨果似乎特别喜欢用这样一种方式来补偿社会受害者们数百年来所遭受压迫的不公。显然,雨果在浪漫主义革命过程中提出的"对比"理论中所隐含的价值观是明确的;但与这种明确的价值好恶相比较,"对比"中的美学逻辑或美学意涵则不甚了了。

"很少有一部雨果的小说是不谈论社会问题的。"①这在很大程度上的确是1830年之后法国浪漫派的一种特质。究其根源,此种背离浪漫主义原初本质的法国浪漫派的特点,也许与法兰西理性主义、古典主义的强大传统有关,也与法兰西民族的性格有关,还与是时法国动荡、复杂的社会政治情势相关。雨果一直坚守着要求社会变革的目标。在其从《巴黎

---

① N. H. Clement, *Romanticism in France*, New York: Kraus Reprint Corporation, 1966, p.256.

圣母院》到《悲惨世界》的作品中,他放谈资本主义社会的弊端,诸如刑法问题、贫困问题、卖淫问题、犯罪问题等,不一而足。雨果强调,人都有道德底线,但社会却使人丧失底线,变得邪恶;所有人类所遭受的罪恶都是社会造成的。他围绕社会的受害者写作,给予他们最深切的同情;他呼吁社会重构自身从而能够使它的物质福利和幸福能够被所有社会参与者享用。在《九三年》里,西穆尔登和郭文在最后被处决之前的讨论涉及了社会和经济问题,并且观点明显有圣西门和傅立叶理论的痕迹。实际上,他们二人一致认为人应当推动社会进步,建立一个没有寄生虫(士兵、法官、牧师)、没有被驱逐的人(妓女、罪犯)、没有奴隶(被剥削的工人)的社会。人道主义思想是贯穿《悲惨世界》的一条红线。在明显受到圣西门和傅立叶影响写成的《悲惨世界》的引言中,雨果再次宣布了其对社会的起诉:"只要法律和习俗所造成的社会压迫还存在一天,在文明鼎盛时期人为地把人间变成地狱并使人类与生俱来的幸运遭受不可避免的灾祸;只要本世纪的三个问题——贫穷使男子潦倒,饥饿使妇女堕落,黑暗使儿童羸弱——还得不到解决;只要在某些地区还可能发生社会的毒害,换句话同时也是从更广泛的意义上来说,只要这世界上还有愚昧和困苦,那么和本书同一性质的作品都不会是无用的。"小说故事的展开完全是基于如上的断言:通过冉阿让前期的故事揭示贫穷如何使男子潦倒,通过芳汀的故事揭示饥饿如何使女人堕落,通过珂赛特的故事揭示黑暗如何使儿童羸弱,通过沙威的故事揭示法律和习俗的压迫。

  雨果宣扬圣西门的两大法则,即"进步的法则"和"兄弟之爱"的法则。从空想社会主义这里,人们可以为雨果等人的创作找到思想的直接来源。所以,笼统地将其思想称为"基督教人道主义"也许有些失之简单——因为里面的很多主张显然是直接来自圣西门或傅里叶的。雨果的所有作品几乎"都在对社会病症进行诊断,宣称压迫者是罪恶的来源并要求他们同情、帮助受害者,强烈要求无产者的进步改良,预测他们的要求得不到满足将会爆发革命"[①]。当雨果表述此种谴责和警告的时候,他的口吻仿若《圣经·旧约》中先知的身份与高度。作为"观念小说",《悲惨世界》的叙事明显具有"政论"和"抒情"的鲜明品格。小说的政论风格,不仅体现为人物与情节的观念化,而且也直接表现为或是由作者直接出场或是由作

---

① N. H. Clement, *Romanticism in France*, New York: Kraus Reprint Corporation, 1966, p.258.

者借人物之口所发表的大量议论。例如,关于作者所关心的"法律"问题,小说中有这样的直接表态:"法律在处罚方面所犯的错误比犯人在犯罪方面所犯的错误还大",怎么解决呢?"惩罚轻一点就好了"。关于作者所关心的"贫穷"问题,他写道:"芳汀的故事说明什么呢?说明社会收买了一个奴隶。向谁收买?向贫苦收买。向饥、寒、孤独、遗弃、贫困收买。令人痛心的买卖。一个人的灵魂交换一块面包。贫苦卖出,社会买进。"关于作者不赞同但又不能不面对的"革命"问题,小说中有这样的句子:"朋友们,我们所生活的和我跟你们说话的时刻是一个黑暗的时刻,但是我们是为未来付出这可怕的代价的。革命——就是我们为了这个光明的未来所必须缴纳的通行税。"小说的抒情风格既来自作者不时喷涌而出的大段大段的直抒胸臆,也来自其作为浪漫派作家所固有的高昂、激越、热情的语言。一般来说,雨果身后的现代作家大都反对将叙事文本变成社会讲坛的这种做法。

在长达 60 年以上的创作生涯中,这位文化与文学巨人的作品计有 79 卷之多,包括 26 卷诗歌、20 卷小说、12 卷剧本、21 卷哲理论著,其中数量最多的还是诗作。少有"神童"之称的雨果最崇拜的人是大诗人夏多布里昂,曾发誓:"要么成为夏多布里昂,要么一事无成。"历史早已证明,雨果不但践行了自己年少时的宏愿,更以其远为丰富多彩的人生和堪称丰饶浩瀚的创作超越了自己少时的文学偶像。

大仲马(Alexandre Dumas,1802—1870),本名亚历山大·仲马,因与写了《茶花女》(La Dame aux camelias,1848)的儿子小仲马重名而被称为大仲马。1802 年,大仲马出生于一个军人家庭,父亲乃拿破仑军队中的将军,在其 4 岁时辞世。母子相依为命,他很小便外出谋生,曾做过诉讼代理人的见习生、掌玺大臣奥尔良公爵(未来的路易-菲力普国王)办公室副本抄写员等工作。他自幼酷爱戏剧,很早便钻研剧本写作的技法。1829 年,他发表《亨利三世及其宫廷》(Henri III et sa cour,1829)并获得成功。不以史实取胜的这部历史剧,以强烈的激情和地方色彩突破了当时流行的古典主义戏剧程式。此后,大仲马还创作了《安东尼》(Antony,1831)、《奈尔塔》(La Tourde Nesle,1832)、《基恩,或名混乱和天才》(Kean ou Désordre et génie,1836)等若干剧本。他的戏剧创作背景极为广阔,如《亨利三世及其宫廷》以 16 世纪法国宗教战争为背景,《安东尼》则是以复辟王朝时期的上流社会为背景。作为 19 世纪法国浪漫主义文学阵营中的一员猛将,他主张废除古典主义给戏剧设定的诸多清规戒律,认为戏剧要向观众展示生活的激情。大仲马的戏剧创作对法国浪漫主义运动作出了重要贡献，《亨利三世及其宫廷》不仅为早期浪漫派戏剧开辟了道路，也使他成为浪漫派戏剧的先驱者之一。

除戏剧作品之外，大仲马还有为数甚多的小说行世。这些作品均是在其因戏剧创作成名后写下的，且初始时他更看重自己戏剧家的身份，所以进行小说创作时便启用了不少"写手"作为助手。大仲马的小说代表作主要有"火枪手三部曲"《三个火枪手》(*Les Trois Mousquetaires*, 1844)、《二十年后》(*Vingt ans après*, 1845)与《布拉热洛纳子爵》(*Le Vicomte de Bragelonne*, 1848)；以16世纪宗教战争为背景的《玛戈王后》(*La Reine Margot*, 1845)、《蒙梭罗夫人》(*La Dame de Monsoreau*, 1845)、《四十五卫士》(*Les Quarante-Cinq*, 1847—1848)；还有《基督山伯爵》(*Le Comte de Monte-Cristo*, 1844—1845)、《红房子骑士》(*Le Chevalier de Maison-rouge*, 1845—1846)、《约瑟夫·巴尔萨莫》(*Joseph Balsamo*, 1846—1848)、《王后的项链》(*Le Collier de la reine*, 1849—1850)、《黑郁金香》(*La Tulipe noire*, 1850)等。

大仲马的小说多以历史为题材，但又从不拘泥于史实。他不以描写历史事件为目的，其史实内容往往并无确凿依据，或只是史书中的寥寥数语，且其对历史人物的评价也往往与史学家相左。在代表作之一《蒙梭罗夫人》中，大仲马曾称：历史事件有这样一种特性，那就是它们往往把自己的重要性表现在先于其出现的环境中。虽然历史事件很大程度上只是其历史小说情节展开的一个由头，但大仲马却非常重视对历史背景氛围的把握与摹写的逼真性。因此，尽管其历史小说常因随意改变史实而遭批评家非议，但他的作品却为广大读者所喜闻乐见。为数甚众的普通读者，正是从阅读其历史小说而开始领略法国历史的演变。

大仲马的确有一种把沉闷的历史变为生动的传奇的卓越才能。他的历史小说并不以客观真实为目标，很多时候其注意力甚至完全不指向史实本身，但其建构历史世界的能力却依然获得了同时代作家的交口称赞。他善于将小说文体与历史事件紧密结合，笔下多见宏大的历史叙事，同时也展示出其高超的驾驭历史素材的能力。基于故事素材源自历史事件，情节通常也都围绕某一历史事件展开，历史题材本身便获得了一种统御文本的巨大凝聚力；大仲马生动地将此描述为——历史乃其悬挂小说故事的"钉子"。他日常积累的历史素材数量惊人，而其本人所持守的英雄主义历史观则贯穿于其所有历史小说的创作之中。他认为历史的每一个发展都是由杰出人物创造的,历史上不同寻常的人总是左右着历史发展的进程。这种观念直接体现在其一部分小说文本的题名与人物设置上,如《基督山伯爵》全书的内容是围绕着水手埃德蒙·邓蒂斯的复仇展开的,作为其化身的基督山伯爵则是小说所着重表现的中心人物;又如以法国大革命为背景的《红房子骑士》,全书围绕着红房子骑士营救路易十六的皇后展开,书名也提示了全书着力塑造的英雄人物红房子骑士。有时候,大仲马也会让众多真实的历史人物与其所虚构的人物形象在特定的历史情境下一同出场。而且,即便作为故事背景的历史跨度甚长、出场人物甚多的宏大叙事,他也总能做到繁而不乱,有条不紊。因此,大仲马的小说总能给予读者连贯自如、一气呵成的阅读感受。

摒弃了历史小说常见的那种过于冗长的叙事方式,大仲马往往刻意运用戏剧创作的手法来创作小说:冲突的过程逐渐升级、章节之间场景的转换大量融入静态的布景元素,这使得其历史叙事往往体现出戏剧化的效果。他很少对其笔下的人物作翔实的描述,人物的性格多通过行动和对话显示出来;作者有时只用一句话就点化出人的精神面貌,如《基督山伯爵》开篇,埃德蒙·邓蒂斯回到了马赛,悲痛地向船主人老摩莱尔报告:"我们失去了勇敢的船长黎克勒。"接下来一句:"货呢?"船主焦急地问。大仲马只用两个字就把摩莱尔商人重利的精神性格准确表现出来。直接体现人物冲突的大量对话造成了叙述者的缺席,快速推动着情节向前发展。大仲马惯用的这种叙事手法,保留了戏剧的特点,反映了其历史小说鲜明的戏剧化特征。作为剧作家,大仲马后期的许多历史戏剧都是根据他本人所创作的畅销历史小说改编的,这也从侧面表明大仲马的历史小说中包含了诸多易于改编成剧本的戏剧化元素。

《三个火枪手》的故事发生在17世纪30年代。达尔大尼央到巴黎谋生,与三个火枪手阿多斯、阿拉密斯和波尔多斯结成莫逆之交。红衣主教黎世留知道王后和英国首相白京汉有私情,想抓住她的把柄。为营救王后的心腹波那雪太太,达尔大尼央只身来到伦敦,取回修复的钻石坠子,并识破了黎世留派遣来的女间谍米莱狄。黎世留收买达尔大尼央未成,便下手令让米莱狄除掉他。面对着前夫阿多斯,米莱狄交出了黎世留的手令;她骗取了波那雪太太的信任,在火枪手来到修道院之前,让她喝下毒酒。波那雪太太在达尔大尼央怀中死去;火枪手追上米莱狄,将她处死。红衣主教认为有必要笼络达尔大尼央,任命他当了火枪队副队长。

小说的成功首先在于塑造了几个性格生动的人物形象。达尔大尼央机智勇敢,充满了火一样的热情,忠实于国王和王后;然而,他也不拒绝来自黎世留的提拔。他的三个伙伴中,阿多斯冷静憨厚,疾恶如仇——早年当其得知米莱狄的间谍身份后,他曾想吊死她。波尔多斯爱好虚荣,喜欢赌博,感情外露,头脑甚为简单。而阿拉密斯年龄稍长,柔和沉静,颇为老练;他喜欢钻研宗教问题,尤其是神学方面的难题,后来果然进修道院当了修士。他们都很勇敢,又各不相同,使得小说读来妙趣横生。黎世留被写成一个老谋深算的奸臣:路易十三就像猫爪下的老鼠任其玩弄;面对取回的钻石坠子,他马上找到台阶下;看到达尔大尼央人多,一时无法制服,"他全部愤怒在一阵微笑中融化了",像变色龙一样易变。他豁达大度地收买了达尔大尼央,显示了政治家的风度和手腕。路易十三是无能的国王,"原是喜怒无常和不忠实的,偏偏想让人叫他公道的路易",这个形象倒是与历史人物相去不远。米莱狄本是个逃犯,惯于用色相来达到目的,又以温柔体贴骗取别人的信任,一旦事情败露,便凶残如蛇蝎。

《基督山伯爵》又译《基度山恩仇记》,堪称世界通俗小说的典范之作。年轻的代理船长埃德蒙·邓蒂斯遭到唐格拉尔和费尔南的合谋告发,在婚礼上被捕入狱。代理检察官维勒福发现邓蒂斯为拿破仑携带的信件是给自己父亲努瓦蒂埃的,便把邓蒂斯打入黑牢。邓蒂斯在狱中度过14年,设法逃走,按法里亚神甫的指点找到宝藏。他先报答了恩人摩莱尔船主。8年后,他返回巴黎,改名基督山伯爵,开始全面复仇:费尔南的丑行暴露,开枪自杀;唐格拉尔折损巨款,又被绿林好汉绑架,将卷走的款子全部吐出;维勒福因妻儿死去而发疯。

邓蒂斯被无辜地投入紫杉堡的黑牢中,度过了漫长的14年,相当于复辟王朝统治的年限。在大仲马笔下,七月王朝的黑暗由此可见一斑;那些占据着法律、军队、政治、财政等关键位置的人,即维勒福、费尔南(莫尔赛夫)、唐格拉尔等,戴着假面具,道貌岸然,双手沾满了罪恶才爬上了权力的高位。最罪大恶极的维勒福正好代表着社会的最高价值:法律。小说中为数不多的下层人物也不见得更好:卡德鲁斯和他的妻子,以及贝内德托,都是像维勒福和唐格拉尔那样的罪犯。基督山伯爵,这个无所不能的人,代替天主惩恶扬善,在人间重建秩序与正义。他的身份不断变换,除了仇人最后知道其身份,没有人知道他的真实名字。他像以往骑士文学中的英雄,经历了大灾大难,死里逃生,大落又大起。他在小说开头从浪漫派梦想的东方归来,最后又返归东方而去。在小说中,邓蒂斯不自觉地成为忠于拿破仑事业的牺牲品,但他却没有为此而后悔。小说中的好人几乎都站在第一帝国一边,如摩莱尔船主、他的儿子、马克西米利安、维勒福的父亲努瓦蒂埃。邓蒂斯站在受土耳其奴役的希腊人一边,站在受奥地利压迫的意大利人一边。而恶人总是为波旁王室效劳,或者为资产阶级的暴虐效劳。

  这部小说很大程度上体现了当时通俗小说的成就。一是情节曲折,安排合理。富于戏剧性的开场,有声有色的黑牢经历和潜逃过程,三次复仇的互不雷同,与三个仇人的职业和罪恶性质互有关联,各异其趣。在基本情节之外还穿插各种惊险场面,如卡德鲁斯在风雨之夜谋财害命,在罗马近郊神出鬼没的绿林好汉利用狂欢节绑架,安德烈亚从苦役监踏入上流社会又被捕入狱,维勒福夫人为了夺取遗产而下毒。次要情节险象环生,却并不游离于主要情节之外,也不喧宾夺主。二是光怪陆离,熔于一炉。上至路易十八的宫廷、上流社会的灯红酒绿、银行家与政府官员的勾结,下至监狱的阴森可怕、走私船和走私贩子东躲西藏的生活、科西嘉岛民强悍的复仇意识与善良品质的融合、强盗的仗义疏财、市民的清贫生活,广阔的视野和浪漫主义的艺术趣味水乳交融。三是结构完整,一气呵成。前面四分之一写主人公被陷害的经过,后面四分之三写他的复仇。复仇虽分三条线索,但交叉进行,有条不紊,最后才汇合。有的插曲要到后面才沟通起来,如先写阿尔贝在意大利被绑架过,后来写唐格拉尔正是被这伙绿林好汉绑架,构思巧妙。四是善写对话,戏剧性强。全书绝大部分篇幅由对话构成,对话组成一个个场面,并推动情节的展开。与此相应,大仲马采用短段落的写法,有时一句话就是一段,小说中几乎找不到超过一页的段落,文风简洁流畅,易于阅读。

  1870年12月5日,大仲马逝世,终年68岁。他毕其一生信守共和制度,反对君主专制,先后参加了1830年七月革命、1848年推翻七月王朝的革命、加里波第对那不勒斯王国的征战等重大历史事件。大仲马被别林斯基称为"天才的小说家";在法国文学史上,他与欧仁·苏并列,被称为19世纪浪漫主义通俗小说的双璧。2002年,为表彰其一生的卓越贡献,大仲马获得了骨灰被移葬先贤祠的殊荣。

第五章
其他国家的浪漫主义文学运动

19世纪初叶,浪漫主义思潮不仅在西欧如火如荼,而且很快便席卷整个欧洲,波及俄罗斯为代表的泛斯拉夫文化圈;差不多同时,浪漫主义也漂洋过海蔓延到美洲,直接影响到美国文学的形成。

第一节 俄罗斯

俄国浪漫主义文学出现得稍晚。19世纪以前的俄国,是沙皇专制和农奴制国家,政治经济非常落后。从拿破仑入侵到1825年的十二月党人起义,俄罗斯民族意识迅速高涨,俄国文学很快和西欧浪漫主义文学相结合,出现了具有俄罗斯民族特色的浪漫主义思潮。

茹科夫斯基,是俄国浪漫主义诗歌的奠基人。他的诗歌受感伤主义的影响,善于描写人的内心感觉、梦幻世界和自然风光,也善于从俄罗斯民间文学中汲取养料。其代表作有《斯维特兰娜》("Svetlana",1813)、《乡村墓地》(*Cimitirul Rural*,1815)、《睡美人》(*The Sleeping Beauty*,1810—1817)等。继之出现的是十二月党革命诗人雷列耶夫(Кондрáтий Фёдорович Рылéев,1795—1826),他的卓越诗篇是根据17世纪史实写出的长诗《伊凡·苏萨宁》,诗中热烈歌颂了为祖国命运英勇斗争的爱国者。

18世纪末至19世纪初的东欧、南欧,不少国家与地区处于俄罗斯的统治之下。是时,民族主义的风潮与民族解放斗争的洪流此起彼伏蔚为大观。在这些努力争取民族独立的国家里,浪漫主义文学和民族解放运动紧密结合在一起,作家与诗人都借助文学作品来唤起人民的民族意识和自由意识。亚当·密茨凯维奇是波兰异族统治时期的杰出诗人,他的《青春颂》曾广为流传,对广大青年投身于破坏旧世界、创立新生活的斗争起到了很大的鼓动作用。他的代表作《先人祭》(Dziady,1823—1830)和《塔杜施先生》(Pan Tadeusz,1832—1834)都渗透了高度的爱国热情,充满了亡国的哀伤和复仇的呼喊。山陀尔·裴多菲(Petöfi Sándor,1823—1849)是匈牙利伟大的爱国诗人,1849年在抗击沙皇军队时壮烈牺牲,时年26岁。他的诗歌受拜伦的影响,具有鲜明的民族精神和强大的政治鼓动力。其许多抒情诗为世人传颂,如《自由与爱情》("Freedom and Love",1847);其代表作是《民族之歌》("National Song",1848)和《使徒》(The Apostle,1848)。

普希金是俄国19世纪浪漫主义文学的代表作家。1799年,普希金出生在莫斯科的一个贵族家庭,自幼在浓厚的文学氛围中长大,后在帝国政府专为培养贵族子弟设立的皇村中学学习,受到进步思想的影响。优越的家庭环境、良好的贵族教育、对未来的憧憬和青春的激情等为其浪漫主义诗风的形成提供了内在的渊源。普希金很早就接受伏尔泰等启蒙思想家的影响,"人生而自由平等"的观念深入骨髓,独立和自尊是其伟大人格中的重要组成部分。青年时期,普希金与十二月党人关系密切,发表过诸多抨击农奴制度、歌颂自由与进步的诗作,为此曾两度被流放。1837年,普希金与人决斗而死,时年38岁。

普希金在诗歌、小说、戏剧乃至童话等文学各个领域都给俄罗斯文学创立了典范,其文学作品成功塑造了"多余人""金钱骑士""小人物"等经典形象,代表作有诗体小说《叶甫盖尼·奥涅金》(Eugene Onegin,1831)、抒情短诗《自由颂》("Ode to Liberty",1817)、《致大海》("To the Sea",1824)等;另有长篇《上尉的女儿》(The Captain's Daughter,1836)、《别尔金小说集》(Anthology of Berkin's Novels,1831)以及短篇小说《黑桃皇后》("The Queen of Spades",1833)等。普希金被后世冠以"俄罗斯文学之父""俄罗斯诗歌的太阳"等称号,在俄罗斯文学史上享有崇高地位。

1820年,普希金发表了其第一首浪漫主义长诗《鲁斯兰与柳德米拉》(Russlan and Ludmilla,1820)。作品取材于民间童话创作,采用了全新的格律——四步抑扬格,把童话与历史、民间语言与文学语言结合起来,以新颖的浪漫主义手法塑造了一个俄罗斯勇士的形象,表现了善必战胜恶、光明必战胜黑暗的主题。长诗打破了古典主义美学的清规戒律,在内容和形式上都焕然一新。

普希金虽不是十二月党人,但与十二月党人交往甚密。他在《自由颂》《致恰达耶夫》("To Chadaev",1818)等政治抒情诗中展示了十二月党人的政治纲领和生活理想,因此被誉为"十二月党人的歌手"。这些诗篇在贵族青年中广泛流传,使得沙皇政府惶恐不安,终致普希金在1820年被流放南俄。流放期间,南俄奇特的异域情调和雄伟险奇的高加索山川为诗人开启了另一个洞天。高加索峻峭的峰峦、"被浮云的花朵环绕着的"厄尔布鲁士峰、淙淙的泉流、象征"自由的元素"的大海、各种奇异的传说故事及骁勇的哥萨克、剽悍的车尔凯斯人、保持游牧民族生活本色的茨冈人等,均在不断地唤起诗人无限的想象力,激发出诗人蓬勃的创作热情。南方的风土人情以及民歌民谣,明显给普希金的浪漫主义诗歌创作增添了浓烈的异域情调和传奇色彩。在《高加索的俘虏》中,诗人用雄健的笔法描绘了高加索群山和粗犷的山民,细腻地展现了居民纯朴的生活和少女纯真炽热的爱情;《巴赫切萨拉伊的喷泉》(*The Fountain of Bakhchisarai*,1823)中后宫神秘的氛围、两个王妃与可汗的爱恨纠葛以及东方穆斯林的奇特文化风尚如梦如幻;《茨冈》(*The Gypsies*,1824)中茨冈人贫穷而自由的生活方式给人留下了深刻印象,而豁达和善的茨冈老人与自私残忍的阿乐哥之间的强烈对比则尤为发人深省。

作为整个欧洲浪漫主义运动的一部分,俄国浪漫主义文学与欧洲各国的浪漫主义文学密切相关。其中,英国浪漫主义诗人拜伦对俄国多位早期浪漫主义诗人都产生了巨大影响。拜伦是在"旧的偶像打碎了""新的出路还没有显示出来",人们极度忧伤、失望的时候出现的;其作品抒发了人类的苦闷,表达了人类使命神圣却又无法实现的绝望。阅读了其大量作品,普希金把拜伦视为心灵相通的知己——他感觉拜伦的诗歌恰如其分地表达了自己"痛苦的渴求自由的情绪"和"企盼挣脱丑恶社会羁绊的心声"。《高加索的俘虏》《强盗兄弟》(*Robber Brothers*,1822)等"南方组诗"在人物性格、诗歌形式、作品基调等方面都不难见出拜伦《东方叙事诗》的影子。普希金虽"因拜伦而发狂",但普希金不是拜伦。即便在极端迷恋拜伦诗风之时,普希金依然是一个带有俄罗斯烙印、个性独特的民族诗人。事实上,面对这位来自英伦的偶像,他是有选择地借鉴其方法与诗风,一刻也未忘记自己要反映当时俄国的社会生活与精神情绪的创作主旨。与拜伦火山爆发般的激烈风格相比,普希金的诗风表现得更平和、内敛,理性多于感性。

诗体小说《叶甫盖尼·奥涅金》是普希金最负盛名的经典之作。诗体小说是一种崭新的体裁，它区别于浪漫主义长诗、传统散文和小说。彼得堡贵族青年奥涅金由于厌倦上流生活而跑到了乡村，一个偶然的机会他结识了地主家的长女达吉雅娜。达吉雅娜对奥涅金一见钟情，鼓起勇气写信对他表达了爱慕之情，内心也喜欢对方的奥涅金却轻浮地当面拒绝了她。后来，奥涅金在决斗中不经意间杀死了自己的好友连斯基，离开了乡村。几年之后，奥涅金在彼得堡上流社会的社交场合再次偶遇达吉雅娜，此时达吉雅娜已由纯朴的乡村少女出落成上流社会的贵妇人。奥涅金为她神魂颠倒，在虚荣心的驱使下拼命追求对方；达吉雅娜却真诚地告诉他：此刻她仍然爱他，却不能属于他，因为她要忠于自己的丈夫。普希金在奥涅金身上准确地概括了当时受到进步思想影响但又未能跳出其狭小圈子的贵族青年的思想面貌和悲剧命运，从而塑造出了俄国文学中的第一个"多余人"形象。

在《叶甫盖尼·奥涅金》中，普希金如西欧浪漫主义作家一样把关注点转向内心，注重挖掘"内在的宇宙"。主人公奥涅金对繁华都市彼得堡的冷漠、对乡村生活的麻木、因对现实不满所生的激愤、由精神幻灭无所皈依而有的忧郁……韵律或清新明快或黯淡压抑，都无不基于主人公强烈感情的自然流露。与奥涅金相比，在达吉雅娜的形象塑造上，作家运用抒情、颂歌、民俗、梦境等更多浪漫主义艺术手段，为读者呈现了一个立体、丰满的少女形象——她纯洁质朴，善良无私，对奥涅金的爱真诚而热烈，并且热爱乡村和自然。作者运用了大量的比喻，把主观性的理想和想象变成可以捕捉的客观物象，例如诗人这样来写奥涅金的百无聊赖中的恣肆与苦恼——他已经不再迷恋生活，回忆像蛇一般咬噬着他/他听任爱情摆布，歌唱爱情，他的歌声是那么清朗，犹如天真少女的遐想。另外，作者有意把具有美与丑、善与恶、崇高与卑贱、光明与黑暗矛盾特征的事物安排在一起，造成鲜明强烈的对比。在塑造人物形象时，作者故意夸大奥涅金的缺点和达吉雅娜的优点；在情节和场景方面，男女主人公爱情故事、达吉雅娜离奇的梦、奥涅金与连斯基的决斗等都增加了小说的离奇、惊险、刺激乃至神秘的色彩，展现了一个绚丽多彩而又怪诞奇异的世界。

普希金的浪漫主义诗歌创作与民间文学有密切联系，这源于诗人对民间创作和民族文化的热爱。普希金曾谈到美丽的民间童话弥补了其教育的缺陷，而对民间童话的这种热爱使其浪漫主义长诗禀有了鲜明的民族特色。有别于雨果等一些西欧浪漫主义诗人，普希金的诗作摈弃华丽的辞藻,拒绝矫揉造作,重视民间口语的运用。普希金在浪漫主义长诗中最先树立了运用口语材料、把口语和文学语言有机结合的榜样,他的诗歌语言朴素而富有文采,充满了生活气息。

米哈伊尔·尤里耶维奇·莱蒙托夫(Mikhail Yuriyevich Lemontov,1814—1841)1814年10月15日生于莫斯科,是继普希金之后俄国又一位伟大诗人,被别林斯基誉为"民族诗人"。

父亲尤里·彼得罗维奇·莱蒙托夫是退役军官,母亲玛利亚·米哈伊洛夫娜早逝,莱蒙托夫从小由外祖母抚养长大,其童年和少年时代是在奔萨省阿尔谢尼耶娃的塔尔罕内庄园中度过的。他自幼天资聪颖,加上良好的家庭教育,使其很早便通晓英语、法语、德语等多种外语,在艺术方面也展现出非凡的天赋。1827年,莱蒙托夫随外祖母全家搬到莫斯科;1828年,进入莫斯科贵族寄宿中学,着手研究普希金和拜伦,并开始从事诗歌创作。1830年3月,莫斯科贵族寄宿学校改为普通中学,莱蒙托夫退学前往斯托雷平家族的谢列德尼科沃庄园;同年考入莫斯科大学。在友人A. M. 韦列夏金娜的家中,莱蒙托夫结识E. A.苏什科娃,并与之热恋;但很快又移情别恋,爱上了剧作家伊万诺夫的女儿伊万诺娃。1832年,他前往彼得堡;同年11月通过近卫士官生入学考试。1835年,他成为禁军骠骑兵团骑兵少尉。

1837年1月27日,普希金在决斗中受了重伤,29日死亡;莱蒙托夫得知消息后悲愤至极,一气呵成了抨击现实黑暗的长诗《诗人之死》(Poet's Death,1837)。诗作激怒了沙皇,2月18日莱蒙托夫被捕,后调任下诺夫哥罗德高加索骑兵团准尉。由于外祖母的奔走,1838年4月他回到彼得堡。1840年,其生前唯一一部诗集和长篇小说《当代英雄》(A Hero of Our Time,1840)在彼得堡出版发行;是年2月,因与法国公使之子巴兰特争风吃醋发生冲突被交付军事法庭;4月,调往高加索现役军队田加骑兵团,第二次流放高加索;7月参与了高加索山民战斗和瓦列里克战役。1841年2月初,他返回彼得堡,其英勇事迹备受肯定;但4月仍被迫回到高加索;7月27日,在皮亚季戈尔斯克市近郊旁的马舒克山麓的一个家庭晚会上,莱蒙托夫的玩笑激怒了士官生学校同学马丁诺夫,后者要求决斗。莱蒙托夫并没有开枪,但马丁诺夫一枪击中了莱蒙托夫的心脏,年仅27岁的诗人当场身亡。

莱蒙托夫少年时期就对文学和诗歌创作表现出强烈兴趣。他在寄宿学校时便反复研读普希金和拜伦的长诗,并写下了《恶魔》(Devil,1839)、

《童僧》(*A Little Monk*,1841)等拜伦式叙事长诗的初稿。长诗的主人公都是反社会、反道德的英雄或边缘人与暴乱分子,"罪恶"悬在他们头上,这种罪恶通常被秘密笼罩,并以苦难的表象出现。这些恶魔式的主人公都有着共同的精神特征:自由、痛苦、反叛,因为热爱自由却找不到获得自由的出路而痛苦,化痛苦为力量,进而反叛。剧本《假面舞会》(*Masked Ball*,1835)反映了上流社会的虚伪和欺诈。莱蒙托夫与普希金并不认识,然而在获悉普希金去世后立刻写就的《诗人之死》却引发了轰动。1837年2月18日莱蒙托夫被捕,囚禁期间他创作了《囚徒》("Prisoner",1840)、《女邻》("Female Neighbor",1840)、《被囚的骑士》("Imprisoned Knight",1840)等诗篇。而长诗《商人卡拉希尼科夫之歌》(*Song of Carla Sydney Cove*,1840)叙述蔑视沙皇权势、敢于和沙皇卫兵决斗的青年商人的悲剧。长篇小说《当代英雄》则描绘了以毕巧林为代表的贵族知识分子在沙皇统治下精神空虚的生活。

莱蒙托夫的创作对传统文学的超越主要表现在其对内心矛盾探索的深化。其对夜、梦、死等虚境或幻境的反复吟唱,仅抒情诗就不下20首。从长诗《恶魔》《童僧》到长篇小说《当代英雄》,"恶"乃是莱蒙托夫笔下"魔""道""英雄"的共有属性。赫尔岑曾经说:"他完全属于我们这一代……这已经不是启蒙的自由主义思想、进步思想,这是怀疑、否定、思考、极端愤怒的思想。莱蒙托夫习惯了这种情感,不能像普希金那样,从抒情诗中获得解脱。他在自己所有的幻想和快乐中都拖着怀疑的重负。勇敢的、忧郁的思想总是压在他的肩上,它在他所有的诗中透露出来。这并非那种抽象的、刻意用诗的花朵装饰自己的思想;不,莱蒙托夫的沉思——是他的诗,他的痛苦,他的力量。"[①]有学者甚至认为普希金开创了俄罗斯文学中"和谐主题"的传统,而莱蒙托夫则将"不和谐的主题"(主要表现为对人性恶的展现)或者说是将恶魔性的展示引入了俄罗斯文学。

在《恶魔》中,主人公恶魔就是一个典型的恶魔式形象。他因反抗天国和上帝而被谪放,从此茕茕孑立,孤独地"徘徊在世界的荒野里,老早就找不到个安身之地:一个世纪接着另一个世纪";他与天国对抗,对上帝抱着轻蔑的态度,"宇宙的光辉,在这个谪放者空漠沉寂的心胸中,除冷酷的嫉妒外,再也激不起什么新的力量和新的感情;而眼前他所能看到的一

---

① C.伊凡诺夫:《莱蒙托夫》,克冰译,上海:上海译文出版社,1993年,第6页。

切,他全部蔑视或全部憎恨";他在世间播撒罪恶,这最初使他欣喜的事情也最终使他感到了厌恶腻烦。这个"天国的谪放者"称自己为"认识与自由的皇帝",高傲地以自己为最高的立法者,追求极度的自由,任意妄为。当他在无意中看到少女塔玛拉的时候,他心底对真、善、美的热烈的渴望又被激发出来,"他马上在自己心里突然感觉到有一种难以形容的激荡。一种幸福的声音填满了他那个空漠的沉静的心——而他突然又重新体验到爱、善、美的神圣!"他无情地用意外夺走了即将与塔玛拉成婚的新郎,又向她表达了自己热烈的爱,他甚至真的以为"他所期待的新的生活的时刻现在已经来临",准备去爱。无奈天使的阻挠使他感到有人剥夺了他对塔玛拉的占有,最终他的恨和恶战胜了爱和善,塔玛拉死在他的阴谋之下,而他也只好如以往一样,"孑然一身,没有期望,也没有爱情"。

在《童僧》中,童僧形象不同于虚构的恶魔,它来源于莱蒙托夫在流放期间所了解到的一个真实又充满戏剧性的故事,它的现实意味更浓厚。但在本质上,童僧也是一个恶魔式的形象。一个幼小的俘虏因生重病而被寺院好心收留,他"像一根芦苇,纤细而又柔弱",但在生病期间却"不曾发出一丝微弱的呻吟"。生活在这保护的围墙中,他虽然得到了"情义的爱抚",但却从此远离家乡,失去自由。出家为僧的他习惯了俘虏的生活,听懂了异乡的语言,但内心却丝毫没有放弃逃离寺院、追求"自由自在,像山鹰一般"的生活的想法。在得到机会逃跑后,广袤、美好、充满活力的大自然使他回想起了自己的家乡,回想起家乡的自然风貌和亲朋好友。在这短暂的三天里,他不知疲倦地跑着,享受着没有人追赶的生活。潺潺的流水、高耸的悬崖、雷雨闪电、鸟鸣花香,这一切都使他陶醉。然而,命运之手却再次将他带回到寺院这个"牢狱"外面,与雪豹搏斗而负伤也没能使他退去,这一致命的打击使他彻底崩溃,想到自己"再也踏不上我的乡土了,永生永世",他绝望至极。在"绝望的、压抑的梦魇"中生病昏迷的童僧又被带回寺院,他在对寺院师父的自白中讲述了这次以悲剧收场的经历。他深知此生再无机会回到家乡,追寻自由,只好恳求师父在自己死后能够将自己葬在花园中的洋槐树下,再次感受那从高加索吹来的、如亲友弟兄问候般的风,期望自己的灵魂能够在"神圣的、九霄云外的境界为自己找到栖身的地方"。年幼的童僧被禁锢在寺院内,但他的心和灵魂却一刻也没有停止反抗,没有停止追求自由。他深深的乡愁和对自由的渴望化作痛苦永远地埋藏在心底。

在《当代英雄》中，毕巧林也是一个恶魔式的形象。出身贵族的青年毕巧林相貌英俊，聪慧过人，精力充沛，并且具有坚定的意志。但他的优势与长处却被消耗在了无谓的行动中。在高加索服役期间，他热烈追求少女贝拉，在得手后又很快对她失去了热情，这样的冷淡间接导致了贝拉的惨死；在塔曼，他跟踪走私贩子，迫使一男一女远离塔曼，使得一老一小失去依靠，对于他们的处境，他却说："人类的欢乐和灾祸跟我有什么关系"；在温泉疗养地，他追求自己并不爱的玛丽公主，他自己也"常常问自己，为什么我要这样执拗地去得到一个我既不想诱惑她，又不想跟她结婚的年轻姑娘的爱呢？"他捉弄、挑衅爱上玛丽公主的朋友格鲁什尼茨基，并最终使他在决斗中死亡；同时他又和旧情人维拉暧昧不清，最终使两个姑娘都受到了伤害；重新回到高加索，毕巧林面对旧友马克西姆·马克西米奇的热情和激动只表现出了沉默和冷淡，这深深地伤害了一位老人的心。毕巧林自私、冷漠、空虚，但这并非他性格的全部。他也是一个有过进步追求和善良心地的青年，他也曾树立过崇高的目标，拥有过远大的理想。但他善良的心地和远大的抱负都在上流社会中被消磨殆尽，从此变得空虚、冷漠、自私。面对这样的状况，毕巧林也有着清醒的认识。他在日记中进行深刻、准确的自我剖析，"我效法别人的痛苦和欢乐只是因为它们跟我有关，这就跟食物一样，它维持着我的精神力量"，"我的最大欢乐就是让周围的一切都服从我的意志，唤起自身的情感、忠实和恐惧"。他愈是清醒地批判自己，愈是渴望挣脱这样的束缚，愈是明白在现实社会中找不到改变自我的出路，于是他成为身不由己的"无根的浮萍"，在痛苦、空虚中度日。他并非一个利己主义者，而是反叛性、自由性被压抑的恶魔，正如别林斯基所说："利己主义者是不会感觉痛苦，不会责备自己，却会对自己感到满意，感到高兴的。利己主义者不知道有苦恼这回事：痛苦是仅仅有爱心的人才会感受到的。"①

在长诗《商人卡拉希尼科夫之歌》中，商人卡拉希尼科夫也是一个典型的恶魔式的形象。儒雅、端正的商人卡拉希尼科夫在得知自己的妻子被沙皇伊凡的近卫士基里别耶维奇侮辱后，毅然决定"向卫士挑战"，"豁出去跟他拼上一拼"，维护自己的尊严。在拳斗中打死近卫士的商人面对沙皇的责问毫不怯懦，勇敢承认自己是有意打死他，并请求将自己处以极刑。他也对人世留有眷恋，但他的尊严不允许他苟活，这样的内心痛苦让

---

① 转引自程正民：《艺术家个性心理和发展》，北京：北京大学出版社，2012年，第130—131页。

他感到自己的灵魂罪孽深重。在断头台上有尊严地死去的卡拉希尼科夫是一个敢作敢当、勇于维护尊严的人，他的不畏权势、勇于反抗、英勇顽强正是恶魔式形象的精神特质。

1829—1841年，莱蒙托夫创作了一系列作品，特别是1839年完成的浪漫主义长诗《童僧》和1841年完成的《恶魔》，具有深刻的思想内容和极大的艺术魅力，它们标志着俄国浪漫主义长诗发展到了一个新的高度。时代与诗人个性使其创作缺乏积极乐观的精神，只有孤独和哀伤的情调，这在很大程度上反映了十二月党人起义失败后俄国先进贵族知识分子的思想情绪。莱蒙托夫文学创作的主题多是自由与死亡、叛逆与绝望、孤独与无助、怀疑与茫然、求索与迷狂。莱蒙托夫将他的小说名称同贡斯当和缪塞等人描写"当代英雄"的作品联系在一起，使毕巧林成为在俄罗斯患"世纪病"的"多余人"典型人物之一。梅列日科夫斯基(Dmitri Sergeevich Merezhkovsky, 1865—1941)曾在专题文章中谈到莱蒙托夫创作中的"恶"，称其是俄罗斯文学史上第一个提出了关于恶的宗教性问题的作家。事实上，莱蒙托夫创作中表现的不是单纯的恶，而是将人性中善恶并存的精神现象呈现出来。具体而言，就是人在作恶时感受到善的存在，在罪恶中怀有对善的渴望。如果将其放在浪漫主义文学的大背景下考察，不难见出"双重人格"或"双重人性"的主题并非莱蒙托夫的独创，此前德国浪漫派作家霍夫曼等人都在这个方面有过深入的探索。如果说霍夫曼通过怪诞的幻境仅是在演绎双重人性，那么莱蒙托夫展示的双重人性则更多地指向道德求索或理性的自我审视。他笔下的主人公即使因行恶得逞而自鸣得意时，也总是反思和自省，如小说《当代英雄》中毕巧林在以巧计赢得玛丽公主的倾心后发出的自责。这样的自白含有良心谴责的因素，说明恶在人身上尚未彻底吞噬人向善的倾向，人性双重性不仅表现为对作恶的反思，还体现为处于恶中的人所经历的精神苦闷，以及渴望回归善的强烈愿望。在《浪漫主义的根源》一书中，伯林曾以弗·施莱格尔为例揭示出浪漫主义有一种可怕的不可满足的欲望——总想遨游于无限；有一种狂热的渴望——总想摆脱个体狭窄的束缚。莱蒙托夫笔下的诸多人物都有这种内在的冲动所构成的冲突——无限的欲望存在于有限的个体，这直接带来了人格的内在分裂。正如其著名抒情诗《帆》("Sail", 1832)中那不无悖谬的核心意象——抒情主人公在对立两极的追求中展现自我人格深处的撕扯："它抛下什么，在它的故乡？/……它抛下什么，在它的故乡？……""唉唉！它不是在寻求幸福/不是逃避幸福奔向他方！""而它，不安的,在祈求风暴,/仿佛在风暴中才有安详!"①"相信吧,渺小就是人世上莫大的幸运。/渊博的知识、光荣的渴望、卓越的才能/和那对自由的炽烈的热爱,有什么用,/如果是我们根本不能够去享有它们?"②莱蒙托夫在《独白》("Monologue",1829)中这一无奈的反语,将一把尖刀深深地刺进了现实,也刺进了恶魔们的心里。何必呢？不追求自由,就不需要反叛,也不必忍受痛苦。平庸地生存着,随波逐流,命运总会为你安排一个结局。不用做一片孤帆,在浩瀚的大海上漂荡,迎风起航;只需顺风顺水,任由它们把自己推向未知的方向。

第二节　美国

19世纪浪漫主义思潮不仅席卷欧洲大陆,还波及美洲。19世纪初,美国自由资本主义处于上升时期,欧洲的浪漫主义精神正合乎美国独立与发展的历史要求,美国文学很自然地就接受了西欧文学的影响,汇入了浪漫主义的世界性潮流之中。

19世纪初,美国在政治、经济领域都取得了巨大发展,大量移民的涌入、工业化的快速进程和西部发展的突飞猛进,都使人们对实现"美国梦"充满信心,民族文学也开始繁荣。1828年,著名的《韦氏大辞典》(*Merriam-Webster Collegiate Dictionary*)的出版标志着美国规范化民族语言开始形成,英美之间的"文学之争"也激发了美国众作家发展民族文学的决心。作家们汲取欧洲文学的浪漫主义精神,反对古典主义的形式和观点,强调文学的想象力和感情色彩;他们赞美大自然,尊重普通人的个性和感情,对美国的历史、传说和现实生活进行描绘。这一时期,以美国为背景、以美国人为主人公的作品开始出现,美国浪漫主义文学创作蔚然成风,且相比欧洲更富于民族色彩,被称作美国文学的"第一次繁荣"。

美国浪漫主义文学可分为前后两个时期。

美国前期浪漫主义文学的主要作家有华盛顿·欧文(Washington Irving,1783—1859)、詹姆斯·费尼莫·库柏、威廉·卡伦·布莱恩特(William Cullen Bryant,1794—1878)等。欧文和库柏是最先写出具有美

---

① 莱蒙托夫:《莱蒙托夫抒情小诗》,余振译,杭州:浙江文艺出版社,1992年,第179页。
② 同上书,第32页。

国本民族风格作品的作家,因此被称为美国民族文学的先驱。他们的作品描写了北美的历史传统、风土人情和自然景色,以崭新的内容勾勒出了美国这一新兴国家的面貌。欧文在创作中致力于开发早期美国移民的传说故事,代表作《见闻札记》(*The Sketch Book*,1820)所收录的散文杂感故事,颇具美国本土生活的气息,开创了美国短篇小说创作的传统。"美国的司各特"库柏的代表作是《皮袜子故事集》(*Leatherstocking Tales*,1823—1841),共5部,实际上是一个长篇小说。它所描写的是美国西部边疆题材,故事曲折离奇,充满西部原始森林的恐怖气氛以及印第安人生活神秘莫测的幻景。"美国的华兹华斯"布莱恩特是美国19世纪浪漫主义诗歌的创始人,他的那些描写自然风物的抒情诗深受英国浪漫主义诗歌的影响。

美国后期浪漫主义的主要作家有拉尔夫·沃尔多·爱默生(Ralph Waldo Emerson,1803—1882)、纳撒尼尔·霍桑(Nathaniel Hawthorne,1804—1864)、埃德加·爱伦·坡、赫尔曼·梅尔维尔(Herman Melville,1819—1891)和沃尔特·惠特曼。爱默生是散文作家,也是诗人和演说家,尼采(Friedrich Wilhelm Nietzsche,1844—1900)、柏格森和梅特林克(Maurice Maeterlinck,1862—1949)等都曾受爱默生的影响。惠特曼是美国19世纪最杰出的浪漫主义诗人和革命民主主义诗人。《草叶集》(*Leaves of Grass*,1855—1892)是其一生创作的诗歌总集。对压迫和奴役的强烈反抗,对自由和民主的热情展望,是贯穿诗集的主线;代表性作品有《敲呀!敲呀!鼓啊!》("Beat! Beat! Drums!",1861)、《自我之歌》(*Song of Myself*,1855)、《欧罗巴》(*Europe*,1848)、《法兰西》("O Star of France",1870—1871)等。歌颂人和"自我"、颂扬大自然的壮丽是诗集的另一主题,代表性作品有《我歌唱带电的肉体》("I'll pour the verse with streams of blood",1867)、《我听见美洲在歌唱》("I Hear America Singing",1860)等;崇尚科学技术、讴歌物质文明也是诗集所表现的另一重要内容,代表性作品有《常性之歌》(*Song of the Universal*,1874)、《从巴门诺克开始》(*Starting from Paumanok*,1860)等。《草叶集》具有雄浑豪放的风格、快速高昂的节奏,开创了美国民族诗歌的新时代;而其粗犷活泼、舒展自如的语言则开创了长短句式的自由诗体。梅尔维尔是美国浪漫主义小说家,他的代表作《白鲸》(*Moby Dick*,1851)描写捕鲸工人的悲惨命运,富有神秘色彩和象征意义。

美国诗人、小说家、文学评论家爱伦·坡是19世纪西方文坛一个极富争议性的存在,也是美国浪漫主义的卓越代表。

坡1809年1月19日诞生于波士顿一个流浪艺人家庭。还不到两岁时,父亲离家出走,母亲很快便积劳成疾不治而亡,坡只能被旁人收养,此时尚不足三岁。养父约翰·爱伦是弗吉尼亚州里士满的烟草杂货商,早年对孩子悉心教养。坡跟随养父母在英国伦敦上了五年学,随后返回里士满完成了中学学业。1826年,自幼喜欢文学的坡得以进入新建不久的弗吉尼亚大学学习。虽学习成绩优异,但坡因在大学期间沾染了酗酒和赌博的恶习,最终不得不中断学业。此后,与养父之间的矛盾爆发,坡于1827年3月离家出走,开始漂泊浪游。后为生计所迫,坡入伍当兵。1830年,他被选拔到西点军校学习,但很快便因无视军纪而被开除。在此之后,坡便开始了其艰辛曲折的职业文学生涯。

坡在报刊上发表过诗文,在杂志社担任过编辑,但无论是稿费还是编辑的收入都仅够他勉强糊口。1835年,坡与表妹弗吉尼亚结婚,过上了一段幸福的日子。婚后12年间,坡既享受了家庭生活的温暖,也在写作上取得了丰硕成果,其许多小说与诗歌都创作于这一时期。1847年1月,坡年方25岁的妻子因患肺结核撒手人寰。妻子的离世对坡在精神上造成了极大打击,之后就再也没有写出过什么有分量的作品。1849年10月7日,坡在巴尔的摩的医院离世。

坡的创作异常丰富,诗歌、小说、戏剧、散文以及评论均有涉足。其文学思想受到了柯勒律治文艺观的影响,但又有很强的独创性。他认为:"美是诗的唯一正统的领域"[①],而美"与悲怆的结合能产生一种催人泪下的魅力",因此"悲怆是诗最恰当的基调"。[②] 从相反的角度看,诗不应该是道德伦理的载体,"诗只是为诗而作"。坡还提出了"效果统一论",认为艺术作品应该"用最小的手段取得最大的效果"[③];而作家创作前应该预先确定作品产生的心理与社会效应,进而以此为出发点确定情节、人物、结构以及语调。他十分重视艺术创造中的想象能力,在他看来,想象力是经由严谨缜密的逻辑思维对潜意识深层心理的抵达。坡的浪漫主义文艺思想直接源自英国的柯勒律治,但受坡影响最大的人却是19世纪中叶的法国诗人波德莱尔。通过后者,坡的影响力直接贯通到世纪末的象征主

---

① 爱伦·坡:《创作哲学》,见柳鸣九主编,王逢振选编《世界散文经典(美国卷)》,沈阳:春风文艺出版社,1997年,第19页。
② 同上。——译文有改动,引者注
③ 同上书,第16—18页。

义、颓废主义、唯美主义等诸思潮,并进一步影响到现代主义。

坡的写作生涯始于诗歌。1827年,年仅18岁的坡出版了其第一部诗集《帖木儿及其他》(Tamerlane and Others,1827),而到22岁时他已经出版了三部诗集。坡的作品中有许多成了西方诗歌史上的经典。早期作品《致海伦》("To Helen",1831)、《海中城》("The City in the Sea",1831)等都广为人知,而《乌鸦》("The Raven",1844)更是英语世界最著名的诗歌之一。虽然坡的诗作数量与其创作的小说和批评文章相比并不算多,也远远少于惠特曼、狄金森等大诗人的作品,但坡却希望自己以诗人的身份为世人所知。

深受英国浪漫主义诗人的影响,坡的诗歌与当时美国盛行的超验主义格格不入。认为华兹华斯对诗歌道德教化作用的强调是不能接受的,坡将诗歌创作的重心放在了诗句韵律与节奏的打磨上,并因此被超验主义的代言人爱默生讥讽为"打油诗"。他在文章中盛赞柯勒律治诗作的"极高的智慧"与"巨大的力量",但对同为英国浪漫主义诗歌奠基人的华兹华斯却并不认可。相形之下,其早期诗作中拜伦、雪莱、济慈的影响更为显明。坡称音乐与令人愉快的思想结合起来有节奏地创造美就是诗歌。他强调诗歌中创造力与理性的统一,反对一般浪漫主义文论将诗人的创作视为一种纯粹灵感驱动下的"狂热"状态的观点。其对诗歌创作中理性的强调进一步凸显了"效果"的意义,即一种被精心设计、占据首要地位的情感氛围,它统摄着情节、人物、韵律等元素的构建。他认为诗人应该同时也是批评家,并且强调评论也是一种创造性的活动。

坡的诗歌呈现出一种特殊的颓唐伤感情绪。一方面,诗歌的题材相对单一,不外乎对爱情、死亡、伤痛疾病等的咏叹与感触;另一方面,诗歌的主题却又与形式形成了高度和谐一致的效果,语言技巧的使用上往往匠心独具。"美人之死"的题材是坡最惯用的题材,其最负盛名的《乌鸦》便描绘凄风苦雨的夜晚,主人公深陷对爱人的怀念而无法自拔,极度的悲伤使其精神恍惚:一只硕大的乌鸦出现了,主人公向乌鸦接连发问,得到的回答却始终都是一句"不再"(Nevermore)。这首诗的真正内容并非叙事,而是呈现一种笼罩一切的悲凉情绪,乃至一种非理性的潜意识。坡特意选择"不祥之兆"的象征乌鸦以寄托最大限度的悲伤绝望。

坡对美国文学乃至西方文学最大的贡献是其短篇小说。虽然开始写短篇小说的时间要晚于华盛顿·欧文等先行者,但坡是第一个有意识地将短篇小说作为独立文学体裁进行营构的作者。他认为,短篇小说创作的关键是作家要精心设计某种单一效果,然后再以此作为核心去虚构情节。在其二十多年创作生涯所完成的七十余篇短篇小说中,坡都力求在每个句子、每个用词上体现所预定的气氛与效果。

坡的小说类型可谓包罗万象,在很多领域都是先行者与代表性人物。不同的评论者分别将他描述为恐怖小说乃至科幻小说的开创者。"恐怖小说"("Horror Tales")与"哥特小说"("Gothic Fiction")这两个概念长期以来在文学史著作与文学评论文献中纠缠不清,使用方式颇为混杂。不少研究中也将坡所创作的那些包含有神秘、怪诞、恐怖、死亡、精神错乱等元素的作品称作"哥特小说"。从文类的角度来说,哥特小说在坡之前已然有着近一个世纪的传统了,坡的恐怖小说确实与哥特小说之间有着不可分割的联系。

有人曾将哥特小说的叙事模式概括为"一个单纯的女孩进入了一座恐怖的房子"——一位天真无辜的少女,被囚禁在一幢摇摇欲坠的大房子里,遭受恶人的折磨摧残。进一步展开来说,哥特小说写的是代表邪恶的人物对代表无辜的人物的追逐迫害,其行动的驱动力是权力、色欲、金钱等。围绕这一主线展开的故事中包括了诸如家庭、婚姻、性等核心问题,往往伴有明显的复仇情节。这类故事中充分展现并强调了人物之间关系的不稳定性,并往往带有超自然元素。哥特小说对西方浪漫主义叙事作品有直接而又重大的影响。

坡的恐怖小说既继承了哥特小说的叙事传统,又体现出明显的创新性。坡由诗歌创作转向小说创作的主要动因是经济因素,因此他选择了当时虽然不受评论家青睐但销路很好的哥特小说模式作为其小说创作的方向。在进行小说创作前,坡对图书市场做了分析,对哥特文学的结构元素以及效果原理进行了研究,在这样的基础上,依据其独特的"统一效果"原理定向添加某些新的元素,恐怖小说作为一种新的文类便被他创制了出来。

坡发表的首部恐怖小说《麦岑格斯泰因》("Metzengerstein",1832)是模仿德国故事写就的一个文本,包括了诸多哥特小说的常见因素:遗产之争、复仇、家族诅咒、具有超自然力量的魔毯、具有超自然力量的魔马等。在某种意义上,这部作品可以被看作德国超自然恐怖故事的百科全书,但坡在这部作品中表现出了更深层次的创作意图。围绕着"恐怖与死亡"这一效果,作品的主要情节建立在对灵魂转世的信仰中。故事里可怕的魔马,其效应设定与坡后来所写的名篇《黑猫》("The Black Cat",1845)中的黑猫可谓异曲同工；故事主角弗里德里克毫不掩饰的恶及其与恶魔的交易，在坡其他恐怖小说的主人公身上也能找到相应的影子。

含混与矛盾常在坡的作品中被用来表现罪恶心理。《厄舍古厦的倒塌》("The Fall of the House of Usher", 1839)、《黑猫》《泄密的心》("The Tell-tale Heart", 1843)等故事中的主人公，心理恐惧的源头均为自己曾经犯下的恶行。这种对罪恶的恐惧集中在某些看似超自然的对象身上，在《厄舍古厦的倒塌》中是还魂的死者，在《黑猫》中是无处不在、无法摆脱的黑猫，在《泄密的心》中则是永远萦绕在耳边的死人的心跳声。坡的创新之处在于，在敏锐地意识到哥特小说的背景和人物经过想象的加工可以成为心理小说中需要的象征与线索之后，他巧妙地利用了哥特小说中的各种恐怖元素来显现人物的潜意识心理世界，从而创作了构思巧妙的心理小说：那些起初被主人公和读者都认定为超自然元素的现象并不真的存在："还魂"的死者并未真正死去；并不存在一只永远杀不死的猫；死人的心跳不过是幻觉或精神分裂症的症状。坡的恐怖小说（准确说是心理恐怖小说）的根本特质是以罪恶感为核心的"心理恐怖状态"。坡的心理恐怖小说扩大了哥特文学的影响，对后来的魔幻、科幻、侦探、惊悚小说等均有重大影响。

虽然坡创作第一部推理故事《莫格街谋杀案》("The Murders in the Rue Morgue", 1841)时，"侦探"这一职业与相应的文学术语还并未真正诞生。但与恐怖小说相比，在侦探小说界坡的鼻祖地位却更早得到了更明确的认可。虽然这位"侦探小说之父"只创作了寥寥数篇探案故事，但这几篇故事在很长时间内几乎决定了侦探小说的所有类型模式。《莫格街谋杀案》开启了经久不衰的"密室杀人案"故事模式；《玛丽·罗杰疑案》("The Mystery of Marie Roget", 1842)是典型的"安乐椅探案"模式（即侦探不需要亲自到案发现场，仅凭借新闻报道等文字材料就破解案件）；《失窃的信》("The Purloined Letter", 1844)则揭示了"最安全的地方就是最危险的地方"这一"心理盲区"模式；《金甲虫》("The Gold-Bug", 1843)提供了"密码破译"模式；而《你就是凶手》("Thou Art the Man", 1844)通过"心理断案"呈现了"不可能的凶手"案情模式。后世侦探小说作家与读者津津乐道的"无法被超越的五种侦探故事模式"并非只是浅显的故事情节类型上的开创性意义；更为重要的是，坡之"一切超乎寻常的东西都必须进行科学的解释"这一强调理性作用的原则在这类作品中得到了充分的体现。如果说"恐怖、怪诞、不可思议"是坡恐怖小说要实现的"效果",那么,"真相"就是他的侦探小说中用以贯穿小说各要素之间的统一"效果"。

坡的侦探小说的另一贡献是率先创造了"私家侦探"的形象。在坡之前以及同时代的小说作品中有时也会出现探案者的形象,但往往是代表官方的警察、密探等人物角色。这些角色一方面带有"维护社会秩序"的官方使命,另一方面却往往被文学家们描绘成愚笨、木讷的"探案机器",很难在情感上引起读者的共鸣。坡的前三部短篇侦探故事中刻画了一位独特的侦探形象——隐居在破败的古堡中的没落贵族杜邦。杜邦身上既有对真相的渴望、对揭露罪行的责任感这一面,也具有某种反体制的叛逆气质。这种侦探形象的二重性可以说是为后来侦探小说中"秩序"和"反叛"的辩证关系埋下了伏笔。坡还创造性地为杜邦配备了一位朋友、助手与故事的叙述者。这样,原本带有浓厚浪漫主义气息的"超人"般的侦探就通过与读者接近的普通人的眼睛拉近了与读者的距离。这样的侦探形象以及"聪明侦探加笨助手"的人物设置直接催生了后来的侦探小说名家阿瑟·柯南·道尔(Arthur Conan Doyle,1859—1930)、阿加莎·克里斯蒂(Agatha Christie,1890—1976)等人笔下的福尔摩斯、波洛等不朽的侦探形象。

坡的侦探小说以及其中侦探、罪犯等人物形象均具有典型的浪漫主义特征。从侦探小说的创作初衷来说,罪犯是恶的化身,需要被刻画成绝对的恶人,而侦探作为社会秩序的捍卫者需要被描绘成具有非凡能力的超人。在坡"统一效果"原理的指导下,这种夸张、绝对性在其侦探小说中表现得更为明显。他一方面竭力渲染案件场面的血腥可怖,从而凸显罪犯"绝对的恶";另一方面又在对侦探探案能力的展现中加入了某种神秘气息,让人觉得其推理天赋玄之又玄。从侦探小说的情节走向来说,它可以说是一种"无需开始阅读就能知道结局"的作品。因为所有侦探故事基本都有着同样的结局,即侦探破案与罪犯伏法,读者所不知道的只是案件发生的具体细节,包括凶手是谁、动机为何、作案手段以及侦探是如何一步步接近真相的。这样的固定故事情节无疑给侦探故事披上了"正义永远战胜邪恶"的理想主义气质与浪漫主义情怀。

坡所有的作品几乎都能归入"犯罪小说"的范畴。从这个意义上说,无论是恐怖小说中几乎都与犯罪行为相关的"恐怖效果",还是侦探小说中的"作为审视对象的犯罪"都是一种犯罪或者"恶"的审美化过程。通过将犯罪行为或恶行夸张、扭曲成恐怖效果的实现手段,或者将犯罪行为碎片化、肢解成侦探审视的"材料与对象",坡在文学作品中将"恶"与读者的个人情感、社会责任等"文学之外"的关注疏离了,从而将它变成了近乎纯粹的审美对象。这种罪恶的审美化虽不是坡的原创,而是从古希腊神话、圣经神话直到莎士比亚戏剧、萨德以及德·昆西(Thomas De Quincey,1785—1859)等人的创作中都能找到的西方文学传统的重要组成部分,但坡经由其"统一效果"原理将其发扬光大,为颓废主义等世纪末思潮乃至现代主义思潮提供了重要的准备。

霍桑是美国心理小说的开创者,美国浪漫主义的代表性人物。霍桑出生在美国马萨诸塞州萨莱姆镇的一个没落贵族家庭,幼年丧父,与寡母一同住在外公家;由于外公家笃信基督教清教,霍桑自幼在浓厚的清教氛围中长大,这对他日后浪漫主义创作中的神秘主义倾向有很深的影响。霍桑性格孤傲,顾虑多疑,单亲的不幸和宗教的生活氛围常常使他陷入"痛苦的孤独感"而难以自拔。1825年,霍桑从波登大学毕业后,回到萨莱姆。他对社会生活毫无兴趣,自此开始了长达12年的隐居生活,其间主要以写作为生。1839年,霍桑谋得了一份政府差事,在波士顿海关工作了两年多,之后进入"布鲁克农庄",结识了超验主义思想的代表人爱默生和梭罗(Henry David Thoreau,1817—1862)等人。此后,霍桑又赴萨莱姆海关上任,这一时期的生活对其创作长篇小说《红字》(*The Scarlet Letter*,1850)有直接影响。

霍桑善用表面温和、实质锋利的笔法揭露邪恶、讽刺丑恶、揭示真理,《红字》的出版巩固了其在美国文坛的地位,也对后世文学产生了巨大影响。除《红字》外,其代表作还有《七角楼房》("The House of the Seven Gables",1851)、《古宅青苔》("Mosses from an Old Manse",1846)、《雪影》("The Snow Image",1851)等。作家亨利·詹姆斯(Henry James,1843—1916)、坡、梅尔维尔等文学大师都深受其影响。

霍桑被评价为一个生活的旁观者,这一人生态度决定了他对人的内心、心理活动的好奇心和洞察力。他深受原罪思想的影响,认为原罪代代相传,他在作品中倡导人们以善行来洗刷罪恶,净化心灵。在《七角楼房》序言中,霍桑称自己的创作不是一般意义上的"小说",而是一段罗曼史;霍桑尤其重视心理描写,其作品被进一步称为"心理罗曼史",以突出心理描写的重要地位。霍桑的作品想象丰富、结构严谨,作品中还大量运用象征主义手法和浪漫主义反讽,他笔下的各种意象构思精巧、寓意深远,开启了象征主义成为独立文学种类的先河,因此他也被后代作家誉为"象征主义先知"。

　　霍桑认为真实是永恒的,但不是建立在外部世界之上的。霍桑对家族历史和宗教的了解直接影响了他的创作。霍桑的祖先是来自英格兰地区的望族,世代都是虔诚的加尔文教信徒,两代先祖曾是马萨诸塞州政教合一权力机构中的要人——一位是马萨诸塞殖民地议会的首任议长,以参与迫害辉格党而臭名昭著;另一位是他的叔叔,名叫约翰·哈桑,曾任地方法官。1692年,在马萨诸塞的萨莱姆镇发生了历史上著名的"驱巫案",此案牵连甚广,200多人被捕,150人被监禁,10人以上受到绞刑,遇难者中有不少是无辜的居民,使得这个案件上升为实质性的宗教迫害。霍桑的叔叔约翰是本案的法官,以其宗教狂热和残酷无情而臭名昭著。

　　通过对整个家族历史的了解,特别是对祖先17世纪30年代从英格兰来到北美殖民地大陆以及后来发家过程所做的研究和考证,霍桑了解了家族发展史和18世纪、19世纪新英格兰地区的社会状况。因此,他的作品选取的几乎都是新英格兰殖民时期的生活题材,其叙事不仅打破了现实生活的客观性,甚至与现实存在毫不相干,几乎完全是凭感觉在写作;同时,笔触所及之处,一切事物又都那么栩栩如生、细致入微,这使其作品充满了浪漫主义的奇思妙想。美国著名文学批评家玛丽·罗尔伯杰在谈到霍桑的文学理念时说:"霍桑的理论不仅包括艺术与生活是根本不同的这种认识,而且也包括在现实基础上构成幻想创造艺术作品这一特殊手法和场景的认识。"[1]霍桑深知艺术手段在表现生活本质中的极端重要性。他完全懂得在创作中要用艺术形式表现"非现实的东西",而且必须使它们"看起来很真实",因为他了解作家需要发挥幻想。

　　在霍桑看来,技术的进步和机器的使用不但不能改善社会的道德面貌,反而使人陷入更深的"罪"的漩涡,成为"恶毒的精灵"。霍桑认为,人与人之间的矛盾、一切社会犯罪的根源,不在现实生活当中,而是世界上一种固有的"恶"造成的,这是加尔文教教义中关于"原罪"、内在的"堕落"等观念对其思想的影响。根据霍桑的理解,一切社会问题都需要从"恶"入手,从内部进行挖掘。因此在他看来,一切抽象、神秘的"恶"都是造成社会问题的根本原因,这一主题也反映在他的多部作品中。《小伙子古德蒙·布朗》("Young Goodman Brown",1835)是一篇寓言故事,也是一篇

---

[1] Mary Rohrberger: *Hawthorne and the Modern Short Story*, The Hague-Paris: Mouton & Co., 1966, p. 16.

技巧娴熟的象征小说。布朗是个单纯善良的小伙子,受到了魔鬼的蛊惑,在赴魔鬼聚会的路上,他竟然发现了许多熟人,有年高德劭的牧师、身居要位的官吏,甚至他心灵上的导师——一位最虔诚的基督教徒,使他尤为吃惊的是,他的新婚妻子"费丝"也在其中。此时他才恍然大悟,原来大家都是魔鬼的信徒,一切神圣的东西在他眼里都染上了罪恶的色彩,最后他在忧郁愁闷中告别了人世。作者借魔鬼之口赤裸裸地宣称:"整个大地是一个罪恶的污点,是一块巨大的血迹。""罪恶是人类的天性。"霍桑通过古德蒙·布朗之口叫出了"我的信仰(Faith)完了。"这种信仰既包括对宗教的信仰,又包括了对人类的信念。而在《教长的黑色面纱》("The Minister's Black Veil",1837)中,备受教民爱戴的胡珀牧师突然在脸上蒙上黑纱。在他布道时,"在场的每一位教民,最纯真的少女也罢,铁石心肠的硬汉也罢,都感到犹如那幅可怕的面纱背后的教士爬到了他们上面,发现了他们隐匿的思想或行为上的罪孽"。胡珀牧师坚决不许克拉克神父摘去面纱,并疾呼:"'我'环顾四周,看啊,在每一张脸上都有一幅黑色面纱。"在这里,黑纱象征人们隐藏心中罪恶的面具。黑面纱在这里具有双重含义:一方面"面纱"完全掩盖了牧师的面目,但它并没有影响他的视力,反而使一切有生命和无生命的东西蒙上了一层黑影;另一方面,牧师脸上的黑色面纱象征着他内心的罪恶,要么是他玩弄了良家少女,要么是杀死了挚友或情人,一切都包围在黑暗中,好像到处都充满了罪恶。

《红字》中的牧师丁梅斯代尔更是一个隐秘罪恶的典型。他不但没有勇气站起来承认自己的罪恶,还自欺欺人地为自己辩解:"他们尽管有着负罪感,然而都保持着对上帝的荣光和人类的福祉的热情,他们畏畏缩缩,不肯把自己的阴暗和污秽展现在人们眼前;因为,如此这般一来,是做不出任何善举的,而且,以往的邪恶也无法通过改过来赎罪。"他为自己设定逃脱道德与法律制裁的理论,然而内心每时每刻都受到来自上帝的惩罚而不能自拔,心中充满了罪孽感,饱受良心的折磨,精神崩溃。临死前,他终于鼓起勇气袒露了自己的罪行,并以自己的死作为一种教谕,"使他的崇拜者深信,在无比纯洁的上帝的心目中,我们都是相差无几的罪人"。霍桑作品都或多或少隐含了这一创作思想,即试图以灵魂的罪恶来解释社会中种种黑暗与丑恶的现象,并竭力主张读者要认识这种人心的堕落,用自我忏悔的方式净化不洁的灵魂。每个人的内心都有一块黑暗的地方,罪恶与人类同在,这也是霍桑世界观中最重要的部分。

而对海丝特这一人物,霍桑的立场模棱两可,让人无法琢磨。他与秉承传统观念的人一道谴责海丝特,同时又表现出不仅其本人而且世上所有的人一定会喜欢海丝特的态度。他对待齐灵沃斯也用了同样的手法:一方面,他强加于青年牧师丁梅斯代尔的几乎是催眠般的控制,隐在暗处像魔鬼一样对牧师无休无止地折磨,这就违背了人的良心,成了真正的恶棍;但另一方面他也是一位受害者(戴帽子的人),并且除了对情敌进行恶毒的报复外,没有伤害任何人。这是一个什么样的人?读者只能自己去理解,通过"消解文本中出现的不同观点之间的矛盾或用不同的方式填充不同观点之间的空白"①去体验作者的意图。霍桑乐于"让作品中的人物自己阐明境遇,他本人只是从美学的高度对他们的行动加以控制"②。这种叙述方式形成一种巨大的张力,激发了读者的审美感受。

《红字》的创作思想并没有停留在《小伙子古德蒙·布朗》的教谕层面上。在希腊神话的众神中,赫斯提执掌万民家事,是最受凡人尊敬和爱戴的女神,作者对这个名字的选择似乎预示了海丝特终将得到大家的尊敬。"海丝特"这个名字寓意的变化似乎暗合了作者创作思想的发展过程:人性有恶,但人能知恶,同时人性也能向善。这种创作思想的变化体现在红字"A"寓意的不断变化中,而红字寓意的变化又源自海丝特受审后崇尚简朴、自省救赎的生活。纵观霍桑的创作,可以说红字"A"是《面纱》中象征物黑色面纱的变体。黑色面纱是教长知恶认罪的标志,但世人并不知道教长犯有何罪。红字"A"比黑色面纱明确了一点,读者能从故事的开头看出"A"字表示通奸罪(Adultery)。海丝特胸前佩戴红字,与教长面罩黑纱富有同样深刻的寓意,即承认自己有罪,必须接受道德审判。不过,霍桑并没有写出红字的全名,在作品中也没有点明"A"到底指什么,为作品的主题留下了广阔的阐释空间。随着小说情节的发展,"A"字的象征意义在小镇居民的心目中渐渐发生转变:许多人目睹海丝特乐善好施的行为之后,认为"那个字母是她神职的标志。所以许多人不肯按本意来解释那个红色的字母'A'",而把它解释为"能干"(Able)、"令人敬佩的"(Adorable),以及"天使"(Angel)等。对红字"A"寓意的处理,体现了霍桑对寓言体叙事模式的继承、发展与创新。

---

① Raman Selden & Widdowson Peter, *A Reader's Guide to Contemporary Literary Theory*, New York & London: Harvester Wheat Sheaf, 1989, p. 63.

② Robert E. Spiller:《美国文学的周期——历史评论专著》,王长荣译,上海:上海外语教育出版社,1990年,第69页。

Ⅱ 浪漫主义的自由旨要

浪漫派高度推崇个人价值,个体主义乃浪漫主义的突出特征。
——Jacques Barzun,*Classic*,*Romantic and Modern*

我只有一个朋友,那就是回音。为什么它是我的朋友?因为我爱自己的悲哀,回音不会把它从我这里夺走。我只有一个知己,那就是黑夜的宁静。为什么它是我的知己?因为它保持着沉默。
——克尔凯郭尔:《或此或彼》

没有人能够控制爱情;没有人会因为他爱或不再爱而有罪。促使女性堕落的是说谎;构成奸情的不会是她答应她情人的时刻,而是她后来睡在她丈夫怀抱里的夜晚。
——乔治·桑:《雅克》

绝大多数的自由主义者,都是自由主义的民族主义者。
——塔米尔:《自由主义的民族主义》

在一个伟大民族觉醒起来,为实现思想上或制度上的有益改革而奋斗时,诗人就是一个最可靠的先驱、伙伴和追随者。
——雪莱:《为诗辩护》

只有毫无用处的东西才是真正美的,所有有用的东西都是丑的,因为这是某种需要的表现,而人的需要如同他那个可怜的、残缺不全的本性一样,是卑鄙龌龊的。一幢房子里最有用的地方就是厕所。
——戈蒂耶:《莫班小姐·序言》

第六章
个体自由与孤独的本体性

　　个体主义乃浪漫主义的突出特征。经由忧郁成性的"世纪儿"形象，"人群中的孤独"这一现代人的命运在浪漫派这里第一次得到正面表达，个人与社会、精英与庸众的冲突从此成了西方现代文学的重要主题。

　　文艺复兴以降，伴随着文化的演进，个体主义越来越成为精神－艺术活动的前提或动力。在法国，从理性时代勒内·笛卡尔（René Descartes，1596—1650）"我思故我在"以及帕斯卡尔（Blaise Pascal，1623—1662）"人是会思想的芦苇"对精神－思想的强调，到浪漫主义"我感故我在"对感性生命的高标，其间的一条红线便是"个体"的不断彰显。"杰出的个人可以使世界变得更美好"——这是19世纪法国作家从史达尔夫人到雨果并一直延伸到福楼拜与左拉普遍崇信的观念。而卢梭出尘脱俗的原始主义理想、英国18世纪文坛流行一时的感伤主义，以及自1774年以来歌德的《少年维特之烦恼》所不断投放出来的精神感染力，均对浪漫主义文学（尤其是叙事文学）发挥了远比法国大革命影响更大的作用。从史达尔夫人和乔治·桑这些女性作家对情感解放的呼吁，到司汤达与梅里美小说中那些宁愿付出生命也要捍卫自由人格的英雄主人公，个体对社会的"挑战性的姿态"堪称浪漫主义小说的标志性特征。其间，忧郁成性的"那喀索斯式"的形象、更富进取心与主动性的"普罗米修斯式"的反叛主人公以及戴着镣铐拿命相搏的悲剧英雄（如于连、卡门等），既共生并存，又呈现出持续递进的嬗变，而这一切背后的基本逻辑便是现代作家强烈的个体主义价值取向。[①]

[①] See Winfried Engler, *The French Novel: From 1800 to the Present*, tran., Alexander Gode, New York: Frederick Ungar Publishing Co., 1970, pp. 4–5.

正是以浪漫主义作家笔下那些忧郁成性、充满悖论的古怪形象为基础,作为个体本质或命运的"孤独体验"在克尔凯郭尔的哲学探究中才终于发酵成构成"荒诞"观念的核心要素;勒内那代人的忧郁猜疑、迷茫空虚,在萨特的笔下被剥去了浪漫的外衣,被表现为"恶心"。① 也正是经由对孤独个体之精神矛盾和情感悖论的关注,浪漫主义文学才为存在主义哲学进一步阐发"非理性的人"做好了准备。

第一节 "古代人的自由"与"现代人的自由"

1819年,法国浪漫主义的重要作家,也是当时西方最重要的自由主义思想家贡斯当发表了《古代人的自由与现代人的自由之比较》,文章翔实分析了古代雅典城邦人的自由与浪漫主义时代"现代人"的自由在内涵上的重大分别:古代西方人的自由是"群体的自由",而现代人——也就是浪漫主义时代的人的自由是"个体的自由"。贡斯当认为:"古代人的自由在于以集体的方式直接行使完整主权的若干部分",即古代人的自由集中体现为一种政治参与的权利;古代人没有个体(Individual)的观念,个人政治参与的权利之实现要诉诸群体或集体的方式,由此也导致了古代人没有个人权利(Individual Rights)的概念。古代人把自由仅仅看作参与国家权力、分享社会权力,为此他们可以奉献出个人的一切,可以屈从于集体意志,总之,"对个人权利的所有限制都会由于对社会权力的参与而得到了充分的补偿"。在这种权利运行的机制中,个人仅仅是庞大社会机器上的一个显得微不足道的组成部分,因而"个人以某种方式被国家所吞没,公民被城邦所吞没"②。

与古代人的自由正好相反,不再持续不断地追求那种参与集体事务的权利的现代人的个体自由(Individual Liberty)"是只受法律制约、而不因某个人或若干个人的专断意志受到某种方式的逮捕、拘禁、处死或虐待的权利,它是每个人表达意见、选择并从事某一职业、支配甚至滥用财产的权利,是不经过许可、不必说明动机或事由而迁徙的权利。它是每个人

---

① Winfried Engler, *The French Novel: From 1800 to the Present*, tran., Alexander Gode, New York: Frederick Ungar Publishing Co., 1970, p. 3.
② 邦雅曼·贡斯当:《古代人的自由与现代人的自由——贡斯当政治论文选》,阎克文、刘满贵译,北京:商务印书馆,1999年,第37页。

与其他个人结社的权利,结社的目的或许是讨论他们的利益,或许是信奉他们以及结社者偏爱的宗教,甚至或许仅仅是以一种最适合他们本性或幻想的方式消磨几天或几小时。最后,它是每个人通过选举全部或部分官员,或通过当权者或多或少不得不留意的代议制、申诉、要求等方式,对政府的行政施加某些影响的权利"①。显然,与古代人的自由相比,现代人的这种自由首先体现为个人的独立,每个个体都有自己选择如何思考、怎样表达以及行动的权利,任何他人、任何外在的力量都不能要求其让渡或牺牲这份以独立作为前提的自由。

贡斯当认为古代人的自由在于某种特定的集体形态的"政治自由"(Political Liberty),而"个体自由……是真正的现代自由";"在古代人那里,政治自由本身就是一种乐趣",而对现代的个体自由来说,"政治自由是一种保障",且"仅仅是他们乐趣的一种保障"②。现代人的自由,其要旨首先在于个人的独立,他认为:"我始终在捍卫一个原则,那就是人在宗教、哲学、文学、实业和政治等一切领域的自由;在我看来,这种自由意味着个体的胜利——个体战胜了意图进行专制控制的权威,战胜了要求少数服从多数的多数人的暴政。"③当然,贡斯当这种由"个体的胜利"所达成的"个体的自由",绝非是说个人可以肆意妄为——想干什么就干什么;卢梭曾说:"人是生而自由的,而却无往不在枷锁之中。"这里"人是生而自由的"指的主要是人之精神层面的自由,而"无往不在枷锁之中"则显然是指行为层面上的人的自由的现实状况。虽然浪漫派的"个体自由"的确包含了诸多行为层面的自由,如迁徙自由、贸易自由、婚姻自由等,但它所强调的首先却是人的精神自由——只有在精神层面,人的自由才是无限的、无条件的。

作为思想家,"贡斯当的思想源于法国的启蒙学派、苏格兰学派与德国哲学"④。贡斯当1767年出生于瑞士的洛桑。他15岁始先后在德国的埃尔那根大学、苏格兰的爱丁堡大学接受教育;稍后,自称是孔多塞

---

① 邦雅曼·贡斯当:《古代人的自由与现代人的自由——贡斯当政治论文选》,阎克文、刘满贵译,北京:商务印书馆,1999年,第26页。

② Guy Howard Dodge, *Benjamin Constant's Philosophy of Liberalism: A Study in Politics and Religion*, Chapel Hill, NC: The University of North Carolina Press, 1980, pp. 29—30.

③ George Armstrong Kelly, *The Human Comedy: Constant, Tocqueville and French Liberalism*, Cambridge: Cambridge University Press, 1992, p. 2.

④ Guy Howard Dodge, *Benjamin Constant's Philosophy of Liberalism: A Study in Politics and Religion*, Chapel Hill, NC: The University of North Carolina Press, 1980, pp. 16—17.

(Condorcet, Marie Jean Antoine Nicolas, 1743—1794) 的弟子的贡斯当在巴黎这个文化中心与一批学者与名流建立联系。1794 年,贡斯当结识了对其一生至关重要的巴黎名媛史达尔夫人,并与其开始了长达 24 年非同一般的情谊。与史达尔夫人等文学家的密切交往,使其成为法国第一代浪漫主义文学中的代表人物;同时,在对历史文化的反思和对现实政治的参与中,其独特的自由主义理论体系日趋完善,这使他成为浪漫主义时期西方最重要的自由主义思想家之一。

贡斯当关于"古代人的自由与现代人的自由之比较",直接受益于史达尔夫人的思想恩惠。早在 1799 年,作为自由主义思想家与浪漫主义作家的史达尔夫人著文指出:"在古代,政治共同体非常小,通过奖励或各种奖励的期望,每个公民都会感到对他们实际参与公共事务所带来的损失的补偿……但当今法国的情形已不可同日而语,能让人民选择共和国的唯一理由便是尊重私人生活和私人财富。对现代人而言,自由意味着保护公民在一切方面免受政府的侵害……社会组织在技术上的进步使得个人更易获取福利,并也不再要求公民把所有一切奉献于公共利益。"[①]基于其自由主义思想立场,史达尔夫人很早就展开了对恐怖时期雅各宾派打着人民的旗号所实施的各种侵犯人权的行为的批判:"法国大革命或雅各宾专政的理论家们荒谬而又残忍地把数学计算当作其血腥恐怖法律的基础,这就有了他们为了所谓大多数人的幸福而不惜牺牲千百万个体的生命。非常简化的计算忽略了个体的人的情感、意向以及其他,他们全然不顾:真理是由无数事实和无数个体所组成的,必须承认所有的特殊和差异……"[②]拿破仑称帝后,史达尔夫人激烈地批判其所实行的建立特别委员会、流放、监禁和控制舆论等种种专制行径,称其只有人治没有法治,只有权力没有自由,实际上是一种军事独裁或"军事雅各宾主义"。

自由,在古拉丁语中,被译成"Liberta",主要指从束缚中解放出来,后来的英语在古拉丁语的基础上发展演变成"Liberty"与"Freedom",意指不受人身依附关系的强制与干涉,并在不受约束与羁绊中保持自主的独立人格。自由的含义屡经更变,它或者曾是一种意识形态,或是一项社会制度,或是一类政党组织,或是一波理论热潮,或是一场文学运动……但自由的内核始终围绕着一个基本意涵,即作为一个独立存在的主体,人

---

① Walter Simon ed., *French Liberalism*, 1789—1848, New York: John Wiley & Sons, 1972, pp. 55, 62, 63.

② Ibid., pp. 62—63.

能够在自我选择中达成个体的自我认知与生命价值。康德认为,自由与上帝、不朽并称为本质界(Ding An Sich)的三大巨头。个体自由在康德－费希特－谢林前后相续的哲学系统中被提到空前高度,且康德等人均重视通过审美来达成自由。

　　康德的理论体系与牛顿的理论体系显然构成了鲜明的对照。在康德看来,人的精神绝对不是一个消极的旁观者,所谓主观主义就是人的精神参与对现实的塑造。就哲学认识论而言,过去人们总是从认识对象的客体角度来考虑认识过程;现在康德将其转移到了人这一认识的主体。在康德的《纯粹理性批判》(*Critique of Pure Reason*,1781)的帮助下,浪漫派作家理直气壮地宣称,经验论是有限的,它仅允许我们抵达外部世界,而永远不能让我们超越外部世界进入无限。同时,浪漫派理论家以内在意识为基础,认为世界是一个相互联系和有意义的场所,我们以某种方式仍然保持着连续性,我们的目的与自然密切相关。概而言之,浪漫主义以新的审美和有机论为本位奠定了新的认识论基础。康德的《实践理性批判》(*Kritik der praktischen Vernunft*,1788)为浪漫主义反对理性的主张提供了进一步支撑,但康德哲学体系契合于浪漫主义的核心部分无疑是《判断力批判》(*Critique of Judgment*,1790),即保罗·蒂利希(Paul Johannes Tillich,1886—1965)所谓"浪漫主义……使用康德的《判断力批判》而非其他什么东西,这是因为正是在这里,康德有可能承认前两大《批判》中的根本局限性,同时超越这种局限性"①。

　　在康德将自然世界和价值世界分离开来之后,只要遵循内心道德法则,人即使处于囚禁状态也是完全自由的。自由主义思想家伯林据此作出的一个重要推论就是——"生命是或应该是对于一个目的或某些可以被描述为终极目的的东西的追求,如果有必要,要为之牺牲;这些目的既证明了自己也证明了别的东西,不需要从比它们更广泛、更无所不包的体系的角度对它们作出解释和证明。"②不需要解释与说明的东西,首先便是个人的意志自由。康德声称作为主体的个人是自由的,个人永远是目的而不是工具,个人的创造精神能动地为自然界立法;在让艺术成为独立领域这一点上,康德美学为浪漫派开启了大门。康德哲学之所以构成了

---

　　① 转引自史蒂夫·威尔肯斯、阿兰·G.帕杰特:《基督教与西方思想(卷二)》,刘平译,北京:北京大学出版社,2005年,第12页。
　　② 以赛亚·伯林:《现实感:观念及其历史研究》,潘荣荣、林茂译,南京:译林出版社,2004年,第284—285页。

西方文化史上的"哥白尼式革命",主要是因为他把哲学探究的焦点从精神之外转移到精神之内,进而高标人之自由精神乃一切创造性活动的源头;康德之后,费希特、谢林等人均在各自的理论体系中进一步拓展了这种主体的精神自由。

为了把万物都归于绝对精神的名下来克服康德的二元论,费希特提出,宇宙包含着一个绝对的自我,个人意识只不过是这一绝对自我的部分性显现。绝对自我是一种独特的、自由的活动,它竭力在完全的自我意识中实现自己,它是世界的基础。相比之于康德,这显然是一种更为激进的主观主义理论。"在普及浪漫主义关于自由创造想像的观念方面,他的贡献超过任何人。"[①]"他认为绝对的自我由于包括一切真实,这就要求它所对立的非我同它本身相和谐,无限的奋斗过程就是克服它的限制。所谓绝对的自我,不是神性的观念,而是人的观念,是思维着的人,是新的自由冲动,是自我的独裁与独立,而自我则以一个不受限制的君主的专横,使它所面对的整个外在世界化为乌有。"[②]显然,费希特的所谓"绝对自我",既非客观存在的经验自我,也非康德高标的那种先验自我;作为所有自我意识中的先验要素,同时也是一种涵盖一切现象的直接精神生命,"绝对自我"不仅设定自身,而且还设定非我,即人不仅为自身立法,而且也为世界立法。由是,人的自由就变成了一种无条件的绝对权利:"任何人都不得支配他;他自己必须根据他内心的这样一个规律做事:他是自由的,并且必须永远是自由的;除了他心中的这一规律,任何东西都不能命令他,因为这一规律是他的唯一规律。"[③]毫无疑问,费希特把自由视为人性的本质规定:"人应当被教化得认识自由对人之所以为人的崇高意义,否则人就没有人性,只有奴性。具有人性的人,不仅必须意识到自己自由,而且更要尊重别人的自由。只有想让自己周围的一切人都自由的人,他自己才是自由的。"[④]正因为如此,海涅曾十分中肯地写道:"即便整个先验唯心主义都是迷妄,但费希特的著作毕竟还是浸透着尤其能对青年产生

---

① 罗兰·斯特龙伯格:《西方现代思想史》,刘北成、赵国新译,北京:中央编译出版社,2005年,第225页。

② 勃兰兑斯:《十九世纪文学主流(第二分册)德国的浪漫派》,刘半九译,北京:人民文学出版社,1997年,第24页。

③ 费希特:《向欧洲各国君主索回他们迄今压制的思想自由》,见梁志学主编《费希特著作选集(第一卷)》,北京:商务印书馆,1990年,第146页。

④ 王玖兴:《译者导言》,见费希特《全部知识学的基础》,王玖兴译,北京:商务印书馆,1986年,第14页。

良好影响的一种高傲的独立性、一种对于自由的热爱以及一种大丈夫气概。"①

谢林1809年出版了《对人类自由的本质及与之相关对象的哲学探究》,很大程度上沿袭了费希特"普遍精神"与"绝对自我"的理念,该书作为其"最伟大的成就",同时也是"西方哲学最深刻的著作之一"②,在德国古典哲学与浪漫主义之间搭建起了另一座重要的桥梁。"谢林体系的核心在于源于同一原则的神圣自由观。"③他认为上帝的主要特征是自由,世界是上帝的心灵,那么就无限者在历史中的活动来说,根本没有一套规律来做仲裁者。正是从这种自由观出发,谢林指责启蒙运动陷入了误区:当启蒙主义者相信自然是由规律主宰的领域,自然和自由蕴涵其中的心灵便被割裂开来。在耶拿时期,受到施莱格尔兄弟以及诺瓦利斯等浪漫派先锋人物的影响,谢林的哲学沿着浪漫主义方向发展。谢林哲学思想与浪漫主义最引人注目的契合之处,是他称艺术乃人类最高的成就:正是在艺术创作中,绝对精神的两种形式,即有意识的力量和无意识的力量融合成了一个合题;正是在艺术中,无限通过有限的形式表现自己,即艺术创造活动的实质便是人们寻求某种外在的客观形式来表达内心的无限。"浪漫派诗人当然会如饥似渴地汲取谢林的思想,因为他给艺术提供了一个前所未闻的形而上学基础。浪漫主义把诗人推崇为先知,用谢林的话说是'被亏待的人类立法者'——这种做法与谢林形而上学的思想有密切关联。柯勒律治以及稍后的托马斯·卡莱尔把这种德国形而上学引入英国诗歌。谢林后期反对黑格尔的极端理性主义,提出了某种存在主义的萌芽思想;他影响了克尔凯郭尔……"④

第二节 浪漫主义的"个体性原则"

18世纪末,西方的生产方式、生活方式、社会历史、文化思潮都处于

---

① 转引自加比托娃:《德国浪漫哲学》,王念宁译,北京:中央编译出版社,2007年,第64页。
② 参见海德格尔:《谢林:论人类自由的本质》,王丁、李阳译,北京:商务印书馆,2018年,第4页。
③ 史蒂夫·威尔肯斯、阿兰·G.帕杰特:《基督教与西方思想(卷二)》,刘平译,北京:北京大学出版社,2005年,第57页。
④ 罗兰·斯特龙伯格:《西方现代思想史》,刘北成、赵国新译,北京:中央编译出版社,2005年,第226页。

急剧转折的时期。随着封建制度的土崩瓦解和资产阶级队伍的迅速壮大,人们追求个性解放和个体自由的呼声越来越强烈。启蒙运动中,思想家们改造世界的理想在残酷的现实面前纷纷破灭,作家们开始凭借主观想象来寻求解决社会矛盾的途径。作为特定历史时期的产物,浪漫主义文学呈现出一系列鲜明的创作特色:作家们往往着力于追求自己的主观世界,表达对个性自由和个人反抗的强烈渴望;显然,浪漫主义文学与启蒙文学不同,作家们的焦点已经由社会转向个体的自我,浪漫主义也就由此被深深地刻上了个体主义的烙印。弗·施莱格尔曾声称:"浪漫主义诗歌是一种进取的普遍性的诗歌。"[①]而所谓浪漫诗的普遍性,并非在寻求规范的一致性和魅力的普遍性这种有限意义上,而是在指向每一种模式的人类经验的理解和表达的广泛的意义上。浪漫主义艺术必须是普遍的同时又是进取的,因为它所指向的理解的普遍性被假定为永远不能为任何个体或任何一代人所完全获得;因此,没有什么东西会由于太奇怪或太偏远,也没有什么性格或情感的细微差别会如此别致或如此难以捉摸——以至于诗人或小说家不应该去试图把握它并将其独特的性质(Quale)传达给读者。"从浪漫主义的观点看,"施莱格尔写道:"文学中的异类(Abarten)也有它们的价值——即使是奇异的或畸形的——这种价值是作为一种普遍性的材料或预备性的练习——只是提供存在于它们中的某些东西,而这些东西是真正原创性的。"[②]在德国,浪漫主义的律令首先被阐释为:"尊崇和喜好那种使人和所有被造物彼此相异的性质,特别是那种与你自己相异的性质。"[③]世界越丰富多彩,其所包含的多样性就越多,个体差异性的表现就越充分;而作为个体的人的职责也就在于孕育和加强其区别于他人的差异性。"这恰恰就是个体性,"弗·施莱格尔写道:"它是人之中原创的和永恒的东西……这种个体性的培育和发展,作为人的最高的使命,将是一种神圣的自我主义。"[④]而诺瓦利斯则断言:"一首诗,越是属于个人的、有地方特色的、特殊的(Eigentumlicher)、属于

[①] 转引自阿瑟·O.洛夫乔伊:《存在巨链——对一个观念的历史的研究》,张传有、高秉江译,北京:商务印书馆,2015年,第413页。
[②] 同上。
[③] 参见阿瑟·O.洛夫乔伊:《存在巨链——对一个观念的历史的研究》,张传有、高秉江译,北京:商务印书馆,2015年,第410页。
[④] 转引自阿瑟·O.洛夫乔伊:《存在巨链——对一个观念的历史的研究》,张传有、高秉江译,北京:商务印书馆,2015年,第414—415页。

它自己那个时代的(Temporeller),它就越接近诗的真正内核。"①毫无疑问,浪漫主义的要旨与古典主义推崇秩序与规则的美学完全南辕北辙,其首要的和基本的口号就是——"成为你自己——成为那个独一无二的你自己!"

在德国古典哲学将目光转向自我－自由这一时代精神的直接影响下,浪漫主义才确立了其以个人为中心与目的、追求个人绝对自由的个人主义价值取向。"我的一切其他思维和全部生活的最初源泉,那个产生一切在我、为我与由我而可能存在的东西的渊源,即我的精神的最内在的精神,并不是异己的精神,相反地,从最严格的意义上说它完全是由我自己创造的。我完全是我自己的创造物。我也许可以盲目地听从我的精神天性的意向。但我不愿成为天然的产物,而愿成为我自己的产物;现在我已经成为这样的产物,因为我愿意这样。我也许可以作漫无止境的琐屑分析,使我的精神的自然观点成为晦暗可疑的。但我自由地信赖这种观点,因为我愿意信赖它。我现在所持的思维方式,是我经过考虑,有意从其他一切可能的思维方式中遴选出来的,因为我认为这种思维方式是唯一符合于我的尊严、我的使命的思维方式。我自由地、自觉地使我自己回到了我的天性也曾经让我依赖的立脚点。我所接受的东西也正是我的天性所宣传的东西;但是,我之所以接受它,并不是因为我非这样不可,相反地,我之所以信仰它,是因为我愿意信仰它。"②正是在此等"个体自由"的观念形成的氛围中,浪漫派作家才以一种近乎偏执的儿童式的任性大肆讴歌遗世独立的个人,几乎不加限度地张扬"无政府主义"式的自由。"浪漫派高度推崇个人价值,个体主义乃浪漫主义的突出特征。"③"浪漫主义所推崇的个体理念,乃是个人之独特性、创造性与自我实现的综合。"④"个体主义是一个含义广泛的关于各种思想、原则和态度的术语,其共同的要素在于:它们都是一种以个人为中心的体系。"⑤这个体系坚持个人相对于社会的优先地位,认为社会只不过是帮助个人达成目的或实现价值的

---

① 转引自阿瑟·O.洛夫乔伊:《存在巨链——对一个观念的历史的研究》,张传有、高秉江译,北京:商务印书馆,2015年,第415页。
② 费希特:《论学者的使命 人的使命》,梁志学、沈真译,北京:商务印书馆,2011年,第159－160页。
③ Jacques Barzun, *Classic, Romantic and Modern*, London: Secker & Warburg, 1962, p. 6.
④ Steven Lukes, *Individualism*, Oxford: Basil Blackwell,1973, p. 17.
⑤ Lawrence C. Becker, *Encyclopedia of Ethics Volume II*, New York: Garland Publishing, Inc., 1992, p. 608.

手段；个体是更本位、更中心的存在，即个人的存在本身就是目的——社会和他人不得将任何个人视为实现任何目的的手段。就此而言，个体主义实乃"一种政治和社会哲学，高度重视个体自由，广泛强调自我支配、自我控制、不受外来约束的个人和自我"①。因此，才有浪漫派作家蒂克朗声高叫："一切都屈从于我的意志；每个现象，每个行动，我爱怎样称呼就怎样称呼：活的和不活的世界都取决于我的精神所控制的铁链，我整个的生活不过是一场梦，它的许多形象都是按照我的意志形成的。我本身就是整个自然的唯一法则，一切都得服从这个法则……"②而作为19世纪最伟大的虚无主义者，"尼采完全是浪漫主义自由的使徒——人成为无条件和创造性的意志。作为个体主义时代的首席代表，他将自我的概念投射到负无穷大"③。

在弗·施莱格尔的文学主张中，诗人是自由的化身，他应该不受任何世俗、规律以及狭隘观念的约束，在思想的海洋里兴之所至地畅游。在诺瓦利斯看来，诗歌创作同样被视为神圣和不可言状的，不过，与此不同的是，诺瓦利斯认为这一切的基础应该是自我的实现。诺瓦利斯高举"绝对自我"的旗帜——在他看来，只有满足个体自我的真实存在，才能将个体面向外在世界。他排斥科学与理性，"以心灵体悟的先验式宗教感悟思维，抵斥智性推理的经验式理性思维，通过对感性世界的真实体认，从而感受生命的存在、自我的存在乃至生命的意义"④。在《夜颂》中，爱人的早逝令诗人痛不欲生，而这种心灵的苦痛使其转向对黑夜与死亡的歌颂：

> 我转而沉入神圣的、不可言传的、神秘的夜。世界在远方，仿佛陷进了深邃的墓穴：它的处所荒凉而孤寂。胸口吹拂着深沉的忧伤……黑魆魆的夜呀，你可曾在我们身上找到一种欢乐呢？……从你的手里，从罂粟花束上滴下了珍贵的香油。你展开了心灵的沉重的翅翼……我感到光亮是多么可怜而幼稚啊！白昼的告别是多么可喜可庆啊！夜在我们身上打开的千百万只眼睛，我们觉得比那些灿

---

① 《简明不列颠百科全书(第三卷)》，北京：中国大百科全书出版社，1985年，第406页。
② 转引自勃兰兑斯：《十九世纪文学主流(第二分册)德国的浪漫派》，刘半九译，北京：人民文学出版社，1997年，第29页。
③ Wylie Sypher, *Loss of the Self in Modern Literature and Art*, New York: Random House, 1962, p. 21.
④ 蒋承勇：《于"颓废"中寻觅另一个"自我"——从诺瓦利斯和霍夫曼看德国浪漫主义的人文取向》，《外国文学研究》，2008年第4期，第53页。

烂的群星更其神圣。他们比那无数星体中最苍白的一颗看得更远;它们不需要光,就能看透一个热恋的心灵的底层,心灵上面充满了说不出来的逸乐。赞美世界的女王,赞美神圣世界的崇高的宣告者,赞美极乐之爱的守护神吧!她把你送给了我,温柔的情人,夜的可爱的太阳。现在我醒了,因为我是你的,也是我的:你向我宣告夜活了,你使我变成了人。用精神的炽焰焚化我的肉体吧,我好更轻快,更亲切地和你结合在一起,永远过着新婚之夜。①

在诺瓦利斯笔下,夜不是一片漆黑的万籁俱寂,而是一个潜伏着生命的欲望与冲动、比白昼更透亮的令人"逸乐"的所在,"这样的夜向'我'隐藏了周围的世界,它便仿佛把'我'驱进了自身。自我感觉和夜的感觉是二而一,一而二的。而夜的感觉所产生的逸乐原来是恐怖情绪:首先是人在黑暗中,由于周围一切都已隐没,便仿佛丧失了自身,从而产生一种恐惧感;接着是一阵病态的舒适的战栗,因为自我感觉从那种恐惧中更强烈地浮现出来"②。诺瓦利斯宁取疾病而不要健康;宁取黑夜而不要发出"冒昧的光亮"的白昼,并且毫不掩饰地追求这种精神自我的享受。蒂克的《威廉·洛弗尔》中也有过类似的表述:"我恨那些人,他们用他们仿造的小太阳(即理性)照亮了每个舒适的阴暗角落,赶走了如此安稳地住在拱形的树荫下面的可爱的幻影。在我们的时代里,有过一种白天,但是浪漫主义的夜色和曙色要比这种阴云密布的天空的灰色光辉要更美。"③

诺瓦利斯喜爱夜,歌颂夜,旨在借夜之黑暗来突出心灵对生之欢悦的体悟,并通过这种体悟来感受个体生命与自我的存在。"在费希特和革命家们身上是明朗的、主宰一切和包容一切的自我意识,而在诺瓦利斯身上,逐渐强化为逸乐的则是吞没一切的自我感觉。"④德国浪漫派追求精神与思想的自由,他们总是沉浸在无限的幻想之中。在这无限的幻想中,"他把自我在时间和空间中分布开来,把自我溶化成各种元素,这里取一点,那里补一点,使它成为自由幻想的玩物"⑤。诺瓦利斯如此热忱地歌

---

① 转引自勃兰兑斯:《十九世纪文学主流(第二分册)德国的浪漫派》,刘半九译,北京:人民文学出版社,1997年,第173页。
② 同上书,第172页。
③ 同上书,第27页。
④ 勃兰兑斯:《十九世纪文学主流(第二分册)德国的浪漫派》,刘半九译,北京:人民文学出版社,1997年,第170页。
⑤ 同上书,第155页。

颂黑夜,也是因为在无边无际的夜色中,诗人能够自由放飞思绪,体验无止境的永恒的灵魂自由。诗人在第二篇章中这样写道:"早晨总是要复返?尘世的势力永无尽时?繁杂的俗事妨害了夜的绝妙的飞临。"①在丧失了灵感的理性的光中,一切都不再充满欢乐情趣,人们最终走向沉沦。而相对于光的夜则是无时无界的,是人的梦想自由飞翔的时刻,是诸神欢聚一堂的地方,也是更高的情感和精神的自由空间。

在著名的"自我小说"《威廉·迈斯特》中,歌德所倡导的自我实现是在社会中实现个人人生价值。而浪漫派所追求的自我则是一个内在精神的自我,一个超越现实层面诸般社会关系的自我,一个体现着个人主义目的的自我。为了强烈表现与歌德截然不同的个人主义目的,诺瓦利斯决心写一本同《威廉·迈斯特》针锋相对的书,一本一切在里面最终化为纯精神的书,这就是《海因里希·冯·奥弗特丁根》(*Heinrich von Ofterdingen*,1800)。书中海因里希那传奇式流浪冒险的经历并没有教会他有关外部世界任何新的东西,实际上他所见到的一切都是以一种不可思议的特殊方式给他留下了深刻印象。他在一个矿工和一个隐士身上找到了自然和历史的诗,在隐士的书中发现写着他自己一生的命运。在经历了一切人情世态之后,"又回到了他的心灵,仿佛回到了故乡"②。主人公似乎常常预先就已经知道他所经历的一切,他所看见和听见的一切事物,似乎不过是拉开了灵魂中的新门闩而已,"打开了他身上的暗门"③。个人在所有的社会经历中成为中心目的,社会经历则作为助成个人目的的手段起着像刺激物一样的作用,帮助个人逐渐发掘出内在的潜力,找到自己的个性;这是以一种形而上的方式来达到获得自我认知、深入到个体生命的核心、探索个体生命本质的目的。萨特说:"人之所以能存在乃是由于追求超越的目的。"④是的,在个人主义论者看来,自我就是终极目的;海因里希所做的一切都是为了追求个人精神和灵魂的超越,追求所有社会经历后永恒的个人目的。

而霍夫曼,这位总是以怪异的个人主义眼光观察人的心灵的小说家,

---

① 诺瓦利斯:《夜之颂》,林克译,见张玉书等主编《德语文学与文学批评(第一卷·2007年)》,北京:人民文学出版社,2007年,第92页。
② 勃兰兑斯:《十九世纪文学主流(第二分册)德国的浪漫派》,刘半九译,北京:人民文学出版社,1997年,第194页。
③ 同上书,第144页。
④ 让-保罗·萨特:《存在主义是一种人道主义》,周煦良、汤永宽译,上海:上海译文出版社,1988年,第21页。

最大的嗜好便是观察自己的心境以及别人的荒诞行径：

> 一八〇四——从四时到十时在新俱乐部饮比肖夫酒。傍晚极度兴奋。这种加香料的烈酒刺激所有神经。突然想到死亡和离魂。
>
> 一八〇九——在六日的舞会上突发奇想。我通过一个万花筒设想着我的自我——在我周围活动的一切形体都是一些自我，他们的所为和所不为都使我烦恼。
>
> 一八一〇——为什么我睡着、醒着都常常想到疯狂呢？①

其谈魔说怪的"志异小说"，往往在一种离奇怪诞的描写中，展示人的双重自我以及为自我冲突而生的心理张力。②"浪漫主义者还不能按照科学形式来理解、但却已经预感到的，正是这种正确的、发源于休谟的心理学原理。梦幻、错觉、疯狂，所有分裂并拆散自我的力量，都是他们最亲密的知己。"③

即便就文学与社会－政治关联最为密切的法国的情况来说，尽管依据其所面对的不同社会情势，浪漫主义有着不同的目标诉求；在其第一个阶段，也就是在 1800 年至 1830 年间，它支持教会和君主制；而第二个阶段，即 1830 年至 1848 年间，它捍卫社会改革事业；作为"社会的表现"和"生活的批判"，两个不同时段中的浪漫主义分别反映着自身时代占统治地位的思想，但都取得了远比古典主义大得多的成就。两个阶段在表面上是相互矛盾的，但在根本上却保留着其内在的同一性。一般而言，古典主义是有社会性的，而浪漫主义则是反社会的；"从根本上来说，浪漫主义是感觉、想象、自然和个体主义融汇的结果"④。

个体自由乃浪漫主义的灵魂。正是个性的扩张、个人兴趣的增长与个体情感的强化超出了艺术和生活的原有界限，直接引发了反对理性主义文化与古典主义文学的革命。德尼·狄德罗（Denis Diderot，1713—1784）早就倾向于除去理性控制还艺术以自由，他鼓励诗人直面自己的主

---

① 勃兰兑斯：《十九世纪文学主流（第二分册）德国的浪漫派》，刘半九译，北京：人民文学出版社，1997 年，第 149 页。
② 参见蒋承勇：《于"颓废"中寻觅另一个"自我"——从诺瓦利斯和霍夫曼看德国浪漫主义的人文取向》，《外国文学研究》，2008 年第 4 期。
③ 勃兰兑斯：《十九世纪文学主流（第二分册）德国的浪漫派》，刘半九译，北京：人民文学出版社，1997 年，第 156 页。
④ N. H. Clement, *Romanticism in France*, New York: Kraus Reprint Corporation, 1966, p. 264.

题,并用自发的个人化方式加以处理。歌德和席勒都支持狄德罗的这些主张,在自由、自发的创作方法取代传统创作程式的里式转换中起了主要的作用。批评家诺弗鲁瓦宣称挣脱镣铐跳舞要比戴着镣铐跳舞好得多。在界定浪漫主义的时候,雨果对反叛规则做了进一步的明确:"浪漫主义其真正的定义不过是文学上的自由主义而已。"①古典主义者主张用不变的法则主导文学创作,他们声称不同的文类要有不同的主题、语言和风格,尽管它们同样建立在人类心灵的永恒准则之上。相反,浪漫主义认为所有的艺术规则只能是人为的和短暂的:"新的人民应该有新的艺术"②,雨果在《欧那尼》序言中的这一主张,正是被所有浪漫主义作家一再重申的基本命题。"在'内容'方面,浪漫主义的革命性体现为用情感和想象取代理性和意志,诗歌领域的扩展使诗人与自然、生命相毗连,诗人从灵魂深处醒转过来,与有良好共鸣的读者之自由、自发的交流对他们助益良深;在'形式'层面,浪漫主义的革命性表现为拒绝承认规则的存在以及文类划分的有效性,用最大程度的自由代替规则,并追求风格和文类的融混。戏剧和讽刺文学都变得抒情,抒情诗有了自传体的味道,长篇小说显现出了史诗性,语言风格不断被新的意象和新的文字所更新。"③

在叔本华(Arthur Schopenhauer,1788—1860)看来,"经由建立属于自己的主观世界,浪漫主义的主体自我反抗着客体世界那种机械秩序的暴政"④。尤其在其形成时期与早期阶段,浪漫主义表现出了强烈的"反社会"属性。过度兴奋的情感会不可避免地导致厌世情绪,并渴望摆脱自己目前的状态。卢梭说:"我现在已经成了一名隐者,或者就像反对我的人说的那样——不善交际,愤世嫉俗;沉郁的孤独让我更愿意相信社会的邪恶,我对人类了解得越多,我越真切地觉得我是多么的不幸。"⑤他的《新艾洛伊斯》《忏悔录》等作品堪称是对社会进行总体审判的起诉书。里顿·斯特拉奇(Lytton Strachey,1880—1932)在《法国文学的里程碑》("Landmarks in French Literature",1912)一文中精辟指出:"卢梭的独

---

① 雨果:《〈欧那尼〉序》,见《雨果论文学》,柳鸣九译,上海:上海译文出版社,2011年,第91页。
② 同上。
③ N. H. Clement, *Romanticism in France*, New York: Kraus Reprint Corporation, 1966, p.177.
④ Quoted in Wylie Sypher, *Loss of the Self in Modern Literature and Art*, New York: Random House, 1962, p.21.
⑤ Quoted in N. H. Clement, *Romanticism in France*, New York: Kraus Reprint Corporation, 1966, pp.172—173.

特在于他的独创性……他既不代表他的时代,也不引领他的时代;他反对他的时代。他对世界的展望着实是革命性的……他是一位先知,有先知身上独特的灵性。""他本能的、出色的洞察力,能够觉知灵魂尊严的重要性。卢梭的独创性正蕴藏在这种洞察力之中。他的反叛是一种精神的反叛……卢梭率先统一了两种观念:首先,他复活了中世纪的灵魂理论,却没有触发它的神学根基;其次,他相信——这可能一半是无意的,一半又带有深刻的考量——俗世的、自在的(In Himself)个人,是这个世界上最重要的事。"①

在1830年前法兰西浪漫主义的第一个阶段,浪漫派一直致力于建构与社会相敌对的个体。他们推崇自发冲动与自由行动的激情,拒绝用社会准则去评判自己的行为,是既定社会制度的质疑者与破坏者。圣皮埃尔和夏布多里昂都表现出对社会的不信任,他们的作品都在揭发流行的社会准则是多么虚假,而不公正的惯例又是怎样在压迫着个人。圣皮埃尔扬言其创作的目的就是要展示那些热爱真理的人一定会逃离人类和城市;勒内为了逃避自己的生活逃到了北美的荒野,塞南古(Étienne Pivert de Senancour,1770—1846)的奥勃曼为躲避社会也去了人迹罕见的高山和密林……与古典主义三令五申建构社会规范的努力南辕北辙,浪漫主义则一直在拆解既定的所有规范,转而倡导个人权利并教人去寻求自身的舒适和安慰。卢梭说:"压力来自各个方面,我保持着心态平衡是因为我切断了所有与外界的联系,现在我只依靠我自己。"②浪漫主义具有向人之自我回归的特点,所以它因人而异、因时代而异、因种族而异,总是暧昧不明、难以界定;浪漫主义在生活、思想和情感上均肯定永久的变易性,所以它难以捉摸、无法被公式化。所谓其对中世纪的回归,很大程度上正是因了其变动不居的精神取向禀有一份对生命、宇宙富有激情和想象力的态度。"浪漫主义是一种替代,是个体对社会的代替和精神自我的提升,同时也是对功利的非利士人的反感;浪漫主义是忧郁的沉思和对孤独的喜爱,是敏感到病态的自我反省和自我分析;浪漫主义既是体验过激情之后的渴望,也是对往昔的怀念,还是对抵达未知领域的热切;浪漫主义是在生命和命运面前的困惑,也是在无垠宇宙面前对无限的敬畏;它既是

---

① 转引自蒂莫西·C. W. 布莱宁:《浪漫主义革命:缔造现代世界的人文运动》,袁子奇译,北京:中信出版集团有限公司,2017年,第63页。
② Quoted in N. H. Clement, *Romanticism in France*, New York: Kraus Reprint Corporation, 1966, p.173.

自然的神化与奇迹的再生,也是本能和激情的颂歌。"①古典主义笔下的人物大脑高度发达,随时随地都根据理性的指示去行动并通过意志来达成目标,他们生活在人群之中,遵循社会律令。浪漫主义的人物则充满悖谬,有时优柔寡断、缺乏行动的能力,这就有了循少年维特足迹跟踵而来的一大批"世纪儿";有时决断明快、行动果敢,这就有了所谓撒旦一般的"拜伦式英雄"……浪漫派笔下的人物大都藐视道德准则与法律成规,质疑所有外部的权威,喜欢远离人群的隐居生活,坚持让冲动的自我在自发性中寻求快乐,表现出浓烈的反社会(或至少质疑社会并为大众所质疑)倾向。

从文化渊源上考察,不难发现:浪漫主义对自我的幻想正是亚当·斯密等人反复阐发的那种"经济人"的文学对等物,因为"经济人"必须独自在一个开放的市场中冒险。但更重要的却是——"浪漫主义的反叛者往往把自由与英雄主义相提并论。"②其中的典型除了拜伦的曼弗雷德,还有雪莱精神彻底自由的普罗米修斯(Prometheus)。"普罗米修斯是从雪莱之希望破灭中创造出来的一种自我幻象——无拘无束的自由使其藐视一切权威,他因此也同时被强烈的虚空所包围。"③当然,不同于拜伦,雪莱清楚地意识到:自由必须既是个人的又是社会的。他甚至能够理解后来马克思在其《共产党宣言》中所表达的思想:个人英雄主义不能达成自由;自由只有在历史的进程中,在马克思所说的"阶级斗争"中才能得到。尽管雪莱拒绝将暴力作为一种革命的策略,但是他洞悉自由乃是一种社会价值。"更重要的是,雪莱并没有犯下大多数浪漫主义者犯过的错误:仅凭政治权力来识别自由。"④在历史上,当浪漫主义者试图在行动中构想自我时,他们往往只有致力于扩大选举权的政治方案。很大程度上代表着大多数浪漫派相关政治方案的贡斯当的宪政自由主义,显然体现了此种民主政治的理想。事实上,政治领域的宪政自由主义者接受了许多文学领域的浪漫主义自由精神,然后又融混搅拌了一些功利主义的元素,比如,"最大多数人的最大幸福"这种非常典型的功利主义观念。宪

---

① N. H. Clement, *Romanticism in France*, New York: Kraus Reprint Corporation, 1966, pp. 173—174.

② Wylie Sypher, *Loss of the Self in Modern Literature and Art*, New York: Random House, 1962, p. 21.

③ Ibid.

④ Ibid., p. 22.

政自由主义以浪漫主义对自我自由的聚焦为前提,而其实践中的行动方案又总是功利的——总是强调整体的社会福利。在拜伦的无政府自由主义与贡斯当的宪政自由主义之间,"雪莱关于自由的理想极其重要,因为它们显示了文学中的浪漫主义和政治科学中的自由主义只是同一运动的两个方面"①。关于"所有人的真正的利益",浪漫派诗人与宪政自由主义者都谈论了很多。若要全面地把握19世纪中产阶级的自由理想,就必须把像雪莱这样的诗人和像约翰·斯图亚特·密尔这样的自由主义者放到一起来看。

血与火的年代那种强烈的戏剧性在随后的复辟时期转变为波澜不惊的平庸。缪塞在《一个世纪儿的忏悔》(*La confession d'un enfant du siècle*,1836)中描述了法国大革命和拿破仑战争后一代年轻人难以摆脱的厌倦。这种厌倦为前浪漫主义时期从英国、德国传到法国的那些思想、情感和情绪的滋长提供了肥沃的土壤;当然,在卢梭、圣皮埃尔、夏多布里昂和史达尔夫人等法国本土作家的作品中,这些思想、情感和情绪早已或清晰或含蓄地有所表现。所有在革命与帝国时期长期被迫停滞的生活开始复苏,但在拿破仑的伟大冒险告一段落后整个民族都感觉到了一种身心被掏空的苦痛,而新生的年轻一代则尤其被普遍存在的虚空和烦恼所吞没。幻灭的悲鸣、绝望的呐喊,在歌德的《少年维特之烦恼》、夏多布里昂的《勒内》以及拜伦的绝大部分著作中热切地奏响;在浮士德、拜伦式英雄这些阴沉的主人公身上,人类生活及其命运的悲哀得到了充分展示;怠惰、驰靡和厌倦成为这类人物饱受争议的标识。让想象在远方异域或远古往昔飞奔,在梦想中让心头充满新鲜、强烈的感觉,在或真实或虚构的新奇探险中逃避生命的麻木与虚空。在文本里但也常是在生活中,放荡不羁,暴力残忍,漠视传统,颠覆规则,讥笑道德,热衷于怪异、惊悚与恐怖,啧啧于邪恶、犯罪乃至自杀,对资产者圆融、实用的大众品格报之以轻蔑乃至仇视……"伴随着怀旧的渴望和萎缩的意志,不断强化终至过度的情感将第一代浪漫派引向歧途。"②当时间慢慢让火爆的声势和缓,当感性生命的放纵渐趋消歇,随着海涅在德国步入文坛、拜伦在英国横空出世、雨果及其追随者在法国掀翻古典主义,浪漫主义在西欧诸国都进入了

---

① Wylie Sypher,*Loss of the Self in Modern Literature and Art*,New York:Random House,1962,p. 22.

② N. H. Clement,*Romanticism in France*,New York:Kraus Reprint Corporation,1966,p. 172.

其第二个阶段:从个体主义的"唯我"立场偏移开去,开始不同程度地关注社会问题或热衷社会改革。

第三节 "人群中的孤独":作为个体本质或命运

把因袭下来的规矩和传统一层层地剥去之后,个人被解放了,同时陷入了孤立。自我自由了,同时也变得脆弱。"一切法规、仪式、教条和原则全都消失;每个个人通过一个特殊的过程就使一切成了自己的东西。"[①]不可名状、难以通约的个体意志,挣脱社会规制的羁绊走向独立自由,却又难逃失去社会依傍后的无所凭靠。失去了基督在人伦道德中的规范诫勉,又抛弃了理性主义对世俗生活的规制指导,浪漫派那些精神自由的个体在个性解放的狂欢过后忽然体味到了刻骨铭心的孤独。"浪漫主义的自我观念只不过是一种靠不住的个体主义。事实上,浪漫主义者自己经常发现——自我是一种难以忍受的负担;并且,如果不是绝望或者愤世嫉俗的话,英雄主义往往会塌陷在一派乏味和厌倦之中。"[②]

事实上,浪漫派尊崇个人的自由意志,而自由意志极度膨胀的自我,注定了只能是孤独的。既然自由与孤独相伴相生成为人生不可逃脱的命运,于是,"世纪病"的忧郁症候便在浪漫主义文学中蔓延开来。追随着少年维特的足迹,夏多布里昂的勒内、拜伦的哈罗尔德、贡斯当的阿道尔夫、缪塞的奥克塔夫……一干满脸忧郁的主人公便一路蹒跚着纷至沓来。通过这类形象,"人群中的孤独"这一现代人的命运在浪漫派这里第一次得到正面表达,个人与社会、精英与庸众的冲突从此成了西方现代文学的重要主题。

法国浪漫主义之父夏多布里昂最早触发了正在时代深处潜滋暗长的"世纪病"——一种灵魂深处难以排解的孤独与厌倦。《勒内》整部小说的关键词毫无疑问是"厌倦"(Ennui)。同名主人公是在《阿达拉》中作为沙克达斯听众出场的那个法国年轻人。现在,轮到他向印第安人和索黑尔神父讲述自己的生平经历。他在法国度过了孤独的童年,姐姐阿美莉

---

① 勃兰兑斯:《十九世纪文学主流(第三分册)法国的反动》,张道真译,北京:人民文学出版社,1997年,第233页。

② Wylie Sypher, *Loss of the Self in Modern Literature and Art*, New York: Random House, 1962, p. 20.

(Amélie)的柔情与关爱是他苦痛内心的唯一慰藉。他试图通过出门远游得到内心的安宁但却徒劳无功。在他回来后,姐姐有意回避他的怪异举止令他不解。面对荒凉秋景萌生出的忧郁情绪与莫名的伤悲使勒内想要自杀。得悉他的计划后,阿美莉急忙赶到他的身边;姐弟之间感情紧张的日子也随之到来。后来,姐姐突然选择进了修道院。在其戴上面纱成为修女的仪式现场,勒内听到阿美莉低声坦白了一件可怕的事情——她请求上帝宽恕自己对弟弟罪恶的恋情。勒内深感震惊,除了飘然遁迹于蛮荒之地,在至今也如天国般朴素的生活环境中重获内心的平静,他找不到其他任何拯救心灵的方法。沙克达斯安慰了勒内。而索黑尔神父则努力让他明白——他分担了姐姐乱伦的罪责;作为社会中的一员,他可以通过承担社会责任、为同伴服务来消除自己悲观抑郁的"世纪病"。

《勒内》中"年轻的主人公将自己淹没在厌倦忧郁中,与其说是在被动地忍受孤独,不如说是在孤独中孵育培植心灵的虚空"[①]。小说刊行后旋即风靡法国,并迅速弥漫整个欧洲文坛,俨然成为世纪之交新旧文学交替的标志:"一群群诗人勒内和散文家勒内数也数不清:人们听见的都是悲哀的、东拉西扯的话;所写的只是风和暴风雨,只是云和黑夜的不可理解的话。从学校里出来的无知学生,无不梦想成为最不幸的人;十六岁的小孩子,无不耗尽了生命,无不以为受到其天才的折磨;在其思想的深渊里,无不投身于模模糊糊的激情中;无不拍着苍白、脱发的额头,用一种痛苦使那些目瞪口呆的人吃惊,对这种痛苦,他和那些人都莫名其妙。"[②]

在其故国法兰西,勒内的同道甚多。阿道尔夫[③]、阿莫里[④]、奥克塔夫[⑤]……紧步勒内的后尘鱼贯而出,络绎不绝。不论思想上还是行为上都堪称勒内的胞弟,孤独而痛苦的阿道尔夫游离于社会群体之外,只有在完全独处时才感到自在。是的,一个思想活跃的人,必然会对世俗教条感到厌恶,"每当我听到庸人之辈自鸣得意地论述道德、习俗、宗教等领域中那些众所周知且不容置疑的普遍原则——并有意将其混为一谈时,便忍

---

① Martin Travers, *An Introduction to Modern European Literature: From Romanticism to Postmodernism*, Hampshire: Macmillan Press Ltd., 1998, p. 18.
② 夏多布里昂:《墓外回忆录》,见《夏多布里昂精选集》,许钧编选,济南:山东文艺出版社,2000年,第776页。
③ 贡斯当的小说《阿道尔夫》(1816)中的主人公。
④ 圣伯夫的小说《逸乐》(1834)中的主人公。
⑤ 缪塞的小说《一个世纪儿的忏悔》(1836)中的主人公。

不住与他们唱唱反调"①。越是失却了行动的意志,敏感心田上的各式念头就越发茁壮疯长,也就越发"变得孤独起来,而且越是陷于冥想就越发变得以个人为中心,因而越发变得容易苦恼。最苦闷的是那些脑子最发达的人"②。

独自静坐在岩石上,对着滔滔的河水与广漠的荒原沉思冥想。浪漫派主人公的忧郁既表现为与庸才对立的那种天才之曲高和寡的"高处不胜寒",也体现为那种导致了对大自然之爱的孤寂与苍凉。那位使拜伦一举成名的风中游子恰尔德·哈罗尔德称——真正的孤独是"没有人祝福我们,也没有谁可以祝福"。单是居住在人群中就是一份难以承受的折磨——"远避人类,不一定就是憎恨人类,同他们一起纠缠和厮混简直是受苦。""古堡矗立着,像心灵的孤高,虽然憔悴,但绝不向庸众折腰。"于是,剩下的也就只有难以排遣的孤独和无法解脱的郁闷:"旅人的心是冰冷的,旅人的眼是漠然的。"他本想从海外游历中寻求解脱,可随着对现实越来越深刻的认识,他的性格也就变得越来越孤僻,只能尽情地陶醉在大自然里——

> 山峰、湖波以及蓝天难道不属于我,
> 和我的灵魂,如同我是它们的一部分?
> 我对它们的眷爱,在我深深的心窝,
> 是否真诚纯洁?教我怎能不看轻
> 其他一切,假使同山水和苍穹比并?
> 我又怎能不抵抗那恼人的浊浪,
> 而抛弃这些感情,学那些庸碌之人,
> 换上一副麻木而世俗的冰冷心肠?
> 庸人的眼只注视泥坑,他们的思想怎敢发光?③

因为一刻都不能离开其所爱的自由,很多浪漫派主人公非但耽于思辨丧失了行动的能力,而且看上去性格乖张、怪里怪气,不愿接受生活常规的一丁点约束。"连钟对他都意味着最大的折磨。钟一响他就得像工人、商人、公务员一样,立即把自己这时的心情撕得粉碎,对他来说这等于

---

① 邦雅曼·贡斯当:《阿道尔夫》,刘满贵译,上海:上海人民出版社,2007年,第43页。
② 勃兰兑斯:《十九世纪文学主流(第一分册)流亡文学》,张道真译,北京:人民文学出版社,1997年,第38页。
③ 拜伦:《恰尔德·哈洛尔德游记》,杨熙龄译,上海:新文艺出版社,1956年,第166页。

剥夺了苦难重重的人生所给予他的唯一一样好东西,即独立自主。"①为了这份宝贵的"独立自主","连和别人的一切友好关系,只限于在能把别人看成是自己的'自我'的客观化的情况下才可能存在"②。"连友谊都很危险;婚姻还是更危险……绝不要接受任何官职。如果有人接受了,那就成了一个十足的约翰·安尼曼,成了国家机器中一个小得可怜的齿轮。"③一句话,常规的生活是无法忍受的,为此他们甚至逃避职业,"因为选择一个职业意味着把全部自由和人生的一切特权换成受约束的状态,就像牲口被关进牲口棚一样"④。因为不愿意以服从为代价换取发号施令的权力或不被发号施令的安逸,他们反感乃至痛恨整个社会的层阶结构,断难想象他们会为了得到某个社会的位置或角色而对上司点头哈腰。对充满了诸多陈规俗套的社会生活的弃绝或逃避,让他们愈发走向自我中心或自我孤立,"他和别人相处,总感到格格不入;他们的感觉和他的感觉不同,他们相信的东西他不相信。他觉得他们都被迷信、偏见、伪善风气和社会上不老实的做法所败坏,因此他不愿和他们接触"⑤。"他鄙视那些庸人,他们每天走着同样的路,每天在同一个地方拐弯。"⑥由是,他们身上存在着一种怪异悖谬的情绪——一方面泛爱人类;另一方面却又对现实中的所有人及一切社会关系漠不关心乃至厌倦排斥。

"不幸起因于不能承受孤独。"用拉布吕耶尔(La Bruyere,1645—1696)的这句名言开篇的《人群中的人》(*The Man of the Crowd*,1845),是爱伦·坡表现"人群中的孤独"这一浪漫派常见主题的名篇。故事讲述的是叙述者"我"发现一位衰弱的老人一天一夜在伦敦大街上追寻人群:"他漫无目标地一遍又一遍地过街",一走进繁忙的大市场,"他又像最初所见的那样漫无目的地在蜂拥的商人中间挤来挤去"。夜晚来临,市场中的人群开始散去,老人紧张地环顾四周,快速跑过许多弯曲无人的街道,在一个散场的剧场门口,"老人喘息着加入人群,似乎喘不过气来"。入夜,街上的行人越来越少,他开始变得踌躇不安,甚至"紧跟着十多个狂

---

① 勃兰兑斯:《十九世纪文学主流(第一分册)流亡文学》,张道真译,北京:人民文学出版社,1997年,第44页。
② 罗素:《西方哲学史(下卷)》,马元德译,北京:商务印书馆,1976年,第222页。
③ 索伦·克尔凯郭尔:《或此或彼(上)》,阎嘉等译,成都:四川人民出版社,1998年,第317页。
④ 勃兰兑斯:《十九世纪文学主流(第一分册)流亡文学》,张道真译,北京:人民文学出版社,1997年,第44页。
⑤ 同上。
⑥ 同上书,第42页。

欢暴饮的人走了一会儿"。当黑暗的街巷里没有一个行人的时候,他焦躁地走向了伦敦最混乱可怕的地方——夜里的纵情者在肮脏不堪的路上来回摇摆,他一见到人便"立刻来了情绪,就像即将熄灭的灯重新燃起一样"。天亮了,他依然在"来来回回地走,整个白天他没有错过街头的喧嚣"。在坡的笔下,这个无名的老人,不吃不喝、夜以继日地追逐人群,却始终无法在摩肩接踵的人流中得到他人的了解和认识,一直陷在无论如何都逃避不了的孤独之中。

"浪漫派高度推崇个人价值,个体主义乃浪漫主义的突出特征。"[1]在浪漫派作家笔下,难以名状但却深透骨髓的那种孤独感固然来自社会,实却更源于自身;作为某些个体独有的精神境遇,孤独实乃他人和社会都无力消解的精神宿命。这就有大文豪罗曼·罗兰所谓:"人生只有一个朋友,而且只有少数天才人物才有——这就是孤独。"[2]而"世纪儿"正是这属于少数的天才人物:他们觉醒了,但觉醒后的命运则是成为一个个孤独的个体。"厌倦与孤独,乃浪漫主义时期反复出现的文学主题。"[3]"孤独本能对社会束缚的反抗,不仅是了解一般所谓的浪漫主义运动的哲学、政治和情操的关键,也是了解一直到如今这运动的后裔的哲学、政治和情操的关键。在德国唯心主义的影响下,哲学成了一种唯我论的东西,把自我发展宣布为伦理学的根本原理。"[4]

浪漫派对理性逻各斯的扬弃,使得人类第一次与"荒诞"正面相遇;现代西方第一位"荒诞哲学家"由是在浪漫主义时代应时而生。19世纪中叶,克尔凯郭尔从个体性出发把孤独感提升到哲学层面做了深入阐发。

克尔凯郭尔的所有哲学论题都建立在对个体的思考之上。在实在的生活层面,他"就像一株孤傲的冷杉,兀然而立,直指天际,我站立着,不留下一丝荫影"[5]。而其精神的探究则几乎可以被看成来自他个人绝对孤独世界的尖锐回声:"我所写的一切,其论题都仅仅是而且完全是我自

---

[1] Jacques Barzun, *Classic, Romantic and Modern*, London: Secker & Warburg, 1962, p. 6.
[2] 转引自安希孟:《孤独的哲学》,银川:宁夏人民出版社,2006年,第4页。
[3] F. W. J. Hemmings, *Culture and Society in France: 1789—1848*, Leicester: Leicester University Press, 1987, p. 112.
[4] 罗素:《西方哲学史(下卷)》,马元德译,北京:商务印书馆,1976年,第222页。
[5] 索伦·克尔凯戈尔:《克尔凯戈尔日记选》,罗德编,晏可佳、姚蓓琴译,上海:上海社会科学院出版社,1992年,第28页。

己。"①在他看来,真正的人必须保持体现着其人格完整性的绝对孤独;作为独立的精神个体,作为自己对自己的反观和自省,自我在本质上只能是一种排他性的、孤独的精神存在。因此,他无疑会无条件赞同其德国浪漫派前辈荷尔德林的名言:"在美妙的孤独中,我时常生活于我自身之中。"②

克尔凯郭尔毕其一生都在撕扯"国家""民族""人民""共同体"这类集体概念的虚伪面纱。伴随着对黑格尔由理性所建构起来的庞大抽象体系的清算与批判,他首先努力将个人从"公众"中剥离出来,他坚称公众是"一个幻象,一个精灵,一个巨大的抽象,一个无所不包的虚无"③;他坚信每个个体的存在自有其主观性,其作为人的意义绝不应消解在任何"群体"的概念之中;存在是具体的,每个人都处在不断地变化、生成中,个体在任何一个阶段都具有不确定性和未完成性,因此,个体只能在对自身存在的关注中发现自身,每个个体都必须在直面孤独的痛苦中体验自身。而所有关于群体性生活价值的说辞都在架空、背离个人的生命意义,"群众所在之处,即是虚妄所在之处。因之,即使每一个人在私下里都具有真理,然而一旦他们聚集在一起,成为噪杂喧闹的群众,虚妄就立刻明显可见"④。

在克尔凯郭尔看来,人与人在生活上有许多相似的共同体验,但每个个体都有着自己不能被他人所全部理解的精神愁苦;面对他人和群体,个体多呈现出在审美和伦理层面上无法消解的孤寂—疏离感。孤独感,往往正是个体为发现自我而远离他人返回自身时所不得不接受的不适意绪,也正是个体超越局部—表象向浩瀚世界敞开因而领受自我渺小—卑微那个瞬间的尴尬表情。就此而言,孤独作为个体生存所必须面对的体验成了一种根本性的存在。的确,作为自我意识的一种重要形态,孤独让人独自面对并感知到生命幽深处的那些神秘古奥的东西,并由此成为人类区别于其他动物的一种独特的精神—情感标识。在喧嚣的人群中,人有可能会突然体悟到最深沉的孤独——那是一种人与自我、人与上帝之

---

① 转引自汝信:《〈克尔凯郭尔文集〉中文版序》,见索伦·奥碧·克尔凯郭尔《论反讽概念》,汤晨溪译,北京:中国社会科学出版社,2005年,第2页。
② 荷尔德林:《荷尔德林文集》,戴晖译,北京:商务印书馆,1999年,第115页。
③ 克尔凯郭尔:《当今的时代》,转引自吴晓明主编《二十世纪哲学经典文本·序卷(二十世纪西方哲学的先驱者)》,上海:复旦大学出版社,1999年,第112页。
④ W.考夫曼编著:《存在主义》,陈鼓应等译,北京:商务印书馆,1987年,第89—90页。

间所发生的神秘、深沉的低语。虽说一生都深爱着蕾琪娜,但因为坚持要做一个精神独立的"孤独的个体",克尔凯郭尔最终放弃了与她结婚的选择;"你是我的爱,我唯一的爱,当我不得不离开你时,我爱你超过一切"①。"我必须囿于我隐私所营造的囚牢,直至我的末日来临,在更深层次的意义上,远离他人的群体。"②

克尔凯郭尔认为,基督教是一种真理,它直接与个体的内在性即主观性相关;而内在性或主观性的东西只能为个体自身所独有,所以,信仰就是孤独的个体在恐惧和绝望中走向上帝,上帝也只对个人的忏悔进行审判和救赎。在他看来,人基于个人体验所形成的主观意识乃世界上唯一的实在,而人的存在、上帝的存在则均是通过恐惧、痛苦、绝望等生命体验才得到揭示。真实存在的东西只能是存在于人的内心的东西,上帝的殿堂就建筑在人的内心深处。对上帝的信仰只能靠人内心深处的直觉和顿悟去体验和领会;只有内在地意识到自己的罪并感到沮丧、悔恨和绝望,孤独个体才能瞥见上帝的存在。克尔凯郭尔坚称信仰是绝对私人的事务,成为信徒意味着与上帝建立一对一的关系;因此,他始终坚决反对教会要求以群体信仰的方式面对上帝。在他看来,信仰就是每个个体孤独地向上帝忏悔、与上帝交流的精神过程,因为每个个体都独立地具有自身的罪,只有自己才能对此做出判断和忏悔。一个人只有在孤独中、在孤独的自我反思中,才能真正意识到自己是一个罪人,才能够在悔罪意愿的驱使下走向上帝,才能够在信仰中成为那"无限的自我"。一言以蔽之,在面对上帝时,个体在宗教层面上体验到了其作为信徒必须承当的孤独。

"我只有一个朋友,那就是回音。为什么它是我的朋友?因为我爱自己的悲哀,回音不会把它从我这里夺走。我只有一个知己,那就是黑夜的宁静。为什么它是我的知己?因为它保持着沉默。"③"我还有一个密友——那就是我的抑郁,它常常在我兴高采烈,埋头于工作之际前来拜访我,将我唤到一边。"④克尔凯郭尔为自己自始至终是一个孤独的人而自豪:"孤独这件事对我——不是我私人,而是作为一个思想家立场的

---

① 转引自汝信:《〈克尔凯郭尔文集〉中文版序》,见索伦·奥碧·克尔凯郭尔《论反讽概念》,汤晨溪译,北京:中国社会科学出版社,2005年,第6—7页。
② 索伦·克尔凯戈尔:《克尔凯戈尔日记选》,罗德编,晏可佳、姚蓓琴译,上海:上海社会科学院出版社,1992年,第133页。
③ 索伦·克尔凯郭尔:《或此或彼(上)》,阎嘉等译,成都:四川人民出版社,1998年,第22页。
④ 同上书,第556页。

我——是一件决定性的事。"①他认为:"衡量一个人的标准是:在多长的时间里,以及在怎样的层次上他能够甘于寂寞,无需得到他人的理解。能够毕生忍受孤独的人,能够在孤独中决定永恒之意义的人,距离孩提时代以及代表人类动物性的社会最远。"②个体的本质寓于其孤独之中,克尔凯郭尔大部分神学和哲学论题都是从其作为"孤独个体"之内在主观体验中生发;作为其哲学建构中的核心论题,克尔凯郭尔的"个体性"的思想在西方哲学的现代演进中影响深远。他由"孤独个体"之"内在性"或"主观性"所展开的"个体性"哲理建构直接开启了中经尼采直到萨特的哲学革命:"真正体验到基尔凯戈尔和尼采思想的哲学家绝对不会再在学院哲学传统模式内从事哲学探讨。"③

第四节　孤独个体:从"忧郁"到"荒诞"

18世纪后期,忧郁风潮在西方文坛悄然兴起:"夜晚,漫步于林间、废墟或墓地,又或者端坐在书房于灯边沉思人生的短暂与不幸——这些均已成为诗歌、小说及绘画的常见背景和主题。"④英国墓园诗派的灵魂人物托马斯·格雷(Thomas Grany,1716—1771)在当时最为著名的英文诗歌《墓地挽歌》("Elegy Written in a Country Churchyard",1751)中已然道出:忧郁的内里绝不仅是悲伤或沮丧,而更有哲思与智慧以及对人性脆弱的悲悯;忧郁的灵魂有时甚至会在冥想情绪所唤起的宗教愿景中陷入"陶醉"或"狂喜"。相形之下,雪莱则说得更为透彻:"我们往往选择悲愁、恐惧、痛苦、失望,来表达我们之接近于至善。我们对于哀情小说的同情,就是根据这个原理;悲剧之所以使人愉快,是因为它提供了存在于痛苦中的一个快乐的影子。最美妙的曲调总不免带有一些忧郁,这忧郁的根源也在于此。悲愁中的快乐比快乐中的快乐更甜蜜些。"⑤

---

① 谢扶雅:《祁克果的人生哲学》,香港:基督教文艺出版社,1963年,第56页。
② 索伦·克尔凯戈尔:《克尔凯戈尔日记选》,罗德编,晏可佳、姚蓓琴译,北京:上海社会科学院出版社,1992年,第103页。
③ 威廉·巴雷特:《非理性的人》,段德智译,北京:商务印书馆,1999年,第12—13页。
④ Michael Ferber, *Romanticism: A Very Short Introduction*, Oxford University Press, 2010, p.20.
⑤ 雪莱:《为诗辩护》,缪灵珠译,见刘若端编《十九世纪英国诗人论诗》,北京:人民文学出版社,1984年,第150页。

一波更为严重的忧郁症不知何时便在整个欧洲文坛蔓延开来。德国的维特旋风余波未息,法国的勒内便又掀起了另一波新的文学忧郁的浪潮——他似乎承载了整个时代的颓唐与不安:

> 尚未入梦便已醒来……想象是丰富、多彩、奇妙的;而现实是可怜、枯燥、失望的。怀有丰富的灵魂,但却生活在一个空虚的世界;没有享受任何东西,却被剥夺了一切。①

而献给忧郁或以忧郁为题的浪漫派诗歌则更为常见;仅就英国而论,第一代浪漫主义作家柯勒律治有著名的《沮丧颂》,第二代中的佼佼者济慈则有《忧郁颂》("Ode on Melancholy",1819)。"忧郁所具有的救赎和精神建构的品格,通过一代代浪漫主义者的文学表达得以发扬光大。"②作为一种深刻的生命体验,伴随着孤独的忧郁的确包含着主体与群体相疏离而导致的某种心理挫败与精神失落。对一般人而言,即便他能够忍受诸如饥馑或压迫等各种痛苦,也断难忍受那全然的孤独;所有人都可能会孤单,但只有天禀卓越的人才能承受并拥抱孤独这份殊异的精神苦痛。"有些人成群结队才觉得快活。真正的英雄是独自快乐。"③

19世纪伊始,形单影只、面容苍白的勒内以其踉跄的步履触发了正在时代深处潜滋暗长的"世纪病"——一种以孤独不安作为标识的、灵魂深处难以排解的忧郁。是的,勒内有一种天生的忧郁,忧郁且自我;忧郁的他异常孤独,且这份孤独与人群中常见的那种孤单大不相同——勒内的孤独因内里的悖论而显现出难以名状的荒诞:他表面冷漠,但内心却压抑着巨大的热情——教堂的钟声让其联想到每过一小时就会增添一座坟墓,他便会流下热泪。他不乏精神的热忱,但目之所及却是一派荒凉——独自观赏飘忽不定的云朵,静听林间洒落的雨声,失神地观看落叶随着流水飘逝,感到人的命运就像落叶一样可怜。他感到从来没有爱过什么人,但又坐在埃特纳火山口上,"为那些依稀可辨的山下村庄里的芸芸众生哭泣"。他性格古怪、孤僻,觉得世上没有一个知心人,只能登上高山去呼唤理想的爱人。他常常夜半惊醒,彻夜不得安眠,也常常白天在野外狂

---

① Quoted in Michael Ferber, *Romanticism*: *A Very Short Introduction*, Oxford: Oxford University Press, 2010, p.21.

② Michael Ferber, *Romanticism*: *A Very Short Introduction*, Oxford: Oxford University Press, 2010, p.21.

③ C.波德莱尔:《私密日记》,张晓玲译,长沙:湖南文艺出版社,2007年,第242页。

走——即使大雨淋头,雾凇扑面。他总在梦想中挥汗如雨却并无半点行动的意志与实干的能力,所以无论如何他都觉得缺少东西来填补生活与内心的巨大空白,只能在呆愣愣的冥想中越发陷入难以自拔的孤独……"勒奈的沮丧情绪,他以自我为中心,他表面的冷淡和内心压抑的热情,在那个时期许多有才华的作家身上,在他们创作的许多最出名的人物身上都有所表现,而且同这种外在原因无关——例如,蒂克的威廉·洛弗尔,弗·施莱格尔的朱丽厄斯,拜伦的科塞尔,克尔凯郭尔的约翰纳斯·福佛爱伦和莱蒙托夫的《我们时代的英雄》。它们成了19世纪初期欧洲文学中男主人公的共同特点。"①

感性与理性、自由与秩序的乾坤大挪移,使得高大威猛、神武圣明的一干古典主义高大上主人公独霸文坛的局面为之一新。各式形貌各异、既往只配受到挖苦嘲笑的孤僻古怪人物,突然从幽暗的周边角落冒出来,大摇大摆地步入舞台的正中央。诸多浪漫派主人公"陷于梦幻,进入忘我的境地,深刻却不活泼,崇高却不热情,充满活力却没有意愿"②,耽于思辨但却丧失了行动的能力。因为一刻都不能离开其所爱的自由,他们看上去一个个都显得性格乖张、怪里怪气。孤独而又傲岸,忧郁却也不羁;"群体中的孤独"作为浪漫派主人公的基本精神属性,意味着他们都是一些遗世独立、卓尔不群的"怪人"。作为未被驯化或者无法驯化的特殊个体,浪漫派作品中大量充斥的"世纪儿"形象或"拜伦式英雄",大都具有倾向于无限、绝对自由的精神特性,这使得他们在某种程度上都成了反常、反体制、反文明、反社会的无政府主义者。维特的"烦恼"、勒内的"彷徨"、奥克塔夫的"迷茫绝望"、曼弗雷德的"世界悲哀"……这些在深重的孤独中无所适从、焦躁不安的灵魂,其"忧郁"中所涵纳着的正是存在主义哲学大肆张扬的孤独、烦闷、恐惧、绝望、虚无等体现着"荒诞"观念的现世生存体验。正是经由对孤独个体之精神矛盾和情感悖论的聚焦,浪漫主义文学为存在主义哲学进一步阐发"非理性的人"做好了准备。

存在主义将"荒诞"界定为个人在世界中的一种生命体验——它既是颠覆理性、信仰后无所依凭的孤独感,也是对未知可能性的恐惧和人生无意义的绝望。从勒内、哈罗尔德等忧郁成性的诸多"世纪儿"形象中可以见出:孤独、恐惧和绝望,连同厌倦、疯狂和迷醉等,均是浪漫主义时期文

---

① 勃兰兑斯:《十九世纪文学主流(第一分册)流亡文学》,张道真译,北京:人民文学出版社,1997年,第37页。
② 同上书,第49页。

学表现的标志性现象。"厌倦与孤独,乃浪漫主义时期反复出现的文学主题。"①在著名批评家亨利·雷马克列举的浪漫主义的几个核心要素中,"个体主义"与"厌世忧郁"赫然联袂在列。②"我所感到的,是一种巨大的气馁,一种不可忍受的孤独感,对于一种朦胧的不幸永久的恐惧,对自己的力量的完全的不相信,彻底地缺乏欲望……我不断地自问:这有什么用?那有什么用?这是真正的忧郁的精神。"③正是以浪漫派作家笔下那些忧郁成性、充满悖论的古怪形象为基础,作为个体本质或命运的"孤独体验"才在19世纪中叶克尔凯郭尔的哲学探究中进一步发酵成为构成"荒诞"观念的核心要素。

在浪漫主义运动开启之前,"荒诞"事实上始终停留在人们无力对眼前世界做出合理解释而产生的迷惘困惑这一层面;正是循着迷惘困惑的情绪路径,克尔凯郭尔在19世纪中叶第一次将浪漫主义作品中由勒内发端的大量"世纪儿"形象内里的核心要素"忧郁"进一步阐发成为后来加缪笔下"局外人"莫尔索所表征着的那份"荒诞"。④"勒内那代人的忧郁猜疑、迷茫空虚,在萨特的笔下被剥去了浪漫的外衣,被表现为'恶心'。"⑤准确地说,"荒诞"乃是"忧郁"内里那份混乱的激情或热忱冷却、沉静下来的观念结晶。

"荒诞哲学"显然是建立在对个体主观性的强调之上,这一点在克尔凯郭尔这个存在主义始祖的表述中已然确定无疑。克尔凯郭尔的所有哲学论题都建立在对个体的思考之上,其实在的生活和精神的信仰均表明他的哲学是来自个人绝对孤独世界的尖叫。在他那里,"荒诞"是个体意识所体察到的存在之无可规避的悖谬性;作为一份非理性的主观感受或"反理性的主观性",其"荒诞"观念满透着孤独、恐惧、绝望、虚无的意绪。

---

① F. W. J. Hemmings, *Culture and Society in France*: *1789—1848*, Leicester: Leicester University Press, 1987, p. 112.

② Michael Ferber, ed., *A Companion to European Romanticism*, Oxford: Blackwell Publishing Ltd., 2005, p. 7.

③ 波德莱尔:《1857年12月30日致母亲书》,转引自夏尔·波德莱尔《恶之花》,郭宏安译,桂林:广西师范大学出版社,2002年,第75页。

④ 美国文化观察家恺撒·格兰娜在20世纪60年代就曾经明确指出:"作为某种社会现实的表征,现代文学中那种边缘乃至匿形的'局外人'在西方文化中出没的时间不是30年,而是已然130年。" See Cesar Grana, *Bohemian versus Bourgeois*, New York & London: Basic Books Inc., Publishers, 1964, xi, xii.

⑤ Winfried Engler, *The French Novel*: *From 1800 to the Present*, tran., Alexander Gode, New York: Frederick Ungar Publishing Co., 1970, p. 3.

克尔凯郭尔有意识地从个体性、反理性以及强调人的孤独、恐惧、绝望等心理体验的角度来思考人的存在,提炼、创造了"荒诞"这一"极其丰富的、远远超前他们时代、只有下一个世纪的人才理解得了的观念"①。此后,随着尼采、海德格尔、雅斯贝尔斯以及萨特、加缪等哲学家对"人的存在"的不断阐释以及陀思妥耶夫斯基、卡夫卡等文学家对人生存体验的不断描述,"荒诞"最终被确定为是对存在的一种根本性描述——世界是荒诞的,人的存在在根本上也是荒诞的;由是,"荒诞"也就成了存在主义的核心观念。

第五节 浪漫主义与"恶"的表现

关于浪漫派,莫里斯·迪克斯坦(Morris Dickstein,1940—2021)曾精辟指出:"通过想象,诗人成了一个创造者,一个立法者,一个上帝;然而凭借宽广的视野,他更深入地看到了一切,他是一个凡人。"②而 W. H. 奥登(Wystan Hugh Auden,1907—1973)《被征服了的洪水:浪漫派对海洋的描写》一文在谈论意识与无意识辩证关系时称:"浪漫主义意味着对意识和罪恶的确认——浪漫主义者对天真纯洁怀着强烈的思慕之情。"③

浪漫派对人类本性的研究揭示出一个可怕的现实——过失和罪行往往从它们极端相反的特性开始,最大的恶常常穿着善的外衣。不管是在诗歌还是小说与戏剧等叙事作品中,伴随着"恶源于善"的命题,作为一个社会现象与人性要素,"恶"在浪漫主义作家那里第一次成为重要的文学主题,并得到了充分、完整的表现。④ 文学中愈益得到彰显的"恶",堪称西方现代文学与文化的重要表征。⑤

原始主义将所有的科技发明均视为通向谬误的伪善——科学理性经

---

① 威廉·巴雷特:《非理性的人》,段德智译,北京:商务印书馆,1999 年,第 13 页。
② Morris Dickstein, *Keats and His Poetry: A Study in Development*, Chicago: University of Chicago Press, 1971, p. 194.
③ 转引自韦勒克:《再论浪漫主义》,见 R. 韦勒克《批评的诸种概念》,丁泓、余徵译,成都:四川文艺出版社,1988 年,第 209 页。
④ See Walter H. Evert, "Coadjutors of Oppression: A Romantic and Modern Theory of Evil", in George Bornstein, ed., *Romantic and Modern: Revaluations of Literary Tradition*, Pittsburgh: University of Pittsburgh Press, 1977, pp. 45—46.
⑤ Ibid., p. 29.

由技术的智巧与诡计,歪曲了人类的天性并使他们远离自然。这方面最有影响的思想家当推卢梭。1750 年,其《论科学与艺术》一文在"科学与艺术的进步是否有助敦化风俗"("Si le rétablissement des Sciences et des arts a contribué à épurer les mœurs")的征文大赛中获奖而一举成名。在卢梭看来,现代的科学和艺术,因其把花冠点缀在了束缚人们的枷锁之上而窒息了人们天生的美好情操,并使他们喜爱自己被奴役的状态;所谓的文明使人远离自然,背离天性,看似有用,实则害人。卢梭称,天文学诞生于迷信,辩论术诞生于野心、仇恨、谄媚和撒谎,几何学诞生于贪婪,物理学诞生于虚荣的好奇心,道德本身也不过是来自于人类的骄傲……科学、艺术所表征着文明无一不是从人类的罪恶之中诞生的;科学与艺术既产生于闲逸又滋长闲逸,其对社会所必然造成的第一个损害就是无可弥补的时间损失,且奢侈从来就与科学和艺术结伴而行——而奢侈的必然后果是趣味的腐化,现代人越来越变得只讲生意和金钱。在此等情形下,那些不肯媚俗的灵魂,只能在默默无闻中死于贫困潦倒。在卢梭看来,科学与艺术不仅不能敦风化俗,而且个人和公共道德恶化的比例与艺术和科学兴盛的比例从来都是形影难离——这个真理不仅在当下的欧洲可以见出,而且在每一个曾经伟大却归于毁灭的文明中也能得到印证。不难发现该文情感丰沛但缺乏严谨的逻辑,卢梭从来就不是一个严谨的逻辑学家;该文在征文大赛中胜出主要是因其新奇大胆、极具挑战性的论点:最伟大文明中的善实际上是恶的源头,或恶是出自善的假设。

　　卢梭对英国浪漫主义作家的影响是散乱的,又是全面的。从柯勒律治到拜伦,从布莱克的《耶路撒冷》(*Jerusalem*,1820)到雪莱的《生命的凯旋》(*The Triumph of Life*,1822),人们到处都可以见出卢梭思想的影子。威廉·戈德温在《政治正义论》前言中坦承该书直接受到了卢梭思想的影响。社会上存在着诸多不义与暴力,于是产生了对政府的要求……政府想要消除不义与暴力,但它本身先是成为最大的暴力,而后又为代表它的暴力系统源源不断地提供腐败的温床:通过权力的集中,狂热的灾难性的不义行为缤纷绽放——专制与镇压、征服与战争、抢劫与欺骗……政府本想要抑制暴力与不义,但是它自身却体现为最大的暴力并衍生出最可怕的不义。由是,在《政治正义论》中勾勒描摹"理性王国"的威廉·戈德温事实上最先为无政府主义思想找到了坚实的逻辑前提,而形形色色的无政府主义则成为贯穿浪漫主义时代乃至整个 19 世纪绵延不绝的一条思想红线。

其实不仅仅是《政治正义论》——在其小说《凯莱布·威廉姆斯》（*Caleb Williams*，1794）中，戈德温也通过人物与情节告诉读者：财富和专制颇为通晓如何运用法律作为压榨与镇压的工具，而法律最初却是要用来保护穷人的。他似乎一直在强调：权力乃是恶人的至爱；处处自诩为善的社会机制不过是恶寄生的温床；只有当理性和道德的原则在社会管理制度中占统治地位时，这个社会才能被称作健康的社会，才能有政治上的公正。公正的制度只能是符合理性要求的制度；理性政治的目的，在于不使人们之间的利益发生冲突，而且还要促使他们彼此的利益结合起来。在华兹华斯的《迈克尔》（"Michael"，1800）、济慈的《忧郁颂》等诗作中，不难见出英国两代诗人均认同恶起源于其对立面的说法。

在柯勒律治的《克里斯特贝尔》（*Christabel*，1797）中，"善"是具体而真实的，同名主人公克里斯特贝尔的品格就是善。作品的核心关涉两代人间的冲突——父母和孩子之间彼此的爱变成了相互责备的怨恨与敌意。这样的矛盾可能在所有人的天性中都会存在。道德问题同纯洁感的沦落息息相关，以克里斯贝尔为例，她本能地意识到心中的邪恶让她不顾一切地倾注爱情，而这让深爱她的父亲为难和气愤——他觉察到女儿正常自然的情感将要堕落，对于他的爱也会变质。父亲不知道伴随纯洁而来的束缚就是纯洁不能与任何不洁混合，父女之间最初的冲突就这样产生了。雪莱是另一个钟情"恶"的观念的诗人。为人熟知的《解放了的普罗米修斯》中的场景就是典型的例子，复仇三女神（the Furies）意识到无法凭借肉体上的苦痛来战胜普罗米修斯的意志，便施展法术，展现未来的场景而向他证明任何顽固不化的举动都只是对众神之王的短暂胜利。如果他认为他的受难可能在某种程度上救赎人类，净化人世的罪恶，那就让他知道基督所传播却未实现的爱是如何被当作战争和压迫的借口，就让他知道法国大革命是如何高举真理和自由的旗帜却步入自相残杀和专制暴政的深渊，就让他知道人类整个历史是如何成为"世上的一切都是一团糟"。这当然不是一个最终的前景，而是复仇三女神战术性地运用历史视角在她们的受害人心灵上制造绝望。《钦契》再次重申了"恶源于善"的假设。这出戏的悲剧性灾难不是贝特丽采的死刑，而是其道德观的颠覆与她的无能为力。充斥着巨大内在矛盾的伯爵，作为一个近乎"纯粹的恶"的化身，却有着对神学的深刻理解且似乎比任何人更坚定地相信他所祈求的上帝；他对平庸普通的罪恶是如此厌倦，以致他只能希冀从其受害者的痛苦里获取某种感官享受，所以他喜欢更复杂和长久的折磨。他自称并不喜欢消灭一个肉体,因为肉体只不过是禁锢人的灵魂的监狱。设若折磨活着的灵魂会欢愉,那么其最大的欢愉则是把另外的灵魂带入地狱——实现永恒的折磨。这也是伯爵对其女儿贝特丽采宣称的目标。在随笔《魔鬼与恶魔》中,雪莱曾称:

> 无私和善良将路西法和他的对手上帝区分开来,路西法实行的是一场可怕的报复。虽然他本有善良的本性,但是在复仇之心的刺激下,他将美好变成罪恶,不可抗拒地步入深渊,去做他本厌恶至极的事情,成为阴谋诡计的首领,成为罪恶的源泉。①

在《曼弗雷德》等诗作中,"善源于恶"这种二律背反的困境在"拜伦式英雄"身上也得到了充分的展现。作为普通人,我们有着共同的大地,必死的命运和相互依赖、彼此纠结的社会关系等诸多限制;但曼弗雷德等"拜伦式英雄"均属"超人",他们自身内部的感觉能力与渴望都远超于常人,其所要求达到的"最大程度的个体自由"即所谓"终极的善"。然而,这些英雄的悲剧成因也正在于此。"摆出目空一切的浪漫主义的英雄主义的姿态,拜伦的曼弗雷德比浮士德更决绝,也更天真。"②在少女峰的时候,曼弗雷德独自一人站在丛林的山顶上,从教堂、自然、神性中分离出来:"我曾是我自己的毁灭者,以后也甘愿做我自己的毁灭者。"这种挑衅的姿态,这种任性自我的异化,实乃尼采自由精神所包孕着的那种无政府混乱状态的早期形式。"在极端的情况下,浪漫主义的自由观念中包孕着一种自我与他者的分离关系。"③在实施其"终极的善"的过程中,他们承受的极度孤独与痛苦压倒了他们一意孤行的自由意志,抹杀了他们之所爱,直至吞没了他们的生命。以庄严的"自由"名义渴望、追逐生命"最高的善",最终得到的却是"死亡并非那么困难"的答案。无独有偶,善与恶的对立统一在法国诗人雨果的创作中也有着类似的体现:在《撒旦的末日》(*La Fin de Satan*,1886)中,撒旦得到了赦免,并在令人惊讶的结局中死去。上帝说:"撒旦死了!啊,复活吧,天上的魔王!"恶被重新同化,因为撒旦实际上是爱上帝的,他本身就是上帝旨意的一部分。

---

① Quoted in Walter H. Evert,"Coadjutors of Oppression: A Romantic and Modern Theory of Evil", in *Romantic and Modern: Revaluations of Literary Tradition*, ed., George Bornstein, Pittsburgh: University of Pittsburgh Press, 1977, p. 44.

② Wylie Sypher, *Loss of the Self in Modern Literature and Art*, New York: Random House, 1962, p. 21.

③ Ibid.

在 M. G. 路易斯(Matthew Gregory Lewis,1775—1818)的《僧侣》(*Monk*,1796)、玛丽·雪莱的《弗兰肯斯坦》(*Frankenstein*,1818,又译《科学怪人》)等光怪陆离的哥特式小说中,"恶源于善"作为主题得到了更为充分的揭示。在《僧侣》中,安布罗西奥(Ambrosio)可怕的罪行一步步展开的过程中,热情和无法控制的嗜好构成了推动罪恶的第一动力——正是他那因压抑而无法宣泄的激情为其走向犯罪累积了能量。小说的可信性端赖于生命深处"力"的转化,这难免让人想起莎翁一部喜剧的名字《一报还一报》(*Measure for Measure*,1604)。在《弗兰肯斯坦》中,人们在弗兰肯斯坦博士的行为动机中遭遇到那再熟悉不过的"至善的渴望"。这位学识渊博的博士明了其科学探究领域的所有事物,但是却不知道怎样去预测或控制成功后的结果;随着探究的展开,他寻找的"善"渐渐变成了其所始料不及的"恶"。当然,在一个更为开放的视野中,人们可以将其失败的原因归诸人道而非知识:人们有理由去相信或想象怪物有亲和的社会本能,而其朝向暴力的弯曲则是因为他所受到的非人待遇。这种待遇在其生命的第一个时刻就露出了端倪——其被创造者拒绝仅仅是因为它没有被创作者塑造得更漂亮。事件的高潮当然是弗兰肯斯坦拒绝为这个怪物创造一个同伴,以人类"善"的名义忽视其对同类友谊的需要。

第六节 个体主义与小说的繁荣

18世纪后期,英国的工业革命、法国的政治革命、德国的哲学文化革命这些对后世具有决定性影响的划时代巨变几乎同时发生。在激烈的时代动荡中,渴望冲破限制但又不断遭遇挫败的人,在高度敏感中与周围格格不入,任由心灵内部流淌的才智激荡着虚无情绪的爆发……尽管尚未做好在形式上与过去决裂的准备,但浪漫派作家却在时代饱满的情绪氛围中陡然获得了强大的叙事动力。从文学史的角度来看,作为19世纪与20世纪最重要的文学形式,小说在前浪漫主义时代并未得到高度重视;而从文化史的角度来看,个体主义实际上乃是小说这一文类在浪漫主义时代获得空前发展与得到普遍认同的重要前置背景。弗·施莱格尔曾将小说这一被认为是最客观的体裁与史诗进行对比,他认为:"小说应当表现一种主观的情调,就像他自己的小说《卢琴德》或斯泰恩(Lawrence

Stine,1713—1768)与狄德罗的小说一样。"①

法国小说在艾蒂安·皮威尔·德·塞南古的作品中率先完成了向现代的过渡。其两部书信体小说《阿尔多蒙》(*Aldomen*,1795)和《奥勃曼》(*Oberman*,1804),均是作者个人生活悲欢离合的真实写照。《奥勃曼》这本书的情节背景大多设置在瑞士,那是塞南古非常熟悉的地方。主人公面对当时盛行的社会风气深感不安;在他看来,这种风气与秩序既有违天性,更与卢梭的主张格格不入。作品通篇充斥着人在城市环境中体验到的不安以及对人间万物皆短命的厌世感:"一切都是冰冷的,一切都是空虚的。漫无目地生活在异乡,心中充满憎恨;我们渴望逃离这个令人厌恶的深渊,去一个理想的家园安身。"②

法国小说沿着塞南古开辟的现代方向继续展开,这很大程度上要首推史达尔夫人的卓越贡献。她与塞南古的一个共同的外部条件是瑞士乃两人流亡时共同的避难所。新世纪伊始,她便出版了浪漫派"第一人称小说"的两个样本:《苔尔芬》和《柯丽娜》。在《苔尔芬》的前言中,作者曾称:"小说中发生的事件仅应提供一个发掘人类内心激情的机会……这些文学作品将永远值得我们赞美——《克拉丽莎》(*Clarissa*,1748)、《克莱门蒂娜》(*Clementina*)、《汤姆·琼斯》(*Tom Jones*,1794)、《少年维特之烦恼》——它们的目的在于揭示或描绘那些心灵深处或幸福或悲伤的复杂情感。"③由一位追求思想解放的女性所创作的这些小说,很大程度上可以被视为当时女权主义的宣言。"女性身份的诉求融汇着独特的内心体验,使得书中的每一行都显现出作者的自传色彩。"④

贡斯当的小说《塞西尔》和《阿道尔夫》清楚地展示了"第一人称小说"也能达成冷静客观的心理描写。所有叙事都是用最简洁的语句记录下来的;而最常见的三个句子的开头是"我……""她……"和"我们……"。这种别具一格的风格在一定程度上使得整个叙事非常生动,可谓用最少的技巧得到了最大的效果。在19世纪法国小说的发展过程中,中经雨果小说那种慷慨激昂的叙事风格的流行,这种朴素冷静的叙事风格在司汤达、

---

① 韦勒克:《文学研究中现实主义的概念》,见 R. 韦勒克:《批评的诸种概念》,丁泓、余徵译,成都:四川文艺出版社,1988年,第237页。

② Quoted in Winfried Engler, *The French Novel: From 1800 to the Present*, tran., Alexander Gode, New York: Frederick Ungar Publishing Co., 1970, pp. 6—7.

③ Ibid., p. 8.

④ Winfried Engler, *The French Novel: From 1800 to the Present*, tran., Alexander Gode, New York: Frederick Ungar Publishing Co., 1970, p. 8.

梅里美、福楼拜等人的笔下一再出现，蔚为大观。

两部小说都具有自传小说的明显特点——叙事的动力源自作者达成自我认知的意愿；而从题材来源上考查，不难发现它们与作者的日记有着密切的关联。《阿道尔夫》中的同名男主人公出场时是一位刚在哥廷根大学完成了学业的世家公子。在一次聚会上，他邂逅了美丽的波兰女子爱伦诺尔（Ellénore），并开玩笑般地试图赢得她的芳心。很快，她抛下了自己先前的情人与他堕入爱河。刚刚达成目的，阿道尔夫便体验到了困扰，但仍随她去了其领地。两人的矛盾分歧越来越多，他决心和她断绝关系，却又一再推迟分手的时刻。当得知他的真实想法，爱伦诺尔陷入了崩溃。重获自由的阿道尔夫，转而投身到了政治活动之中。在《阿道尔夫》中，女主人公爱伦诺尔的原型明显是史达尔夫人；在《塞西尔》一书中，同名女主人公是夏洛特·冯·哈登伯格的化身，而史达尔夫人则以马尔贝夫人（Madame de Malbée）的身份出现。《阿道尔夫》和《塞西尔》中均是自传性人物的男主人公形象有一种全新的特点：这是由多愁善感、自我中心、对采取果断行动的畏惧和道德上的大胆所产生的一种奇特的心理混合物，而悲观厌世的情绪和难以捉摸的空虚感则是其内里的核心元素。个人释出之后，连通着不满的忧郁开始弥漫整个心胸，即这种忧郁的流行明显有一个个体解放的前提。从表面上来看，忧郁便是想得太多而做得太少——很多有用无用的想法混乱无序地堆在一起；这样的意绪天然地倾向于在宗教与自然中冰释满腹的疑虑。

《奥勃曼》《阿道尔夫》和《塞西尔》——以及紧随其后受歌德《少年维特之烦恼》影响最为明显的乌戈·福斯科洛的小说《雅科波·奥尔蒂斯的最后书简》（Le ultime lettere di Jacopo Ortis，1802），均为19世纪初自传体"个体主义小说"的典型；而《勒内》则无疑是这类小说中最具代表性的范本。

故事中的很多内容可从"诗与真"这一角度由作家的行迹得到说明。1791年，夏多布里昂在美国生活了5个月；1793年，他去了伦敦；1803年，他担任法兰西驻罗马大使的秘书一职。勒内在地中海东部进行的旅行，与夏多布里昂1806年至1807年的个人经历几乎完全契合。他与姐姐露西尔（Lucile）的关系为文本提供了"乱伦"的叙事框架。在勒内讲述的故事开头，有一段话完美地阐述了作者自我分析的要旨：

> 开口来谈自己的事，我忍不住羞愧满面。你俩心境平和，可敬的老人呵，还有我周围的大自然，那么安静，真令我为自己灵魂的不安

和骚乱感到羞惭。

你们会非常同情我,我这永无止境的不安将会使你们觉得多么可悲。你们尝遍了人生的苦果,对一个没气魄、无德性的年轻人,对一个自寻烦恼、自找苦吃的年轻人,你们不知会想些什么?唉,请别指责他,他早已受够了惩处!

我的出生断送了母亲的生命,人家用产钳将我取出了母腹。我有一个很受父亲宠爱的哥哥,因为他是长子。而我,很早就被塞进了陌生人的怀抱,我远离父宅,由他人抚育。

我脾气急躁,性格古怪。我时而兴奋愉快,时而沉默忧郁,我常与年轻的小伙子们兴会,随即又突然将他们甩开,独自跑到一边去坐观彩云飞渡,静听雨打绿叶。①

初读这段有大量感叹句、疑问句、排比句和对偶句等演说性要素的文字时,人们会发现其中充斥着大量的消极评价与负面结论。在整部作品中,它们共同构成了勒内思想结构的基本表征。由此往内里探究,则会发现现代人对文化与文明的厌倦——这与启蒙运动的所有宗旨都背道而驰;而沙克达斯和神父的生存状态,乃是卢梭人与自然和谐相处这一构想的达成。《勒内》中的天堂意象与《阿达拉》中得到彰显的现代衰落的主题构成了鲜明对比。与勒内那命定的孤独寂寞、矛盾纠结的阴郁心灵相映衬,那种理想的生存状态显得愈发阳光明亮。"没有什么比赋予一个特殊个体或明或暗的幽怨天性——那宿命般的忧郁气质更浪漫的了。"②从席勒的《强盗》到内瓦尔(Gérard de Nerval,1808—1855)的《被剥夺了权力的人》(*Desdichado*,1854)——以及介于两者之间的拜伦的《曼弗雷德》——人们都会遇到勒内那种自我强加的邪恶诅咒;与塞南古和贡斯当相比,这显然是夏多布里昂独有的一种新的文学质素。稍晚时缪塞用白乌鸦的隐喻来概括此种"茕茕孑立"的生命状态。

在《勒内》的末尾,人们注意到作品的基调发生了改变:"面对一个软弱无力、道德败坏的年轻人,一个自寻烦恼、自讨苦吃的年轻人,你们会作何感想呢?"勒内似乎能够同时扮演许多截然不同的角色:原告、法官和刽子手。最终,勒内抵达了这样一种状态——从自己的"世纪病"中得到了

---

① 夏多布里昂:《阿达拉 勒内》,时雨译,北京:外国文学出版社,1983 年,第 93 页。

② Winfried Engler, *The French Novel*: *From 1800 to the Present*, tran., Alexander Gode, New York: Frederick Ungar Publishing Co., 1970, p.14.

一种满足的喜悦:"在极度的悲伤中,我感到意外的满足。""我们能从不寻常的事中得到快乐,哪怕这不寻常的事是厄运。"①浪漫灵魂独特的高贵,也许便蕴藏在此种非彼非此的暧昧论断之中。

在夏多布里昂的全部作品中,人们都能够见出卢梭无所不在的影响;但勒内这一人物的内心结构与性格特征均源于其创造者本人。尽管如此,像评论家莫罗所做的那样——从对作品的解读中引申出夏多布里昂与姐姐露西尔存在着乱伦关系的结论,这显然就太过分了。事实上,从德·罗米尔·罗伯特(Marie Anne de Roumier Robert,1705—1771)、雷蒂夫·德·拉·布列塔尼(Restif de la Bretonne,1734—1806)等人的作品中不难发现——这种主题在18世纪的文学作品中并不鲜见。其中,梅西耶(Louis-Sébastien Mercier,1740—1814)的《野人》(L'Homme sauvage,1767)与夏多布里昂处理同一主题的方法最为接近。是的,勒内的身上固然有着诸多其他人物形象的印痕,但其作为艺术形象的独特性与完整性使他足以与莫里哀的答尔丢夫(Tartuffe)、拜伦的唐璜相媲美;他的的确确是夏多布里昂所创造出来的一个全新的文学典型。差不多在《少年维特之烦恼》出版30年之后,夏多布里昂用独特的天才赋予了《勒内》中不幸的年轻主人公以新的特征——"因与众不同而不为人理解的意识、对生活的热爱、存在性挫败以及良心的自责"②。在所有情况下,个体主义小说中都有一种悲观主义的基调;而"男主人公的最终失败,乃真正代表时代精神的浪漫派个体主义小说的典型特征"③。

16岁时,沙尔-奥古斯丁·圣伯夫(Charles-Augustin Sainte-Beuve,1804—1869)在《勒内》的男主角身上认出了自己。他后来以文学评论家和抒情诗人的身份著称,同时也是一位常常被人忽略的小说家。男主人公阿莫里被置于三位女性之间,圣伯夫在《情欲》(Volupté,1834)中经由内心自白恰到好处地展示了一部道德自传。小说用很长的篇幅来分析性爱的秘密,肉欲主义等诸多关于性的禁忌都在此种严肃的探究中被触及。"在《情欲》中,个体主义小说呈现出一种全新的特征,这种特征的准备阶段可以追溯到英格兰和德意志;在德语文学批评中,它被准确地命名为

---

① Quoted in Winfried Engler, *The French Novel: From 1800 to the Present*, tran., Alexander Gode, New York: Frederick Ungar Publishing Co., 1970, p. 15.

② Winfried Engler, *The French Novel: From 1800 to the Present*, tran., Alexander Gode, New York: Frederick Ungar Publishing Co., 1970, p. 16.

③ Ibid., p. 17.

'自我小说'(Bildungsroman)。"①

准确来说,在《勒内》中,男主人公也随着小说情节的进展而不断成长并成熟,但叙事的重点却在别处。在《情欲》中,随着年龄的增长,阿莫里开始用"新青年"的眼光来看待女性;他将其第一次性体验归因于其所受的古典主义教育,但他并没有满足或止步于此。这一切均与圣伯夫和雨果夫人之间的关系状况相一致,这种现实中为人津津乐道的情感事件,既是小说创作的灵感源泉与叙事动力,也为作品所展开的情感分析提供了基本的素材。德·库昂侯爵(Marquis de Couaën)这一角色的原型很可能就是维克多·雨果,他在书中被描写为一个总是站在错误一边的政治家。随着男主人公与女性关系的深入,阿莫里对女性的态度发生了重大变化,他开始审视并咒骂"淫荡";在浪漫之爱的优柔寡断中,男主人公的心理与情绪持续摇曳动荡:"当性欲减退时,得意感和胜利的喜悦所带来的满足感便会相应上升。"在这里,人们不仅见出了对基督教道德规范的省思与背弃,也进一步领略了文艺复兴后西方文化中"道德自由"的最新进展。显然,这不再是"狂飙突进"运动中那种激情洋溢的单向度冲击——"人的精神特质在于平衡灵魂中的所有力量,而非压制其中的任何一种。"②不难发现,与《勒内》相比,"《情欲》中男主人公意志薄弱、优柔寡断这一明显的特征,在很大程度上正是这种现代伦理观展开的必然结果"③。同时,它也揭示了一个简单的事实,即圣伯夫并非一个天才的小说家。在叙事艺术上,作家的心理分析很多时候使得故事情节的连续性几乎完全陷入了停滞状态;但这种分析又过于发散浮动、缺乏焦点:若干情势下,他本来完全可以向读者展示情欲是如何在男主角禁欲的过程中萌生的,但他却笔杆轻摇把笔墨抛洒到对室内环境和静物的写生刻画上(如第4章中对一座城堡的描写)。种种迹象表明,《情欲》可能正是于思曼《逆流》的重要来源,而圣伯夫也因此成为颓废派的重要奠基人。

乔治·桑为人熟知的小说大都是对悲剧性男女关系(包括婚姻关系和情侣关系)的刻画,这明显与其个人经历息息相关。在《印第安娜》(*Indiana*,1832)中,不谙世事的年轻女孩子印第安娜嫁给了一位年迈的

---

① Winfried Engler, *The French Novel*: *From 1800 to the Present*, tran., Alexander Gode, New York: Frederick Ungar Publishing Co., 1970, pp.16—17.
② Ibid., p.17.
③ Ibid.

上校。稍后,她遇见了雷蒙德·德·拉米雷(Raymond de Ramiere),她作为女人的爱被唤醒;再后来,她感觉到了堂兄拉尔夫·布朗(Ralph Brown)的善良,两人在山上木屋里有一段简单而平静的生活。很明显,从前辈史达尔夫人那里,乔治·桑接过了妇女在"不般配的婚姻"中醒转过来追求真正的爱这样的题旨。但在乔治·桑这里,人们却可以进一步看到浪漫派申明情感自由这一历史要求的强度——当婚姻与性爱发生冲突时,婚姻就是错误的。《莱莉雅》(Lelia,1833年初版,1836年修订)标志着乔治·桑创作生涯第一阶段的结束。人们可以把这部令人惊讶的寓言小说看作是浪漫主义情感自由主张的一个总结:与拉辛等古典主义的创作程式完全相反,面对着理性与感性的冲突,浪漫派肯定感性否定理性;对爱情(乃至性爱)的信仰,很大程度上已然成为浪漫主义新的宗教,而爱情之花的盛开当然是以人之自由权利的伸张作为前提。在《印第安娜》和《雅克》(Jacques,1834)之后,这本书使乔治·桑的读者感到大为困惑:把解除限制冲决束缚的原则推到极致,即便合乎个体自由的逻辑,但若没有包含其他别的应对现实的方案或新的创意,那又能怎么样呢?伴随着这样的疑惑与情绪逆流,浪漫主义之个体主义小说的衰落期已然来临。

第七章
情感自由与对婚姻问题的探究

尽管"为艺术而艺术"这一表征着"审美现代性"发端的口号乃浪漫主义的艺术纲领,但这似乎没有影响到很多浪漫派作家投身于社会-政治事业的热情。法国的情形尤其引人注目:夏多布里昂与贡斯当,均是当时法国政坛重要的社会活动家,后者还是世纪之交欧洲最重要的自由主义政治思想家;史达尔夫人信奉大革命标举的自由精神,这位当时对法国乃至整个欧洲来说都举足轻重的人物,却长时间被拿破仑逐出巴黎;1848年革命推翻七月王朝后,诗人拉马丁阴差阳错竟然出任了法兰西第二共和国临时政府的首脑;在大选中击败拉马丁的拿破仑三世废除共和建立法兰西第二帝国后,坚持共和信念的第二代浪漫派领袖雨果流亡国外达18年之久,第二帝国瓦解后才返回故国,并于1876年当选为法兰西第三共和国参议员。其他国家的情形略有不同,但同样不乏热衷于社会-政治活动的浪漫派作家。在英国,拜伦大学毕业后便世袭了英国上议院议员的席位,并在第一次议会演讲中公开支持诺丁汉捣毁机器的"勒德分子";后来他去国前往意大利与希腊,积极参加意大利烧炭党人的革命活动,并最终病逝于希腊争取民族独立的前线。在俄国,普希金因为朋友间接卷入了1825年圣彼得堡的十二月党人起义,并在起义失败后为流放西伯利亚的十二月党人写下了《致西伯利亚的囚徒》等若干脍炙人口的政治抒情诗。在波兰,立陶宛籍波兰诗人密茨凯维奇因参加政治活动于1823年被捕,被流放至俄国中部,随后又流亡巴黎;1855年,他前往伊斯坦布尔,组织军队在克里米亚与俄国开战,最终身染霍乱而亡。在希腊,威尼斯诗人乌戈·福斯科洛大半生因热衷政治活动而四处流亡;他曾经服役于拿破仑的军队,也曾经为意大利的统一与独立而摇旗呐喊。

在许多浪漫主义社会思想家看来，爱不仅是最根本的社会纽带与最高的个人美德，也是抵御工业主义、功利主义、实用主义风潮，克服社会矛盾，解决社会问题的良药。弗·施莱格尔将爱称为"共同体的实现"，而诺瓦利斯则视"无私的爱"为国家的基石："政治联盟除了像婚姻一样，还能是什么东西？"①的确，浪漫派作家大都信守"艺术的使命就是感情和爱情的使命"②；这一信条，在很大程度上决定了"浪漫主义诗人的光荣就在于他内心燃烧着的最炽热、最激昂的感情"③。在为自由而战的时代潮流中，"把情感从社会风尚中解放出来，心灵无礼地坚持有权把它的法典视作新的道德法典，并按照品行，有时仅仅按照偏好来改造旧俗"④——如果说尚不能构成这些情感丰盈的时代斗士们的根本使命，那无疑也是他们的首要任务。

不论法国的拉马丁成为临时政府的首脑，还是英国的拜伦当了希腊义军的司令，这都不过是历史老儿开的玩笑。追根究底，不难发现：浪漫派诗人作为社会－政治活动家的跨界行为基本上都属精力过剩的任性或自作多情，当然也就难免显得业余、滑稽，并最终了无所得。与此构成鲜明对比的是，他们在社会－情感生活领域的探索与实践却是认真的——专业而又严肃，可谓成果丰硕。基于"个体自由"的原则和立场，浪漫派断言——社会的真正支柱并不像一般人认为的那样是家庭，而是个人——个人的自由权利至高无上。由此出发，他们鼓吹"情感自由"，并在爱情与婚姻、爱情与道德、爱与性等关涉两性关系问题的所有方面展开了全方位的探索。浪漫派所宣称的"情感自由"就难免被当时的保守势力视为洪水猛兽。但历史已经证明并将继续证明——浪漫派高贵的自由思想符合人类文明演进的方向。据说，拿破仑在和歌德见面时曾责备后者在《少年维特之烦恼》中把恋爱故事和社会反抗掺和在一起；可事实上，情感领域的自由从来就是与社会政治领域里的自由紧紧地卷裹缠绕在一起。

---

① Quoted in Michael Ferber, *Romanticism: A Very Short Introduction*, Oxford: Oxford University Press, 2010, p.101.
② 勃兰兑斯：《十九世纪文学主流（第五分册）法国的浪漫派》，李宗杰译，北京：人民文学出版社，1997年，第144页。
③ 勃兰兑斯：《十九世纪文学主流（第二分册）德国的浪漫派》，刘半九译，北京：人民文学出版社，1997年，第165页。
④ 同上书，第39页。

第一节 "爱情的本性是自由"

与古典主义者常常将"爱情"命名为一种卷裹着诸多"责任"的社会行为不同,浪漫主义者明确宣称:"爱情的本性是自由。"这一新的界定,将古典主义爱情命名中的社会责任抽离,从此爱情成了一种纯粹的个人行为;作为纯粹的个人行为,爱情之发生、存续抑或终结的决定权现在全部交付给了个体意志的"自由选择"。由是,"爱情"的自由首先表现为"选择"的自由。

>我从来不想弄得声名狼藉。我或许会招引了不少流言蜚语,但从来不是有意的,或心甘情愿的。我从来没有在同一时期内热爱过两个男子。在某一时期里,也就是说,当我的热情还持续不衰的时候,即使在思想上,我也从没有属于一个以上的情人。我不再爱一个人时,我并没有欺骗他。我和他干干净净地断绝关系……你们不可能把我称作可尊敬的妇女。可是我自己肯定,我是一个可尊敬的妇女。我甚至自认为是一个贞淑有德的妇女,虽然按照你们的观念和公众舆论,这是亵渎神明的事。我使我的一生屈从社会的裁决,不加反抗,也不争论一般法律是否公正,但我不承认它对于我是公正的。①

如上话语是《卢克莱修·芙洛丽安尼》中卢克莱修在社会舆论对其生活作风和个性特质加以指责时的回应。凡了解该书作者乔治·桑情史的读者,不难明白——卢克莱修的自辩实际上正是乔治·桑自己面对社会加诸她的野蛮裁决时的内心表白。

"在她那个时代,乔治·桑对整个欧洲的影响仅次于夏多布里昂。"② 1804年出生的乔治·桑,原名奥洛尔·杜宾(Aurore Dupin)。1822年,她18岁时与杜德望男爵成婚,这段婚姻持续了8年,1830年无疾而终。此后,26岁的少妇离开隐居的乡下庄园来到浪漫之都巴黎,成为"一只真

---

① 转引自勃兰兑斯:《十九世纪文学主流(第五分册)法国的浪漫派》,李宗杰译,北京:人民文学出版社,1997年,第168页。

② Winfried Engler, *The French Novel*: *From 1800 to the Present*, tran., Alexander Gode, New York: Frederick Ungar Publishing Co., 1970, p.20.

正的浪漫雌狮"。她化名为乔治·桑,开始卖文为生。

身为浪漫主义作家,乔治·桑始终信仰个体自由,而这一信仰体现在其小说创作上就表现为她对"自由之爱"的倡导与颂扬。在其早期的《印第安娜》《瓦兰蒂娜》(*Valentine*,1832)等小说中,这种自由的爱情之火常常会招致悲剧性的后果。这种对于不幸爱情婚姻故事的悲剧性基调的设定,一方面源于此时的乔治·桑对于女性追求爱情婚姻的现实处境的理性认知;另一方面也是她有意在作品中倾注自己当时的人生处境和情感体验的结果。乔治·桑为人熟知的小说大都是对悲剧性男女关系(包括婚姻关系和情侣关系)的刻画,这明显与其个人经历息息相关。其作品中的女性在婚姻中缺乏成就感,希冀重获自由却困难重重;但在乔治·桑看来,激情法则高于婚姻习俗,现有的婚姻法违背了男女之间应该遵循的激情法则;而其激情法则,即爱情至上的法则,也就是情感自由的法则。《雅克》则写35岁的雅克娶了一个年轻的女孩费尔南达,在几个月的和谐和愉悦的生活之后,这段婚姻破裂了——因为费尔南达的爱人奥克塔夫出现了。在意识到妻子和奥克塔夫之间的真情后,感觉自己无力反对这种爱的雅克最终用结束自己的生命的决绝方式成全了这对恋人。在这个故事中,"源于激情的权利"与"源于克己的责任"有一个共同的情感自由的逻辑前提。乔治·桑言之凿凿地断言:"婚姻是人类的制度,而爱欲是上帝的礼物。"[1]

乔治·桑一生都没有放弃对于自由真爱的渴望与追求,因而其笔下那些追求自由爱情的女主人公身上大都有作者本人的影子;其作品中表达的爱情观念与其说是关于爱情问题的理论求索,毋宁说是她对自己一生丰富爱情经历的切身感悟与深刻总结。超前的两性情感观念及其丰富的情感经历给她带来了难以消除的负面声誉,也以不同的形式激发了她的创作热情,升华了她对婚姻、爱情等与情感问题相关的话题的深刻理解。现实爱情的经历与其作品的表达因"爱情之自由的本性"而连为一体;而基于自我意愿做出自由选择可以说是其私人生活及其文学创作的核心观念和准则。

> 对于这些丰富而坚强的天性,最后一次爱情永远像是第一次爱情;而且这也是必然的,要是感情可以用热诚来测量的话,卢克莱修

---

[1] Quoted in Winfried Engler, *The French Novel*: *From 1800 to the Present*, tran., Alexander Gode, New York: Frederick Ungar Publishing Co., 1970, p. 22.

从未爱得这样深沉。她对于其他男子所感到的热诚,都是短暂的。他们不可能维持这些的;接着而来的阶段就是,宽宏大量,牵肠挂肚,同情怜悯,虔诚热爱,简单地说,就是母性的感情的阶段。这么糊里糊涂孕育出来的热情竟会持续得这么长久,真是一桩怪事;虽然只从表面进行判断的社会看见她那么迅速而干净地斩断情丝,感到万分惊讶,而且散布了流言蜚语。在所有这些恋爱关系里,她很少有一星期感到幸福而又盲目的。尽管她发现一个她所爱的对象傻头傻脑,很不相称,但在一年,有时在两年以内,仍然绝对忠实于他——这难道不是一种崇高的英雄主义的行为么,难道不比把整个一生牺牲给一个她认为值得爱的人更加伟大么?①

在乔治·桑看来,爱情是"从来不苦心孤诣地设法燃烧或鼓动我心中不再有的那种感情"。也就是说,爱情产生的源头并非是头脑中的理性,而是如大自然一般神秘,是一种充溢于恋爱双方身心的神圣的情感冲动。企图用理性的头脑意志来左右爱情的想法和行为是愚蠢的。因此,当爱情之火在彼此心中熄灭,爱情以及因此而缔结的婚姻关系就应宣告终止。继续维持爱的空壳,无疑是恋爱与婚姻中最应遭受斥责的不道德行为。当前婚姻制度存在的主要原因是理性认识的不足。一旦理性得以充分发展,这种沉痛的情感枷锁必将被打破,并代之以神圣的、更加符合人性的新的结合方式。在这种关系中,恋爱双方能够充分保有个体思想及行为选择的自由,爱情由此获得了长久留存的可能。对于爱情的移易,乔治·桑在作品中表露出的态度十分明确:当爱情之火在心中熄灭,还要用温柔的拥抱与体贴的关切来维持爱情的表象,这将使灵魂无数次坠入痛苦的深渊。正如雅克所说:"我从来不要求自己把爱情当做义务,把忠实当做职责。如果我觉得爱情已在我心中熄灭,我就明说出来,既不感到羞愧,也不感到悔恨。"②而卢克莱修·芙洛丽安尼说得更加情深意切:"我曾幼稚而盲目地沉湎于多次恋爱事件,其中没有一次结合我认为像这样一次令我内疚的,那就是我昧心试图在情残意懒之后继续维持两人关系的

---

① 转引自勃兰兑斯《十九世纪文学主流(第五分册)法国的浪漫派》,李宗杰译,北京:人民文学出版社,1997年,第167—168页。
② 转引自勃兰兑斯《十九世纪文学主流(第二分册)德国的浪漫派》,刘半九译,北京:人民文学出版社,1997年,第90页。

一次。"①

在英国浪漫主义文坛上,诗人雪莱一直因其激进的自由主义倾向而被称为"疯子"与"恶魔"。在雪莱的心里,总是萦绕着一种想法:有一位拥有完美无瑕外表和无懈可击内在的女子在受苦,而他就是她的护身骑士。正是这样的想法,才使他的感情相当混乱,也正是这样的感情激发了其诗歌的创造力和想象力。在其著名的《为诗辩护》中,他明确将爱情乃至情诗与自由联系在一起:"个人奴役的废除,是人类心灵所能抱有的最高政治希望的基础。妇女有了自由,便产生歌咏男女之爱的诗歌。爱情成了一种宗教……"②雪莱崇尚自由的爱情,认为两个人只要相爱就可以在一起;两人结合的神圣性既非来自牧师,也非基于对法律或习俗的循守,而只能是源于自由的结合。他的第一个妻子哈莉特是一位咖啡馆老板的女儿,出身并不高贵。他带着她私奔了——因为哈莉特疯狂地爱着雪莱,而他也沉醉于她的美丽和温顺。后来雪莱认识了玛丽·戈德温,并以差不多同样的私奔方式使其成了他的第二任妻子。

雪莱信奉爱情的自由,他把爱当做世间最伟大的感情。他认为两性之间的爱是宇宙的一部分,是人对自然崇拜的一种体现,是人类最高贵、最炽热的情感;这份爱既没有完全失掉情欲的因素,又随时能升华并容纳更多的精神质素,不应该被庸俗的陋习所限制。在《给——》一诗中,雪莱这样表达:"我奉献的不能叫爱情,它只算得上是崇拜,连上天对它都肯垂青,想你该不致见外?这有如飞蛾向往星天,暗夜想拥抱天明,怎能不让悲惨的尘寰,对遥远事物倾心?"《心之灵》(*Epipsychidion*,1821)是一篇以爱情为主题的长诗,其中充满了真实的热情和对现实幸福生活的憧憬:"真正的爱情不同于黄金和泥土,它不怕分给别人,越给越丰富。爱情像是理智,照临的真理越多,就越辉煌……"雪莱单纯地践行着他的爱情信条,却被世人无情讥讽嘲笑,为此他痛苦难言。在短诗《爱的哲学》中他说:"你看高空在吻着碧空,波浪也相互拥抱,谁曾见花儿彼此不容,姐妹把弟兄轻蔑?"但疑问没有得到解答,为此雪莱一生都在求解救。

在《麦伯女王》的注释中,雪莱对其自由恋爱观进行了较为集中的理论表述。他说:

---

① 转引自勃兰兑斯:《十九世纪文学主流(第二分册)德国的浪漫派》,刘半九译,北京:人民文学出版社,1997年,第90页。
② 雪莱:《为诗辩护》,缪灵珠译,见刘若端编《十九世纪英国诗人论诗》,北京:人民文学出版社,1984年,第142页。

爱情是对美好可爱有所感知的必然结果。爱情在强制之下就要凋谢；它的本性就是自由；它同恭顺、嫉妒或恐惧是不相容的；它的信徒生活在信任、平等和率真的献身精神中；它才是最纯洁、最完整而又最无拘束的……一对夫妇只有在彼此相爱的时候，才应当继续结合在一起；当他们的爱情熄灭之后，任何法律还要强迫他们在一起实行同居，哪怕一时片刻，也是不堪忍受的暴政，而且也是最不值得忍受的。如果一种法律不顾人类精神好恶无常、动摇不定、容易迷误以及大有改善之余地等特点，规定友谊必须始终不渝，这岂不是法律对于个人的评判自由的一种多么可憎的监护吗？爱情的羁绊要比友谊的羁绊沉重得多，也难受得多，因为爱情更猛烈，更任性，更仰仗想象力的微妙特质，更难得满足于对象的一目了然的优点……爱情是自由的；答应永远爱同一个女人，其愚蠢程度不亚于答应永远遵奉同一个信仰。①

在德国浪漫派作家圈子里，有一位经常以"卡洛琳娜"署名的传奇女性。德国浪漫主义文学的理论家和领袖人物弗·施莱格尔的《卢琴德》中女主人公的原型，正是该"卡洛琳娜"。翻开德国浪漫主义文学的发展史，当可发现——这位具有传奇经历的女性，几乎处于早期德国浪漫派圈子的中心地带。她不仅与当时德国浪漫派的众多重要人物关系密切，而且其与奥·施莱格尔、谢林之间的爱情纠葛堪称是对德国浪漫派爱情自由观念的伟大实践。

人们所熟知的卡洛琳娜的婚姻经历有三次，与奥·施莱格尔的婚姻是她的第二次婚姻，之后则是与谢林的婚姻。1796年，卡洛琳娜与奥·施莱格尔结婚；经由施莱格尔兄弟，她与蒂克、弗里德里希·丹尼尔·恩斯·施莱尔马赫（Friedrich Daniel Ernst Schleiermacher, 1768—1834）、歌德、赫尔德、黑格尔、谢林、费希特等人开始了长久而密切的交往，并很快便与浪漫派哲学家谢林坠入了情网。奥·施莱格尔也是浪漫派爱情自由观念的伟大践行者。当得知卡洛琳娜爱上了谢林，他毫不犹豫地同她解除了婚姻关系。离婚之后，卡洛琳娜称，他们所做的不过是解除了一个在他们看来几乎随时可以解除的约束。

在卡洛琳娜与奥·施莱格尔等人的爱情理念中，婚姻的自由选择是

---

① 转引自勃兰兑斯：《十九世纪文学主流（第二分册）德国的浪漫派》，刘半九译，北京：人民文学出版社，1997年，第91页。

他们实践其爱情自由观念的主要体现。奥·施莱格尔的这种实践完全是浪漫主义的,这种天才的思想和作为在大众看来简直不可理喻。如果细究这些实践的根底,我们可以发掘到一个散发着灵动光芒的东西,那就是"自由"。正是对于"自由"的崇尚和向往引导了天才们的思想和实践。失去了"自由"的根基,爱情不再存在,婚姻也就成了苦痛的枷锁。由此我们就可以理解,在谢林和卡洛琳娜结合之后,奥·施莱格尔同他们之间的友谊并没有减少,而是紧密联系着。"哪怕再严重的个人纠纷和决裂,也不能拆散这些由于思想一致、由于争取思想一致的共同斗争而结合起来的人们。他们认为个体自由是不可让与的,既这样看待别人的自由,也为自己要求这样的自由。"①

在浪漫派的先锋人物这里,世俗社会及其法律加诸婚姻之上的枷锁几乎已被彻底拆除。与世俗的婚姻概念相比较,浪漫派的"婚姻"显然已发生质的改变。在很大程度上,他们只是借用了世俗社会的"婚姻"形式来作为得到自由爱情的方式和手段。卡洛琳娜把婚姻描述为"随时可以解除的约束",这一方面表明了浪漫派的自由爱情理念,另一方面也可以见出他们对世俗婚姻的蔑视。在这份蔑视的目光中,人们可以听到传统婚姻大厦的存在意义正在发生大规模的坍塌。

梅里美的《卡门》(Carmen,1845,又译《嘉尔曼》),是一部极富浪漫主义色彩的小说。作品成功塑造了一个散发着永久魅力的吉卜赛姑娘卡门的形象。卡门的爱情经历及其对爱情的永恒追寻,堪称是乔治·桑"情感自由"即情感之"选择自由"的最佳文本表征。在事务性的具体运作中,我们可以说卡门是狡诈的、厚颜无耻的;但在涉及其内心的最高原则时,我们却不得不说卡门是率真的、执着诚挚的。卡门内心的最高原则是什么呢?透过作品的描述,我们发现卡门的最高原则便是:自由。在她看来,"自由"比什么都重要,她声称自己永远是自由的,永远要按自己的本性行动:"我要的是自由,爱干什么就干什么"②;"如果有人禁止我做一件事,我偏要马上去做"③。忠于自己和热爱自由,是卡门特有的最高原则。从这一最高原则出发,她不能忍受社会强加给她的束缚;从这一最高原则出发,她为了谋取钱财可以不顾一切,可又绝对地把金钱视为身外之物;从

---

① 勃兰兑斯:《十九世纪文学主流(第二分册)德国的浪漫派》,刘半九译,北京:人民文学出版社,1997年,第82页。
② 梅里美:《梅里美小说选》,北京:人民文学出版社,1980年,第408页。
③ 同上书,第410页。

这一最高原则出发,当她爱唐何塞的时候,她情愿在危急关头与之同生死、共患难,一步也不离开,但当对唐何塞的爱终止之后,任何劝说和威逼又都不能改变她的决定,即使在死亡的威胁面前,她也镇定自若,绝不让步。在小说中我们可以看到:她在最后关头清楚地知道自己若不答应对方的请求他就会杀掉她,但她仍以十分沉着刚毅的态度忠于自己的信念和情感。她说:"你向我要求的是不可能的事情。我再也不爱你了;而你却还在爱我,所以你才要杀我。我也可以再跟你说些谎话;可是我现在不愿意这样做。"①"作为我的罗姆,你有权利杀死你的罗密。但是卡门永远是自由的;她生为加里人,死为加里鬼。"②宁愿死也要坚持捍卫自己自由的执着、刚烈、坚毅、傲岸,正是构成卡门这朵"恶之花"的核心要素,也是这个人物最突出、最吸引人的性格特征。而从"狗"和"狼"、"良民"和"自由人"的冲突立意谋篇,卡门的形象内涵以及很大程度上由此所决定的她与唐何塞的爱情悲剧,便被赋予了一种浓烈、深沉的独特意蕴。"自由"这个独特的聚焦点或者说创作主旨赋予整个情杀故事以非同凡响的高度。卡门代表的是一种远离社会文明的强悍个性,她始终执着于个体"自由"的最高生命意志;在与这种自由意志的强烈反差与对照之下,人们看到——正是现代社会的所谓文明使人变得矫饰而不自然,僵硬而不自由,软弱而缺乏坚强的意志,顾虑重重而丧失了行动的能力。

卡门始终追求和坚守的是充溢着强烈激情的自由的爱情,在这里,"激情和自由"是她选择爱与不爱、留下或离开的唯一理由。在卡门的爱情观里,忠于内心自由意志而做出选择就是对爱情的坚守与忠贞。由是,所谓文明社会的一切道义、伦理、责任等这些约束"良民"的精神与行动的枷锁对她便起不到任何作用。显然,对《卡门》所展现出的爱情而言,"自由"这一个体生命的最高意志不但乃其灵魂,而且为其提供了行动的准则。对主体生命意志的信仰与坚守就是对自由的永恒追随。这意味着个体的一切思想、言语以及行为等只忠于且永远忠于一个真理——自由。而对于信仰自由生命意志的爱情个体,当爱情的轨道偏离甚至背离自由的方向时,则表现为个体对此种爱情的决绝放弃。卡门这一形象体现了浪漫派作家所崇奉的个体对其自由生命意志的信仰与坚守,这在卡门生命遭受威胁时的决绝态度中得到了有力的凸显。

---

① 梅里美:《梅里美小说选》,北京:人民文学出版社,1980年,第414页。
② 同上书,第415页。

第二节 "道德的忠贞"还是"自由的坚贞"?

从逻辑上来说,面对一份感情,既然是"自由选择",那自然就有两种可能的结果。"自由选择"的结果是舍弃,则有爱情的动荡不居、游弋不定;而"自由选择"的结果如果是相反向度的"持守",则就有爱情的"坚贞"。而且,因了这份"坚贞"的来源和基础是生命深处个体自由意志的"自由选择",而非外在的社会"责任"或道德"训命"的强加规制,所以"浪漫之爱"的"坚贞"也就合乎逻辑地常常呈现为秉有奇异强度与深度的激情绽放。

浪漫派对爱情、婚姻问题的热切关注,必然直接引出对与爱情、婚姻均密切相关的"贞洁"问题的探讨。英国浪漫主义诗人雪莱认为,社会所宣扬的所谓"贞操"观念是一种强盗式的可耻行径;这种观念像一颗毒瘤在人们大脑中肆意生长与扩散,腐蚀着人的心灵,操纵着人的头脑,使人心变得野蛮而无知。而德国的弗·施莱格尔则对男权社会无理施加于女性头上的所谓"贞洁"的愚昧观念表示了极大的蔑视和强烈的愤慨,并分析了这种世俗贞洁观所带来的一系列恶劣的品质和扭曲的风气,认为这种"贞洁"将直接导致一种伪善的道德显现;当"贞洁"沦为一种现实的目的,便必定无贞洁可言。的确,在对"贞洁"的实际探究中,作家与作家之间、一国与另一国之间,必然存在具体而微的观念差别及其表述上的不同,我们显然不可能也没有必要在此关注全部论断中的细枝末节。下文将主要选取施莱尔马赫、史达尔夫人等人对世俗社会伪善"贞洁观"的批判,努力从繁杂的观点评论中抽出观念的主线,以阐明浪漫主义者在此问题上的鲜明立场及核心观念。

在就《卢琴德》写给朋友的书信中,德国浪漫派思想家施莱尔马赫较早表露出他对虚伪造作之"贞洁"的厌恶与轻蔑。针对现实社会中极为褊狭的女性贞洁观的风行,他尖锐地指出——正是这种忸怩丑态彻底阻绝了崇高贞洁存在的可能性。他一方面揭开了社会宣称要消灭不贞洁的伪善面孔,同时又表达了一个事实,即真正的不贞洁如今正潜藏和寄居在社会每一阴暗的角落。因此,若要彻底消灭真正的不贞洁,那么一切社交活动都将终止。此外,施莱尔马赫还讽刺了文明社会所谓"完善"的社会教育及其与实现真正贞洁的绝对对立,并进一步阐明,"完善"的社会教育同社会的彻底混乱与腐败一样,都将毁灭崇高贞洁。

由批判世俗贞洁观的问题延伸开来,施莱尔马赫还探讨了"初恋神圣性"问题。告诫人们:在少不更事的年纪,把初恋认作持久爱情的归宿是极为幼稚的行为,献身于初恋的看似神圣的妄念其结果是可怕的。缺乏情感经历的初恋只能作为一种体验与尝试。因此,不要因为"献身"(世俗贞洁观关注的重心)而把第一次爱情的尝试误认作一种永久的固定关系;否则,其结果很可能是两败俱伤,甚至失去继续寻求真爱的可能与激情。

史达尔夫人是法国乃至全欧洲浪漫主义风潮中不可不提的风云人物。作为一位伟大的女性,她命中注定要与整个社会处于长久的对峙状态;作为一个流亡者,她不断穿行于欧洲许多国家。长期的流亡经历,使其为欧洲各国浪漫派作家之间的沟通与往来提供了良好的契机。从某种意义上说,史达尔夫人诸多精辟的见解跟她流亡多年的坎坷命运有很大的渊源关系。命运使她遭受了长久的痛楚与磨难,然而却又同时赋予了她超越民族偏见的开放视野与非凡的理性思辨。

她个性中能言善辩、俏皮可爱的天性气质,她的热情洋溢及丰沛的才思,正是19世纪浪漫主义时代所欣赏的。与很多女性作家一样,对爱情、婚姻等问题的探索与表达乃是史达尔夫人长期文学活动中的焦点。这位深受敬仰的、散发着迷人魅力的伟大女性,是个真诚而率真的女人,她一生深信并热爱着人的天性,对不但不能保护它反而对它造成压制、扭曲和损害的所谓道德与责任观念表示出极大的反感。为表明这一坚定立场,史达尔夫人在其作品中竭力批判世俗的虚伪道德,并进而阐明自己的"真爱"道德观。

在《论情感的作用》中,史达尔夫人把情感与幸福而非道德、责任联系在一起进行探讨。她无视传统的道德观念,将全部精力置于研究人类各种情感对获取幸福的影响程度上。这种蔑视的态度无疑展露出她的基本观点,即爱情与往往直接体现为"责任感"的道德根本无关。作为作家,她最擅长描绘女性的情感,尤其是拥有智慧与天才但却因这一高贵品质付出惨痛代价的女性的情感世界。

在史达尔夫人毕生的文学创作中,《柯丽娜》被认为是其小说创作中最成功的一部。同名主人公柯丽娜正是史达尔夫人特别擅长描写的女性典型。史达尔夫人借柯丽娜表达了她对女性贞洁观的愤怒——所谓"贞洁"只不过是女性追求爱情、获得人生幸福的可恶障碍;"一生没有污点"意味着永生忍受痛苦的压制,愚蠢而可笑。她的另一部女性小说《黛尔菲娜》(*Delphine*,1802)中也表达了类似的观点。小说中,史达尔夫人借助黛尔菲娜为已婚妇女黛莱丝的道德本性所做的辩护表达了她对传统道德准则下的世俗贞洁观的质疑:

> 她从未受过教育,但是她的举止高雅,语言纯正。她像意大利女人一样,虔诚迷信,从未认真地思考过道德,尽管她经常关心宗教。可是她是如此的善良、温柔,如果她有一个配得上爱的男人做配偶,她不会疏漏任何责任。人们幸福时,他们自然的品质足以使自己诚实,但是当不幸和社会迫使你反对你的良心的时候,必须有一些经过深思熟虑的准则才可防范自己。在日常生活的交往中,道德与情感发生矛盾时,最可爱的人极其容易遭受危险。①

从反思女性贞洁观出发,史达尔夫人不仅看到了社会对女性的压制,更进一步说明了——带着"贞洁"紧箍咒的传统女性不仅无法摆脱所谓"贞洁"的诅咒,也无法以任何现实所允许的方式获得爱情或家庭的幸福。赞美女性"一生没有任何污点"的社会习俗,所表征出来的正是男权社会中女性卑微与服从的处境;而正是这种处境,决定了女性在现实生活中几乎完全不具备追求真爱与幸福的可能性。作为一个智慧卓著的女性,史达尔夫人尤其感到了女性在男权社会中向往家庭幸福、自由爱情与其追求崇高理想之间不可调和的矛盾。由是,其爱情观念便在整体上透出了阴郁冷峻的调子:在世俗社会的婚姻中不可能得到爱情的幸福;拒绝婚姻并企图在婚姻之外寻求真正的爱情幸福也几乎是不可能的事。

相比之下,法国女作家乔治·桑在同一个问题上所表达的观点可能要更乐观明朗一些,至少在理念层面上的确如此。乔治·桑以她所信仰的爱情自由理念为真正的贞洁做了煞费苦心的辩解。

什么是真正的贞洁?真正的贞洁绝非世俗社会所宣称的贞洁。乔治·桑在真正贞洁与虚假贞洁之间设置了一个界限,这个界限就是"自由"。唯有存活于自由国度里的贞洁才是真正的神圣贞洁,而世俗社会的伪贞洁则蒙蔽了人们对贞洁之真伪的辨识,使真、伪贞洁最终同归于尽。可以说,"自由"在乔治·桑对两性情感问题的探索体系中着实是一个"光源",它源源不断的光亮将爱情、婚姻、贞洁等观念从为世俗所遮蔽的腐

---

① 斯达尔夫人:《黛尔菲娜》,刘自强、严胜男译,广州:花城出版社,1998年,第24页。

朽、恶臭的阴暗角落里曝晒出来，并为之注入鲜活的血液，赋之以崇高而自由的新生。

乔治·桑创作中的很多作品都涉及了女性"贞洁"问题——不过，她较少直接表达对世俗社会"贞洁观"的讽刺与鞭挞，相反，她一直在煞费苦心地致力于建立一种新的"贞洁观"。她在这些作品中所描画的女性形象集中表达了其关于未受虚伪社会观念腐蚀的纯洁高尚的女性天性。她笔下的女性形象具有女性本性中天然的矜持、热情品质，她们常常很容易感受到爱情的狂热与激情；而且，享受一段激情或者在激情消退之后旋即投入另一段销魂的激情仍然不会使其失去天性中的贞洁。在乔治·桑的这些作品中，我们常常能看到她赋予女性以一种真正品德上的优越性，例如埃德美、康素爱萝等女性形象，她们的天性中具有一种始终无所动摇的坚定，这些女性所做的一切事情都是围绕艺术、文明以及自由理想等问题进行的。

乔治·桑极负盛名的作品《卢克莱修·芙洛丽安尼》事实上并不是那么容易为人理解与接受，它常常使人畏惧、遭人斥责。原因就在于作品的意图是为一个未婚妇女作辩护，而这个作家极力想要维护的妇女——她的四个孩子竟然分别是为三个男人所生。对于这样一个众人恐惧与惊诧的"恶妇"，如何能为她征得任何有利的证据以证明其贞洁？事实告诉人们，乔治·桑最终成功地完成了这一几乎不可能完成的艰难任务。她甚至使读者认识到，由于女性与生俱来的天性特质，她们注定精力充沛、满怀热情，生来就带着唯一、神圣、高尚的使命，那就是永远地追随爱情；与此同时，女性天性中的高尚品质又决定了她们绝不可能腐败与堕落。人们不妨看看作家在《卢克莱修·芙洛丽安尼》中阐发其观点的片段，以加深对乔治·桑这一观念的认识：

> 卢克莱修·芙洛丽安尼就天性而论——谁会相信呢？——竟像一个小孩子那样贞洁纯净。一个女人爱过那么多次，爱过那么多人，人们听见这样谈论她，必然会觉得奇怪……大概她的肌体的肉感部分特别发达；虽然她对那些不讨她欢心的男子仿佛冷若冰霜。……在她罕有的心情平静时，她的头脑也会安静下来；假如能让她永远看不到异性，她本来可能成为一个极好的尼姑的，宁静沉着而又精神饱满。这无异于说，当她悠然独处时，什么也比不上她的思想更加纯洁；可是当她热爱着的时候，从感官方面来讲，她认为她的情人以外的一切

都是孤独寂寥的,虚无缥缈的,毫不存在的。①

卢克莱修本人在谈到爱情时说道:

> 我知道,人们把爱情说成是一种性感的冲动;然而对于有才华的女性来说,这是不真实的。对她们来说,爱情走着一条很有规律的途径;爱情首先占领着头脑,敲扣着想象的大门。没有打开这道大门的金钥匙,爱情是走不进去的。一旦爱情在那儿取得了控制权,它就下降到更低的境界;它逐渐巧妙地渗透到我们所有的官能里去;然后,我们热爱着那个男子,他像上帝,像兄弟,像丈夫,像一个女性所能爱的一切而统治着我们。②

乔治·桑尖锐地指出:社会给爱情强加的所谓义务与责任是真爱的灾难,因为这意味着在无爱的状态下仍以一种强制的"忠实"约束彼此的关系和行动。从现实来看,它被当权者认为是社会和谐稳定的条件,然而从人类文明的发展来看,这种强盗式的心灵捆绑却无疑显示着人性的退化和社会的野蛮化。在乔治·桑被斥为"不道德"的作品之一《贺拉斯》(*Horace*,1842)中,人们听到了主人公的如下陈辞:

> 我相信,那种用美好的感情和思想使我们升华并赋予我们力量的爱情,才能算是一种高尚的热情;而使我们自私自利,胆小怯懦,使我们流于盲目本能的下流行为的爱情,应该算是一种邪恶的热情。因之,每一种热情究竟是合法的还是犯罪的,要看它产生的是这样一种结果,还是那一种结果。官吏社会并不是人类的最高法庭,它有时会把恶行合法化,并对善良的热情施加惩罚,这是无关紧要的事。③

对个体自由的永恒求索,在卡门身上直接体现为其每每不能长久的爱情经历。这种被所谓文明社会怒斥为不忠贞、不道德的行为却在自由意志的观照下获得了完全相反的评判。在这种强烈的对照中,世俗的文明社会显示出了它道德的虚伪和情感的苍白;而卡门不长久的爱情也在其自由意志的持久信仰中得到了肯定与赞美。从某种意义上说,对自由意志的执着信仰才是隐藏在卡门不持久爱情经历表象下的真实。自由生

---

① 转引自勃兰兑斯:《十九世纪文学主流(第五分册)法国的浪漫派》,李宗杰译,北京:人民文学出版社,1997年,第166—167页。
② 同上书,第167页。
③ 同上书,第154页。

命意志引导个体与已逝爱情决裂,并继续追寻真爱的可能性。由是,当自由之恒久真爱到来时,便表现为个体对自由真爱的激情、狂热与持久。这用乔治·桑的《卢克莱修·芙洛丽安尼》中同名主人公的话来说就是:"我在热情奔放时曾经发誓要永远爱他,而且是以绝对忠实的信念起誓的。每逢我热爱时,爱得那么热烈,爱得那么全心全意,我自己都相信这是我生命中最初一次爱情,也是最后一次爱情。"①

  致力于将高尚的爱情从古典主义那种矫揉造作的虚假和伪饰中拯救出来,浪漫派作家一反古典主义者那种理性十足的忠贞观念及其文本表现,普遍声称"爱情,首先是一份激情"。面对真爱,一种遵从内在生命意志之"自由选择"而释放出来的矢志不渝,甚至被赋予了超越时间与空间的巨大力量——其强度和深度非但不会随时间或空间的改变而有所减退,相反甚至会在时间与空间的延展中越发疯狂与炽烈。"也许,人的情感的欠缺也同物理法则一样简单,可以通过其它方式得到补偿:理性主义者压制了自己的感情而从性欲发泄中得到了补偿,浪漫主义者克制了自己的性欲,却从感情的倾注里获得了满足。"②在众多浪漫主义诗歌文本中,诗人们也开创了与以往古典主义苍白虚饰、平庸不堪的描写截然不同的诗歌面貌。对于浪漫主义者而言,爱恋与苦思中那种充满激情的癫狂状态和无法克制的强烈情绪,往往通过歇斯底里的猛烈喷发肆无忌惮地倾泻出来。他们着力于表达个体强烈的心灵感受与体验,抒发内心的狂躁不安与哀伤忧郁。当爱情成为个体内心忧郁愁苦的原因时,各种癫狂的情绪和举动便纷纷出现。这不妨从当时一位三个星期未能与恋人相见的男子在致恋人的信里狂乱疯癫的倾诉中捕捉到这种情绪:

    我象一头猛兽在森林里狂怒乱叫。痛苦地在地上翻滚,将身边的树杈放进嘴里嚼得嘎嘎作响……盛怒之下,我把手伸进嘴里拼命地咬着,疼痛使我浑身痉挛,汗如雨下;鲜血从我咬破的手指处喷涌而出,我对着苍天啐出一口我的血肉……我多么想向上天吐出我这颗破碎的心啊!③

----

  ① 转引自勃兰兑斯:《十九世纪文学主流(第五分册)法国的浪漫派》,李宗杰译,北京:人民文学出版社,1997年,第168页。
  ② 莫尔顿·亨特:《情爱自然史》,赵跃、李建光译,林明校订,北京:作家出版社,1988年,第413—414页。
  ③ 同上书,第413页。

第三节 "浪漫之爱"与性爱

18世纪有一位叫W. E. H.利奇的智者,他是爱尔兰的一位历史学家,致力于研究人类道德进化。他曾说:"我们应该承认,知识的进步(这种进步通常是与生活中的禁欲理论完全对立的)与神学观点同时表明人的天生性欲比人本身获得幸福的欲望要大得多。"①

"性欲"是人性中最本原的存在,一切艺术形式的萌发与兴盛都与之直接相关,而"文明"社会对肉感的遮掩与否认几乎吞噬了一切纯洁、炽热爱情生长的可能性。在理性主导的时代,肉体被严实地掩盖起来深藏于密室,被置放在社会进步与文明的对立面,被贴上了不雅甚至肮脏的标签。纵然如此,人们几乎永远都可以想象一个天使般纯情的扮相下面很可能隐藏着一个高级妓女的本相。天才的浪漫派作家精准地捕捉到了这一事实,并潜入披着精神与文明外套的社会大本营,诱引其苍白本质的自然暴露,剥除其伪善的皮囊,继而为时代注入崭新的血液。浪漫主义者试图以其肉欲观解读人类一切精神活动的根源,甚至以此解释宗教的发生,这种尝试很容易使人们想到叔本华的性爱学说。无论在18世纪末还是19世纪初,浪漫派作家对"肉欲"的看法无疑是令时人震惊的言论。

"在18世纪,'热情'是一个贬义词。热情的情感和奔放的想像都受到怀疑,被视为产生谬误、贻害社会的根源……洛克建议父母扼杀孩子的诗兴,因为那是胡思乱想的领域。牛顿也认为诗歌是'精心编造的胡言乱语'……伏尔泰和达朗贝尔坦率地承认,'靠想像创作的现代作品普遍不如前人的同类作品'。"②"典型的浪漫主义者往往都为自己能够激情满怀地坠入情网而感到自豪。同时,浪漫主义爱情这首奏鸣曲中自始至终回旋着卢梭那种抑制和约束自己性欲的主题,虽然力度不如卢梭本人所实践的那样强。"③为了将爱情从唯理主义那种矫揉造作的虚假和伪饰中拯

---

① 莫尔顿·亨特:《情爱自然史》,赵跃、李建光译,林明校订,北京:作家出版社,1988年,第413页。

② 罗兰·斯特龙伯格:《西方现代思想史》,刘北成、赵国新译,北京:中央编译出版社,2005年,第197页。

③ 莫尔顿·亨特:《情爱自然史》,赵跃、李建光译,林明校订,北京:作家出版社,1988年,第411页。

救出来,浪漫派作家一反古典主义者理性十足的爱情观念及其文本表现,普遍将爱情视为一份冲决理性羁约的激情。大致说来,浪漫主义者大都遵从卢梭的自然观念,认为爱情拒绝伪饰,爱情之本真在于自然,主张回归自然状态的爱情。夏多布里昂《阿达拉》中的主人公爱情之狂热与大自然的狂风暴雨相互衬托所形成的强烈情感与大自然的风雨雷电的共响,乃是回归自然本真状态的人的爱情之激烈甚至狂热的表达,堪称浪漫派作家爱情文本的典型形态。由是,人们将很快看到,基于这种回归自然、回归人性本真的爱情观,浪漫主义大师们不断致力于那长期被遮掩和压抑的肉欲的彻底释放以及对天性自由之狂热爱情的本真追索。

在席卷整个欧洲的浪漫主义风潮中,各国作家对性爱观念的具体探索因社会环境与发展阶段、历史传统与民族习俗等方面的差异而不尽相同。但大致来说,在卢梭"崇尚自然"精神的引领下,典型的浪漫主义作家常常倾向于对性与爱交融的理想爱情模式的描摹。以《卢琴德》发声的德国浪漫派,在浪漫主义文学运动之初就开始了对性、爱统一的两性和谐性爱观的理论探索。熟悉德国文学史的读者不难发现,如何调和女性特性中的性欲特征和理智、精神特征,是18世纪末德国作家所遭遇的一个重要问题。由于性欲激情被认为是可耻或不体面的,因此作家们在触及有关"好(Good)"女人的话题时感到并不容易处理。由于18世纪小说反映了"坏(Bad)"女人和"好"女人之间的较为明确的分隔线,小说对女性的这种简单的区分本身也与当时社会对于女性的普遍观念相一致。这也正是弗·施莱格尔在其小说《卢琴德》中所要探讨的一个重要话题。他想要展现两性情感关系中全部的复杂性,并表明,性欲激情并不是可耻的,而是恋爱双方融入彼此的一种极其重要的表达。换句话说,同一个女性可以既是极具性欲诱惑力的妖冶女人,又是令人敬慕的绝代佳人。以此为出发点,便引出了弗·施莱格尔在有关两性爱情问题上的基本观点:在一份理想的两性爱情关系中,不仅包含精神的融通,也包含性欲的激情。《卢琴德》中的一些充满激情的色情片段,即便当今的读者也会感到很震惊:

> 微妙的火焰流遍了我的血管;我梦寐以求的不只是一个吻,不只是你双臂的一个拥抱;不只是辟开忍耐的荆棘,不只是甘愿臣服,冷却那甜蜜的火焰;我欲求的不仅仅是你的唇、你的眼或你的身体。不如说,我要的是所有这些浪漫地混合在一起,是最丰富的记忆与渴望的奇幻交融……我们之间,机智与欢喜此起彼伏,成了我们合

二为一的生命的共同脉搏。我们彼此相拥,像宗教一样忘我。我乞求你,把身体完全交给疯狂吧,哪怕就一次;我乞求你,打开你难填的欲壑吧。①

弗·施莱格尔将男女爱欲表述为"像宗教一样忘我",这的确令当时一般基督徒目瞪口呆,但宗教和爱情对于很多浪漫主义者来说真的是相互贯通的:既然浪漫主义艺术是"宗教在美学上的延续",而艺术与宗教相互纠结缠绕,爱与艺术在很多时候又难解难分,所以说爱与宗教也会互为表里也就没有什么可奇怪的了。克莱门斯·布伦塔诺在其小说《戈德维》(*Godwi*,1802)中称,只有纵欲的人才是真正属于宗教的人,而且"人如果天性上倾心于欲望的快乐,但却不放纵其中,那才是腐化的。没有什么人比一个喜爱肉欲享受的贞女更不贞的了"。而习惯把宗教启示和性爱经验混为一谈的诺瓦利斯则称:触摸到了人体就是触及了天堂。在其经典诗作《夜颂》中,他将黑夜、死亡和性融为一体。②

在《卢琴德》问世的1799年,弗·施莱格尔还写了《反抗者》。诗中充斥着一种伊壁鸠鲁式的享乐主义信仰告白:

> 再也不能忍受了,
> 我必须重新生活一遍,
> 好把我全部的感官放任;
> 人们竭力要我相信
> 那些先验的堂皇理论,
> 几乎使我变得麻木不仁。
> 因此,我要宣称:
> 我的心在燃烧,
> 我的血在奔腾;
> 跟任何人一样,我说话算话,
> 我总是兴高采烈,
> 不管下雨还是天晴,
> 自从我恍然大悟,

---

① Friedrich Schlegel, *Lucinde and the Fragments*, Peter Virchow, ed., Minneapolis: University of Minnesota Press, 1971, p.44.
② 参见蒂莫西·C.W.布莱宁:《浪漫主义革命:缔造现代世界的人文运动》,袁子奇译,北京:中信出版集团有限公司,2017年,第76—77页。

> 只有物质才是唯一的真。
> 我不关心看不见的一切，
> 只关心我能闻、能尝、能触、
> 能刺激我全部感官的一切。
> 我只有一个宗教，
> 就是我爱优美的膝盖，
> 丰满的胸脯，纤细的腰，
> 外加芬芳的花卉，
> 一切欲望的满足，一切爱的担保。①

大致来说，以弗·施莱格尔的《卢琴德》等为代表的德国浪漫派作品将"性"与"爱"融合为神圣爱情的两个维度，开创了浪漫主义文学在有关两性情感关系问题上的崭新视野。他们在实用主义价值观盛行的不良社会风气下，大力宣扬浪漫主义艺术的无目的性，主张随心所欲，并提出了和谐、统一、性爱交融的持久爱情构想。这种理想爱情的探索显示了德国浪漫派敏锐的直觉，其理论探索成果对整个浪漫主义自由爱情观的构建有着不可忽视的影响。与下文将提到的19世纪英国浪漫派的两性爱情理论相比，尽管德国浪漫派小说《卢琴德》被当时的很多评论家贬为色情小说，但事实上，弗·施莱格尔在这部小说中所传达的爱情中的性爱观念实际上仍是相对谨慎与保守的。在小说主人公尤里乌斯和卢琴德的理想爱情中，心灵上的高度契合显然被描绘成理想爱情的首要和最重要的基础，而性爱，则是在心灵契合基础上的一种升华。也即是说，心灵的契合对于真爱而言，更珍贵、更首要，而身体的结合则是一种升华和补充。

乔治·桑试图打破社会旧俗对爱情中的"性欲"元素的虚伪的贬低与规避，倡导一种健康、自然的性爱观念。在她看来，对于激情和本能的抑制或轻蔑是做作和虚伪的。她把爱情中的性欲表达称为世界上最神圣、最值得尊敬的事，倡导爱情中的"身心的完全结合"，即"性"与"爱"的合一。不过，当人们从如上观点的直接陈述返回到其具体的文学创作中时，却会发现一种微妙的变化。从其早期激情小说如《印第安娜》《瓦兰蒂娜》，到中期社会问题小说如《康素爱萝》(Consuelo，1843)、《木工小史》(Le compagnon du tour de France，1840)，再到晚期田园小说如《魔沼》

---

① 转引自勃兰兑斯：《十九世纪文学主流(第二分册)德国的浪漫派》，刘半九译，北京：人民文学出版社，1997年，第68—69页。

(*La mare au diable*,1846)、《小法岱特》(*La petite Fadette*,1849)、《弃儿弗朗沙》(*François le Champi*,1848)、《笛师》(*Les maîtres sonneurs*,1853)等,乔治·桑对于爱情中的性欲冲动的细节描写却相当委婉与节制。事实上,在有关性爱的问题上,由于深受卢梭"回归自然"观念的影响,乔治·桑把性欲视为人类的天然激情。在她看来,性欲并不可耻,相反,在心意相投的真挚爱情中,它还常常是一种有益的补充和提升。尽管如此,在将性欲从旧有的社会伦理观念中解放出来的同时,她也并没有过多地强调它。

相较于早期德国浪漫派和法国浪漫派在处理爱情中的"性欲"问题上相对保守的态度,性、爱合一的理想爱情观念在英国浪漫主义诗歌的全盛时期得到了最贴切、最完整的诠释。

童年时期母亲的再嫁以及后来的离世,强化了济慈幼年时期对占有母亲的父亲的嫉妒以及对母亲的强烈依恋,并最终发展成为济慈个性中十分明显的恋母情结:从某种意义上来说,济慈对恋人的寻觅便是在寻找死去母亲的替身。他曾天真地以为自己在芬妮身上找到了,直到后来尝到悲哀滋味的时候才幡然醒悟。济慈23岁时邂逅他后来的未婚妻芬妮,这段恋情也成为他短暂生命中唯一的恋情,其留下的备受推崇的浪漫主义情诗之灵感的源头多与芬妮有关。济慈对美的热爱与他强烈的恋母情结有很大的关系,随之而来的一种单恋情绪则昭示着他以一种不同于华兹华斯、拜伦、雪莱等人的另一种方式——一种未能满足的肉体的欲望的升华——创作出他赞颂美的诗篇。由是,借助诗歌艺术的快意倾吐与表达成为济慈情感的避难所。在献给芬妮的一首遗作中,他对芬妮全部的占有欲在一种灼热的激情中喷发出来。他要独占芬妮的一切,而着意强调了要占有她全部的肉体。"他要把灵魂栖息在她炫目的胸脯上,把手围在她的腰间,从她的头发里感受她温暖的气息……他要完全占有她,包括温暖的、白皙的、透明的、蕴藏千万欢乐的胸脯……"[①]在他的另一首十四行诗《星星,愿我坚定如你》中,结尾充满肉感:

> 枕着我爱成熟的胸前,
> 永远感受着柔软的起伏,
> 静静,静静听她温柔的呼吸,

[①] 转引自莫达尔:《爱与文学》,郑秋水译,长沙:湖南文艺出版社,1987年,第190页。

永远活下去——或者昏眩死去。[①]

从诗歌的情绪来看,主导济慈爱情的绝非理性抑或伦理道德观念,而是一种追随爱情的疯狂,这种疯狂浸透着强烈的肉感意味。

从其一生的创作倾向来看,雪莱的全部创作几乎都离不开爱情与自由。而这两个主题在浪漫主义诗人那里往往又可以被看作一个相互渗透和统一的情感命题。浪漫主义的自由爱情观在雪莱的创作中得到了全面而统一的表达。《阿拉丝塔》(*Alastor*,1816)道出了雪莱对美好爱情的梦想与渴望。这首诗写于他离开第一任妻子哈莉特之后。人们在诗中可以捕捉到诗人十分寂寞的心情以及对爱情的强烈渴求。虽然人们知道此时的雪莱已与后来成为他第二任妻子的玛丽·戈德温同居,但雪莱的诗句却并未流露出爱情的甜蜜。例如在《心语》中,他说自己正躺在"贞洁而冰冷的床上"。由此可见,在雪莱摆脱了第一次无爱的婚姻之后(虽然事实上前妻对雪莱的爱一直不曾消失),即将开始的第二段婚姻也并没有使他得到爱情的满足。于是,我们看到了雪莱建立起一座梦幻的爱之岛作为情感的避难所,并在与爱蜜丽·维维尼的恋爱中得到精神上的极大补偿与满足。值得注意的是,在雪莱的爱情理想中,"肉欲"无疑成为其最为强烈而鲜明的成分,而这种情形正可以解释他一夫多妻的观念的来源。在雪莱的爱情哲学里,肉欲的本能实际上是个体尤其是男性潜意识中惯常出现的部分,只是文明社会借助婚姻制度对这种潜意识的本能进行了压抑与扭曲,甚至企图连根拔除。然而事实上,不论婚姻制度如何改进与完善,其约束的本质就决定了它与自由爱情的永恒冲突。每个时代,尤其是在婚姻生活不甚美满的时候,抑或当丈夫对妻子的爱逐渐消退的时候,潜意识中的这种备受压抑的本能就会猛烈地爆发出来。雪莱的两次婚姻都没有使他尝到爱情狂热的激情以及爱的永恒体验,相反,在婚姻关系持续不久的时间内,其内心所残存的微弱的爱的火焰便很快被浇熄而代之以加倍的孤独与忧伤。19世纪英国浪漫主义诗人对浪漫主义爱情的表达因其个人的特质而各有不同。然而不论有何差别,总体来看,浪漫主义繁盛时期的英国的伟大诗人们皆是在浪漫主义先行者解放了不可说的"肉欲"之后,以新的理性沉思,在浪漫主义精神的狂热激情之中,对性欲与真爱的可能性进行了新的有益探索。他们的诗歌直接(情诗)或间接(非情诗)地传达出浪漫主义爱情中"性"与"爱"合一的理想爱情状态。

[①] 转引自莫达尔:《爱与文学》,郑秋水译,长沙:湖南文艺出版社,1987年,第190页。

第四节　对传统婚姻制度的质疑

在启蒙学派的理性主义者看来，无论什么性别，所有人从根本上来说都是平等的；相形之下，浪漫派则倾向于探究男女之间的诸多不同或互补的特征。比如说，基于对妻子多萝西娅的观察，弗·施莱格尔就认为女人比男人更容易走向诗歌和宗教。拜伦有类似观点，但表述却更为刻薄——爱情是女人唯一关心的东西。

的确，《为女性权利辩护》(A Vindication of the Rights of Woman, 1792)的作者玛丽·沃斯通克拉夫特与史达尔夫人这样的女权先锋，已开始大刀阔斧地破除诸如此类的男权中心的话语，但事实上历史的进展往往过于艰难和缓慢——至少在这些女权先锋自己的生活中，其作为女性的现实权利与其理论观念相比显得实在是有些过于惨淡。自由地更换爱人或丈夫这一诉求在当时绝大部分女性那里却遭遇到普遍的反对。在法国大革命以及随后发生的战争中，大批青壮男子失去了生命；惨重的伤亡给所有人都带来了沉重的痛苦，而对妇女的负面影响尤甚。

对爱情的执着，合乎逻辑地使这些思想解放的先锋成为绝望的受害者。比如玛丽·沃斯通克拉夫特曾热烈地追求画家福塞利，直到画家的妻子将其赶走；后来因被其美国情人吉尔伯特·伊姆利抛弃，她一度试图跳水自尽；最后她与戈德温生下女儿玛丽·雪莱之后便撒手人寰。在很长的时间里，作为有夫之妇的史达尔夫人则因为一连串"不合适"的私通关系而饱受诟病。事实上，其笔下的柯丽娜便是她的自画像——反映了她在感情生活中的沮丧和对自我实现的幻想。弗·施莱格尔的小说《卢琴德》给出了浪漫主义的另一个答案——通过婚姻的结合，两个相互补充的灵魂，最终实现永恒的统一。所谓"彼此精神连接的永恒结合"乃该书的主题，可不无反讽的却是该书实为施莱格尔与一已婚妇女（多萝西娅·法伊特）私奔期间所完成的。在爱情与婚姻的关系问题上，浪漫派似乎忽略了一个事实：越高标爱的狂热，婚姻的基础便越会被摧毁。正因为如此，在后来者乔治·桑那里，对离婚自由的呼吁便成了更为紧迫的任务。在乔治·桑所建构的两性关系的理论坐标系中，最引人注目的首先是她对爱情与婚姻相冲突的表述：社会制造出"婚姻"作为"爱情"的存在方式与归宿，然而"婚姻"却把"爱情"抛入难以逃离的苦难陷阱而最终毁灭。

爱情与婚姻这种本质上的对立来自：爱情的本性是自由，而婚姻的本性则是枷锁。因此乔治·桑断言："我不怀疑，如果人类向着正义和理智的方向发展，婚姻将被废除。"①

"除了对19世纪的社会进行相当激烈和进步的评论外，自由主义的潮流也围绕着婚姻和离婚的问题打转转。和其他一些开放的思想动态一样，自由主义也具有多面性，且各不相同，但有一点是自由主义者所共同关心的，那就是争取个人幸福和拒绝外人干涉私生活等问题。这种信念很容易诱使自由主义者前去支持婚姻和离婚的政策，因为这些政策最大限度地体现了个体自由，而他们正是从个人，而不是社会的角度来处理这些问题的。这并不等于他们对于婚姻和离婚可能会对男人、女人、孩子、社会等产生的影响漠不关心，而是说明他们更重视某种必要性，即尽可能地扩大个体自由，而缩小社会限制，当然人人都应该明确自己的责任。"②基于"情感自由"的爱情理念，浪漫派作家对传统的婚姻制度进行了大胆的质疑和否定，并由此展开了对"自然婚姻"等理想婚姻形式的探索。所有这一切尽管遭到了保守势力的反对与咒骂，但历史已经证明并将继续证明——浪漫派高贵的自由思想符合人类文明演进的方向。

18世纪末19世纪初，法国大革命的狂热风暴惊天动地，然而，这场开启了现代社会进程的自由革命并没能解除旧时代加缚于女性身上的沉重枷锁，以等级形式构筑的家庭制度事实上并没有受到多少触动。相反，作为稳定社会秩序的手段，新掌权的资产阶级统治者很大程度上默许并延续了旧时代对于女性——尤其是已婚女性——个人权利的种种钳制。在倡导个体自由的时代，捆缚着女性的沉重枷锁却使她们难逃深渊。对于那些平庸麻木、眼光狭隘的女性，隐忍和顺从或许是其明哲保身的唯一选择，但对于那些心智超凡、情感丰厚的自由心灵，她们必然不甘屈辱，孤注一掷地起身反抗。乔治·桑显然属于后者。在19世纪法国文坛中，乔治·桑是第一个在其文学创作中明确并长期地反思、否定和批判以男权为核心建构的不合理的婚姻制度的女性作家。除却其过人的天资之外，她对于当时婚姻制度的愤懑、蔑视以及深刻见解很大程度上也"受益于"命运对她的无情嘲弄。

---

① 转引自莫尔顿·亨特：《情爱自然史》，赵跃、李建光译，林明校订，北京：作家出版社，1988年，第441页。

② 罗德里克·菲利普斯：《分道扬镳——离婚简史》，李公昭译，北京：中国对外翻译出版公司，1998年，第219页。

尽管在其早期小说创作中就隐含了对世俗婚姻制度的不满,但此时的乔治·桑仍然承认婚姻制度存在的必要性。直到早期激情小说创作之后,乔治·桑对社会制度的彻底绝望及其批判态度逐渐明晰起来。在《卢克莱修·芙洛丽安尼》和《雅克》中,乔治·桑阐释了世俗婚姻制度可憎的原因。她通过解释保罗和弗琴妮爱情得以长久的原因告诉人们一个现实社会的事实:要使恋爱双方保持长久的爱情,前提是他们从小就有相同的生活、教育环境,共同的信仰,甚至共同的思维方式和行为习惯。但是,她同时排除了这种爱情方式的现实可能性,认为在当前这个已经处处散发着腐烂恶臭的社会里,个体情感的自由权利和生长空间已在所谓良好秩序的维护下被剥夺了。社会一面极力维护动荡不安的现状,一面想方设法遮掩其内部的腐朽本质。在内部朽烂的社会环境里,个体心灵不断受到挤压、变形、扭曲,精神的契合便无从谈起。至此,乔治·桑已对既存婚姻制度的合理性提出了明确的、根本性的质疑。

而在质疑的同时,她又对理想两性关系的结合形态提出了美好假设。在《雅克》中,她首先申明了否定婚姻制度的坚定立场,继而对益于两性情感关系发展的方式进行了新的设想。从她的描绘中人们可以看到这一设想的基本脉络:当前之所以存在婚姻制度,主要是因为当下男、女两种性别的个体间存在种种恶性的差异,比如男人都过于粗暴而女人又过于软弱。在这种情形下,婚姻便以维护两性道德与良知的名义出场。然而,当人类理性发展到更高阶段时,男女间的这种情况将得到极大改善,婚姻制度必然消失。那时,人们将建立一种更加神圣的符合人类本性的情感结合方式。从乔治·桑对这种新的结合方式的表述中可以发现,她所设想的理想的两性结合方式必须首先满足两个要求:一是在保证儿童权利及其良好生活环境的同时使父母继续享有以往的自由;二是恋爱双方彼此间是相互独立、自由的个体存在。

在《雅克》中,乔治·桑还以新的视角探讨了婚姻问题。与之前在《印第安娜》《瓦兰蒂娜》中塑造的粗野、冷漠的丈夫形象不同,《雅克》中的"丈夫"是一个拥有高贵心灵品质的男人,然而他最终的爱情悲剧却也正是因为这种不能为妻子所理解的高贵特质。当然,从作品的整体意义上看,乔治·桑的主要目的并不是要赞美男性主人公的高贵品质,而是为了借这个高贵的丈夫的言辞和态度表达其对婚姻的观点和立场。在作品中人们看到——当得知妻子的爱发生转移之后,身心俱疲的雅克宽容地表示了谅解:

> 没有人能够控制爱情;没有人会因为他爱或不再爱而有罪。促使女性堕落的是说谎;构成奸情的不会是她答应她情人的时刻,而是她后来睡在她丈夫怀抱里的夜晚。①

雅克认为他的决定是对的。乔治·桑接下来继续借雅克之口表达了自己在此问题上的立场:

> 勃莱尔处在我的地位,会泰然自若地殴打他的老婆,说不定还会在同一天夜里,毫不脸红地拥抱那个女人,他的拳头和他的接吻同样贬低了她的身份。有一些男子按照东方的方式,行若无事地杀死了不忠实的妻子,因为他们把妻子看做是自己的合法财产。另一些人向自己的情敌挑战,把他杀死或者把他排挤出去,然后向他们宣称热爱着的女人要求亲吻和安抚,她要么加以拒绝,要么就绝望地让他亲吻和爱抚。这些都是夫妻之爱中十分平常的过程。在我看来,猪猡之间的动情也没有比这样的爱情更下流,更粗野了。②

关于情感的这些新见解,在以后的人类社会中逐渐被更多的人视为真理;然而,这在当时却被斥为违背道德的异端邪说。乔治·桑生就的深厚情感特质及其非凡才智造就了她富饶迷人的内心世界。这个内心世界所具有的无限张力和宽广胸怀令这个伟大的灵魂熠熠生辉,并照亮了其小说世界的每个角落。正因如此,尽管乔治·桑只对神圣、炽热而纯洁的情感做了真实而热情的描绘,但却足以给现世腐朽的婚姻制度带来潜在的巨大冲击,甚至有摧毁现存制度之根基的深远力量。值得一提的是,乔治·桑在批判"婚姻制度"并提出新设想的同时,也指出了当下变革婚姻制度的难度。例如,她指出了施莱尔马赫等浪漫主义者对婚姻制度变革过于理想化的事实,认为施莱尔马赫没有看到其理想化的设想在当前现实之下的难度。她明确指出:天才的理想主义者们没有意识到他们的头脑比他们同代的大众先进了几十甚至上百年;必须先让同胞们成长到这些天才的思想高度,才可能改变制度,改善社会。乔治·桑的这一观点无疑反映了其伟大的智慧,同时也折射出当时的德国浪漫派作家在有关两性爱情与婚姻等问题上因脱离大众所产生的过于理想化的倾向。

与乔治·桑同为女性作家的史达尔夫人,在其小说代表作之一《苔尔

---

① 转引自勃兰兑斯:《十九世纪文学主流(第五分册)法国的浪漫派》,李宗杰译,北京:人民文学出版社,1997年,第155页。

② 同上书,第155—156页。

芬》中,也表达了其对以男权为核心的不合理的婚姻制度的否定和批判。在这部小说中,史达尔夫人向我们展示了18世纪末法国上层社会的女性在婚姻关系中的真实处境。按照当时的婚姻规制,婚姻的缔结并不取决于爱情,并且不允许离婚。由此,婚姻制度不但无法保证个人的幸福,反而成为保障和延续不幸的罪魁祸首。小说通过对黛莱丝、弗农夫人、玛蒂尔达等女性的婚姻遭遇的描述,揭示了不合理的婚姻制度对于女性健康人性与自由人格的戕害。当婚姻变成一种被迫服从的劳役时,它是多么僵化和令人窒息。

雪莱对婚姻制度的批判是由他一生信奉的自由恋爱观延伸而来的。同他的自由恋爱观一样,雪莱对婚姻制度的批判也是以"自由"为核心展开的。他在《麦伯女王》的注释中称:

> 一对夫妇只有在彼此相爱的时候,才应当继续结合在一起;当他们的爱情熄灭之后,任何法律还要强迫他们在一起实行同居,哪怕一时片刻,也是不堪忍受的暴政,而且也是最不值得忍受的。如果一种法律不顾人类精神好恶无常、动摇不定、容易迷误以及大有改善之余地等特点,规定友谊必须始终不渝,这岂不是法律对于个人的评判自由的一种多么可憎的监护吗?爱情的羁绊要比友谊的羁绊沉重得多,也难受得多,因为爱情更猛烈,更任性,更仰仗想象力的微妙特质,更难得满足于对象的一目了然的优点……爱情是自由的;答应永远爱同一个女人,其愚蠢程度不亚于答应永远遵奉同一个信仰……当前这种强制性的制度在大多数情况下,只有制造伪善者和公开敌人的作用。敏感而又有德行的人们,不幸同一个他们所不爱的人结合在一起,但是为了照顾他们配偶的感情或者共同子女的福利,不惜强颜为欢,消磨了他们一生最美好的年华;至于为人并不宽宏大量的人们,他们则公开地宣布自己的失望,在一种不可救药的勃豀和殴斗的状态下,苟延残喘地度过只有死亡才能消解的怨偶生涯。他们的子女的早年教育则染上了父母鸡争鹅斗的色彩;他们是在坏脾气、暴行和虚伪的正规学校里被教养大的……婚姻是无法拆散的,这个信念使性情乖张者受到了最强烈的诱惑:他们肆无忌惮地发泄着怨气,沉湎于家庭生活中所有小小的暴政,因为他们知道,他们的牺牲品是有口难开的……假如一个女人顺从了绝无过错的自然(原文如此)的冲动,社会便向她宣战,这是一场残酷而永久的战争;她必须是驯服的奴隶;她不得有任何报复行为;社会有迫害的权利,而她只有忍受

的义务。她生活在耻辱之中;喧嚣而恶毒的讥笑声堵塞了她的任何自新之路。她死于长久缠绵的疾病;但是,她做了错事,她是罪人,她是桀骜不驯的顽童,——而社会这个年高德劭、守身如玉的保姆,则从她洁白无瑕的胸怀里把她像怪胎似的抛开了!……大概难以设想还有什么制度,比婚姻更其刻意敌视人类的幸福了。我断然相信,废除了婚姻制度,将会产生正当而自然的性关系。我绝不认为这种性关系会变成一种杂交;相反,由于父母同儿童的关系,这种结合一般会是长久的,而论及宽厚与诚挚,它将超过其它一切结合……事实上,目前状态下的宗教和道德形成了一部不幸和奴役的实用法典;维护人类幸福的天才必须从这本邪恶的圣经上把每一页都撕掉,人才能读到他心中的题词。用僵硬的胸衣和盛装打扮起来的道德,如果朝着自然的镜子照一照,将会怎样为她自己可憎的形象感到惊愕啊![1]

在雪莱看来,真正的爱情排斥一切强制性,强制性消解自由的可能,而自由正是真爱存在的永恒根基。由此,法律监视下的婚姻制度显然是荒谬的无理规定。雪莱论证了法律对无爱婚姻施以强制性的荒谬和愚蠢。他认为,无爱的婚姻给婚姻双方带来了无法解脱的灵魂上的痛苦与折磨,在封建的野蛮法律信条制约之下出产的一套家庭伦理观念以"忠实、责任"的名义强化了它对于婚姻的掌控力量。而无数婚姻事实也论证了这种法律的荒谬性;在这种勉强维持的婚姻关系中,无论对婚姻双方还是对其共同子女都造成了身心上的巨大摧残,这比人间最为残酷的摧残和杀戮恐怖得多。由此,雪莱指出:婚姻制度是人类社会存在着的最荒谬、最无耻的制度,它的存在昭示了社会的野蛮和退步。他认为只有消灭了这种残酷的制度,人类文明才有可能向前推进。在对婚姻制度进行批判的同时,雪莱也对两性的结合方式进行了新的构想。雪莱认为两性情感关系的理想形式必须关注两点:一是恋爱双方;二是儿童。真正理想的长久的两性情感关系既要使儿童的生活得到良好的保障,同时又能使恋爱双方彼此享有个体的自由。在此问题上,人们在《麦伯女王》的注释中能明显感觉到他与乔治·桑观点的相似性;不过,雪莱在对"自由"之于两性情感问题的关键性上比乔治·桑有更直接的表达和明确的追求。他对

---

[1] 转引自勃兰兑斯:《十九世纪文学主流(第二分册)德国的浪漫派》,刘半九译,北京:人民文学出版社,1997年,第91—93页。

当下不自由的婚姻枷锁的控诉,与很多浪漫主义作家如施莱尔马赫、乔治·桑等人相比,也更加自觉与强烈。

在歌德、席勒崇尚古代希腊的魏玛古典主义时期与德国浪漫主义真正出现的时代之间,荷尔德林是一个不可忽视的关键人物。他的《许佩利安》(*Hyperion*,1797)、《恩佩多克勒斯》(*Empédocles by Friedrich Hölderlin*,1793—1799)等作品是地道的浪漫主义的,其浪漫主义自由理念直接影响了后来的德国浪漫派。

荷尔德林在《许佩利安》中表达了他对社会、国家的诸多见解,其中包含着其浪漫主义的自由理念。他说:

> 你还是给国家让与了太多的权力。国家不应当要求它所不能勒索的东西。而爱情和心所给予的一切,便是不能勒索的。这些断不能让它沾边,否则就用它的法律,把它钉在耻辱柱上! 老天爷,想把国家变成道德学校的人,真不知自己作了什么孽。人要是想把国家变成天堂的话,每每总把它变成了地狱! ①

荷尔德林在有关国家的概念表述中直接而明确地评判了国家对人的情感的暴政,他的这些观念与19世纪浪漫主义个人至上的价值取向完全一致。与在其他领域一样,在婚姻问题上,自由思想原则的对立面就是权威原则。持守自由主义立场的浪漫派要求每个个人的绝对自由——禁止任何人把任何权威和控制强加给其他人。他们认为国家法律与社会舆论均无权干预个人感情方面的事务,靠法律纽带或道德绳索捆绑在一起的婚姻要么是多余的,要么是可憎的——如果双方基于个人的自愿继续在一起它就是多余的;如果一方讨厌另一方,而外力却逼迫他们待在一起,并生下子女,满足了一方的心意,而使另一方感到憎恶,这便是极其恶劣的。如果一个人为一段使之陷于绝望境地的婚姻牺牲自己的一生,他们觉得这非但违背道德,而且极端可怕。在有关爱情与道德的明确表述中,荷尔德林否定了国家对于爱情和个体心灵的权威,认为在任何时候都不应该把个体之于情感的神圣权力让与国家;否则,爱情和人类神圣心灵的一切都将被残酷的社会以它所指定的所谓法律无情地摧毁。他指出,人类的一切丰厚的自然情感都是国家提防和敌视的对象,然而生活在社会中的人们却被国家蒙蔽了双眼,麻痹了神经,以为能在国家、在所成长的

---

① 转引自勃兰兑斯:《十九世纪文学主流(第二分册)德国的浪漫派》,刘半九译,北京:人民文学出版社,1997年,第45页。

社会中培育和呵护内心所充溢着的美好情感,直到最后才发现一切都是悲剧,一切美好和真挚都化为灰烬。历史的车轮不断前行,而人类这种天真的幻想却总是在不断循环。荷尔德林告诫人们,社会催生"道德",而道德维护的不是深厚的爱情,而是婚姻。一切社会都将告诉人们一个所谓的"真理":只有婚姻才是爱情完美的归宿。而从人们相信这个真理开始,婚姻便已赤裸裸地暴露在国家的法律面前,随时听候审判与裁决。

第五节 对理想婚姻模式的探究

19世纪的德国浪漫派作家们将自己的心灵隐蔽起来,他们是一群精神的隐士,隐居在德国城市的许多角落。战争、改革……社会的一切不再与他们相关,他们将全部的力量倾覆于自我,他们蔑视人们赖以生存的职业,他们嘲笑追逐实用价值的人们。在他们敏锐的眼光中,社会的本质被透视出来,不堪入目。然而,对于这些艺术家而言,天才赋予的丰富的内心终于无法容忍家畜式的世俗爱情对真爱的污毁,他们头一次站了出来,为真爱进行辩护。当然,隐士的革命方式往往不同,他们无心掀起一阵改革的狂风暴雨,而是选择走向另一个极端,用最病态的方式表达着自己对于现实最激烈的嘲讽。

《卢琴德》中的主人公声称:勤勉和功利是手持火剑的死亡天使,他们阻挡人们返回天堂。从德国浪漫派所极力宣扬的"无目的性""随心所欲"等主张中,我们可以大致领略其后在轰轰烈烈的浪漫主义文学潮流中得以充实与发展的浪漫主义"自由"原则。显然,德国浪漫派的愤世嫉俗及其对于人民大众的隔绝态度,意味着他们的这场观念变革并不能掀起整个社会的革命。这是德国浪漫主义运动未能长久存活与发展的重要原因;但德国浪漫派的活动,尤其是其间活跃着的那些特别伟大的人物,如诺瓦利斯、蒂克、荷尔德林、谢林、费希特、奥·施莱格尔、弗·施莱格尔等人,无疑对整个欧洲浪漫主义的发展起到了巨大的引领作用。在社会实践层面,德国浪漫派坚持"随心所欲"的"自由"理想,无视社会政治现实,仅仅在与艺术紧密相连的文学领域倾注自己的力量。鉴于此,人们可以认定:他们对于两性情感的探索是唯一的浪漫主义观念的真正尝试。而这一尝试,却是由围绕弗·施莱格尔的《卢琴德》一书所展开的激烈讨论所引发的。

在《卢琴德》中,弗·施莱格尔建构了其"自然婚姻"的理想。他这种对理想婚姻的描绘是有其真实背景的——这个真实背景来自弗·施莱格尔的切身经历。

弗·施莱格尔的书信已经可以证明,《卢琴德》主人公的生活与他的早年经历是极为相似的。在当时的柏林,人们对于世俗社会的虚伪道德尚未形成清晰的概念,就连当时公国的君主也几乎做着种种伤风败俗的"恶事"。那是一个对美的艺术、艺术的美的狂热时代,它取代了刚刚逝去不久的充斥着令人恐惧的官方道德的旧时代。

从作者早年生活的真实画面,我们就可以看出后来在《卢琴德》中得以表达的关于爱情与婚姻的见解。在这个摆脱了世俗社会虚伪道德的艺术的王国里,妇女首先在着装上展开了对旧时代的抛弃和对新时尚的追寻。当时,妇女胸怀裸露的衣着是极其时尚的;人们谈论最多的不是政治,而是年轻貌美的保莉妮·维泽尔。已婚的保莉妮·维泽尔的美丽被饶有兴味地谈论和感慨着,她是当时路易·斐迪南亲王的情妇。路易·斐迪南对她爱得十分狂热,而同时代的很多男子亦对她倾慕不已,称其简直是来自希腊神话里的尤物。尽管这种种的谈论与爱慕无疑会给已婚的保莉妮·维泽尔带来一些名誉上的损害,但是从其那些颇有才情的女友的态度来看,她并没有遭到不贞或是有违道德之类的非议。不仅如此,她们甚至还对保莉妮·维泽尔的这种境地多有羡慕与嫉妒。这正是弗·施莱格尔早年生活的时代环境。弗·施莱格尔在《卢琴德》中所引入的生活环境的"风气以及情感氛围",正是其早年生活经历中耳濡目染的那些天才女性对爱情所持守的先锋观念。根据这些卓越见解,彼此间是否有热烈的、真挚的爱情是恋爱和婚姻的唯一理由;除此以外,没有任何所谓道德、律法可以裁定恋爱和婚姻的存在。

就连当时曾冲着《卢琴德》大喊大叫,批判它是"否定一切精神性,只有赤裸裸的肉欲"的正统派克尔凯郭尔,也禁不住为该书"自然婚姻"观念的表达以及对世俗社会所谓"道德婚姻"的"冒犯"进行辩护:

> 为了不致冤枉施莱格尔,我们必须记住,有许多荒谬观念已经羼入了各种人生关系中,特别是对于爱情,这些观念一直不倦地使它变得像任何一头家畜一样驯良、有调教、缓慢、迟钝、有用处,简言之,尽可能使它没有色情味道……有一种非常褊狭的庄重观念,一种合目的性,一种可怜的目的论,为许多人奉若偶像,这个偶像所要求的合法牺牲就是每个人永远不停地努力下去。爱情本身就这样显得空洞

无物，只有存心把它列入在家庭生活舞台上博得喝彩的小节目中，它才会由于这个目的而变得重要起来。①

克尔凯郭尔对《卢琴德》的这番评价是公正的。对几乎所有事情——尤其是爱情，人们都有一些无理、陈腐然而却又深入人心的固执而荒唐的观念；这些观念像毒瘤一样扎根人心，难以除掉。在这种状况下，符合人性的真正爱情被压迫、扭曲、变形，存活下来的都是世俗的家畜式的所谓爱情，这种爱情内心空洞，毫无真爱可寻。克尔凯郭尔的这段话所传达出的观念显然与世俗的爱情、婚姻观截然对立。他的这种评判恰恰说明——《卢琴德》所阐明的"爱情的婚姻"的立场，是对传统伦理、道德观念的质疑与挑衅，并直指世俗虚伪、道德腐朽且充满谬误的根基。

《卢琴德》中的男女主人公尤里乌斯和卢琴德所憧憬和实践着的是与世俗婚姻全然不同的自然婚姻，这种婚姻与世俗婚姻有着质的不同，它是自然的，是诗化的，是不以世俗道德为规则的。小说中描述尤里乌斯初识卢琴德的心理活动，解释了他对她着迷的最初原因：卢琴德画画并不是为了谋求生计或其他任何目的，而仅仅因为喜欢这样，并且可以毫无约束地自由自在地活着；卢琴德的自由气质激起了尤里乌斯狂热的爱。于是，他们在"自由"的神圣之爱的感召下结合了。基于"自由"观念的心灵契合与炙热的爱情乃是他们缔结"自然婚姻"的全部动机。尤里乌斯和卢琴德这样解释他们"自然婚姻"的性质："自然婚姻"的缔结，意味着彼此间的关系将变得更加密切，意味着他们从"只是爱情的国度"来到了"自然的国度"，而婴儿的出生则意味着恋爱双方得到了"自然国度"的公民权。由此，人们便可以在对比中领略尤里乌斯和卢琴德的"自然婚姻"与世俗社会"家畜式婚姻"的诸多不同：首先，尤里乌斯和卢琴德所说的"自然婚姻"使彼此关系变得更为密切，也就是说"婚姻"的缔结意味着真爱的持久与紧密，自然国度里的尤里乌斯和卢琴德仍是以爱情的存在作为婚姻唯一的标识；而世俗婚姻的结成则是对真爱的排斥与羁绊，它验证了世人"婚姻是爱情的坟墓"的评判，在这种婚姻中，当爱情渐渐泯灭，却依旧在伪善道德的威慑下维续爱情的可耻皮相，即所谓"家畜式"婚姻。其次，世俗婚姻以社会强权的法律条文"规范"婚姻的种种行为，而在"自然婚姻"中唯有"爱情"的活力足以作为婚姻维系的依据。第三，世俗婚姻对物质性的归属极

---

① 转引自勃兰兑斯：《十九世纪文学主流（第二分册）德国的浪漫派》，刘半九译，北京：人民文学出版社，1997年，第63页。

为敏感和谨慎,而"自然婚姻"只关乎艺术家般的神圣情感,蔑视除此之外的一切。第四,世俗婚姻遵从世俗道德,于是这种婚姻与规范它的道德变得同样虚伪和扭曲;"自然婚姻"的道德不是世俗伪道德,而是爱的真道德,"爱情"是"自然婚姻"评判其道德与否的唯一尺度,当真爱的火焰已经熄灭,再维持彼此之间的温存,便是最可耻的不道德。

当然,《卢琴德》并不足以涵盖整个浪漫主义时代关于真爱与道德的全部观点,但是它基于"自由"观念所建构的"自然婚姻"及其显示出的与世俗婚姻的绝对对立是典型的浪漫主义的。而且,鉴于《卢琴德》在德国浪漫主义文学运动中的重要地位,在探讨整个浪漫主义时代两性关系之新建构时,对它的观点进行简要梳理就显得十分必要。

值得提及的是,在婚姻问题上,施莱尔马赫与弗·施莱格尔的见解是十分相似的。但在具体的论述中,前者对婚姻又有着比较新颖的观点。勃兰兑斯在《19世纪文学主流》一书中提到了这一点,并推测弗·施莱格尔所引用的一段为"四角婚姻"辩护的话极有可能是源自前者。施莱尔马赫的确表达过类似的观点。他认为倘若使几对夫妻在一起,并容许他们任意交换配偶,那么基于真爱的婚姻便有可能出现。且不论其关于"互换配偶"的婚姻试验是否可行,就这一设想的深层来看,施莱尔马赫无疑仍是在寻找一种奠基于真正爱情的婚姻。就此而言,他和弗·施莱格尔的观念的确是一致的。

与德国浪漫派有所不同,由于民族气质和国家历史处境等方面的差异,法国浪漫派作家对于社会、民众的隔离态度并没有那么极端,不少浪漫派作家在其创作中体现出了对于社会现实的观照,而对于史达尔夫人、乔治·桑等天才女性作家而言,基于其在私人生活中不同于男性作家的独特情感体验,这种观照又典型地体现在对于个人爱情与婚姻问题的思考与探索上。他们一面对扼杀个体情感之自由激情的社会制度——尤其是婚姻制度——发起质疑与批判,同时又基于其所信仰的个体自由理念,探索和构想改良个体情感之现实境遇的出路。

真爱是缔结理想婚姻的唯一基础。乔治·桑所构想的理想婚姻与当时法国社会的世俗婚姻观是根本对立的,前者作为以真爱为基础的自由结合,其本质是爱情的巩固与升华,而后者作为以种种现实的外部考量为基础的利益撮合,其本质是自由的枷锁。依照其理想婚姻观,作家乔治·桑主要通过田园小说创作而非直接的理论阐发,着手建构了一种独特的婚姻模式——两性和谐的自然婚姻。熟识其晚期作品的读者不难发现,乔治·桑并非如一些评论家所说的那样,仅仅基于女性的感性憧憬而建立了一个虚幻的乌托邦,事实上,其理想乐园的建构具有深刻的理性设定与逻辑依据。在她看来,世俗婚姻观折射出了人们在"两性"关系问题上所持有的错误认知;自由革命的炮火震动了但却难以短时间内扭转人们在两性问题上的陈腐观念。由此,在其小说中,人们便会发现,其构筑理想婚姻模式的过程很大程度上就表现为破除两性陈腐观念的过程,而构成这一过程的核心与关键无疑是其"个人自由"的信仰和主张。换言之,对"自由人格"的揭示与强调是乔治·桑所建构的两性和谐的自然婚姻模式的核心与根基。

在乔治·桑生活着的19世纪上半期,自由几乎是男性的代名词。人们普遍认同,一个自由不羁的男性是一个伟大的生命,而女性则无所谓自由,她所需做的仅仅是顺从。作为女性先觉者的乔治·桑显然不认同这种陈词滥调。在她的观念里,自由不是男性的专权,女性与男性一样拥有自由的人格。只有拥有自由人格,女性才能摆脱其作为男性附属品的地位,才有可能独立自主地选择、追求自己的爱情与婚姻,乔治·桑田园小说中的几位女主人公之幸福婚姻的得来无一例外地建立在基于其自由人格的自我选择上。不过,需要指出的是,乔治·桑并不是一个极端的女性主义者,尽管她专门提出了女性保有自由人格的重要性,但她也并未过度强调这一点。换句话说,她所要表达的观点并不单单是"女性应该拥有自由人格",而是"每个人都应该拥有自由人格"。《弃儿弗朗沙》即可证明这一点。乔治·桑在这部小说中着意展现和颂扬了男性主人公弗朗沙打破世俗观念的束缚,遵从内心爱情体验而做出的勇敢抉择。

对于乔治·桑而言,"拥有自由人格"是追寻和建立理想爱情婚姻的前提与核心,只有坚守个人自由、坚持自我选择的人,才有可能获得幸福。而在当时的法国社会中,人们普遍因深受传统两性观念以及世俗婚姻观念的规束而丧失了自由人格。因此,在面临婚姻选择时,人们往往既无力抵抗来自家庭和社会的干涉和阻挠,又难以破除自己内心长期被灌输的种种世俗偏见,结果往往不是顺从家庭的安排而被推入一场包办婚姻,就是因自己对对方的肤浅决断而错失了一段好姻缘。围绕"自由人格"这一核心,乔治·桑展现了两性和谐关系中的几个重要层面,从而丰富和完成其对理想婚姻模式的构想和描画。在其田园小说中,这种崭新的婚姻模式探索主要通过描述小玛丽和热尔曼、马德尔娜和弗朗沙、小法岱特和朗德烈、布鲁列特和于里尔等恋人的爱情婚姻故事具体而清晰地展现出来。

这些方面主要包括：其一，男女个性气质的混同与交融。乔治·桑认识到，以男权文化为核心建构的社会主流价值观基于国家、民族的群体利益有意强化和塑造所谓的男性气质和女性气质，如男性应该是理性、坚强、勇敢、积极的，他是理智与权威的化身；而女性则应该是柔弱、恭顺、被动的，她的天职是顺从。这种人为的区分是对人之自然丰富天性的破坏，将男女的生理性差异肆意扩大到人的精神层面，由此将男女视为两种不同的人。这一带来两性不平等的重要原因也正是造成两性爱情婚姻中不和谐的重要原因。在乔治·桑的几部田园作品中，其笔下的女性也时常表现出传统观念所认为的男性化的勇敢、理性和坚韧，成为危险和矛盾的化解者，而男性有时也流露出所谓女性化的温柔和善解人意。由此，她在作品中成功突破了男权社会价值观对于男女性情特征的绝对割裂，将其作为两性心灵融通之可能性的基础，促进了爱情双方的情感推进，由此成为走向和谐婚姻的重要一环。其二，恋爱婚姻中的自我牺牲精神。与其说乔治·桑在其理想婚姻模式的构建上着意"强调"了牺牲精神，不如说她对基于自由选择而结合的爱情婚姻做了逻辑性推断。这并不难理解，因为自由爱情的激情往往导向一种"献身"的欲望。在乔治·桑的田园小说中，为了达成幸福的婚姻，婚姻的一方常常自愿做出某种牺牲，但这种牺牲绝非被动的妥协，而是自主的抉择。

第八章
"民族自由"与文化多元论

在开始是抵抗他国干涉后来是干涉他国的对外战争中,法国大革命及其衍生出来的拿破仑时代令法国民族情绪陡然高涨。大革命在法国不仅推翻了君主专制,解放了昔日的农民或农奴,而且大大焕发了爱国精神;而随着拿破仑大军所向披靡攻城略地——不断侵入瑞士、意大利、德意志地区、波兰、俄罗斯等国,抵制法兰西的民族主义情绪与行动亦迅速弥漫整个欧洲。在政治层面,"浪漫主义意味着为建立自由制度以及争取民族独立的抗争,这也正是官方认为浪漫主义很恶劣的原因"[①]。

作为一种引人注目的意识形态,民族主义或许后来转向了反动,但在其刚刚兴起的19世纪初叶,它既不反对自由主义,也不全然是国际主义的对立面;它仅仅意味着民族是旧有社会政治秩序土崩瓦解之后新的社会平等的天然载体——所有民族均有自由自决的权力;所谓"民族性"不过就是上帝赋予每个民族在塑造人类过程中的角色。

浪漫派高标个体与独立,否定作为政治实体的国家的权威,但承认个体恒受民族语言、文化遗产的制约,乃至承认自由的个体要通过特定的民族身份来实现自我,因而他们本能地认同自由主义的民族主义,并信守文化多元论。与当时方兴未艾的民族主义思潮相呼应,浪漫派作家普遍表现出对异族文化风情的热切关注和对民族解放斗争的坚定支持。

民族情结如厉风狂涛般奔涌而出,浪漫派诗人们纷纷从民族的生活源泉中汲取营养,热切地研究民族的历史习俗、民间传说故事、民族诗歌

[①] F. W. J. Hemmings, *Culture and Society in France*:*1789—1848*, Leicester: Leicester University Press, 1987, p. 165.

等多种不同文学样式,以求重新唤起民族的认同,捍卫民族特有的文化传统、艺术追求与审美标准。这的确应了英国博物学家赫胥黎的那句话——在很大程度上,民族是由它们的诗人和小说家们创造的。

第一节 浪漫主义:民族主义与自由主义的纽带

1789年法国大革命爆发之后,"自由、平等、博爱"潮起,萦绕欧洲各国久矣的君主专制开始土崩瓦解。同时,随着拿破仑的横空出世与法兰西共和国的迅速崛起坐大,欧洲均势陷于失衡。为此,沙皇俄国提出建立一个以基督精神为核心、互帮互助的"神圣同盟",英国则主张结盟成由英、奥、俄、普四国主导的"四国同盟"。但两个倒行逆施的同盟并未使失衡、失宁的欧洲局势彻底改观,19世纪初叶,德意志、意大利仍然四分五裂,希腊、波兰、匈牙利等弱小国家的主权依然屡被践踏,欧洲各地骚乱不止。

拿破仑的军队废除了各国的旧式君主制度。一旦旧的社会等级秩序土崩瓦解,民族就成了新的社会平等的天然载体。民族精神类如血液本能,无形但却沉深,无声但却坚韧。长期处于暴力压迫与被征服、被控制境地的民族,其存在状态恰如一根被外力扭曲的枝干:一旦附着在枝干上的外力消除或减弱,则必然以强过自身百倍的惊人力量反弹。19世纪初叶,历史巨变的风云激荡,使得强势民族对弱势民族的主宰得以松动,被压迫民族争取自由解放的潮流趁势生发遽然不可抑止。各民族纷纷基于民族意识的觉醒大力伸张自己的自决权力,要求民族独立的自由风潮由是汹涌澎湃,一时间民族独立运动与民族解放战争的硝烟弥漫全欧。质言之,"民主""人民主权"搅起的社会-政治动荡摧毁了贵族专制,站起来的乃是代表一定范围内之"人民"的"民族",于是有了自由民主风潮下的民族主义理论和运动。民族主义本来就是革命题中应有之义。

随着工业革命所带来的交通状况和通信技术的迅速改进,一方面是市场经济发展在主导着竞争性统一市场的形成;一方面是大城市的崛起伴随着农业社会的衰落。"技术因素和经济因素促成了集中化的历史运动"[①];尤其值得一提的是,两个世纪之交迅猛扩展的"阅读革命"也起了

---

① 罗兰·斯特龙伯格:《西方现代思想史》,刘北成、赵国新译,北京:中央编译出版社,2005年,第275页。

不小的作用,对打破农业文明积淀下来的地域文化的藩篱,能够在全国流通的杂志和书籍堪称居功至伟。19世纪初叶,迎着新世纪的曙光,人们被全球化陡然加速的阔步卷裹着从农业时代的地域观念、地域联系转向更大的共同体;尤其是在刚刚经历了大革命与拿破仑战争对旧秩序的摧毁性冲击之后,人们这种对大的共同体的心理需求与现实需求自然就转向了族群或民族。

将目光转向19世纪中后期的欧洲:德意志和意大利的民族统一运动搅动并重构了欧洲的格局,奥匈帝国基于民族自决原则宣告分裂,奥斯曼土耳其帝国中的希腊、塞尔维亚、罗马尼亚、保加利亚各族基于同样的民族自决原则要求建立主权国家,波兰境内接连发生旨在建立民族国家的暴动……有学者慨叹:民族自由堪称19世纪欧洲历史展开中的一条红线。① 而勃兰兑斯在《十九世纪文学主流》中则称:"在德国,民族精神在解放战争时期被唤醒,传播开来并且发扬光大;在俄国,它和这个国家化为一炬的古老首都一道发出了光辉(指俄国抗击拿破仑时主动实行烧毁莫斯科的焦土政策);在英国,它激起人们对威灵顿和纳尔逊的热情,并且通过从尼罗河一直打到滑铁卢的一系列血战,维护了英国声称必须拥有海上霸权的古老要求;在丹麦,哥本哈根轰鸣的炮声,唤醒了一种新的民族精神,同时创造了一种新的文学。"②

这一切,的确端赖于19世纪初叶的民族主义思想潮流。"民族主义是关于民族文化的成员身份和历史连续性,关于将个人当前生活和未来发展视为与他人共享的经验的重要性的理论。"③作为19世纪的一种引人注目的意识形态,民族主义的理论主张大致包含如下方面:(1)民族是一个由独特的语言、传统、文化及其他有价值的东西所组成的有机体;自决被认为是实现民族本质和目标的唯一途径,形式包括建立民族的国家、充分的自治等。(2)人们都属于某个特定的民族群体,其个人特征是由群体的特征塑造的;正是个体从民族群体中获得的那种感知——一般表现为归属感和心理依恋——让其获得了至高的忠诚。

个人首先是某个民族的人,抽象的个人是不存在的,存在的只是在

---

① 埃里克·霍布斯鲍姆:《民族与民族主义》,李金梅译,上海:上海人民出版社,2006年,第22页。
② 勃兰兑斯:《十九世纪文学主流(第四分册)英国的自然主义》,徐式谷、江枫、张自谋译,北京:人民文学出版社,1997年,第1页。
③ 耶尔·塔米尔:《自由主义的民族主义》,陶东风译,上海:上海译文出版社,2005年,第74页。

特定民族中的、被民族文化、道德价值观念等所熏陶、培养、塑造出来的成员或公民。因此，在民族主义者看来，民族对个人而言是一种首要和必需的善，而且是最高的善，个人只有存在于民族中，生活才有意义和价值。民族给个人以美德和价值，个人所具有的诸如爱国、忠诚、奉献、牺牲、团结、正直、宽容等美德，都是作为一个整体的民族所给予的，民族是民族成员良善生活的基础，离开民族，个人的存在是没有任何意义的。但自由主义认为，一个人首先是"人"，然后才是具体国家、民族或地方的人。社会是由不同的个人组成的，这些个人有着独立的生命和意志。个人是比社会更为独立、完整和更有价值的存在，个人对自己享有最高的主权，社会等任何群体不得加以干涉。总之，在个人和社会的关系上，民族主义认为个人依赖于民族，民族决定这个人的价值认同和道德归属，民族是个人生存与发展的构成性因素。而自由主义则认为，个人不依赖于社会而存在，个人的价值目标和理性追求都是自我选择的结果，社会只是实现个人追求的工具和手段。从逻辑上推演，民族主义对特殊性的强调（既包括民族特性的强调，也包括对民族至上性的强调），使其对外体现着多元主义与普遍主义的对立；对整体性的强调，使其对内体现着个人主义与集体主义原则的对立。虽然民族主义的多元主义价值取向让其与个体取向的现代自由主义貌似契合，但民族主义与自由主义相抵触的方面显然更为突出：首先是自由主义以尊重个体自主性为第一原则，强调社会不能任意侵犯个人的种种权利，但民族主义却以民族大团结为吁请，主张为了追求民族的整体利益个别成员应该约束乃至牺牲自己的私人意志与权益；自由主义认为价值分化乃事理之必然，社会必须培养宽容美德以鼓励多元发展，民族主义则假定全体人民享有共同的历史文化传统以及价值规范，成员间应有手足一体之感情。

  但社会并不是个人的简单叠加。乍一看，民族主义作为一种集体价值与自由主义的个体价值立场当然是矛盾的；但这种简单化的逻辑推断忽视了在个人的集合体变成社会之间，尚存在着诸多丰富细致的历史－文化粘合素。这样简单地论定个人－社会/集体的关系是不够的，更应该弥补的是对那些历史－文化粘合素的细致研究。浪漫主义与民族主义的逻辑中包含着对民族历史－文化因素的重视，这既是对自由主义美丽理想的矫正，更是对启蒙主义诸种理性独断论的反拨。基于此，我们应该承认：民族主义与自由主义虽有矛盾冲突的方面，但更有同构一致的一面。

  现实总有逻辑推演无法论定的复杂性值得认真推敲或仔细玩味。从起源上说,民族主义和自由主义均为现代社会的产物,一些被公认为自由主义的思想家实际上并没有拒绝民族主义,如,密尔就将民族主义的最高原则视为自由制度的基础。① 在浪漫主义思想家与作家中,不少人在反对启蒙主义高标自由主义的同时,也是现代民族主义思想的重要来源或代表,思想家如德国赫尔德、费希特;浪漫主义诗人如爱尔兰的穆尔,苏格兰的司各特;政治家兼浪漫主义作家如意大利的马志尼(Giuseppe Mazzini,1805—1872),波兰的密茨凯维奇,匈牙利的裴多菲等。最重要也最不能忽略的事实更有:在对抗启蒙主义这个关键问题上,19世纪初叶几乎同时兴起的浪漫主义、自由主义与民族主义思潮三者可谓既各有侧重又密不可分。因此才有塔米尔的著名论断:"绝大多数的自由主义者都是自由主义的民族主义者。"②

民族主义强调传统、共同体精神与国家的权威,在很大程度上是一种保守的意识形态。同时,它又在族群内部强调公民的平等权利,支持自由主义与民主主义;在族群之间主张解放被压迫民族,这与解放被压迫阶级相辅相成、不谋而合,因而也可能是社会主义的。"民族主义或许后来转向了反动,但是在19世纪上半叶它是自由主义的、进步的、民主的。它意味着人民有自由和自决的权利。人们还想不到它与国际主义有什么不一致,因为每一个民族都在宏大的国际交响乐中承担自己特殊的角色。"③民族主义的不少观点或观点背后的逻辑直接来自自由主义。康德认为,将自然世界和价值世界分离开来之后,只要遵循内心道德法则,人即使处于囚禁状态他也是完全自由的。人们可以据此做出的一个重要推论就是——"生命是或应该是对于一个目的或某些可以被描述为终极目的的东西的追求,如果有必要,要为之牺牲;这些目的既证明了自己也证明了别的东西,不需要从比它们更广泛、更无所不包的体系的角度对它们作出解释和证明。"④人们很快就会发现,19世纪初叶的民族主义者轻易便将上面提到的"终极目的"设定为民族或民族国家(对民族主义者而言,群体成员共有的语言、传统、血缘以及超越时空的共同想象,使他们很容易将

---

① J. S. 密尔:《代议制政府》,汪瑄译,北京:商务印书馆,1984年,第225页。
② 耶尔·塔米尔:《自由主义的民族主义》,陶东风译,上海:上海译文出版社,2005年,第142页。
③ 罗兰·斯特龙伯格:《西方现代思想史》,刘北成、赵国新译,北京:中央编译出版社,2005年,第274页。
④ 以赛亚·伯林:《现实感:观念及其历史研究》,潘荣荣、林茂译,南京:译林出版社,2004年,第284—285页。

民族视为一种超验的存在）。在这一替换或设定之后，从康德的个人道德自治转向集体或民族的道德自治，从个人的意志自由转向集体或民族的意志自由——也就是民族自决，一切都显得顺畅平滑。显然，经由民族主义者的改装，康德之"自由自我的学说……被放大了，而且实际上被转变成了这样一种学说，即把半人格化的历史当做集体意识的载体、一个趋向于增长、权力和辉煌的意志，一个半生物学半美学的观念"[1]。

康德认为民族和国家的林立是"大自然的要求"；"大自然采用了两种手段使得各个民族隔离开来不致于混合，即语言的不同与宗教的不同"[2]。赫尔德进一步发挥了康德的这一观点，他认为多样性是世界的基本特性，是上帝和大自然的安排。赫尔德还指出："当人还是动物的时候，就已经有了语言"[3]，所以语言绝不是个人的创造，而是传承下来的某种传统；这传统并不属于某个人，而是族群超越时空的共同创造，所有人都要受到这种传统的裹挟与规定，即人是由其所处的环境（传统）所塑造的，且处于这个环境中的人也应该为了呵护、发扬他们与生俱来、延续至今的传统而奋斗。赫尔德用带有诗意的语言表达了对民族多样性的赞美和对世界主义的讥讽。"以平静的愉快心情爱他自己、他的妻子和孩子，像为他自己的生活那样为他的部落做有限的事情，并为此感到喜悦的原始人，在我看来，是比那种对他的整个种类的幻影，即一个名称的幻影的爱感到欣喜若狂的有教养的凡夫俗子更加真实的生命。"[4]作为思想家，赫尔德高标民族精神（Volksgeist）。民族精神是族群特殊性的本质体现，也是与其他族群相互区别的主要标志；具体而言，民族精神与族群所具有的特定习俗与生活方式、特定思维与行为习惯息息相关，语言、风俗、文学等是其主要载体。赫尔德认为民族精神并无高低优劣之分，各个民族应该平等自由地发展自己的传统和文化，反对任何民族限制另一民族的自由发展。因此，赫尔德除了被认为是文化民族主义的源头外，还被认为是多元主义之父。[5]

---

[1] 以赛亚·伯林：《现实感：观念及其历史研究》，潘荣荣、林茂译，南京：译林出版社，2004年，第287页。

[2] 康德：《永久和平论》，见康德《历史理性批判文集》，何兆武译，北京：商务印书馆，1990年，第127页。

[3] J.G.赫尔德：《论语言的起源》，姚小平译，北京：商务印书馆，1998年，第2页。

[4] 埃里·凯杜里：《民族主义》，张明明译，北京：中央编译出版社，2002年，第51页。

[5] Isaiah Berlin, *Vico and Herder: Two Studies in the History of Ideas*, London: Chatto & Windus, 1976, p.145.

"古典主义和浪漫主义的分歧在于是否接受'个人'的概念：18世纪时将一切都托付于智力，对人类怀有抽象的爱，如同一个原型，而浪漫主义研究人的感觉和情感，并且热忱地接受人类的本来面目，神秘的，无规律的，这就是说，在具体详细的人和民族的形象之中。"①民族主义所宣称的"民族自由"既不是空洞的教条教义，也不是僵硬的党派号令，而是个体在自己血液深处及族群中感觉到的一种活生生的力量；在很大程度上，民族自由既是社会权利的重要保障，也是个体权利的现实守护。声称要通过保障个体自由的价值观来实现民族自由的自由主义的民族主义就认为，民族是一个"想象的共同体"，而文化则为这个"想象的共同体"提供了安身立命的空间或边界；一旦民族的成员感受到语言、习惯、文明、传统的差异，民族意识也就随之显现。"浪漫主义是民族主义的同盟军"这样一种紧密关系的达成，乃是因了"前者要求无限制的个人自我表达，而后者则是某一群体的要求完全的自决与独立"②。"文学创作的任务永远是用凝练的形式表现一个民族或一个时代的整体生活。"③风起云涌的"民族自由"（民族主义）思潮、火爆卓绝的"艺术自由"（浪漫主义）思潮与轰轰烈烈的民族解放运动在19世纪初叶的欧洲交叉并起，三者既相互勾连、息息相关，又错落交织、各出机杼，呈现出复杂多元的景观。"在1813年把敌人驱逐出国土的那种民族情感里，包含有两种完全不同的成分：一种是历史的、回顾过去的倾向，它不久就发展为浪漫主义；另一种是自由思想的、进步的倾向，它发展成为自由主义。"④

　　作为法国革命反教权主义及拿破仑帝国扩张主义的对立面，在18世纪、19世纪之交的德国，"中世纪热情""宗教复兴"及"民族主义"三者是紧密联系在一起的。而这一切，又都与浪漫主义在德国的发端息息相关。从18世纪90年代起，"在德国国内，艺术家们逐渐发展出一种爱国主义的混合物，它将风格上的历史主义、民族主义和宗教融合在一起"⑤。1807—1808年，在拿破仑军队占领的柏林，哲学家费希特冒着生命危险

---

① 雅克·巴尊：《古典的，浪漫的，现代的》，侯蓓译，南京：江苏教育出版社，2005年，第6页。
② T. W. Wallband, A. M. Taylor, *Civilization Past and Present*, Scott：Foresman and Company, 1976, p.170.
③ 勃兰兑斯：《十九世纪文学主流（第二分册）德国的浪漫派》，刘半九译，北京：人民文学出版社，1997年，第213页。
④ 勃兰兑斯：《十九世纪文学主流（第六分册）青年德意志》，高中甫译，北京：人民文学出版社，1997年，第14页。
⑤ 大卫·布莱尼·布朗：《浪漫主义艺术》，马灿林译，长沙：湖南美术出版社，2019年，第218页。

在柏林科学院连续 14 次发表《致德意志民族的演讲》("Addresses to the German Nation",1807);演讲与演讲稿印成的小册子引发了巨大反响,成为 19 世纪德国民族主义的标志性事件。费希特称,与总是苟且于二流产物的法国文人相比较,德国人显然更具创造力;他坦承自己的思想包含着爱国主义与民族主义的因素。他认为个体只有在某一种族中才能得以保全,而后才能发挥自己的创造性潜能实现其个人价值。费希特思想中个体自由与作为群体的民族自由之间所存在着的这种矛盾与张力,在以施莱格尔兄弟、蒂克、诺瓦利斯、施莱尔马赫为代表的一代德国浪漫派作家与思想家那里也或多或少存在。从革命的幻灭中挣脱出来,他们纷纷重新"退隐到过去以寻找他们的民族和宗教根源"[1]。"新文学运动的最初进展,就是每个国家的作家都受到民族精神的鼓舞。"[2]

早期德国浪漫主义运动的主要发起者弗·施莱格尔,最初是一名激进的民主主义者。1796 年,他曾著文为民主辩护,主张赋予女性公民权,并坚持捍卫公民革命的权利。但不久之后,他却开始公然宣扬基于共同祖先与传统生活方式的德意志"民族主义"。1800 年,在其创作的诗歌《致德意志人》("To the Germans")中,施莱格尔号召德意志同胞共饮德意志文化精神的甘泉;1802 年,在其创作的诗歌《致莱茵河》("To the Rhine")中,他将自己狂热崇拜的莱茵河称为德意志之父。稍后,"他甚至声称'血缘关系'或共同血统作为民族国家的基础,其重要性甚至要高于语言与文化;并且认为民族国家好比是家族,甚至是一个超级个体,每个个体都应该融入其中"[3]。民族主义虽然保留了古老的自由,但不管是在现代还是古希腊的意义上,均不属于民主范畴;显然,在另一迥然不同于民主主义的方向上,弗·施莱格尔再次成为浪漫派的思想先锋。"对施莱格尔那一代德国人而言,古典文化与其说是与古希腊和古罗马联系在一起的,还不如说是与拿破仑时期法国的强权联系在一起的。"[4]

浪漫派对中世纪骑士制度和基督教信仰的追怀,在德国从一开始就与强烈的民族主义纠缠在一起;而拿破仑帝国的军事占领则将这一赫尔

---

[1] 大卫·布莱尼·布朗:《浪漫主义艺术》,马灿林译,长沙:湖南美术出版社,2019 年,第 198 页。
[2] 勃兰兑斯:《十九世纪文学主流(第四分册)英国的自然主义》,徐式谷、江枫、张自谋译,北京:人民文学出版社,1997 年,第 6 页。
[3] Michael Ferber, *Romanticism: A Very Short Introduction*, Oxford: Oxford University Press, 2010, p.104.
[4] 大卫·布莱尼·布朗:《浪漫主义艺术》,马灿林译,长沙:湖南美术出版社,2019 年,第 11 页。

德等人所代表着的文化民族主义倾向,推向了巅峰状态。"中世纪建筑、艺术和生活方式中的复古主义倾向,是浪漫主义将自身与主流区别开来的最为典型的方式之一。"①为了弘扬德国的艺术精神,瓦肯罗德特地写了《缅怀我们德高望重的鼻祖阿尔布莱希特·丢勒》一文②,将德国的民族画家丢勒与意大利的画圣拉斐尔相提并论。他笔调沉重地写道:"当阿尔布莱希特引笔作画之时,德意志民族正处于世界版图中欧洲的民族舞台上,它尚具有稳固的个性和优秀的气质;德意志民族性格中严谨、正直和坚强的品质,通过丢勒笔下人物的面部表情和整体形象,尤其是通过对其内在精神的塑造,忠实而鲜明地表现了出来。而今天,这一根深蒂固的德意志民族性格连同德意志的艺术都一去不复返了。年轻的德国人开始学习欧洲各民族的语言……人们教育从艺的学生,怎样去模仿拉斐尔的表现风格,怎样借鉴威尼斯画派的色彩、尼德兰画派的写实和柯勒乔魔术般的用光……"最后,他情真意切地指出:"不只是在意大利的天空下、在雄壮浑圆的穹顶和科林多式的柱头中会产生真正的艺术;在尖耸的穹顶、古朴的建筑和哥特式的塔楼中同样繁衍着真正的艺术。"③

第二节 文化民族主义与浪漫派的民族语言、文学、文化整理

在德国,多达数百个小公国数百年来因古老的神圣罗马帝国法律而维系着脆弱的联结,但事实上"统一的德意志民族国家"则几乎完全不存在。浪漫主义从其发源地德国开启的时候,就深深地刻有浓烈的民族主义烙印。从师法法兰西古典主义,到崇尚英吉利莎士比亚,再到奉古希腊为典范,18世纪德意志民族文学从初创到基本成熟,是一个不断学习异族文学的过程。18世纪、19世纪之交,德国作家普遍意识到民族文学之于民族文化的重要性,尤其意识到民族文化之于民族国家统一的重要性,

---

① 大卫·布莱尼·布朗:《浪漫主义艺术》,马灿林译,长沙:湖南美术出版社,2019年,第12页。
② 阿尔布莱希特·丢勒(Albrecht Dürer,1471—1528),出生于纽伦堡的德国画家、数学家、机械师、建筑学家。尽管他是意大利文艺复兴艺术的传播者,但其置身于其中的德国传统却使其艺术保留了中世纪哥特式遗风。
③ 威廉·亨利希·瓦肯罗德:《缅怀我们德高望重的鼻祖阿尔布莱希特·丢勒》,参见威廉·亨利希·瓦肯罗德《一个热爱艺术的修士的内心倾诉》,谷裕译,北京:生活·读书·新知三联书店,2002年,第54—65页。

他们转而强调发掘本民族的文学－文化传统,并从中提炼一种可以作为整个民族凝聚力的民族精神。此前,赫尔德曾大力提倡德意志文化复兴,敦促读者"吐出塞纳河的河水"①,改说德语并学习德意志民族的历史和风俗;应时顺势,德国浪漫派作家现在越发成为推动民族文化共同体(若非政治实体)形成的核心力量。换言之,尽管18世纪末叶赫尔德、莱辛等启蒙作家那里早就见出了此种文化潮流的端倪,但总体看来,从崇尚外国文学到热衷于民族文学－文化,这的确堪称德国浪漫主义文学形成的一个重要标志。

在《论语言的起源》(*Treatise on the Origin of Language*,1771)中,赫尔德强调了语言的重要性:对人类而言,部分与整体之间、个人与他人之间、个人与社群之间、人类与自然世界之间,最重要的联系就是语言;没有语言,就不可能有自我意识,不可能有知识,当然也就不会有文化;作为人类最自然、最必要的机能,语言不是人类理性的工具或产物,而是理性的前提。作为人类存在的基本单位,民族(Volk)的形成源于语言。"所有民族都是依循其思考方式说话,按照其说话方式思考……没有语言,我们就无法思考。""每一种语言都打上了其民族群体的特有印记",因为"气候、水和空气,食用的和饮用的,都会影响到语言……这样看来,语言就是一个壮丽的宝库,收集了芸芸众生的思维与想法"②。追随赫尔德的费希特之《致德意志民族的演讲》引发了巨大反响,成为19世纪德国民族主义历史进程中一个意义非凡的重要文献。费希特想让拿破仑铁蹄下的德国同胞重新振作起来,而其所倚重的武器就是语言,因为在他看来"语言对人的塑造力"比"人对语言的形塑力"要大得多。但费希特并不赞同赫尔德价值平等的文化多元论——他认为德语是独一无二的,所以德国的民族文化更加高贵。所有欧洲语言都或多或少蒙受过污染,而且文化也都曾被罗马帝国的拉丁文化同化,只有德语是保持了纯正民族性的纯洁语言:"日耳曼人说的是活生生的语言,源头活水,从未干涸。而条顿的其他支族说的语言,可能表面上灵动,但根源上已经死了。"③

---

① Quoted in Michael Ferber, *Romanticism: A Very Short Introduction*, Oxford: Oxford University Press, 2010, p.101.

② F. M. Barnard, *Herder's Social and Political Thought: From Enlightenment to Nationalism*, New York: Oxford University Press, 1965, pp.56—57.

③ 转引自莫西·C. W. 布莱宁:《浪漫主义革命:缔造现代世界的人文运动》,袁子奇译,北京:中信出版集团有限公司,2017年,第133页。

在对抗拿破仑的过程中出现的最显而易见的政治冲动便是民族主义。① 与浪漫主义一样,民族主义也最早诞生于德国。普鲁士 1807 年在耶拿战役被法军打败后,赫尔德、费希特以及一些当时在德国名气不大的作家开始鼓吹民族主义。众所周知,启蒙哲学家基于其唯理主义思想立场是标榜世界主义的,他们思想无国界、开口全人类,因为支撑其思想的理性据说是放之四海而皆准的。费希特现在指称世界主义乃是启蒙主义的众多错误之一。在其广为流传的《致德意志民族的演讲》中,费希特分析说:启蒙学派的人人自由平等确实值得追求,但这些权利需要根植于特定的家庭与民族,而非含糊不清的全人类;他呼吁在思想文化觉醒、壮大之后,德意志民族当下最紧迫的任务便是综合各地方言统一德语,并在语言文化统一的基础上尽快建立统一的中央集权政府。看上去,在用具体个人取代抽象的人类、以民族性贬抑普遍性等诸方面,费希特的民族主义与其自由主义并不矛盾。面对外侮,族群内部先将两者之间所包含的集体价值取向与个体价值取向的冲突放到一边,民族主义与自由主义的确可以建立起一种平衡或有条件的自洽。1813 年爆发的解放战争"一方面是一国人民对另一国人民的愤恨,随着民族感情一起产生的民族偏见,对所有德国东西的景仰,对所有法国东西的仇恨。另一方面则是对自由的热爱,对独立的要求,不仅以德国的名义,而且以人类的名义为这些伟大的普遍的人类品质而战"②。这用费希特的话来说就是"只有一种人民,只有懂得自己精神的深度、懂得自己的语言、也就是懂得自己本身的古老民族,才能够是自由的,才能够是世界的解放者……"③

"所谓自由,指的是对自我的意识,也是对自我所拥有的无限精神价值的意识;其他人同样的认识,也自然遵循同一种启示。惟有认识到自身自由的人,才能承认其他人的自由。"④如果人没有意识到自己的自由,那么所有利于自由的有利条件便无从谈起;如果人意识到自己的自由,那么即便处于极度不自由的环境中,他依然是自由的,并且不用多久,他就会打破一切锁链,为自己创造与内心相符的外在生活。18 世纪末 19 世纪

---

① 罗兰·斯特龙伯格:《西方现代思想史》,刘北成、赵国新译,北京:中央编译出版社,2005 年,第 217 页。
② 勃兰兑斯:《十九世纪文学主流(第二分册)德国的浪漫派》,刘半九译,北京:人民文学出版社,1997 年,第 276 页。
③ 同上书,第 276 页。
④ 圭多·德·拉吉罗:《欧洲自由主义史》,杨军译,吉林:吉林人民出版社,2001 年,第 12 页。

初的德国尽管在政治经济上处于明显的劣势,整个国家的人民生活在法国的威慑之下,但他们内心却蕴藏着强烈的自由意识,他们希望打破一切外界束缚,获得实际上的民族独立与自由。"从前在生活和文学中,情况是多么不同啊!我们到处看见漂泊的自我,由于无家可归而随心所欲。自由的非历史的自我在这里指导着一切。整个国家被分裂成许多小邦,由三百个自主的君主和一千五百个半自主的君主统治着。"①对于缺少政治统一传统的人民,唯有自由才能给予他们共同的公民身份观念,才能够克服和控制政治分裂性。"对德国来说,这种公民身份便是整个的理想:他们的民族是一个相对于 Staatsnationen(国家民族)的 Kulturnation(文化民族);他们的自由,事实上本质存在于思想之中,在有教养的圈子和学校里繁荣起来,逐渐偏离了法国与英国更其先进的 Staatsnationen(国家民族)。"②因此,德国浪漫派对自由的追求显然是对精神与思想自由的追求。德国的这种情形在19世纪初叶的欧洲极具典型意义,"这个时期,民族主义实际上是某种文化创造的产物——主要存在于诗人和哲学家之中,而不是存在于他们抽象地颂扬的'人民'之中。它主要存在于知识分子之中,而不是民众之中"③。

圣经中有一个关于巴别塔的故事,说的就是上帝为了阻止人类相互接近,将他们的语言打乱,于是,混乱的语言使巴别塔的人们无法交流,思想无法统一,生存无法继续。众所周知,语言是一种社会交际、思维认知工具,但同时它也反映着特定的社会现象。而民族语言,则具备语言族群的认同性,它使人们精诚团结,将民族精神代代相传,是增进民族内聚力的粘合剂。反观18世纪末的德国,法语风行一时,被视作一门高雅、精致的语种,甚至曾被柏林科学院指定为正式工作用语,而母语(德语)却被认为是粗鄙、庸俗、难登大雅的语言。正是如此直露又残忍的文化侵略,使得像赫尔德这样的民族志士备感耻辱与辛酸,他们不愿法国人把德意志的民族自尊玩弄于股掌之中,他们在愤愤不平中反思,以致最终起来反抗。例如,著名哲学家托马西乌斯,就率先公开在大学课堂使用德语授课,而高特谢德、克洛普施托克等著名诗人也以讲德语为荣,提倡使用纯

---

① 勃兰兑斯:《十九世纪文学主流(第二分册)德国的浪漫派》,刘半九译,北京:人民文学出版社,1997年,第17页。
② 圭多·德·拉吉罗:《欧洲自由主义史》,杨军译,吉林:吉林人民出版社,2001年,第200页。
③ 罗兰·斯特龙伯格:《西方现代思想史》,刘北成、赵国新译,北京:中央编译出版社,2005年,第275页。

正的民族语言。与此同时,浪漫派们还旗帜鲜明地指出:民族语言是刻印在每一个民族记忆里最直观的标签,"它最贴近和符合我们的特性,与我们的思维方式最合拍"①。早期的德国浪漫派深知,民族语言就像一件隐形的外衣,披挂在我们的精神之上,维系着民族的凝聚与存续,反射着最深刻的民族感情,一旦丢弃将直接造成民族传统的断失,而对德语的大力倡导也燃起了德意志驱赶法国文化窒息的热烈火焰。语言学家萨丕尔认为:"语言预先决定了精神一切符号的表达形式,当这种表达变得非常有趣时,我们就管它叫文学。"②这样的文学理应用凝练的语言来彰显某一时代或某个民族的整体生活,对此,德国的浪漫派们始终在努力。

民间诗歌,来自最底层、最原始的纯朴之音,既不受清规戒律的拘束,也不会被外族文化所蚕食,是口口相传中真实感受的自然流露。它再现着一个民族的风貌,传递着一个民族的记忆,唤醒着一个民族的回味。当时的浪漫派,尤其是海德堡派就对此颇感兴趣,他们积极而广泛地搜集、整理、注释、仿作甚至创作民间诗歌。1805年,阿希姆·冯·阿尔尼姆与克莱门斯·布伦塔诺出版的民歌选《男童的神奇号角》(*The Boy's Magic Horn*,1805),汇编了德意志民族近三百年来脍炙人口的民间诗歌,诗风浓郁,歌风纯朴,给萎靡不振的德意志吹来一股清新之气,堪称德意志"民族歌谣"的里程碑;"在这些民歌里,你会感觉到德国人民心脏的搏动"③。1807年,约瑟夫·格罗斯采集的《德国民间文集》出版,格罗斯用散文化的生活语言叙述了中古时期家喻户晓的民间传说及神话,为日后民间文本的搜集运动打下了夯实的基础。1812年,格林兄弟的《格林童话集》问世,这部童话集一刊发就成为当时再现德意志荣光的上乘佳作,《格林童话集》继承了赫尔德关于语言和诗歌的自然发生说,它唤醒了德意志民族充满信仰的内心和自由、和谐的意识,是德意志民族精神最古老的沉淀。正如雅各布·格林所坦言的,他的全部创作都是与德意志民族密切相关,都是从它厚实的沃土中获取力量的。往后,格雷斯的《德国民间故事书》、沙米索的《彼得·施莱米尔奇遇记》、克莱斯特的《赫尔曼之战》纷纷出版,它们均通过独具特色的民族话题与浓厚的童话气息,用回归传统与审视

---

① Hans Kohn, *The Idea of Nationalism*, New York: The Macmillan Company, 1944, p.433.
② 爱德华·萨丕尔:《语言论——言语研究导论》,陆卓元译,北京:商务印书馆,1985年,第198页。
③ 海涅:《海涅选集》,张玉书编选,北京:人民文学出版社,1983年,第125页。

内心的方式寻根问祖。德意志民间文学的迅速崛起,乃是法国古典文学在德国日渐式微的开端;而这一切都端赖德国浪漫派诗人的不懈努力。如果说反法战争进一步强化了德意志的民族意识,那这种民族意识的最初形成则与德国浪漫派直接相关:他们以文学为手段,通过发掘对民族语言文化的鲜活感受,重新唤起了德意志人久已麻木了的民族认同感和归属感,强化了全民族的向心力,促进德意志民族意识的最终形成。

任何艺术都在一定程度上与某一民族天然的资禀息息相关,民风民俗自不必说,18世纪、19世纪交替之际的德意志民风民俗运动是德意志浪漫派从理性窠臼中挣脱出来,"吹响黎明号角"的努力尝试。之所以会出现大规模民风民俗运动的热潮,是因为浪漫派诗人悲愤地发现,当时德国的贵族们争相模仿凡尔赛宫廷华丽奢靡的生活,他们讲法文,吃法国大餐,跳法国圆舞,奏法国歌曲,习法国教育,修法国式宫殿,媚法之风恣意横行。基于此,外族习俗的滋生使德国人与传统文明越离越远,到后来发展到几乎要忘却自己的民族之根了,民族文化更是几度遭受"腰斩",这不仅背弃了几百年来既定俗成的淳朴民风,吞噬着以往津津乐道的民俗活态,也加剧了德意志民族精神的滑落。

"历史的、民族学的浪漫主义首先在苏格兰结出最丰硕的果实","当民族精神正在渗透进全欧洲的诗歌的时候,由这个国家产生出一位擅长描写和说故事的伟大诗人"。[①] 司各特"以民族性格和历史为基础,创造了一种独具特色的英国类型的浪漫主义"[②]。苏格兰,地处大不列颠岛北部。从公元9世纪至16世纪的八百多年间,苏格兰时而被强大的英格兰统治,时而又趁英格兰与爱尔兰、威尔士冲突纠缠的间隙夺回短暂的自由独立主权。1707年,苏格兰与英格兰通过《联合法案》合并形成共主联邦——大不列颠王国;表面上,在工业革命推动下,苏格兰似乎跟随渐入全盛时期的"日不落"帝国共享荣耀,但事实上两者的关系却尴尬、危机频现:他们始终既无法废除《联合法案》,也无法与英格兰真正"分道扬镳"。苏格兰人从古至今最明显的特点之一就是他们有一种强烈的民族精神,且表现得何等强烈、显著和活跃。[③] 19世纪的苏格兰与爱尔兰虽都是英

[①] 勃兰兑斯:《十九世纪文学主流(第四分册)英国的自然主义》,徐式谷、江枫、张自谋译,北京:人民文学出版社,1997年,第113页。
[②] 同上书,第109页。
[③] 参见勃兰兑斯:《十九世纪文学主流(第四分册)英国的自然主义》,徐式谷、江枫、张自谋译,北京:人民文学出版社,1997年,第112页。

国的重要组成部分,但与爱尔兰不同的是,苏格兰人"性如烈火"的民族性格使其并未像爱尔兰那样饱受英国当局的奴役:苏格兰能够拥有自己独立的议会和教会,有自成体系的法律与民族传统。

正是这种状况,才越发强烈地激发了苏格兰人强烈的民族认同感。在繁复的文化建构中,民族认同应该是一个持续发酵的过程,其所彰显的是一种自然、有机的族群共同体;民族认同不仅给民族带来身份感和归属感,更增强个体的自我认知与自我尊重。由于苏格兰与英格兰在文化传统上存在着不可调和的巨大差异,这就使得苏格兰人将维持自身民族特性作为民族认同的重要使命,表现在具体的文化建构中就是,苏格兰人能够接受自己是不列颠人或英国人,却唯独不能容忍被称为英格兰人。与此同时,苏格兰人缺乏对社会文化方向合理、准确的定位,在内心也有着一份焦虑感和无所适从感,习惯把苏格兰民族比作一个贫穷、落后、屡被强大的英格兰侮辱且失去了民族自尊的弱者;由是,他们希望以神化或者想象的手段来构建一个合法的"民族国家",从而实现苏格兰民族身份的认可与民族特性的弘扬。苏格兰人的民族身份认同激发出了强大的文化原创力,18世纪、19世纪的苏格兰遂成为"大不列颠的雅典"和欧洲的文化重镇:在政治、经济、哲学、法律、文学等诸多领域,苏格兰都向世界输送了那个时代可圈可点的文明成果,而浪漫派巨匠沃尔特·司各特就是其中杰出的典范。

沃尔特·司各特,1771年8月出生在爱丁堡一个"血统高贵"的家庭,他虽秉性温和,但性格果断,曾怀着满腔爱国之情协助同胞成立抵抗法国人入侵的义勇军团。在他看来,英国根本就不是一个适合正直的人居住的国度,因此他积极为苏格兰的民族自由呐喊。每个民族都有倾向于诗化本民族历史的情结,苏格兰也不例外,司各特的文学创作就是最好的体现。1803年,司各特出版了其搜集整理的《苏格兰边区歌谣集》,内容包括苏格兰独具特色的民间歌谣和故事传说,着力渲染了苏格兰民族传奇的历史与奇特的民俗。1805年,司各特首部叙事诗《末代歌手之歌》再次展示了苏格兰边区独具韵味的风土民情,一经推出就成了代表着苏格兰民族风的诗歌佳作。1810年,《湖上夫人》出版,司各特继续以清新、朴素的诗风书写对民族往昔岁月的回忆,表达对苏格兰民族效忠的强烈民族热情。1814年发表的长篇历史小说《威弗利》生动地描写了拿破仑时代苏格兰民族的种种特征,大大激发了人们的民族自尊心,司各特由此开始确立其"西方历史小说之父"的地位。司各特善于在小说中浓墨重泼地描绘苏格兰高地的自然景观,将历史的与民族学的浪漫主义相结合,达到激发苏格兰人形成民族认同感与自豪感的目的。因此,鲜明的地方色彩便成了司各特自创的一种浪漫主义创作方法,也是其历史小说的鲜明特色。无论是《蒙特罗斯传奇》里神秘的苏格兰高地,还是《罗布·罗伊》里诗意盎然的原始森林,又或者《威弗利》里美丽的瀑布、肥沃的峡谷、荒芜的岩石,司各特都不愿意着墨于典型人物的特定性格或细腻心理,而更倾向于将作品旗帜鲜明地烙上"苏格兰"这一醒目标签,赋予主人公一种忠诚于苏格兰的宗教式迷恋,甚至赋予苏格兰民族一种新的审美情感——地方色彩的浪漫主义。在这位民族形象大使看来,没有地方色彩,简直就没有文学的生路。

19 世纪伊始,"欧洲几乎所有国家或是正在争取成为独立与统一国家的地区,都沛然兴起了民族主义的洪流,浪漫主义艺术家与思想家通常从民谣民俗、古代共同体纽带、'民族'缓慢的有机发展过程以及民族文化的独特性等方面着手为民族主义推波助澜"[①]。在浪漫主义的故乡,民族语言是德语的源头,民间诗歌是德意志的灵魂,民风民俗是古老德国的明镜。德国浪漫主义前期的文学创作,就致力于从民族语言的倡导、民间诗歌的习惯和民风民俗的传统中获取营养;在创作题材上,他们更多的是以民族历史、社会反抗和民间参与来代替之前程式化的宫廷贵族与古代英雄等主题,生动活泼,扎根于生活本身的民歌、童话、民间传说等成为新的文学源泉。随着这个时期民族语言、民间诗歌和民俗搜集运动潮的风起,德国浪漫主义初期的文学作品摆脱了启蒙运动时期理性、机械的陈规,将活生生的、不朽的血脉相连之情呈现出来,将被压抑的感怀与个性自由释放出来。当然,他们还肩负着另一个使命,即逐渐转变德意志文学的传统,积极从民间文学中挖掘深藏在德意志民族精神中最生活化、最吸引人,也最令人慰藉的人物和故事,借此对抗当时占主导地位的法国古典文学。这也就在一定程度上避免了对外族文化的迷恋与盲目崇拜,强化了德意志民族的情感归属,也为浪漫主义思潮在德国的广泛传播奠定了基础。

第二次世界大战后,有人开始将纳粹主义、种族主义、民粹主义以及各种形式的专制主义归咎于浪漫主义的民族主义。事实上,至少在 19 世

[①] Michael Ferber, *Romanticism: A Very Short Introduction*, Oxford: Oxford University Press, 2010, pp.105–106.

纪初叶,浪漫派所鼓吹的那种自由主义性质的民族主义,与后来种种导出诸般恶果的专制主义性质的国家主义完全不是一回事。就德国的情形而言,"早期德国浪漫派所颂扬的德意志精神,与种族优越性没有任何关系"①。与个体公民之于社会的关系一样,每个"民族"在百花齐放、万物竞荣的人类文化大观园中都应有自己的一席之地——赫尔德很早就做了反复论述的这一观点,很大程度上决定了浪漫派文化民族主义的品格与走向。自称"我们骨子里仍然是罗马人"的诺瓦利斯便曾一再申明"德意志特性"首先是一种文化-心理状态;基于相似的思想立场,许多浪漫主义者真正兴趣盎然的往往都是民俗以及民族艺术的独特性与多样性。事实上,在鼓吹民族主义的时候,"大多数浪漫主义者的目标是文化复兴,而不是基于共同血缘关系的单一民族国家的建立,也不是武力征服或重新夺回'德意志'原先的土地"②。

"民族是一想象的政治共同体——并且被想象成天生拥有边界和至高无上。"③"民族主义是一种话语形式,一种将政治共同体想象为有限的、拥有主权的和平行地跨阶级的叙事类型。"④民族是一个自然生长的有机体,它既包括内在的心理特质、共同趋向,又少不了外部无法复制、不可模仿的自然氛围,比如,使人们得以交流的共同语言、反映民族特质的民间诗歌、代代相传的民风民俗,这些都鲜明地标记着每一个民族区别于其他民族的独一性,或是按照本民族所独有的精、气、神来表现这种民族文明。"不同的土地上开出不同的民族之花,每一朵花都体现着这个民族自身的文化特性。"⑤当1789年的法国大革命以万钧雷霆之势震响整个欧洲,当政治枭雄拿破仑金戈铁马席卷整个欧洲,欧洲各民族或为救亡图存,或为免患固邦,或想浴火重生,均竭力在本民族的文化源泉里汲取自身赖以存在的精神营养,掀起了研究本民族历史文化的热潮。"新文

---

① Michael Ferber, *Romanticism: A Very Short Introduction*, Oxford: Oxford University Press, 2010, p.106.
② Ibid.
③ 安东尼·史密斯:《民族主义——理论,意识形态,历史》,叶江译,上海:上海人民出版社,2006年,第12页。
④ 同上书,第81页。
⑤ Robert Reinhold Eragang, *Herder and the Foundations of German Nationalism*, New York: Columbia University Press, 1898, p.92.

学运动的最初进展,就是每个国家的作家都受到民族精神的鼓舞。"①所有遭受威胁的民族都有意识地从本民族的生活源泉中汲取使自身重新振作起来的活力。"正是这种爱国精神,导致各个民族都热切地研究起它们自己的历史和风俗、它们自己的神话和民间传说。对于一切属于本民族的事物产生强烈兴趣,引起人们去研究并在文学上表现'人民'——也就是十八世纪文学没有关心过的社会下层阶级。"②在文学领域,这就有各国浪漫派作家对本民族文学的重视,对民歌民谣、民间故事的收集与整理。

浪漫派作家善于利用重大历史事件来编造鼓舞人心的民族英雄的传奇,以此制造或强化本尼迪克特·安德森(Benedict Anderson,1936—2015)所谓民族这个"想象的共同体"。的确,19世纪初叶"民族主义的崛起,与历史研究和写作的热潮渊源甚深"③。1812年,奥·施莱格尔坚称,中古时期用高地德语创作的《尼伯龙根之歌》(*Nibelungenlied*)这部被人遗忘的日耳曼史诗堪与荷马的《伊利亚特》媲美,应作为课堂教学内容纳入德意志人的教育系统。"在欧洲,几乎所有民族文化的热情捍卫者都在收集、整理各自'民族'文化瑰宝。"④当然,民间文学搜集与整理的热潮的兴起,绝不仅是大革命鼓荡而起的民族主义推动的结果,更有文学-文化领域中的"感性崇拜"(Sensibility)⑤——尤其是构成"感性崇拜"的那种纯朴、自然、本能的"自发性"(Spontaneity)作为内在的契机。很大程度上,前者仅是在社会学意义上对后者心理学意义上的时代情绪推波助澜,充其量是两者发生了共振。在浪漫派作家那里,"自发性本身是一种美德,在纯朴的乡民身上最容易找到它,因为他们比住在城市中的中层与上流社会成员更接近自然;人们也可以在古老的文本中遭遇到它,那些文本承载了一种被城市公寓大楼这等人造物所摧毁了的文化"⑥。在这种"感

---

① 勃兰兑斯:《十九世纪文学主流(第四分册)英国的自然主义》,徐式谷、江枫、张自谋译,北京:人民文学出版社,1997年,第6页。
② 同上书,第1页。
③ Michael Ferber, *Romanticism: A Very Short Introduction*, Oxford: Oxford University Press, 2010, p.103.
④ Ibid., p.104.
⑤ Sensibility 指的并不是一般的"感受力"或普通的"情感",而是特别纤细、敏锐、细腻、易感、丰沛、激越的情感反应,与冷酷理性或冷漠智性相对立,在中文中很难找到一个词与其对应。本书根据上下文的语境,将其译为"善感性""敏感性""情感""感性崇拜"等。
⑥ Michael Ferber, *Romanticism: A Very Short Introduction*, Oxford: Oxford University Press, 2010, p.17.

性崇拜"精神的影响下,一股收集民间故事和民谣的潮流在18—19世纪之交沛然兴起,而英国的托马斯·珀西很早编撰完成的叙事民谣《英诗辑古》(Reliques of Ancient English Poetry,1765)可谓开风气之先。

第三节 政治民族主义的文学表达

19世纪民族主义,一种是以德意志为代表的文化民族主义——偏重于从文化层面来描述、建构族群的内在凝聚力,因而也被视为"防卫型民族主义"——借助于文化上的联系与统一来呵护、滋养民族国家的独立意识或整体利益。文化民族主义释出的内在逻辑是文化不仅关乎一个民族外在风貌的展现,而且更是其内在精神的表达,个人的思维方式和行为方式都受到民族文化模式的制约,而后者同时向个体成员承诺归属感。"浪漫主义者反对古典主义试图将一种语音和艺术强加于整个欧洲的做法。不管我们是回到赫尔德的《关于历史的思想》……还是华兹华斯在他的小册子《中心的传统》中充分说明的浪漫主义的民族主义,还是我们随着雨果在《莱茵河》(The Rhine,1843)中漫步,我们都会发现这种非侵略性的文化民族主义,它珍视不同的社会习俗的本来面目。"[①]

另一种是以西欧爱尔兰与东欧波兰为代表的政治民族主义——偏重从政治层面表达民族独立或自治的自决诉求,因而也可被视作"进取性民族主义"——常常被迫诉诸激进手段乃至军事斗争来反抗、挣脱异族的殖民统治或侵略。在当时还被外国势力统治的地方,"浪漫主义还意味着为建立法制政治以及争取民族独立的抗争,这也正是官方认为浪漫主义很恶劣的原因"[②]。但丁以降,意大利诗人无不在呼吁国家的独立与统一;拿破仑在意大利北部击败奥地利人之后,这种呼声在意大利愈发高涨。[③]乌戈·福斯科洛的长诗《墓地哀思》(On Tombs,1807)没有将坟墓作为说教的道具来表明世俗荣耀的虚无,而是将坟墓阐发为民族文化的承载物——伟大人物的墓地像先贤祠一样永远激励着后辈人奋然前行。莱奥

---

① 雅克·巴尊:《古典的,浪漫的,现代的》,侯蓓译,南京:江苏教育出版社,2005年,第83页。
② F. W. J. Hemmings, *Culture and Society in France: 1789—1848*, Leicester: Leicester University Press, 1987, p.165.
③ Michael Ferber, *Romanticism: A Very Short Introduction*, Oxford: Oxford University Press, 2010, p.105.

帕尔迪在《致意大利》("To Italy",1818)一诗中将意大利描述为一个心灰意冷的哭泣女子,她不明白自己为何不能唤起同胞们的爱国之情——为什么意大利人不能像古希腊人团结起来抵抗波斯人那样将异族统治者赶出去。① 在希腊,诗人狄奥尼修斯·索洛莫斯(Dionysios Solomos,1798—1857)与所有同胞一样为希腊人在摆脱土耳其统治、追求独立的斗争中所表现出来的英雄主义精神大唱赞歌。1865年,其《自由颂》("Hymn to Liberty",1823)中的一个片段被定为希腊国歌。在波兰,最伟大的波兰语浪漫主义诗人亚当·密茨凯维奇积极致力于波兰的民族独立,对故国在遭受俄国与法国蹂躏之前的古老生活方式作了深情地赞美与咏叹。在匈牙利,匈牙利民族文学的奠基人裴多菲·山陀尔不仅收集、创作了很多赞美自然与自由的民谣,而且在1848年3月领导了争取民族自治-独立的布达佩斯起义。其《自由与爱情》《民族之歌》都是广为传诵的政治抒情诗,其中后者至今仍是匈牙利人耳熟能详、饱含爱国主义情怀的国歌。"在一个伟大民族觉醒起来为实现思想上或制度上的有益改革而奋斗当中,诗人就是一个最可靠的先驱、伙伴和追随者。"②

政治民族主义产生的逻辑是文化民族主义无法得到保障的现实政治语境:被强权异族剥夺了独立或自治的民族自决权利之后,弱小民族的文化与其现实利益一样沦落到被任意肢解剥夺的境地。就此而言,作为维护民族"独特文化－政治实体"这一核心权利所展开的斗争,民族自决当然绝非简单的政治诉求,而更是一种文化诉求;英国自由主义思想家哈耶克认为,作为集体自由,"民族自由"是人民的政治自由——当人们谈论一个民族想要摆脱外族的侵略与奴役,并决定自身命运的时候,就会自然地把"自由"概念用于集体而不是个人,由此就形成了"民族自由"。在民族独立、国家统一运动的热烈的氛围中,浪漫派中相互纠缠的历史主义与民族主义,逐渐呈现出一种爱国主义的特征。③

经由共同的语言文化源源不断地提供共同体所需要的精神凝聚力,这是民族主义被赋予的重要功能或核心价值。但一个民族在丧失了其独

---

① See Michael Ferber, *Romanticism: A Very Short Introduction*, Oxford: Oxford University Press, 2010, p.105.
② 雪莱:《为诗辩护》,缪灵珠译,见刘若端编《十九世纪英国诗人论诗》,北京:人民文学出版社,1984年,第159页。
③ 参见大卫·布莱尼·布朗:《浪漫主义艺术》,马灿林译,长沙:湖南美术出版社,2019年,第398页。

立与自由的权利之后,民族主义的使命便历史地演化成为伸张"每个民族都有权组成一个独立的国家或实体"的民族自决权。由于民族之间的各种差异和对抗,人们甚至宁可选择一个本民族的专制君主,即宁愿牺牲个体自由来获取民族自由,而绝不选择一个由异族构成的自由政府以保障个体自由,这其中的奥秘就是政治民族主义。

民族主义是浪漫派深感兴趣的话题,这在很大程度上决定了爱尔兰浪漫主义文学的作用、表达方式和内容。"大自然使不列颠和爱尔兰岛结成近邻,因此它们的命运必然以各种方式相互交错在一起。"[①]爱尔兰,古凯尔特后裔,与英国近在咫尺,信奉天主教,12世纪末沦为英国殖民地。一直力争海上霸权的英国殖民者在18世纪末、19世纪初经常性地涌入爱尔兰,对其进行扩张性的"征服"与管制;1800年英、爱签订《合并法案》;1801年,大不列颠与爱尔兰联合王国正式成立,爱尔兰在政治上正式成为英国的重要组成部分。

自恃强大的英国国教徒们在爱尔兰公然弘扬英国国教,肆无忌惮地打压爱尔兰天主教,使得原本主导爱尔兰的天主教逐渐边缘化,天主教徒被迫纷纷出逃欧洲大陆。最不可思议的是,英国政府甚至下令废除爱尔兰民族语言,进而扼杀爱尔兰人的民族意识。经济上的掠夺、政治上的压迫、宗教上的排斥、文化上的歧视,英国当局对爱尔兰的种种卑劣行径当然激起了爱尔兰人民强烈的愤怒、不满与怨恨。18世纪末,一个自称要脱离英国统治、结盟法兰西共和国、建立合法爱尔兰共和国的"爱尔兰联合会"出现,这个联合会试图改变爱尔兰与英国政府之间不公平的政治格局。19世纪初叶,法国大革命、拿破仑战争以及北美独立战争刺激了爱尔兰人民的爱国热情,"青年爱尔兰"运动提出"去英国化"的口号,并于1848年7月在蒂珀雷里郡发起反抗英国统治的大规模起义。

风云激荡,随着爱尔兰人争取民族自治与独立的斗争进入高潮,在创作中大力弘扬民族文化传统、激发民族情感的浪漫主义诗人托马斯·穆尔迅速成为爱尔兰的民族诗人。生在爱尔兰,长在爱尔兰,并在爱尔兰民族斗争的风云变幻中度过了青春岁月的穆尔,从其最崇拜的民族英雄罗伯特·埃梅特身上获取了献身于民族自由事业的政治启蒙与创作热情。1807年,书写爱尔兰民族深重苦难的《爱尔兰歌曲集》第一册刊行,一直到1834年,全部十册诗集才终告完成。"像你一样,我们的国家已经山河

[①] 艾德蒙·柯蒂斯:《爱尔兰史(上册)》,南京:江苏人民出版社,1974年,第1页。

破碎,被人征服,那一度标志着巍巍王权的冠冕已经从她的头上坠落。"穆尔以"民族自由"为号角,用最温柔却最深入人心的方式向世人展示了爱尔兰民族所经历的苦难历程:她在"反抗与起义"的道路上举步维艰,却从未丧失过反抗压迫、争取民族自由的抗争精神。反抗英国统治的诗歌在《爱尔兰歌曲集》里俯拾即是,也备受推崇,如《当那个崇拜你的人》《请把他的剑放在他身旁》等,都出色地彰显了穆尔辛辣、幽默的讽刺功底,充满着对英国反动统治的大胆抨击,包含着人民对英雄不悔的敬仰和对民族自治的渴望。在穆尔笔下,英国是一个自私自大的国家,她炫耀自己的权利,却把他人的权利践踏在脚下;而爱尔兰虽然在黑暗中含垢受辱,却从未放弃为着自由之希望匍匐前进的使命。勃兰兑斯把穆尔的《爱尔兰歌曲集》比作"安放在他祖国额头上的一个以辛酸、热情和一片柔肠织成的花圈,一个人们用以悼念死者的芳香馥郁的花圈"[①]。《爱尔兰歌曲集》凝聚了穆尔对民族的忠贞和对自我的伤怀,奠定了其作为民族诗人的桂冠地位,有人甚至把他与同时代最伟大的浪漫主义诗人拜伦相提并论,他自己也毫不隐讳地承认自己和拜伦一样,天生就是一个讴歌起义的反叛者。华兹华斯对英格兰表白自己的爱,正是在它所向无敌、国势鼎盛的时刻;司各特对苏格兰高唱颂歌,正当它作为一个繁荣的国家崛起于它的姐妹王国之侧;可是穆尔却对一个含垢受辱、正匍匐于它的折磨者的脚下流着鲜血的国家(爱尔兰),唱出了他那发自内心深处的火热的恋歌。[②]

"三百年来,在北方唯一有一个民族从没停止过为自身的自由而进行斗争,这就是波兰人,他们是天主教徒。"[③]波兰大致属于泛斯拉夫文化圈。公元10世纪中叶,格涅兹诺部落逐步统一了波兰,10—15世纪中叶的波兰因此成为欧洲不可或缺的封建国家。15世纪中叶开始,波兰逐渐进入多民族的农奴制国家;1654年,沙皇俄国对波兰宣战,波兰失去了包括乌克兰在内的第聂伯河以东大部分领土。随后,奥匈帝国、法国、西班牙以及撒丁王国纷纷将侵略的魔爪伸向这块"肥肉"。1772年之后,沙俄、普鲁士和奥匈帝国联合起来对这个屡弱民族进行了多次瓜分。1795

[①] 勃兰兑斯:《十九世纪文学主流(第四分册)英国的自然主义》,徐式谷、江枫、张自谋译,北京:人民文学出版社,1997年,第182页。

[②] 参见勃兰兑斯:《十九世纪文学主流(第四分册)英国的自然主义》,徐式谷、江枫、张自谋译,北京:人民文学出版社,1997年,第193页。

[③] 勃兰兑斯:《十九世纪文学主流(第六分册)青年德意志》,高中甫译,北京:人民文学出版社,1997年,第95页页下注。

年后的波兰进入整个民族最黑暗的时期,国家陷入山穷水尽的境地。1830年始,不甘做亡国奴的波兰人民以武装起义反抗外族压迫,争取民族独立的斗争如火如荼。

民族的特殊命运决定了民族性格的形成,进而规制着文学艺术的选择。坚忍不屈、顽强乐观、富于幻想、坚信未来且倾向于骑士品德,这些都是波兰民族一波三折的命运所催生出的统一的民族性格。在王国覆灭与再生的夹缝里生发,波兰浪漫派作家比任何其他民族的先锋诗人都更明白自己的使命,他们更自觉地在文学书页上烙上民族性格与民族精神的标记,将民族独立、自决、自由的愿望与理想浸染到每个文本的字里行间。布罗津斯基是波兰浪漫主义的先驱,他把斯拉夫民族广为流传的民谣歌曲、童话故事、民间传说用富有诗意的表达展示在哥萨克的性情里,让水深火热的波兰希望不绝;随后的贵族诗人玛尔切夫斯基深受拜伦的影响,绘制了《玛利亚,一个乌克兰故事》中哥萨克人生而豪放的性格典型;诗人戈什琴斯基是一位积极的践行者,他狂热地追随"民族自由"的倡导者拜伦,并参加了1830年的起义,在《卡尼渥夫城堡》中绘声绘色地描述了波兰18世纪末大叛乱的血雨腥风。随后密茨凯维奇真切执着的民族倾向、克拉辛斯基(Zygmunt Krasiński,1812—1859)富于幻想的爱国情深、斯沃瓦斯基沉静热忱的"复仇"决心,均不约而同地指向独具波兰特色的民族主义文学-文化建构。

亚当·密茨凯维奇,19世纪前期波兰公认的桂冠诗人,被称为波兰人民的"自由之友"和"民族诗人"。密茨凯维奇1798年出生在一个贵族之家,13岁的时候亲历拿破仑军队对波兰的战争。1815年,他进入维尔诺大学,因积极参加社团活动,招致沙俄当局的迫害。密茨凯维奇大力主张"诗就是行动",在《先人祭》中,诗人借长老的形象来呼号展示沙俄、普鲁士及奥地利对戴上镣铐的波兰的暴虐;而在《法力思》中,他又酣畅淋漓地喊出:"我觉得我仿佛能从东到西把整个世界搂在怀里。"[1]密茨凯维奇的诗中有粗犷的豪情,有雄伟的幻象,有盎然的活力,它不仅给迷失在黑暗中的波兰带来了一丝自由的希望之光,也给这个民族奏响了绝不屈服的"马赛曲"。1823年,密茨凯维奇因"图谋反叛"被沙俄当局逮捕、囚禁,后流放至奥伦堡长达14年之久。在拘禁和流亡的黑暗日子,他迫切地希冀波兰"自由的太阳将冉冉东升",创作了以《逃》《沃叶沃德》《瓦莱莉》《格

---

[1] 勃兰兑斯:《十九世纪波兰浪漫主义文学》,北京:人民文学出版社,1980年,第45页。

拉席娜》《克里米亚十四行诗》《圣彼得堡》为代表的一系列佳作。这些洋溢着爱国热情的诗篇，描写了一批好勇善斗的青年形象，其中对跃马扬戈的巾帼英雄的刻画更是颠覆了传统欧洲文学中女性柔弱、敏感、靠爱情为生的模式化形象。

《塔杜施先生》(Pan Tadeusz, 1832—1834)是波兰人的民族史诗。在这部作品中，密茨凯维奇把波兰的民族精神与民族风情用诗意的语言表达出来。主人公塔杜施毫不矫饰，是一个天性自然的青年，他的父亲雅采克战死在波兰政府反对沙皇俄国的大暴动中，父亲的死亡给青年塔杜施一记残酷的耳光，他开始明白个人的命运无可逃脱地只能融入整个民族的命运中。因此，波兰民族三被瓜分的特殊经历决定了《塔杜施先生》多了一份反抗侵略、鼓动解放、探寻自由的沉思。诗人借塔杜施之口，将波兰民族备受欺凌的情感体验用浅吟低唱的方式抒发出来，每一行诗句都是"民族自由"的最好诠释。浪漫派作家善于利用重大历史事件来编造鼓舞人心的民族英雄的传奇，以此制造或强化本尼迪克特·安德森所谓民族这个"想象的共同体"。的确，19世纪初叶"民族主义的崛起，与历史研究和写作的热潮渊源甚深"[①]。在《19世纪波兰浪漫主义文学》中，通过回顾波兰的民族独立运动，勃兰兑斯曾经指出：真切执着、沉静严肃、富于幻想和宗教理想的共同民族性格决定了波兰浪漫主义文学的走向，而波兰在1772年、1793年、1795年三次被瓜分的政治局面决定了19世纪初叶该民族浪漫主义文学创作的题材与方式。

第四节 超越民族主义：为异族奔走呼告与东方情调

从个体自由的立场出发，浪漫派自是反对一切形式的压迫与暴力，始终以追求个体价值的自由实现为宗旨。然而，不同于概念演绎的现实情形是——个体的自由只能在错综交织的民族、历史、社会中展开，即个体自由恒在于其特定民族的历史文化形态和民族身份之中。民族，其基本要义是具有共同文化基质的人群。个人，作为社会的人，无时无刻不置身于某一特定的民族，并受这一民族特有的文化价值、生活习俗的熏染与规定；离开这一特

---

① Michael Ferber, *Romanticism: A Very Short Introduction*, Oxford: Oxford University Press, 2010, p.103.

定民族,个人身份就会无法得到认定,个体自由也就无从谈起。

当谈到一个民族想要摆脱异族的奴役从而实现"自己决定自己命运"的愿望时,这是将自由的概念用于集体,这就有了所谓"民族自由"的说法。民族,并非一群人的简单叠加组合;"民族自由"当然也就不能简单地理解为个体自由的叠加。即便完全与世隔绝的真空人真的存在,他也没有什么自由意志可言;事实上,个体自由永远是在与他人、与民族、与社会、与外在客观世界的交集活动中得以体现的。每个人都属于他本来应该归属的民族范畴,他可以超乎现实事物之上,但也应该孕育在感性事物之中,即每个自由的个体都是有根的。所以问题的另一方面很可能是:当某一弱势民族想要摆脱奴役与压迫掌握自己命运的时候,其成员的个体自由往往会顺其自然地汇入集体形态的民族自由的洪流。这意味着,不唯个体自由本来就依存于其置身其中的民族文化有机体之中,而且民族意识本身也源自个体自由精神呼告而生发出来的自然情感与意志。

浪漫派之自由主义的民族主义以一切民族、所有个人都应该享有平等权利为出发点,主张民族权利和民族成员的权利应具有同等的自由价值。浪漫派之国家概念既是自由主义的,也可以从民族的理念中汲取灵感。民族主义提供了划分国家边界的参数,而自由主义则给予了指导个人和制度行为所需要的道德原则,自由主义与民族主义可以通过一种理想的联姻而结合。既不屈服于任何外部的强制,也不甘于任何不公正的忍从,民族自由与个体自由在基本意涵上有着相似的构成。当然,自由个体并非是在一个被解放了的民族中找到的自我,而是个体采取民族身份的方式,在充分发挥其创造力时免受任何事物的阻碍实现自我存在的自由。

19世纪的大动乱把欧洲各族聚拢到了一起,并相互熟知;这就使得浪漫派诗人不仅能够体察到本族的众生百相,同时也将目光投向近邻民族。独立不羁的自由立场,使得这些因不臣服而屡遭流放的知识分子在漂泊的异国他乡比常人多了一份特殊的情感冲动——甘愿冒着伤害本民族自尊的危险,用他们手中的笔为其他民族的自由理想奔走呼告,我们不妨将这些自由作家统称为浪漫派流亡诗人。

"如果我们除去自己的国家再也没有见过任何别的国家,我们就没有给人类一个公平的机会……"①浪漫派流亡诗人是彻底的民族自由的捍

---

① 勃兰兑斯:《十九世纪文学主流(第四分册)英国的自然主义》,徐式谷、江枫、张自谋译,北京:人民文学出版社,1997年,第302页。

卫者，他们与被压迫民族同呼吸、共命运，对他们被异族强权统治的精神苦痛感同身受，反对对弱小民族之民族自由与民族文化特色的蔑视，体现着这个时代的精神与文明进展。在法国，不仅有夏多布里昂在《阿拉达》中对浓郁北美异国色彩的赞赏、塞南古借《奥勃曼》彰显瑞士淡泊静谧的生命哲学与道德法则，更有这个时期自由主义的领军人物史达尔夫人对民族偏见的精神抗争；在英国，不唯有湖畔派的华兹华斯与柯勒律治对拿破仑暴政侵蚀整个欧洲的指斥，激进主义者沃尔特·萨维奇·兰多（Walter Savage Landor，1775—1864）和坎贝尔主张援助一切被压迫的民族，更有心怀天下的世界主义者拜伦和雪莱为希腊抗争土耳其、意大利反抗奥地利和西班牙独立革命等摇旗呐喊……

史达尔夫人，婚前名唤安娜·玛丽·日耳曼妮·奈克，1766年出生在法国巴黎，20岁时按照母亲的意思嫁给了瑞典驻巴黎大使史达尔男爵，后因公开反抗拿破仑专制而被放逐。在被流放的日子，她足迹遍及魏玛、耶拿、柏林、维尔纳、意大利、瑞士、瑞典、俄罗斯等地，不仅结识了施莱格尔兄弟、贡斯当、蒙莫伦西等浪漫主义的领袖人物，并且在异国他乡完成了代表其浪漫主义艺术成就的长篇小说《柯丽娜》及浪漫主义理论著作《论德国》。法国当局以"不忠于法国"的罪名屡屡斥责史达尔夫人及其作品，但"流亡文学"之所以在19世纪欧洲浪漫主义文学中蔚为大观，却是直接缘于"流亡文学"的先驱者史达尔夫人所奠定的坚实基础。这位刚毅的精神斗士在"流亡文学"文本中展现了一颗超越民族主义的包容宽怀之心；她不仅愿意将意大利、德国等其他民族放置在与法兰西民族平等对话的历史位置，而且能够指斥法国思想、文艺领域种种愚昧的民族偏见。

经历了从一个国家到另一个国家的流亡，史达尔夫人更容易换位思考，因而也就更能深入地理解其他民族的精神文化，敏锐而又机智地摒弃法兰西人因自诩强大、高贵而对其他民族尤其是弱小民族的种种民族偏见。在《柯丽娜》中，史达尔夫人描绘了一个虚荣、肤浅、盲目崇拜法兰西民族文化的典型人物——戴费依伯爵。他反对柯丽娜用意大利语和英语讲话，认为英国人奥斯俄尔德没有资格与她相爱。他鄙视"没开化"的德国人和"文风败坏"的意大利人，对他们的民族文化与民俗风情不屑一顾。更夸张的是，戴费依对英国的莎士比亚、德意志的歌德这些文化巨人置若罔闻，一味傲慢地认定法国诗歌、戏剧是欧洲标杆，其他民族的文学创作应该以此为准绳。通过这一典型人物的塑造，小说揭露了法兰西民族无谓的虚荣心与偏狭的民族观念。在作者看来，这种盲目却异常强大的民族偏见虽从表面上强化了法兰西民族征服异族的力量,但实质上却是自由与文明的沦丧。在对法国人爱慕虚荣的洋洋自得和自恃清高的教徒式傲慢做尖锐批判的同时,小说盛赞了虽深陷凌辱但乐观积极的意大利人那种天真自然、坦率淳朴的民族性格。在流亡德国期间,康德、费希特、谢林、席勒、歌德等思想家的自由理想以及耶拿派浪漫主义诗人的先锋实验与艺术追求都令史达尔夫人驻足叹赏、欣喜若狂。虽然德意志当时政治、经济和军事诸方面相比之于法兰西都显得落后,可史达尔夫人从来都毫不掩饰其对德意志民族正直、严谨性格及独立、自由思想的赞美,而对法兰西民族专横的规章与僵化的习俗则予不留情面的讽刺。这一切在《论德国》一书中都有鲜明的体现。

"华兹华斯把他的自我和英格兰化为一体;司各特和穆尔在他们的诗歌里表达了苏格兰和爱尔兰的感情;但是拜伦的自我却代表了普遍的人性……"①浪漫派"流亡诗人"最重要的代表当推英国的拜伦。作为浪漫派的一代宗师,拜伦的天才罕有人匹,而强烈的个人反叛与辛辣的社会讽刺则是其独特诗才最鲜明的标记。虽然他的世界观中有着深刻的矛盾,在诗作中流露出浓重的孤独感和悲观情绪,但他却始终能够站在时代的前列,不妥协地反抗一切形式的专制暴政。在为人和为文上,拜伦孤傲不羁的反叛风格使其与上流社会格格不入,这就必然引发越来越多的攻击,"桂冠诗人"骚塞甚至曾将他称为"恶魔"。1816年年初,以诗人的婚变为契机,英国上流社会对他的攻击达到了高潮。拜伦素来不喜欢英国上层社会的伪善和冷酷,现在又遭受毁谤,于是愤然去国流亡,直至最终病死于希腊。

"西班牙的人民啊/命运是如此的不幸/从未获得自由的人为着自由必须不懈努力地斗争。"②16世纪与葡萄牙比肩的海上强国西班牙,到18世纪末已然沦为一个落后民族,不仅失去了海洋世界的霸主地位,还常常被迫卷入法、英两国争霸欧洲的棋局或直接沦为他国的属国。法国大革命的一声炮响惊醒了西班牙人的反抗意识,整个民族在一批呼吁变革的有识之士的鼓动下,燃起了独立战争(1808—1813)的熊熊烈火。面对丧失独立与自由的西班牙民族及西班牙人民,浪漫派诗人拜伦不再发思古之幽情,而是坚定地站到了反暴政、争自由的前列。借恰尔德·哈罗尔德

---

① 勃兰兑斯:《十九世纪文学主流(第四分册)英国的自然主义》,徐式谷、江枫、张自谋译,北京:人民文学出版社,1997年,第336页。

② 拜伦:《恰尔德·哈洛尔德游记》,杨熙龄译,上海:新文艺出版社,1956年,第50页。

之口,拜伦不仅将异族强权的代表拿破仑塑造成一个残暴、自私的强盗形象,而且为西班牙争取独立自由而放声呐喊:"世世代代做奴隶的人们,谁若想要获得自由,就必须举起你们的右手,拿起你们的枪刀。"在这里,拜伦初步体现出了超越一般民族主义、为其他民族的自由立言的彻底的自由主义情怀。

自我流放的拜伦选择意大利与希腊作为自己的栖身之地。是的,在其所喜欢的这两个"第二故乡",拜伦感受到了南国心醉神迷的气候、诗意盎然的民风民俗和乐观蓬勃的生命活力,但真正令他痴迷的却是此时意大利与希腊都在经历着腥风血雨的民族独立战争。世纪之初,被奥地利、法国肢解得四分五裂的意大利此时也深陷民族解放战争的火海,其所面对的是一个比它凶悍百倍的对手——奥地利哈布斯堡帝国。烧炭党、青年党、民主派马志尼、自由派加富尔、红衫军加里波第,一时间群雄并起、前赴后继,再加上普奥、普法战争所产生的历史契机,意大利人逐步收复伦巴第、西西里、那不勒斯、威尼斯、罗马等地,并最终在1870年完成统一大业。1817年拜伦迁居意大利之后,他不仅参与烧炭党组织的密谋活动,还在1820年加入了烧炭党,并被任命为拉文纳分会的首领。纵使是被奥地利当局监视、威胁,但他持续抨击奥地利的倒行逆施,并用捐献大额军费与武器的实际行动支持意大利人的民族解放斗争。

1821年,希腊人为争取民族独立揭竿起义,经过9年浴血奋战终结了奥斯曼土耳其长达400年的军事统治,获得了真正意义上的民族自由。拜伦1823年加入了伦敦"支援希腊独立委员会",并于1824年年初抵达希腊,是时正是希腊民族独立运动风起云涌的关键时刻。倾其所有家当资助了希腊反抗土耳其的一支民族革命军的拜伦被任命为总司令,与希腊士兵同吃同住,直至在战场病逝。

19世纪初,有两个人物对欧洲的影响是势均力敌的,这就是拿破仑和拜伦。拜伦为自由而彻底反叛与不懈战斗的一生,可以用其临终前昏迷中的一句呓语来概括,那就是:"前进——前进——要勇敢!"拜伦反对一切形式的暴力、压迫、蹂躏,包含"民族自由"在内的自由始终是其诗歌创作中的最强音。拜伦自称他有一种恒常不变的感情,那就是对自由的热爱;他尊崇自由,认为这是王位、金钱等一切东西都无法交换的最可宝贵的财富;人生而自由,这种自由不仅是个体的自由,也包括集体形态的民族自由;人为了捍卫自由必须随时随地准备"拿起枪刀"。拜伦很早就立下"与一切与思想作战的人作战"的誓言,他同情弱者,蔑视专制,鞭挞奴役,敢于反叛一切成规,勇于为其他民族的独立解放放言,其在生活与创作中所体现出来的超越了一般民族主义的自由主义民族主义,不唯是浪漫派自由观念贯彻到底的结果,更是浪漫派民族自由的最高体现。

对远方和异域的渴望,是浪漫派作家的共同情感;而其身体或灵魂最为向往的一个所在就是"东方"。"东方"这一概念较难界定,通常指近东或中东地区,即伊斯兰世界;它包括北非,甚至包括1492年之前被摩尔人统治了若干世纪的西班牙。东方甚至也可能包括印度,施莱格尔兄弟的梵语研究与翻译足资证明这一判断。在巴黎学习过梵语的弗·施莱格尔曾呼吁人们将目光转向印度——他将有着苦修传统的印度文化视为拯救堕落的欧洲之物质享乐主义的解毒剂。作为浪漫主义的奠基人与理论家,他甚至宣称只有在印度才能找到真正的浪漫主义。关于"东方"的界定,雨果在其诗集《东方集》的前言中曾经写道:

> 东方色调似乎在他所有的思想与他所有的梦想上均留下了印记;事实证明他的梦想和思想均不由自主地先后受到希伯来、土耳其、希腊、波斯、阿拉伯甚至西班牙的影响,因为西班牙仍然具有"东方"特征:西班牙具有一半的非洲(即北非)特征,而非洲具有一半的亚洲特征。①

"自1800年前后开始,东方背景与主题在欧洲文学中出现的频率与所占的比重开始上升。"②英国作家兼收藏家威廉·贝克福德(William Beckford,1760—1844)基于《一千零一夜》所形成的对神秘东方的热情,最早创作了"东方小说"《瓦提克》(*Vathek*,1786)。在该书中,身为哈里发③的主人公极尽残暴与荒淫,这是一个完全经由想象所虚构出来的东方故事,贯穿着对权力与罪恶的讨论。该书取得的巨大成功,激发了后来人对东方题材的热情。④走在前面的是叙事诗,如沃尔特·萨维奇·兰多的《盖比尔》(*Gebir*,1798)、骚塞的《撒拉巴》(*Thalaba*,1801)和《克哈马的诅咒》(*The Curse of Kehama*,1810)。兰多的《盖比尔》大致讲述了伊

---

① Quoted in Michael Ferber, *Romanticism: A Very Short Introduction*, Oxford: Oxford University Press, 2010, p. 113.
② Michael Ferber, *Romanticism: A Very Short Introduction*, Oxford: Oxford University Press, 2010, p. 113.
③ 中世纪政教合一的阿拉伯国家元首的称号。
④ 柯勒律治在《忽必烈汗》中凭着奇特的想象所虚构的富丽堂皇的安乐宫,直接受《瓦提克》东方宫廷描写的启发。

比利亚国王盖比尔征服埃及及其所挚爱的埃及王后沙罗巴的故事。而骚塞的两首诗歌分别以阿拉伯半岛和印度为背景。

让人们对东方产生深刻印象与强烈迷恋的是拜伦极受欢迎的《异教徒》《海盗》《阿比多斯的新娘》《柯林斯的围攻》等构成的系列"东方叙事诗"。1809年大学毕业后不久,拜伦开始了自己的东方之旅。他本来计划能去印度,至少也要抵达埃及与叙利亚;但实际上,他在西班牙与葡萄牙徜徉一番之后,只是环地中海游历了希腊、土耳其等地,阿尔巴尼亚应算是其到过的最远的地方。此番游历的文学成果《恰尔德·哈罗尔德游记》与《东方叙事诗》使其几乎在一夜之间成为欧洲文坛最明亮的新星。前者自传性主人公孤独、敏感、抑郁的个性拨动了一代年轻人的心弦;后者那些出于虚构的海盗式英雄个个纵情任性,倒也从某个侧面显现了诗人放荡不羁的个性。拜伦深感好奇、兴趣盎然的东方文化,在很大程度上寄寓着其个人的精神旨趣。尽管如此,面对着被奥斯曼土耳其占领的希腊,拜伦还是旗帜鲜明地站在了希腊人一边。1821年希腊独立战争爆发后,甘愿为希腊人出钱出力的拜伦辗转来到了条件极其艰苦的战争前线,并于1824年死于梅索隆契(Missolonghi)。拜伦诗作中多次为希腊摇旗呐喊;而其极富象征意味的牺牲,则不仅使其成了浪漫主义的传奇英雄,而且也深刻地影响到欧洲知识界对希腊问题的关注。"在拜伦的引领下,欧洲的作家和艺术家集结在自由的旗帜之下。"① 最典型的例子莫过于法国浪漫主义大画家德拉克洛瓦——他在拜伦文字与行为的感召之下将艺术创作的焦点转向希腊,创作出了《希俄斯岛上的大屠杀》(*Massacres at Chios*,1824)、《梅索隆契废墟上的希腊》(*Greece Expiring on the Ruins of Missolonghi*,1826)等浪漫主义经典之作。

在法国,夏多布里昂的《巴黎到耶路撒冷行记》(*Itinéraire de Paris à Jérusalem et de Jérusalem à Paris*,1811)则建立了另一种模式,"与其说它是描述性的旅行见闻,还不如说是作者对预想中的东方世界的主观重构"②。紧步其后尘,雨果的完全基于其心中的"一个意象和一个想法"写下的《东方集》,将东方描写成一座基于个人想象的海市蜃楼。泰奥菲尔·戈蒂耶对东方的迷恋让其确信自己是一个真正的东方人,他也因此成了一位永不疲倦的东方旅行家,他去过阿尔及利亚、奥斯曼帝国、埃及

---

① 大卫·布莱尼·布朗:《浪漫主义艺术》,马灿林译,长沙:湖南美术出版社,2019年,第708页。
② 同上书,第268页。

等亚洲与非洲的若干地方,每到一处都能将自己完全沉浸到当地的文化之中。

浪漫主义者将找到自我、坚持自我、忠于自我设定为自己的基本原则,这意味着他们永远面对着冲破既定现实秩序束缚的挑战。在远方异域的"自然人"乃至"野蛮人"身上,不唯有浪漫派作家所寻求的不受任何社会秩序束缚的自由,更有一份能够支撑起这份自由的强悍野性。浪漫派念兹在兹的"高贵的野蛮人"之"高贵",不仅是因为其"自然",更是因了其"野蛮"中所透出的"强悍个性"。对"高贵的野蛮人"的赞美,意味着原始主义必然是浪漫派的重要选项。美洲原始森林中的印第安人、沙漠里骑在骆驼上的阿拉伯人、太平洋岛民、西西里土匪等均是浪漫派作家乐此不疲执意描写的主人公,而其中吉卜赛人则是他们最为热衷的对象。1807年,华兹华斯的诗歌《吉卜赛人》("Gipsies",1807)堪称浪漫派热衷吉卜赛题材与人物的发端。普希金的叙事诗《茨冈》讲述了逃离文明的阿乐哥由热情的吉卜赛女郎泽姆菲拉带回营地并与之相爱的故事;在诗人的叙述中,吉卜赛人的自由甚至被推衍至性爱的层面。读过普希金《茨冈》并将其翻译成法语的梅里美,其后来所创作的更为著名的中篇小说《卡门》有着与此相似的自由情节。浪漫主义文学中第三位著名的吉卜赛女郎当属雨果《巴黎圣母院》中的女主人公埃斯梅拉达。

普希金与梅里美均以他们自己的时代作为故事背景,雨果却以1482年作为小说背景,那时离罗姆人到达巴黎地区已经过了大约半个世纪。罗姆人在长途跋涉中曾经过波希米亚,因此当他们到达巴黎时才被称为"波希米亚人"。雨果在小说中这样称谓他们;在赫兹里特将他们称为"波希米亚哲学家"之后,萨克雷(William Makepeace Thackeray,1811—1863)的小说《名利场》(*Vanity Fair*,1848)在英语中推广了"波希米亚哲学家"这一用法。从19世纪上半期开始,这一名称便进一步引申开去被用来指称艺术家与作家中的亚文化群体——他们像"吉卜赛人"一样流动不居、自由不羁。"浪漫主义者对'波希米亚人'的兴趣配得上'波希米亚'这个标签,尽管这是一个错误的标签。"[1]

对异族文化的好奇、热情与尊重,与对本民族文化的持守、忠诚与推崇,在浪漫派那里构成了又一悖论。但经由"自由"这一核心观念,这一悖

---

[1] Michael Ferber, *Romanticism: A Very Short Introduction*, Oxford: Oxford University Press, 2010, p.120.

论便可得到合乎逻辑的解释。前者的要旨在于倡导一种自由、充满活力的多元文化,并以此颠覆古典主义僵硬教条的统治:"试问,一位对异域充满好奇心的艺术家,一位在世界上每个民族那里都看到它们对美有着完全不同的独特理解的艺术家……他还能坚定捍卫合乎规矩的绝对美教条吗?"①后者的要旨在于通过文化民族性的强调来确保民族的独立与自由,并以此打破强势异族的政治-文化控制。

自由主义民族主义是以自由主义理念为民族共同理念的民族主义。托克维尔(Alexis-Charles-Henri Clérel de Tocqueville,1805—1859)曾经指出很少有人会为爱整个人类而燃烧热情。给每个人一个祖国要比点燃他为全人类的激情更符合全人类的共同利益。自由主义民族主义认可民族主义本身的价值,可以说正是从现实文化群体和政治群体不可分割的关系着眼的。在逻辑上,"半截子的自由是不存在的,正像不存在半截子的正义一样"②,由此我们可以推论:真正的自由个体反对一切形式的压迫与暴力,自然会对被主宰的弱势民族有着天然的同情,并由此支持并呼吁被压迫民族的起身反抗,声援乃至参加被压迫民族争取独立与解放的斗争。在这等情形中,"民族自由"与"个体自由"的理念顺理成章地得以贯通:"民族自由"正是由"个体自由"直接衍生而来,并反证了"个体自由"的存在。将启蒙主义的理性逻辑推演进行到底,自然就有:"凡是要和任何一个民族开战来阻止他们享有自由和人权者,就应受到所有民族的进攻,他们不是一般的敌人,而是大逆不道的杀人犯和盗匪。"③

总体观之,浪漫派之自由主义的民族主义,强调民族是一种有机的成长过程,认为民族之间是平等的,每个民族都有在世界历史中担负其独特使命、绽放光彩的潜力,众多民族多元融合,形成一个人类整体。同时,浪漫派之自由主义的民族主义反对自由主义的原子论/机械论,声称自由的个体都是经由一个灌注着某种集体意识的成员身份来实现自我,即每个人都必须首先是自己民族共同体的成员。显然,浪漫派之自由主义的民族主义既不反对国际主义,也并不决然抹杀个人理想。浪漫主义的世界性品格,一如后来它所展现出来的对异国情调的迷恋和"地方色彩"的热衷,很大程度上要归结于当时的流亡风潮,虽然曾在国外效力于帝国军队

---

① 大卫·布莱尼·布朗:《浪漫主义艺术》,马灿林译,长沙:湖南美术出版社,2019年,第242页。
② 勃兰兑斯:《十九世纪文学主流(第三分册)法国的反动》,张道真译,北京:人民文学出版社,1997年,第6页。
③ 同上书,第19页。

和行政机构的人们对意大利、德国和西班牙的重新发现也是相关的重要因素。不管时间长短,被迫流亡国外的经历与体验,再次对文学发展产生深远影响:非但出现了兴味蕴藉的新的故事,更产生了意味深长的新的主题。"对异域文化之丰富性及深度的意识,是浪漫主义这一复杂文化现象诸构成要素中的重要一环。"①

第五节 民族主义底层的民粹主义潜流

自由主义者的民族主义情绪,并不简单地等同于自由主义的民族主义主张;在浪漫主义时代,这是两种东西。前者属于易受蛊惑的年轻的大众,后者一般来说属于文化上造诣高深的精英艺术家或思想家。一般所谓的民族主义情绪,事实上与当时严格意义上的民族主义没啥关系,倒是与民粹主义息息相关。"对于一个人的个性的神圣性的信仰——特别当它是一种群体的个性,而且被相互的吹捧所支持和强化时——这种信仰也就迅速地转变成对其优越性的信仰。"②

在英国,伯克认为"国家"是不可分割的有机整体,这通常也是大部分浪漫主义者的观点。国家可以被理解为早期几代人智慧熔铸的一个产物,他们的智慧应该像这些历史决定的根源一样受到尊敬,这些智慧规定着当下政治的安排;稳健的浪漫派意识到:多少世纪在无意识中达成的这种塑形是何等艰难。这样的想法虽并没使得保守派浪漫主义反对任何变革,但却使得他们对任何折断性的另起炉灶都持谨慎的态度。"通过新的反机械主义,生物学本质上的关于自然的观点又苏醒了,国家就像有生命的有机体,政治和社会整体被带到了拥有超出仅仅是各部分总和的现实中,拥有一个生活和自身的意义,并且激烈地反对当时日益蔓延的原子论思想。"③

与宗教情绪高昂者以及政治上的保守派一样,民族主义者并非都与浪漫主义有关。"国家有机体说,对农民公社的强调以及对多元文化的欣

---

① F. W. J. Hemmings, *Culture and Society in France: 1789—1848*, Leicester: Leicester University Press, 1987, p.111.
② 阿瑟·O.洛夫乔伊:《存在巨链——对一个观念的历史的研究》,张传有、高秉江译,北京:商务印书馆,2015年,第423页。
③ J. B. Halsted, *Romanticism*, London, Melbourne: Macmillan, 1969, pp.25—26.

赏都是浪漫的民族主义思想的重要组成部分。"①但正如一个保守派可以不是浪漫派一样,有着自由应变力的民族主义者也可以表现不出任何浪漫主义的东西。加富尔(Camillo Benso Conte di Cavour,1810—1861)就是一个例子。他是自由主义经济与政治理念之追随者,同时在国际事务上,也是一个成熟的马基雅弗利派(Machiavellian)。他与马志尼和密茨凯维奇不同,这两人以浪漫主义的观点对待他们的国家,并且提倡代表他们自己的浪漫主义行为。

在德国,浪漫主义在政治方面最为明显的表现可以概括为民族主义和保守主义。民族主义对外;保守主义对内。当然是时这里有一个由梅特涅和根茨(Friedrich von Gentz,1764—1832)领导的完全彻底的非浪漫主义的保守派——此保守派与浪漫主义的保守派应该区别开来,如同宗教领域以梅斯特尔为代表的彻头彻尾的教权主义思潮与夏多布里昂等人的浪漫宗教情怀应被严格地予以区分一样。最著名的例子,这个保守派在很大程度上受恐惧的驱使,为了对抗其他社会团体日益增长的政治威胁。他们极力主张信念的虔诚和宗教的纪律,并且支持由君主、贵族和牧师组成的新的反革命联盟——之所以支持是因为他们想要保留住既有的利益、力量和特权;的确,君主制被给予了新的神秘性,但是这种神秘性却经常被那些实用主义的保守派用来说服观点有冲突的人们。

曾经也有过拿破仑版(Napoléonic)的弥赛亚主义(Messianism)。拿破仑·波拿巴就曾努力充当法国原始民族主义(实际上是民粹主义)与精英浪漫主义合二为一的救世主的化身。这位热衷于王权专制的新君主,一方面将自己打扮成法国农民及其他法国民众之雄才大略的领导者和代言人,同时也把浪漫主义关于天才的观点与浪漫派对民众的立场硬性地对接在一起。

很明显,这种学说对于1815年之后苦苦寻求巨变的人是有吸引力的。"自由主义者(更多时候是激进分子)仍然是浪漫主义者的可能性越来越大,这就像马志尼甚或1848年后出现的一些社会主义支持者信从那种没有腐化的浪漫主义民主政治。"②1789年的革命证明发生这种翻天覆地的变化是完全可能的。"与保守派被既往主导一样,那些寻求破坏旧秩序创造新秩序的浪漫主义革命者以及联想论者、普世教会信徒、社会主义

---

① J. B. Halsted, *Romanticism*, London, Melbourne: Macmillan, 1969, p. 27.
② Ibid., p. 29.

者、自由民族主义者甚或波拿巴主义者都被一种将欧洲政治思潮彻底转变为历史的冲动控制着——这一明显倾向于新相对主义的政治思潮体现着对风俗、象征和传统的高度关切。到1848年,已然变成了历史和神话的革命与帝国,已经完全达成了对左派的决定性影响,正如右翼势力被中世纪精神所控制一样。"①

波拿巴主义或许是一个样本。浪漫主义时代的政治家把新精英主义,或新君主主义,或中世纪的对贵族统治的赞扬,与民粹主义的原始民主观念结合到一起,这种原始民主,据说建立在农民或平民禀有的淳朴自然美德之上。也许中世纪或传统的农民形象是温和的;但在罗伯斯庇尔(Maximilien François-Marie-Isidore de Robespierre,1758—1794)时代乃至1848年革命的恐怖时期,他们并不真的总是那么"温和"——因为他们会说干就干轻易地就把一个人吊死在灯柱上。"从罗伯斯庇尔到19世纪中叶,有一种说法广泛流传,它证明基于民众自然美德而建立的暴力是正义的。"②显然,在民粹主义的原始民主设定中,对底层无知民众的品格与行为的赞扬的确有些言过其实,乃至乖谬百出。正因为如此,从热月革命到巴黎公社起义,西欧的知识分子开始越来越害怕平民运动了。然而,至世纪末叶,19世纪上半期西欧民族主义思潮底层中所卷裹着的民粹主义的潜流,在东欧诸国又迅速酿出以恐怖为特征的更大规模的社会运动。

民族主义的现实选择与文化多元的价值立场,在浪漫派那里看上去似乎是一个巨大的悖论。当卢梭主要基于情感倾向大力赞美"野蛮人"的"高贵"之时,德国的赫尔德正在以逻辑的缜密为文化上的多元主义进行论证:基于人人平等,世界上并不存在一个相较之下更为优越的人种或族群,这意味着每个族群或社会都可以坚持自身的文化立场——因为所有的文化都有平等存在的价值。瓦肯罗德朗声慨叹:"我们,这个世纪的骄子,被赋予了得天独厚的条件,我们站在了高峰之巅,许多国家和时代展现在我们眼前,聚集在我们的身边,横卧在我们脚下。那么就让我们利用这份福祉,以明快的目光把所有的时代和民族都尽收眼底,努力从它们丰富多彩的感受中,从表达这些感受的作品中,感悟出人性的真谛。"③是

---

① J. B. Halsted, *Romanticism*, London, Melbourne: Macmillan, 1969, p. 29.
② Ibid.
③ 威廉·亨利希·瓦肯罗德:《试论艺术中的普遍性、宽容性与仁爱性》,参见威廉·亨利希·瓦肯罗德《一个热爱艺术的修士的内心倾诉》,谷裕译,北京:生活·读书·新知三联书店,2002年,第52—53页。

的,人人平等很正确,但人人绝对平等的平均主义或其他什么主义的政治乌托邦一定是错的;同理,各种文化都有平等存在的价值很有道理,但由此否认作为文化内核的核心价值观存在高低优劣也一定是错的。基于政治上的非执政地位通过鼓吹平等发动革命,作为现实策略是通顺的,但在深层逻辑上有很多地方难以自洽;同理,基于德意志民族当时的弱势地位而坚持文化绝对平等的立场,在情理上是通顺的,但可能逻辑上或许也有巨大的缝隙。

事实上,浪漫派民粹主义倾向的形成有其历史文化逻辑。启蒙运动推崇理性,推崇知识的力量,推崇创造并掌控这一力量的知识精英;反对启蒙运动与理性主义的浪漫派则执意反其道而行之:他们强调知识精英所手持的理性知识在经过了几番推演之后面色苍白,实质中空,远离了生活的大地。普通大众作为人类中远离理性的"最感性的部分",其文化则更像是一棵深接地气的橡树,根深叶茂,万古长青。在浪漫主义者看来,一直被精英们蔑视为"粗鄙"的民间歌谣、民间舞蹈和民间艺术中隐藏着必须珍重呵护的文化本真,它们不仅是"民族性"的档案馆与"民族魂"的保险箱,而且作为活色生香的文化肌体承载着"人性"本身与"人类"未来。赫尔德很早就指出:民间歌谣不像人们蔑称的那样是充斥着"迷信"的"粗话构成的文化垃圾";相反,如果没有平民和平民文化,就"没有公众、没有民族、没有语言,也没有诗歌,这些是我们不可或缺的生命与事业"。[1] 而《格林童话》的作者之一威廉·格林坚称:"只有民间诗歌才是完美的,它们出自上帝之手,就像《十诫》出自上帝之手一样;民间诗歌不像凡人的作品那样是东拼西凑而来的。"[2]

---

[1] 转引自蒂莫西·C. W. 布莱宁:《浪漫主义革命:缔造现代世界的人文运动》,袁子奇译,北京:中信出版集团有限公司,2017年,第134—135页。

[2] 同上书,第134页。

第九章
艺术自由与唯美主义的生成

　　以影响他人并为他者服务为目的,这是多少世纪以来文学艺术的决定性特征;而在浪漫主义时代,瓦肯罗德、戈蒂耶等浪漫派作家却开始将诗与雄辩术区别开来,标举艺术的自足地位和天才的灵感与创造,倡导"为艺术而艺术"。伴随着美学从关于真与善的科学中剥离出来,浪漫派成功确立了艺术自由的观念。艺术自由大大解放了艺术家的生产力与创造力,浪漫主义因此注定演进成为一场最深刻的文学革命。

　　在"实用"的意义上追求"进步",以及不断"进步"所激发出来的理性乐观主义,这是伴随着工业革命开始弥漫全欧的社会风尚。"进步"意味着生产有用的产品,使生活和工作更快捷、方便、高效;但此种"进步"的终极目的何在?功利主义者的回答很干脆——为了快乐或听上去更高大上的"幸福"。正是运用这样的实用标准来考量,功利主义之父杰里米·边沁(Jeremy Bentham,1748—1832)才厚颜无耻地宣称——就让人快乐的功能而言,诗歌远不如当时流行的图钉游戏。[①] 浪漫主义形成与发展的重要背景便是工业革命及其社会-文化效应,对工业革命的排斥与拒绝,很大程度上构成了西方文坛两代浪漫主义者最为显著的共同特点。具体而言,浪漫派作家普遍对当时正茁壮成长的资本主义体制与商业主义气息持有公然的蔑视,对作为其价值观基础的功利主义甚为鄙夷,对作为其生活方式基础的城市化极为反感。莱奥帕尔迪愤怒地斥责时代的荒谬:"这个愚昧的时代,竟将实用作为最高的追求,而全然不顾生命本身越来

---

① See Michael Ferber, *Romanticism: A Very Short Introduction*, Oxford: Oxford University Press, 2010, p.99.

越丧失了意义!"①弗·施莱格尔在小说《卢琴德》中写道:"勤勉与实用就如手执无情宝剑的死亡天使,横立在人们通往天堂的路上。"②反其道而行之,无用性开始成为浪漫主义者所看重的人生目标——史达尔夫人发出情不自禁的慨叹:"哦,我是如此痴迷于无用之物——美首当其冲。"③雪莱在《为诗辩护》中则更加直言不讳:"实用的要旨在于为最高意义上的快乐提供源泉与保障,只有诗人或具有诗意情怀的哲学家才堪大任。"④

浪漫诗学以及浪漫派的文类创新,均从不同的向度揭示了浪漫主义的"革命性"。浪漫派制造了诗人被冷酷无情的社会和庸众所毁灭的悲情传说;将艺术自由发挥到极致的唯美主义作家群的出现,标志着纯文学与通俗文学、精英文化与大众文化的分裂在浪漫主义时代已初现端倪。

第一节 浪漫派"为艺术而艺术"作家群的形成

德国启蒙运动力量薄弱,持续时间较短;工业革命启动甚为迟缓,因而也就不存在一个在政治方面发挥着领导作用的资产阶级。感应着时代巨变的讯息,德国知识分子只能开辟出一条通往文学-文化变革的道路。德国的浪漫主义革命由一些互不往来的知识分子(大学教师、军医、盐务官和法庭书记等)发起并完成。"这些人既反对封建主义,又反对中产阶级的理想。比起英法两国来,德国式浪漫主义更是这样一种知识分子的运动。德国的知识分子解开了他们阶级的锁链,因而特别热心创造出一种远离普通现实,远离一般社会关系的文学。"⑤

席勒在其著名的《审美教育书简》(*Letters on the Aesthetic Education of Man*,1795)中指出,个体和国家只有经由调和克服了两者之间"感性冲动"与"形式冲动"的内在冲突,才能达成自由的生活与平等的共和国;

---

① Quoted in Michael Ferber, *Romanticism: A Very Short Introduction*, Oxford: Oxford University Press, 2010, p.99.
② Ibid., p.100.
③ Michael Ferber, *Romanticism: A Very Short Introduction*, Oxford: Oxford University Press, 2010, p.99.
④ Quoted in Michael Ferber, *Romanticism: A Very Short Introduction*, Oxford: Oxford University Press, 2010, p.100.
⑤ R.韦勒克:《文学史上浪漫主义的概念》,见 R.韦勒克《批评的诸种概念》,丁泓、余徵译,成都:四川文艺出版社,1988年,第160—161页。

而此种调和即所谓文化的根本使命。作为一种将两者调和起来的"统一冲动","游戏冲动"乃是一种脱离了需求或义务的审美本能。席勒认为,艺术作为审美活动绝非可有可无的边缘化活动,它是人类存在的核心:"人类只有在完全实现了'人'的意义时才会游戏,而且人只有在游戏的时候才是完整意义上的人。"[①]受席勒"游戏说"影响的德国早期浪漫派,很早便对艺术在个人和集体精神成长中之重大作用作出了阐释:"美自身就能给整个世界带来幸福,而每一个生命都会因了美的魅惑而忘却自身的有限性。"[②]在席勒与康德那里,文学作为自由艺术的"游戏"功能得到了明确,但对他们而言,艺术的彼岸还端立着表情严峻的道德,说破天——作为艺术的文学也仅是人趋近道德达成道德人的一种审美教育。文学依然没有彻底摆脱作为实现对人进行教育的工具属性。"一旦教育,特别是道德教育,成为文学的主要目标,就再也不会有文学天才了。"[③]接受了席勒与康德"自由艺术"的思想,浪漫派进一步高标艺术自由。浪漫派作家普遍认为,文学作为艺术不再是实现任何其他目的的工具——不管是教育还是娱乐,它是一种独立自主的存在,自身便足以构成为其存在提供意义与价值的目的;在德国浪漫派先哲瓦肯罗德看来,正是因为免却了具体的功利用处,艺术才具有了永恒的价值;庄严伟大的艺术家的作品与那些实用的物品或通俗的文化消费品截然不同——

> 精美的绘画不同于教科书中的条文:我费一时之力掌握条文的意思后,就可以把它看作无用的外壳,弃之身后;非凡的艺术作品则不同,它带给人的享受是持续的、永不磨灭的。我们常常以为早已透彻地理解了它们,而事实上,它们却总是不断点燃我们新的感受,我们心灵的感悟永无止境。艺术作品中燃烧着永恒的生命之火,它永远不会从我们的眼前消逝。[④]

事实上,早在18世纪末,"为艺术而艺术"的观念在瓦肯罗德那里便

[①] T. J. Reed, *Schiller*, Oxford: Oxford University Press, 1991, pp. 68—69.

[②] Quoted in Michael Ferber, *Romanticism: A Very Short Introduction*, Oxford: Oxford University Press, 2010, p. 20.

[③] 转引自范大灿:《解读〈一个热爱艺术的修士的内心倾诉〉——代译序》,见威廉·亨利希·瓦肯罗德《一个热爱艺术的修士的内心倾诉》,谷裕译,北京:生活·读书·新知三联书店,2002年,第20页。

[④] 瓦肯罗德:《人们到底应该如何观赏世间伟大艺术家的作品并以之愉悦心灵》,见威廉·亨利希·瓦肯罗德《一个热爱艺术的修士的内心倾诉》,谷裕译,北京:生活·读书·新知三联书店,2002年,第81页。

趋于成熟——

> 艺术的精神对于人类是一个永恒的谜,人们尚无法探明其中的奥秘。——正如世上所有伟大的事物,艺术的精神也将永远令人叹为观止。①
>
> 艺术家应该只为自己而存在,只为自己灵魂的崇高和伟大而存在,只为自己的知音而存在。②

作为精神绝对自由的象征,文学使得"有限"的人渴慕、张望"无限"成为可能。在"有限"中追求"无限",用"诗化"来赋予平庸乏味的人生以瑰丽的色彩,并通过各种文体(韵文与散文等)乃至各种文化部类(哲学、神学等)的整合融汇来拯救被工业革命与现代社会所区隔肢解了的人生碎片,最终在艺术中找回人的整体感与自由品格。只有在文学艺术"游戏"活动的自由中,备受现实规训与扭曲的个体才能逃离诸般现实规则与利益的束缚,找回在现实中迷失了的自我。在仿用中世纪德国绘画大师阿尔布莱希特·丢勒的一位徒弟写给朋友的信中,蒂克声言:"世间只因有了艺术才变为一个美好可爱的栖居之地。"③个体自由意识的高涨,乃是"为艺术而艺术"观念形成并得以传播的重要前提。而"为艺术而艺术"这个口号的提出和"为艺术而艺术"作家群的确立,不唯是浪漫主义文艺运动中引人注目的现象,而且是这一运动的重大成就。

浪漫派"为艺术而艺术"作家群中最有代表性的两位作家是英国的济慈和法国的戈蒂耶。济慈比戈蒂耶更早地在创作中表现出了这种艺术倾向,而戈蒂耶则在创作与理论两个方面对"为艺术而艺术"做出了系统的明确阐述。1832年,他给自己的诗歌《阿尔贝丢斯》(*Albertus*,1832)所写的序言中首次对艺术至上的思想作了系统表述;1835年在为其小说《莫班小姐》(*Mademoiselle de Maupin*,1835)所作的序言中,他又进一步阐述了这一思想:"我无意贬低鞋匠这一崇高的职业,就像我无意贬低什么立宪君主制;但我不得不坦白——我宁愿让我的鞋子张着口也不愿诗不

---

① 威廉·亨利希·瓦肯罗德:《音乐家约瑟夫·伯格灵耐人寻味的音乐生涯》,见威廉·亨利希·瓦肯罗德《一个热爱艺术的修士的内心倾诉》,谷裕译,北京:生活·读书·新知三联书店,2002年,第142页。

② 同上书,第139页。

③ 蒂克:《一位身居罗马的年轻德国画家致其纽伦堡朋友的一封信》,见威廉·亨利希·瓦肯罗德《一个热爱艺术的修士的内心倾诉》,谷裕译,北京:生活·读书·新知三联书店,2002年,第93页。

押韵。对我而言,没有鞋匠不要紧,但不能没有诗人。"[1]"在我看来,文明人最得体的职业便是无所事事。"[2]

同宗教倾向比较浓重的作家群和在政治上比较激进的作家群比较,在浪漫主义时代,"为艺术而艺术"这个作家群或许还不是一个阵营非常庞大的作家集体,但它的出现却是西方文学史上一个具有划时代意义的重大事件。浪漫主义运动后期出现的这个作家群在西方文学发展的历史上起着承先启后的作用;如果忽视了这个作家群在这一时期的存在,那么19世纪中后期以及20世纪的诸多重大文学现象便无从解释。

浪漫主义时期"为艺术而艺术"这个作家群,重要的成员还有法国的缪塞、波德莱尔,美国的爱伦·坡,德国的瓦肯罗德、施莱格尔兄弟、诺瓦利斯、蒂克等几乎所有的早期浪漫主义作家和中期浪漫主义作家,在属于宗教倾向比较浓重的那个作家群的同时,也常被看做属于"为艺术而艺术"这个作家群的作家。在他们的创作中,宗教倾向和"为艺术而艺术"的倾向同样突出;他们创作中的宗教情结和宗教精神并不是世俗意义上的那种宗教,而是一种艺术化了的神秘的风格意义上的东西。

从根本上说,"为艺术而艺术"作家群的出现乃是浪漫主义文学思潮的一个必然结果。众所周知,作为一个文学思潮,一场文学运动,浪漫主义极力推崇的是个体的自由情感,在开始的时候,浪漫主义作家惯于用此来对理性主义极端膨胀的理性进行反拨,反对科学技术和工业化所带来的功利化和机械化的人生态度与思维模式。从浪漫主义这样的根本主张来说,浪漫主义思潮内部本身就蕴含着一种艺术观念的革命性的变革,它一开始就具有一种"为艺术而艺术"的倾向。

浪漫主义在德国产生的时候,德国浪漫主义作家的艺术观念中就蕴含着一种"为艺术而艺术"的倾向。在浪漫主义者看来,只有艺术和诗及其元素和器官想象力才是唯一本质的有生命的东西,而其余的一切,生活和现实却不过是平庸的散文,一团混沌纷乱喧嚣的浊流,毫无意义可言。既然艺术成了一种唯一本质的有生命的东西,文学艺术就需要自由地想象,自由地书写情感,通过在作品中确立一种自由的个性而实现人生的无限和自由,艺术本身也就由此成了一个终极的目的。因此,艺术和诗的任务便不再在于维护自由平等的权利,不再在于能反抗外部环境的污浊和

---

[1] 泰奥菲尔·戈蒂耶:《〈莫班小姐〉序言》,黄胜强、许铭原译,参见泰奥菲尔·戈蒂耶《莫班小姐》,北京:中国社会科学出版社,2013年,第19页。——译文有改动,引者注
[2] 同上书,第21页。——译文有改动,引者注

暴虐,而在于使自己更成为自己,用完善的自身去摆脱、对抗生活的散文。质言之,德国浪漫派作家不但最先开始了浪漫主义文学运动,而且浪漫精神最本真、最深沉;从一开始,他们独特的文艺思想当中便含有一些惊世骇俗的革命性的文学质素。

尽管一开始就具有"为艺术而艺术"的倾向,但德国浪漫派作家在当时(浪漫派运动的早期)并没有明确地提出"为艺术而艺术"这个口号。作为一个文学运动,浪漫主义开始的时候其力量更多地集中在"破",而还没放到"立"。所谓"破",是指破除古典主义,本质上是对那种极端膨胀的理性进行反抗,在反对理性中张扬个体的人的感性生命。随着浪漫主义文艺运动的深入发展,在感性对理性进行反拨的过程中,浪漫派愈来愈突出地意识到了一个问题——在浪漫主义文学大力张扬人的感性生命、大力推崇自由的时候,究竟该如何看待、怎样处理艺术在现实社会生活中的地位和作用。这一问题在理论上的重新审视与解决,关乎浪漫主义作家在打碎了古典主义理念之后能否使一种新的文学观念得到确立。

传统的文学受着现实的种种制约,有时候这种制约是宗教,有时候这种制约是政治,而在宗教和政治之外,还有道德和习俗的制约。在文学史上,作家们往往要承受这样的诘问和攻击:你的作品违反教义、你的作品与政治正确背离,你的作品有伤风化违反道德……而在浪漫主义时代,这种将文学艺术简单化、庸俗化、功利化的观念和态度依然存在;这些东西,跟浪漫主义作家对自由个性、自由想象、自由情感的追求和张扬显然是矛盾的。因此,在浪漫主义运动的后期,在对极端理性的反拨告一段落之后,作家们愈来愈突出地感到了这样一个问题,那就是艺术功利主义倾向对他们的束缚与限制。正是在这一时刻,在那些把艺术视为最高的真实、唯一的真实的浪漫主义作家意识到功利主义的艺术观乃是浪漫主义自由艺术的主要敌人的时候,他们便毫不犹豫地打出了一面崭新的艺术旗帜,上面赫然写着这样的大字:"为艺术而艺术。"因此,我们说,"为艺术而艺术"这个口号的提出,从根本上来说是浪漫主义运动向纵深发展的时候作家们对自由的个性、自由的情感、自由的想象的要求和传统的功利主义艺术观相碰撞的结果。当后期浪漫派作家开始明确地把功利主义的艺术观和艺术倾向当作自己自由艺术的首要敌人的时候,当他们因此提出"为艺术而艺术"这一口号的时候,他们事实上是宣告了艺术独立这一观念的确立,并由此构成了西方文学艺术发展史上的一个伟大的转折点;正是从这个时候开始,西方文学进入了其现代文学的新阶段。的确,浪漫主义革命乃是西方现代历史上最激动人心、最有创造力的历史转型期之重要组成部分。如果说,18世纪后期首先发端于英国的工业革命,使得西方社会在经济层面以告别农业文明、进入工业文明的方式开启了真正的"现代时期";如果说1789年在法国爆发的政治大革命,使得西方社会在政治层面上以告别专制制度、进入宪政民主的方式开启了真正的"现代时期",那么,我们就必须承认:在康德哲学革命的基础上,18世纪末首先发端于德国的浪漫主义文学革命,的确开启了西方现代文学的大门。

艺术家社会地位的新变化使他们获得了更大的自由度。艺术的独立是以艺术家社会地位相对独立的实现为前提的;在浪漫主义中后期,随着社会秩序重构的基本完成,在新的资本主义社会中作家作为艺术家初步获得了这种独立性。

在艺术家和官方的关系上,艺术家在很大程度上由官方体制的附庸和奴仆变成了自己的主人。在古老的年代里,作家和艺术家往往是宫廷的达官贵人或是宫廷教会的豢养的奴仆;如今,艺术家基本从这种境况当中解脱出来——他们似乎成了社会的边缘人,不再受人豢养了,所以也就常常遭受贫穷的厄运甚或潦倒不堪。但贫困潦倒换来了个人思想的自由,而思想自由恰恰是真正的艺术创作的源泉。谈到浪漫派作家的特质,勃兰兑斯称:"在古老的年代里,诗人是宫廷的达官贵人,像拉辛和莫里哀;或者是社会名流,像伏尔泰和博马舍;或者简直不过是个普通的有体面的市民,像拉封丹。如今,他变成了为社会所忽视的前生子,人类崇高的传教士,尽管因为贫穷而为人唾弃,然而却有星光照亮的前额和火焰般灼人的舌头……他宁愿挨饿而死,也不愿用庸俗的作品贬低他的诗神的地位……"[①]

在古代,个体作家的生平往往模糊不清,难以引起人们的注意。但在明确声称艺术不是外在世界的再现而是创作主体内心的表现之后,浪漫主义突出了作为艺术家的作家的地位。在深入思考"何谓艺术"这一问题的同时,"诗人何为"也成了浪漫主义运动展开过程中的一个焦点问题。"他们思考成为一名艺术家意味着什么,与他们对艺术本身的思考一样多。"[②]"此前的艺术家从未把自己这样强烈地放在作品体验的中心位置,从未有艺术家如此坚持个人诠释的独特性以及不惜一切代价将其表达出来的使命;同样,从未有艺术家对自己的作品是否受到别人的喜欢或理解

[①] 勃兰兑斯:《十九世纪文学主流(第五分册)法国的浪漫派》,李宗杰译,北京:人民文学出版社,1997年,第16—17页。

[②] 大卫·布莱尼·布朗:《浪漫主义艺术》,马灿林译,长沙:湖南美术出版社,2019年,第19页。

如此不屑一顾。"①

浪漫主义将诗人艺术家与激情洋溢的、自由的天才概念联系在一起。人们开始对天才顶礼膜拜;随之发生的便是"原创性"(Originality)成了浪漫主义创作的金科玉律。最早、最有影响力的说法来自英国的爱德华·扬格(Edward Young,1683—1765),在其写于1759年的《对原创性作品的猜想》一文中,他将"原创之作"与"模仿之作"做了区分:"原创是最美的花朵;模仿之作成长得更快,但是花开得却黯淡。"扬格还尤其喜欢比较"学问"与"天赋":"我们感谢学问,而敬重天赋;学问带来快乐,天赋带来狂喜;学问使人充盈,天赋使人灵光;学问来自人,天赋来自天堂;学问让我们超越卑贱与无知,天赋让我们超越博学和礼数。学问是借来的知识,天赋是内生的知识,是我们自己的。""一个天赋之不同于一个好的理解力,正如一个魔法师不同于一个好的建筑师;前者用无形的手段立起他的大厦,后者则需要依赖对普通工具的熟练使用。因此,天才一直分享着某种神性。"由是,"规则""就像拐杖,是瘸子才需要的辅助,却是强者的羁绊。荷马就丢掉了拐杖"。换言之,"规则"之于"天才"毫无用处。② 差不多同时,德国的哈曼(Johann Georg Hamann,1730—1788)在《苏格拉底回忆录》(Socratic Memorabilia,1759)中自问自答:是什么让荷马不顾规则,让莎士比亚摒弃规则?——是"天赋";天赋勾连着原创性与激情:"激情给你去往抽象和猜想的手、脚与翅膀,为图像和符号赋予灵魂、生命与语言。"③"对天才而言,规则比榜样还要有害。"④

在瓦肯罗德看来,作为来自心灵的纯粹的启示,艺术不是任何其他东西的工具;享有绝对自由的艺术家,应该不受任何心灵之外的东西的羁约——尤其要破除各种既定观念的牵绊,完全听凭自我情感的驱使。心灵情感的自由流溢,而非理性观念的逻辑演绎,第一次被明确为艺术创作的核心。"诗人和艺术家的激情自古以来就是世人争论的焦点……所谓的学者或理论家无非是借助道听途说去描述艺术家的激情,沾沾自喜于为之找到了某些用虚荣的、俗不可耐的哲理编造出来的措辞,而实际上却

---

① 大卫·布莱尼·布朗:《浪漫主义艺术》,马灿林译,长沙:湖南美术出版社,2019年,第21页。
② 转引自蒂莫西·C. W. 布莱宁:《浪漫主义革命:缔造现代世界的人文运动》,袁子奇译,北京:中信出版集团有限公司,2017年,第30页。
③ 同上书,第31页。
④ Paul Frankl, *The Gothic: Literary Sources and Interpretations Through Eight Centuries*, Princeton: Princeton University Press, 1960, p. 417.

对这种激情的实质和意义一无所知。——艺术家激情的本质是无法用语言来描述的,而那些人谈论它就像谈论眼前的实物;他们解释它,喋喋不休地讲述它;其实,他们本该羞于谈及这个字眼,因为他们不知自己所云。"①"艺术不是可以学习和传授的,人们只需将其激情稍引上路,为它确定好方向,它便会从人的灵魂中喷薄而出。"②"人们企图通过贫乏可怜的模仿和绞尽脑汁的汇集,硬性创造出本不具有的天才,最后的结果只能是冰冷的、乏味的和毫无个性的作品。"③

在18世纪、19世纪之交,宇宙的秩序已经不再被想象为一种无限的静态多样性,而是被想象为一种多样化程度不断增加的过程。"机械论"世界观正迅速为一种新的"有机论"所置换,"进化论"的思想也随之萌芽并开始渐次成型。自然持续不断的趋势是产生新的种类;而且个体的命运是在一种持续的自我超越之中,经过所有形式的螺旋线而攀升。存在之链被时间化了,上帝作为永无休止的创造的观念不断得到重申与强调。而作为主体的艺术家则秉有"创造力"的"天才",并效仿上帝进行创造。④ 1800年左右,"天才"一词从特指"一种品质"进一步引申为"具有这一品质的人"。"拥有天才"只是说一个人禀赋优异,"是个天才"则是说一个人乃异于凡俗之辈的超人。"天才"内涵的这种演化,与同时发生的"欧洲社会的世俗化"与"欧洲文化的神圣化"之双向运动的历史语境相关涉。在理性主义日甚一日的冲击之下,18世纪的欧洲见证了传统"信仰社会"的瓦解进程——基督教教义捉襟见肘,教会及其牧师群体的影响力锐减。在理性不断拓展文化空间的同时,宗教收缩所留下的一片理性无法填充的超验空间,为艺术的兴盛以及天才崇拜提供了巨大的可能。诺瓦利斯称:"不论是谁,如果在这个世界上感觉不快乐,找不到他所追求的,那么就让他进入书、艺术和自然的世界吧。这个永恒的领域既是古老的,又是

---

① 威廉·亨利希·瓦肯罗德:《拉斐尔的显现》,见威廉·亨利希·瓦肯罗德《一个热爱艺术的修士的内心倾诉》,谷裕译,北京:生活·读书·新知三联书店,2002年,第3页。
② 威廉·亨利希·瓦肯罗德:《既有艺术造诣又学识渊博的画家典范》,见威廉·亨利希·瓦肯罗德《一个热爱艺术的修士的内心倾诉》,谷裕译,北京:生活·读书·新知三联书店,2002年,第32页。
③ 威廉·亨利希·瓦肯罗德:《缅怀我们德高望重的鼻祖阿尔布莱希特·丢勒》,见威廉·亨利希·瓦肯罗德《一个热爱艺术的修士的内心倾诉》,谷裕译,北京:生活·读书·新知三联书店,2002年,第61页。
④ 参见阿瑟·O.洛夫乔伊:《存在巨链——对一个观念的历史的研究》,张传有、高秉江译,北京:商务印书馆,2015年,第399—400页。

现代的,就让他在这个神秘教堂里吧,这个教堂属于一个更好的世界。那里,他一定会找到一位爱人、一位挚友、一方故土,以及一位真神。"①而济慈在《恩底弥翁》(*Endymion*,1818)的开头写道:"凡美的事情就是永恒的喜悦;它的美与日俱增;它永不湮灭,它永不消亡;它永远为我们保留着一处幽亭,让我们安眠,充满了美梦、健康和宁静的呼吸。"②在瓦肯罗德看来,"诗人身上永远有一团不可熄灭的诗情的火焰在燃烧,他们不仅停留在各种伟大和超凡的思想上,同时也运用其技艺中有形的和可感知的工具,即运用言辞和词语,将这些思想中的势不可当、大胆超凡之处表现出来"③。蒂克认为,艺术家作为"魔术师","可以用他的呼吸给那些无生命的东西附着上生命,使它们变得活灵活现"④。"世间和天上的太阳,它们的光彩来自我的照耀。"⑤E. T. A. 霍夫曼在 1816 年写道:"那些理解了艺术的神秘宗旨的画家可以听见大自然的声音,那声音通过树木、植被、水流和山岳等事物讲述着关于它自身的无穷奥秘。这种将自己的感情转化为艺术作品的天赋,就像圣灵附体一样降临到他的身上。"⑥而这用浪漫派先哲弗·施莱格尔的话来说则是:"艺术家的任务不是去简单地摹仿自然的作品,而是去摹仿自然的创生方式,通过像它所做的那样以无终止的丰富性和多样性,而成为宇宙精神的一部分。"⑦

第二节 "艺术自由"的内涵

艺术与现实的对立关系是在艺术成为自身之时出现的,它因此成为

---

① 转引自蒂莫西·C. W. 布莱宁:《浪漫主义革命:缔造现代世界的人文运动》,袁子奇译,北京:中信出版集团有限公司,2017 年,第 45 页。
② 同上。
③ 威廉·亨利希·瓦肯罗德:《米开朗琪罗·波纳罗蒂的伟大》,见威廉·亨利希·瓦肯罗德《一个热爱艺术的修士的内心倾诉》,谷裕译,北京:生活·读书·新知三联书店,2002 年,第 77 页。
④ 蒂克:《一位身居罗马的年轻的国画家致其纽伦堡朋友的一封信》,见威廉·亨利希·瓦肯罗德《一个热爱艺术的修士的内心倾诉》,谷裕译,北京:生活·读书·新知三联书店,2002 年,第 81 页。
⑤ 同上书,第 82 页。
⑥ 转引自大卫·布莱尼·布朗:《浪漫主义艺术》,马灿林译,长沙:湖南美术出版社,2019 年,第 23—24 页。
⑦ 参见阿瑟·O. 洛夫乔伊:《存在巨链——对一个观念的历史的研究》,张传有、高秉江译,北京:商务印书馆,2015 年,第 409—410 页。

现代艺术的标志。"为艺术而艺术"在浪漫主义中的地位应该重估——这不仅是因为它本身就是浪漫主义;而且浪漫主义的核心价值也只有经由"为艺术而艺术"才能得以实现。浪漫派的自由,首先是艺术想象力的自由,艺术创造力的自由,即艺术领域里的自由,由此,进一步拓展到了自由的社会层面、政治层面……

"为艺术而艺术"这个口号是在浪漫主义对自由－个性、自由－情感、自由－想象的要求跟功利主义的生活观念与艺术态度的碰撞中产生的,簇拥在"为艺术而艺术"大旗下的这个作家群的第一个鲜明的特点便是在理论上对功利主义艺术观的否定和在创作实践中对功利主义倾向的摒弃。在《莫班小姐》那篇生气勃勃、慷慨激昂的序言中,他向那些功利主义的批评家大声疾呼:"不,傻瓜,不,你们这些白痴和甲状腺患者,你们大错特错了——一本书绝不是一碗菜汤,一部小说不是一双长筒靴,一首十四行诗不是连续喷射器,一出戏剧不是一条铁道……"①"凡是美的东西,没有一件属于生活的必需。没有鲜花,世界并不会因此在物质层面伤筋动骨,然而谁又愿意真的没有鲜花呢?我宁可不要土豆,也不愿放弃玫瑰;是的,我相信世间只有功利主义者才干得出来——为种大白菜而拔掉花坛上的郁金香。"②路德维希·蒂克在他的《弗兰茨·施特恩巴德的游历》中写道:"艺术的神性与有用完全是两码事,坚持艺术有用,就是让艺术失去崇高,把它降格到人类基本需要的水平上。当然,人需要很多不同的东西,但是他的精神不应该退化到为肉体服务的地步——肉体本应为精神服务。"③泰奥菲尔·戈蒂耶在《莫班小姐》的前言中的表述更为犀利:"只有无用的东西才会真正美丽;有用之物都是丑陋的,因为它们是欲求的表达,而人的欲求总是不高尚甚至令人恶心的,这就如同人天性就下作不堪。一座房子最有用的地方就是它的厕所……我属于那种视无用之物为必需的人。"④"我对物品和人的喜爱程度与其有用程度成反比……为了看到拉斐尔的真迹或裸体美女,我将乐于放弃我作为法国人

---

① 泰奥菲尔·戈蒂耶:《〈莫班小姐〉序言》,黄胜强等译,参见泰奥菲尔·戈蒂耶《莫班小姐》,北京:中国社会科学出版社,2013年,第18页。——译文有改动,引者注
② 同上书,第20页。——译文有改动,引者注
③ 转引自蒂莫西·C. W. 布莱宁:《浪漫主义革命:缔造现代世界的人文运动》,袁子奇译,北京:中信出版集团,2017年,第49—50页。
④ 泰奥菲尔·戈蒂耶:《〈莫班小姐〉序言》,黄胜强等译,参见泰奥菲尔·戈蒂耶《莫班小姐》,北京:中国社会科学出版社,2013年,第20页。——译文有改动,引者注

和公民的权利。"①这个作家群的座右铭便是"为艺术而艺术"——艺术就是它本身的终点和目的。他们为艺术本身而热爱艺术,就意味着他们之热爱艺术,毫不顾及所谓的道德或不道德,爱国倾向或是非爱国倾向,实用或者不实用。艺术就是艺术,它与政治说教、道德说教和宗教说教毫无干系。要而言之,"艺术自由"就是摒弃功利主义的艺术观念,捍卫文学作为艺术之独立自主的地位,要求文学努力摆脱政治、道德、宗教等外部力量所强加的影响。

摒弃功利主义,首先就是摒弃文学为政治服务的附庸地位,即非功利的第一个要点就是非政治。"为艺术而艺术"作家群中的所有作家,与同时代其他作家相比较,更少去为思想原则、政治原则操心,他们对这些东西大都持有一种艺术家的风度——漠不关心。与其同时代的其他英国诗人相比较,济慈的诗歌既没有那种存在于司各特或穆尔作品里的民族主义情结,也不包含那种雪莱和拜伦的作品所具有的热切追求政治自由的信念。至于法国的浪漫主义作家,他们都很热衷于政治,并且很多人在政治舞台上都曾经露过一手,做过政客,但毫无疑问戈蒂耶和缪塞在这方面应该算是两个例外。在法国的浪漫主义作家中,戈蒂耶和缪塞对现实的社会政治始终持有冷漠的态度。他们两个是当时法国文化史上罕见的以文学为天职的职业文人。戈蒂耶1811年出生,1872年去世,在他的有生之年,他经历了法国历史上三次重要的革命:1830年七月革命,1848年二月革命和巴黎公社革命;但他对历次革命与对历届政权一样都很淡漠,始终同政治保持一种疏远甚至敌对的态度。读戈蒂耶的诗集《珐琅与雕玉》(*Emaux et Camées*,1852)、小说《莫班小姐》,人们无论如何也很难把握到这个作家在政治上到底是怎样的一种倾向。非政治的要求和本质在于艺术对现世的政治绝不持一种浅近温媚的姿态,而是淡漠、反叛和超越。"军队、教权或国家,由其中哪一个来统治你们真的有那么重要吗?不论谁来都是大棒加头。我惊讶的是——这些进步人士为什么总在争论选什么棒子来敲打他们,而不是把棒子折成几截让它们统统见鬼去?"②

"为艺术而艺术"这个作家群对功利主义艺术观的否定,除了体现在非政治这一点上之外,还体现为非道德。济慈平生最喜欢说的一句格言就是:诗人应该无原则、无道德观念。而对戈蒂耶来说,他坚定不移的奋

---

① 泰奥菲尔·戈蒂耶:《〈莫班小姐〉序言》,黄胜强等译,参见泰奥菲尔·戈蒂耶《莫班小姐》,北京:中国社会科学出版社,2013年,第20—21页。——译文有改动,引者注

② 同上书,第23页。——译文有改动,引者注

斗目标,就是要把艺术从劝善性批判和道德说教束缚中解放出来。在他看来,艺术既不服从于那些正当地统治人生的合法礼则,就更不会服从那些不正当地统治人生的合法礼则了。人生和艺术对于道德是处于截然不同的关系之中的。比如说,一尊雕像裸体屹立在人群之中,是完全正常的;然而一个男人或女人这样做的话,就一定是有伤大雅了。谈到那些永远恶语伤人的批评家时,他说:"绘画或书籍中大凡有裸体女人出现,他们就会像见到泥潭里的猪一样径直扑将上去,全然不顾那些盛开的花朵,也不看一眼挂满枝头的金灿灿的果实……就我而论,漂亮的侍女桃丽娜有充分的自由展示她丰满的乳房,我肯定不会从口袋里掏出手帕去遮盖那片我不该看的胸脯。我看她的乳房,就像我看她的脸蛋;丰润、雪白的乳房,对我而言当然是一份莫大的享受。"①戈蒂耶论辩说:"书堪称社会道德的写照,而社会道德却不可能是书的跟班……肖像是临摹模特画出来的,但模特不是画家画出来的。声称文学和艺术能左右社会道德的价值取向,说这话的家伙一定是个疯子。"②"若一个男人仅仅因为写过狂欢纵乐的情节就被人说成是一个酒鬼,或仅仅因为写过荒淫的故事就被骂成是放荡的人,那仅仅因为写过宣扬道德的书一个人就可以被认定为是正人君子了吗?这样的逻辑岂不荒唐?"③其他作家在构想和表现爱情时往往把它当作坚实而牢固的东西,仿佛是一块花岗石,刚拿到手,才放在这儿或放在那儿,而缪塞即使在最讲道德的时候,也永远只把爱情看成生命中最微妙有力,因而也最虚无缥缈的东西。在戈蒂耶看来,诗有其道德,这种道德发源于对美和真理的热爱,不管表达得如何朦胧曲折,那种美才是它的本质。然而,它绝不受社会因袭成见的束缚。诗本身就是一种道德力量,正如科学一样——例如,像生理性这样一种科学,它绝不会把自己局限在过于文雅的社会话题之内。有不道德的诗人,正如有不道德的外科医生一样,这里不道德正是艺术和科学所必需的目标,也正是艺术和科学两者固有的天性。

"为艺术而艺术"这个作家群的作家最常写的就是爱情。在他们描写爱情的作品中没有道德美,也没有健康或不健康的忌讳,有的只是一种充满青春活力的、炽热沸腾的、令人难以置信的生命的强度。缪塞的诗既细

---

① 泰奥菲尔·戈蒂耶:《〈莫班小姐〉序言》,黄胜强等译,参见泰奥菲尔·戈蒂耶《莫班小姐》,北京:中国社会科学出版社,2013年,第2页。——译文有改动,引者注
② 同上书,第17页。——译文有改动,引者注
③ 同上书,第16页。——译文有改动,引者注

腻柔婉,又粗野豪放、放纵恣肆,法国人始终把缪塞看做本民族数一数二的诗人,在很多人眼里,他甚至比雨果更伟大。作为诗人,他最重要的题材就是爱情,而在他笔下的爱情与其他作家笔下的爱情却大不相同。他笔下的爱情反复无常,轻薄寡佻,如醉如痴,像一团烈火和一道闪电,可转眼则又如气球里的气体一样,在气球胀破了之后化为乌有,无影无踪。在缪塞的诗歌中,我们看到了经过精致艺术加工的淫乱。从传统道德的角度审视,其《西班牙和意大利的故事》(Tales of Spain and Italy,1830)这组韵文故事绝对是一些不允许描写的东西。背信弃义的情欲构成了这部诗集的总主题。从这些诗中,我们可以看到,妻子欺骗丈夫,情妇戏弄情人,还有兽性大发的寻欢作乐,为了这种欢乐,人们不惜彼此斧砍刀劈;既有青春时期的肉欲——既不知悔改也不知羞耻,也有老年时期的腐化堕落——一面服用春药一面在淫荡的享乐之中谛听死亡的咆哮。无独有偶,济慈的情诗也通常是燃烧着情热的,它们沉浸于一片芳香和甜美的曲调之中,而又诉诸感官使人喘不过气来。

"为艺术而艺术"这个作家群摒弃功利主义艺术观之第三个要点就是非宗教,反对在作品中进行宗教说教。戈蒂耶曾经说过这样一段话:"我是荷马时代的人;我生存的世界不是我的世界,我不理解我周围的社会。"①在很大程度上,济慈也是个无神论者,从不相信上帝的存在;他也研读圣经,但并不是为了皈依宗教,而是要从中获取艺术灵感,丰富自己的想象。对于教会的虚伪和世人的愚昧,他十分厌恶——他曾写过一首十四行诗,题目叫做《为憎恶流行的迷信而作》:

> 教堂的钟敲出郁闷的回响,
> 召唤人们再去做一次祷告,
> 再一次忍受阴沉,可怕的烦恼,
> 再去聆听那可恶的声音,牧师的宣讲。
> 显然,人们的头脑被黑色的符咒
> 紧紧地禁锢住了,你瞧每一个人
> 都忍痛抛开炉边的欢乐,丽蒂亚的歌声,
> 光辉人士的畅谈,心灵的交流。
> 那钟声还在响着,我定会感到湿冷,

---

① 勃兰兑斯:《十九世纪文学主流(第五分册)法国的浪漫派》,李宗杰译,北京:人民文学出版社,1997年,第310页。

>   象从坟墓来的,一阵冷颤,幸亏我晓得
>   它们快要死去,仿佛一盏点残的灯火;
>   这是它们的叹息,正在哀鸣,
>   在归于死寂之前;——鲜艳的花朵,
>   那许多不朽事物的光辉将要诞生!①

  这首十四行诗,从题目到单句诗都一针见血地指出了宗教的虚伪,诗人的意思很明确,上帝不仅不能给人带来光明,而且会使人进入更惨愁的烦恼中。在他看来,尽管生活是很不令人满意的,但它毕竟还是可以忍受的,至少,人们还可以欢聚一堂,唱唱歌,聊聊天,享受享受人生的乐趣;但宗教却像一道无形的魔咒,驱赶人们离开温暖的家去阴森的教堂听虚伪的说教和祈祷。在宗教迷信阴影的笼罩下,人们的生活不是"净化"了而是变得更加黯淡。所以诗人才因此愤然提笔写了这首对宗教表示憎恶的诗。在诗中,诗人在愤懑之余,还是看到了希望;在诗的后半部分,诗人以教堂钟声的逍遥来预言宗教迷信的破产。缪塞也没有对宗教教条的信仰。在他的长诗《罗拉》中,有这样的一段颇能说明他对宗教的态度:

>   哦,基督呀!我不是那种人,举起颤抖的脚步,
>   随着你那沉默的庙宇里的祈祷指引向前;
>   我不是那种人,走到你受难的地方,
>   内心砰砰跳动,亲吻你那流着鲜血的双足;
>   当你的忠实信徒,环绕着黑暗的拱廊。②

  "在费希特他们身上是抽象的,重新开创一切的自由,而在诺瓦利斯身上则是随心所欲的、发挥一切的幻想,这种幻想把自然和历史溶解为象征和神话,以便能够自由地摆布一切外在事物,自由地沉溺于自我感受之中。"③浪漫派作家极力追求精神与思想上的无限自由,他们有着强烈的自由意识,他们相信唯有自由方能真切地感受到个人存在的意义。同时,基于自由原则,德国浪漫派在创作中则表现出拒绝接受审美原则的倾向。

---

  ① 济慈:《为憎恶流行的迷信而作》,转引自华宇清编撰《金果小枝(外国短诗欣赏)》,哈尔滨:黑龙江人民出版社,1982年,第245页。
  ② 缪塞:《罗拉》,转引自邹纯芝《想象力世界——浪漫主义文学》,海口:海南出版社,1993年,第107页。
  ③ 勃兰兑斯:《十九世纪文学主流(第二分册)德国的浪漫派》,刘半九译,北京:人民文学出版社,1997年,第170页。

《卢琴德》的作者施莱格尔认为，诗歌是服从超级艺术家反复无常思绪的随想曲，人们理应允许艺术家们自由支配每一个心血来潮的怪念头。艺术家对德国人而言不仅是英雄，由于艺术家的创造才能，他实际上被当做上帝本身一样的神般看待。其实质也是个人主义的体现，狂热地崇拜艺术乃是因为所有的艺术，"根据谢林的说法，是绝对的创作行为的直接反映，因此也是绝对的自我肯定"[①]。这些浪漫主义者将艺术家从特殊的个人提升到名副其实的神的地位，把神性的权利和优待，尤其是把无限的自由授予艺术家。对艺术的狂热崇拜，导致德国浪漫派的许多作品以天马行空、随心所欲的形式出现。他们追求绝对的自由，即便牺牲所有的外在形式也在所不惜。他们希望退回到艺术天才们随心所欲的境界，这种境界已经由歌德所谓的"灵魂的热"上升到了炽热的沸点，一切坚固的形式、形象以及思想都被这烈焰烧光殆尽。

　　浪漫主义诗人内心永远燃烧着最激昂、炽烈的感情。比如诺瓦利斯做任何事情，总是倾其所有全力以赴，最深沉放纵的感情才是他的原则。因此，在德国浪漫派大多较长的作品中，往往是由某种特定的感情或情绪将一系列象征或分开的实体联结起来。例如蒂克的诗作为艺术作品而言，其实质是由艺术情绪充斥而成的。与其将它称作真正的诗，倒不如称其为写诗情绪的一种表现。正因如此，德国浪漫派的许多作品尤其是蒂克的作品，才会留下数不胜数的短简残篇。弗·施莱格尔的小说《卢琴德》基本上也不过是一份草稿，其中许多情节有头无尾。这些短简残篇以及某些支离破碎、缺乏内在统一的作品，全都归因于诗人过量的、反复无常的随意想法，推崇艺术创作的绝对自由而忽视一切外在形式。在施莱格尔看来，不能忍受任何法则的诗人之任意性乃浪漫诗的"第一规则"。在艺术中，随心所欲地追求绝对自由，最终演变成艺术家高傲地凌驾于题材之上，演变成艺术家自由玩弄作品的题材。显然，这种自由已经不再是狂飙时期启蒙的自由，德国浪漫派的个人主义自由以更精致、更抽象的形式出现，他们所追求的乃是随心所欲、为所欲为的艺术自由。

　　[①] L. R. Furst, *Romanticism in Perspective: A comparative study of aspects of the Romantic movements in England, France and Germany*, London, Melbourne, Toronto: Macmillan, 1969, p. 67.

第三节 唯美主义："美才是真正艺术的唯一命运"

"为艺术而艺术"乃唯美主义的理论纲领。唯美主义的要旨，首先在于倡扬艺术的独立性，否定艺术秉有政治、道德、认识等任何功利目的，认为一切有用东西都与美无涉，都是丑的。其次在于强调艺术的纯粹性，认为艺术"旨在求美"，所以"为艺术而艺术"实质上是为美而艺术。作为总体艺术观念形态的唯美主义，其形成过程复杂而又漫长：其基本的话语范式奠基于18世纪德国的古典哲学，其最初的文学表达形成于19世纪初叶法国浪漫主义作家，其普及性传播的高潮则在19世纪后期英国颓废派作家那里达成。唯美主义艺术观念之形成和发展在时空上的这种巨大跨度，向人们提示了其本身的复杂性。

如果愿意，像对待所有观念一样，人们完全可以将"为艺术而艺术"的观念萌芽一直上溯到西方文化的源头——古代希腊。但毋庸置疑，这一观念的直接理论渊源却是德国古典哲学。随着美学在德国古典哲学中越来越成为一个独立建构的哲学知识领域，唯美主义之艺术自律的观念开始形成。18世纪末首先在德国开始流行这一观念，将艺术活动理解为某种不同于其他一切活动的活动；正是从这个时候开始，各种艺术被从日常生活的语境中抽离出来，被设想为某种可被当作一个整体对待的东西。作为一个无目的创造和无利害快感的王国，这一整体与社会生活形成了鲜明的对比。其间，康德(1724—1804)与席勒(1759—1850)"审美不涉利害""审美不涉概念""审美只涉形式"等美学创见无疑起了关键性的作用。

康德在《判断力批判》(*Critique of Judgment*,1790)中对审美活动的论述视域更开阔，思维也更系统——其对审美活动的界定被置于将人之心理功能划分为知、情、意三个方面的宏大理论框架之中。"知"就是认知功能，它的活动空间是知识的区域；"意"就是意志的功能，它的活动空间是道德与伦理的区域；"情"就是情感功能，审美活动就是其活动的区域之一。康德划分审美活动边界的逻辑便从此而起。他认为审美判断不同于认知活动。认知活动是一种定性判断，它的对象是事物的客观属性，其结果是获得概念知识；而审美活动属于反思判断，它只涉及事物的形式而不涉及其内容意义，其结果仅仅是一种主观的情感。与之相似，康德还进一步把审美活动与功利性活动划分开来。康德认为，审美活动是一种只涉及事物形式的静观行为,而功利性活动则是一种关乎事物的具体存在的实践行为。概而言之,康德认为:审美活动既不涉及事物的具体存在,也不涉及具体的实践行为;所以它既不是一种认识活动,也不同于功利的以及道德的活动,而仅仅是一种只涉及事物的形式、只涉及主观的情感的静观活动。这样,康德就从审美论的角度在人的总体活动这一层面上把审美活动与其他活动分割了开来,从而确立了其独立的界域。值得强调的是,康德无论是从审美论角度还是从创作论角度去确定审美活动的独立区域时,都是把审美活动与其他活动并置于同一个层面之上。另外,康德还强调审美活动中理性因素的参与作用。康德称:"艺术甚至也和手艺不同;前者叫做自由的艺术,后者也可以叫做雇佣的艺术。我们把前者看作好像它只能作为游戏,即一种本身就使人快适的事情而得出合乎目的的结果(做成功);而后者却是这样,即它能够作为劳动、即一种本身并不快适(很辛苦)而只是通过它的结果(如报酬)吸引人的事情,因而强制性地加之于人。"①

很明显,康德在这里强调的仅仅是人的艺术活动区别于人的经济、物质性行为的自由性品格,从而将美以及艺术与人类的个体精神自由连接了起来,并没有完全否认其含有认知以及其他主观意识性因素的存在。主体的自由在康德以及席勒的美学体系当中主要是指一种人的各种心理因素的和谐状态,而到了极端唯美主义者那里,这种自由却进一步演进成为一种拒绝接受甚至拒绝承认世界存在的"纯粹意志"的"绝对自由":经由"纯粹意志",他们否定掉了艺术活动过程中极其重要的认知性心理因素;经由"绝对自由",他们事实上割断了艺术活动与生命活动整体以及作为生命存在基本方式的"共在世界"之间的关系。

"在让艺术成为独立领域这一点上,康德是与浪漫派异曲同工。在这位科尼斯堡的智者看来,美不是像古典主义所宣称的那样是一个客体,它存在于观看者的心目中。我们认为什么是美的,其判断标准存在于我们的精神中。它是我们的思想素质的一个既定部分或者说先验部分。"②把康德对于人的审美活动特殊性的界定完全移植于文学艺术领域,并创造出"为艺术而艺术"理论,一般认为这基本上是素来喜欢趋新求异的法国作家及批评家的发明。

---

① 康德:《判断力批判》,邓晓芒译,北京:人民出版社,2002年,第147页。
② 罗兰·斯特龙伯格:《西方现代思想史》,刘北成、赵国新译,北京:中央编译出版社,2005年,第222页。

关于究竟是谁最先创造了"为艺术而艺术"这种说法,学界一直众说纷纭。英国学者布莱宁在近著《浪漫主义革命》(*The Romantic Revolution*,2017)中称最可能的人选应该是英国的亨利·克拉博·罗宾森(Henry Crabb Robinson,1775—1867)。作为一名思想活跃的英国的不信奉国教者,罗宾森很多年都旅居德国地区,在包括歌德、席勒和施莱格尔兄弟在内的德国知识界交友甚广。1804年初,法国自由主义思想家与浪漫主义作家邦雅曼·贡斯当在魏玛曾拜访过罗宾森,他同年2月10日的私人日记中有如下记载:"我和罗宾森进行了一番谈话,他是谢林的学生。他对康德《美学》的研究中有不少激动人心的观点。为了艺术而艺术,没有别的目的,因为任何形式的目的都是对艺术本质的背离(Dénature)。"[①]也就是说,"为艺术而艺术"本是一个基于康德美学的德国观念,被一个聪敏异常的英国人变成了一句口号,又被一个敏锐博学的法国人记录下来,并首先在法国广为传播开来。其间,法国哲学家维克多·库赞(Victor Cousin,1792—1867)用"为艺术而艺术"这个口号做了一系列讲座,后来他将自己的演讲稿编辑成书《论真、善、美》(*Du Vrai, Du Beau et Du Bien*,1836)出版。"除了提供愉悦与功用,艺术不再能为宗教或道德服务……必须为了宗教而宗教,为了道德而道德,为了艺术而艺术……让我们接纳这一观念:艺术本身就是一种宗教。上帝通过真、善、美来向我们揭示祂自身。"[②]1830年法国七月革命过后,戈蒂耶坚决否定任何关于艺术应发挥政治作用的观点:"艺术既不是红色也不是白色的,更不是三色旗的颜色;只有当流弹打破工作室玻璃的时候,它才意识到革命的发生。"一首诗只能服务于美,因为"当一件事物开始有用处时,它就不再美了"[③]。

"浪漫主义运动的特征总的说来是用审美的标准代替功利的标准。"[④]除戈蒂耶等个别作家之外,对绝大多数的浪漫主义者而言,文学自律观念是隐含在他们的文论当中的——强调天才、想象、情感、独创,这本身就暗含了对于文学独立性的认同。浪漫派"为艺术而艺术"作家群的作家大都是艺术禀赋高超的作家。雪莱就曾把济慈称为"诗人中的诗人",

---

① 转引自蒂莫西·C. W. 布莱宁:《浪漫主义革命:缔造现代世界的人文运动》,袁子奇译,北京:中信出版集团有限公司,2017年,第55页。
② 同上。
③ 同上书,第56页。
④ 罗素:《西方哲学史(下卷)》,马元德译,北京:商务印书馆,1976年,第216页。

把他的诗作称为"露珠培育出来的鲜花",19世纪英国诗人和评论家史文朋把戈蒂耶的作品称为"美的金书",而勃兰兑斯则说缪塞的作品仿佛是写在花瓣上那样纤巧工丽。一种纯粹的美的追求和具体创作中那种工丽纤巧的艺术风格构成了这个作家群在创作上的特点,唯美主义由此而获得确立。

在摒弃了政治、宗教和道德这些异己的力量之后,"为艺术而艺术"的作家有了一种新的艺术架构:经由直觉和想象,个体的感性生命那种鲜活的美感成了他们的作品所大力弘扬的唯一内容,而与此同时,他们也开始前所未有地重视对形式美的营造。在他们看来,美才是真正艺术的唯一命运。用济慈的话来说就是:对于一个伟大的诗人来说,美感足以压倒一切考虑,或者说取消所有的考虑。什么是美?济慈明确地说:"美即是真。"可什么是真呢?济慈又说,想象所见的美即是真。他说:"我只确信心灵的爱将是神圣的,想象是真实的——想象所攫取的美也是真实的——不论它以前存在过没有——因为我认为我们的一切激情与爱情一样,在它们的崇高境界里,都能创造出本质的美。"①

"为艺术而艺术"的作家不但极力推崇想象,而且也重视感觉印象甚至直觉。戈蒂耶认为,作为一个艺术家,他最需要的是生活的印象,而不是生活本身,因为生活本身太丑恶了。戈蒂耶是这么说,也是这么做的。他天生有一种用语言再现任何感官印象的特殊禀赋。他第一个以美丽堂皇的风格指出,莱辛在《拉奥孔》(*Laocoon*,1766)中阐发的学说并不是全部真理,因为他本人描写了许多莱辛认为无法指示的东西。在戈蒂耶的诗歌创作中,他不能用语言描写的东西是没有的——女性的美、城市的风光,甚至一道菜肴的味道,或者说话的声音,他对一切都能得心应手,涉笔成趣。和他同时代的法国批评家圣伯夫对他的这种天才,不得不发出这样的赞叹:"自从有了戈蒂耶,法国语言中就再也不存在'不可表达'这个单词了。"②

在剔除了政治、道德和宗教的异己因素之后,"为艺术而艺术"的作家在作品中所抒写的主要内容便只能是感觉中和想象中的大自然的美丽以及爱情的美丽;而不管是在感觉中还是想象中,一个人要体验到大自然的

---

① 古典文艺理论译丛编辑委员会编:《古典文艺理论译丛(第一册)》,北京:人民文学出版社,1961年,第133页。
② 勃兰兑斯:《十九世纪文学主流(第五分册)法国的浪漫派》,李宗杰译,北京:人民文学出版社,1997年,第313页。

美和爱情的美,他都必须充分地洋溢着一种作为个体的人的感性生命力。因而,"为艺术而艺术"的作家便都是歌颂大自然、爱情和生命力的歌手。用戈蒂耶的话来说就是,艺术就是要表达阳光、美女和骏马。

摒弃了政治、宗教和道德这些异己的非艺术性因素之后,"为艺术而艺术"的作家们有了更多的精力来从事形式美的雕琢和营造。在形式上,这些作家大多具有一种纤巧工丽的艺术风格。在这方面走得最远的当属戈蒂耶。戈蒂耶公然声称,艺术的美关键在于形式,在于形式上的难度。形式越难驾驭,作品就越漂亮。绚丽辉煌的词句,加上音韵和节奏,这就是诗。诗只消有绚丽辉煌的词句、音韵和节奏,此外再也不需要任何东西,因为诗既不证明什么,也不叙述什么。他说:"在我眼里,形式的完整就是美德。灵性不合我的心意;我爱雕像,不爱幽灵;我爱正午,不爱黄昏。使我产生快感的三件东西是——黄金、大理石、猩红;灿灿辉煌、扎实坚固、色彩鲜艳。这些就是我梦寐以求的东西,我用它们建筑我全部的空中楼阁……我从没有幻想过迷雾和蒸汽,或任何漂浮不定的东西。我的天空万里无云,如果偶有几片云彩,它们也是坚固的,是以朱比特雕像上落下的大理石碎片雕凿出来的……因为我喜欢用手指触摸亲眼目睹的东西,而且喜欢把外形的轮廓触摸到它们最难捉摸的隐微曲折处……这就是我一贯的性格。我是用雕刻家的眼睛,而不是用情人的眼睛来观看一个女人的。我一生最感兴趣的是酒瓶的形式,而不是装在瓶里面的内容。"[1]

年轻的时候戈蒂耶学过绘画,他先是画家然后才成为诗人和作家。作为艺术家,谁也不如他那样充分张扬强有力的创新性。不管是为人还是从艺,循规蹈矩和平凡庸俗都是他不共戴天的敌人。在生活上,年轻时候的戈蒂耶很早就以奇行怪癖在巴黎引人注目。他总是用各种可能的方式对普通流俗的人与事表示自己的轻蔑和反感。经常身着奇装异服招摇过市,面对着大惊小怪的市民们那些轻蔑的眼光和街头巷尾小孩们的尾随讪笑,风华正茂的戈蒂耶总是身子愈发笔挺,步子更加从容,神态愈发轩昂庄严。在戈蒂耶的有生之年,法国社会一直处于不断地动荡之中,但作为一个艺术家,戈蒂耶却是一直有意识地躲避着社会风暴,陶醉在自己的艺术天地里,就像歌德曾在烽火遍地的年代置身局外埋头著作一样。

---

[1] 转引自勃兰兑斯:《十九世纪文学主流(第五分册)法国的浪漫派》,李宗杰译,北京:人民文学出版社,1997年,第310页。

在他那部非常有名的诗集《珐琅与雕玉》(*Émaux et camées*，1852)的序言中，他洋洋自得地说:"不管那狂风暴雨如何敲打我那紧闭的窗户,我制作珐琅与雕玉。"因此,这部诗集里没有时代的影子,有的只是对自然美、人体美和艺术美的反复赞叹。雕刻和绘画始终是戈蒂耶偏爱的题材,而表现在艺术作品里的女性美尤其成为他一唱三叹的对象。如同诗集的标题所标明的那样,这是一些精致的小玩意,而这些小玩意往往正是用罕见的形式和尽可能完美的技巧来处理纤细的题材。在只要形式而不要思想这一点上,戈蒂耶和德国的蒂克有些相似,但他们之间又有些不同的地方:蒂克的目标是使语言挥发为音韵,把诗溶化为情调,溶化为音乐;而戈蒂耶则志在使语言产生光和色彩,把诗歌压缩为语言图画或语言雕刻。

第四节　自由的想象与象征

文学史家克莱门特曾基于作家之理性、想象、情感和意志这四种能力的相互作用来分析文学创作的品性。其揭示出来的结论是——当其中的某种能力相比其他要素占据更大的主导地位时,文学作品的性质就会发生相应的变化。设若理性和意志占了上风,作品就属于所谓的古典主义;而如果作品中是想象和情感为主导,那它就是浪漫主义。尽管情感这一因素可以加入古典与浪漫这两种配方的任意一个中去,但它的剂量却是可以在大范围内千变万化。克莱门特注意到:想象与情感之间存在着一个紧密而又直接的联系——他拿18世纪西方文学举例说,一旦文学作品中理性占了上风,即在方法和目标上自觉追求和有意彰显理性,那么想象与情感因素便自会联袂退隐。"从本质上说,浪漫主义就是想象和情感与理性和意志抗争的产物。"[①]

在反抗传统理性成规追求创作自由的过程中,浪漫派创造了系统的想象理论。这种自由的创造性想象思维最早在新的自然观中闪烁——浪漫派的想象于全新的自然观念生成之时开始绽放。涤除了文明社会缺陷的完美的人的自然,清晰可见、美丽、永恒的自然,能够有效地将文字转化为独特画面的自然,作为所有伟大的创造力来源的自然,滋养着想象力的发生与壮大。在年轻一代浪漫派作家看来,社会以其规则与理性扼杀了

---

① N. H. Clement, *Romanticism in France*, New York: Kraus Reprint Corporation, 1966, p.1.

想象,要恢复想象的生机,那就得先逃离社会返回到自然中去。这意味着对浪漫派来说,自然首先是一个与社会相对立的概念:社会是丑陋的,自然是美好的;社会是罪恶的,自然是纯洁的;社会是残缺的,自然是完美的;社会是有限的、阶段性的,自然则是无限的、永恒的……事实上,这样一个与社会相对立的自然,其作为一个概念的建构正是依托于想象。"浪漫派作家认为自然和超自然的事物能够激发巨大的想象力,而且他们开始时将新文学的方向锚定为中世纪,那是一个想象力非常自由且富有创造力的时期。"① 启蒙学派的机械论世界观,见物不见人,人与其他非人的存在一样均是被动、被决定的整体系统中的零部件。浪漫主义的有机论世界观,无论是以人见物还是由物观人,人均是有灵魂/精神(也有理智心理)因而禀有主动性与创造力的高级生命存在。柯勒律治在《沮丧颂》中傲然宣称:"我们所得到的都来自我们自己,唯独在我们的生命中自然才存在:是我们给她以婚袍,给她以尸衣!"② 柯勒律治这一观点很大程度上要归功于他对康德和谢林哲学的深入研究与接受。

伊曼努尔·康德对大陆理性主义哲学和英国经验主义哲学均感到不满。前者的代表人物为笛卡尔和莱布尼茨(Gottfried Wilhelm Leibniz, 1646—1716),该学说认为通过天赋观念和理性可以获得对世界的客观认识——"理性"的人举着一布袋天赋观念或先验理性的"印章",在其行走穿越而过的世界上戳盖印记。由此,我们获得了世界,一个知识系统标识出来的世界。后者的代表人物是洛克和休谟,该学说认为认识必然来自感觉,经由"感觉",人汇通自我与世界、主体与客体。经验主义的理性学派为主观主义留出了一个出口:感觉一定有一个个体主体,所以认识一定是主观的,认识与外部世界的联系是非常不确定的。汇通大陆派先验理性与英国的经验主义,康德用一组范畴取代了先验理性,同时也破解了休谟彻底怀疑论的虚无黑洞。之后,康德的"感觉"便获得了"被动"与"主动"的二重性;而"经验"则因此变成了朴素感觉与概念范畴的合体。在《纯粹理性批判》中,康德认为在内心提供了诸如空间和时间等特定形式的直观以及诸如实体和因果关系这样一些基本概念或"范畴"之后,任何经验都是可能的;感觉固然有被动性,但概念或者依靠概念领会的感觉是主动的,而经验则是这两者(感觉和概念)的综合。至此,康德也完成了对

---

① N. H. Clement, *Romanticism in France*, New York: Kraus Reprint Corporation, 1966, p. 60.
② Quoted in Michael Ferber, *Romanticism: A Very Short Introduction*, Oxford: Oxford University Press, 2010, p. 83.

英国经验主义的改造与超越。康德的两只脚分别站在大陆派理性主义与英国经验主义之上,并由此汇通——超越了两者,从而开启了现代哲学革命的大门。

  康德高标人类心灵在世界构建中的重要作用,开启了一场最初被称为"先验唯心论"的文化运动。这不仅吸引着哲学家,也吸引着诗人——如席勒、施莱格尔兄弟、诺瓦利斯、荷尔德林均撰写过哲学性随笔探讨这一新的唯心论。康德的追随者费希特进一步把主体的活动引申为形而上学的关键:我们只知道我们所做的,我们用自己的行动创造世界,而且在此世界之后并不存在其他世界。[1]"我们现在得出了这样的教导:一切实在都是想象力制造出来的。就我所知,我们当代最伟大的思想家之一,也提出过同样的教导,他称实在为想象力的幻觉。但幻觉必与真理相反,必须予以避免。但是现在,既然已经证明……我们的意识,我们的生活,我们的存在,作为自我,其可能性是建立在上述想象力的行动上的,那么,只要我们不把自我抽掉,这种幻觉是抛弃不掉的;而抽掉自我是自相矛盾的事,因为抽象者不可能把自己本身也抽掉;因此它并不骗人,相反,它提供的是真理,唯一可能的真理。"[2]不少浪漫主义者拒绝接受费希特这种主观主义——他们宣称自然是最原始的客观事实和力量,是自然创造人的意识而非人的意识创造自然。相形之下,他们似乎更愿意接受超验主义者(Transcendentalist)爱默生的说法:与其说"宇宙是心灵的外化",不如说"心灵是宇宙的内化"。与其浪漫派友人的观点颇为一致,哲学家谢林坚持认为自然就是一个有机体,并通过我们人类获得自我意识。谢林被称为"绝对唯心论者",但他的"绝对"并不是费希特所高标的主体或自我;谢林所理解的"绝对"似乎与康德的类似,它是一个中立的中点,是一种既不是主体也不是客体,而是作为两者基础并最终融汇两者的实体。谢林称,类似人类审美知觉的直觉力,能够凭直觉把握自然这一复杂动态系统的内在统一性和无限性;而当我们的想象力被唤醒时,我们就获得了直觉力。[3] 想象的意向性使其成为直觉力的直接来源;也正是在这种具有意

---

[1] See Michael Ferber, *Romanticism: A Very Short Introduction*, Oxford: Oxford University Press, 2010, p.86.
[2] 转引自王玖兴:《译者导言》,见费希特《全部知识学的基础》,王玖兴译,北京:商务印书馆,1986年,第9—10页。
[3] See Michael Ferber, *Romanticism: A Very Short Introduction*, Oxford: Oxford University Press, 2010, pp.86—87.

向性的想象中,人与自然得以融通。想象力的丧失带来了人之本性及其创造力的真正的陨落;由此反观则不难见出:在启蒙学派的理性主义视角下,人与自然的分裂与对立乃是以人之想象力的丧失作为前提的。

包含生物学在内的整个科学系统所提出的一系列命题,为建构浪漫主义赖以繁荣的自然观提供了必不可少的逻辑框架。于是才有布莱克称——

> 在一颗沙粒中窥见一个世界,
> 在一朵野花中看到一个天堂,
> 将无限紧握在你的掌中,
> 在一小时中抓住永恒。

"所谓推理与想象这两种心理活动,照一种看法,前者指心灵默察不论如何产生的两个思想间的关系,后者指心灵对那些思想起了作用,使它们染上心灵本身的光辉,并且以它们为素材来创造新的思想,每一新思想都具有自身完整的原理。想象是创造力,亦即综合的原理,它的对象是宇宙万物与存在本身所共有的形象;推理是推断力,亦即分析的原理,它的作用是把事物的关系只当作关系来看,它不是从思想的整体来考察思想,而是把思想看作导向某些一般结论的代数演算。推理列举已知的量,想象则各别地并且从全体来领悟这些量的价值。推理注重事物的相异,想象则注重事物的相同。推理之于想象,犹如工具之于作者,肉体之于精神,影之于物。"[①]显然,想象不再像亚里士多德所认为的那样仅仅是介于感觉和理性之间的形象化的手段;也不再是休谟等许多18世纪理论家所认定的那种"与生俱来的感觉力的结合,一种联系的能力,一种形成观念的本能"。现在,想象被看作一种纯粹创造的能力,用柯勒律治的话来说就是:想象"隐约与创造相似,它不是我们相信(Believe)的全部内容。而是我们能够想到(Conceive)的有关创造的全部东西"[②]。"在柯勒律治的思想中,象征的理论处于一个中心的地位;艺术家使用象征同我们交谈,大自然就是一种象征的语言。"[③]在他那里,象征与寓言的差异,是跟想象与幻象、

[①] 雪莱:《为诗辩护》,缪灵珠译,见刘若端编《十九世纪英国诗人论诗》,北京:人民文学出版社,1984年,第119页。

[②] 转引自R.韦勒克:《文学史上浪漫主义的概念》,见R.韦勒克《批评的诸种概念》,丁泓、余徵译,成都:四川文艺出版社,1988年,第174页。

[③] R.韦勒克:《文学史上浪漫主义的概念》,见R.韦勒克《批评的诸种概念》,丁泓、余徵译,成都:四川文艺出版社,1988年,第184页。

天才与才能、理性与知性的差异相联系的；寓言不过是一个将抽象的意图变为一种图画语言的翻译过程，而这种语言本身就是一种来自感觉客体的抽象；而象征虽也具有存在于特殊中的一般或寓于一般中的特殊这样的半透明特性，却尤其更具有存在于短暂中的永恒这样的半透明特性。象征的才能就是想象。想象即象征，大脑因了想象而获得了深入真实的洞察力，将自然解释为一种隐藏在自然后面或自然之中的某种东西的象征。想象使得浪漫派否认将世界看作机械的系统获得了前提；在很大程度上，作为浪漫派新美学的基础，想象成了为艺术与神话辩护的理由。想象乃知识的来源，因为只有它才可以洞察世界的奥秘，洞见生命的本质；想象乃创造力的来源，因为只有它才能创造真正的知识，甚至创造上帝。

在浪漫派看来，人之想象力绝非一块白板，它不仅仅是记录、记忆及比较"感知"或"意象"的消极能力，还是一种以内在方式去形成感知本身的积极能力。显然，想象高于与再现相契合的那种机械的理性认知。换言之，在浪漫派那里，作为洞察力与创造力的来源，想象是至高的能力——高于理性的理解与思辨。正如柯勒律治在其《文学传记》中所言，想象力不仅把人的诸般内在能力统一起来，而且将思想与自然融为一体；充满"诗意"、包孕着创造力的想象绝不等同于幻想——"幻想只是将既有感知肤浅地整合在一起，而想象却是通过对符号进行更深层次的分解与融合来产生某种新生事物。"① 换言之，在柯勒律治看来，幻想只是将各种感知或意象组合在一起，却没有将它们融合在一起；想象力在强烈的激情中把它们塑造成一个新的整体。"幻想和想象是两种截然不同的能力，虽然在普遍的认知里，它们只是同一种含义的两个名称，或者最多也只是同一种能力的不同程度。"② 由此出发，他将想象力分为主要想象力（Primary Imagination）和次要想象力（Secondary Imagination）两种：主要想象力是人类所有感知中最活跃的力量，也是无限的"精神"（I AM）之永恒创造行为在有限心智中的反复呈现。经由"主要想象力"，柯勒律治克服了洛克和哈特莱（David Hartley, 1705—1757）的理性机械论，这一传统的理性机械论认为思维在感知方面是完全被动的，人的大脑只是等待着外部事物盖章留痕的"白板"。柯勒律治坚持认为，人不是通过被动地接

---

① Michael Ferber, *Romanticism: A Very Short Introduction*, Oxford: Oxford University Press, 2010, p.54.

② Quoted in Basil Willey, *Nineteenth-century Studies: Coleridge to Matthew Arnold*, Harmondsworth: Penguin Books Ltd., 1973, p.20.

受而认识客体,而是通过自身努力和本质形式来认识客体;它不仅认识客体本身,而且通过客体认识自己:"如果心灵并不是被动的,如果它确实是以上帝的形象创造出来的……我们有理由怀疑,任何建立在被动思维基础之上的体系,作为一种体系,都是不合理的。"①柯勒律治的想象理论,再次表明——德国哲学与浪漫主义的联系是具体的,不是抽象的。总的来讲,柯勒律治的理论在很大程度上的确依赖于德国人。他用来阐释"想象"的重要术语"融合力"(Esemplastic Power)就是从德语 Einbildungskraft 翻译过来的。柯勒律治在《文学传记》中对想象的论述,其直接的理论基础便是谢林的思想。

浪漫主义者认定,想象力能够将人的主观意识和客观世界相连通。"一般说来,诗可以解作'想象的表现';自有人类便有诗。"②他们往往喜欢将艺术创造能力从其汲取养分的现象世界中离析出来,作为某种天赋的奇异才能来崇拜。浪漫派作家总是将创造性想象力确定为自己工作的核心能力,而其作品的主观性也因此得以确立。想象,不仅是浪漫派作家创造力的来源与直觉的具体构成元素,而且是人与自然连接的纽带,是世界呈现为内心印象-感觉的核心环节。推崇想象是浪漫主义作家的普遍要求,但是在"为艺术而艺术"的这个作家群里,他们却把想象张扬到了一个极致。瓦肯罗德曾以达·芬奇(Leonardo da Vinci,1452—1519)为例指出:艺术家的才智与力量"不是表现在平庸枯燥的临摹上,而是表现在不同寻常的丰富想象上,他的想象精彩奇异而漫无边际"③。"对某一事物由感觉产生的联想,往往会奇妙地放射出比理智的断言更明亮的光芒;在所谓更高一级认识能力的身旁静卧着我们灵魂中的魔镜,它往往更生动地向我们展示世间万物。"④

浪漫派不仅保留了基督教将自然视为上帝作品的观念,而且在此基础上将自然进一步阐发为上帝的语言;由此,人与自然、人与上天的交合与感应也就顺理成章。从浪漫派诗人的诗作中,不难找到直接通向波德

---

① Quoted in Basil Willey, *Nineteenth-century Studies: Coleridge to Matthew Arnold*, Harmondsworth: Penguin Books Ltd.,1973, p. 22.
② 雪莱:《为诗辩护》,缪灵珠译,见刘若端编《十九世纪英国诗人论诗》,北京:人民文学出版社,1984年,第119页。
③ 威廉·亨利希·瓦肯罗德:《既有艺术造诣又学识渊博的画家典范》,见威廉·亨利希·瓦肯罗德《一个热爱艺术的修士的内心倾诉》,谷裕译,北京:生活·读书·新知三联书店,2002年,第32页。
④ 同上书,第41页。

莱尔作为象征主义理论基础的"感应论"的通道。在《午夜寒霜》("Frost at Midnight",1798)中,柯勒律治对其还是婴儿的儿子说道:

> 你就会看到各种瑰丽的景象,
> 你就会听到各种明晰的音响,
> 这些都是上帝发出的永久语言,
> 祂在永恒中取法于万物,而又
> 让万物取法于祂。①

从理性的逻辑思维中抽离,浪漫派转向与感性生命联通的冥想顿悟,在一种出神的恍惚之中丛生敬畏,使得宗教情感四处溅溢。凝视着自然,审视自己的独特幻想,叩问自己的心灵;在冥想与幻想中,灵魂豁然开朗——心儿参破了自然的奥秘。"诗人的语言主要是隐喻的,这就是说,它指明事物间那以前尚未被人领会的关系,并且使这领会永存不朽,直待表现这些关系的字句,经过时间的作用,变成了若干标识,但这些标识只代表思想的片段或种类,而不能绘出整部思想的全景。"②瓦肯罗德说:"自然就像上天透出来的不完整的神谕";而诺瓦利斯将"自然"视为向人传递信息"密语";艾辛多夫宣称:"森林沉默,透出庄严的话语:这关乎品端、行正和爱意,还有诸多必须珍惜的东西。"③在很多浪漫派作家看来,"用心灵的眼睛来观看,这样才会更加明晰,而艺术是人与自然进行沟通的中介"④。通过自己心灵内部那上天赋予的"稚真目光"(Innocent Eye),艺术家成了洞悉世界的"通灵者"。

"浪漫派宣称上帝无处不在——不再仅仅是超越物质世界的超越性存在,上帝同样存在于自然和我们之中;抑或正是人的感情和思想才让上帝的存在变得完整。"⑤宇宙是一首上帝谱写的宏伟的诗篇。因了激情的融入而非理性的推演,真正的诗人能够读懂自然的神奇秘语,并经由此种

---

① Quoted in Michael Ferber, *Romanticism: A Very Short Introduction*, Oxford: Oxford University Press, 2010, p.68.

② 雪莱:《为诗辩护》,缪灵珠译,见刘若端编《十九世纪英国诗人论诗》,北京:人民文学出版社,1984年,第121页。

③ Quoted in Michael Ferber, *Romanticism: A Very Short Introduction*, Oxford: Oxford University Press, 2010, p.69.

④ 大卫·布莱尼·布朗:《浪漫主义艺术》,马灿林译,长沙:湖南美术出版社,2019年,第132—133页。

⑤ Quoted in Michael Ferber, *Romanticism: A Very Short Introduction*, Oxford: Oxford University Press, 2010, p.54.

秘语与上帝沟通,他们的创作就是在向大众传达来自上帝或自然的讯息。在日益复杂、僵化的城市化生存中,物质越来越丰裕,精神却愈来愈贫瘠;人们在精神上普遍需要支援,诗人很大程度上代替了教士或神父的角色。事实上,艺术家的激情及其所包孕着的天才之本质,是无法像谈论眼前的实物一样用语言直接道出的;于是富有创造性的艺术家形象开始染上神秘的色彩与神圣的色调。艺术家所表达的都是其心灵所体验的,而这体验则连通着作家本人的生活经历与生活环境;由是,浪漫主义的"自我表现"便直接催生了无数"自传性人物"与"自传性作品"。拜伦的"拜伦式英雄"、夏多布里昂的勒内发端的一长串在暴走与流浪中纾解苦闷的"世纪儿"、瓦肯罗德笔下那个热爱艺术而不断在谦卑中沉思着"宽容与人性"的"修士"……均为浪漫派作家笔下堪称典范的"自传性人物"。而在1805年,华兹华斯完成了所有浪漫主义"自传性作品"中最富启示意义的长诗《序曲》,诗作追溯了自己在与自然对话过程中心灵的成长。沿着想象力的导引,华兹华斯将自我融入了自然;在他那里,人与自然的关系是宁静亲切的——人在自然的怀抱中得到了其在现实社会中难以获得的心灵的安宁。《序曲》直接影响了其好友柯勒律治"自传性作品"《文学传记》的写作,后者研究探讨了诗人想象力的神秘来源、内在机制及外在触发。两位诗人的内省描述,共同彰显了浪漫主义的一个重要基点:既然世界的存在依赖于人的感知,那每个个体都拥有着一个属于自己的、独一无二的世界;而所谓诗人的"天才"不过是其禀有独特的"稚真目光",且能将自己的"通灵"发现予以准确传达的天赋能力。

　　浪漫主义运动勃兴将想象的艺术魅力横陈在世人面前,而想象之于艺术创作的价值也被提升到了前所未有的高度。在1815年版的《抒情歌谣集》序言中,华兹华斯称:"想象力……和存在于我们头脑中的仅仅作为不在眼前的外在事物的忠实摹本的意象毫无关联。它是一个更加重要的字眼,意味着心灵在那些外在事物上的活动,以及被某些特定的规律所制约的创作过程或写作过程。"[①]在华兹华斯看来,想象力的运用将朴实的生活完美地融入诗歌作品,并且"在最有价值的对象上,在外在的宇宙上、在人的道德和宗教的情感上、在人的先天的情感上、在人的后天的情欲上大大发挥了它的力量。这种力量和人们的作品一样具有着使人高尚

[①] 中国社会科学院外国文学研究所外国文学研究资料丛刊编辑委员会编:《外国理论家作家论形象思维》,北京:中国社会科学出版社,1979年,第39页。

的倾向……"①而对雪莱来说,想象是用"变形的方式"体现他的愿望,而非观察所得,他坚信想象具有真正的改造作用。在他看来,一切都是思想——万物就是一层层的思想;宇宙本身也无非是各种古老的思想、意象和观念凝聚成的庞大集合体。所以,以创造能够产生有力印象的新的意象为己任的诗人,总是在不断搅动、骚扰和重新塑造着世界。"想象,"雪莱说,"是人性的官能,人性进步的每一阶段,不,应该说是每一细微变化,都有赖于它。"②想象之于雪莱,就是一股生命活力,是使世间万物生生不息的养分源泉,诗人面对的是一个饱满、完整的大千世界,又怎么能只靠理性来引导自己对世界进行认识和理解呢?"雪莱是一位象征主义者和神话家,这是毋庸置疑的。"③他的整个诗作乃内蕴着连贯、重复的象征系统:鹰和蛇、圣殿、塔、船、河流、洞穴……发达的联觉与不同的感觉密集交合,与情感从愉快到痛苦再从悲哀到欢乐的快速转变相对应。雪莱希望人们超越个人的种种限制,沉浸于某种无忧无虑的境界之中。济慈的诗作经常有月亮、睡眠、神殿和夜莺出没,不仅是一连串的图画,更是一些象征的结构——蕴含着艺术家与社会、时间与永恒的冲突。与柯勒律治的理论如出一辙,雪莱的《为诗辩护》将想象阐释为使人与世界融为一体的"综合的能力",诗即"想象的表达",而"置于永恒、无穷和太一之中"的诗人则揭开面纱,显露出"世界的隐藏着的美,并使熟悉的对象显得不再熟悉"。"诗从衰朽中拯救了人的神性,使之不断莅临。"词汇不过是"微妙的影子",而"在写作过程中,理智是一块'濒于熄灭的煤'"。④ 20世纪大行其道的所谓艺术的"陌生化原则"在雪莱的《为诗辩护》中已然呼之欲出。

在柯勒律治的描述中,作为诗人艺术家之最独特、最珍贵的核心竞争力,想象力不仅是一种内在的精神活力,更是人与世界相连通的感觉系统的触发器或向导。人对世界的观察、感受,均端赖于其想象力的导引;就此而言,想象力不仅是艺术家创造力的源泉,也是人类认知力的核心构成元素。因为这份非同凡响的天赋想象力,诗人艺术家才获得了超越有限世界进入无限境界的非凡能力;也正是在这个意义上,诗人艺术家才与蝇

---

① 伍蠡甫主编:《西方文论选(下卷)》,上海:上海译文出版社,1979年,第27页。
② 勃兰兑斯:《十九世纪文学主流(第四分册)英国的自然主义》,徐式谷、江枫、张自谋译,北京:人民文学出版社,1997年,第272页。
③ R.韦勒克:《文学史上浪漫主义的概念》,见R.韦勒克:《批评的诸种概念》,丁泓、余徵译,成都:四川文艺出版社,1988年,第185页。
④ 雪莱:《为诗辩护》,缪灵珠译,见刘若端编《十九世纪英国诗人论诗》,北京:人民文学出版社,1984年,第119、121、148、153、155页。

营狗苟的庸众区别开来,而与"造物主"上帝相近似。正是创造性想象力,诗人才有了"通灵"的天禀,而由此成了上帝特别钦选的"启示"的载体。"对浪漫派而言,想象是艺术家最为珍贵的天赋。它至关重要,却难以言表。它既可以造成入迷状态,也可以带来梦魇和失望。"①想象力使得诗人与上帝相通,而洞悉自然的奥秘,从而将真理从庸众的俗常目光与非理性心灵的黑暗中打捞出来。这意味着始终遗世独立的自由艺术家与现实之间天然存在着相互背离的冲突关系。僵硬的教条、黑暗的欲望以及被其所拥有的庸众,乃是这现实的基本构成元素;所有这些元素与诗人艺术家之间存在着难以化解的敌对与冲突。"孤独地站在岩石上,远离尘世的喧嚣,在他身上是众神的孤傲。"②而彻底融入艺术、完全依靠想象力进行创作的济慈,甚至为此摒弃了道德、社会乃至自我的存在。他虔诚地奉想象为自己的神,大胆地打破了想象和真实之间的界限。对他而言,理性格式化是工具性的,有用;但有弊端——遮蔽意义。想象将理性格式化了的生存现实中那被遮蔽的美重新发掘呈现出来。所以,济慈干脆称:"想象当作美来抓住的必然就美,无论它以前是否存在。"③

第五节　悲剧艺术家

回眸文学史不难发现——以影响他人并为他者服务为目的,这是多少世纪以来文学艺术的决定性特征;而戈蒂耶等浪漫派作家却坚持要将诗与雄辩术区别开来,标举艺术的自足地位,倡导为艺术而艺术。伴随着美学从关于真与善的科学中剥离出来,浪漫派最终成功确立了艺术自由的观念;艺术自由大大解放了艺术家的创造力,浪漫主义因此注定演进为一场最深刻的文学革命。

弃绝了理性崇拜,浪漫派将所有范畴都用自我的心灵体验来衡量的时候,理性宗教和自然神论中的最高价值便开始黯然失色,不再赋有令人心驰神往的魅惑,代之而起的是另一种精神上的浪漫归宿——不少浪漫

---

① 大卫·布莱尼·布朗:《浪漫主义艺术》,马灿林译,长沙:湖南美术出版社,2019年,第28页。
② 转引自大卫·布莱尼·布朗:《浪漫主义艺术》,马灿林译,长沙:湖南美术出版社,2019年,第35页。
③ 转引自R.韦勒克:《文学史上浪漫主义的概念》,见R.韦勒克:《批评的诸种概念》,丁泓、余徽译,成都:四川文艺出版社,1988年,第174页。

派作家将诗与宗教、诗人与上帝联系在一起。"伟大的艺术家都是被选拔的,蒙受神惠的圣者。"①"没有哪个时代的作家像浪漫派一样赋予自身以如此卓著的声名与荣耀——诗人不但被称作英雄、立法者与传教士,甚至还享有先知乃至造物主的名望。1798年,诺瓦利斯便傲然宣称:'我们重任在肩,使命神圣,世界等待着我们去改变。'而雪莱则用如下的断语来结束其在《为诗辩护》中为诗人与诗歌所做的滔滔雄辩:'诗人是世间未经公认的立法者。'"②

维尼的长诗《摩西》(*Moses*,1822),描绘了摩西生命的最后时刻——随着自己荣耀的增多,他变得越来越孤独,越来越无趣,最终陷入绝望。普希金在《先知》(*The Prophet*,1826)中以第一人称讲述了一位六翼天使如何用手指抚慰诗人疲惫的双目,"像一只受惊的兀鹰/我睁开了先知的眼睛"。这位诗人经过多次变形,现在已变身为先知,被派往世界执行旨意,"用我的道把人心烧亮"。在《新颂诗集》(*Nouvelles Odes*,1824)中,年轻的诗人雨果曾书写诗人与缪斯、诗人与先知以及诗人与基督无声的灵魂交汇,并反复警告"无礼的凡人"远离诗人:

> 一股强大的精神注入他的思想。
> 他现身了,突然,他的话语闪烁着
> 像燃烧的树枝一样闪闪发亮。
> 人们围拢在他身边,匍匐在他脚边;
> 神秘的西奈山及其闪电为他加冕,
> 这上帝就在他的额上。③

"为了满足自身的特殊诉求,浪漫派的杰出天才们在出现时都被迫披上了疯狂的外衣或者伪造古代的权威。"④霍夫曼既是法律官员,又是艺术家和小说家,徘徊在世俗之人和艺术家之间,过着两种截然不同的生活,艺术家在俗世中的孤独也就常常成为其作品的主题。一个秉有高尚情操的艺术天才乃不为世人理解的所谓怪人,这便是霍夫曼在小说《克雷

---

① 勃兰兑斯:《十九世纪文学主流(第二分册)德国的浪漫派》,刘半九译,北京:人民文学出版社,1997年,第96页。
② Michael Ferber, *Romanticism: A Very Short Introduction*, Oxford: Oxford University Press, 2010, p. 32.
③ Quoted in Michael Ferber, *Romanticism: A Very Short Introduction*, Oxford: Oxford University Press, 2010, pp. 34—35.
④ Lascelles Abercrombie, *Romanticism*, London: Martin Secker Ltd., 1926, p. 26.

斯佩尔顾问》(*Rath Krespel*, 1816)中所表达的意旨。围绕着克雷斯佩尔,作者描述了一系列荒诞不经的现象:他让工匠依据自己匪夷所思的创意修建了一幢设施完备却怪模怪样的住宅;他与人交谈时常常异想天开地狂呼乱叫;不是东拉西扯从一个话题迅速跳转到另一个话题,就是揪着某件事翻来覆去没完没了;他能制作最好的小提琴,但对自制或买来的好琴却从来是只拉一次;他的妻女都有着令那些女歌星们黯然失色的绝妙音色,但却也都无法摆脱某种先天就有的生理缺陷——一开口唱歌脸色就会大变乃至有丢命的危险,因此失去女儿之后的克雷斯佩尔竟唱着滑稽的歌在屋里蹦来蹦去……克雷斯佩尔行为怪癖,有着不为世人所理解的艺术天才,但人们却将他的所有言行都看成是毫无意义的病态行为,唯一能使他愿意与生活达成和解的亲人也都相继死去,他成了一个完全疏离于这个世界的孤独的怪人。小说结尾时,克雷斯佩尔煞有介事地说:"你可以当我是傻瓜,当我是疯子,这个我都不怪你,须知咱俩都被关在同一座疯人院中。"在小说《格鲁克骑士》(*Ritter Gluck*, 1809)中,霍夫曼重复了"孤独艺术家"的主题:大名鼎鼎的作曲家格鲁克面对着他人对自己作品不无错误的演奏和鉴赏,深感"荒芜围绕在我周围,因为没有跟我类似的灵魂走向我……""我向不信神灵的人出卖了神圣,一只冰冷的手抓向这颗炽热的心。""我被诅咒,在不信神灵的人中像一个被驱逐的幽灵般漫游。"

霍夫曼最有名的长篇故事当数《雄猫穆尔的生活见解:附音乐指挥约翰内斯·克莱斯勒传记片段》(*The Life and Opinions of the Tomcat Murr*, 1819/1821)。小说中,雄猫穆尔①发现了一份写着音乐家约翰内斯·克莱斯勒生平的手稿,于是也兢兢业业地在背面写起了自己的自传,印刷工人收到的就是这样一部双面稿。话说此猫嗜书如命——曾不顾主人责打伏案狂读不辍,由此博览群书,终成一代"学霸猫"。它敏感聪明又贪慕虚荣,对哲学和文学并未"真懂"但却以鸿儒自居。小说的叙事结构非常独特:雄猫穆尔的自传与乐队指挥克莱斯勒的传记交错排列:第一卷共分两部分,每部分分为十节,穆尔的自传和克莱斯勒的传记各占一半篇幅;第二卷亦分两部分,第一部分十节,穆尔和克莱斯勒各占五节,第二部分只有四节,穆尔和克莱斯勒各占两节。这种严格的对位法使一个市侩(雄猫穆尔)的逐渐成熟与一个艺术家的备受摧残形成了两个色调不同的

---

① 跟霍夫曼家的宝贝猫同名。

声部,从而将一个市侩的欢乐与一位天才的悲怆相互对照,也让钩心斗角、腐败堕落的齐格哈兹小公国与充斥着决斗、拉皮条等行为所谓高雅的猫世界相映成趣。猫跟主人、跟音乐家克莱斯勒以及叙事者霍夫曼(书稿"编辑")等人物并置,不时转换人称,这在当时是极为罕见的写法;同时,反讽笔法所开启的多元世界里最不缺乏的便是透着黑色或灰色的幽默,如高傲的"学霸猫"某日偶遇几天未吃东西的母亲,立刻决定把自己晚饭的剩鱼头送来,可回家取鱼头的时候它又实在忍不住将其吃掉了:"实在太好吃","我内心的猫的本能正在苏醒","我还是不要和大自然作对吧"。

像浪漫主义时代的诸多"艺术家小说"一样,天才和俗物的冲突、艺术家与现实的冲突,是霍夫曼以克莱斯勒为主人公的系列作品一以贯之的主题。除了《雄猫穆尔的生活见解:附音乐指挥约翰内斯·克莱斯勒传记片段》之外,表现这一主题的另一本奇书《克莱斯勒言集》(*Kreisleriana*,1810—1814)包括小说、通信和音乐评论等多种文体,叙事者基本是贯穿全书的音乐家克莱斯勒,有时也会悄然变成霍夫曼本人。跟霍夫曼精神上联系最紧密的音乐家舒曼(Robert Schumann,1810—1856),中学时代便深受浪漫主义文学的影响,特别喜爱 E. T. A. 霍夫曼、让·保尔以及拜伦等人的作品。《克莱斯勒偶记》(*Kreisleriana*,1838)、《狂欢节》(*Carnaval*,1835)、《幻想曲》(*Fantasiestücke*,1837)和《夜曲》(*Nachtstücke*,1839),他至少有四部音乐作品直接受到了霍夫曼之克莱斯勒系列小说的影响。不少学者认为深奥的《克莱斯勒偶记》跟霍夫曼的《克莱斯勒言集》一书有直接关系,但音乐学家罗森则指认其与《雄猫穆尔的生活见解:附音乐指挥约翰内斯·克莱斯勒传记片段》关联更深。另外,雅克·奥芬巴赫(Jacques Offenbach,1819—1880)的歌剧《霍夫曼的传说》(*The Tales of Hoffmann*,1880)、柴可夫斯基(Peter Ilyich Tchaikovsky,1840—1893)的芭蕾舞剧《胡桃夹子》(*Nutcracker*,1892)都直接来自霍夫曼。前者改编自霍夫曼的3部短篇小说,后者直接来自霍夫曼1816年发表的童话故事《胡桃夹子与老鼠王》(*The Nutcracker and the Mouse King*,1816)。

"浪漫派认为,启蒙运动具有他们所说的那种庸人之气,因为它蔑视诗歌,贬低天才的想象,不尊重崇高或'热情'。"[1]"所谓的自由就是要摆

---

[1] 罗兰·斯特龙伯格:《西方现代思想史》,刘北成、赵国新译,北京:中央编译出版社,2005年,第197页。

脱一切活动、一切职业、一切义务。"①塞南古的书信体自传小说《奥勃曼》中的同名主人公奥勃曼便没有职业,没有固定的工作,没有特定的活动领域,没有密切的亲友圈子,没有家庭,没有爱情,没有信仰,只有充斥着心灵纤细到病态的敏感与满脑子稀奇古怪的想法——小说的开头是这样写的:"下面这些信写的是一个感想多而行动少的人的种种想法。"②可能正是因了这份敏感和太多的想法,作者塞南古在小说结尾才安排奥勃曼去当一个作家。"在浪漫主义派的诗文创作里,无用之人总是最具诗意的人物。"③塞南古的一生饱受贫困、孤独和疾病侵扰的痛苦。19岁时他因为不想成为牧师而从巴黎逃到瑞士,20岁时他出于一种虚荣感而结婚,从1800年开始他患上了严重的麻痹症;其两部书信体小说《阿尔多蒙》和《奥勃曼》,是作者个人生活悲欢离合的真实写照。他的两篇随笔《论当代人》(*Sur les générations actuelles*,1793)和《论人类原始本性的回归》(*Rêveries sur la nature primitive de l'homme*,1799)似乎是从卢梭和圣皮埃尔的早期作品中获得了灵感。1840年,乔治·桑在为《奥勃曼》第三版所作的序言中写道,塞南古就像一只"大自然不给它翅膀的鸟"——"除了悲哀,他什么都没有留下。"④

形单影只,孑然独立,这是浪漫主义诗人艺术家的特质。"如果说孤独是天才最后的栖息地,那么它也是天才的前提条件。"⑤在《音乐家约瑟夫·伯格灵耐人寻味的音乐生涯》中,对音乐艺术的追求,使同名主人公约瑟夫"一生都挣扎在上天赋予的激情和世间卑微的苦恼之间,这种挣扎给他带来了无尽的痛苦,最终完全割裂了他灵魂和肉体这一双重人格属性"⑥。"浪漫主义者的孤独与其说是现实,还不如说是一个神话。它是这一艺术哲学观念的产物,即认为艺术家独立于社会,并且这种独立对于

---

① 勃兰兑斯:《十九世纪文学主流(第五分册)法国的浪漫派》,李宗杰译,北京:人民文学出版社,1997年,第115页。
② 勃兰兑斯:《十九世纪文学主流(第一分册)流亡文学》,张道真译,北京:人民文学出版社,1997年,第42页。
③ 索伦·奥碧·克尔凯郭尔:《论反讽概念》,汤晨溪译,北京:中国社会科学出版社,2005年,第244页。
④ Quoted in Winfried Engler, *The French Novel: From 1800 to the Present*, tran., Alexander Gode, New York: Frederick Ungar Publishing Co., 1970, p. 6.
⑤ 大卫·布莱尼·布朗:《浪漫主义艺术》,马灿林译,长沙:湖南美术出版社,2019年,第35页。
⑥ 威廉·亨利希·瓦肯罗德:《音乐家约瑟夫·伯格灵耐人寻味的音乐生涯》,见威廉·亨利希·瓦肯罗德《一个热爱艺术的修士的内心倾诉》,谷裕译,北京:生活·读书·新知三联书店,2002年,第141页。

他们的艺术表达来说是至关重要的。"①早在18世纪50年代,作为美学的创始人,法兰克福大学的哲学家亚历山大·戈特利布·鲍姆嘉通(Alexander Gottlieb Baumgarten,1714—1762)就指出,艺术的价值来源于艺术家的独立。70年代,威廉·海因泽(Wilhelm Heinse,1746—1803)在小说《阿尔丁海洛》(*Ardinghello*,1787)中通过一群艺术家在孤立的海岛上寻求自由的乌托邦叙事,将摒弃一切社会、政治、经济、道德规范的自由品格高标为艺术家的根本属性。而歌德以16世纪意大利著名诗人为主人公的剧本《塔索》(*Torqua-to Tasso*,1790),描述了主人公尽管才华横溢,但为了确保其生存以及创作条件必须依附于为其提供庇护的封建王朝;即便矛盾激化,最终也只能是他与现实相妥协。较之于其"狂飙突进"时期作品中响彻着的那种孤绝与反叛的高昂旋律,这个文本明显体现出作家精神的调整与后退:他不再通过躁动不安的情绪来表现激越的个人呐喊,而是在重新打量现实后追求一份宁静、朴素的和谐。塔索在宫廷生活中的遭遇,很大程度上表现了歌德本人在魏玛宫廷的苦闷与矛盾。在已进入"魏玛古典主义"时段的歌德笔下,孤绝艺术家与现实的冲突所导致的英雄般的毁灭,被重构为在与现实冲突中对现实的适应,因为现实中那与艺术家格格不入的一切,都是他必须面对的命运。

由于自我意识是人类最高贵的特性与个体人格健全的表征,作为最具有自我意识的人的艺术家也就合乎逻辑地成了浪漫派笔下最常出现的主人公。浪漫派作家喜欢写"人群中的孤独",尤其喜欢将"人群中的孤独"与艺术家独特的命运相关联。这类作品往往关乎现实世界给艺术家带来的精神创伤,很大程度上乃是浪漫派艺术与生活、艺术家与大众关系的一种寓意性说明。"作家们此前也时常表达对'公众'的不满,但这种情绪在19世纪初叶的文学中却变得强烈而又普遍。"②在很多浪漫派作家看来,"诗并不是人生和事业的表现,人生和事业倒要以诗为出发点。诗在创造人生"③。而要创造人生,其前提便是要打破现实世界中那带来束缚的各式既定规制,"一个天生的艺术家,他的首要任务永远是在他的艺术领域里同传统的因袭成见决裂,在每个时代里都跃跃欲试地要向社会

---

① 大卫·布莱尼·布朗:《浪漫主义艺术》,马灿林译,长沙:湖南美术出版社,2019年,第37页。
② Raymond Williams, *Culture and Society 1780—1950*, London: Chatto & Windus, 1958, p.33.
③ 勃兰兑斯:《十九世纪文学主流(第二分册)德国的浪漫派》,刘半九译,北京:人民文学出版社,1997年,第201页。

成规挑战……"①的确,艺术家偏执的理想主义情怀与其置身其中的世俗现实环境是永远冲突的;不管艺术家拥有如何纯真的赤子之心或怎样忠诚于自己的艺术事业,他毕竟首先是一个有血有肉的人,这意味着艺术家天才的激情与其同样无法弃绝的世俗幸福的理性算计也是不相兼容的。外在的冲突与内在的矛盾,这双重的挤压使得艺术家大都成为命定的悲剧人物:或者精神遗世独立肉身潦倒不堪直至死亡或疯狂,或者活着但却成为他人眼中的笑柄,变成所谓的"怪人"。"18 世纪的文学是沙龙文学、客厅文学,反映的是一个前所未有的普遍有教养的社会的品味。但是这种文学没有天才个性的概念,也就是那种超越一般人的、无所禁忌的冒险心灵。艺术家与社会的疏离或异化这个现代主题尚未展开。如果像里卡多·昆塔纳所说的,18 世纪有一种神话,那么这个神话所描述的就是'正常人'(Normal Man)和'共有的经验'。这与浪漫主义何等地不同!"②浪漫派制造了诗人被冷酷无情的社会和庸众所毁灭的悲情传说,孤独艺术家的毁灭乃浪漫派作家最热衷的题材。对既定现实中的一切,浪漫派作家似乎都有一份神圣的忧郁和愤怒。缪塞写道:"讨厌的家庭!该死的社会!混蛋的城市!去他妈的祖国!"③"神圣的孤独感",乃贯穿于法国浪漫派大诗人维尼创作中的一条红线。《摩西》《狼之死》(*La Mort du Loup*,1838)均是其表现忧郁和孤独的著名诗篇。

与"成熟"地步入"古典"阶段的歌德不同,与稍后在市场上追求图书畅销而发财的大仲马、狄更斯也迥然有异,早期浪漫主义作家中不乏拒绝让自己的作品"畅销"而拿命相搏的传奇。绝不迎合这个庸俗的世界,他们不仅在经济上或职业前途上付出惨重代价,而且为了在现实面前捍卫自己的艺术信念宁愿付出生命。1770 年在伦敦自杀的青年诗人托马斯·查特顿因此被浪漫派作家引申为拒绝屈服与妥协、极富悲剧崇高感的"英雄—艺术家"。不唯华兹华斯、柯勒律治和济慈等英国的浪漫派作家纷纷不吝笔墨大唱赞歌,德国的诺瓦利斯、法国的维尼等其他国家的浪漫主义大家也感慨良深,表征着"诗人永恒的苦难与牺牲",以查特顿自杀

---

① 勃兰兑斯:《十九世纪文学主流(第二分册)德国的浪漫派》,刘半九译,北京:人民文学出版社,1997 年,第 129 页。

② 罗兰·斯特龙伯格:《西方现代思想史》,刘北成、赵国新译,北京:中央编译出版社,2005 年,第 202 页。

③ Cesar Grana, *Bohemian versus Bourgeois*, New York & London: Basic Books Inc., Publishers, 1964, viii.

事件为题材的诗歌、戏剧流行一时。除了专为查特顿而写的《恩底弥翁》，济慈另有一首颂诗也是献给他的：

> 查特顿！你的命运竟这样悲惨！
> 呵，忧患的宠儿，苦难的爱子！
> 你两眼很快蒙上了死的阴翳，
> 那里，刚闪过天才和雄辩的光焰！①

在所有情况下，浪漫派小说中往往都有一种悲观主义的基调。而维尼则是这种悲观态度的典型代表，而其剧本《斯泰洛》(*Stello*, 1832)、小说集《军功与奴役》(*Servitude et grandeur militaires*, 1835)和未完成的《伊曼纽尔》②(*Emmanuel*, 1837, 不完整)可联系起来被解读为"悲观三部曲"。《斯泰洛》很大程度上是一份哲学对话。在这个剧本中，努瓦尔博士(Dr. Noir)通过讲述吉尔伯特(Gilbert)、查特顿(Chatterton)和安德烈·谌内尔(André Chenier)三个人——他们分别是君主专制、英国宪制(1770)和法国革命(1794)的受害者——的趣闻轶事，表达了一个共同的主题：卷入政治可能对一个人的严重危害。在书中，努瓦尔博士表达了其对国家权力必要性的认识以及对个人与现实政治冲突的理解，而斯泰洛面对这样一种命定的对抗，有的则只是对象牙塔的满腔渴望。批评家往往将这种对话体叙事视为作者内在精神矛盾的投射。若说诗人是最讨厌的"放逐者"，那军人则当称最不着调的"贱民"。后者正是由三部短篇小说所构成的《军功与奴役》一书所要传达的题旨：现代战争以及大革命时期兴起的人民军队，如何剥夺了士兵的尊严，使其沦为"一群人反对另一群人"的工具。这可能是维尼最具永恒价值的书，语言朴素，性格的展现张弛有度，风格的拿捏恰到好处；常规主题线索的引入，如一封密封的信或一根手杖，都巧妙地强化了连续性行动之间的张力。叙事作品并非是维尼创作中最具力量的作品，虽然它的确也浸染了代表其最高艺术成就的抒情诗中那种一以贯之的悲观主义色调。

1835年，维尼将查特顿搬上了舞台。三幕剧《查特顿》(*Chatterton*, 1835)堪称体现"悲剧艺术家"主题最具代表性的作品。简单来说，这部戏剧写的是这样一个故事：诗人查特顿发表了很多诗，但生活却依然十分贫穷，欠了一身债。他寄居在富商约翰·贝尔家里，对生活已经十分绝望，

---

① 济慈：《济慈诗选》，屠岸译，北京：人民文学出版社，1997年，第27页。
② 该书部分作为《达芙妮》(*Duphne*)发表于1912年。

在这样一种状态中,他的精神支柱只有他对自己艺术的追求和对贝尔妻子吉蒂的爱。吉蒂是一位温柔善良的妇女,她同情并关心查特顿,私自藏起六个金币想帮助他。久而久之,他们相互间的感情发展成了爱情。有一天,查特顿外出散步遇见一群旧日的老同学,这里面有一位是市长的亲戚,他很想躲避他们,他们后来却又找上门来。贝尔原来看不起查特顿,这一来便敬他三分。后来市长亲自来找查特顿,原来,这位市长和查特顿的父亲是好朋友,看在这个份上,他劝查特顿不要再胡抹乱涂什么诗句了,他说他可以给他提供一个年俸一百镑的职位,就是要他去他家里当仆役长。可查特顿对市长的这番关怀感到的却是一种屈辱,他毫不犹豫便予以回绝。市长走后,查特顿独自一人看报,在报上,他看到有一篇文章攻击他抄袭古人作品的犯罪行为,说他的诗不是他写的,而是抄了10世纪一位作家的作品,查特顿对此感到震惊和愤怒。屈辱接踵而来,他在狂怒之中焚毁了自己的全部诗歌,然后吞服了鸦片。临死之前,为了不让吉蒂痛苦,他跟吉蒂说他并不爱她。看到垂死的恋人,吉蒂顿时昏了过去,结果从楼梯上跌下来,很快也停止了呼吸。在这部戏剧中,维尼把查特顿写成了一位超群的稚子——他宁愿挨饿而死,也不愿用庸俗的作品去贬低自己诗神的地位。除了查特顿作为诗人的这种宁死不肯流俗的独立人格之外,这出戏剧还揭示了周围粗鄙凡俗的世界对于一位智慧天才的残酷的虐待。这一完全为自己的想象力所主宰却不为社会所容的现代诗人的悲剧,揭示了一个悖论——作为知识分子和艺术家,作家期待或者要求得到的认可与时代实际上给出的评价之间存在着巨大的落差;作为一个秉有灵感的特殊族群中的一员,作家精心为社会创制出来的作品却只能在一个狭小的圈子内获得推崇;作家承载着自己首肯并大力赞颂的价值,然而这些价值却并不为大多数人所认同。①

　　作家艺术家社会地位和人格的独立性还表现在他和大众的关系上。这个时期的作家开始摆脱大众对他的束缚,他们在很大程度上已经不再为了迎合大众的口味和传统的道德观念而写作,他们更关注探求人类的灵魂,更关注创造自己的艺术。他们已经在很大程度上清醒地意识到:一个艺术家如果不深入到人类灵魂的本质,不深入到灵魂最深远的地方,如果他不敢或者不能不顾后果地从事自己艺术的创造,如果他不能真诚地、

---

① See Cesar Grana, *Bohemian versus Bourgeois*, New York & London: Basic Books Inc., Publishers, 1964, p. 41.

赤裸裸地表现自己的观念,不敢把人性如它们所显现的那样反映出来,既不增加一分,也不减少一分,而是看公众的脸色行事,一味地屈从于公众的偏见、无知、虚伪、鄙俗或是伤感情调——他或许可能会为同时代人大加赏识而显赫尊贵,或者可以用他的这种作品获得社会的桂冠和财富,但是他这种作品的艺术价值是值得怀疑的,这样的作品往往经不起时间的考验,缺乏真正的生命和热力。在浪漫主义文学时期,作家们开始对自己和公众的这种关系进行反思,意识到了公众舆论、传统道德和时尚习俗对于他们所追求的真正的艺术的危害,开始要摆脱这种关系,谴责和反对这种为了迎合公众趣味而生产的作品。济慈宣称:"面对大众,我没理由不感到骄傲";雪莱则告诫说:"千万不要理会所有蠢货的意见,时间总会证明庸众的判断错得离谱。"①

的确,作家和艺术家不能使自己脱离他的时代,然而时代的潮流却不是不可分割的潮流———一般来说,时代的潮流总是存在着表层和潜层这样两个融合在一起却又大相径庭的部分。让自己同表层潮流随波逐流,或是被表层潮流所驱使,这是庸才的标志,这种人在本质上来说与艺术毫无关联。换句话来说就是,每个时代都有其占优势而投合时好的观念和形式,它们不过是前些时代生活的结果,虽然仍在那里漂流,但事实上却已然完结,正在慢慢变成化石。除此之外,这个时代还有另一套完全与之不同的观念,虽然尚未具体化,但却是已经弥漫在太空中了,当代最伟大的巨匠已经把它们理解为现今必须追求的目标。这后一类观念形成了团结人们去进行新的开拓、新的奋斗的最本质的因素,代表着明天和未来。如果说艺术家应该迎合时尚,如果说艺术家要接受时代和社会的影响,那么,显然应该接受的正是这后一种时尚和后一种影响。作为艺术的文学从根本上来说体现着一种颠覆既定道德观念的自由力量。面对现实,要么将其"诗化",要么不遗余力地揭其弊端对其进行批判;唯美主义的艺术观念"源于最杰出的作家对于当时的文化与社会所产生的厌恶感,当厌恶与茫然交织在一起时,就会驱使作家更加逃避一切时代问题"②。

由于种种社会-文化方面的原因,在19世纪初叶,作家与社会的关系总体来看开始趋向于一种紧张的关系状态,作家们普遍憎恨自己所生

---

① Raymond Williams, *Culture and Society 1780—1950*, London: Chatto and Windus, 1958, p. 33.

② 埃利希·奥尔巴赫:《摹仿论:西方文学中所描绘的现实》,吴麟绶等译,天津:百花文艺出版社,2002年,第564页。

活于其中的时代。他们以敏锐的目光看到了社会存在的问题和其中酝酿着的危机，看到了社会生活的混乱与人生的荒谬，看到了精神价值的沦丧与个性的迷失，看到了繁荣底下的腐败与庄严仪式中披藏着的虚假……由此，他们中的一些人开始愤怒，愤怒控制了他们，愤怒使他们变得激烈而又沉痛，恣肆而又严峻，充满挑衅而又同时充满热情；他们感到自己有责任把看到的真相暴露在光天化日之下。而同时，另一些人则开始绝望，因为他们看破了黑暗中的一切秘密却唯独没有看到任何出路；在一个神学信仰日益淡出的科学与民主时代，艺术因此成了一种被他们紧紧抓在手里的宗教的替代品。文学的独立品格在浪漫主义时期得到了充分的论证，文学从神学和宗教文学中脱离出来，并被推上了诗化宗教的高度。诗代替断裂的宗教链条，担当了连接人与神、寻求人类救赎的功能。诗人被称为"酒神的神圣祭司"①。

25 岁的德国天才诗人瓦肯罗德、29 岁的诺瓦利斯均在 30 岁前告别人世；英国的济慈 25 岁时因肺结核病逝于罗马，雪莱 29 岁时溺亡于勒瑞奇海湾，拜伦 36 岁时因高烧死于希腊；俄国的普希金与莱蒙托夫分别在 37 岁与 27 岁死于决斗……相较于那些"早逝的天才"、"被忽视的天才"或"受难的天才"则是一个诗人艺术家更常见也更大的群体。在这方面，16 世纪的意大利诗人塔索②堪称一个典型的代表，他也因此成了浪漫派诗人顶礼膜拜的楷模。歌德的悲剧剧本《塔索》开启了"塔索旋风"：在法国，先是史达尔夫人在《论德国》一书中对歌德的剧本作了进一步的理论阐发，紧接着便是拉马丁以塔索为主题创作了多首诗歌；19 世纪二三十年代，浪漫主义大画家德拉克洛瓦绘制了不同版本的《疯人院里的塔索》(Tasso in the Madhouse)和一幅《狱中塔索》(Tasso in Prison)。在英国，拜伦在 1817 年发表的《恰尔德·哈罗尔德游记》第四章与《塔索的悲哀》("The Lament of Tasso"，1818)对诗人塔索进行了反复描述；1818 年，雪莱计划以塔索为主题创作一部戏剧，后来写了一个场景并且谱了曲；女诗人弗雷西亚·海曼斯创作了《塔索获释》("The Release of Tasso"，1823)和《塔索和妹妹》("Tasso and His Sister"，1826)。俄国的巴丘什科夫(Batyushkov，1787—1855)创作了《垂死的塔索》("The Dying Tasso"，

---

① 荷尔德林：《面包与美酒》，转引自刘小枫选编《德语诗学文选（下卷）》，上海：华东师范大学出版社，2006 年，第 127 页。

② 托夸多·塔索，意大利诗人，有史诗《被解放的耶路撒冷》与十四行诗若干行世。据说，他因爱上并狂热纠缠费拉拉公国公爵的妹妹奥诺拉而被当作疯子监禁了 7 年，获释后不久离世。

1817）。另外，以塔索为原型，多尼采蒂（Domenico Gaetano Maria Donizetti,1797—1848）1833年创作了一部歌剧，李斯特（Franz Liszt, 1811—1886）则在1849年创作了一首交响乐。塔索不幸的一生所经历的地方与场所也变成了浪漫派艺术家的圣地：1817年，拜伦专程参观了费拉拉，雪莱于次年拜谒了塔索被幽禁的牢房；1831年，柏辽兹和门德尔松（Felix Mendelssohn,1809—1847）一同到罗马瞻仰了塔索的墓地……

若说对诗人的尊崇是浪漫主义的重要特征，那么哀叹诗人在现代世界中被忽视、受排挤的境遇以及所承受的苦难与牺牲则合乎逻辑地成了浪漫主义最具时代特色的主题。英国诗人柯勒律治曾慨叹——最令人感到痛苦的就是大多数诗人仍被世界"冷眼相待"。在《约婚夫妇》中，意大利浪漫派小说家曼佐尼则以讽刺的口吻写道："从未有人听取他们的意见，这就是诗人的宿命。"这种宿命当然会衍生出诗人的忧郁和悲痛之情。毫无疑问，诗人受难这一主题的流行与那些自信满满到自负的关于诗人的高标是矛盾的。失望源自希望——希望高大才有失望深重。事实上，悲剧诗人创作主题的流行，所昭示的正是当时自命过于不凡的诗人的失望之情。时过境迁，当今时代的诗人，地位更加边缘化，但悲剧诗人的主题却不复存在——诗人们很大程度上认识、接受了其现实中的命运，对自身存在的意义或使命已然没了既往的理想化高标。而在19世纪初叶，"诗人的主要谋生手段正由往昔接受贵族达人的赞助转向向普通民众销售书籍所得的版税。浪漫主义，在很大程度上正是对诗人艺术家这种生存状态变迁的一种反应。取悦贵族通常需要谦恭和礼貌，而要引发中产阶级读者的兴趣则似乎更需要大胆乃至令人震惊的笔触。正如丑闻缠身的拜伦所明了的那样——负面的舆论效应也是一种宣传推广"[①]。"震惊"作为现代文学的审美效应在浪漫主义时代已开始释出。时代巨变所带来的诗人处境的历史性转折，直接引发了诗人对自身存在与使命的反思，而这正是浪漫主义运动得以形成的直接因由。

[①] Quoted in Michael Ferber, *Romanticism: A Very Short Introduction*, Oxford: Oxford University Press, 2010. p.52.

Ⅲ 浪漫主义的自由渊源

两种因素——其一是自由无羁的意志及其否认世上存在事物的本性;其二是破除事物具有稳固结构这一观念的尝试。在某种意义上,这两种因素构成了这场价值非凡、意义重大的运动中最深刻也是最疯狂的一部分。

——伯林:《浪漫主义的根源》

浪漫主义背离权威而追求自由,拒绝陈旧僵化的学问而崇尚个体的探究,拒斥安稳的恒定性而拥抱不可预见的戏剧性……

——Jacques Barzun,*Classic*,*Romantic and Modern*

欧洲的文明,一部分最好的法律,差不多所有的科学和文艺都来自宗教。

——夏多布里昂:《基督教真谛》

浪漫主义的来源显然不仅是法国革命。大概可以说,在1781年前后席勒和青年歌德的作品中,它已经崭露头角了。当时根本不是一种革命的政治氛围。

——罗兰·斯特龙伯格:《西方现代思想史》

第十章
浪漫主义"自由"的哲学渊源

  个体自由在康德－费希特－谢林前后相续的哲学系统中已被提到空前高度，且康德等人均重视通过审美来达成自由。康德声称作为主体的个人是自由的，个人永远是目的而不是工具，个人的创造精神能动地为自然界立法；在让艺术成为独立领域这一点上，康德美学为浪漫派开启了大门。

  浪漫派开创的"艺术宗教"（Kunstreligion），倡导将艺术视为宗教或者以艺术置换宗教，把宗教理解为诗，赋予艺术以神圣的维度。浪漫派追求的是无限，是无止境的憧憬和渴望，它要取消一切学科之间的分野，建立一种紧密联系、包罗一切的整体艺术，即一种总汇性的"诗"。

  基于对人的精神世界的高度关注，浪漫派比既往时代的作家更为敏感地体察和感受到了代表着"无限"的理想与表征着"有限"的现实的冲突在情感上所造成的不适，以及追求个性解放的个体在与外部世界相冲突时所遭遇到的种种精神苦痛；而"荒诞"作为一种生命体验，它正是主观意识在面对客观世界时产生的一种不无痛苦的不适感。

  众所周知，在"荒诞哲学"或存在主义哲学中与"荒诞"一体两面、相因共生的"自由"观念，也正是浪漫主义的核心观念，即雨果所谓"浪漫主义其真正的定义不过是文学上的自由主义而已"[1]。这一切，均意味着浪漫主义与"荒诞"观念的流行渊源甚深。作为重要的浪漫主义作家，同时作为19—20世纪存在主义哲学的奠基人，克尔凯郭尔的双重身份与地位坐标，使他历史地成了两者之间相互连通的桥梁。

---

[1] 雨果：《〈欧那尼〉序》，见《雨果论文学》，柳鸣九译，上海：上海译文出版社，2011年，第91页。

第一节　康德与浪漫主义

　　从大约18世纪中叶到歌德逝世(1832)为止,整个德国文学存在着一个统一的格局与一致的潮流。这个新的文学运动希冀创造一种不同于17世纪被法国古典主义所主导的新文学与新美学。这种新的美学既不是奠基于正统的基督教,也不因袭理性时代的启蒙思想,它强调人的力量的总体——既非理性也非情感;这种新文学并不愿意被动地在经验主义或理性主义的导引下对世界进行摹仿性的"再现",它转而强调直觉与想象,并在此基础上去"表现"人的内心。"这是一种一元论,它视神和世界为同一,灵魂和肉体为同一,主观和客观为同一。"①浪漫主义在德国成型最早、革命性与纯粹性较之其他国家也更为彻底,这有着合乎逻辑的社会历史因由。德国启蒙运动力量薄弱,持续时间较短;工业革命启动甚为迟缓,因而也就不存在一个在政治方面发挥着领导作用的资产阶级。无论是派生、引进的启蒙运动还是本土僵化的宗教正统主义,似乎都不能令人们满意。于是,感应着时代巨变的讯息,德国知识分子就开辟了一条通往文学与文化革新的道路。

　　对浪漫主义至关重要的德国古典哲学家是康德。但在谈论康德之前必须首先提一下休谟。在西方文化-文学从古代向现代的转换过程中,英国的休谟是一个举足轻重的人物——他不但收留了卢梭②,而且也唤醒了康德。正是经由其彻底的怀疑论,正统的理性主义才获得了得以续命的解毒剂。从一个更宏观的视角来看,没有休谟,以人为核心的生命哲学便不可能从传承了两千多年的自然哲学中破茧而出;设若如此,"自由"便不会冲决"理性"的硬壳,振翅成为撬动现代世界的鲲鹏。

　　康德在《纯粹理性批判》中称,空间、时间、因果等这些人类心理世界底层的范畴之预先存在,意味着人对世界的认知或了解以及整个知识系

---

　　① 参见R.韦勒克:《文学史上浪漫主义的概念》,见R.韦勒克《批评的诸种概念》,丁泓、余徵译,成都:四川文艺出版社,1988年,第158—159页。
　　② 因《社会契约论》与《爱弥儿》(*Emile*,1762)的出版,卢梭招致法国和瑞士宗教当局的谴责;患有被迫害妄想症的卢梭深感自己的人身安全受到威胁。通过朋友介绍,休谟答应为困境中的卢梭提供帮助,并于1766年1月将其接到英国。但事情的结果出人意料——两人因一系列误会、猜忌和反应过度而最终反目成仇。1767年5月,卢梭离开英国。

统的构筑,并非是一个对外部现象世界简单机械反映的过程。"图式……通过它,并符合它,图像首次成为可能。"①"我们直观的这一形式原则(空间与时间),是任何东西能成为我们感觉的对象的条件。"②先验,即先于经验;那些先验范畴先于人之经验理性,并决定着人之经验理性,这就在很大程度上将西方思想扳离了经验理性至上的旧有轨道。借鉴并改造了柏拉图的"理式"观念,康德将其本质世界归诸众多不可知的、作为"精神之物"的"物自体"(Noumena),并坚称人对"物自体"的感知首先源自人类内心的先验理念,因而"物自体"也就有别于人们通过各类感觉官能所抵达的客观"现象"(Phenomena)。康德所创造的知识论模型实乃唯心主义之大成,它不但克服了认识主体要么预见经验(理性主义)要么对经验做出被动反应(经验主义)的矛盾,而且将自身与把世界的本质归诸物质及其运动的唯物主义彻底区分开来。人之感知激活先验范畴并呈现"物自体",世界经由人之主观性与生命感性的协同得以显现。知识体系中客观现象及与之契合的经验理性的建构作用在后退,而与生命感性密不可分的主观性的作用则得到提升;质言之,人才是知识系统构筑的核心枢纽与动力源泉。"唯有知识构成了人类的荣耀……但只有一个思考给与其他所有东西价值,即确立人的权利。"③康德大力弘扬的人之主体性,颠覆了数百年来西方思想的基础,构成了哲学文化领域的"哥白尼革命",西方社会—文化缘此而步入真正的现代阶段。

康德同时又声称:"我们只对自己的知识理论承担部分责任,并且只在部分程度上创造了自身的存在状态。"④那余下的部分何所归?——当然是归功于不知何时被谁植入人类内心深处的"先验范畴"。作为一种变形的文化决定论,康德的先验范畴论从根本上将人置放到了一个精神—文化的框架之中进行讨论。"没有感性,就没有对象能给予我们,没有知性,就没有对象会被思维";"知性不能直观任何东西,感觉不能思维任何东西。唯有通过它们的结合才能产生知识"。⑤ 康德认为经验虽是可能

---

① 转引自克里斯托弗·库尔·万特:《康德》,郭立东译,北京:生活·读书·新知三联书店,2019年,第63页。

② 同上书,第30页。

③ 同上书,第33页。

④ 转引自邓肯·希思:《浪漫主义》,李晖、贾倩译,北京:生活·读书·新知三联书店,2019年,第25页。

⑤ 转引自克里斯托弗·库尔·万特:《康德》,郭立东译,北京:生活·读书·新知三联书店,2019年,第57页。

的,但必须首先将内心深处的时间、空间等先验范畴作为前提。没有这些范畴,任何经验性的感知都不可能完成。"纯粹理性呈现给我们的所有概念,不,所有问题,其根源不在经验之中,而完全在理性自身之中。"①在康德看来,人之感知表面上是被动的,但基于先验范畴乃领会的前提,它实际上又是主动的。所谓的经验,便是先验范畴与感性直观综合而成的结果。经由"感知""被动"与"主动"的二重性,康德达成了其对大陆先验理性与英国经验理性的改造与超越,实现了大陆理性主义与英国经验主义的融会贯通,开启了现代哲学革命的大门。在古典主义世界观过渡到浪漫主义世界观的过程中,唯心主义显然起到了关键作用:"先验范畴"期期艾艾的那种半决定论与人之"主体性"自由,使康德的理论系统获得了一个大致平衡的理论框架;而将这两者焊接在一起的东西,便是康德"哥白尼革命"的核心元素——构成人之本质的人的精神自由。人之精神自由是自由的,这意味着这自由是绝对的,没有任何先决条件;它独立于人之欲求,且没有任何东西能够构成其阻碍或束缚。

在《什么是启蒙?》(What Is Enlightenment?,1784)中,康德称使人有一份认识其理性精神的自觉,并敢于运用自己的理性,这就是启蒙。与启蒙的照亮相对的便是蒙蔽的黑暗——"不要思考,跟别人走"。康德哲学最伟大的成就在于其对主体性、想象力、精神自由所赋予的前所未有的优越地位,然而究其根本,人们却不能不承认——他是那个直到最后也在捍卫理性之崇高价值的形而上学哲学家。

康德哲学所带来的全新观念——尤其是对理性的限定——构成当代各种思想流派的共同前提,包括自由主义、社会主义、无政府主义和世界主义等。然而,康德哲学的另外一面即对人的内心独立性和自我决定的强调,则成为民族主义思潮的一个"鲜为人知的源头"。康德的理论体系与牛顿的理论体系显然构成了鲜明的对照。在康德看来,人的精神绝不是一个消极的旁观者,所谓主观主义就是人的精神参与对现实的塑造。就哲学认识论而言,过去人们总是从认识对象的客体角度来考虑认识过程;现在康德将其转移到了人这一认识的主体。在康德的《纯粹理性批判》的帮助下,浪漫派作家理直气壮地宣称,经验论是有限的,它仅允许我们抵达外部世界,而永远不能让我们超越外部世界进入无限。同时,以内

---

① 转引自克里斯托弗·库尔·万特:《康德》,郭立东译,北京:生活·读书·新知三联书店,2019年,第37页。

在意识为基础,浪漫派理论家认为世界是一个相互联系和有意义的场所,我们以某种方式和自然保持着连续性,我们的目的与自然密切相关。

人如何摆脱自然的限制,实现终极自由,这是哲学家康德关注的核心问题。通过对启蒙时代的理性概念重新作出解释与限定,他论证了自由实现的可能性。康德认为,感性通过直观的形式接受外部刺激提供直接的经验内容,即感觉;知性则利用实体和因果性等范畴将感觉联结成知觉,形成知识的对象;理性对知性所提供的经验内容进行再综合,形成对外部世界的普遍知识或一般规律,它代表了人的最高认识能力。"在知识来源上康德同意启蒙思想家关于一切知识都是经验知识的论断,但是康德并不认为所有知识都直接'来源于'经验。"[1]因为除了后天经验性的成分外,还存在"先验的"或"超验的"先天知识,这一部分知识是不能用经验的或知性的方式来运用和检验的。但是在理性主义的雄心壮志激励之下,启蒙学派却"使本来只适用于经验范围的知性范畴超出了其适用范围之外,去思考超乎一切可能经验之上的经验全体"[2],于是就产生了所谓理性的二律背反,即两种相反的观点都同样具有说服力。康德并不认为这是对理性的否定和对科学的质疑,也不需要为了一个放弃另一个,而只需要对它们的适用范围作出限定就可以将这一悖论化解。科学的或经验的理性只可应用于知性范畴,而不能用于"先验的"和"超验的"范畴;而理性的能力则需要从经验的范畴扩大到实践范畴。经过如此转换,诸如"人是生而自由的"这等先验性的普遍原则并不需要经验验证也可以被认为是理性的。因此,康德的理论对化解理性的危机、为人摆脱自然的束缚实现绝对自由提供了可能性。

康德论证绝对自由之实现的另外一个努力是对自由的内涵作出了进一步明确的限定。很多人将自由简单地理解为外部束缚的解除;然而这样的界定几乎等于宣称自由永不可得——即卢梭所谓"人生而自由却无往不在枷锁之中",因为即使世界上只剩下最后一个人,他还将受到诸如吃喝等基本生存需求的束缚。基于此,康德另辟蹊径重新界定自由——只有服从道德法则时人才是自由的。所谓道德法则是一种外在并超越于自然法则——强调知性和经验——的理性的法则,是人为自己确立的法则。因此,在康德那里摆脱外部限制并不是真正的自由,因为这种自由仍

---

[1] 邓晓芒:《康德哲学诸问题》,北京:生活·读书·新知三联书店,2006年,第4页。
[2] 李梅:《权利与正义:康德政治哲学研究》,北京:社会科学文献出版社,2002年,第122页。

属于知性和经验的范畴,是包括人在内所有自然存在物的共同属性,只有道德法则才是人之自由本格的体现。人利用理性为自身立法,并能够在实践领域中遵守自身的法则而行动,这才是真正的自由。因此,康德所谓的自由主要指的是一种意志自由,即"超验意义上的自由"。

在《纯粹理性批判》挑战了休谟、洛克等英国经验主义者的知识实证论后,1785年,康德又出版了《道德的形而上学基础》(*Fundamental principles of the metaphysic of moral*, 1785),笔锋所向直指边沁在《道德与立法原理》(*The Principles of Morals and Legislation*, 1780)一书中提出的功利主义道德哲学。康德坚称,道德并不是为了幸福最大化或其他任何目的;道德就是把人当作目的来尊重。在这本美国革命(1776)之后、法国革命(1789)之前面世的巨著中,康德反复论证满足欲望或偏好的行为是出于对某种诱惑力的服从,而不是基于选择的自由。在康德看来,凡是受到生理欲望决定或外在社会制约的行为,都不是真自由。而其所谓真正的自由,只与自主的精神意志相关。与其笔下的"他律"(Heteronomy)构成对照的自主(Autonomy),乃是康德自由观的核心;他律就是依外在决定而行事,因此由天性驱使或习俗羁约的行为,正因为其非精神自主的属性而被判定为是非自由的。

假设一个失足踏空的人压死了一位过路的人,在道义上前者是没有责任的,这就如同大风刮落的石头打到谁的头,石头在道义上也不必负责一样。失足下坠的人与风刮起的石头的下落,都是基于万有引力,都称不上是自主的自由行动。既然没有自主,道义上也就没有责任。换言之,被本能欲望驱动的人与被万有引力控制的石头一样不能自主地进行目标选择,只有精神自主的人才拥有这一能力。既然是精神自主的,人的自由选择权利的实施,便天然地与责任相关涉。

当行动出于外在目标的驱动,人便成了他律的追求目标的工具,而非可以自主选择追求与否的使动者。而当做一件事就是为了做这件事,这件事本身就是目的,人就不是用来追求外在目的之工具。人之尊严,正是来自这种自主能力;这种标示了人与物之别的自主能力,便是作为人之人格的自由。对康德来说,之所以要尊重人,那是因为人的自主/自由赋予了他尊严,有尊严的人不应该被当成物品性的手段,只应被视为目的本身。功利主义就是错在把人当作促进整体福祉的手段。

在对边沁等功利主义者道德即幸福的最大化的驳辩中,康德坚称:道德的基础就是尊重人,就是视人为目的而不将人当工具:不奴役,不压迫,不呵斥。一句话，尊重他人的自由；这自由是人之为人的外在表征与内在规定，也就是人的人格。康德的自由，不是为了实现既定目标而选择的最佳手段，其本身就是人之存在的终极目的。自由，即人格。由是，自由成为普遍人权，成为人类存在之最高价值与最高律令。自由，才是道德的基础。我命我力我身皆归我有，且只归我一人所有，其处置不应看社会整体或他人是否高兴；而他人亦然。这就是人类文明的两个基点：拥有"自我"，坚持"亦然"。

若问为何人就是自由？康德的回答是：人是有理性的。在康德这里，现代人的自由与前现代的人之理性紧紧勾连在了一起，只不过先前被视为人之本质的理性现在从最高价值的高座上跌落，成为这高座上自由这个新主人的踏脚石。正是在这里，康德作为现代哲学的奠基人，与浪漫主义革命中那些决绝的非理性主义者划清了界线。

浪漫主义的自由是多元的。的确，康德的哲学革命构成了浪漫主义的理论基础，但细究下来当可发现：康德的自由观远非浪漫主义革命中拜伦为代表的那种喧嚣尘上的无政府主义的激进自由，而更是贡斯当等人倡导的那种基于理性的自由。在康德那里，人之理性与自由密不可分，综合而成为使人在自然界能够脱颖而出的卓越能力。康德承认人的行为并非全出自理性，人的选择也并非全然是基于自主，但他始终强调：正是人的自由与理性，使人不再停留于被本能欲望控制的动物的境地。人是理性动物，能思考；人是自主动物，秉有行动和选择的自由。在康德看来，动物避苦就乐，完全按本能行事，这绝非真自由，只不过是为食色爱欲所役使。因此，康德也并不认可那种放任的市场自由就是真自由，因为那只是在满足由市场边界悄悄设置了前提因而绝非可以自由选择的消费自由。

在艺术创作层面，康德将"天才"看作自然变形为艺术所凭借的催化剂；天才先天具有原创能力，因而往往打破常规挑战传统。天才是一种力量，是实现一种非个人的无意识过程的渠道，"天才是自然借以将规则给予艺术的固有精神气质"[①]。在《判断力批判》中，康德将审美判断界定为不关乎理性概念的想象直观：想象直观材料并将其呈现给知性，但知性并不像在认知判断中一样将这一直观经由范畴转化为概念性的论断；因为一种非认知性的愉悦（或相反）感受伴随着直观，它抽离了运用范畴寻求

[①] 转引自克里斯托弗·库尔·万特：《康德》，郭立东译，北京：生活·读书·新知三联书店，2019年，第37页。

论断的必要。审美判断禀有反思性,但却没有目的性——自由的艺术及其最终所达成的"美",因此具有不关涉功利的本质属性。值得指出的是,康德自始至终都拒绝接受"人的目标是幸福"这样的论断。

早在公元1世纪,古希腊的朗基努斯(Cassius Longinus,前87—前42)便写下了《论崇高》("On the Sublime",1554)一文。法国古典主义理论家布瓦洛翻译了朗基努斯的论文,且将崇高界定为是古典主义修辞学与诗学中关乎高尚风格的重大问题。英国思想家埃德蒙·伯克的著作《对我们关于崇高和美的观念的起源的哲学探究》(*A Philosophical Inquiry into the Origin of Our Ideas of the Sublime and Beautiful*,1756),将崇高命名为阴影、荒僻、寂静和死亡等对象或感觉迫近复消逝的欣喜——一种痛苦威胁解除所带来的消极快乐。

很大程度上作为对伯克的回应,康德写下了《关于美感和崇高感的考察》(*Observation on the Feeling of the Beautiful and Sublime*,1764),文称美迷人心窍,而崇高则震撼人心;后来他在《判断力批判》中进一步将崇高引申为经由体积的广大或力量的巨大所带来的过量感觉的压迫及对其的克服。直插云天的雄峻高山、狂涛直下的幽深峡谷、喷薄而出吞噬一切的爆发的火山、一望无际的苍茫荒漠……给主体带来近乎恐惧的惊愕与战栗;先是经由"想象",预先知晓自我安全的主体感受到了不可捉摸的威力与威胁,而后"想象"在一种精神躁动的应激状态中陡然扩张召唤出那赋予困惑与迷乱以秩序的"理性","想象和理性在一种不调和的关系中面对彼此,在其中,想象不断地被理性告知它不能把握自由"[①];最终借助"理性"强大的结构—显现能力,"无限"在"想象"中得以结晶析出——主体由此在一种"崇高"的体验中达成"自由"的"精神超越",先前想象、感觉到的"痛苦的威胁"由是得以解除。在此过程中,的确是"自由"的介入保证了主体对外在自然的支配与超越;但同时应予强调的是,若无先于经验、体现着人之精神-文化属性的"先验理性"的出场,"自然"或"无限"便不可能自发地显现自身。质言之,崇高感的达成固然与外在事物在数量或体积上的巨大有关,但从根本上来说却是一桩精神事件;其间,"想象"先是借助官能感觉的积累阻断了理性,但在断开了理性照耀的黑暗中飞翔的"想象"在其意识到自身"不能把握自由"之后,旋与理性妥协,并最终

---

① 转引自克里斯托弗·库尔·万特:《康德》,郭立东译,北京:生活·读书·新知三联书店,2019年,141页。

借助于理性给自身的运行赋形、导航。"崇高"体验中穿越了痛苦欲求而在胜利的快慰中绽放的"自由",作为一份巨大的精神成就,端赖于天然冲突的"想象"与"理性"携手达成的那份短促而不稳定的平衡,它既与征服的喜悦与快乐相伴,更与那无法抹去的内在冲突的裂缝中流溢的苦痛相契。

概而言之,浪漫主义以新的审美和有机论为本位奠定了新的认识论基础。康德的《实践理性批判》为浪漫主义反对理性的主张提供了进一步支撑,但康德哲学体系契合于浪漫主义的核心部分无疑是《判断力批判》即保罗·蒂利希所谓"浪漫主义……使用康德的《判断力批判》而非其他什么东西,这是因为正是在这里,康德有可能承认前两大《批判》中的根本局限性,同时超越这种局限性"[①]。

第二节 德国古典哲学与浪漫主义的"个体自由"

康德对理性的重新厘定和对自由的再阐释,其重要意义在于将西方哲学从启蒙学派之自然主义和机械决定论的极端中拯救了出来。显然康德哲学对思想史而言所造成的冲击绝不是程度上的而是具有颠覆性的。"现代对待自然和自然秩序的整个态度被改变了。"[②]康德认为,将自然世界和价值世界分离开来之后,人的意志自由成了自明的公理,人即使处于囚禁状态也是完全自由的。康德声称作为主体的个人永远是自由的,个人永远是目的而不是工具,个人的创造精神能动地为自然界立法。康德把哲学探究的焦点从精神之外转移到精神之内,费希特、谢林等人后来均在各自的理论体系中进一步拓展了其主体精神自由的理念。

1794 年费希特出版了《科学学》,书中他建立了自己的一套主观唯心主义体系,无限制夸大自我精神的作用,将人的自我精神看作整个世界的源泉,外部世界只能屈从于人的内心世界,个人才是宇宙万物的中心。为了把万物都归于绝对精神的名下来克服康德的二元论,费希特提出——宇宙包含着一个绝对的自我,个人意识只不过是这一绝对自我的部分性

[①] 转引自史蒂夫·威尔肯斯、阿兰·G. 帕杰特:《基督教与西方思想(卷二)》,刘平译,北京:北京大学出版社,2005 年,第 12 页。

[②] 以赛亚·伯林:《现实感:观念及其历史研究》,潘荣荣、林茂译,南京:译林出版社,2004 年,第 277 页。

显现;绝对自我是一种独特的、自由的活动,它竭力在完全的自我意识中实现自己,它是世界的基础。相比之于康德,这显然是一种更为激进的主观主义理论。在费希特这里,作为一种能动的想象,理性亦只不过是精神主体的创造物。

费希特之"绝对自我"理论乃是浪漫主义最直接的理论来源之一,"在普及浪漫主义关于自由创造想象的观念方面,他的贡献超过任何人"[①]。"他认为绝对的自我由于包括一切真实,这就要求它所对立的非我同它本身相和谐,无限的奋斗过程就是克服它的限制。所谓绝对的自我,不是神性的观念,而是人的观念,是思维着的人,是新的自由冲动,是自我的独裁与独立,而自我则以一个不受限制的君主的专横,使它所面对的整个外在世界化为乌有。"[②]显然,费希特的所谓"绝对自我",既非客观存在的经验自我,也非康德高标的那种先验自我;作为所有自我意识中的先验要素,同时也是一种涵盖一切现象的直接精神生命,"绝对自我"不仅设定自身,而且还设定非我,即人不仅为自身立法,而且也为世界立法。由是,人的自由就变成了一种无条件的绝对权利:"任何人都不得支配他;他自己必须根据他内心的这样一个规律做事:他是自由的,并且必须永远是自由的;除了他心中的这一规律,任何东西都不能命令他,因为这一规律是他的唯一规律。"[③]海涅曾十分中肯地写道:"即便整个先验唯心主义都是迷妄,但费希特的著作毕竟还是浸透着尤其能对青年产生良好影响的一种高傲的独立性、一种对于自由的热爱以及一种大丈夫气概。"[④]正是从费希特这里,诺瓦利斯[⑤]等德国浪漫派作家直接接受了自由必胜的信念。

神童谢林15岁入读杜宾根大学,在此他与两位室友黑格尔和荷尔德林建立了深厚的友谊;在其早期哲学生涯中,他是费希特的盟友,两人一度在耶拿大学共事。谢林很大程度上沿袭了费希特"普遍精神"与"绝对

[①] 罗兰·斯特龙伯格:《西方现代思想史》,刘北成、赵国新译,北京:中央编译出版社,2005年,第225页。

[②] 勃兰兑斯:《十九世纪文学主流(第二分册)德国的浪漫派》,刘半九译,北京:人民文学出版社,1997年,第24页。

[③] 费希特:《向欧洲各国君主索回他们迄今压制的思想自由》,见梁志学主编《费希特著作选集(卷一)》,北京:商务印书馆,1990年,第146页。

[④] 转引自加比托娃:《德国浪漫哲学》,王念宁译,北京:中央编译出版社,2007年,第63—64页。

[⑤] 诺瓦利斯在耶拿求学时曾师从费希特,"他(诺瓦利斯)在那里跟着他(费希特)起步,追随过他,又在那里与他分手,并想超过他"。参见加比托娃:《德国浪漫哲学》,王念宁译,北京:中央编译出版社,2007年,第121页。

自我"的理念,1809年出版了《对人类自由的本质及与之相关对象的哲学探究》,该书作为其"最伟大的成就",同时也是"西方哲学最深刻的著作之一"①,在德国古典哲学与浪漫主义之间搭建起了另一座重要的桥梁。"谢林体系的核心在于源于同一原则的神圣自由观。"②他认为上帝的主要特征是自由,世界是上帝的心灵,那么就无限者在历史中的活动来说,根本没有一套规律来做仲裁者。正是从这种自由观出发,谢林指责启蒙运动陷入了误区:当启蒙主义者相信自然是由规律主宰的领域,自然和自由蕴涵其中的心灵便被割裂开来。

在耶拿时期,受到施莱格尔兄弟以及诺瓦利斯等浪漫派先锋人物的影响,谢林的哲学沿着浪漫主义方向发展。谢林哲学思想与浪漫主义最引人注目的契合之处,是他称艺术乃人类最高的成就:正是在艺术创作中,绝对精神的两种形式,即有意识的力量和无意识的力量融合成了一个合题;正是在艺术中,无限通过有限的形式表现自己,即艺术创造活动的实质便是人们寻求某种外在的客观形式来表达内心的无限。"艺术对于哲学家来说至关重要,正是因为艺术向哲学家敞开至圣所,在那里,在自然和历史之中撕成碎片,在生活和行动中与在思想中一样必然要永远分离的事物,仿佛一团火焰,在永恒、原始的合一中燃烧着。"③"浪漫派诗人当然会如饥似渴地汲取谢林的思想,因为他给艺术提供了一个前所未闻的形而上学基础。浪漫主义把诗人推崇为先知,用谢林的话说是'被亏待的人类立法者'——这种做法与谢林形而上学的思想有密切关联。柯勒律治以及稍后的托马斯·卡莱尔把这种德国形而上学引入英国诗歌。谢林后期反对黑格尔的极端理性主义,提出了某种存在主义的萌芽思想;他影响了克尔凯郭尔……"④"在斯堪的纳维亚国家,德国浪漫主义,尤其是谢林,具有巨大的影响。在瑞典人中间,有整整一群批评家将艺术品视为宇宙的象征。《自然哲学》获得了广泛的接受,神话的解释被置于整个北欧日耳曼民族复兴的中心地位。"⑤而"斯拉夫人的浪漫主义运动,显示出

---

① 参见海德格尔:《谢林:论人类自由的本质》,王丁、李阳译,北京:商务印书馆,2018年,第4页。
② 转引自史蒂夫·威尔肯斯、阿兰·G.帕杰特:《基督教与西方思想(卷二)》,刘平译,北京:北京大学出版社,2005年,第57页。
③ 同上书,第58页。
④ 罗兰·斯特龙伯格:《西方现代思想史》,刘北成、赵国新译,北京:中央编译出版社,2005年,第226页。
⑤ R.韦勒克:《文学史上浪漫主义的概念》,见R.韦勒克《批评的诸种概念》,丁泓、余徵译,成都:四川文艺出版社,1988年,第188页。

它自身的特点和特殊的问题。俄国人在很大程度上,受了德国人的影响,特别是谢林和黑格尔的影响"①。

　　简言之,正是在德国古典哲学将目光转向自我－自由这一时代精神的直接影响下,浪漫主义才确立了其以个人为中心与目的、追求个人绝对自由的个人主义价值取向。正是在此等"个体自由"的观念形成的氛围中,浪漫派作家才以一种近乎偏执的儿童式的任性大肆讴歌遗世独立的个人,几乎不加限制地张扬"无政府主义"式的自由。"浪漫派高度推崇个人价值,个体主义乃浪漫主义的突出特征。"②德国浪漫派的早期先锋人物蒂克在《威廉·洛弗尔》中写道:

> 欢迎啊,最崇高的思想,
> 把我作为神来赞扬!
> 万物之为万物,只因我们把它们思量。
> 世界就在幽暗的远方,
> 它的黑洞里落进了
> 我们随身带来的一缕微光。
> 为什么这世界没有变成一片荒凉?
> 只因我们注定要把它保藏!
> 我高兴地逃出恼人的桎梏,
> 勇敢地走进了人生,
> 摆脱冷酷的义务,
> 那正是懦怯的傻瓜所发明。
> 美德之为美德,只因我本身就是,
> 它不过是我内心意志的一种反映。
> 何必为那些形象所苦恼,
> 它们的微光正从我自身产生?
> 让美德与邪恶联姻吧,
> 它们不过是尘埃与雾影,
> 我身上有光照入黑夜。

---

① R. 韦勒克:《文学史上浪漫主义的概念》,见 R. 韦勒克《批评的诸种概念》,丁泓、余徵译,成都:四川文艺出版社,1988年,第 188 页。

② Jacques Barzun, *Classic, Romantic and Modern*, London: Secker & Warburg, 1962, p. 6.

美德之为美德,只因我把它思忖。①

不难发现,蒂克的唯我论与歌德关于个人在全面发展中达成理想自我的观点有类似之处;但歌德笔下的威廉·迈斯特虽"过着'完全没有护照的生活',追求着不受外来约束的个人和自我"②,最终却在经历了求学年代和漫游年代后依然渴望达成与社会融为一体的目标。显然,歌德笔下的主人公所体现的乃是一种以个人为中心但也坚守世俗理性的个人主义;而经由威廉·洛弗尔等浪漫主义主人公形象的塑造,蒂克作为早期德国浪漫派的代表人物,其所宣示的乃是一种与启蒙时期之世俗个人主义截然不同的浪漫主义的个人主义:扬弃启蒙主义者的理性至上及其所释放出来的对自我的盲目乐观,主张在无奈的现实面前退守内心世界,从而经由感性与灵性来达成自我的救赎。

在弗·施莱格尔的文学主张中,诗人是自由的化身,他应该不受任何世俗、规律以及狭隘观念的约束,在思想的海洋兴之所至地畅游。在诺瓦利斯看来,诗歌创作同样被视为神圣和不可言状的,不过,与此不同的是,诺瓦利斯认为这一切的基础应该是自我的实现。在《双行诗节》中,诺瓦利斯高举"绝对自我"的旗帜——"他看到/奇迹的奇迹/他自己"。显然,在他看来,只有满足个体自我的真实存在,才能将个体面向外在世界。他排斥科学与理性,"以心灵体悟的先验式宗教感悟思维,抵斥智性推理的经验式理性思维,通过对感性世界的真实体认,从而感受生命的存在、自我的存在乃至生命的意义"③。

诺瓦利斯喜爱夜,歌颂夜,旨在借夜之黑暗来突出心灵对生之欢悦的体悟,并通过这种体悟来感受个体生命与自我的存在。"在费希特和革命家们身上是明朗的、主宰一切和包容一切的自我意识,而在诺瓦利斯身上,逐渐强化为逸乐的则是吞没一切的自我感觉。"④德国浪漫派追求精神与思想的自由,他们总是沉浸在无限的幻想之中。在这无限的幻想中,"他把自我在时间和空间中分布开来,把自我溶化成各种元素,这里取一

---

① 转引自勃兰兑斯:《十九世纪文学主流(第二分册)德国的浪漫派》,刘半九译,北京:人民文学出版社,1997年,第28页。

② 转引自勃兰兑斯:《十九世纪文学主流(第二分册)德国的浪漫派》,刘半九译,北京:人民文学出版社,1997年,第192页。

③ 蒋承勇:《于"颓废"中寻觅另一个"自我"——从诺瓦利斯和霍夫曼看德国浪漫主义的人文取向》,《外国文学研究》,2008年第4期,第53页。

④ 勃兰兑斯:《十九世纪文学主流(第二分册)德国的浪漫派》,刘半九译,北京:人民文学出版社,1997年,第170页。

点,那里补一点,使它成为自由幻想的玩物"①。诺瓦利斯如此热忱地歌颂黑夜,也是因为在无边无际的夜色中,诗人能够自由放飞思绪,体验无止境的永恒的灵魂自由。诗人在《夜颂》第二章中这样写道:"早晨总是要往返?尘世的势力永无尽时?繁杂的俗事妨害了夜的绝妙的飞临。"②在丧失了灵感的理性的光中,一切都不再充满欢乐情趣,人们最终走向沉沦。而相对于光的夜则是无时无界的,是人的梦想自由飞翔的时刻,是诸神欢聚一堂的地方,也是更高的情感和精神的自由空间。诺瓦利斯在《基督世界或欧洲》中曾抱怨说:启蒙学派"孜孜不倦地忙于将诗从自然、大地、人的灵魂和科学中清扫出去,消除神圣之物的每一道痕迹,用冷嘲热讽打消对一切崇高的事件和人物的怀念,并且剥掉世界的一切五彩装饰。光,因其数学般的驯服,也因其放肆,便成了他们的宠儿。光宁肯让自己粉碎也不与色彩厮混,他们为此感到欣喜,于是他们借鉴光来命名他们的伟大事业——启蒙运动"③。很大程度上,正是基于对启蒙运动偏爱光明的反抗,"白日与黑夜的对立成为浪漫主义革命一个备受喜爱的主题"④。

而霍夫曼,这位总是以怪异的个人主义眼光观察人的心灵的小说家,最大的嗜好便是观察自己的心境以及别人的荒诞行径;其谈魔说怪的"志异小说",往往在一种离奇怪诞的描写中,展示人的双重自我以及为自我冲突而生的心理张力。⑤《金罐》中的大学生安穆斯在体验了世俗现实中平庸的"不稳定、不完整的自我"后,幻想又令其沉浸在超世俗的"自我"之中。经由一种双重人格的展现,作者揭示了人内心深处现实与幻想、世俗与信仰、有限与无限、物质与精神等多重矛盾,以及由此而产生的自我分裂。"浪漫主义者还不能按照科学形式来理解、但却已经预感到的,正是这种正确的、发源于休谟的心理学原理。梦幻、错觉、疯狂,所有分裂并拆

---

① 勃兰兑斯:《十九世纪文学主流(第二分册)德国的浪漫派》,刘半九译,北京:人民文学出版社,1997年,第155页。
② 诺瓦利斯:《夜之颂》,林克译,见张玉书等主编《德语文学与文学批评(第一卷·2007年)》,北京:人民文学出版社,2007年,第92页。
③ 诺瓦利斯:《基督世界或欧洲》,见刘小枫编《夜颂中的革命和宗教:诺瓦利斯选集卷一》,林克等译,北京:华夏出版社,2008年,第210页。
④ 蒂莫西·C. W. 布莱宁:《浪漫主义革命:缔造现代世界的人文运动》,袁子奇译,北京:中信出版集团有限公司,2017年,第68页。
⑤ 参见蒋承勇:《于"颓废"中寻觅另一个"自我"——从诺瓦利斯和霍夫曼看德国浪漫主义的人文取向》,《外国文学研究》,2008年第4期。

散自我的力量,都是他们最亲密的知己。"①

第三节 浪漫诗学:"有限"对"无限"的永恒渴慕

　　浪漫派开创的"艺术宗教"倡导将艺术视为宗教或者以艺术置换宗教,把宗教理解为诗,赋予艺术以神圣的维度。文学被抬至如此的高度,除了文学自身内在的发展动力使然外,在当时更为主要的是浪漫派洞见到文学正适于弥补启蒙分析理性带来的人存在的正当性空白——尼采称之为"生命的美学确证"②。F. 斯特利希在《德国古典主义和浪漫主义:完美与无限》一书中,系统地阐述了"完美"与"无限"的区别。在他看来,不朽可以在"完美"中获得,也可在"无限"中达到,而人类的历史就在这两极之间摆动。"完美要求的是静止,无限要求的是运动和变化;完美是闭封的,无限是开放的;完美是明晰的,无限是模糊的;完美追求的是意象,无限追求的是象征。"③哲学家 W. T. 琼斯在其《浪漫主义的诸种类型》中也强调了浪漫主义"动态"的一面。在他看来,浪漫主义与其说是静态的,不如说是动态的;它喜爱混乱而不喜爱秩序,喜爱连续而不喜爱间断,喜爱焦点模糊而不喜爱焦点明晰;它的倾向是内在的而非外在的,它喜爱彼岸世界而不喜爱此岸世界。④

　　在德国早期浪漫主义的众多原则中,对无限的追求无疑是具有非比寻常意义的一条,甚至可以说奠定了早期浪漫主义的理论基础。"无限",常与永远、永恒、持续、无限、更多、无数等意义范畴相联系。它可以是数学概念上的无限,也能是神学上的意义领域。神的无限,表现在神是全能全知、不容置疑和无法被有限掌控的;它无处不在,但又捉摸不透,人们只能无尽地去仰望它、无限地去临近它而无法达到它。承认神的全然无限,不仅使人超越了人们日常所理解的无限,还给人对世界的认知始终保留

---

　　① 勃兰兑斯:《十九世纪文学主流(第二分册)德国的浪漫派》,刘半九译,北京:人民文学出版社,1997 年,第 156 页。
　　② 弗里德里希·尼采:《尼采全集第 1 卷:悲剧的诞生　不合时宜的思考　1870—1873 年遗稿》,杨恒达等译,北京:中国人民大学出版社,2013 年,第 14、40 页。
　　③ 转引自 R. 韦勒克:《再论浪漫主义》,见 R. 韦勒克《批评的诸种概念》,丁泓、余徵译,成都:四川文艺出版社,1988 年,第 198 页。
　　④ R. 韦勒克:《再论浪漫主义》,见 R. 韦勒克《批评的诸种概念》,丁泓、余徵译,成都:四川文艺出版社,1988 年,第 199 页。

着未知以及一种超越的视野,而不再是局限于眼下这个可感的、有用的、有限的、理性的世界。按照谢林的观点,这种以有限去表现无限的尝试,本身就是美的。施莱格尔也曾感叹:"无限本身究竟是不是一个虚构?一个谬误、幻觉或一个误解?……是的,它是一个虚构,却是一个绝对必要的虚构。"①

有限与无限的关系原则——这是浪漫主义的首要原则,其他的原则都以此为基石展开。根据康德的理论分析,作为主体的我是不能直接认识到"物自体"的,也就是说,从逻辑上来讲,人不能直接感受神,而必须通过某种行之有效的中介,来有机连接这两极,以对神的存在进行探索和表现。人因犯罪而与神分离,人与神的交流必须通过"中保",即中间人的角色。在旧约时代,先知如摩西、以利亚等祭司担当了中保的责任,引导以色列人认识神的意旨。之后耶稣基督以自己的受难、复活完成了人与神之间连接的重建,成为唯一的中保。尽管天主教和新教在中保论上存在很大的差异,但它们都信仰耶稣基督为唯一的救赎道路,并认可"因信称义"②。

但随着启蒙运动、法国大革命对以基督教神学为核心的传统价值的猛烈抨击,欧洲进入了大规模的世俗化进程,并在18世纪末达到第一个小高潮。神学逐渐让位于人学,传统的宗教信仰形式也面临着巨大冲击。统一的教权形式不复存在,信仰连接缺席,世俗政权变得四分五裂,人也丧失了谦卑和敬畏之心,堕入人性恶的一面当中。

浪漫派面对的是如何在有限中连接并表现无限的课题,给这并不具备实体的"实体"以主体性的表达。在这样的意义探索下,文学即"诗"作为唯一的可能,被推向了"人类导师"的地位。"如此,诗歌将获得一种更高的尊严,它到最后会重新成为它起初所是之物——人类的导师;因为再没有什么哲学、历史;当其他学科和艺术门类湮灭,唯有诗歌艺术将存

---

① 转引自李伯杰:《弗·施莱格尔的"浪漫反讽"说初探》,《外国文学评论》,1993年第1期,第25页。

② 所谓"因信称义"有广义和狭义之分。广义指得到救赎的必要条件,此为所有正统教派所信奉。狭义指新教尤其是马丁·路德关于如何得救的学说。马丁·路德从保罗的《罗马书》中的因信称义的观点引申出信徒可以由信仰神而直接成为义人,不再受功德律的支配;信徒可经信仰而与基督建立关系,由是灵魂的得救便不再是教会的工作,而是神对信仰者的恩赐。信徒不必依靠教会及烦琐的宗教礼仪,只凭对神虔诚的信仰就可以得到灵魂的拯救。而天主教认为在信德(信心)之外,信徒还需遵循神的旨意作善工、行圣事以及不断向神父忏悔才能得到救赎。新教牧师一般只作为灵性的指导者,并无赦罪权柄;而天主教神父则握有赦免信徒罪过的权能。

留。"做出如上断言的《德意志唯心主义最早的系统纲领》①肯定人的理念的先在性,认为只有它才是真正自由的;人的精神内在地就包含了神性和不朽,而国家及其政治体制则是机械性的,是自由的反面。美的理念被视为唯一的整合一切理念的力量;高扬感性,认为不通过感性感官无法认识精神,而感性的真与善则是理性的最高行为。由此,它呼唤一种新的神话的降临,一种理性的神话,哲学与神话、理性与感性在其中最终将互为一体,平等、自由、永恒、统一将贯穿其中,本真的人将不再受到任何压抑,从而获得全面发展。于是,作为真、善、美、理性和感性的集中体现的诗被赋予了担当建立这一新神话的重任。

在《为诗辩护》中,雪莱曾称:"一切崇高的诗都是无限的;它好像第一颗橡实,潜藏着所有的橡树。"②诗被推到如此高的地位,这与耶拿派用诗"替代宗教"——赋予其拯救灵魂的职能可谓异曲同工。启蒙运动认为文学是对现实的模仿,因而文学是虚构的、不真实的,因而也是局限的;然后出现了异于往常的全新的一个声音,德国启蒙运动作家克洛卜施托克(F. G. Klopstock,1724—1803)提出了一个崭新的定义,即文学是一种特殊的真实,它介于主观想象与现实存在之间,几乎就是真实的③,这种真实性尤其在读者被作品引发了情感上的作用时显露出来,因为这种情感变化表明读者在进行阅读时,好像进入了真实事件的情境,产生了身临其境时可能有的感受。《德意志唯心主义最早的系统纲领》则再往前一步,将文学提高到了空前的高度,并要建立一种"服务于理念"的新的整体性。到浪漫派将诗作为宗教,或者说宗教就成为一种广义上的"诗"时,对神的无限的理解就是通过诗对其意象的理解和价值分析来把握的,隐藏在有限中的神性就是通过文学的理性化象征来进行表达。

浪漫派认为,艺术家,也只有艺术家能起到连接人与神的中间人的角色。艺术家的心灵能够不通过任何中介、直观地感受神。而那些"中心不在自己身上的人",则需要去寻求其他的中间人或领路人,以找回自己的中心。"……没有一个活的中心,人就不能存在。人的中心若不在自己心

---

① 《德意志唯心主义最早的系统纲领》文本的写作时间大致在 1795—1797 年之间。关于其作者到底是谁,学界一直还存有争论。争论的主角是黑格尔、谢林及荷尔德林,本土学界将其作者大致认定为谢林。
② 雪莱:《为诗辩护》,缪灵珠译,见刘若端编《十九世纪英国诗人论诗》,北京:人民文学出版社,1984 年,第 148 页。
③ 克洛卜施托克:http://baike.baidu.com/view/1445250.htm

中,则只能在另一个人的心中寻觅它,只有另一个人及其中心能刺激并唤醒他的中心。"① 这一次,浪漫派将人的主体性置于自身无限化或绝对化之中,这个可以在内心中窥视到神性的主体,不仅被赋予了超凡脱俗的天才,也被赋予了"宣布、传达并描绘神性"②和拯救人类灵魂的责任。

耶拿浪漫派不再关注"外在"的市民化社会,而是转向关注内心世界。当然,浪漫主义者们并非不问世事,他们中的部分成员也都有其各自的社会野心,只是他们都普遍地不再寄希望于进行社会政治运动,而是希求通过一种新的文学将启蒙运动中消弭的人的自主性和整体性交还给人。文学逐渐脱离神学和宗教,获得独立,但这个过程并不是单向的,文学在获得独立的同时也内含了宗教神圣的维度。宗教语言、情感和思维方式也伴随世俗化转换到"纯文学"之中。宗教的"世俗化"和文学的"神圣化"之间始终伴随着一个互动的过程。这表现在,在文学中,人的自我取代神的位置成为主体,那么原属神的性质就被注入到了人性当中,人被赋予了至善至美的目标,原本对神的终极探索的动力转而用来探索人的本质存在;而这对宗教而言,就等于是丧失了神的信仰,而更加世俗化。

诺瓦利斯的创作理论受费希特的影响很大,在他的小说中作为主体的"我"与自然之间常常出现的神秘的互动或游戏,正是源于费希特哲学中人的精神对自然和物质的决定作用。反过来说,人的精神又是通过"非我"的物质存在才能得以表现,自我与非我中的精神由互相分离到重回统一,才能实现完整的自我。谢林将自然视为神在地面的隐藏之所,代表着上帝的神性,因而自然也是神秘的和无限的,理解自然就是在认识神。然而,自然事物中的精神并不像在主体的人中那样自由,诗人必须凭着一种超常的想象力去直观非我中的精神,然后再借助诗性语言才能达到自然和精神的神秘合一。诺瓦利斯在其《基督世界或欧洲》中提出要以诗性的语言,去描绘现实世界和日常生活,把人从有限的平庸中解放出来,进入到神圣无限的自然中去③,即要通过诗性语言将整个世界浪漫化、崇高化。

诗性的语言是与科学的语言相对的。在基督教信仰的元初阶段,语

---

① 弗·施莱格尔:《断想集》第45条,转引自菲利普·拉库-拉巴尔特、让-吕克·南希《文学的绝对:德国浪漫派文学理论》,张小鲁等译,南京:译林出版社,2012年,第168页。
② 同上。
③ 刘小枫编:《夜颂中的基督——诺瓦利斯选集卷一》,林克译,香港:道风书社,2003年,第142—164页。

言是作为标识而存在的,其功效就是为事物命名。这种元初语言既是混沌的,又是同一的,具有最纯粹的诗性特质——因为其仍蕴涵无限的可能性和创造性。在此后,语言虽然经历了不断细化、更加精确的发展历程,但仍保有这种元初的诗性特征。直到启蒙运动对一切现存的"祛魅",不仅给基督教传统造成了巨大的破坏,也使语言脱离了其神圣性的母胎,变成了毫无诗意的、僵化的科学语言。诗性的语言从其形式上来说是物质性的,但从其意指来看又是非物质的,因而它能连接现实与超越,对生命与生存作寓意性的表达;它能赋予庸常以宗教层面的意义,超越局限的日常,还世界以无限创造性。从具体运用层面,语言要实现其目的,又必须借助象征及隐喻等手段。象征和隐喻既是表达方式,也是人们借以思考世界的方式。它们是打开肉体与灵魂、尘世与超验之间大门的关键钥匙,借助其所表述的是两个异质世界之间的相似性,不能被直观的世界才可能得到某种理解。

扎根于基督教文化深厚土壤的象征和隐喻包含有丰富的宗教内容。诺瓦利斯的小说《海因里希·冯·奥弗特丁根》以一种强烈的宗教热情表达了他全部的浪漫诗学理念。对"诗"的追寻、对天人合一的神秘体验、对黄金时代的向往都在这部小说中有了充分展现。小说主人公毋宁说就是诺瓦利斯自己的理想化身,而小说中一直在寻找的"蓝花"则是他全部憧憬的象征。关于蓝花象征意义的探讨研究已经有很多的成果,在此引用勃兰兑斯在《十九世纪文学主流》中的话:"蓝花不仅在爱情中,而且在人生的一切方面,都代表着完整的、因而也算是理想的、但纯粹属于个人的幸福。这种幸福按其本部而言是达不到的,因此对它的憧憬在所有浪漫主义者笔下,便被描写成永远到处骚动不安的追求。"[①]

理想与现实之间、有限与神性之间,总存在一道无法逾越的鸿沟。这朵神秘的"蓝花"就是属神的那一方,是对无限的憧憬,是天人合一的完满境界,是浪漫主义者永远达不到的理想,他们只能永远处在寻求理想的途中。但对他们而言,重要的不是找到,而是始终坚信她是存在着的,并借由爱与诗架起的桥,临近彼岸。世界在心灵中最终变成了一个纯诗的精神领域。因而,小说中的人物几乎自始至终都没有什么真正意义上的行动,除了对问题和理念的讨论之外,还有的就是对神秘情感的表达。小说

---

① 勃兰兑斯:《十九世纪文学主流(第二分册)德国的浪漫派》,刘半九译,北京:人民文学出版社,1997年,第204页。

对其"诗"的理念始终没有给出一个确定的概念,对其中的蓝花意象也并不作直接的描述,而是用了大量铺垫性的描写以及一大堆修饰性的语词,诸如永恒、迷狂、喜悦、渴求、默想等,这些词汇在之前经常是出现在宗教赞美诗或歌曲中的,用以修饰神、耶稣基督或表现人的宗教感受。无限的神是不能被人的有限的语言所描述说明的,因而人只能无尽地形容它的局部特征。诺瓦利斯将这种对神的敬爱放到对诗的描写上,将诗放到了神的位置,诗变得更加神秘、神圣,与神一样具有了超验的特质。

如果说无限是包含在一切有限当中的,在人身上,这种无限性就蕴含在人的心灵中。人要去感悟自然及俗世事物的无限性,就必须凭借心灵的力量,而这种力量的直接表现就是人的直觉。对直觉的信赖,可以说是完全神秘主义的。这种神秘的直觉,显然不会与人的情感相分离,情感因素始终是包含在直觉行动本身当中的,在直觉感悟中,情感也变得客观化了。

在诺瓦利斯的小说创作中,"爱"都被塑造为认识的最根本契机。其所要去认识的对象就是诗。而只有人世间最高的情感——"爱"才可以表达对神的情感。如果说蓝花代表了神性的诗,那么,先后在蓝花中浮现的爱人的面孔,则向诗人指明了通往理念和神性的道路——爱的道路。爱是主体成为真正的诗人的契机,找到爱就找到了诗。诗则把爱引向和谐。海因里希在找到马蒂尔德——这梦中蓝花上浮现的少女形象时,他就找到了爱,从而成了诗人。这里所说的爱并非单纯的爱情,也并非纯粹的理念,而是人的情感与认识的统一,是一种精神的感情。在小说中,一切都被披上了一层神秘的面纱,浪漫主义用审美直觉代替宗教,审美直觉作为参与的直觉真正地把艺术看成是启示的,这是浪漫审美的直接成果。

在创作实践中,早期浪漫派有意识地以形式上的创新来探讨这种有限与无限的理念。早期浪漫派的文学创作从其表现上来说就像一场场实验。浪漫主义者们试图以语言为工具从事他们的文学实验,借此探讨人们获得认知、信仰、经验等方面的新的可能。在浪漫派先哲看来,文学是不可被理性化之物,它的根基不植于分析理性的土壤,完全脱离于"真或假"这样的判断命题,因而有可能上升为"所有艺术和科学中占首位的最高者"[①]。浪漫派追求的是无限,是无止境的憧憬和渴望,它要取消一切

[①] 施勒格尔:《浪漫派风格——施勒格尔批评文集》,李伯杰译,北京:华夏出版社,2005年,第75页。

学科之间的分野,建立一种紧密联系、包罗一切的整体艺术,即一种总汇性的"诗";浪漫派要以诗为宗教,借此来唤醒或保持人对自身存在正当性的信仰,重回神与人、人与人之间普遍联合的有机共同体。浪漫主义借助于无限的动力超越了一切有限形式,开启了一种全新的世界视野。这种无限的动力要求突破一切现有的体系,超出地域、学科、门类的限制,达到一种极其自由而无所不包的境界。对无限的渴望,也将上帝从遥不可及的神殿上请下来,使其变成了内存于自然界、历史、日常生活中的神秘事物。人们这才有机会从日常生活中最平凡的事物中去切身感受神的存在,并有可能通过关注内心而达到一种深刻的体悟。这种同在与可感的神,就是现代意义上的神。原来的被启蒙理性驱逐了的神,经由浪漫主义得到复活后,已不再是之前那个高居于自存空间,仅仅以间接的方式临在于地面、参与世俗事物的教会意义上的神,而是一个全新的、关心人的灵魂归属,在形式上变为人的一种内在信仰生活的神。

第四节 浪漫主义的"个体自由"与"荒诞"观念的形成

文学史上自古就有对世界或人生"荒诞性"的表达,譬如,古代神话中人类在无法解释大自然的诸多现象时产生的困惑和面对大自然威力时产生的恐惧即是"荒诞感"的最初表现。20 世纪,随着存在主义哲学的兴起与广泛传播,"荒诞"观念大行其道,受此观念影响产生的荒诞派文学也此起彼伏蔚为大观。"荒诞"与文学源远流长的关系,是如何从不绝如缕的不温不火突然在 20 世纪演进出洪峰高潮的呢?

众所周知,作为个体的生存体验,"荒诞"是反理性的。作为文学思潮,高标个性解放强调情感表现的浪漫主义亦明显具有反理性的倾向;浪漫主义对理性主义的反拨以及对非理性主观体验的表现与"荒诞"的内涵高度契合。基于对人的精神世界的高度关注,浪漫派比既往时代的作家更为敏感地体察和感受到了代表着"无限"的理想与表征着"有限"的现实的冲突在情感上所造成的不适,以及追求个性解放的个体在与外部世界相冲突时所遭遇到的种种精神苦痛;而"荒诞"作为一种生命体验,它正是主观意识在面对客观世界时产生的一种不无痛苦的不适感。众所周知,在"荒诞哲学"或存在主义哲学中与"荒诞"一体两面、相因共生的"自由"观念,也正是浪漫主义的核心观念,即雨果所谓"浪漫主义其真正的定义不过是文学上的自由主义而已"①。这一切,均意味着浪漫主义与"荒诞"观念的流行渊源甚深。

　　在谈到浪漫主义革命时,以赛亚·伯林明确指出:"两种因素——其一是自由无羁的意志及其否认世上存在事物的本性;其二是破除事物具有稳固结构这一观念的尝试。某种意义上,这两种因素构成了这场价值非凡、意义重大的运动中最深刻也是最疯狂的一部分。"②在浪漫主义文学中,自由成为最高价值,所有的范畴都出自人的自由心灵,一切理性、逻辑、伦理乃至法律规则和习惯都要用自由的最高原则衡量一番。"这就是浪漫派,其主要任务在于破坏宽容的日常生活,破坏世俗趣味,破坏常识,破坏人们平静的娱乐消遣……"但"浪漫主义的结局是自由主义,是宽容,是行为得体以及对于不完美的生活的体谅;是理性的自我理解的一定程度的增强。这些和浪漫主义的初衷相去甚远……他们有志于实现某个目的,结果却几乎全然相反"③。"搬起石头砸了自己的脚",以"自由"为灵魂的浪漫主义革命由是从整体上呈现出"荒诞"的意味。

　　自由乃西方文化的伟大传统,并非浪漫主义时代所独有。法国浪漫主义的重要作家,也是当时西方最重要的自由主义思想家贡斯当曾经写过一篇著名的文章《古代人的自由与现代人的自由》,文章翔实分析了古代雅典城邦人的自由与浪漫主义时代"现代人"的自由在内涵上的重大分别:古代西方人的自由是"群体的自由",而现代人——也就是浪漫主义时代的人的自由是"个体的自由"。④ 而所谓"个体的自由",绝非是说个人可以肆意妄为——想干什么就干什么;卢梭所谓"人是生而自由的"指的主要是人之精神层面的自由,而"无往不在枷锁之中"则显然是指行为层面上的人的自由的现实状况。虽然浪漫派的"个体自由"的确包含了诸多行为层面的自由,如迁徙自由、贸易自由、婚姻自由等,但它所强调的首当其冲却是精神层面的精神自由。事实上,也只有在精神层面,人的自由才是无限的、无条件的。

　　"作为现代性的共同起源,浪漫主义一方面是对启蒙主义的延续,同

---

① 雨果:《〈欧那尼〉序》,见《雨果论文学》,柳鸣九译,上海:上海译文出版社,2011年,第91页。
② 以赛亚·伯林:《浪漫主义的根源》,吕梁等译,南京:译林出版社,2008年,第118页。
③ 同上书,第145页。
④ 邦雅曼·贡斯当:《古代人的自由与现代人的自由——贡斯当政治论文选》,阎克文、刘满贵译,北京:商务印书馆,1999年,第26—27页。

时它在很多方面也与启蒙主义相对立。"①浪漫主义的自由与启蒙主义所倡导的自由显然有所不同。以理性的怀疑精神反对陈规旧俗,启蒙运动高标自由、平等、博爱,反对王权和神权专制,一定程度上促进了人的解放和自由,但启蒙运动本质上是为当时的政治革命做理论准备的,这意味着它往往要从社会秩序和政治正义层面将自由归于平等和民主的社会政治运动。此外,启蒙主义又确立了对人类理性的绝对信仰,因而未能充分地揭示人的自由价值,人的情感亦遭到贬抑忽略。"浪漫主义者是这样一个作家,他利用我们的文化手段攻击启蒙时期和革命时期……"②"这种文学的根据正是关于个人无限重要性的观念。"③"浪漫派高度推崇个人价值,个体主义乃浪漫主义的突出特征。"④大致来说,在力倡众生平等、社会公正的启蒙运动中,启蒙思想家们所宣扬的自由乃是一种以集体为主体的群体自由,而浪漫主义运动在自由问题上对启蒙运动进行了扬弃,尤其强调活生生的个体的人的自由,并将个体自由确立为整个文化系统中的最高价值。"世袭君主制的拥戴者所提出的上帝至上论和崇奉群众的革命派所提出的人民至上论,现在被个人至上论所代替。"⑤与此前启蒙运动的标准化和简单化相反,浪漫主义的基本特征是多样性或多元论,其所倡导和张扬的是独特与个别而非普遍与一般。"18 世纪的文学是一种社会文学,不是追求表达个人的心灵,而是力图传播共同的理念。"⑥而当个人的自由意志成为浪漫主义的核心内容,古典主义专事书写"社会人"的文学也就转变成了浪漫主义高标"个体人"的新文学。"古典主义与浪漫主义的分歧取决于他们在个体观念上的见解:18 世纪将一切诉诸理智,热衷于谈论抽象的人,而浪漫主义则专注于感觉和激情的探究,拥抱多样化的、神秘的、不寻常的、活生生的人……"⑦

对个体"自我"的寻觅开启了对内心意识的探求,"内在性"—"主体

---

① Marshall Brown, ed., *The Cambridge History of Literary Criticism: Romanticism*, Cambridge: Cambridge University Press, 2008, p.30.

② 勃兰兑斯:《十九世纪文学主流(第二分册)德国的浪漫派》,刘半九译,北京:人民文学出版社,1997年,第270页。

③ 同上书,第212页。

④ Jacques Barzun, *Classic, Romantic and Modern*, London: Secker & Warburg, 1962, p.6.

⑤ 勃兰兑斯:《十九世纪文学主流(第三分册)法国的反动》,张道真译,北京:人民文学出版社,1997年,第112页。

⑥ 罗兰·斯特龙伯格:《西方现代思想史》,刘北成、赵国新译,北京:中央编译出版社,2005年,第240页。

⑦ Jacques Barzun, *Classic, Romantic and Modern*, London: Secker & Warburg, 1962, xxi.

性"—"主观性"或主观主义成为浪漫主义文学最基本的特征,而张扬个体自由所达成的"个性解放"则成为浪漫主义革命最基本的动力。"文学创作的任务永远是用凝练的形式表现一个民族或一个时代的整体生活。浪漫主义文学却抛却了这个任务。以诺瓦利斯为最典型的代表,他们从诗人的心灵中排出整个外部现实,而用它的诗意的憧憬创造出一个诗与哲学的体系。他们并不表现人生的广度和深度,只表现少数才智之士的梦幻。"①事实上,自由乃是个体主观性的一种显现;与其他动物相比,人的本质也正在于人可以经由自我的自由精神(主观性)而赋予自身以价值。"在浪漫主义革命中,最基本的因素可能是主观主义。从康德的观点看,主观主义就是人的精神参与对现实的塑造。人的精神不是一个消极的旁观者。过去人们是从认识对象的角度来考虑认识过程;现在重心转移到主体。"②在浪漫派这里,自由的个体主体不再简单的只是被动反映现实的"镜"之实体,而是以想象力与创造力作为光源照亮、开启世界的精神之"灯"。

"人之自由是与人对自身的有限的意识分不开的。"③与浪漫主义渴求无限、追求超越的精神相契合,浪漫主义的自由乃是一份趋向无限的绝对自由。人自身存在的有限性和其对无限性的渴求所构成的生存悖论,乃是浪漫派一直萦绕在心力图破解的司芬克斯之谜。"有限与无限的关系原则是浪漫主义的首要原则,任何别的东西都是依赖于它的。"④"浪漫主义打破了无限与有限的平衡,借助于无限的动力超越了一切有限形式。"⑤浪漫派所憧憬的幸福按其本质而言是绝难变成现实的,因而这份憧憬"在所有浪漫主义者笔下,便被描写成永远到处骚动不安的追求"⑥。在浪漫派趋向绝对自由的精神中,人最必不可少因而实际上成了人的根本属性的东西就是其作为有限对无限的渴望与追求。而正是对无限的这

---

① 勃兰兑斯:《十九世纪文学主流(第二分册)德国的浪漫派》,刘半九译,北京:人民文学出版社,1997年,第213—214页。

② 罗兰·斯特龙伯格:《西方现代思想史》,刘北成、赵国新译,北京:中央编译出版社,2005年,第240页。

③ Karl Jaspers, *The Perennial Scope of Philosophy*, tran., Ralph Manheim, London: Routledge & Kegan Paul Limited, 1950, p.70.

④ 保罗·蒂利希:《基督教思想史——从其犹太和希腊发端到存在主义》,尹大贻译,北京:东方出版社,2008年,第331页。

⑤ 同上书,第333页。

⑥ 勃兰兑斯:《十九世纪文学主流(第二分册)德国的浪漫派》,刘半九译,北京:人民文学出版社,1997年,第204页。

种渴望和追求,直接规定了人不断在自由创造中超越自我、超越当下、超越有限的高贵品格。"个体人格与超个体价值之间的关系十分重要。它们两者的关系如果建构在客体化世界中,人则轻易沦为奴隶;如果建构在生存和超越之中,则展现自由的生命。"①

浪漫主义文学思潮中的"自由"是一个内涵十分丰富的概念。浪漫主义自由在本质上强调的是作为最高存在、追求独特性的个人的精神自由。个人精神自由作为浪漫主义文化和文学思潮的基本主题与核心动力,催生或强化了思想自由、信仰自由、政治自由、情感自由、民族自由和艺术自由等诸多自由理念与实践。概而言之,浪漫主义的自由精神所昭示的就是个人从有限到无限的自我超越。存在主义思想家尼采对这种自我超越的自由精神极为肯定,并反复论定生命的本质就在于不断的自我超越。人是"一种应该被超越的东西"②;在尼采的"超人哲学"中,所谓"超人"便是具备了强力意志能够在自由创造中超越自身的人。在人的自由和超越性问题上,后世的存在主义者大都吸收和发展了尼采的"超人"思想,进一步"强调人的超越性,认为人的存在就是不断超出自己的界限。人总是不断超出现在而面向未来,人的存在就是人的超越和创造活动,就是人的生活、行动和实践,这些都意味着人的自由"③。

存在主义把人自身看成是一切存在的核心,是世上一切事物之所以存在的出发点,即萨特所谓"存在先于本质"——"首先是人存在、露面、出场,后来才说明自身……因为人之初,是空无所有,只是后来人要变成某种东西,于是人就照自己的意志造成他自身……人,不外是由自己造成的东西,这就是存在主义的第一原理,这原理,也就是所谓的主观性。"④人之为人,乃"自为的存在",而客观世界作为"自在的存在"其实是因了"自为存在"之主观性的"去蔽"才得到"澄明"的;这就有——若无"自我"即无"世界"。主观性就是人的自由;"人并不是首先存在以便后来成为自由

---

① 尼古拉·别尔嘉耶夫:《人的奴役与自由》,徐黎明译,贵阳:贵州人民出版社,1994年,第12—13页。
② 尼采:《尼采著作全集(第六卷):瓦格纳事件 偶像的黄昏 敌基督者 瞧,这个人 狄奥尼索斯颂歌 尼采反瓦格纳》,孙周兴等译,北京:商务印书馆,2015年,第411页。
③ 刘放桐等编著:《新编现代西方哲学》,北京:人民出版社,2000年,第333页。
④ 萨特:《存在主义是一种人道主义》,见中国科学院哲学所西方哲学史组编《存在主义哲学》,北京:商务印书馆,1963年,第337页。

的,人的存在和他'是自由的'这两者之间没有区别"①。"我命定是自由的,这意味着,除了自由本身以外,人们不可能在我的自由中找到别的限制。"②存在主义高标个体主观性,认为只有主观意识和心理体验(如孤独、烦闷、恐惧、勇气、绝望等)才是可靠的、第一性的存在,而外在客观世界则是不可知的,置身其中的人生也并无意义可言,即所谓一切均虚无,世界很荒诞。其实,作为"偶然性"的存在"被抛"到世界上来的"自为存在",其体现着主观性的自由意志和思想却"澄明"了世界,为本来并无意义的世界或人生赋予了意义或价值,这本身就是"荒诞"的证明。

在"荒诞"隐现的现代的开端,敏感的浪漫派第一次意识到:个人真正可以凭依的东西只有与生俱来的自由。浪漫主义自由内涵的丰富性有时候直接表现为其自身的悖谬,如自由既是权利也是责任,作为要承担后果的责任,意味着自由这一权利其实也是不自由的;再如,人既向往自由,但又逃避自由乃至喜欢奴役或喜欢被奴役——"人悬于'两极':既神又兽,既高贵又卑劣,既自由又受奴役,既向上超升又堕落沉沦,既弘扬至爱和牺牲,又彰显万般的残忍和无尽的自我中心主义。"③事实上,不管"自为存在"在主观性和本质上多么自由,仅仅其伊始处"被抛"的那份"偶然性",便就足以使人之自由本身显现出十足的荒诞性。人之绝对自由,使其找不到任何可以依仗凭援之物,人孤零零地独立于一派虚无的命运之中。然而,也正是绝对的自由所构成的无限这片绝对的虚无,为人的绝对主体性、无限创造性、永恒超越性提供了可能。一言以蔽之,绝对自由开启的虚无释出荒诞;自由本身的悖谬导出荒诞,而荒诞同时也解开了所有成规的束缚,解放了自由——自由与荒诞原本就互为表里二位一体。

第五节 克尔凯郭尔:浪漫主义与存在主义之间的桥梁

存在主义从个人与世界关系的角度将"荒诞"界定为个人在世界中的一种生命体验——它既是颠覆理性-信仰后无所依凭的孤独感,也是对未知可能性的恐惧和对人生无意义的绝望。从勒内、哈罗尔德等忧郁成

---

① 萨特:《存在与虚无(修订译本)》,陈宣良等译,北京:生活·读书·新知三联书店,2007年,第54页。

② 同上书,第535页。

③ 尼古拉·别尔嘉耶夫:《人的奴役与自由》,徐黎明译,贵阳:贵州人民出版社,1994年,第3页。

性的诸多"世纪儿"形象中可以见出:对如上心理体验的表达,实乃浪漫主义文学的核心属性或基本特征;孤独、恐惧和绝望,连同厌倦、疯狂和迷醉等,均是浪漫主义时期文学表现的标志性现象。"厌倦与孤独,乃浪漫主义时期反复出现的文学主题。"①"我所感到的,是一种巨大的气馁,一种不可忍受的孤独感,一种朦胧的、不幸的、永久的恐惧,对自己的力量的完全的不相信,彻底地缺乏欲望……我不断地自问:这有什么用?那有什么用?这是真正的忧郁的精神。"②

虽然荒诞现象和"荒诞感"在人类的历史长河中自古就有,但严格意义上的"荒诞"实际上乃是一个现代才有的哲学范畴。作为哲学观念,"荒诞"实际上是由最初的那种生活境遇中的"荒诞感"被提升到人类存在的形而上层面来达成的。在浪漫主义运动开启之前,"荒诞"事实上始终停留在人们无力对眼前世界做出合理解释而产生的迷惘困惑这一层面;正是循着迷惘困惑的情绪路径,克尔凯郭尔在19世纪中叶第一次将浪漫主义作品中由勒内发端的大量"世纪儿"形象内里的核心要素"忧郁"进一步阐发为后来加缪笔下"局外人"莫尔索所表征着的那份"荒诞"。③ 准确地说,"荒诞"乃是"忧郁"内里那份混乱的激情或热忱冷却、沉静下来的观念结晶。

作为体现着个体主观感受的"心理体验","荒诞"即"荒诞感";"荒诞哲学"显然是建立在对个体主观性的强调之上,这一点在克尔凯郭尔这个存在主义始祖的表述中已然确定无疑。"就像一株孤傲的冷杉,兀然而立,直指天际,我站立着,不留下一丝荫影。"④克尔凯郭尔的所有哲学论题都建立在对个体的思考之上,其实他的生活和精神的信仰均表明他的哲学是来自个人绝对孤独世界的尖叫。在很大程度上,正是基于其"孤独个体"这一新的思想轴心,克尔凯郭尔才开启了直接影响到尼采进而改变

---

① F. W. J. Hemmings, *Culture and Society in France: 1789—1848*, Leicester: Leicester University Press, 1987, p.112.

② 夏尔·波德莱尔:《1857年12月30日致母亲书》,转引自夏尔·波德莱尔《恶之花》,郭宏安译,桂林:广西师范大学出版社,2002年,第75页。

③ 美国文化观察家恺撒·格兰娜在20世纪60年代就曾经明确指出:"作为某种社会现实的表征,现代文学中那种边缘乃至匿形的'局外人'在西方文化中出没的时间不是30年,而是已然130年。" See Cesar Grana, *Bohemian versus Bourgeois*, New York & London: Basic Books Inc., Publishers, 1964, xi, xii.

④ 索伦·克尔凯戈尔:《克尔凯戈尔日记选》,罗德编,晏可佳、姚蓓琴译,上海:上海社会科学院出版社,1992年,第28页。

西方文化走向的哲学革命。"这种情况本身体现了西方哲学的革命性变革:他们的中心论题是单个人或个体独有的经验……"①

身为浪漫主义作家的克尔凯郭尔将哲学思辨与神学探究的触角延伸到后世存在主义哲学的核心命题——"荒诞",并以"个体性"为基础深入阐发了"荒诞"的内涵。在克尔凯郭尔那里,"荒诞"是个体意识所体察到的存在之无可规避的悖谬性;作为一份非理性的主观感受或"反理性的主观性",克尔凯郭尔的"荒诞"观念满透着孤独、恐惧、绝望、虚无的意绪。后来萨特将这种"反理性的主观性"称作"绝对的内在性":"显然应该在虚无化中找到一切否定的基础,这种虚无化是在内在性之中进行的。我们必须在绝对的内在性中,在即时的我思的纯粹主观性中发现人赖以成为其自身虚无的那种原始活动。"②存在主义"往往把孤寂、烦恼、畏惧、绝望、迷惘,特别是对死亡的忧虑等非理性(非认知方式)的心理体验当作人的本真存在的基本方式,认为只有揭示它们才能揭示人的真正存在"③。存在主义否认理性对人之存在的过度解释,转而强调人是"被抛"到世界上来的,其存在充满了"偶然性";"偶然性"的高耸,使得客观世界和人生都因了"必然性"的悬置而陷入了丧失意义的状态,来自乌有去向子虚的虚无感和"荒诞感"由是沛然而出,即所谓"荒诞是指缺乏意义……在同宗教的、形而上学的、先验论的根源隔绝后,人就不知所措,他的一切行为就变得没有意义,荒诞而无用"④。

"浪漫主义背离权威而追求自由,拒绝陈旧僵化的学问而崇尚个体的探究,拒斥安稳的恒定性而拥抱不可预见的戏剧性……"⑤浪漫主义运动对理性的颠覆,为"荒诞哲学"或存在主义哲学在19世纪中后期的形成与发展提供了重要的前提条件。感性自由的空前释放,使浪漫派成为文学史上第一个与个人存在的荒诞性正面遭遇的作家集群。不唯如此,在浪漫主义运动的后期阶段,历史绝非偶然地提供了第一位将"荒诞"从生活境遇的情感体验上升到形而上学观念的诗人、哲学家——克尔凯郭尔。有意识地从个体性、反理性以及强调人的孤独、恐惧、绝望等心理体验的

---

① 巴雷特:《非理性的人》,段德智译,北京:商务印书馆,1999年,第13页。
② 萨特:《存在与虚无(修订译本)》,陈宣良等译,北京:生活·读书·新知三联书店,2007年,第77页。
③ 刘放桐等编著:《新编现代西方哲学》,北京:人民出版社,2000年,第332—333页。
④ 袁可嘉等编选:《现代主义文学研究(下册)》,北京:中国社会科学出版社,1989年,第675页。
⑤ Jacques Barzun, *Classic, Romantic and Modern*, London: Secker & Warburg, 1962, xxi.

角度来思考人的存在,他提炼、创造了"荒诞"这一"极其丰富的、远远超前他们时代、只有下一个世纪的人才理解得了的观念"①。此后,随着尼采、海德格尔、雅斯贝尔斯以及萨特、加缪等哲学家对"人的存在"的不断阐释以及陀思妥耶夫斯基、卡夫卡等文学家对人生存体验的不断描述,"荒诞"最终被确定为是对存在的一种根本性描述——世界是荒诞的,人的存在在根本上也是荒诞的;由是,"荒诞"也就成了存在主义的核心观念。

作为重要的浪漫主义作家,同时作为19—20世纪存在主义哲学的奠基人,克尔凯郭尔的双重身份与地位坐标,使他历史地成了两者之间相互连通的桥梁。克尔凯郭尔的存在,使得自由主义思想家伯林关于浪漫主义与存在主义的如下论断变得确凿而又昭彰:

> 存在主义的关键教义是浪漫主义的,就是说,世上没有任何东西能够依靠。②

> 浪漫主义认为,人之存在的某些方面被彻底忽略了,尤其是生命内在的一面,所以人的形象被严重扭曲了。在今日,由浪漫主义所引发的诸多运动之一就是所谓法国存在主义……存在主义是浪漫主义的真正继承人。③

---

① 巴雷特:《非理性的人》,段德智译,北京:商务印书馆,1999年,第13页。
② 伯林:《浪漫主义的根源》,吕梁等译,南京:译林出版社,2008年,第141页。
③ 同上书,第138页。

第十一章
浪漫派之"自由信仰"与"诗化宗教"

启蒙时代被理性大肆批判和揭露的宗教在经过短暂的式微之后在后革命时代以人性道德和情感需求的新姿态再度回归,基督教的信仰由外在转向内在,它不再是禁锢人们思想的枷锁,而是一种纯粹个人化的自由的精神选择。19世纪初叶,基督教教会和世世代代积淀于西方人心中的宗教精神都死灰复燃,成为浪漫主义文学的重要精神背景与动力源泉。

"对于浪漫主义艺术家来说,英雄首先意味着个人的自我实现,这是他们在自己的艺术作品中试图达到的目标。这一观念与自由观念本身是不可分离的,因为只有通过消除限制和约束,它们才能够实现自己的真实命运。"① 但正如这一时代动荡的历史所表明的一样,"一将功成万骨枯",拿破仑这样的英雄之个人价值的实现,无疑是以成千上万民众之自由与生命为代价的。所以,不难见出浪漫派之"英雄崇拜"极易演变成对极权主义独裁者的拥戴。这其中所蕴藏着的浪漫派难以回避更难以回答的悖论注定了浪漫主义幻灭的到来。而正是这幻灭,导致浪漫派转向其他的信仰——自然、遥远的异域或古老的年代,并最终回到基督教本身。

与大革命后宗教复兴的社会文化思潮相联系,渴慕"无限"自由的浪漫派注定要向宗教信仰寻求精神支援,夏多布里昂、诺瓦利斯、蒂克等人的心灵由此倾向于正统的天主教或新教;深切而又孤绝的自我意识,也使得浪漫派作家将宗教当成可以带来心灵安慰的诗歌或神话,与之相应的则是泛神论以及超验主义宗教观的勃兴。不少浪漫派作家将诗与宗教、诗人与上帝(或先知)界定为一体,这在某种程度上倒也合乎神性观念与

---

① 大卫·布莱尼·布朗:《浪漫主义艺术》,马灿林译,长沙:湖南美术出版社,2019年,第113页。

完美观念结合在一起的基督教传统。

在浪漫主义作家看来,想象乃万有之源。作为万有之源,想象当然是艺术的源泉,而诗人艺术家则成了能够"洞见事物生命"的活的灵魂——"伟大的预言家,神圣的先知"(华兹华斯语)。"在诗中,唯有想象,那个熟悉的并与无穷相关的东西,才强有力地打动了我。""所有大诗人从这点来看,都是强有力的宗教狂。"[①]基于其有机、神秘、统一的世界观,浪漫派的想象为诗与宗教联系在一起提供了直接的纽带。诗与宗教同一;诗是"强有力的宗教"。所以莫里斯·迪克斯坦才称:"通过想象,诗人成了一个创造者,一个立法者,一个上帝;然而凭借宽广的视野,他更深入地看到了一切,他是一个凡人。"[②]

浪漫派的宗教观经由自由精神的催发多姿多彩,其共同点在于:用内心情感体验作为衡量信仰的标准,使宗教变成热烈而富有个人意义的东西;这不仅使浪漫派神学与福音派和虔敬派为代表的基督教复兴相互呼应,而且也使信仰自由成了浪漫派自由价值观体系中最重要的命题之一。上帝不再是"自然神论"或理性宗教中的机械师,而是令人陶醉的神秘事物;"中世纪建筑、艺术和生活方式中的复古主义倾向,是浪漫主义将自身与主流区别开来的最为典型的方式之一"[③]。但毫无疑问,中世纪被浪漫派从启蒙学派的讥讽中解救出来,成为作家反复吟唱讴歌的精神图像,这显然不宜简单地一概定性为社会政治立场的复古与反动。

第一节 基督教复兴:两股潜流及其成因

18世纪与19世纪之交,基督教教会及基督教文化精神在欧洲呈现出全面复兴之势,这是浪漫主义得以发生的重要心理背景与文化渊源。"浪漫主义诗歌是情感、想象、自然和神性的综合产物,这种神性在可见的世界中是内在的、固有的。"[④]

---

① 转引自R.韦勒克:《文学史上浪漫主义的概念》,见R.韦勒克《批评的诸种概念》,丁泓、余徵译,成都:四川文艺出版社,1988年,第173页。

② Morris Dickstein, *Keats and His Poetry: A Study in Development*, Chicago: University of Chicago Press, 1971, p.194.

③ 大卫·布莱尼·布朗:《浪漫主义艺术》,马灿林译,长沙:湖南美术出版社,2019年,第12页。

④ N. H. Clement, *Romanticism in France*, New York: Kraus Reprint Corporation, 1966, p.55.

作为对极端理性主义的一个反拨,是时的宗教回潮事实上存在着两股潜流。一股是封建教权主义,这股潜流所要达致的目标是要恢复基督教作为国家政权力量的权威,或者说是恢复作为国家政权力量权威的基督教教会。在这股潜流中兴风作浪的主要人物是法国的梅斯特尔、波纳尔和拉马奈,他们揪住了启蒙思想家那种理性主义政治思想体系里面固有的一些漏洞,猛烈抨击启蒙思想,极力主张恢复宗教在国家政治生活中的权威力量。波纳尔认为,秩序原则是宗教最重要的部分,宗教是维护国家秩序的警察,宗教是每一个社会的凝聚力,它给社会带来秩序,因为它让人知道权力和责任从何而来。梅斯特尔四处宣讲:没有教会就没有一致性。没有一致性就没有权威,没有权威就没有信仰,没有信仰就没有秩序,没有秩序国家便要乱套;所以便应该恢复宗教,便应该有教皇,便应该回到中世纪,便应该有宗教法庭。由此可见,这个时期的教权主义思潮完全是一种政治上的反动,教权主义的鼓吹者所要求的是社会秩序,他们所要恢复的宗教完全是中世纪那种作为统治权力的教会宗教。

这一时期宗教回潮中的另一股潜流是要恢复作为人的精神家园意义上的宗教。德国哲学家施莱尔马赫是这一潜流的主要发言人。"卡尔·巴特和埃米尔·布龙纳将基督教自由派之根追溯到施莱尔马赫。"[1]施莱尔马赫认为宗教在本质上应是一种关乎灵魂、关乎情感、关乎个人独创性的东西,他反复强调的是——感情,只有感情,才是构成宗教的基础;由此出发,他赞成取消一切国家的宗教制度,一切法规、仪式、教条和原则,号召人们设法回到灵魂本来的状态,即物与我浑然一体的状态,在这种状态中根本不产生物的概念,也不产生区别于物的我的概念。个人在一时间构成了世界的灵魂,感到宇宙无限的生命就是自己的生命。在《对鄙视宗教的知识分子的讲话》(*On Religion: Speeches to Its Cultured Despisers*, 1799)这部著作中,施莱尔马赫对启蒙学者自以为拥有万能的理性而对宗教所表现出来的傲慢鄙视和轻狂表示不满,但他绝不像梅斯特尔等人那样认为应该重建已经被人文主义者和启蒙学者摧毁了的那种天启宗教,他所强调的是:人固然需要理性,但只有理性,只要理性,这却不够;在理性之外,人还需要为自己的灵魂,为自己的情感,为自己的精神创造一个充满温情的诗意的家园,在这个家园里,人们可以领略散发着馨香的晨

---

[1] 史蒂夫·威尔肯斯、阿兰·G.帕杰特:《基督教与西方思想(卷二)》,刘平译,北京:北京大学出版社,2005年,第38页。

露中的花朵,可以领略少女纯洁而清淡的吻,可以领略新郎圣洁而有力的热情的拥抱,用他本人的话来说就是:可以有接近大自然的生动感觉,可以有纯洁灵魂向自然的纯洁川流之朴素而又谦卑的倾注,其旨趣显然不可与梅斯特尔、波纳尔之流同日而语。

世纪之交,基督教与文学浪漫主义的联盟在整个欧洲都成为一种新的文化征象,这在法国和德国体现得最为清楚——

> 史达尔夫人坚称,浪漫主义诗歌"应把它的诞生归功于骑士制度和基督教";与《基督教真谛》相契合,夏多布里昂饶有兴味地说:"只有经由基督教,人类才能够感受到风景本身的优美";随着虔诚的罗马天主教的信仰的日益增强,施莱格尔兄弟看上去只是简单地确认了黑格尔的论断:浪漫主义在本质上只不过是基督教晚近的复兴,它是对背离基督教信仰之不幸的"怀疑主义"的调停。或许,这一反古典的立场在奥·施莱格尔的《戏剧艺术和文学的演讲》中体现得更为确凿无疑:"希腊可能在美的方面,甚至在道德的方面高度地取得了成功,然而我们不能不情愿地承认他们文明中有任何比有教养的高贵的感官享受更高程度的特征。"英国人亦持有类似的观点。赫兹里特接受施莱格尔的看法,包括他在多利安古典风格圣堂和威斯敏斯特修道院之间的区分;柯勒律治同样将浪漫主义的出现与基督教的复兴紧密联系在一起,并将浪漫主义的基督教特性概括为:"它的实在论,它的画风〔这里尤指其"哥特"元素〕,它的多样性和复杂性,它对无限的追求,它的主观性,以及它的想象力。"①

A.贝甘的《浪漫主义精神和梦幻》着重研究了浪漫主义与神话、宗教的关系。对浪漫主义想象的性质、对这种性质系之所出的那种观念——"人同自然和上帝的存在之间是连续的"均有着精到的阐发。对他来说,"浪漫主义的伟大之处"就在于它"承认并肯定了诗的王国同宗教秩序的启示之间的深刻相似"。② 大致来说,浪漫主义时期西方文坛形成了一个宗教情绪比较浓重的作家群,其最有代表性、最重要的成员是夏多布里

---

① Paul H. Fry,"Classical standards in the period",in *The Cambridge History of Literary Criticism*: *Romanticism*, ed., Marshall Brown, Cambridge: Cambridge University Press,2008, p.26.

② 参见 R.韦勒克:《再论浪漫主义》,见 R.韦勒克《批评的诸种概念》,丁泓、余徵译,成都:四川文艺出版社,1988年,第 203 页。

昂、拉马丁、维尼、青年时期的雨果、施莱格尔兄弟、蒂克、诺瓦利斯、霍夫曼、克莱斯特。在英国浪漫主义作家中，柯勒律治曾经受到德国浪漫派很大的影响，他的一些作品像《老水手》《忽必烈汗》等也充满了浓重的神秘主义色彩，因而，他在一定意义上来说也可以被划归这一作家群。

宗教情绪浓重的这一作家群的创作，在精神主旨上主要表现为感性和神性的复合，爱神和上帝的拥抱。一方面，同所有浪漫派作家一样，他们的创作中同样奔涌着充沛恣肆、放纵不羁的情感，正是有了这一个基本点，这一类作家的创作才和中世纪的宗教文学在根本上划清了界线；另一方面，这类作家的头脑中总有一种浓重的宗教情绪作祟，所以他们的创作中总是轻重不一地流露出一种神秘的意念，他们往往在对人生进行一种充满了梦幻、幻觉的冥冥的沉思中走向虚无和神秘，最终又这样由虚无和神秘而走向上帝。这样，他们的创作便有了属于这个作家群的特点。诺瓦利斯的一些言论，可以被看作他对自己及其所属作家群创作特点的一个注脚。诺瓦利斯清醒地意识到其极度放纵兴奋的想象在方向上实际上有两个出口，其一是倾向于肉欲的逸乐，其二是倾向于精神性的满足。在给卡洛琳娜的信中谈到其对弗·施莱格尔的小说《卢琴德》的感想时，诺瓦利斯说："我知道想象力最容易为最不道德的、最富有兽性的事物所吸引；但我还知道，一切想象都多么像一场梦幻，它多么爱好黑夜、荒诞和孤独啊。"①在另一个地方，他还有这样的话："基督教是真正讲求逸乐的宗教。罪恶是使人热爱神性的最大的刺激；人愈是感觉自己有罪，便愈是一个基督徒。无条件地同神相结合，乃是罪恶和爱情的目的。"②"人们长久没有意识到，逸乐、残酷和宗教之间具有亲密的关系和共同的倾向，这真是令人惊讶。"③

"浪漫主义者之所以把信仰作为一个生活的动力，是因为他们已经从基督教旧有的道德教条中解放出来。事实上，在宗教问题上的独立立场是他们成为浪漫主义者的部分原因。"④基督教"原罪说"所导出的自我否定，与浪漫主义者追求自我实现和自我肯定存在着内在的冲突，这是浪漫主义诸多内在矛盾的一个重要的方面。"正是原罪（人类生来有罪的思

---

① 转引自勃兰兑斯：《十九世纪文学主流（第二分册）德国的浪漫派》，刘半九译，北京：人民文学出版社，1997年，第171页。
② 同上书，第172页。
③ 同上。
④ 大卫·布莱尼·布朗：《浪漫主义艺术》，马灿林译，长沙：湖南美术出版社，2019年，第347页。

想)这一惩罚性的概念使得许多浪漫主义者开始疏离传统的基督教信仰，因为这种自我否定的道德准则与他们自我实现的目标难以相容。"①另一些浪漫主义者则表现得更加大胆，他们经由诸如宣称"爱欲是通向神的一条途径"，直接创造性地革新了自己的信仰。与赞美纯粹的精神之爱一样，他们赞美肉体的爱欲，试图把物质世界与精神世界和谐地统一起来。这种自由的充满力量的信念之极致发挥，便是一种最神秘撩人的浪漫主义观念——爱与死亡的结合。这便有了浪漫主义创作的两个独特主题：其一是宣扬放纵感性及时行乐，其二是感叹人生无常，对黑夜和死亡大唱赞歌。

拉马丁的代表作是他的诗集《沉思集》和《新沉思集》(*Nouvelles Méditations*，1823)。《沉思集》中最有名的一首诗是《湖》("Le Lac"，1817)，这首诗用第一人称描述诗人在湖边的回忆：他望着波光粼粼的湖水，万分忧伤地想起去年的一个夜晚他和情侣在湖上泛舟的情景；如今这一切都消逝了，他们永远不能相会了，于是诗人绝望地发出叹息："就这样我们一直被推送到新岸，被永不复返地带往永恒的黑夜，难道我们永远不能在岁月的汪洋中抛锚停留一回吗？"接着，他便发出了这样的呼喊："相爱吧，相爱吧！让我们及时行乐，享受这转瞬即逝的时光！人没有停泊的港湾，时间没有可抵达的岸边；我们的生命倏忽即过！"《新沉思集》中《杏枝》一诗完全是重复了《沉思集》中《湖》这首诗的主题，作者这样写道："杏树开花的枝头，啊，美的象征，生命的花朵像你一样，花开花落都在夏天到来之前……品尝这短暂的欢乐吧……风儿夺走的每一朵花都对我们说：快快享受吧！"《沉思集》中的另一首诗《哀歌》也有类似的诗句："采摘吧，在生命的早晨采摘玫瑰吧。一人就这样在岁月的重压下弯着腰；向着一去不复返的涅槃的春天哭泣……快快饮干生命的酒杯吧，趁它还在我们的手里。"在拉马丁、维尼、诺瓦利斯、蒂克等浪漫派作家看来，人的欲望是无限的，而他的能力却有限，"他想探索世界，但眼力却很衰弱"，他总是口渴，但总是解不了渴，他就像"遗落在虚无边缘的一粒原子，或者像被风卷走的一粒尘沙"，如此卑微的人生，"与命运的斗争又有什么用呢？"于是，他们便憎恶白昼和日光而歌颂夜的黑暗，逃避人生而讴歌疾病和死亡。

霍夫曼的歌剧《温蒂尼》(*Undine*，1814)最早将"爱之死"作为独特的体验表达出来。在长诗《心之灵》中，珀西·比希·雪莱曾如此描述男女

---

① 大卫·布莱尼·布朗：《浪漫主义艺术》，马灿林译，长沙：湖南美术出版社，2019年，第347页。

之事:"一个是天堂,一个是地狱,一个是永恒,一个是湮灭。"[1]虽然有时被看作自由恋爱的信徒,但这位诗人事实上并不赞成法国大革命之后爆发的乱交现象。恰恰相反,至少在其诗作中,人们可以发现他其实更信仰一种理想的爱情,一种在灵魂方面远远超过肉体方面的爱情。在雪莱的笔下,这种理想爱情之巅峰体验乃是一份如痴如醉的"爱之死"的状态:性高潮的辉煌之后迅疾便是湮灭的黑暗,而在这沉沉的、无边无际的黑暗之中,人由"瞬间"的巅峰体验而触及了"永恒"。

诺瓦利斯同样也可以经由爱欲"瞥见另一个世界",从而在沉沉黑夜之中迷醉于"死后更加明亮的生活"。其神秘主义的艺术创作将一个采矿工程师的白天与一个诗人想象中的魔法故事结合在一起,其中,尤其"将爱、死亡、信仰和不朽这些主题如同在一首赋格曲里一样完美地组合在一起"[2]。诺瓦利斯最著名的作品是《海因里希·冯·奥弗特丁根》,这本讲述梦境的小说开篇写主人公做的一个梦——在梦里,一朵奇异的蓝花在小溪边绽放,由此引出一个脱离了尘世烟火俗气的凄美爱情故事,表达了作者希望与自己的初恋索菲·冯·库恩在彼岸团圆的心愿。索菲在刚成年时就不幸去世,这导致诺瓦利斯萌发了经由死亡与挚爱融会的冲动。在一种精神自杀所导出的天堂体验中,诗人感觉自己仿佛同时栖息于现实世界和超自然世界。诺瓦利斯的这些思想可能来源于瑞典哲学家伊曼纽尔·斯威登伯格;后者一直试图经由一种带有强烈个人色彩的神秘情感来建构一种能够融会各种矛盾的信仰。在著名的作品《夜颂》中,诺瓦利斯把诗歌和散文结合起来,从第一缕阳光一直描写到变形的夜晚,预示着不朽的生命。诺瓦利斯把死亡称为新婚之夜,称为甜蜜的神圣之秘密,他还有这样的诗句:"不是说聪明人寻找一个好客的床榻过夜吗?那么,爱上了长眠者的人才是聪明的。"拉马丁则把死亡说成是"天国的解放者"和"上帝拯救人类痛苦的使者",在他看来,正是死亡,才为人类"打开了一个更美好的世界"(《永生不死》),"卸下了人类苦难的重负";因此在《信仰》一诗中他便说:"要是征询我的话,那我是要拒绝出生的","我的最后的一天,是我最美好的一天"(《信仰》);剧作家维尔纳更有这样的金句:"我宽恕嫉妒,但不宽恕悲哀。——啊,我说不出我怎样沉湎于变形的狂

---

[1] 转引自大卫·布莱尼·布朗:《浪漫主义艺术》,马灿林译,长沙:湖南美术出版社,2019年,第348页。

[2] 大卫·布莱尼·布朗:《浪漫主义艺术》,马灿林译,长沙:湖南美术出版社,2019年,第348页。

喜,沉湎于美丽的献身死亡的感觉!啊,我的兄弟! 可不是吗? 人人认识死亡——欣然把它拥抱的时日已经来临,那时人人会觉得,生不过是爱的预兆,死则是新婚之吻,而肉体的腐烂是爱喷出的炽浆,它以一个丈夫的深情,在婚房里脱掉我的衣裳。"①

对黑夜的歌颂在这类作家的创作中也很司空见惯。弗·施莱格尔的小说《卢琴德》中便有这样的句子:"啊,永恒的憧憬! 当白昼的无效的渴望、无益的辉耀终于沉没和熄灭时,伟大的爱情之夜便觉得自己永远安宁了。"②当然,在这方面走得最远、做得最出色的自当首推诺瓦利斯。诺瓦利斯的诗作比任何人都更卖力地讴歌了黑夜。他最著名的诗作是献给黑夜的那首《夜颂》。在诺瓦利斯的诗作中,他把夜——死——逸乐——天福这样一些观念交织起来了。③"诺瓦利斯在爱中发现信仰,又在信仰中发现爱;对布莱克或雪莱而言,性的狂喜是通向无限的一个世俗的手段。"④对激情的颂扬,长期以来一直遭到教会的贬斥,但对于诺瓦利斯和布莱克来说,激情是一种强大的力量,能够让他们的信仰充满活力。在布莱克那里精神世界并不是律令和良心的所在,而是发现的场所;在那里,想象力可以自由地驰骋,为人类带回救赎的福音。相形之下,诺瓦利斯的情况则因其过于自我而显得有些病态。这是一个害了相思病但却找不到出口的病弱的男子,他梦想着超越死亡的圆满。事实上,诺瓦利斯当然并不是唯一一个饱受爱之痛苦的人,其好友克莱斯特便为其死于癌症的情人亨利特·沃格尔开枪自杀。真实的浪漫的"爱之死"发生于1811年,地点在柏林与波茨坦之间的一个湖边。宗教与爱的相同之处在于两者均是一种需要牺牲的信仰。史达尔夫人曾指出:"在德国,爱也是一种宗教,一种浪漫的宗教。对感性愿意宽容的一切事物,它同样能够很容易地予以宽恕。"⑤在其浪漫小说《柯丽娜》中,女主人公把爱说成是所有诗歌、英雄故事和宗教的根源。由此,人们当可明了——当诺瓦利斯将死去的索菲称为圣母玛利亚时,他的态度是认真的。

---

① 转引自勃兰兑斯:《十九世纪文学主流(第二分册)德国的浪漫派》,刘半九译,北京:人民文学出版社,1997年,第172—173页。
② 同上书,第173—174页。
③ 参见勃兰兑斯:《十九世纪文学主流(第二分册)德国的浪漫派》,刘半九译,北京:人民文学出版社,1997年,第176—178页。
④ 大卫·布莱尼·布朗:《浪漫主义艺术》,马灿林译,长沙:湖南美术出版社,2019年,第348页。
⑤ 转引自大卫·布莱尼·布朗:《浪漫主义艺术》,马灿林译,长沙:湖南美术出版社,2019年,第356页。

"宗教和爱都是一种崇拜的形式,神秘莫测,有时候必须伴之以牺牲。"①作为描写浪漫爱情故事的代表作家,同时也是一位倡导女性解放的先驱,乔治·桑的很多爱情小说就表达了这样的思想。在《莱莉雅》中,当斯泰尼奥向莱莉雅的交际花姐姐示爱之后,她不再信任这位诗人,于是遁入了修道院。斯泰尼奥在修道院发现了已是院长的莱莉雅,再次向她倾诉衷肠。被断然拒绝的他投水自尽,莱莉雅深感懊悔。在《特里斯坦和伊索尔德》(Tristan und Isolde,1865)中,通过伊索尔德的"爱之死",德国作曲家理查德·瓦格纳再现了浪漫主义"爱与死亡"这一主题。浪漫派相信,世上几乎不可能有真正的爱情;"注定毁灭的爱情",便成了另一个在浪漫主义文学中反复出现的主题。"正如宗教在浪漫主义艺术史中是以一种新的、变化了的形式呈现出来一样,浪漫爱情同样出现在死后的情境之中。对时间和必死性的征服可能是浪漫派最后的主张。"②

基督教复兴得以发生的首要契机,在于法国大革命所带来的启蒙神话的破产。新的理性权威在现实面前被证明不甚可靠时,人们就有了一种把过去被推翻的权威重新拣回来的愿望。正是在这样的心理背景之下,伴随着拿破仑的垮台以及波旁王朝的复辟,基督教复兴在两个世纪之交才得以发生。

文艺复兴之后的17世纪和18世纪,甚嚣尘上的理性主义不但使文学艺术显得苍白干瘪,而且同时也进一步削弱了宗教的力量,人类的这两个精神家园在理性时代愈来愈显得荒凉和冷漠。尤其是在经历了法国大革命和拿破仑战争给人们带来的大动乱之后,西欧人在重建社会新秩序的过程中,尤其突出地体验到了这种精神家园的丧失和随之而来的灵魂漂泊、无所归依的失落感。在17世纪和18世纪的理性时代,人的理性活跃了起来并以巨大的活力解放了自己,一切存在的东西都得找出其存在的理由。在这之前,人们靠祈祷来寻求奇迹,这时候都要通过调查、通过研究、通过理性来了解前因后果;人们曾经相信奇迹,此时却发现了规律。在世界历史中,从来没有过这么多的怀疑,没有人投入这么多的劳动,提出这么多的疑问,然后又找出这么多的道理。过去从来没有人进行过这么多的破坏和攻击,多少世纪以来,在一切领域中,人的理性都被迫像农奴一样"低头干活",被传说陶醉,被赞美诗和陈词滥调哄着进入梦乡,此

---

① 大卫·布莱尼·布朗:《浪漫主义艺术》,马灿林译,长沙:湖南美术出版社,2019年,第353页。
② 同上书,第386页。

时却仿佛被猛然唤醒一样,一跃而起,完全清醒了过来。思想解放了,个人从外部力量的监护中解脱出来,个人弃权了的、自愿交给上帝或国王的权力,现在他一概要求收回,不再向任何禁令低头。在过去,人一生下来就接受一种明确的无人怀疑的信仰,这种信仰提供了据说是从上天得来的答案,充满了安慰和希望。在18世纪,这个信仰被启蒙思想家们的理性逐渐推翻了;人们开始慢慢地接受一种同样是教条式的被灌输进来的信念:这就是相信文明和启蒙的救世作用,相信理性会给人们带来一个幸福和睦的理想王国。18世纪的欧洲,基督教在文化领域遭遇了前所未见的劲敌。理性主义者"将现代思想方法的结果称为哲学,将与古老的观念不相容的一切,尤其是每一种反宗教的想法统统算作哲学。最初对公教信仰的憎恶,逐渐演化为对圣经、对基督教信仰以及最终甚至对宗教的憎恶,更有甚者,这种宗教憎恶十分自然及合乎逻辑地延伸到一切热情之对象上,它诋毁想象和情感、德性和对艺术的热爱……"①

可在两个世纪之交,这个信念的基础也被破坏了。历史似乎告诉人们,这条路是走不通的,人们的思想便陷入了混乱。没有自由寻求自由,有了自由却又对这种自由的状况感到惶惶不安,人们开始逃避自由。处在权威的笼罩之下,人们感到不自由,可一旦这种权威被瓦解,新的权威又证明是不甚可靠时,人们就有了一种返回过去的强烈冲动。海涅曾经在他的《论德国宗教和哲学的历史》中说过这样一段话:"在这种情况下,人们即便认识到基督教是迷妄,也一定还会力图把它保存下去,他们必将披上僧服,赤着脚走遍欧洲,宣讲一切地上的财富的虚幻,宣讲弃绝一切,把抚慰人心的十字架放在被鞭挞和被侮弄的人们面前,并许给他们死后的全部七层天堂。"②正是在这样的心理背景之下,宗教的回潮在两个世纪之交才得以发生。

宗教回潮的第二个原因与法国大革命中革命政府的宗教政策有关。1789年的法国大革命"标志着欧洲反宗教情感已达到了顶峰"③。基督教在法国大革命中突然遭到了人为的打击,就像火光愈来愈小的火堆,突然受到扑打时反而猛地蹿起了高高的火苗——长时间以来被冰冷严峻的理

---

① 诺瓦利斯:《基督世界或欧洲》,刘小枫编《夜颂中的革命和宗教:诺瓦利斯选集卷一》,林克等译,北京:华夏出版社,2007年,第209页。
② 海涅:《论德国宗教和哲学的历史》,海安译,见张玉书编选《海涅选集》,北京:人民文学出版社,1983年,第212页。
③ 麦格拉思:《基督教概论》,马树林、孙毅译,北京:北京大学出版社,2003年,第127页。

性逐渐瓦解的宗教在大革命之后突然来了个回光返照,大有死灰复燃、沉渣泛起的趋势。

从文艺复兴开始,宗教尤其是封建教权在社会意识形态领域受到了围剿和打击。当启蒙运动发展到18世纪晚期,社会生活的各个领域都发生了巨大的变化。"人"成为启蒙精神永恒的轴心,对"人"的关注渐渐取代了对"神"的信仰。作为主体的人期望从智识及观念上来把握世界,坚信通过科学理性就能获得真理,理性分析法而非演绎综合法逐渐成为人们探索宇宙、人生奥秘的主要手段。一切事物都被理解为可供分析和可供把握的,理性之光驱逐了一切神秘色彩,宗教神性和一切超自然力量都遭到了否定,认识的超验主体被摒弃,人对超感官世界的欲求被推向了绝境。理性崇拜甚至被引入巴黎圣母院,"理性之物"取代"神圣之物"走向神坛,成为共济会和所有准宗教机构中的神秘崇拜,而科学则成为涵盖各个学科领域的另一种信仰。人与神的分离,使神权终于丧失了其在欧洲文化领域近千年的主导地位。

可对大多数普通百姓来说,这种理论上的围剿并没有完全使他们放弃祖祖辈辈传衍下来的信仰。封建教权可以消亡,也应该消亡,但作为精神家园的宗教,它的瓦解却只能是一个漫长的历史过程,或者它将永远陪伴着人类,直至人类消亡。宗教的消亡同它的产生一样,都不可能以某个人或某个集团的力量和意志为转移。但在法国大革命中,尤其是在罗伯斯庇尔为代表的雅各宾派执政时期,革命领导人曲解启蒙学者的理念,采取了要把宗教赶尽杀绝、连根拔起的过激政策。1791年,法国革命当局在本土开始剥夺教会的财产,随之而来的便是破坏教堂建筑、雕塑、墓地等令人震惊的行为。执政者和拥护他们的人不仅要铲除天主教,更要消灭一切宗教信仰。革命政府强行把信仰基督的西方世界沿用了两百多年的天主教宗历法取消,废除教会的瞻礼主日庆典,以便消除星期天那带有浓厚天主教信仰气氛的"主日"痕迹;圣堂和宗教建筑被捣毁,或改作舞台剧场让暴民在里面胡闹;大肆宣传反神职的言论,鼓吹,甚至要求神职人员还俗结婚;许多神父、修会会士和教友都被控以叛国或迷信的罪名而被处死。虽然革命法庭举出许多政治理由控诉这些神父、会士和教友,但事实上他们的确成了殉道者——他们因为信仰而丢了性命。1793年的恐怖时期,法国人民外在的宗教信仰活动基本完全消失,就连革命政府所成立的"宪法教会"也不复存在。不让人有信教的自由,阻止人过礼拜天,迫害教徒,驱赶教士,处决神父,这一切粗陋野蛮的暴行割裂了普通群众尤其是大多数农民的精神生活,其不合理的程度和教会迫害异教徒、迫害不信神的人的暴政不相上下。由此所形成的下层群众对过激政策的反抗,构成了这一时期的宗教回潮中封建教权主义沉渣泛起甚嚣尘上的社会群众基础。

"某一社会中在特定时代形成起来的环境,可以造成使新的宗教信仰出现和传播的肥土沃壤,而给旧的宗教注入新的生命。结果某种宗教思想如果没有归于消灭,就会在社会意识中得到强烈的反响,并变成一种巨大的思想力量……因为这时群众充满着悲观失望,无所适从的情绪,而方兴未艾的宗教神话却宛然给他们昭示一条摆脱绝境的出路。"① 随着对外战争的持续展开,在德国及其他被法国军队进占的地方,法国革命政府所推行的粗暴的世俗化对教堂及其他宗教场所的劫掠破坏及其所带来的心理冲击则尤为严重,如 1794 年法军占领科隆时对该城著名的科隆大教堂造成破坏。从启蒙哲学要用至高的理性来称量上帝到现代科学所开启的对基督教的怀疑,从大革命时期的反政权主义到拿破仑对待教皇的实用主义②,人们昔日的信仰在风雨飘摇的革命年代的确遭受了重创。拿破仑喜欢在私下谈话时用他的无神论和玩世不恭来使人震惊;但是他确信:"只有宗教才能给这个国家长治久安",因此他不能容忍任何公开的无神论,并且平息了革命与教皇的争端。③ 当他争取到教宗庇护七世同意前往巴黎,为他举行称帝加冕礼时,拿破仑在法国天主教中的声望更达于巅峰。但他称帝后不到两年,便与罗马教宗又起了冲突,这种紧张局势持续到他下台为止。"到 1814 年,作为对启蒙运动和法国大革命的反动的一部分,耶稣会才得以恢复。"④ 至 19 世纪初期,政治领域开始流行自由主义思潮,法国大革命的极端做法在思想文化领域得到清算与矫正,信仰自由和宗教宽容的观念得以重新确立。

"正是由于 1789 年的革命,人类思想才取得了战胜偏见和权势的最

---

① 克雷维列夫:《宗教史(上册)》,北京:中国社会科学出版社,1984 年,第 6 页。
② 1804 年,拿破仑在巴黎圣母院形式上接受了罗马天主教教皇巴尔纳巴·尼可罗·玛丽亚·路易·基亚拉蒙蒂的加冕;但数年后他又将教皇囚禁。显然,在拿破仑那里,教会与信仰都必须服从于国家的需要。
③ 罗兰·斯特龙伯格:《西方现代思想史》,刘北成、赵国新译,北京:中央编译出版社,2005 年,第 215 页。
④ 同上书,第 192 页。

大战果——信仰自由和宗教宽容。"①在精神无所归依的动荡岁月,一些人,比如德国的拿撒勒派为了灵魂的宁静陷入极端的虔敬之中,一些人找到了一种明智的不可知论作为其面对世界的思想立场,一些人成为坚定的无神论者,另一些人则穿越了不可知论或无神论重新皈依或者改宗……如同其他领域,世纪之交的宗教领域同样处在新旧时代转换的一派喧嚣与混乱中。但随着硝烟慢慢散去,一股基督教复兴的潮流托举出了"神圣同盟"的出场。从革命的幻灭中挣脱出来,一代浪漫主义者纷纷重新"退隐到过去以寻找他们的民族和宗教根源"②。在《基督世界或欧洲》中,德国诗人诺瓦利斯对"欧洲还是基督教国家的时候"那些"美好而灿烂的日子"大加赞美,这与法国作家夏多布里昂在《基督教真谛》中的表述可谓异曲同工。总体观之,政治革命带来了满目疮痍,工业革命带来了冰冷的物质主义,"城市化、民主化和工业化的社会趋势正在创造一个没有灵魂的、均质化的世界"③。这一切均使对现实深恶痛绝的诗人们本能地回过头去凝望遥思中世纪那令人宁静温馨的文化余晖,并从中寻找已然丧失了的精神根基与情感出口。与这样的历史背景相契合,宗教题材的复兴乃浪漫主义文学思潮内里不可回避、不容小觑的重要倾向,而强烈的宗教情怀的表达也因此成为浪漫派的重要的标识与成就。

在启蒙运动对正统基督教神学持续施用"理性"武器进行持续的轰击之后,浪漫派在宗教信仰问题上不可能再持守古老的正统神学立场。是的,一般来说他们更不可能接受启蒙学派的自然神论或无神论;但在理性主义拓出的信仰瓦解和混乱中,浪漫派本能地投向艺术宗教的怀抱。经由艺术的洗礼与引导,他们中的不少人再次穿过混乱回到了虔诚的宗教信仰——尤其是注重仪式的天主教。瓦肯罗德、谢林、诺瓦利斯和蒂克均发现天主教教会的礼拜仪式是与其教义截然不同的宗教灵感的来源。夏多布里昂在《基督教真谛》中则称:"进入一座哥特式教堂,你不可能感觉不到一份战栗和一种模糊的神性。"④这里,夏多布里昂所称的"战栗"既是一份崇高的震颤所带来的审美魅惑,又包含着对充满神秘事物的信仰

---

① 勃兰兑斯:《十九世纪文学主流(第三分册)法国的反动》,张道真译,北京:人民文学出版社,1997年,第1页。
② 大卫·布莱尼·布朗:《浪漫主义艺术》,马灿林译,长沙:湖南美术出版社,2019年,第198页。
③ 同上书,第227页。
④ Quoted in Michael Ferber, *Romanticism: A Very Short Introduction*, Oxford: Oxford University Press, 2010, p. 78.

时代之深沉怀念与敬意。① 年轻的泰奥菲尔·戈蒂耶在其《十四行诗 I》(*Le Sonnet I*, 1830)的意象营造中精确地传达了浪漫主义宗教情怀中那种深沉而又温柔的忧郁：眼前海浪"哗哗"的声响如梦如幻，高处又隐约传来教堂渺远的钟声，独坐岸边的诗人莫名悲伤，他抬头仰望苍穹，陷入了悠远的回忆……

第二节　浪漫主义的宗教情怀

宗教对西方文学的重大影响是西方文学的一个传统，也是西方文学迥异于中国文学的鲜明特质。古希腊文学主要体现为神话——神话实乃宗教与文学融为一体的独特形式。中世纪西方文学深受基督教教权主义的强迫与压制；从文艺复兴始一直到 20 世纪的现代主义文学，基督教信仰文化对西方文学的影响堪称不绝如缕、绵远悠长。

在德国，浪漫主义的重要奠基人之一哈曼曾称圣经本质上是诗性的；此后的思想家赫尔德、施莱尔马赫，诗人荷尔德林、施莱格尔兄弟、诺瓦利斯、蒂克……重要的德国浪漫主义者几乎毫无例外地关注信仰与神学问题的探究，并在创作之中体现出强烈的基督教情怀。值得一提的还有，德国音乐家罗伯特·舒曼则将自己所属的浪漫主义音乐家团体命名为"大卫同盟"②。在英国，早期浪漫主义诗人布莱克也坚持认为圣经是诗性的，而且同时还称其乃诗人诗歌创作灵感的重要来源，其篇幅较长的诗作中往往都有圣经的典故与意象，其一部诗集干脆直接命名为《永恒的福音》(*The Everlasting Gospel*, 1917)；柯勒律治曾称，若静穆、优美属于古希腊，那崇高则无疑应归于希伯来；而著名的无神论者雪莱则对《约伯记》《传道书》《雅歌》等推崇到无以复加的地步，而其早期长诗《伊斯兰的起义》中那没有剥削与压迫的乌托邦建构则直接使人想到基督教中的天堂。在法国，第一代浪漫主义的长老夏多布里昂在长篇巨作《基督教真谛》中对基督教的文学与艺术进行了阐述；第二代浪漫主义的领袖人物雨果所组建的浪漫主义文学社团"文社"(Cenacle)，语出拉丁文"Cenaculum"，其在拉丁文圣经中原意指的就是耶稣及其门徒聚会的地方；雨果、维尼等很

---

① Quoted in Michael Ferber, *Romanticism: A Very Short Introduction*, Oxford: Oxford University Press, 2010, p. 78.
② 圣经中的大卫王不仅是杀死非利士巨人歌利亚的英雄，也是一位音乐家。

多法国浪漫派作家也经常借鉴圣经中的题材乃至手法来进行创作。

在启蒙运动用"理性"的大炮持续轰击正统基督教神学之后,即便在世纪之交基督教回潮的历史漩涡中,大多数浪漫派作家在宗教信仰问题上也不太可能真的回到中世纪或持守正统神学的立场。是的,他们拒绝接受法国启蒙学派那种用"理性"来称量"信仰"的虚妄,也不接受英国经验主义者将心灵视为被动的外部刺激的接收器与存储器[①];既不接受无神论,也不认同自然神论,在一种理性主义拓植出来的信仰的瓦解与混乱中,伴随着对启蒙主义的反思与清算,一些浪漫主义作家本能地向长时间遭受批判的宗教回眸,一头扎进了艺术宗教的怀抱:"爱让我们认识自己,认识世界,我们的灵魂由此变得凝重和虔诚,我们心中每个角落都爆发出千百种闪亮的情感,像熊熊火焰燃烧;然后我们才会感受到宗教和上天的奇迹,我们的精神变得越来越谦卑和骄傲,这时艺术就会用它全部的声音与我们内心最深处进行交谈……艺术源于上天……它须得成为一种宗教的爱或是一种爱的宗教。"[②]

"造物主在地球每一个角落的每一部艺术作品中都看到了来自上天的火花。它们来源于他,穿越了人类的心胸,来到他们渺小的创造之中,借此创造,人类又向伟大的造物主展示一丝微弱的火花。"[③]"创造的天赋与艺术享受的天赋,都来自一个永恒的、普遍的源泉……不会再有别的源泉!"[④]在《音乐家约瑟夫·伯格灵耐人寻味的音乐生涯》中,瓦肯罗德借主人公之口再次声言艺术家所取得的成就,"原本一半要归功于艺术的神圣和自然永恒的和谐,而另一半要归功于慈爱的造物主!是他赐予了我们运用这些宝藏的能力……我们怎能不感谢造物主呢?各种声音天然就被赋予了人类心灵的通感,造物主又赐予我们技艺将声音聚合在一起,来

---

① 约翰·洛克在《人类理解论》(*Essay on Human Understanding*,1690)一书中将人获得外界刺激之前的心灵命名为"白板"(Tabula Rasa)。在启蒙学派机械论世界观的导引之下,洛克的"白板论"很大程度上抹掉了人之灵魂的超越性,只在精神领域保留了被动的"心理"。

② 蒂克:《年轻的佛罗伦萨画家安东尼奥致罗马朋友亚考伯的一封信》,见威廉·亨利希·瓦肯罗德《一个热爱艺术的修士的内心倾诉》,谷裕译,北京:生活·读书·新知三联书店,2002年,第27页。

③ 威廉·亨利希·瓦肯罗德:《试论艺术中的普遍性,宽容性和仁爱性》,见威廉·亨利希·瓦肯罗德《一个热爱艺术的修士的内心倾诉》,谷裕译,北京:生活·读书·新知三联书店,2002年,第49—50页。

④ 同上书,第51页。

打动人的心灵"①。但必须指出:浪漫派只是将艺术视为宗教;并非要像中世纪的教会文学一样做宗教的工具;而且,浪漫派作家所推崇的宗教,往往具有泛指的内蕴,而非特指的天主教或新教。应该承认,在现代科学与工业文明对传统宗教信仰构成严重冲击的时代氛围中,面对着人们的精神生活日益世俗化的时代潮流,浪漫派作家中的一些人的确有用艺术代替传统宗教达成精神救赎的想法。经由类似于"艺术宗教"的提法,部分浪漫派作家将艺术与宗教并列,这绝不意味着他们要将两者混为一谈,而在很大程度上只是一个比喻。透过这个比喻,人们可以见出:作为"人类的感觉之花",艺术乃是艺术家心灵的展现或灵魂的透视,因而对待艺术中那些超验的、梦幻的、有灵性或神性的东西,人们应该像对待宗教启示一般满怀敬畏;而创造了艺术的艺术家的"想象力是一种近乎神的能力,它不用思辨的方法而首先觉察出事物之间内在的、隐秘的关系,应和的关系,相似的关系",因而"想象力是各种才能的王后"②。质言之,"艺术可谓人类的感觉之花。它以永恒变化的形式从世间诸多的领域中高高耸起,升向天空。艺术的种子为掌握着地球以及世上万物的父,散发着融合统一的芳香"③。"造物主在地球每一个角落的每一部艺术作品中都看到了来自上天的火花。它们来源于他,穿越了人类的心胸,来到他们渺小的创造之中,借此创造,人类又向伟大的造物主展示一丝微弱的火花。"④

毋庸置疑,与在很多问题上一样,浪漫派在宗教问题上的立场也是在模糊不清、首鼠两端中趋向于多元的。"浪漫主义原本萌芽于自主精神和个人信念这些本质上属于新教文化的原则。"⑤这在某种程度上解释了其为何首先发端于德国、英国而非在文艺领域历来以标新立异著称的法国。诗人艾辛多夫是一个天主教徒,他将德国浪漫主义看作一种怀念逝去了的信仰的新教。许多改信天主教的浪漫主义者,从弗·施莱格尔到拿撒

---

① 威廉·亨利希·瓦肯罗德:《音乐家约瑟夫·伯格灵耐人寻味的音乐生涯》,见威廉·亨利希·瓦肯罗德《一个热爱艺术的修士的内心倾诉》,谷裕译,北京:生活·读书·新知三联书店,2002年,第137页。
② 波德莱尔:《再论埃德加·爱伦·坡》,见《波德莱尔美学论文选》,郭宏安译,北京:人民文学出版社,1987年,第200—201页。
③ 威廉·亨利希·瓦肯罗德:《试论艺术中的普遍性,宽容性和仁爱性》,见威廉·亨利希·瓦肯罗德《一个热爱艺术的修士的内心倾诉》,谷裕译,北京:生活·读书·新知三联书店,2002年,第49页。
④ 同上书,第49—50页。
⑤ 邓肯·希思:《浪漫主义》,李晖、贾倩译,北京:生活·读书·新知三联书店,2019年,第16页。

勒派，都倾向于支持这种观点。实际上，这种观点可能不仅仅发生在德国，而且一直影响到那些把创造力与改换信仰、皈依罗马天主教联系起来的艺术家。但浪漫主义艺术精神中的"哥特风"以及"为艺术而艺术"所催发的雕琢的颓废精神，又使得它具有倾向于天主教的天然冲动。作为对天主教复兴的呼吁，夏多布里昂的《基督教真谛》正好出现在一个恰当的时刻——此时拿破仑正致力于与天主教会达成协议。但事实上，他对天主教的信仰从根本上来说仍然应该归诸一份诗人的激情。所以，他曾这样道出驱使他写下《基督教真谛》这本书时的内心渴望："赞美诗、图画、装饰、丝纱、窗帘、花边、黄金、银器、灯具、鲜花和圣坛的焚香。"[①]"对大多数浪漫主义者来说，对天主教繁荣时期的怀念更多出于一种美学的或者说感官上的考虑，对美与共同仪式的渴望抵消了新教徒的个人信仰行为。"[②]夏多布里昂、诺瓦利斯、蒂克等都曾指出天主教教堂的建筑、雕塑、绘画、音乐以及礼拜仪式乃重要的宗教灵感的来源；的确，经由艺术宗教或宗教艺术的洗礼与导引，不少浪漫主义作家再次找回了自己的宗教信仰——尤其是注重仪式的天主教。年轻的瓦肯罗德就曾兴奋地高呼："我现在已经皈依天主教了……是艺术那不可抗拒的力量征服了我。"1808年，弗·施莱格尔和他的妻子也改宗皈依了天主教。

　　浪漫派不可能重振基督教，不可能改变科学理性所带来的对基督教教义与神话的冲击，不可能改变这一冲击造就的基督教的瓦解与衰落，不可能改变现代性社会日益世俗化的浪潮，所以，在19世纪末，人们听到了浪漫主义传人尼采的那句划时代的断喝："上帝死了。"旧的上帝死了；信仰在死去的灰烬中辉煌地重生。浪漫派因为宗教在理性光芒直射下的幻灭，开始尝试用诗重新创设一种新的宗教。"浪漫主义被称作'溢出的宗教'(Spilt Religion)，它对自然和英雄行为的体验，甚至对激情的体验，常常包含着某些宗教仪式的成分。这与其说是信仰失落的结果，还不如说是重新创造信仰的结果。浪漫派拒斥那种进行审判的、道德化的上帝，而寻求在他们自己身上体现出来的上帝，或者说寻找诉诸情感、感觉、目光而不是智力的宗教。"[③]即便写下了《基督教真谛》那样的鸿篇巨制，夏多布里昂的真实用意恐怕也并非是要重振基督教那么简单；即便他真的是

---

　　① 转引自大卫·布莱尼·布朗：《浪漫主义艺术》，马灿林译，长沙：湖南美术出版社，2019年，第374页。
　　② 同上书，第371页。
　　③ 同上书，第13页。

想重振基督教,那他也是要用诗的方式来达成。就此而言,夏多布里昂等浪漫主义作家与基督教的关系,在根本上体现为诗与宗教的关系,这与当时梅斯特尔等教权主义者主张通过复辟教会来重建权威与秩序完全不可同日而语。浪漫主义中的宗教情怀绝非是对传统基督教教条或者传统信仰方式与教权制度的恢复;"在某些方面,浪漫主义是对启蒙运动的抵制。但启蒙运动对人类自由、平等的信仰和对传统教条的挑战,也大大促进了浪漫主义的发展"①。这意味着即便在敏感的信仰问题上,浪漫主义也有对启蒙主义承袭的部分——沿着启蒙前辈开拓的道路,浪漫派向着激情-信仰这一与传统教义与信仰方式几乎南辕北辙的新格局挺进。

正统基督教观点认为,上帝、灵魂(Soul)和自然(或世界)三者之间的关系如同三角形,上帝位于三角形的顶点。除了化身为圣子耶稣基督之外,上帝是超验的:他不是自然的一部分,而是自然的创造者;他也不是我们灵魂的一部分,而是我们灵魂的创造者。基督徒的终极目的是与上帝合体,这要求人尽可能地与"自然"——包括肉体在内的所有物质实体——脱开关联;上帝所创造的自然之中固然有诸多引导我们切近上帝的标记,但同时也充满了太多的陷阱和谬见。而随着哥白尼天文学和牛顿物理学的普及,启蒙学派用理性破除迷信的思想运动在 18 世纪渐趋达到高潮:被拉下神坛的上帝,不再是神迹的施行者或道德准则的裁决者,耶稣也由神被贬抑为一个传道者——充其量算是一个道德榜样。在启蒙主义者那里大行其道的"自然神论"(Deism)中"上帝"只是徒有其表的空壳,他只是勉强保留了自然-宇宙及其运行规则之创造者的身份,此外对这个世界便不再有其他任何影响。换言之,上帝由原先三角关系中的顶点降至与灵魂、自然齐平的位置。

大致来说,浪漫派作家大都接受原本居于统摄地位的超验的上帝走下神坛的事实。正如诺斯罗普·弗莱所曾分析的那样:与启蒙学派相比,浪漫主义所带来的最深刻的变化或影响,主要并不在宗教信仰方面,而是在现实的空间投射方面。浪漫主义者不再将崇拜的狂热垂直地朝向超验的上帝,而是在水平方向上向外投向并融入自然,向内转向并下潜灵魂。② 而浪漫派与启蒙学派的真正分野仅在于面对世界,一个信赖理性逻辑,一个推崇情感体验。施莱尔马赫摒弃一切体现为信条或教条的神

---

① 大卫·布莱尼·布朗:《浪漫主义艺术》,马灿林译,长沙:湖南美术出版社,2019 年,第 404 页。
② Quoted in Michael Ferber, *Romanticism: A Very Short Introduction*, Oxford: Oxford University Press, 2010, p.66.

学体系,转而强调宗教乃灵魂固有的内在情感体验,这种体验倾向于与自然合为一体。大致来说,不同于启蒙学派用"理性"僭越"上帝",浪漫派用"情感"取代"信仰",坚持认为宗教源于人之灵魂深处的情感体验——史达尔夫人在其名著《柯丽娜》中说得透彻——"宗教乃心中最纯粹的情感。"①简言之,在启蒙学派那里,"上帝"退隐之后,其神性遗产主要被"自然"及其相关方"理性"所接受,所以就有"自然神论";而在浪漫派这里,"上帝"退隐之后,其神性遗产主要被"心灵"及其相关方"情感"所接受,所以就有"自我神论"。

E. 休姆(Thomas Ernest Hulme,1883—1917)曾将浪漫主义尖刻地描述为"跌落的宗教":"浪漫主义缘于理性主义者对'古典的'传统基督教教义的批判,这一批判让人们无法自然宣泄宗教本能,于是就必然要寻求另外一种方式。""你不信上帝,于是你就开始相信人就是神;你不信天堂,于是你就开始相信地上的天堂——这就有了浪漫主义。"②就此而言,浪漫主义的基本宗教观念也许可以被归纳为一种"自我神论"。早在1788年,威廉·布莱克就提出上帝的化身并非只有耶稣基督——在所有人内在的某种持久的能力中都可以见出上帝的存在:"既然上帝可以变得像我们一样,那我们也许也能像他一样。"1802年,华兹华斯则称:"是灵魂,赋予了人类某种神性。"1800年,弗·施莱格尔也说:"所有虔诚的善人终归渐渐成为(Becoming)上帝。"1838年,爱默生更加雄辩地指出:耶稣之所以独一无二,不是基于唯有他变成了上帝,而是因为唯有他"看到了上帝化身为人类"。那些传统的虔诚教徒当然会认为这种说法亵渎了神明,但浪漫派过于夸张的主观性却使他们不知不觉便切近了这样的"自我神论"③。爱默生在其中扮演重要角色的美国超验主义与德国、英国的浪漫主义甚为相似,但人们对其的理解却常常"望文生义"地在"超验"上有过多的关注与阐释。事实上,超验主义强调的是上帝的"内在性"而非"超验性";或至少可以说,超验主义首先强调的是上帝的"内在性"而非"超验性"。因此,在很大程度上,超验主义乃是一种另类的"自我神论"。

欧洲每一个时代的文学和文化都受基督教的影响,但对基督教的态度不同而受影响的程度也迥然有异。浪漫主义文学与基督教文化的关系

---

① Quoted in Michael Ferber, *Romanticism: A Very Short Introduction*, Oxford: Oxford University Press, 2010, p. 66.

② Ibid., p. 63.

③ Ibid., pp. 63—64.

当然也显示出了它自己的特点。施莱尔马赫曾经说:"宗教的唯一希望就在于放弃它的外部结构,让它回到内心最深处的堡垒当中去,回到纯然的个人感情中去。"①一切感情、一切情绪,只要它表现了灵魂的本来状态,我与万物浑然一体的生命就是宗教性的。② 显然,基督教对内心世界和心灵层面的关注与浪漫主义文学重视感情与内心世界特质不谋而合。众所周知,神秘是信仰的根本,上帝本身就是伟大的神秘;正是由于宗教具备这种让人心存畏惧的神秘感,长久以来它才对西方人的精神世界产生了无可比拟的影响。因为得到了浪漫派作家的大力应和,基督教的这种宗教神秘、恐惧情绪也就为浪漫主义文学增添了瑰丽、诡秘、奇异的色彩。这用夏多布里昂的话来说就是:"除了神秘的事物以外,再没有什么美丽、动人、伟大的东西了。""人本身不正是一个不可解释的神秘事物吗?""基督教是最富有诗意,最富有人性,最有利于自由、艺术和文学的。"③自由、博爱、平等、宽容、仁慈的基督教人道主义精神,成为许多浪漫派作家创作的基本主题;而基督教神话则为浪漫主义文学提供了源源不断的创作素材。比如拜伦,尽管他是一个孤傲的诗人和一个永远都在反抗的战士,可他也不断地借用圣经进行创作:《希伯来歌曲》(*Hebrew Melodies*,1815)中绝大多数的诗都是经由改写的宗教故事来表达其对社会现实问题的见解,另外还有《该隐》("Cain",1817)、《黑暗》("Darkness",1816)等。尽管这并不代表拜伦想要从基督教中寻找出路,但却至少证明他把基督教当成思考问题的支点,在某种程度上我们还可以说他受基督教思维模式的统摄。

德国浪漫主义革命的发起人施莱格尔兄弟曾称:"我们的文艺已经老朽衰败,我们的缪斯是一个手握纺杆的老妪,我们的爱神不是金发的少年,而是一个萎缩干瘪、满头灰发的侏儒,我们的热情已经委顿,我们的幻想已经枯竭;我们必须重新振奋,重新去探索那种埋没已久的中世纪素朴单纯的文艺源泉,于是返老还童的仙浆便会向我们迸涌出来。"④18 世纪末到 19 世纪初,德国文学处于一种神秘的宗教氛围之中。诺瓦利斯的

---

① 勃兰兑斯:《十九世纪文学主流(第三分册)法国的反动》,张道真译,北京:人民文学出版社,1997 年,第 232 页。
② 同上书,第 233 页。
③ 夏多勃里昂:《基督教真谛》,见《欧美古典作家论现实主义和浪漫主义(二)》,北京:中国社会科学出版社,1981 年,第 67—68 页。
④ 海涅:《论浪漫派》,张玉书译,见张玉书编选《海涅选集》,北京:人民文学出版社,1983 年,第 31—32 页。

《夜颂》充满了对现实人生的悲观和绝望，对黑夜死亡的歌颂。而其著名的小册子《基督世界或欧洲》则以中世纪为原型，描绘了一种覆盖全欧洲的宗教政治有机体。各国之间有形的分界线被消弭于一切文化成分的重新融合，宗教信仰重新成为统治欧洲这片土地的核心力量，就像中世纪的早期和鼎盛时期一样。在中世纪的早期和中期，"权威"一词似乎都是多余的，因为在当时，权威是自然而然的，是日常生活的一部分，就像空气和自然界一样是自然存在的、天然的，对人们来说也是不可缺少的。或者说，在当时，权威就是一种事实，不需要去论证，也不会引起怀疑。权威与自我之间的关系可以说是互为一体的，它们中间不存在裂痕，不会引起对人的自律的破坏，不会迫使人去服从外在的规律或某个强权的他律。其中有一段话非常有代表性："当欧罗巴还是一片基督教大陆、还是一个未被分裂的基督教世界时，那些日子是美好的、光明的……教会的贤明的首脑理所当然地反对以牺牲宗教意识而冒昧地去培养人类的禀赋，他们反对科学领域里不合时宜的危险的发现。所以，他们禁止大胆的科学家们公开宣称地球是一个微不足道的行星；因为他们非常清楚，人们如果不重视自己的家宅和地上的祖国，那么他们就会对天上的故里和他们的同族也丧失敬意，他们如果宁愿以有限的知识替代无限的信仰，那么他们就会习惯于蔑视所有伟大神奇的事物，视之为僵死的立法而已。"① 科学的发展带来的负面震撼就是对生命敬意的丧失，而这种敬畏和谦卑正是爱与美存在的根基，是一切生命活力和创造性活动的原动力。海德堡派的作家虽然比德国浪漫主义前期作家缺少对神秘、超自然力量的思辨，但依然对宗教充满了热情，喜欢描绘阴暗、神秘、恐怖的气氛和奇异的幻景。对此，海涅总结说："德国的浪漫派究竟是什么东西呢？它不是别的，就是中世纪文艺的复活，这种文艺表现在中世纪的短歌、绘画和建筑物里，表现在艺术和生活之中。这种文艺来自基督教，它是一朵从基督的鲜血里萌生出来的苦难之花……在这点上，这朵花正是基督教最合适的象征，基督教最可怕的魅力正好是在痛苦的极乐之中。"②

夏多布里昂的《基督教真谛》是法国基督教文学复兴的宣言。在该书中，他宣称差不多所有的科学和文艺都来自宗教；因而面对基督教被启蒙

---

① 转引自勃兰兑斯：《十九世纪文学主流（第二分册）德国的浪漫派》，刘半九等译，北京：人民文学出版社，1997年，第180—181页。

② 海涅：《论浪漫派》，张玉书译，见张玉书编选《海涅选集》，北京：人民文学出版社，1983年，第11页。

学派之唯理主义冲击的情势,"必须召唤想象的全部魅力和心灵的全部兴趣来援救宗教"①。在《勒内》和《阿达拉》写作品中,经由基督教对自然和野蛮教化所获得的胜利,作者表达了其对人类文明与人类归宿的持续关注。史达尔夫人通过对宗教、风俗和法律的相互影响和相互作用的考察和研究,认为基督教具有哲学色彩,可以有效地促使人类进步和完善,使社会风尚更纯洁,也使文学更完美、更充实。雨果也曾经赞同夏多布里昂,推崇和赞扬中世纪基督教思想,并且高度赞扬中世纪,说之是"世界和诗的新纪元"。雨果许多诗歌都充满了对基督教的热爱,就像他自己所说的:"我的歌唱飞向上帝,就像那苍鹰飞向太阳。"

兼具诗人和基督徒的双重身份,柯勒律治是英国浪漫主义中最具宗教气质的诗人。作为诗人,与华兹华斯兄妹的交往使其逐渐从自然中获得灵性和神秘的宗教体验;而作为基督徒,他长时间致力于在世俗的哲学系统内拯救日益衰落的基督教。他的努力使得布莱克、华兹华斯等人的宗教体验得到延续和升华,形成具有时代特征的宗教理念,直接影响了英国天主教的复兴。在30年代,他更是公开反对欧洲启蒙主义传统,即哲学上的理性主义、经验主义、唯物主义和政治上的平等要求,而成为一名基督教的辩护士。他创办了宣扬基督教思想的期刊《朋友》,并写了《俗人的布道》(*Layman Sermons*,1817)、《论教会和国家的形成》(*On the Constitution of the Chruch and State*,1829)、《文学传记》等宣扬基督教的著作。像其他湖畔诗人一样,柯勒律治对自然怀有深厚的感情,但自然对他来说并非是简单的物质世界而是上帝的杰作。然而,在很长一段时期里人们疏远了上帝,也就疏远了自然,浪漫主义诗歌的真正价值就在于使自然人性化,并帮助人们重新拥有已疏远了的自然。柯勒律治说:"诗歌是人与自然的中介者和和解者,因此,它也是使自然人性化的力量,是把人们的思想和情感灌输给他所沉思对象的一种力量。"②在创作中,柯勒律治往往将笔下的人物置于"原罪—忏悔—救赎"的格局中,因为在基督教里,"罪"是信仰的前提,"救"是信仰的目的。柯勒律治使老水手遭受了残酷的精神折磨和肉体的痛苦,而这一切,是对他的乱杀无辜、残害生灵的报应。后来老水手跪地祈祷,祈求上帝的宽恕,顷刻间灾难消失,被一股神奇的力量送回家乡。

---

① 夏多勃里昂:《基督教真谛》,转引自《欧美古典作家论现实主义和浪漫主义(二)》,北京:中国社会科学出版社,1981年,第68页。

② M. H. Abrams, *Natural Supernaturalism*, New York: W. W. Norton, 1971, p.269.

在英国,湖畔派诗人在政治理论、宗教情趣上都比较倾向于神秘主义和非理性主义的表达。总体来看,湖畔派对现实社会极为不满,对被其称为"黑暗的梦境"的黑暗社会他们往往采取回避的态度。而这种回避就是他们归于自然,就是陶醉于自然的湖光山色。英国浪漫派诗人身上"全都有一种对大自然的浓厚兴趣,不是把它当作某种美丽景物的中心,而是当作对生活的一种知识和精神上的影响,这就好像他们震惊于工业主义和噩梦般的工业城镇的生活,转而向大自然寻求保护,或者好像人们随着传统宗教力量的衰弱,正从他们本身经验的精神状态中创造出一种新的宗教"①。华兹华斯在1800年出版的《抒情歌谣集·序言》中称,只有在大自然里,在"微贱的田园生活里",甚至在儿童的世界中人类的基本感情才能更单纯,"人们的热情是与自然之美的永久的形式合而为一的"②。《这是一个美丽的黄昏》("It Is a Beauteous Evening",1802)解释了他的这种情怀:"这是一个美丽的黄昏,宁静而自在,神圣的时光犹如修女一般文静,她默默地怀着敬意,巨大的太阳正在万籁俱寂中渐渐沉落。"诗中大自然所呈现出来的宁静与在基督教信仰中所得到的宁静是一致的,所以诗人用"神圣的时光"和"修女"等语汇来形容这种宁静。诗人之所以如此看重大自然所带来的宁静,那是因为《这个世界令人难以容忍》("The world is too much with us", 1807),"这个世界令人难以忍受;近年和未来,我们追逐钱财,挥霍无度,耗尽精力;我们的世界与大自然格格不入,我们丧失了自己的良心,卑鄙的实惠"。在华兹华斯看来,儿童是与自然最为贴近、受工业文明影响最小的,因此他们身上的人的本性也表现得最为充分;在《致布谷鸟》("To the Cukoo",1802)、《致蝴蝶》("To a Butterfly",1802)、《麻雀窝》("The Sparrow's Nest",1801)等这些著名诗篇中,诗人都是把自然与儿童联系在一起来歌颂儿童身上那种没受到污染的人性的完美。而《新约》有云:"凡要承受神国的,若不像小孩子,断不能进去。"③

基督教复兴在浪漫主义文学中深深烙下了它的痕迹。不难见出,当时欧洲几乎所有作家都直接或间接为之辩解,并把他们的作品盖上它的不朽印记。"启蒙哲学家攻击传统的基督教,提倡'自然神论'或理性宗教,实际上是把上帝看成一个机械师。浪漫派则反其道而行之,陶醉于各

---

① 艾弗·埃文斯:《英国文学简史》,北京:人民文学出版社,1984年,第43页。
② 古典文艺理论译丛编辑委员会编:《古典文艺理论译丛(第一册)》,北京:人民文学出版社,1961年,第2页。
③ 《新约·路加福音18》。

种神秘事物。夏多布里昂说,没有比神秘事物更让人开心的了。(浪漫派的宗教信仰也免不了有自己的异端,即泛神论倾向或者说用一个伟大的世界灵魂取代基督教的上帝。)在理性时代,宗教信仰不过是一种礼节性的行为而陷入沉寂;它现在重新受到青睐。"①

浪漫主义时期,西方作家的创作普遍地体现着一种强烈的宗教情绪和宗教精神。当然,这种宗教精神在不同的作家身上在性质、程度上都是很不相同的。从时间上来说,早期浪漫派的宗教情绪比后期浪漫派的宗教情绪要浓重一些;从国家地区之间的差别来说,以华兹华斯、拜伦、雪莱为代表的英国作家的宗教情绪主要体现为一种泛神论倾向;而对于德国的浪漫派和法国的早期浪漫主义作家来说,这种宗教情结则更要浓重一些,宗教精神和宗教情绪在作家创作中比较直接地体现为一种天主教或新教的神秘倾向。甚至在同一作家的创作中,宗教精神和宗教情绪在不同的创作时期也很不一样,譬如说雨果,青年时期的雨果完全是夏多布里昂的一个狂热崇拜者,宗教情绪非常浓重,在此时期,雨果曾经声称:诗歌是宗教的女儿,他说:"由于要表达对慷慨的上帝的感谢并使得语言配得上它,就产生了诗歌";而20年代后期之后,雨果的创作中的宗教情结则慢慢地消融到了其人道主义思想当中去,转而表现为一种道德感化、扬善抑恶的劝善倾向,这一点在其后期创作的《悲惨世界》中体现得非常清楚。

第三节　施莱尔马赫:"情感乃宗教的基础"

施莱尔马赫是德国伟大的新教神学家,同时也是出色的浪漫主义作家。在18世纪末的耶拿文化沙龙中②,施莱尔马赫与施莱格尔兄弟、诺瓦利斯等建立了深厚的友谊,其最初的作品就是投给耶拿浪漫派的同人杂志《雅典娜神殿》的;众所周知,这本刊物是当时浪漫主义思想的主要阵地。"施莱尔马赫认为感情为神学提供原材料,独立于哲学或伦理确证,这种思想可能是施莱尔马赫将浪漫主义和神学融合的最明确的例子。我们生活中最根本的东西不是推论或理性。相反,它是主观和体验。像浪

---

① 罗兰·斯特龙伯格:《西方现代思想史》,刘北成、赵国新译,北京:中央编译出版社,2005年,第231页。

② 1798年前后,在耶拿举行的"浪漫主义沙龙"可称为欧洲第一个浪漫主义文学社团,施莱格尔兄弟及蒂克、诺瓦利斯以及哲学家谢林等共同作为浪漫主义运动的开创者乃沙龙的常客。

漫主义一样，施莱尔马赫坚定地相信，哲学在规范宗教表达形式上是有用武之地。但是，哲学不能够判断我们体验的有效性，不能够提供神学以之为起点的原材料。"①

在《宗教讲演录》(*Speeches on Religion*, 1799)等神学论著中，施莱尔马赫竭力把基督教从"神学教条"重新论证为"人的内心体验"，即把字面上的信仰变成具体的人的生活状态。施莱尔马赫提供的是一种全新的宗教概念，他请求人们离开一直被称为宗教的东西，将关注焦点放在个人内在的情感和禀赋上。绝大多数传统的基督徒都认为，《新约》中的神迹足以证明耶稣就是救世主弥赛亚；大卫·休谟及其他启蒙哲学家则将神迹视为背离自然规律的无稽之谈。施莱尔马赫在1799年《宗教讲演录》中重新定义了神迹："任何事情，即便那些最自然、最普通不过的事物也包含在内，只要用一个宗教主导的视角来审视，那就都会变成神迹"；"对我来说，一切均为神迹"。②"对一个虔诚的教徒来说，宗教信仰让一切（包括那些平庸的世俗事物）都变得神圣起来。"③若干年后，美国超验主义思想家爱默生在1838年的一次演讲中进一步发挥了施莱尔马赫的观点："耶稣之所以谈到奇迹，这是因为他体察到——人的生命本身就是奇迹，人所做的一切均为奇迹。"④事实上，这也正是绝大多数浪漫派作家对"神圣"问题的基本理解与看法。早在1793年，布莱克就曾谴责传统的神圣观是邪恶的——"因为有生命的万事万物都是神圣的"⑤。而1817年济慈在给友人的信中也写道："除了情感丰盈的心灵之神圣性和想象之真实性，我感到其他所有事物均没有什么确定性可言。"⑥

对浪漫派作家而言，信仰自由与其他自由一样，也只有在"个体"的存在中才能落到实处。施莱尔马赫反复申明：所有个体都不仅可能，而且应该拥有他自己的宗教——一种具有某种与其自身独一无二的个性与身份相一致的独特内涵的宗教。在他看来，创造了世界的上帝不可能让两个东西是完全相同的，这意味着每一事物都必然且应该有属于其自身的特

---

① 史蒂夫·威尔肯斯、阿兰·G. 帕杰特：《基督教与西方思想（卷二）》，刘平译，北京：北京大学出版社，2005年，第45页。
② Quoted in Michael Ferber, *Romanticism: A Very Short Introduction*, Oxford: Oxford University Press, 2010, p. 64.
③ Ibid., p. 65.
④ Ibid., p. 64.
⑤ Ibid., p. 65.
⑥ Ibid.

性;施莱尔马赫由此引申出了一种伦理学上的推论:思想上和性格上的"同一性"是一种恶,而人的首要责任就是避免这种恶。①

> 我清楚地意识到每个人应该以其自己的方式,以一种诸要素的独特混合物来证明人性,以便人性可以以一切方式表现出来,每一事物都成为实际存在的事物,它们在无限的充实中能从其发源地产生出来……但只有历经艰辛,一个人才能慢慢地得到关于他自身的独特性的充分意识。他常常缺乏勇气去直面他的独特性,而宁愿把他的眼光转向那些人类所共同拥有的东西。他是如此愚蠢地和愉快地坚持这种共通之物;他常常怀疑是否应该把自己作为一个特别的存在而从共通的特性中分离出来……自然的最具特色的推动力(Urge)常常被人们所忽视,甚至在其外形最清晰地表露其自身的地方也是如此。人的眼睛全都太容易越过它们切割分明的边界,而只是死死盯住那普遍的东西。②

个人是目的,社会只不过是个人目的得以实现的外在手段。由此出发,这就有施莱尔马赫在宗教问题上对个人情感体验的强调。在这种个人信仰中,灵魂是集中的焦点,重点在于个人对上帝的感受与直觉;宗教乃是以个人为目的的精神建构,而不直接与任何公共的知识或社会道德相关涉。人们将对宗教本质的理解等同于形而上学和道德是错误的,必须将其与宗教分离开来:"宗教既不像形而上学那样试图规定和解释宇宙的本性,也不像道德那样用自由的力量和人的神圣的自由选择继续宇宙的发展并完善它。宗教的本质既不是思想,也不是行动,而是直观和情感。""宗教只有通过完全走出思辨的领域,也完全走出实践的领域,才能坚持它自己的领域和它本身的特性。"③施莱尔马赫认为人的虔诚直觉是宗教的本质基础,而这种敬虔直觉只能通过个人真切的情感体验才能达到。施莱尔马赫批判理性神学,认为它以僵死的绳索捆绑着个人的宗教直感,阻断了个人与上帝的直接沟通。宗教即绝对依赖感这一核心思想一直贯穿于施莱尔马赫的《宗教讲演录》以及其后的著作《基督教信仰》

---

① 参见阿瑟·O.洛夫乔伊:《存在巨链——对一个观念的历史的研究》,张传有、高秉江译,北京:商务印书馆,2015年,第416页。
② 转引自阿瑟·O.洛夫乔伊:《存在巨链——对一个观念的历史的研究》,张传有、高秉江译,北京:商务印书馆,2015年,第419页。
③ 闻骏:《简析施莱尔马赫宗教哲学的核心概念——"情感"》,《世界宗教研究》,2010年第4期,第35页。

(The Christian Faith, 1821)之中。宗教习俗和礼仪自身不是问题，但它们是我们赖以表达绝对依赖感的必要手段。

对理性的盲目乐观主义和自大狂始终保持着警惕的施莱尔马赫，确信在自然律彻底统治的世界中仍有人类必须崇敬的神秘之处。"在施莱尔马赫身上，我们看到了一个彻底现代人的神学家。"[①]这种"现代性"神学在宗教观上没有把宗教看成外在于人的仪式，而是从人的直接自我意识、直观、情感、灵性与人的内在精神需要出发，把宗教阐发成真正人的"心灵的宗教"；在信仰上这种"现代性"的神学把情感和理智结合起来，既不把上帝看作外在于世界和人的万能的主宰，也不把上帝当作形而上学的"实体"和种种知识论、道德论的僵死的"概念"。他把教会看作所有虔敬的人自愿组成的自由团体，是在一起宣讲和倾听圣言、交流宗教体验、领悟上帝成人的生命之光的场所。因此，"教会史的新时期确实在他这儿达到了神学上的成熟"[②]。在研究方法上，他也自觉采用了启蒙时期理性主义的历史批评法，对圣经进行了一系列的"解神话"活动，不仅使圣经更易于为现代人所理解和接受，而且，他的圣经解释学也发展成为现代神学、哲学和文学的普遍方法论；在文化效果上，他的神学思想使他的时代在经历了启蒙运动对宗教神学的怀疑、批判和不信之后，又重新确立了宗教信仰，使人既能是"现代的"，又能是"宗教的"，从而也使他自己真正成为人们的精神导师和知音。因此，施莱尔马赫名副其实地成为"现代性"发轫之际的现代典范神学家，他的著作成为宗教哲学、信仰学、教义学和释义学的现代经典文本。

德国浪漫派对越来越"理性化"的世俗社会和世俗生活一直感到一种强烈的压抑与失望，同时有一种无家可归的恐惧和失去真正生命之内在诗意的苦痛。他们渴慕无限，追求自然，向往诗意和灵性的生活，但哪里有"无限"，哪里有充满诗意和灵性的"兰花"呢？在浪漫派渴求无限的征途中，一开始，他们找到的并不是"宗教"，而是艺术、审美和诗。但在施莱尔马赫加盟浪漫派之后，其直觉体验论的宗教理论让浪漫派看到了通往无限的惊喜，并使之重新建构出宗教信仰体验与审美、艺术、诗性思维的内在关联。在阅读了施莱尔马赫的《宗教讲演录》后，诺瓦利斯内心的宗教之火一下子就被点燃，这就有了著名的雄文《基督世界或欧洲》。起初，

[①] 汉斯·昆：《基督教大思想家》，包利民译，北京：社会科学文献出版社，2001年，第156页。
[②] 同上。

第十一章 浪漫派之"自由信仰"与"诗化宗教" / 379

德国浪漫派领袖与理论家弗·施莱格尔对施莱尔马赫缺乏历史感的宗教观并不满意,但后来他的宗教意识却终被这位真诚的朋友唤醒——其后半生也主要沉浸于哲学与神学的著述之中,并经历了从新教的重要代表和领袖到改宗天主教的重大转变。在他的《论新教的性格》一书中,人们完全看到施莱尔马赫宗教哲学的印痕:"只有那种同时赋予一切以灵魂、在其中天下众生未经约定便成一体的、称为他们纽带的东西,才是新教的本质。这就是宗教改革家们所借之以宣讲其主张的自由,就是独立思考并按照自己的思想去信仰的勇气;就是抛弃那即使最坚实、刚刚还为他们自己所神圣地珍惜的谬误组成的桎梏时的果敢。"[①]事实上,浪漫派成员无不受到了施莱尔马赫宗教思想的影响,施莱格尔兄弟、诺瓦利斯、谢林和卡洛琳娜等人都因为他的思想而同宗教有了联系。

施莱尔马赫的宗教观对整个19世纪宗教神学影响极大。他那自由而宽容的宗教信仰方式,在大众心中深深地扎下了根,从而影响到神学思想的发展。在神学思想上,他很早就成了任何一种僵化体系的最尖锐的反对者,而不论这种体系是正统路德派的,还是自由改革派的;也不论这种体系是福音派的,还是理性派的。在神学实践中,施莱尔马赫是19世纪民众宗教的发起人。这种民众宗教实质上就是以自己内心真实存在的"心灵的宗教"自愿组成的民间的自由宗教,它的最大的敌人是国家教会。施莱尔马赫坚决拒绝国家教会,反对政府对主教发号施令。他的改革目标是使世俗的民众教徒自愿地组织起来,教区应由他们自己选举出来的代表来管理,独立于国家。他的晚年一直在同复辟派的、正统派的、黑格尔派的,甚至国王本人进行激烈的辩论和斗争,以使教会最大限度地独立于国家。施莱尔马赫因此"被称为自由主义神学之先驱"[②]。

施莱尔马赫认为教义不是宗教,仅是人的宗教情感的影子。教义是外在的,能够彼此参照;而虔敬却不是这样。"虔敬的情感必须以源初的、特有的形式源发自内心。它们必须实实在在地是你自己的感觉,而非纯粹乏味地描述出来的他人的感觉,后者最多不过是可怜的模仿。"[③]在19世纪,这种思想与"自由主义的"基督教融合起来,剔除圣经本本主义,认

[①] 恩斯特·贝勒:《弗·施莱格尔》,李伯杰译,北京:生活·读书·新知三联书店,1991年,第7—8页。

[②] 于可主编:《当代基督新教》,北京:东方出版社,1993年,第11—12页。

[③] 史蒂夫·威尔肯斯、阿兰·G.帕杰特:《基督教与西方思想(卷二)》,刘平译,北京:北京大学出版社,2005年,第40页。

为基督教的根本真理比圣经的文字表达更深刻、更广阔。"浪漫主义神学强调以内心情感经验作为衡量信仰的标准,从而与福音派和虔敬派的基督教复兴相互呼应……浪漫派的宗教就是如此多样,其共同点在于都怀有一个愿望:使宗教信仰变成热烈而有个人意义的东西,能够让人体验到它的活生生的存在。"①诺瓦利斯于1799年7月或8月所写的一则较长的札记详细说明了宗教诞生于浪漫化:

> 心宛如宗教的感觉器官
> 心摆脱了现实中的一切具体事物
> 它自我感觉
> 它把自己当作理想的对象
> 于是便产生了宗教
> 简言之,神就是我们的行动和受难的无限对象②

在施莱尔马赫那里,"个体"很多时候不单单是指个人,也指"集体性的个体",比如种族、民族、家庭、性别等。作为新教神学家,他坚持认为只有承认"信仰的多样性",然后才会有真正的"信仰自由"可言。他声称宗教信仰的多样性也是人类必须追求的目标:"我因此发现宗教的多样性是基于宗教的本质——这种多样性对于宗教的完满表现是必要的。必须寻求特性,不仅仅在个体中,也在社会中";由是,他严厉地告诫那些寻求某种表达人之统一理性的普遍信条的自然神论者:"你们设想有那种对所有人都是自然而然的普遍宗教是错误的;倘若对所有人宗教都是一样的,那么就没有人能有属于他自己的真正的和正确的宗教了。"③对施莱尔马赫来说,基督教的确是既存宗教中的最高形态——而这仅仅在于它没有排他性。它没有声称其"是普遍的和单独统治人类的唯一宗教。它轻视这样的独裁……它不仅在其自身之内产生出无限的多样性,而且乐意看到一切在它自身之外而不能从它自身中产生出来的东西得以实现……因为没有什么比在人类中要求总体一致性更违反宗教的了。同样也没有什么

---

① 罗兰·斯特龙伯格:《西方现代思想史》,刘北成、赵国新译,北京:中央编译出版社,2005年,第236页。

② 转引自刘小枫编:《夜颂中的革命和宗教:诺瓦利斯选集卷一》,林克等译,北京:华夏出版社,2007年,第271页。

③ 参见阿瑟·O.洛夫乔伊:《存在巨链——对一个观念的历史的研究》,张传有、高秉江译,北京:商务印书馆,2015年,第419—420页。

比在宗教中寻求统一性更违反基督教教义了"①。

施莱尔马赫认为社会的目标则是要达成一种所有人都能互通的理解和同情;而此种理解与同情的达成,则要经由个体不断地将自然的多样性,尤其是人类在所有历史时期和所有种族分支中都能发现的诸多经验模式、性格类型和文化样态吸收进自身之中的活动。在这一活动过程中,想象作为一种综合力量至关重要——

> 想象提供给我现实所不给我的东西;通过想象我能将我自己置于我所观察到另一个他人所置身的任何境况之中;他的经验移置进我的思想之中,并按照这种经验自身的本性改变着我的思想,在我的思想中表现出他应该如何行动。②

> 就像生活必定真实呈现的状况那样……一种内在的活动伴随着想象的运作,判断力是对这种内在活动的一种明确的意识——那么作为外在于观察者的思想而被理解的东西就给他的思想以形式,似乎这种形式就真的是属于他自身的东西,似乎就是他使他自己实施了他所沉思的外在活动。③

深受德国文化影响的英国浪漫派作家与理论家柯勒律治与施莱尔马赫英雄所见略同:要维护和复兴基督教,要旨就是沿着由浪漫主义哲学提供的体验方向重新理解、阐释基督教。"对于柯勒律治的思想来说,宗教中的体验层面最有吸引力。"④柯勒律治说:"我坚持认为,原始想象是一切人类知觉中永活的力量和第一动力,有限的心灵是无限的自有永有者的永恒创造行动的副本。我认为,次级想象是前者的回声,它与有意识的意志共同存在,但依然和原始想象在动力类型上保持一致,只是在程度以及运作模式上有所不同。"⑤无独有偶,19世纪初叶北美超验主义也试图用情感取代教义。爱默生用诗歌、音乐和象征取代教义,认为前者是表达宗教思想的理想工具。这些工具唤起我们的情感,不断让我们想起真理一直是生成的。"超验主义相信每个人都可以获得启示,而且只有通过体

---

① 转引自阿瑟·O.洛夫乔伊:《存在巨链——对一个观念的历史的研究》,张传有、高秉江译,北京:商务印书馆,2015年,第421—422页。
② 同上书,第418页。
③ 同上。
④ 史蒂夫·威尔肯斯、阿兰·G.帕杰特:《基督教与西方思想(卷二)》,刘平译,北京:北京大学出版社,2005年,第35页。
⑤ 同上书,第30页。

验才可以真正获得启示,这一信念在超验主义中形成了高度的个人主义。"①毋庸置疑,宗教回潮中旨在恢复作为人的精神家园意义上的宗教这股潮流,本质上只是对极端理性的反拨和对感性的张扬。从这种意义上来说,施莱尔马赫所要恢复的宗教与艺术可谓异曲同工。事实上,艺术和宗教在他的观念中也的确近乎是同一个东西:"伟大而崇高的艺术作品"与"审美的宗教"一样堪称"创造力的奇迹";"宗教和艺术,相互并列,如同两颗友爱的心,内在的血缘相亲,感觉上心心相印"。② 这一时期,宗教情绪浓重的作家群的创作大都体现了与施莱尔马赫相同或相近的旨趣,因而,这一作家群,事实上乃是宗教回潮中这一潜流的强大生力军。也正是在人们要求恢复作为精神家园意义的宗教这一文化背景下,浪漫派中才有了这样一个作家群的存在。面对着机械文明所带来的人的灵性的丢失,他们用充满了诗意的那个作为精神家园的宗教来与之抗衡,同时以其文学创作对理性主义思维模式和功利主义人生观进行反拨。毋庸置疑,这个作家群所要达致的目标乃是恢复那个作为人的精神家园的充满了诗意的基督教。

第四节 夏多布里昂:"基督教是最有诗意的"

1801年,法国文坛上有了一本标志着法国文学进入一个崭新历史时期的书,这就是夏多布里昂的中篇小说《阿达拉》。这是一本描写北美原野和神秘森林的小说,带有忧郁、奇异的处女地的气息,闪耀着强烈的异国色彩。当然,它之所以能在当时的法国公众中引起强烈的轰动,更主要的还在于它里面有着一种猛烈燃烧的激情,它以北美印第安人的蛮荒生活为背景,描绘了一种受到压抑因而更加炽烈的不幸的爱情,而作者又把这种爱情故事涂上了一层天主教虔诚的色彩。

夏多布里昂的小说是浪漫派之地方特色与异国情调相结合的范例。《阿达拉》延续了圣皮埃尔在《保罗与维吉尼》中所开创的那种异国情调与爱情主题。这是一个发生在北美荒原上的印第安人的故事:纳切兹印第安人沙克达斯,是一个双目失明的老人,他向其义子法国人勒内讲述了自

---

① 史蒂夫·威尔肯斯、阿兰·G.帕杰特:《基督教与西方思想(卷二)》,刘平译,北京:北京大学出版社,2005年,第23页。
② 施莱尔马赫:《论宗教》,邓安庆译,北京:人民出版社,2011年,第98—99页。

己与阿达拉之间的爱情悲剧。部落之间的争斗使沙克达斯失去了双亲。很长一段时间,他在白人聚居区浪荡度日;后来他试图返回自己的部落,但被敌对的部落生擒并判处死刑。部落酋长的继女阿达拉放了沙克达斯并和他一起逃走。在他们企图穿越北美原始森林时,女孩向男孩坦陈她母亲早已将她奉献给圣母玛利亚并要她立誓进入修道院;沙克达斯冲动的爱致使阿达拉在灵与肉之间苦苦挣扎,最终她以自杀的方式寻求解脱。在戏剧性情节的展开中,夏多布里昂传达了一种观念——个人的强烈情感必须经由基督教道德信条的约束来进行调整。

在《阿达拉》中,夏多布里昂将自己不幸的恋爱经历写了进去。他在《最后的萨拉芝家族传奇》①(*Les aventures du dernier Abencerage*, 1826) 做了同样的事。通过讲述一个摩尔人对一个基督徒的爱情故事,这个作品同样是将浪漫情感置入无法解决的冲突和无法逃避的困境之中。在家族收复失地败北被迫离开格拉纳达二十多年后,阿本·哈米特(Abn Hamet)深深地爱上了信奉基督教的西班牙姑娘布兰卡(Blanca)。这对恋人遭受了由于宗教、种族和家族原因而被迫分离的痛苦,后者是因为布兰卡和阿本·哈米特家族之间存有深仇大恨。男主角直到最后才知晓了这一点。昔日名门望族的最后一个男性子孙回到了北非,而被爱情烈焰吞噬的那个女孩则在海边哀痛不已。精心设计的宗教冲突以及中世纪的地方特色,这种情节的展开模式在19世纪初期的西方浪漫主义文学中是颇有代表性的。在法国文学中,它最早由路易·塞巴斯蒂安·梅西耶开创,而德国的狂飙突进运动则从根本上推动其进一步发扬光大。当然,在这种套路化的叙事中,古典主义的元素同样可以被识别出来,如布兰卡的兄弟卡洛斯(Carlos)可以让人联想到熙德(Cid)这一人物。因此,"在这部小说中,我们可以发现由高乃依(Corneille)的观念、地方特色和狂飙突进精神所构成的一种有趣的历史性融汇"②。

《阿达拉》中所要表现的主题是:基督教才是文明人类的归宿。阿达拉被塑造成一个为宗教信仰而殉国的人物,宗教信仰使阿达拉克制了自己最狂热的爱欲,又使她慨然走向了最触目、最令人恐惧的死亡。阿达拉的行动启迪了沙克达斯,他终于也改信了基督教。宗教战胜了爱情,收伏了野蛮人,由此可见,神圣的基督教之威力是何等之大。整篇小说充满了

---

① 该作写于1809—1810年,出版于1826年。
② Winfried Engler, *The French Novel: From 1800 to the Present*, tran., Alexander Gode, New York: Frederick Ungar Publishing Co., 1970, p.12.

一种浓重的宗教神秘色彩:传教士的小狗在恶劣的天气居然知道林里有迷路的人;一只曾被传教士抚养的母鹿也会给来人指出主人的墓穴,以此来报恩。夏多布里昂不仅通过人物形象,而且也通过这样一些具有神秘色彩的细节来宣扬基督教对人们精神的感召力和对万事万物的指引威力。但事实上,作为一部艺术作品,《阿达拉》的艺术力量大大超越了作者的主观愿望。夏多布里昂在写景时,将个人的主观情感注入大自然中,人的主观情感与自然的情状交相辉映。在描写阿达拉向沙克达斯倾吐自己内心悲愤情感的主要场面时,不仅有响尾蛇的响声、狼的嚎叫以及熊和美洲虎的怒吼等大量自然界声响作为伴奏,而且还有震撼森林的大雷雨,一道道的闪电划破漆黑的夜空最后使森林燃起熊熊烈火。在这对爱人的周围,燃烧着的松树就像是举行婚礼时燃起的火炬。当阿达拉正要顺从时,一道闪电打在她脚前的地上,仿佛是一个警告。在内心感情波涛汹涌时,外界也有猛烈的风暴,人物和自然环境融为一体,人物的感情和情绪渗透到景物中去,这样的描写在18世纪的文学中是很少见到的。

就其一生的创作倾向来说,在1801年作为《阿达拉》的作者而一举成名的夏多布里昂,无疑是浪漫主义时期宗教情绪比较浓重的那个作家群中一个最具代表性的人物。除《阿达拉》之外,他的主要作品还有:论著《基督教真谛》、中篇小说《勒内》、宗教历史小说《殉教者》、回忆录《墓畔回忆录》、长篇小说《奈察人》。同这个作家群中的其他作家相比较,夏多布里昂的创作同基督教的联系更其明显、更其直接,所以我们的很多评论家便说他就是一个在教权主义思潮中为复活宗教而大吹螺号的反动作家,是一个最大的消极浪漫主义者。夏多布里昂到底是怎样的一个人?究竟应该怎样看待他创作中的那种浓重的宗教情绪和宗教精神?

夏多布里昂天生是一个怀疑论者,作为一个自由思想者,他原先并不信教,年轻的夏多布里昂针对上帝造人的理论就曾说过这样的话:"你说上帝把你创造成为自由人,这不是问题所在。他预见到我会堕落,我会永远痛苦没有呢?肯定是预见到了的。如果这样,你的上帝就只是一个可怕的不讲道理的暴君。""这一论点是无法反驳的,它摧毁了基督教理论的整个体系,不过目前它的理论反正没有人信仰了。"[①]但后来,夏多布里昂

[①] 转引自勃兰兑斯:《十九世纪文学主流(第三分册)法国的反动》,张道真译,北京:人民文学出版社,1997年,第66页。

又改信了基督教,他自己对此的解释是因为他母亲临终前求他的结果。但事实上,笔者以为,这个问题在根本上还是应该归咎于他自己。是"怀疑"使他早年不信基督教,但也正是怀疑,又使他后来走向了宗教。从根本上来说,他是一个自傲到近乎狂妄自大、忧郁到颓唐绝望、对事物怀疑到对一切都漠然的人;爱情、名声、社会地位等,他都觉得无用,随着时间的推移,他越来越多地、聚精会神地捉摸自己,也就越来越感到对人生的厌倦。对人生、对人类、对社会进步、对一切他都没有信心。这样一来,他就走向了虚无,深信一切都是虚无,都是空的,这种虚无主义的人生态度最终便只能使他堕入宗教。

"在宗教问题上,夏多布里昂与很多同代人一样持守怀疑论。"[1]夏多布里昂正是在由怀疑一切而看破了一切却又仍在怀疑着一切的心理背景下才遁入宗教的。怀疑,对什么都不相信的怀疑,使他走向虚无、神秘。他说:"人生中没有任何美好、优美和伟大的东西不带有神秘性。最美妙的感情正是那种既触动人心又使人迷惑不解的事情。羞涩、纯洁的爱情,纯真的友情,这些东西都是富有神秘色彩的,稚真难道不是最无法描述的东西吗?在本质上,稚真就是一种圣洁的无知。妇女是人类中更让人赞赏的一半,这正是因为没有神秘的事物,她们就过不下去。"宗教的神秘主义无疑迎合了他这种虚无神秘的世界观,于是他最后便和宗教走到一起去了。在很大程度上,夏多布里昂对基督教的皈依与其在动荡不安的革命剧变时期对启蒙思想家所允诺的那个理性的"自由王国"的质疑与反思息息相关。夏多布里昂并非正统基督教的狂热信徒,他对于宗教的理解和信仰与其说是建立在对基督教的教理和教义的信奉上,不如说是建立在一种伴随着不断质疑和反思的个人化的宗教情感体验上。在他看来,基督教是最富有诗意的、最人性化的、最有利于实现自由的宗教,这才是他皈依基督教的主要原因。可以说,"自由"始终处于夏多布里昂宗教观的核心地位。他认为,在自然界中寻求自由是虚幻的,只有在基督教的精神世界中才能找到真正的"自由"。以"自由"为核心和出发点,夏多布里昂认为,个体的情感体验而非对传统教理教义的刻板遵守才是认识上帝的有效途径,而大自然是上帝的代言人,富于神秘的启示性,大自然的万事万物则都能够向人类传达耶稣基督的所思所想。

---

[1] F. W. J. Hemmings, *Culture and Society in France:1789—1848*, Leicester:Leicester University Press,1987,p.115.

但是，基督教所推崇的那种谦卑并不是夏多布里昂性格的主要特点。他性格的根本特点在于一种过于自我的想入非非，过于自我的怀疑。因此，我们说，从夏多布里昂的天性来说，他绝不是一个能够对某种东西产生一种虔诚信仰的人。夏多布里昂在一生中经常说他自己是一个什么也不信仰的人，只有在想得起来的时候，他才会补上一句："除了宗教。"一个人就其本性而言，他要么是个有信仰的人，要么便是个怀疑论者。一个什么都不信仰，对一切都没有信心的怀疑论者，不可能同时又是一个真正虔诚的信仰宗教的人。所以，我们说，夏多布里昂从本质上说并不是一个全身浸透着不屈不挠的信念而且能为这种信念去献身的谦卑的宗教信徒，尽管他的作品中并不乏这种以身殉教的人物。

当我们得出了这样一个大胆的结论时，便又会有一个新的问题——夏多布里昂为什么又要塑造这种人物从而在其作品中宣扬宗教呢？我们究竟应该如何来看待他创作中的那种浓重的宗教情绪和宗教精神呢？弄清这个问题，对于我们正确地把握宗教情绪和宗教精神浓重的这一作家群的创作意图非常重要，因为有关夏多布里昂的这一问题，对这一作家群中的其他作家来说也同样存在。

的确，夏多布里昂生性并不是一个虔诚谦卑得适于做教徒的人，他喜欢沉思，容易激动，充满幻想，具有高傲独立的个性和热烈丰沛的想象力；他喜爱庄重崇高，气势磅礴，总是感到忧郁和孤独。所有这一切，都使我们感到他在本质上是一个天生具有艺术禀赋和艺术才能的人。作为一个极力要恢复天主教的人，其怀疑论者的思想立场注定他并不是一个虔诚的教徒；作为一个政治家，他显然过分单纯和稚真，所以很快便被权力所抛弃。纵观他的一生，他事实上只是一个艺术家。只有在艺术这个领域里，他才取得了斐然的成就；正是作为一个艺术家，我们今天的人才知道历史上有他这样的一个人存在过。

对作为一个艺术家的夏多布里昂的宗教情绪，我们只能从艺术的角度去评价。一旦获得了这样的一个视角，我们便可以说，作为一个艺术家，夏多布里昂创作中的宗教精神和宗教情绪，在本质上主要是一种关于美的艺术化的东西。作为一个浪漫主义者，他对古典主义那种苍白的文学持有一种深深的蔑视，他反对极端膨胀的理性对文学的阉割和摧残。在他看来，充斥在18世纪哲学和文学中的那种极端理性将使人类的一切崇高愿望、一切灵性、一切艺术、一切美的质素不复存在。18世纪错误地理解了人生、感情和艺术。18世纪的理性是反对基督教的，那么对18世纪的理性进行反拨也就可以从基督教的角度进行。作为一个艺术家,他敏感地感到跟自己那种虚无、神秘的人生体验相契合的精神家园意义上的基督教中有一种浓重的诗意,于是他便以此作为一个出发点去为情感、灵魂、激情、想象这些新的属于浪漫主义的人生原则和艺术原则辩护,并对那种因索然无味的思考、精确的运算以及各种条条框框而窒息的人生模式和艺术模式发起了进攻。夏多布里昂的这种独特的宗教观对其文学创作产生了直接而深刻的影响。在对宗教题材的处理上,这位有着"文坛画家"(朗松语)之美誉的法国浪漫派作家从不使用乏味的说教式言辞和生硬刻板的理性分析,而是将宗教作为一种心灵体验和感受融入对自然景观的描写当中,引导人们从对自然之美的感受与沉思中体悟基督教精神的奥秘。浩瀚神秘的大自然成为人的心灵与上帝进行交流的媒介,浓烈的宗教情感寓于神秘瑰丽的自然风光中。由此,人们便不难理解,为什么夏多布里昂笔下的自然往往给人以崇高圣洁之感,有一种引导人们脱离理性负累与现实苦痛的震撼人心的力量。

　　对于夏多布里昂,艺术和宗教事实上变成了同一个东西。爱对于他就是宗教;宗教对于他就是对艺术和美的爱。由此,我们也就很容易理解,他为什么原先要意味深长地把他那本论述基督教的书题名为"基督教的美"(最终他把这本书题名为"基督教真谛")。之所以如此,是因为在他看来,精神家园意义上而不是国家政治权威力量意义上的基督教,其真谛就在于它里面所包含着的诗意、它里面所包含着的美的质素、它里面所包含着的充满柔情和韵味的意境。夏多布里昂的《基督教真谛》是法国宗教精神复兴的宣言,在他看来,宗教是家庭、国家以及整个人类社会不可缺少的凝聚力量,人们只有建立起对宗教的信仰,才能有思想行为的一致性;"必须召唤想象的全部魅力和心灵的全部兴趣来援助宗教"①。19世纪,在思想上让人接受基督教的教义似乎越来越困难,但以其崇高诗意来唤起人们对它的同情和信仰还是可能的。所以在《基督教真谛》中,夏多布里昂用了整整一章来描绘教堂悠扬悦耳的钟声,描绘乡间朴实的教堂和它引起的纯朴恬静的感情。为在激烈的政治斗争和社会变革中寻求精神依托,夏多布里昂从审美的角度为基督教进行辩护,赋予它人道和诗意的灵光,以便从情感上打动读者。夏多布里昂在该书中提出,艺术家的使

---

① 夏多勃里昂:《基督教真谛》,见《欧美古典作家论现实主义和浪漫主义(二)》,北京:中国社会科学出版社,1981年,第68页。

命不在于反映现实,而在于超乎现实世界进入梦幻一般的真正美的领地,并把"思慕"(灵魂的神游)、忧郁和孤独感视为文学作品的基本要素;这些观点无疑正是当时浪漫主义作家新的艺术原则里面非常重要的内容。这部著作所要证明的根本论点就是"在古往今来所有的宗教中,基督教是最富有诗意的,最有人情味的,是对自由、艺术和文学最有利的……"①作为对极端理性的反拨,对功利主义人生观的反拨,对灵性丧失的唯理主义的反拨,倡导一种富有诗意的、有人情味的、充满了柔情和光环的自由的人生观,这就是夏多布里昂在其创作中宣扬基督教的真谛。由此可以见出,夏多布里昂发掘论述基督教的诗意和美,从根本上来说正是为了建树那些反对18世纪的新的理论原则。《基督教真谛》还对但丁、莱辛等西方文学史上著名的作家及其创作发表了很多卓有新意的精辟见解,因而,这本书在西方文学批评史上也是一部不容忽视的文学批评论著。

《基督教真谛》一书的"新奇之处在于其立论基于审美体验而非哲学或伦理沉思"②。夏多布里昂非但讨论了《神曲》这样的文学名著,更满腔热情地描写了教堂的建筑和艺术,强调教会仪式的巨大吸引力。这样的文字在论证逻辑上常常站不住脚,正统基督教神学家绝不会同意用这种非神学的业余方式来论证基督教的教义"真谛"。然而,在遭受伏尔泰以及百科全书派的长时间冲击后,教会知道想找一个更为合理的途径来达成宗教的复兴困难重重。就此而言,夏多布里昂的这本书可谓生逢其时。该书印行后风靡一时。不止一代青年学生会大声吟诵《基督教真谛》一书中的某些段落,19世纪初叶几乎所有像爱玛·包法利那种情窦初开、耽于幻想的少女都会为这则"浪漫愁思穿越了时空的耶利米哀歌"而激动不已。

在浪漫派诸多自传体"第一人称小说"中,《勒内》拥有最强大的影响力。在《勒内》中,夏多布里昂用一种全新的方式改写了歌德《少年维特之烦恼》的题旨。人们从其后来的《墓畔回忆录》中可知——《勒内》是以基督教的名义来反对歌德的;"紧步卢梭和被误解的帕斯卡尔之后尘,夏多布里昂将基督教视为首要的审美原则,因为在其理解中基督徒正是经由

---

① 勃兰兑斯:《十九世纪文学主流(第三分册)法国的反动》,张道真译,北京:人民文学出版社,1997年,第72页。

② F. W. J. Hemmings, *Culture and Society in France: 1789—1848*, Leicester: Leicester University Press, 1987, p. 115.

情感才得以趋近上帝"①。正如《阿达拉》一样,《勒内》揭示了夏多布里昂的创作与其《基督教真谛》中那种说教性思想观念的密切关联,阐明了对现代人来说越来越难以规避的时代精神症候——亢奋激情深层的忧郁本性。勒内的世界充满了疑问与危机,而作者最终提出的解决方案却与其紧迫性难以匹配。的确,夏多布里昂更重视其所关注的时代症候的诊断,而非治疗方案本身。这部小说的男主角勒内有一种不寻常的倾向——专注于事物不和谐的一面;而其心灵最终进行的重新定位意味着他世俗生活的诸般苦痛与烦恼正在被其返回内心所得到的快乐与慰藉所置换。②

"夏多布里昂的所有作品都充满着内心的对话和想象力。他关于基督教的奇异的主张,某种程度上归因于这样的考虑:经由基督教的帮助,想象力才可能在神秘和无限的区域探险;自然和生命是无穷的和神秘的,夏多布里昂的这一感知,为其想象力的飞翔拓开了空间。他用具体的语言和意象替代了18世纪抽象的语言和无趣的风格。"③作为一个重要的标本,夏多布里昂让我们确信:浪漫主义时期宗教情绪比较浓重的作家群之宗教情绪,本质上并不是一种极端化的神秘主义人生态度,而更是作为对18世纪理性文学、理性人生观、机械论世界观的反抗。仅从外部视角来认识自然,会导致人们认为世界是一部机器。通过直觉认识的自然,则显示为一个动态、充满活力和统一的有机系统。启蒙主义者倾向于基于其唯理主义的思想立场使信仰和理性对立,而浪漫主义的主观性与宗教内在性则息息相通。"人的自我就显出它的原来面目,是宇宙中的一个原子而已。诗人不但因为是感情细致的生灵而容易感受这些经验,他们还能够用天国的变幻无常的色彩,来渲染他们所综合的一切;在描写某一激情或者某一景色时的一个字、一个笔触,就可以拨动那着迷的心弦,而为那些曾经体验过此等情绪的人们,再激起了那酣睡的、冷却的、埋葬了的过去之影像。这样,诗可以使世间最善最美的一切永垂不朽;它捕住了那些飘入人生阴影中一瞬即逝的幻象,用文字或者用形象把它们装饰起来,

---

① Winfried Engler, *The French Novel: From 1800 to the Present*, tran., Alexander Gode, New York: Frederick Ungar Publishing Co., 1970, pp.10—11.
② See Winfried Engler, *The French Novel: From 1800 to the Present*, tran., Alexander Gode, New York: Frederick Ungar Publishing Co., 1970, pp.12—13.
③ N. H. Clement, *Romanticism in France*, New York: Kraus Reprint Corporation, 1966, p.65.

然后送它们到人间去,同时把此类快乐的喜讯带给同它们的姊妹们在一起留守的人们——我所以要说'留守',是因为这些人所住的灵魂之洞穴,就没有一扇表现之门可通到万象的宇宙。诗拯救了降临于人间的神性,以免它腐朽。"[1]浪漫主义强调直觉,这给信仰注射了兴奋剂,因为信仰像味觉和视觉那样并不源于理性。对于浪漫主义运动中的其他人如诺瓦利斯和施莱格尔兄弟来说,创造性的想象力为宗教信念提供了内容。"浪漫主义在宗教习俗、神话、巫术和礼仪之中寻找人类直觉无限者的确据。它们属于宗教认识在审美上的表现,具有激发我们认识上帝的作用。整齐划一不再被认为是最可取的东西。相反,个体性、变化和变异使我们得以认识到整体中的不同部分。"[2]倡导作为精神家园意义上的宗教,是浪漫主义作家张扬个性、灵性、感性的一种特殊的表现形式,一个独特的角度,这是应该予以充分肯定的;也只有从这个意义上,我们才可以理解浪漫主义作家为什么会提出"回到中世纪"的口号。

---

[1] 雪莱:《为诗辩护》,缪灵珠译,见刘若端编《十九世纪英国诗人论诗》,北京:人民文学出版社,1984年,第155页。
[2] 史蒂夫·威尔肯斯、阿兰·G.帕杰特:《基督教与西方思想(卷二)》,刘平译,北京:北京大学出版社,2005年,第14页。

第十二章
自由与理性：浪漫主义反对启蒙主义

浪漫主义不仅是对启蒙主义的继承，更是对启蒙主义的反动。"启蒙运动，至少在其主要趋势上是一个致力于使思想和生活简单化和标准化的时代——以它们的简单化方式来达到标准化。"① 与启蒙运动标准化、简单化的机械论相反，浪漫主义的基本特征是生成性、多样性的有机论，即欣赏并追求独特和个别而不是普遍和一般。浪漫派反启蒙主义的思想立场使其在"平等"与"自由"两个选项中更强调自由。

启蒙学派曾以理性的怀疑精神与批判精神消解了官方基督教神学的文化专制，但最终却因丧失了对自身的质疑与批判又建立了一种唯理主义的话语霸权。浪漫派反对理性主义，因为在他们看来只有感性生命才是自由最实在可靠的载体与源泉，而经由理性对必然性认识所达成的自由在本质上只不过是对自由的取消。

启蒙主义倡导的乃是一种一元论的、抽象的群体自由，且往往从社会公正、群体秩序、政治正义的层面将自由归诸以平等、民主为主题的社会政治运动，因而它在本质上是一种倾向于革命的哲学；浪漫主义则更关注活生生的个体的人之自由，且将这种自由本身界定为终极价值。作为现代性的第一次自我批判，浪漫主义反对工业文明；在其拯救被机器喧嚣所淹没了的人之内在灵性的悲壮努力中，被束缚在整体中成为"零件"或"断片"的人之自由得以开敞。对工业文明和城市文明的否定，使浪漫派作家倾向于到大自然或远古异域寻求灵魂的宁静和自由。

---

① 阿瑟·O. 洛夫乔伊：《存在巨链——对一个观念的历史的研究》，张传有、高秉江译，北京：商务印书馆，2015年，第395页。

在20世纪,沿循海涅《论浪漫派》一书攻击浪漫派的逻辑,卢卡契(Georg Lukacs,1885—1971)在一系列论著里把攻击的矛头对准浪漫派。在他看来,浪漫派乃是德国文学发展过程中的"转折点",即从进步的启蒙运动向反动派的转变。他在《德国文学中的进步与反动》一书中声称:"同启蒙运动的决裂"乃是浪漫派的"主要倾向"①;而"现代反动派到德国启蒙运动中去寻找浪漫派的祖先"则是"对历史的篡改"②。著名文学史家赫·奥·科尔夫(Hermann August Korff,1882—1963)亦曾反复申明:"毫无疑问,浪漫派的首要对立面和它终究要起来反抗的历史势力……乃是启蒙运动。"③

第一节 浪漫主义"反理性"

基于对基督教文化的怀疑和反抗,文艺复兴时期的知识分子提出了一系列崭新的思想主张,即人们通常所说的人文主义思想或人本主义思想。人文主义思想虽然博大,但其最重要、最核心的内容却也可以概括为两句话:一是人权中心,声称人是宇宙的主宰,是万物之本,人拥有聪慧高超的理性,完全有能力并且应当自己发配自己的人生。二是现世快乐,宣称人的幸福和快乐并不在缥缈的天国,而就在现世的人间;人应该享受爱情、追求荣誉和财富。爱情、财富、荣誉都不是邪恶的东西。

基督教教权主义文化的思想基础,从根本上来说就是宗教蒙昧主义,教会通过推行愚民政策,扼杀人的自我意志和怀疑精神。凡是与基督教所宣扬的观念相左的,都被裁定为异端邪说,哥白尼(Mikołaj Kopernik,1473—1543)和伽利略(Galileo Galilei,1564—1642)即是显例。由于宗教蒙昧主义是构成基督教文化的基石,因而人文主义者要摧毁基督教教权文化和建立自己的人本主义的理论体系,最首要的任务便是破除粉碎宗教蒙昧主义。那么,人文主义者是怎样破除宗教蒙昧主义的呢?经过考察,我们发现,人文主义者是用理性这个武器来与它的敌人交战的。由此可知,在文艺复兴运动中,人的理性的张扬,绝不仅仅是人文主义者在恢

---

① 乔治·卢卡契:《卢卡契文学论文选(第一卷)》,范大灿选编,北京:人民文学出版社,1986年,第48页。
② 同上书,第47页。
③ 转引自陈恕林:《论德国浪漫派》,上海:上海社会科学院出版社,2016年,第142页。

复人的本来面目、恢复人的崇高地位时所要达成的一个目标,而且,它对于整个运动的顺利进行还具有一种非常独特的战略意义。在文艺复兴运动中,人文主义思想虽然也曾提出个性自由和个性解放的口号,在这一时期的某些地方也确实曾出现过一种放纵感性、放纵情欲的短暂狂欢,但由于从理论上反对宗教蒙昧主义的任务既非常艰巨,也非常重要,人们此时推崇理性的要求比推崇感性的要求更为迫切,这就决定了个性解放在这一时期肯定不会走得太远。从总体上来看,文艺复兴是人的精神、人的感性和理性的一次全面解放的运动,但人文主义者自始至终都有一种更强调张扬人的理性的鲜明倾向。这一点,在文艺复兴运动后期体现得尤为突出。

人文主义者所推崇和张扬的理性,包括科学理性和社会政治理性两个方面的内容。以理性的这两个方面而论,由于当时社会政治革命还没有被提上议事日程,所以,人们在社会政治理论方面的建树也就不是很突出,远没有达到后来启蒙学者那种系统、完善、成熟的水平。相比之下,由于自然科学在破除宗教迷信时威力很大,对于当时所进行的文化革命颇具直接的现实意义,所以,在这一时期,人文主义者对理性的张扬,在很大程度上便首要地表现为一种对自然科学的重视。人文主义者热衷于追求知识,提高人的才智;提倡探索自然,研究科学。正是由于人文主义者对科学的推崇以及随之而来的哥白尼、伽利略、达·芬奇、哈维、维塞留斯等人在自然科学各个领域里的开拓进展,真正现代意义上的自然科学才在这一时期得以确立。从文艺复兴开始,人类开始迈入一个科技文明的新时代。

承接着文艺复兴,在17世纪和18世纪的200年中,人们一直在极力倡导理性,推崇理性,张扬理性,结果便造成了一种绝对的唯理主义的形成。唯理主义用理性来解释世界,解释社会,解释人。在他们看来,世界(包括社会)是一个有序的完美结构,人靠理性可以循序渐进地发现和解释一切,创造一切,因而人的本质便是:人是一种有理性的无所不能的存在。在欧洲的历史上,17世纪和18世纪被称为"理性时代",这一称谓表明了这样一个基本的事实:就人的精神解放而论,如果说在文艺复兴时期,人们只是更注重理性而还没忘了感性的话,那么在17世纪和18世纪便是,被人娇宠坏了的理性汪洋恣肆地泛滥而来,已将本来就是蜷缩着的感性所占据的那一小块领地几乎蚕食殆尽了。

在17世纪和18世纪的"理性时代",科学理性和社会政治理性比翼齐飞。自然科学领域各个学科突飞猛进的发展和由此引起的工业革命，可算是西方近代史上的一幅奇异景观。17世纪和18世纪的知识分子，大都把弗朗西斯·培根（Francis Bacon，1561—1626）的"知识就是力量"那句名言奉为教条，他们热情地探究自然，执着于科学研究。在数学领域，莱布尼茨发明了微积分，化学中原子－分子结构学说和元素周期表得到确立；在物理学领域，牛顿发现了万有引力定律，同时，电磁感应理论也得到初步确立；在生物学领域，人们已经开始用显微镜研究细胞构造。自然科学领域的种种发展迅速转化成产业技术的进步，技术的不断进步则直接导致了近代西方的工业革命。18世纪下半期，瓦特改良蒸汽机，蒸汽时代的到来标志着工业革命已基本进入了高潮阶段。随着工业革命的展开，以科学技术为主体的科学理性对个体的人的感性生命的压抑愈演愈烈。

浪漫主义最早可以追溯到法国的卢梭、德国的狂飙突进运动以及英国的感伤主义文学；三者共同的特征在于激扬情感、贬抑理性，也就是对理性主义的反动。思想家哈曼的表述颇为风趣："上帝是一位诗人，不是一个数学家……这备受称赞的理性，普遍适用、确凿无疑、唯我独尊，只不过是一个被思考的客体（Ens Rationis）、草填的干尸罢了，哪里有什么神性？"[1]而德国浪漫派作家海因里希·冯·克莱斯特则讥讽牛顿——女孩的心对其而言只是一个解剖学意义上的腔室，而女孩的胸脯在他眼里肯定只是一条几何弧线。威廉·布莱克也不无讥讽地说："艺术是生命之树；科学是死亡之数。"[2]在叙事长诗《弥尔顿》（Milton，1805—1808）中，他对理性进行了更为明确的指控与否定：

要否定的是一个幽灵，是人的理性能力：
这只是一副假的身躯，是我不朽灵魂上的壳
一个必须推开、必须消灭的自我
自我反省以净化我的灵魂
在生命之水中浸洗，洗去非人的污秽
我带着自我否定，还有灵感的伟岸

---

[1] 转引自蒂莫西·C. W. 布莱宁：《浪漫主义革命：缔造现代世界的人文运动》，袁子奇译，北京：中信出版集团有限公司，2017年，第18页。

[2] See S. Foster Damon, *A Blake Dictionary: The Ideas and Symbols of William Blake*, Providence: Brown Univeisity Press, 1965, p. 28.

>信仰救主,抛开理性的自夸
>
>拥抱灵感,丢弃记忆的敝履
>
>将培根、洛克和牛顿抖落阿尔比翁①
>
>的衣衫为他脱去肮脏的衣裳,披上想象的轻纱②

柯勒律治对理性及科学机械论的批判透着英国人的幽默——"就灵魂的丰饶而论,500个艾萨克·牛顿爵士,才勉强抵得上一个莎士比亚或弥尔顿。"③他指责理性主义者将宏大宇宙瓦解成残砖碎瓦的思维方法——"除了思考这些小碎片,他们不想别的;而且碎片必须小——宇宙对他们来说就是一大团细小碎片的合集。"④哈曼率先对启蒙运动中冷酷的理性主义发起攻击,"在他的激励之下,浪漫主义拒绝让理性担任守门人,不再由它来决定人类经验中哪些方面可以有效地指向实在。事实上,与其说浪漫主义将理性视为去除非理性和主观性之污染的过滤器,不如说它把理性本身视为一种局限"⑤。攻击理性的人指称理性仅关乎有限的外部现实;但浪漫主义的典型特征却是渴求无限与表现内心。这两者均要求"关注人类生存中能够最直接地通向人类情感和欲望的领域:情感、直觉、神秘和审美"⑥。"诗是神圣的东西。它既是知识的圆心又是它的圆周;它包含一切科学,一切科学也必须溯源到它。它同时是一切其它思想体系的老根和花朵;一切从它发生,受它的润饰;如果害虫摧残了它,它便不结果实,不生种子,不给予这荒芜的世界以养料,使得生命之树不能继续繁殖。诗是一切事物之完美无缺的外表和光泽;它有如蔷薇的色香之于它的结构成份的纹理,有如永不凋萎的美之形式和光彩之于腐尸败体的秘密。"⑦

理性时代那种基于逻辑思维和经验科学的理性在认识自然规律、拓

---

① 阿尔比翁(Albion),在诗中乃一原始人。

② 译文转引自蒂莫西·C. W. 布莱宁:《浪漫主义革命:缔造现代世界的人文运动》,袁子奇译,北京:中信出版集团有限公司,2017年,第18页。

③ Earl Leslie Griggs, ed., *Collected Letters of Samuel Taylor Coleridge*(Vol. II), Oxford: Clarendon Press, 1956, p.387.

④ Ibid.

⑤ 史蒂夫·威尔肯斯、阿兰·G. 帕杰特:《基督教与西方思想(卷二)》,刘平译,北京:北京大学出版社,2005年,第11页。

⑥ 同上书,第12页。

⑦ 雪莱:《为诗辩护》,缪灵珠译,见刘若端编《十九世纪英国诗人论诗》,北京:人民文学出版社,1984年,第153页。

展科学知识方面成效卓著,但因此逐渐形成的理性崇拜却也日益漠视意志、忽略情感;理性强设的诸般标准、各种规则成了凌驾人生之上的绝对律令,束缚人的自由意志,窒息人的创造精神,这就有卢梭所谓"人是生而自由的,但却无往不在枷锁之中"①。在一派理性乐观主义的喧嚣声浪中,浪漫派最早预见到了科学理性带给人的分裂和不幸:"人永远被束缚在整体中一个孤零零的断片上,人也就把自己变成一个断片了。"②由是,浪漫派开始弃绝机械论转向有机论:"生物学强调生命不是一堆死的部件的组合,而是一种秉有有机结构与功能的自然力;生命最基本的事实是个体而非构成个体的部分或那些包围着个体的人为的群体。简言之,生物学意味着个体主义。"③

18世纪、19世纪之交,面对着长时间被理性罔顾的"我是谁?我从何处来?要到何处去?"等一系列关乎自身意义的价值问题,人们开始寻找他们已然丧失的灵性和激情,并试图通过非理性的视角来重新界定生命的意义。经济领域的工业革命与政治领域的法国革命所带来的社会大动荡,使这种非理性情感对唯理主义的反叛迅速演变成为时代的精神狂飙——浪漫主义。作为现代性的第一次自我批判,浪漫派无法忍受功利主义和工业文明对人类精神和个性的荼毒,渴望精神的自由与情感的解放,并由此转向大自然和远古异域寻求自由和诗意。文学家们纷纷质疑、抛弃古典主义的理性原则——"首先必须爱理性,愿你的一切文章永远只凭着理性获得价值的光芒"④,转而重视发掘生命深处说不清、道不明、理还乱但也因此愈发显得丰富多彩、活跃生动的情感世界,"他们喜欢奇异的东西:幽灵鬼怪、凋零的古堡、昔日盛大的家族最末一批哀愁的后裔、催眠术士和异术法师、没落的暴君和东地中海的海盗"⑤。的确,浪漫主义是"感情,而非理智;相对于脑的心";是"生命的再次觉醒,对于中世纪的思索";是"心灵中一种较少自觉地层次上的解放;一个如痴如醉的梦想";是"与理性和真实感相对的想象"……⑥一言以蔽之,以"反理性"为基本精神诉求的浪漫主义,乃"感觉对理性的反叛、本能对理智的反叛、情感对

---

① 卢梭:《社会契约论》,何兆武译,北京:商务印书馆,1980年,第8页。
② 席勒:《美育书简》,徐恒醇译,北京:中国文联出版公司,1984年,第51页。
③ Jacques Barzun, *Classic, Romantic and Modern*, London: Secker & Warburg, 1962, p.55.
④ 伍蠡甫主编:《西方文论选(上卷)》,上海:上海译文出版社,1979年,第290页。
⑤ 罗素:《西方哲学史(下卷)》,马元德译,北京:商务印书馆,1976年,第217页。
⑥ 参见利里安·弗斯特:《浪漫主义》,李今译,北京:昆仑出版社,1989年,第4—6页。

判断的反叛、主体对客体的反叛、主观主义对客观性的反叛、个人对社会的反叛、想象对真实的反叛、传奇对历史的反叛、宗教对科学的反叛、神秘主义对仪式的反叛、诗与诗的散文对散文与散文的诗的反叛、新歌德对新古典艺术的反叛、'自然'与'自然物'对文明与技巧的反叛、情绪表达对习俗限制的反叛、个体自由对社会秩序的反叛、青年对权威的反叛、民主政治对贵族政治的反叛、个人对抗国家——简而言之,19世纪对18世纪的反叛"[1]。

在理性被娇宠得乖张、霸道、甚嚣尘上的时代里,植根于个体的人的感性生命的艺术女神遭受着理性的强暴,被折磨得风韵陡减,只剩得一副憔悴苍白的面容。就文学而论,在17世纪、18世纪的200年中,西方文坛上占主导地位的是古典主义文学。作为直接为王权服务的宫廷文学,其根本的哲学理论基础便是笛卡尔那种极端推崇理性的唯理论。在这种思想指导下,理性战胜爱情便成了古典主义文学创作的基本主题;而在形式上,它则建立了"三一律"等僵化的艺术规则。

艺术的真谛在于个体的人的感性生命。充满着青春活力、风姿绰约的艺术女神,其情独衷于个体的人的感性生命,其意专注于探求解决人生的精神意义:即终有一死的人,在这白日朗照却又黑夜漫漫的世界中,有限的生命如何寻得超越,骚动苦闷的心灵又在哪里寻得归依;艺术活动作为一种社会性的存在,决定了它在特定历史发展阶段必然会不可避免地遭受政治理性、宗教理性、道德理性的强暴和异化;而艺术之为艺术的本质,又决定艺术自身必然会有一种执着顽强的内在力量去挣脱外部社会现实对它的这种强暴和异化。正是在这个意义上,我们才说,一部艺术史才是一部艺术返归自身的历史,一部强暴与反强暴、异化与反异化的历史。

由于文学作为艺术,自身始终有一股执着、顽强的反异化的内在力量的存在,这就决定了浪漫主义文学思潮和文学运动绝不可能在18世纪、19世纪之交的某一个早晨像一场"空穴来风"一样突然降临。在古典主义作为主潮统治17世纪、18世纪文坛的时候,西方文学在鼓吹理性战胜爱情、宣扬启蒙思想的同时,自始至终都有一股对这种主潮流进行顽强反抗的潜在潮流存在。在17世纪,拿古典主义的大本营法国而论,当时的

---

[1] 威尔·杜兰特、阿里尔·杜兰特:《世界文明史——卢梭与大革命(下)》,台湾幼狮文化译,北京:天地出版社,2017年,第956页。

文坛上就既有高乃依的《熙德》(Le Cid, 1636)、《贺拉斯》中的那种理性战胜爱情、形式上完全符合三一律的经典西方古典主义作品,也有像拉辛《费德尔》(Phèdre, 1677)中那种极力渲染情欲力量,在形式上也不完全遵从三一律的作品。在拉辛笔下,情欲能够将人导向疯狂,导向死亡,能够完全将人吞没。由于不符合古典主义的要求,其作品在当时常常受到批判和抵制。从文艺思想上来说,17世纪后期法国文坛上发生了一场著名的"古今之争",这场论争时而剧烈,时而缓和,一直持续了一百多年,直到浪漫主义起来推翻了古典主义之后,争论才最后结束。从实质上来说,"古今之争"乃是当时法国文学内部主流与潜流矛盾冲突的反映。

在18世纪,古典主义主流底下那股反古典主义的潜流日益高涨。以理查逊(Samuel Richardson, 1689—1761)、斯泰恩为代表的英国感伤主义小说,以汤姆逊、扬格、格雷为代表的"墓园诗派",以克令格尔(Friedrich Maximillianvon Klinger, 1752—1831)、赫尔德、青年歌德为代表的德国"狂飙突进"运动,以推崇情感、热爱大自然、赞扬自我为基本特征的法国卢梭的创作,这样一些分散、独立存在的流派和创作,在18世纪、19世纪之交合流所构成的一个汹涌澎湃的文学洪流,那便是浪漫主义文学运动。当对情感的崇拜成为一种普遍的社会心理,当极端理性的一统江山在达致巅峰开始瓦解崩溃,文学内部200年中一直在顽强地抗击着理性强暴的那种力量便因陡然获得一股强大的生命活水而跃出水面立于潮头,于是文学便愤然抛开那副僵硬了200年的面孔,一把扯下那穿了200年的俗丽紧身外套,兴高采烈地扔掉那矫揉造作了200年的语言程式,极力恢复自身那种本真的、充满了青春朝气的面孔和风采。

概括起来说,我们对浪漫主义文学运动得以形成的根本原因所得出的基本结论是:在理性泛滥持续发展达到一定高潮之后,被排斥的个体的感性生命必然起而对这种唯理主义进行反拨;这种新的代之而起的感性崇拜,其基本表现就是人们对个性解放、个性自由的大吵大叫和对情感的大肆宣扬。当这些东西在文学艺术中成为一种明确的理论主张和一种自觉的创作追求,这就有了浪漫主义文艺思潮和文艺运动。浪漫主义文学思潮,作为文学向自身艺术本位的一次重大复归,它是以一场文学革命运动的形式呈现出来的。我们完全可以说,浪漫主义文学思潮是西方文学史上的第二次文学革命。第一次是文艺复兴,它是文学从宗教强暴和异化中挣脱出来的一次革命;而第二次浪漫主义革命的目标则是要将文学从科学理性、社会政治理性的强暴和异化中解放出来。浪漫主义乃是文学自身演进轨迹中的一个合乎历史逻辑的必然,是对文艺复兴的再复兴。

经由在一派反叛声中解放了的非理性,浪漫主义打开了人们体验"荒诞"的入口;"荒诞"作为个体生存的最深刻的非理性体验也就成了浪漫主义文学表现的重要内容。以讲述怪诞诡异故事著名的霍夫曼,赋予笔下的人物以神魔的造型、奇怪的经历和不着边际的头脑,在其19世纪初叶的一系列谈魔说怪的作品中虚构了一个个怪异的幻想世界;通过对恐怖、绝望、病态等极端非理性意识的聚焦,另一位浪漫派的奇异人物爱伦·坡对人之潜意识世界的探索在19世纪中叶达到了空前的深度,非理性在其作品中常常成为导致人物自我毁灭和毁灭他人的主要元素。由是,人们也就常常给浪漫派冠以"古怪""疯狂""梦幻"等标签。"只需要通读蒂克的一个剧本的人物表或者随便其他一个浪漫主义诗人的剧作的人物表,就能想象出在他们的诗意世界里出现的是多么稀奇古怪、闻所未闻的东西。动物说着人话,人说起话来像个畜生,凳子、桌子意识到它们在生存中的意义,人感到生存是个毫无意义的东西,无物变成一切,一切变成无物,一切是可能的而又是不可能的,一切是合乎情理的可又是不合乎情理的。"①时而是霍夫曼作品中呈现在理想和现实之间的精神矛盾,时而是爱伦·坡作品中主宰着理性思维的歇斯底里,"荒诞"在浪漫主义作品中常常以一种可笑或可怕的逻辑支配着理智。正是在关注个人的内在精神矛盾和深层情感体验这一层面上,浪漫主义文学为存在主义哲学进一步发现非理性的"人"做好了准备。勒内的"彷徨苦闷"、奥克塔夫的"迷茫绝望"、曼弗雷德的"世界悲哀"……这些浪漫主义时代无所适从、焦躁不安的灵魂,其所共同表达的正是存在主义哲学大肆张扬的孤独、虚无、烦闷、绝望等现世的生存体验。

"凡是自我约束的力量抵不上社会原来所起的约束作用的地方,就可能产生自我崇拜。而且在一切变得可能的同时,人们仿佛觉得一切都是可以允许的。个人过去放弃了的、自愿交给上帝或国王的权力,现在他一概要求收回。正像他不再向镀金的车子脱帽一样,现在他再也不向任何禁令低头,只要他能清楚地看出这是人为的。对于这一切他有一个现成的答复,这个答复是一个问句,一个可怕的问句,也是人类一切知识和一

---

① 索伦·奥碧·克尔凯郭尔:《论反讽概念》,汤晨溪译,北京:中国社会科学出版社,2005年,第263页。

切自由的开端,那就是'为什么?'"①在不安分地颠覆既定理性秩序的反叛过程中,浪漫派一时之间虽也难以廓清生命的意义,但他们却愿意置身在强烈的生命洪流中去感受、去体验、去寻求;在他们看来,爱、喜悦、希望等每一种幸福的表情以及孤独、恐惧、绝望等每一种痛苦的情绪都是活着的证明。在个人情感被社会理性束缚在种种不可逾越的规则中时,个体自身内部所存在的诸多情绪冲突和精神矛盾都掩蔽在理性的"合理解释"之下;当浪漫主义运动以反理性的姿态将人们尘封已久的各种生命体验与非理性情绪解放出来,以主观体验反观自身存在的人就会遽然领悟:习以为常的那个世界原来竟是那样陌生,那些因感觉亲近而生发出来的"必然"背后原来藏着那么多悬浮于不确定性中的"偶然"……那个因熟悉而习惯的世界的崩塌带来了旧有自我的沦陷;刚刚醒转过来但却满头雾水的个体,在自我沦陷的迷惘中挣扎、摸索,竭力摆脱那些曾经显得那么理直气壮而现在看上去竟是如此苍白、虚伪的"标准"说辞与"规范"逻辑,努力要做一个真正自由的新人。但何谓真正的人?关于人生意义的新的答案又究竟在哪里?绝对自由最终所抵达的难道不是一份绝对的虚无吗?"在这个时刻,彻底的不信宗教和彻底的虔信宗教都没有前途了。只剩下了怀疑——即诗歌领域的激进主义,对有关人生的目标和价值提出了千百个痛苦的使人烦恼的问题。"②当人们为了达成自我的救赎而进一步追问这些生命之谜的时候,无法化解的怀疑的一团乱麻最终所凝成的"荒诞感"就会在那些迷惘的心灵深处油然而生。简言之,在用生命体验反抗既定理性律令的过程中,浪漫派是很容易遭遇到"荒诞"体验的。

"荒诞"乃理性发展到一定阶段之后人们才能达成的一种对世界和人生的深度体验;这份体验对既定理性逻辑的解构,体现着主体对既定理性的颠覆与否定,更体现着精神在不断延展中对既定理性的超越与扬弃。浪漫主义大潮过后,宣称"上帝死了!"的尼采在19世纪末叶将反理性的事业推进到了更高的阶段,并由此成了存在主义哲学发展过程中具有划时代意义的代表人物。在尼采的理论体系中,个人的存在不必再受基督教之上帝的规定性支配,同时,根植和依附于这一信仰的规范性的道德体系也不复存在;一旦人们在过去为自己确定的真理成为虚空,个体自身存

---

① 勃兰兑斯:《十九世纪文学主流(第一分册)流亡文学》,张道真译,北京:人民文学出版社,1997年,第38—39页。

② 勃兰兑斯:《十九世纪文学主流(第三分册)法国的反动》,张道真译,北京:人民文学出版社,1997年,第269页。

在的所有意义的说明也就失去了依据或合理性,"荒诞"体验由此缤纷绽放。简言之,在克尔凯郭尔之后,尼采"上帝死了"的断喝进一步确认了世界与人生的"荒诞"。"在存在主义的演进过程中,尼采占着中心的地位:没有尼采的话,雅斯贝尔斯、海德格尔和萨特是不可思议的,并且,加缪《西西弗神话》(Le mythe de Sisyphe,1942)的结论——西西弗是幸福的——听来也像是尼采遥远的回音。"①

第二节 浪漫主义反启蒙主义

理性时代的精英文学家普遍尊崇古希腊和古罗马文学的理念、方法、规则及其清晰的风格;对他们而言,文学像古希腊先哲早就陈述的一样是对生活的摹仿,其目的在于"寓教于乐"——通过净化沉痛悲怆的情感或嘲笑包括宗教"热情"在内的滑稽恶习来改善人之品德。当启蒙学派将文艺复兴之后牛顿等人在天文学、物理学、数学、医学等方面的科学成就,推延至神学、心理学、人类学与社会学在内的人文-社科领域时,文学-艺术领域的古典主义规范与哲学-文化领域的启蒙主义理性一拍即合。所以,威廉·布莱克等人一方面谴责荷马(Homer,约前9世纪—前8世纪)和维吉尔,另一方面也抨击培根、牛顿和洛克——浪漫主义在其酝酿之初就既反对古典主义又反对启蒙主义,这就很容易理解了。

所谓启蒙借用康德的言说即"人类脱离自己所加之于自己的不成熟态"②。反启蒙运动则是对康德所谓"脱离"的反动或对启蒙信条的攻击。③ 启蒙强调理性与秩序,反启蒙则追求激情与差异。理性成为启蒙时代的最显著特征,"18世纪浸染着一种关于理性的统一性和不变性的信仰"④。"启蒙运动的核心悖论恰恰在于,它所说的'理性'其实是一种追求澄明的宗教信仰,理性本身扼杀了这种理性。扼杀启蒙运动'清晰的理性之光'的元凶却是最彻底的理性主义者:贝克莱(George Berkeley,

---

① W.考夫曼编著:《存在主义》,陈鼓应等译,北京:商务印书馆,1987年,第13页。
② 康德:《答复这个问题:"什么是启蒙运动"》,见康德《历史理性批判文集》,何兆武译,北京:商务印书馆,1990年,第22页。
③ 伯林:《反启蒙运动》,见伯林《反潮流:观念史论文集》,冯克利译,南京:译林出版社,2002年,第4页。
④ E.卡西勒:《启蒙哲学》,顾伟铭等译,济南:山东人民出版社,1988年,第4页。

1685—1753)和休谟。"①

　　启蒙主义的理论模型断言宇宙的神圣秩序将会因为理性被人发现,没承想它却有效地证明了物质世界的隐秘复杂和精神世界的深奥难解。当启蒙学派沿循着理性的逻辑大道,将理性主义的乐观精神推演到极致,属于浪漫主义的悲观情绪便历史地注定要浮出地表。天才的德国浪漫主义剧作家克莱斯特慨叹:"人类无法了解生命的真相,一点都无法了解。这个想法让我灵魂最神圣的地方感到不安。我仅有的最为崇高的目标消失不见了。我不再有目标了。从此,我憎恶书籍……"②与湖畔派诗人关系密切的英国科学家汉弗莱·戴维爵士(Sir Humphry Davy,1778—1829)也沮丧地表示:"虽然通过各种实验仪器我们可以发现、发展甚至创造近乎无穷种类的细微现象,但是我们无法断定它们所共同遵循的规律。同时,在试图界定它们的过程中,我们对各种未知的动因产生出虽然崇高却隐晦不明的想象,并由此感到迷茫。"③

　　启蒙时代,人类知识的目的,从认识一切的宏观意图越来越在实际中局限于一种工具化的运用。由此,实用价值成了意义判断的首要原则。人与人之间的联系、人与自然之间的关系也面临着日益严重的分离与对立。社会中的每一个单体都变成了为国家机器服务的一个个齿轮,而让这个机器保持高效运转的诀窍就是让原本千差万别的个体们遵循一套套标准化的程序,服从一种由技术扩散而来的理性化。④ 启蒙运动高标契约,希求通过契约实现民主自由,可恰恰是在契约内部隐含着的那种类似于机械体的赏罚机制反过来违背了道德来自自由这一理念。工业理性的绝对规则与人性的自由毫无共同之处,它为人的状态设定了各种平均值,要求人们在同一水平线思考问题,保持步伐一致。人们对神的绝对依赖⑤变为一种对工业文明的机械化依赖,而这一转变的结果就是人的自主性反变成了一种被奴役的状态——循规蹈矩取代了自觉思索。

---

　　① 罗兰·斯特龙伯格:《西方现代思想史》,刘北成、赵国新译,北京:中央编译出版社,2005年,第172页。
　　② 转引自邓肯·希思:《浪漫主义》,李晖、贾倩译,北京:生活·读书·新知三联书店,2019年,第27页。
　　③ 邓肯·希思:《浪漫主义》,李晖、贾倩译,北京:生活·读书·新知三联书店,2019年,第17页。
　　④ 马克斯·霍克海默、西奥多·阿道尔诺:《启蒙辩证法哲学断片》,渠敬东、曹卫东译,上海:上海人民出版社,2003年,第159—160页。
　　⑤ 不同于通常从理论或实践的角度来思考宗教问题,施莱尔马赫认为所有宗教的基础都是人内心的绝对依赖感,教义则是人们对这种绝对依赖感思辨的产物。

科学技术和工业革命为主体的科学理性对感性的压抑尤为突出。首先,从思维方式上看,科学技术的发展,工业革命在经济上所取得的巨大成就,越发使人们用一种机械理性的眼光,用一种实际功利主义和经验科学主义的思维模式来看待自然、社会和人自身;其次,从生活方式上看,工业革命所带来的工业文明愈来愈把人束缚在整体中孤零零的断片上,机器的喧嚣和冰冷的轮盘使人失去了生存的和谐和温润,对物的单调而又永无餍足的追逐钝化了人的想象和青春激情。一方面,科学技术和工业化使人类的物质生活水平在短期内获得了惊人的改观;另一方面,人们在这同时却愈来愈体验到了工业革命给人类所带来的新的困扰。理性的猖獗导致感性的沦丧,在这种感性的痛失中,人有一种自身被肢解了的困扰和痛楚。慢慢地,人们终于无可奈何、忧心忡忡地明确意识到了自身历史的一种二律背反:人类必须要借助科学技术的手段来提高和扩展自己的生存能力,社会历史必然要向更有保障、更安全、更有生存主动性的阶段发展,但科学技术同国家、社会制度一样,被人们建立起来,历史地摆在人们的面前,却成了一种异化的力量反过来窒息着人的生存价值和意义。人生的精神意义、灵魂的丰润慰藉、深情的爱、虔诚的悔罪、神秘感觉的领悟,所有这些都不是理性主义那种数学式的思维和三段逻辑的推导所能解决的。这样,当理性主义志得意满、高奏凯歌的时候,长时间被冷落在一边独自沉默了太久的感性生命也越来越按捺不住自己的骚动与不安,欲要从自己蜷缩的一隅激愤而起,向甚嚣尘上的理性这个乖张小儿抗议和挑战。一旦理性和感性的这种冲突爆发开来,可以想象,植根于感性的文学艺术必定会随着感性的大发作而爆发一场文学艺术革命。

在这样的时代背景之下,浪漫主义运动应运而生。青年知识分子们目睹了大革命掀起的时代风暴,也感慨启蒙运动过分推崇理性而造成的人的自由的丧失和世界的分裂。痛苦但无奈的浪漫主义者们试图从心灵上重建世界以及人的整体性与自由。中世纪大一统的天主教图景被他们视为最理想的社会形态。在文学创作中,他们常表现出崇主观、尚直觉的手法特征,渴望回归中世纪、回到大自然,同时注重发掘民族素朴文学的精华。浪漫主义从原则上是反体系、反秩序的,因为任何一种体系都必然表现出强制性和局限性,体系中的个体就会丧失其大部分的偶然性,而服从某种必然。当理性作为一种体系开始盛行时,它就会消除其原本具有的质的规定,走到其反面的非理性。这种非理性会迅速膨胀,要求吞没一切不符合其体系期望的事物,将万物纳入整齐划一。这也正是启蒙理性批判一切但唯独忘记批判其自身的地方。①

　　总体来看,浪漫派虽然在某种程度上也认同启蒙学派对教会神学的批判,但仍保有广义的宗教信仰:与自然建立了一份更为亲密的关系,执信自己至少在某些殊异的兴奋状态中能够从中领悟到世界的秘密,这使得他们与那些在知识论领域将逻辑发挥到偏执程度的理性主义者明显区分开来。英国浪漫派对以洛克为代表的英国经验主义者将心灵视为被动接受外界刺激的"白板"式"感觉存储器"之拒绝,堪称这方面最典型的例子。在《人类理解论》一书中,洛克将人在获得外界感觉之前的心灵比作一块"白板"(Tabula Rasa):五种感官将从外部获得的所有感觉存储到白板,而后归纳和对比的某种先天能力将其观念化,并依托相似性或连贯性的进路将它们与其他观念联系在一起,在综合中形成更为复杂的观念集合或系列,从而达成人类对世界的"理解"或得到某种"知识"。"心灵乃环境的产物,一切感知均基于感官之所得"②;按照这种描述,人类大脑的活动能力甚至不如一台尚未加载"视窗"程序系统的初阶计算机。在启蒙学派之机械论世界观的统照之下,洛克的"白板论"断然抹掉了人之超越性的"灵魂",只在精神领域保留了被动的"心理"机制。

　　事实上,启蒙运动早期的人文思想并没有否认神的存在,尤其在著名的莱布尼茨—沃尔夫体系中,神被视为最高的理性;人的理性和道德都是神置于人之中的。但发展到后期,国家和天主教之间的矛盾激化,自由思想泛滥,启蒙主义者展开了对宗教的肆意攻击。时过境迁,面对理性主义带来的人类生存困境,浪漫主义者以一种颠覆性的姿态提出了自己的主张,试图通过宗教的力量来重建社会有机体,恢复人性的本真。浪漫主义者并不都是虔诚的基督教信徒,但他们在看似狂热、谵妄的文学表现背后都普遍渴望重新回到神的秩序之下,重建精神和文化家园。浪漫派所理解的基督教实际上是一种宽泛的宗教性和宗教感情,不讲究信教的具体形式,不要求恪守某些教条,而是将宗教信仰看作个人独立的内在生活、个人心灵对永恒与无限的感知、个人对神性的体验——既是思辨又是直观。这在正统教会看来,不仅不是真正的信仰,而且是渎神的。浪漫派的"诗化宗教"无非是借宗教的超验、神圣和感性维度将艺术推至神圣的地位,以此来对抗晚期启蒙中艺术的功利化,追求理想的社会图景。对神的

---

① 特奥多·阿多尔诺:《否定的辩证法》,张峰译,重庆:重庆出版社:1993年,"序言",第23页。
② Michael Ferber, *Romanticism: A Very Short Introduction*, Oxford: Oxford University Press, 2010, p. 82.

无限性的探索转为对人的无限探索,追求人的完善。受新教世俗化及虔诚运动的影响,浪漫派的宗教信仰中包含了许多相反相成的因素,如既倾向于退回个人内心世界,又讲求集体性和博爱;既擅长理性分析,又常陷入迷狂的宗教情感;既注重"行动",又渴望躲进大自然、远离尘世;既要求消除社会等级限制,又渴望重建宗教权威等。就是说,浪漫派既对自我有了清醒的认识,又始终处在对神的信仰当中。对自我的肯定使人高扬自我,但对神的信仰又使自我时时感受到人的有限性。

浪漫主义运动对启蒙的缺陷作出了一次补充性尝试。它要将被抛入概念中的主体性重新放回到人本身。只有在外在体系强制力消解的情况下,主体才能更自由、更坦率地信任和依赖自身的认识和经验。浪漫派要求建立大一统的宗教共同体,这个共同体对一切都是包容的。因而,它绝不意味着对其他文化、人种或历史的轻视,恰恰相反,它肯定其他文化的独特性和唯一性,以包容和欣赏的眼光去看待它们,对本民族的历史更是如此。相比之下,野心勃勃的理性主义却带来了对异质文化的杀戮和掠夺。世俗的权威取代了宗教权威,但又无法确证国家存在的正当性,无法将社会保持在一定的传统之内,因而,国家采取了一种"铁幕"政策,以纪律森严、完全合理化和一定程度上的排外来保存、巩固现有的国家秩序。

神律的理想不可能在地上完全实现,因为人的异化是贯穿所有人类历史的。但是,神律的文化有可能得到部分的实现,是因为人内在地具有飞升向神的潜能,这也是浪漫主义所坚信的。这种潜能给生命的自律形式以力量、意义和方向。但在浪漫派所经历的世俗化历程中,自律与他律是更为主要的社会形式。社会生活不仅与生活的超越来源处于完全分离的状态,国家机构还以外在律法的形式将有限的权威置于社会生活之上。根据康德的观点,人的有限的理性和知识既渴望达到无限,却又无法认识它;理性既不能肯定启示真理,又无法否定它,那么信仰与否就成了个体意志的抉择问题。人的理解力和人的处境中的黑暗面明显地表现出来了,显露出存在主义的端倪。

英国浪漫主义理论的发言人柯勒律治宣称:牛顿理论体系中的人,精神永远是被动的,面对外部世界时只是一个懒惰的看客,但任何以人的精神的被动性为基础建立起来的体系都是错误的。"(启蒙运动的)成员不知疲倦地将诗意从大自然、地球、人类灵魂以及一切学识中清除掉——清除掉每一处神圣的踪迹,通过嘲讽羞辱一切对崇高事件和人物的记忆,将世上一切五彩缤纷的装饰剥离掉。"①"思维——这只能是心的沉寂,情感的枯萎,生命的苍白、平庸和凋谢。"②诺瓦利斯就这样毫不留情地宣判了人的理性的偏狭,宣判了科学的理论认识的有限。在诺瓦利斯等浪漫派作家看来,牛顿体系所代表着的理性主义哲学不是引导我们朝向真实的世界,而是通过驱除神秘和诗意使之变得晦涩,当我们仅仅看到并满足于自然的表象真实时,我们不可避免地陷入了冰冷的机械主义。为了超越表象达到本质,为了超越有限进入无限,我们需要依赖主观性,即需要依赖审美的玄思和想象力。既不是理性主义的绝对理性,也不是黑格尔的世界精神,浪漫派的最高存在是个体的精神自由;主观性因此成为浪漫主义的基本特征。由此,浪漫主义拒绝此前主导西方文坛两千多年的文学"再现论",转而提出并大力倡导文学"表现论",即文学不是对客观外在世界的反映,而更是对主观内心世界的表现。浪漫主义坚持认为人具有非凡的想象力和创造力,人的精神是照亮通往真理之路的灯塔[3],而不仅仅是像镜子一样机械地反映真实。

  在后世对浪漫主义的批判中,有观点认为浪漫主义反对启蒙主义的主要立场之一在于浪漫主义反对科学,全盘否定了科学知识的进步,英、法、德三国的浪漫主义主要代表人物都有过阻碍科学发展的"罪证"。这种潮流的先驱就是卢梭,他从道德伦理角度入手,批判、否定科学,"人类因文明过程而丧失了自己与生俱来的最初自由……我们的灵魂随着科学和艺术趋于完美而受到腐蚀……'奢靡、放荡和奴役一直是对我们努力野心的惩罚,而我们做出这些努力的目的,却好似要摆脱代表永恒智慧的上帝将我们置于其中的天真与幸福'"。不可否认的是,浪漫主义确有反对科学之实,但绝无全盘否定人类有着通过科学技术发展而不断进步的可能。浪漫主义所反对的,实际上是启蒙科学观中"普遍理性"的误区。在浪漫主义看来,启蒙运动显然过分高估了现代科学的发展潜力,其进步性也并非直线前行。人的理性固然有限,且在复杂的外部环境中,理性无法保证"进步的观念适用于所有的文化领域"。"科学与文化由诸多异质的和复杂的领域组成,科学或文化整体上的进步趋势,不代表着每个科学研

---

  ① 史蒂夫·威尔肯斯、阿兰·G.帕杰特:《基督教与西方思想(卷二)》,刘平译,北京:北京大学出版社,2005年,第12页。
  ② 转引自加比托娃:《德国浪漫哲学》,王念宁译,北京:中央编译出版社,2007年,第189页。
  ③ 见M. H. 艾布拉姆斯:《镜与灯——浪漫主义文论及批评传统》,郦稚牛等译,北京:北京大学出版社,1989年,第55—58页。

究领域或文化领域都是进步的。在文化领域,并不存在可用来证明某个时期的艺术文化相对于其他时期的进步性的绝对、普遍而客观的标准。科学技术的发展,也有可能对人类的社会文化产生不利的影响。"①

浪漫主义意识到尽管不同科学领域可以互相合作,但不能以物理学或者数学逻辑为标准原则,而应该用"美的理念"来引导。百科全书式的学科融合虽然在方法上可取,可是从本体论上来说,物质或者说自然并非被动的实体,而是有生力量,无法由不变的物理学准则来统一解释。诺瓦利斯和荷尔德林都坚决反对把理性局限在科学典范之上。荷尔德林指出:"理性的最高行动是一种审美行动","真与善只有在美之中才能结成姊妹。"②人与自然的和谐也是浪漫主义着重关注的问题,要克服启蒙科学观中的客观主义教条,就要深入挖掘科学研究中具有创造性的爱和欲望。即便是启蒙时代的科学家,有很大一部分"探究自然,就是为了找出更多理由来热爱自然"③。科学研究应该跳出功利主义和实用主义的桎梏,通过对自然的理性思考,建立人与自然的统一整体。

在对唯理主义之理性的否定中,浪漫主义举起了反启蒙主义的旗帜。卡莱尔宣称:"我根据我本身的经验宣布,世界不是机器!"伯克宣称,理性不过是人性的"一部分,而且绝不是最大的部分";柯勒律治补充说,纯粹的"算计能力"低于"创造性的素质"。④ 与启蒙运动的标准化和简单化相反,浪漫主义的基本特征是多样性或多元论,是追求和欣赏独特和个别而不是普遍和一般。在18世纪,人们追求常识和中庸,似乎遗忘了理想;而浪漫派通常蔑视这种粗鄙的物质主义的伦理。斯特龙伯格在其名著《西方现代思想史》中称:"浪漫主义可以在一定程度上理解为对启蒙运动的一种反抗……启蒙运动推崇理性主义、古典主义、唯物主义,不喜欢强烈的激情、主观性和混乱无序。它追求澄明,力图消除神秘。到头来,它变得乏味、单调、沉闷。它的强调个人利益和快乐主义的伦理学看上去猥琐庸俗,毫无英雄气息。"⑤

如果说启蒙是理性之光,那么浪漫主义则是神秘的黑夜,但"光"与

---

① 郝苑:《科学与浪漫主义》,《自然辩证法通讯》,第 36 卷第 3 期,2014 年 6 月,第 94 页。
② 荷尔德林:《荷尔德林文集》,戴晖译,北京:商务印书馆,1999 年,第 281—282 页。
③ Bernhard Kohn, *Autobiography and Natural Science in the Age of Romanticism: Rousseau, Goethe, Thoreau*, Burlington: Ashgate Publishing Company, 2009, p.56.
④ 罗兰·斯特龙伯格:《西方现代思想史》,刘北成、赵国新译,北京:中央编译出版社,2005 年,第 231 页。
⑤ 同上。

"夜"不是绝对对立的,而是互为补充的。浪漫主义以夜的神秘为有限的理性蒙上无限的魔力,对无限的渴望、对想象的强调都是为了纠正启蒙理性的独断论与绝对化,而不是简单地将其抹杀。事实上,"狄奥尼索斯式"与"阿波罗式"之思维方式在西方文化中乃互为表里的一体关系,而非一个置换另一个的取代关系,是共时的存在,而非历时的递进。当然,既然是共置一体的矛盾的两个方面,两者在何时占据主导地位,也就决定了此一时代西方文化整体的精神面貌;最重要的是不要将两者简单地看成是取代关系,如:浪漫主义与现代主义的解构一样,并非全然是反理性的,即浪漫主义与解构主义一样,本身就刻有西方文化自古以来那种强大理性传统的烙印。由此来看浪漫主义与启蒙主义的关系,人们应清醒地意识到:浪漫主义有反拨启蒙主义的冲动、取向与品性,但亦有与前者贯通的文化逻辑。

启蒙理性有力地确保了秩序性和行动力,但它从有限的事物出发,世界观封闭,必然带来一些狭隘和极端的后果。而浪漫主义则是始终面向无限和自由的,因而视野开阔,富有创造力和感染力,但也因其脱离地面、目标含混而不具备足够的行动力。浪漫主义运动之后,其开启的科学理性与浪漫无限之间的斗争一直存在,直至今日仍是人类生存所面临的重要议题。没有一方能完全压倒另一方,而是始终在斗争中寻得一种平衡。

"自由"二字贯穿了启蒙运动和浪漫主义两个文学时代,但这两个时代对待自由问题的态度却并不相同。致力于启蒙的哲学家们提出了"自由、平等、博爱"的口号,并以文学创作的形式集体发声,为他们心中的自由理想摇旗呐喊。为社会代言的作家群体,为道德教化服务的严肃剧和哲理小说,以及被寄予了时代理想的文学形象,这些都说明了启蒙运动时期的自由不过是社会群体的一种世界主义理想。而到了浪漫主义时期,文学创作的主体转变成了崇尚激情的浪漫主义个体,他们更加倾向于在诗歌中自由挥洒他们丰富的想象力,抒写他们对于自然的钟爱,遗世独立的孤独者和桀骜不羁的叛逆者成了这一时期极具代表性的人物形象。启蒙时代的自由理想在浪漫主义时期被内化为一种个人化的、具有强烈自我认知的自由意志,并成了浪漫主义文学的核心价值指向。

启蒙运动乃是一场思想文化的解放运动,在法国这种面对着巨大反封建专制政治的地方,它尤其体现为一种鼓吹"生而平等""主权在民"等口号的政治思想解放运动。浪漫主义从广阔的历史视角来看,也是一场思想文化的革命运动——广泛涉及哲学、神学、政治学、历史学等所有文化领域,比如康德发端的德国的古典哲学便是哲学领域的浪漫主义革命,但其基本的、核心的领域却无疑集中在文学艺术领域。浪漫主义,首先是一场现代文学艺术的革命。总体来看,浪漫主义乃是对启蒙主义的批判与矫正。作为批判,其矛头所向直指启蒙主义的极端理性主义或唯理主义;作为矫正,其目标所向则是将精神生活的潮流竭力往情感领域导引。在波德莱尔看来,"浪漫主义既不在于主题的选择,也不在于准确的真实,而在于感受方式"[①]。"自文艺复兴以来,欧洲思想领域从未发生过如此深刻的变化。文艺复兴体现了一种恢复从古代以来就消失的各种技巧和风格的集体理想,浪漫主义则强调个人的经验、感觉和表达。"[②]

当然,不能由此将浪漫主义与启蒙主义简单对立起来。事实上,浪漫主义对情感、自由的强调,固然首先是对启蒙主义的矫正,但很大程度上也是对其作为精神解放运动的延续。作为西方文化发展的两个重要阶段,两者的联系是不容回避的。首先,虽然"解放"的动力与目标有所不同,两者都是旨在提升人类思想、改造世界的精神解放运动,启蒙主义虽重理性,但并不全然否定情感解放;虽更倡导平等,但也在要求自由。"如果以为启蒙运动是连贯一致的计划安排,并且只推崇理性,则会产生误导。在当时的个人领域和政治领域里,各种'激情'和'喜爱'也同样被认可……法国哲学家狄德罗的一句话清楚地指出了这一点。'只有激情,伟大的激情,才能擢升灵魂,让它领略到伟大事物。'"[③]启蒙运动本身就有颠覆性的一面,这尤其表现在其对传统宗教信仰与政治机制的强烈怀疑;但从18世纪下半叶开始,人们越来越意识到在人类众多的经验-情感领域,启蒙运动多有遗漏或偏废。由是,"就像一个逆转的巨大的浪潮,哲学思考的焦点,开始从客观转向主观,新一代的哲人开始探索情感、直觉而不是有意识的心灵,正直而不是服从,苦难、悲伤、恐惧而不是欢乐,谦逊、自然而不是世故,怪异而不是理想等各方面的潜能"[④]。与此同时,艺术家也开始寻求用一种新的创造性的东西来取代此前一直占主导地位的古典主义传统。

---

① 转引自大卫·布莱尼·布朗:《浪漫主义艺术》,马灿林译,长沙:湖南美术出版社,2019年,第8页。
② 同上书,第9页。
③ 邓肯·希思:《浪漫主义》,李晖、贾倩译,北京:生活·读书·新知三联书店,2019年,第8页。
④ 大卫·布莱尼·布朗:《浪漫主义艺术》,马灿林译,长沙:湖南美术出版社,2019年,第9页。

第三节　浪漫主义与科学

　　科学与艺术的关系并不等同于理性与艺术的关系。虽然科学背后的理性逻辑与艺术背后的感性情绪是背向而驰的,但科学作为理性绽放的花朵却并不全然与艺术作为感性绽放的花朵势不两立。1800 年,威廉·华兹华斯在《〈抒情歌谣集〉序言》中写道:"科学家追求真理,仿佛是一个遥远的不知名的慈善家;他在孤独寂寞中珍惜真理,爱护真理。诗人唱的歌全人类都跟他合唱,他在真理面前感觉高兴,仿佛真理是我们看得见的朋友,是我们时刻不离的伴侣。"[①]在内在机制与生成方式上两者固然多有区别,但在更多的时候,人类文化园地中的艺术之花与科学之花是相互提携、彼此支援的。艺术之于科学的根本作用在于——艺术的自由精神、无限想象及其对现实的颠覆指向,永远都在感召滋养着科学永恒的怀疑-创新精神;而科学则以不断释出的传媒技术革命助成艺术形态与文类的革新,且同时尤其生物科学的进展不断达成对生命本质的新的理解,而在客观上不断推动作为"人学"的艺术之重构。"科学研究的才能和艺术造型的才能,仿佛是两种水火不容的东西。乍看上去,他们在本质上属于两个截然不同的范畴,而事实上也只有极少数的凡人才享有这两方面的才能。"[②]

　　现代文化领域分立着两大知识者部落,其一为"无药可救"的浪漫主义者——大都是鼓吹天才与个人创造力的梦想家;其二是"没有灵魂"的科学主义者——高标理性、否定个性的技术崇拜者以及科学原教旨主义者。[③] 这就是人们通常对浪漫主义和科学之间关系的最普遍的理解——一谈到浪漫主义,人们总是迫不及待地要将它与科学对立起来。

　　浪漫主义长久以来被视作诗意的想象,以赛亚·伯林称浪漫主义是情感的泛滥与激情的爆发,"18 世纪末普遍理性主宰下的人类社会在一

[①] 威廉·华兹华斯:《〈抒情歌谣集〉序言》,曹葆华译,见古典文艺理论译丛编辑委员会编《古典文艺理论译丛(第一册)》,北京:人民文学出版社,1961 年,第 12 页。

[②] 威廉·亨利希·瓦肯罗德:《既有艺术造诣又学识渊博的画家典范》,见威廉·亨利希·瓦肯罗德《一个热爱艺术的修士的内心倾诉》,谷裕译,北京:生活·读书·新知三联书店,2002 年,第 36 页。

[③] John Tresch, *The Romantic Machine: Utopian Science and Technology after Napoleon*, Chicago: The University of Chicago Press, 2012, p. 1.

片安宁祥和的氛围中,突然遭受到一股莫名的非理性思潮攻击,人们变得神经质和忧郁起来,他们开始崇拜天才的天马行空,背弃对称、优雅、清晰的状态"①。如果说浪漫主义就是心灵的产物,那么浪漫主义也必然是理性、物质和机械的敌人。18世纪末、19世纪初,科学技术之于人类生活的地位与作用成为文化领域争论的一大焦点。理性主义者津津乐道于技术对文明进步的大力推动,而新兴的浪漫派则对机器生产为基点的工业社会深表担忧。作为启蒙理性的拒斥者,浪漫主义反对冷酷无情的科学和支离破碎的工业社会,由此举起了"试图区分主客体、调谐人与自然关系、促使意识与无意识和解"的大旗,但就像韦勒克所说的:"这一尝试注定失败,也注定见弃于我们的时代。"②

人们一般习惯于把矛盾多元的浪漫主义都归诸"有机论"名下。"有机论"是用来描述生命发展过程的一个概念,它代表着生机活力以及生命的神圣性,意味着生成变化以及创造的可能性。基于自然观念的"有机论"不仅适用于诗学、文化、民族,也适用于全人类与整个宇宙。18世纪末叶以降,德国思想家——尤其以耶拿派为主的浪漫主义思想家——开始将这个概念与"机械论"对立起来。M. H. 艾布拉姆斯的《镜与灯》强调了浪漫主义从模仿论向表现论的转变,"镜"与"灯"的隐喻很大程度上意味着——若说古典主义在文化上对应着机械主义,那么浪漫主义在科学上的首要搭档则是生物学。

最早发端于德国的浪漫主义,始终在这种对立并提的区分中浮沉。尽管这种区分在某些领域、某些时候、某种程度上具有其正当性,但它却造成了人们对浪漫主义和科学关系的严重误解,并诱发误导人们对一个基本的历史事实闭上眼睛——这二者在很多情况下相互交融、彼此促进、共生共荣。事实上,对生活的决定性作用日益凸显,科学的地盘与影响力与日俱增;文化空前繁荣,但却越来越被科学和技术所操控;这正是浪漫主义从其前的启蒙时代所承接下来的主要文化遗产。浪漫主义在反抗这一历史大势的努力挣扎中确立了自身不同于启蒙主义与理性主义的历史地位,但同时它也毋庸置疑地被这一历史的大趋势所卷裹。

罗伯特·理查兹(Robert J. Richards, 1943—   )在《浪漫派的人生观:歌德时代的科学与哲学》(*Romantic Conception of Life*: *Science and*

---

① 以赛亚·伯林:《浪漫主义的根源》,吕梁等译,南京:译林出版社,2008年,第14页。
② Rene Wellek, "Romanticism Re-examined", in Northrop Frye, *Romanticism Reconsidered*, New York and London: Columbia University Press, 1963, p. 221.

Philosophy in the Age of Goethe)中追溯称:"机械论的发展推动了科学的进步这一观点饱受浪漫主义者们的攻击……他们用有机论取代了机械论,将有机论视作阐释大自然的至高法则。"[1]针对生物史学家长久以来坚持认为达尔文的成功是因为他避开了神学、浪漫主义以及自然哲学的神秘论,特别是他拒绝依据神学观点和目的论以及人类意图来解释物种多样性,理查兹提出了相反的意见——在19世纪的生物学领域中,达尔文的进化论很大程度上应该归功于浪漫主义思潮对生命科学的探索。他特别指出:"机器"一词在《物种起源》(*On the origin of species*,1859)中仅仅出现了一次,在达尔文的生物进化理论中,自然被看成"有机的、审美的"生命系统。罗伯特·理查兹的表述遭到了诸如迈克尔·鲁斯(Michael Ruse,1940—)等人的挑战,后者认为自卡尔·马克思以降的传统阐释能够更好地理解达尔文[2];但其著述所揭示出来的达尔文本人与浪漫主义生物学观点间的事实联系,无疑是对浪漫主义与科学技术相对立这一流行观念的一种有力冲击。正如约翰·特里西在《浪漫的机械:拿破仑之后乌托邦式的科学技术》(*The Romantic Machine*:*Utopian Science and Technology after Napoleon*,2012)一书序言中所指出的那样,时代对机械的认识以及选择,是与我们对自然的理解密切相关的,在作为工具的机械之发展过程中,大自然也在不断发展,我们的知识结构也在不断完善,因而对机械的认知当然也会发生变化。

在很多时候,无论是对个体还是对社会,情感与审美体验这些感性层面的东西与科学和技术发明这些理性层面的东西同等重要;两者经由创造性的工作与成果共同承担起了改造自然与社会的文明使命。作为思想史专家,怀特海(Alfred North Whitehead,1861—1947)、洛夫乔伊分别在他们的著作《科学与近代世界》(*Science and the Modern World*,1925)、《存在巨链》中探讨了浪漫主义、科学、自然三者之间的复杂关联。浪漫主义者高标个体与自我体验,强调情感的表现,视大自然为统一的整体与灵感的源泉,将人类的存在视为自然世界生长和发展的一个有机组成部分;浪漫主义者相信艺术与哲学的创造要凭靠天才异于常人的想象力与感知力,艺术与哲学使人有能力超越个体所置身其中的当下时空,融入广阔的

---

[1] Robert J. Richards, *Romantic Conception of Life*: *Science and Philosophy in the Age of Goethe*, Chicago: University of Chicago Press, 2003, p. 534.

[2] Michael Ruse, "The Romantic Conception of Robert. J. Richards", in *Journal of the History of Biology*, Dordrecht, Boston, London: Kluwer Academic Publishers, 2004, p. 37.

天地与浩瀚的自然。在他们的讨论中,政治与风俗也被纳入艺术的视域,且与乡土、语言、人的出身等结合在一起,成为民族主义的重要构成元素。①

浪漫主义超越了启蒙时期的理念,批判了当时掀起的"科学崇拜"②热潮,这是无可否认的,但并不能因此就断定浪漫主义的纲领是纯粹的"反科学"。虽然浪漫派中不乏中世纪的向往者,但这并不意味着他们真的要回到启蒙运动之前的思想体系;"大多数浪漫主义者与其启蒙学派前辈一样,对科学怀有浓厚的兴趣"③。事实上,浪漫主义运动的发展离不开科学的有力扶助,而科学本身也在多个方面接受了浪漫主义的灵感。浪漫派并未简单地否定人类的科学进展,且其艺术创作也广泛吸收了那些能够帮助文学家拓进人性表现的新的科学理念,而且技术进步所带来的媒介革新催生了文学形态与生态的急剧迁变;随着科幻小说的形成与发展,科学技术甚至直接作为创作的题材与主题而进入了文学。浪漫派与机械文明协同创造了这个时代的一类新人——"机械的浪漫主义者"④。约翰·特里西在《浪漫的机械:拿破仑之后乌托邦式的科学技术》一书中指出:"浪漫主义理想启发并塑造了机械科学与机械工业,而科学的新发现与技术的新发明也对生物有机论与文艺观回报甚丰。"⑤

在浪漫主义时代,科学与技术均发生了天翻地覆的变化。尤其是随着物理学理论的革命性变革,蒸汽机、电磁感应、电能使用等技术发明似乎为人们打开了一个新的世界;当时科学家们普遍认为重力、光、热、电、磁等均属于流体,且彼此间存在着未知的联系。新的自然观、新的认知理论等不断更新着人们对科学、技术、自然以及整个世界的理解。科学史家特里西将浪漫主义时代之"浪漫的机械"与前浪漫主义的"古典机械"做了对比:"浪漫的机械"灵活多变,充满活力,巧妙地将生命元素与无机物编织在了一起;其出现的背景乃是一种"有机论"的自然观——这种观点视大自然为不断生长、精妙互动的共生系统。而人类意识的提升、思想、感

---

① 以赛亚·伯林在《浪漫主义的根源》中曾指出,赫尔德等人奠基的文化民族主义乃是极权主义的重要来源。

② 郝苑:《科学与浪漫主义》,《自然辩证法通讯》,2014 年 6 月。

③ Michael Ferber, *Romanticism: A Very Short Introduction*, Oxford: Oxford University Press, 2010, p. 89.

④ John Tresch, *The Romantic Machine: Utopian Science and Technology after Napoleon*, Chicago: The University of Chicago Press, 2012, p. 4.

⑤ Ibid., p. 1.

觉和意图的迭变亦在其间起了关键作用。"浪漫主义"科学观在19世纪二三十年代成了占主导地位的潮流,而50年代以后古典科学观重新占了上风。但就在这短短数十年内,"浪漫主义"科学观或"机械的浪漫主义"[①]在生理学、物理学、进化论、社会科学等领域的催发推动却成就卓著,令人为之侧目。浪漫主义者对科学上的最新进展葆有了高度的敏感与关注。

尤其需要指出的是,生物学对人与世界的揭示对19世纪西方文学的发展至关重要。人们常常限于谈论生物学对19世纪后期自然主义的致命影响,但却忽略其与浪漫主义的密切关联,这使得生物学作为19世纪上半期浪漫主义与19世纪下半期自然主义之间的过渡桥梁生生被折断了。包含生物学在内的整个科学系统所提出的一系列命题,为建构浪漫主义赖以繁荣的整个精神氛围提供了必不可少的逻辑框架。

18世纪90年代后期,奥地利的弗朗兹·约瑟夫·加尔(Franz Joseph Gall,1758—1828)提出颅相学理论,认为肉体和心灵是一体的,相互连通的大脑与心灵的存在状况与颅骨的大小、形状甚至隆起的部分息息相关。"经由最新的科学发现,他们确认了处在自然界及灵魂深处的直觉其实是一根有生命的纽带,并因此能够在某种更高深心理机能的作用下理解自然透出的话语。"[②]18世纪末到19世纪初科学对人类心脑系统的探索,启发了浪漫主义人性观的形成。启蒙主义理性认为人类只能被动地反映自然客观规律,人类作为宇宙的旁观者,仅仅是体现机械自然定律的"机器"。启蒙运动推崇人的"无差别理性",认为人"从理论上来讲都有能力将各种碎片拼成一个完整的图案。凡是能够这样做的人都将了解世界的真相:事物是什么样子;它们过去如何,它们未来又怎样,支配它们的规律是什么,人是什么,人和事物之间关系如何,进而他们将了解,人需要什么,人的欲望是什么,他如何获取自己想要的东西"[③]。

作为生物科学的先锋,19世纪的神经科学本身彰显了丰富的"浪漫"色彩,而浪漫主义文学又与当时的生理、心理学的发展交织在了一起。柯勒律治作为英国浪漫主义的主将,不仅以其诗歌方面的造诣享誉世界,他

---

① John Tresch, *The Romantic Machine: Utopian Science and Technology after Napoleon*, Chicago: The University of Chicago Press, 2012, p.4.

② Michael Ferber, *Romanticism: A Very Short Introduction*, Oxford: Oxford University Press, 2010, p.92.

③ 以赛亚·柏林:《浪漫主义的根源》,吕梁等译,南京:译林出版社,2008年,第30页。

对医学的兴趣也是众所周知。他与戈德温之间的通信,提出"词语即事物"的论点,也由此引发了一个久经认知神经科学家们讨论的问题:"人类有意识的活动是否能归于大脑的神经元活动,头脑是否能被视作一架计算工具,而思考是否等同于处理一系列抽象的符号表达?"[1]当时法国的皮埃尔-乔治·卡巴尼斯(Pierre Jean Georges Cabanis,1757—1808)和英国的伊拉斯谟斯·达尔文(Erasmus Darwin,1731—1802)、查尔斯·贝尔(Charles Bell,1774—1842)等科学家对该问题的研究进展产生了巨大的影响。他们在医学和生理学方面的坚实基础与不懈研究不仅为医学提供了新的研究方向,还刷新了人们对心智的认识,震惊了哲学和神学在内的整个人文学界。这些科学家称大脑为"思想的器官",倾向于认为大脑就是人类的心智所在。人类的意识与心灵,必须根据脑科学所揭示的物质基础才能给出恰当的解释。根据活力论的物质观,心灵所依赖的大脑中物质本身,是有活力的。在大脑物质的活力的保证下,人类的心智积极构造自然与文化的形象。人类的心灵并非仅仅是理性的官能,感受、情绪与想象力等非理性要素在心灵中占据着重要的地位。人类心灵的存在,不能完全脱离身体的存在,因此,心灵深深地扎根于身体所处的自然环境和文化环境之中,它在与世界的互动中显明自身的积极性与创造性。[2] 这种观点与以往洛克等人的心灵被动性主张相左,并且得到了德国唯心主义哲学的支持。科学领域的惊人发现促使对大脑和生物学视野下的心智研究更上一级台阶。1791年,伽尔瓦尼(Luigi Galvani,1737—1798)宣称自己证明了"生物电"的存在,使得神经电流传输理论深入人心;约翰·赫歇尔(John Frederick William Herschel,1792—1871)和J. G. 施普尔茨海姆(Johann Gaspar Spurzheim,1775—1832)等人的研究推动了解剖学的发展,进一步揭示了神经结构,最终这些成果被赫兹里特所吸收,成为他的艺术批评理论中的一部分,甚至启发了济慈创作传世名篇《心灵颂》("Ode to Psyche",1819)。至此,脑科学与文学之间的联系也正式得以建立。

浪漫主义者对人类心理-心灵的新发现,在英国浪漫主义文学创作中的表现甚为充分。柯勒律治、华兹华斯、济慈等人对生理学、化学、电磁学等自然科学各个领域的研究,使他们达成了一致意见,那就是:反对机械论的心灵观,倡导浪漫主义之"积极心智观"。在威廉·布莱克看来,艾

---

[1] Alan Richardson, *British Romanticism and the Science of the Mind*, Cambridge: Cambridge University Press, 2001, p.47.
[2] 郝苑:《科学与浪漫主义》,《自然辩证法通讯》,第36卷第3期,2014年6月。

萨克·牛顿几乎就是一名罪犯——因为其科学和数学正是腐蚀人类灵魂、撕裂整个世界的祸根。正因为如此,他的诗歌与绘画作品始终贯穿着一种永不止息的努力——弥合儿童与成人、灵魂与肉体、天堂与地狱、上帝与人类之间的鸿沟。其《纯真之歌》(Songs of Innocence, 1789)和《经验之歌》(Songs of Experience, 1794),前者用稚真朴素的诗句描述了一种美好和平的自然状态,这与后者充满幻灭色彩的主旨构成了一种充满讽刺意味的对比。而在《天堂和地狱的婚姻》(Marriage of Heaven and Hell, 1793)中,布莱克不仅在形式上尝试着将文字和版画结合在一起,而且在题旨上将天堂看成一个与地狱相融合而非对立的部分;因此,便有了虎与马、狮子与羔羊、儿童与成人、天真与世故……的交合,这也正是后来波德莱尔所谓基于"彼此类似"而"相互表达"所构成的象征。而济慈的名句"(牛顿光学)将天空的彩虹拆解"则道出了英国浪漫派对作为理性衍生物的科学的态度。大多数英国浪漫主义者认为:较之理性,自然流露的强烈情感或直觉更能把握事物本质;因此,他们强烈反对启蒙运动对自然科学的过度崇拜与对科学技术的一味滥用,声称这会引发人类社会的巨大灾难。然而,以《为诗辩护》著称的雪莱,也曾挺身为科学辩护:英雄与虔信时代早已远逝,而今唯科学技术引导社会进步;科学能改进民生福祉。雪莱曾诗意地描述过月相变化、月震现象、地球和月球因引力和离心力的作用而相持、粒子围绕彼此千万次旋转而产生各种波长的辐射等自然现象,他的创作中贯通着诸多科学的意象。在抒情诗《云》("The Cloud", 1820)中,他对云、雨、雷电、海洋与天空等自然现象与过程的刻画极富科学精神;在《西风颂》中,对海底树林在洋流变化之前自行萎缩现象的描绘,也颇符合科学原理。此外,《解放了的普罗米修斯》中对新兴的地理学和古生物学亦多有提及,而《麦伯女王》则探讨了自然科学发现以及人的自我认知,包括古罗马诗人卢克莱修(Titus Lucretius Carus,约前98—前55)的《物性论》(De Rerum Natura, 1473)、霍尔巴赫(Horbac, 1723—1789)的"自然体系"和卡巴尼斯的"人的物质精神同一说"等。"诗人们不仅创造了语言、音乐、舞蹈、建筑、雕塑和绘画,他们也是法律的制定者,文明社会的创立者,人生百艺的发明者,他们更是导师,使得所谓宗教,这种对灵界神物只有一知半解的东西,多少接近于美和真。"[①]这是一个纲领

[①] 雪莱:《为诗辩护》,缪灵珠译,见刘若端编《十九世纪英国诗人论诗》,北京:人民文学出版社,1984年,第122页。

性的论断,实际上指向一个古老的目标,即人与神(或泛神)的结合——借以建立一个涵盖一切、无所不包的统一体。

第四节 浪漫主义与科幻小说

  法拉·门德尔松(Farah Mendlesohn,1968—)在《剑桥科幻小说指南》(*The Cambridge Companion to Science Fiction*,2003)一书的序言中曾指出,若某种小说要自成一类,那就应使读者一望便知构成这类故事标识的特定要素。比如说,一个神秘故事意味着小说背后有许多亟待发现的事物,一部爱情小说就该描写两个人相遇并相爱;设若是一篇恐怖小说,那就应写某种非自然力量入侵并最终被驯服或消灭。现在的问题是——这一切似乎都能在科幻小说中找到。门德尔松认为,科幻小说本身具有很大的不确定性:"作为一种小说创作模式,其标准过于繁杂,且对文学界和大众市场都具有依赖性。"[①]无独有偶,卡尔·弗里德曼(Carl Freedman,1965—)在《批评理论与科幻小说》(*Critical Theory and Science Fiction*,2000)中也指出:"科幻小说这一文类的复杂性,使得文学批评领域对它的定义变成了一个难题。"[②]卡尔·弗里德曼强调说,科幻小说不是一种体裁类别,而是一种要素,甚至可以说是一种趋势。换言之,科幻文本难以归属于某个文类门下,它的体裁特点是由特定的文本所决定的。[③]科幻小说的定义有狭义与广义之分,这些定义本身的指向或褒贬并不一致,甚至有人主张科幻小说根本不可能被界定——因为这种小说的吸收能力太强,随时可以将其他体裁的特性挪为己用。广义的科幻小说可以将其源流追溯到远至卢西安(Lucian Ca,120—200)《真实的历史》(*True History*,公元2世纪)所代表的幻游小说,甚至更早——一直上溯到两河流域的《吉尔伽美什》(*The Epic of Gilgamesh*,前2150—前2000)与荷马的《奥德赛》(*Odýsseia*,前8世纪末)。此种做法是从科学

---

  ① Farah Mendlesohn,"Introduction", Edward James & Farah Mendlesohn, eds., *The Cambridge Companion to Science Fiction*, Cambridge: Cambridge University Press, 2003, p.3.
  ② Carl Freedman, *Critical Theory and Science Fiction*, Middletown, Connecticut: Wesleyan University Press, 2000, p.15.
  ③ See Carl Freedman, *Critical Theory and Science Fiction*, Middletown, Connecticut: Wesleyan University Press, 2000, p.17.

本身的定义出发的——"设若人们可以接受这样一种观念,那就是把世界上已知或者假设的事实主体等同于当时的科学"①,那么一切描述这种"事实主体"的小说都可以算作是科幻小说。卡尔·弗里德曼对这种说法甚为认同,他强调——所有的小说实际上都可以算作科幻小说,甚至小说本身都只应算为科幻小说中的一个亚类;与其硬将科幻小说划入某个范围,不如尽早确立一个批评、分析和界定的原则。② 亚当·罗伯茨(Adam Roberts,1965—)也认为,现存所有的古代文学作品中都或多或少地含有幻想元素。③ 上溯至古希腊时期,不管是诗歌、戏剧还是哲学著作,都离不开作家的想象。其中小说这一形式对科学幻想的发展起了关键的助推作用。

就狭义的定义而言,布莱恩·奥尔迪斯(Brian Aldiss,1925—)认为玛丽·雪莱的《弗兰肯斯坦》是史上首部科幻小说,这很大程度上基于其对"科幻小说"的定义:"科幻小说中包含着对人类的界定以及人类在宇宙间占有何种地位的勘探,它与人类先进而又混乱的知识陈述(即科学)相关涉,在艺术上明显具有哥特式或后哥特式文本的特色。"④《弗兰肯斯坦》创造的怪物正是这种追寻的象征,也是早期科幻小说探索人类身份认同的代表。但也有学者认为是埃德加·爱伦·坡最早进行了科幻小说的文体实验。19 世纪 20 年代初,坡发表了其第一首诗——《十四行诗——致科学》("Sonnet—To Science",1829),而 40 年代末的散文随笔《我发现了》("Eureka",1848)则堪称其创作生涯的巅峰之作——探索了新近由天文望远镜发现的宇宙之本质。两个作品之间由想象所编织的千丝万缕的关联贯穿了坡的整个文学生涯;不难发现,随着其对科学发现的叹赏与日俱增,如何用别具新意的方式来传达、歌颂种种科学奇观,这始终是坡孜孜以求、努力探索的文学课题。

尽管在再版的探月小说《汉斯·普法尔》⑤(*Hans Pfaall*,1835)序言

---

① Lester del Rey, *The World of Science Fiction: The History of a Subculture*, New York: Ballantine Books, 1979, p. 12.
② Carl Freedman, *Critical Theory and Science Fiction*, Middletown, Connecticut: Wesleyan University Press, 2000, p. 16.
③ Adam Roberts, *The History of Science Fiction*, New York: Palgrave Macmillian, 2006, p. 25.
④ Brian Aldiss & David Wingrove, *Trillion Year Spree: The History of Science Fiction*, London: House of Stratus, 2001, p. 4.
⑤ 该作于 1840 年重校为《汉斯·普法尔历险记》。

中,坡认为自己的这一作品无法超越威廉·比尔德狄克(Willem Bilderdijk,1756—1831)极具创举性的小说《了不起的太空旅行与新星探索述略》(*A Short Account of a Remarkable Aerial Voyage and Discovery of a New Planet*,1813),但该序言本身却成了现代实验性科幻小说的第一篇宣言。在《埃洛斯与沙弥翁的对话》(*The Conversation of Eiros and Charmion*,1839)中,他使用了一种新的未来主义幻想框架,写的是死人之间的对话——其中涉及在不远的将来地球将被一颗彗星毁灭。1841年发表的《莫纳斯与乌娜的交谈》和1844年的《催眠启示录》(*Mesmeric Revelation*,1849)均传达出作者这样的态度——创造更具权威性的幻想小说文类对科幻文学而言是十分必要的。在《凹凸山的传说》(*A Tale of the Ragged Mountains*,1844)和《瓦尔德马事件真相》(*The Facts in the Case of M. Valdemar*,1845)中,坡都对把催眠术当做主要叙事工具做了尝试,后者还采取了"科学论文"的形式——当时这种散文文体还处在萌芽期。而这一切,均为其后来写作《我发现了》奠定了基础。[1]

与坡一样,几位同时代的英国作家也在致力于为想象奇特的科幻小说寻求合适的叙事框架。著名科学家汉弗莱·戴维爵士过世后才出版的《旅行的慰藉》是一本谈话录,该书把旅行的范围扩大到了整个宇宙。在科普方面着力甚深的罗伯特·亨特发表了《科学的诗学》,但其小说《潘迪亚》中形而上学的构思更多来自玫瑰十字会小说的影响,而非亨特本人支持的科学方法,亨特还曾为此摈弃了自己原有的浪漫主义理想。玫瑰十字会小说建立在约翰·瓦伦丁·安德烈亚作品的基础之上,因爱德华·鲍沃尔-李顿(Edward Bulwer-Lytton,1803—1873)的努力而得到广泛普及。《科学的诗学》启发了威廉·威尔逊,他在《小书新题》中首次使用了"科幻小说"这个术语。在当时,有一本小说符合这个崭新文类的一切要求——那就是R. H.霍恩的寓言小说《贫穷的艺术家》(*A Poor Artist*,1850),作品讲述一位艺术家在不同生物的眼中发现了世界的奇妙所在。

浪漫主义文学的艺术理念和精神是19世纪科幻小说诞生的基础。浪漫主义运动滥觞于18世纪末,作为一种反对抽象推理、重建现代秩序的努力,它从初始发端于各个艺术领域的思潮,演变为波及哲学、政治、经

---

[1] Brian Stableford,"Science fiction before the genre", Edward James & Farah Mendlesohn, eds., *The Cambridge Companion to Science Fiction*, Cambridge: Cambridge University Press, 2003, p.18.

济、科学等整个文化领域的革命。就此而言,"浪漫主义"就不仅仅是一个用来描绘一场文艺运动的术语,而更是一段辉煌的人类思想的历史。雅克·巴尔赞(Jacques Barzun,1907—2012)认为浪漫主义同文艺复兴一样是一种现象,是一个时代在面临"急迫的要求、阻挡社会和平或进步的障碍、对司汤达所说的新艺术的需要"等种种困难时,通过内部的相互对抗,迎接历史的挑战,最终达到整体统一。浪漫主义确认了激情、冒险的合理性;其中的冒险精神包含着探索真实世界的内在要求,因此,从根本上来说,浪漫派反对极端理性或"唯理主义",但它并不排斥理性本身;浪漫派推崇想象乃至幻想,但它也并不忽视真实。[①]

浪漫主义为科幻文学创作注入了新的活力,"科幻小说是由想象而产生的一种文学形式"[②]。想象本是人类自古以来艺术活动所禀有的特质;尽管亚里士多德更加倾向于艺术是"按照可然律或必然律"对客观现实的摹仿,但他同时也肯定了诗人是艺术作品的来源,艺术是由诗人生产、创造而成。古罗马学者斐斯屈拉特(Flavius Philostratus,约 170—245)提出:"想象比起摹仿是一种更聪明灵巧的艺术家。摹仿只能塑造出见过的事物,想象却也能塑造出未见过的事物,它会联系到现实去构思成它的理。"[③]浪漫主义运动的勃兴将想象的艺术魅力呈现在世人面前,而想象的创造性价值也被提升到了前所未有的高度。正是由于浪漫主义作家的不懈努力,陈腐的诗学原则遭到了颠覆,想象作为人的感受能力的核心推动了文艺理论和创作的发展,也为科幻小说的发展开辟了道路。科幻作品的主题种类繁多,但都离不开人们对未知的探索,其中就包括对未来世界的描绘;而展现科学技术对社会的影响,反映人自身存在于瞬息万变的社会之中的困惑与迷思,也是"科幻"文本题中应有之义。对生活在当下的人来说,未来就是依靠自己的想象对现实加以改造,想象力的活跃程度很大程度上直接决定着人类社会前进的方向与速度。

的确,科幻小说的发展离不开科技进步;但不可否认的是,正是浪漫主义运动为这一新兴的文类装上了引擎。在玛丽·雪莱、爱伦·坡等人的带领下,19 世纪前期的浪漫主义作家,普遍开始有意识地基于

[①] 参见雅克·巴尔赞:《从黎明到衰落:西方文化生活五百年 1500 年至今》,林华译,北京:世界知识出版社,2002 年,第 501 页。

[②] Patricia Warrick, *Science Fiction: Contemporary Mythology*, New York: Harper&Row, 1978, p.5.

[③] 朱光潜:《西方美学史(下卷)》,北京:人民文学出版社,1979 年,第 682 页。

幻想来探索文学与科学的融合——当他们把光怪陆离的想象的油彩泼洒到文本的各个角落,这就有科幻小说这一新的叙事范式的迅猛兴起与发展。

玛丽·雪莱的《弗兰肯斯坦》继承了浪漫主义小说丰富的想象力,但同时也从一个女性主义者的角度对浪漫主义做了反思。她对当时浪漫主义作家如珀西·雪莱、拜伦、布莱克、华兹华斯和柯勒律治等人颂扬的神圣"想象力"有着自己的见解:无拘无束的想象更容易被恐惧激发,而非人类之爱。就像莎士比亚的《仲夏夜之梦》(*A Midsummer Night's Dream*, 1594)中,理智的忒休斯警告世人,诗人与情人、疯子无异,都能看见"连无边的地狱都容不下的魔鬼"。玛丽·雪莱对小说中提出的哲学问题提供了现代的解答——这份答案涂满了怀疑主义的油彩,同时也是一道直截了当的道德律令:当人们描写一个陌生的怪物时,人们总是根据自己武断的想象与猜测来捏造,最后的成果就是一个充满个人偏见、种族歧视和性别歧视的不公正的恶魔。小说中的德拉赛一家,正是玛丽·雪莱为了平衡维克托·弗兰肯斯坦这样狂妄自大、企图挑战并控制自然的狂人形象而创作出来的,德拉赛代表的是与自然和谐共处,通过和平、循序渐进的变革改变社会秩序,而非法国大革命那样的暴力革命。

浪漫主义文学的英国主将认为人类的"想象"雄伟有力,但在玛丽·雪莱看来,正是所谓穷尽自然奥秘的雄心壮志、妄图成为自然之主宰的"幻想",才打造铸就了人类可能衰亡的命运。在这种反思中,玛丽既否认了传统宗教典籍中的观点,也拒斥了体现着"主观性原则"的浪漫主义想象崇拜。在小说《最后一人》(*Last Man*, 1826)中,大自然似乎完全遗忘了自己的孩子,任由人类在这悲剧性的骇人命运中沉浮:

> 君不闻暴风雨即将降临时那阵阵轰响,未见那乌云骤散,灭顶之灾从天而降在这漫漫焦土?君不知雷霆万钧,九重天外的怒吼紧随其后,震耳欲聋;君未觉这大地战栗,痛苦咆哮着裂开,空气仿佛都孕育着尖叫与哀号——这一切,都是在宣告人类的末日临头啊!……大自然从它那芬芳的家园吐露出春天湿润厚重的气息,注入可爱的土地,大地好像年轻的母亲一般苏醒过来,正要昂首挺胸领着自己美丽的孩子迈向前方,觐见那久未谋面的主人。遍地鲜花,满树蓓蕾,黝黑的树枝饱胀着当令的汁液,抽出了新芽。碧天如洗,微风和暖宜人,斑驳的枝叶在清风中起舞轻吟,洋溢着欢欣鼓舞。溪水潺潺流淌,海上风平浪静,海岬悬于其上,倒映在静谧的水面……苦痛与邪

恶何在?①

　　人类曾受造物主宠爱:"主使他仅次于天使,又以荣耀与尊崇为他加冕。主使他成为自己双手劳动之产物的主人,又使万物臣服于其脚下。"而今物是人非,人类还是万物之主吗? 你看看他! 好家伙! 我看见的却是瘟疫! 瘟疫潜入了人的形体,化作了肉身,又与人体紧紧交缠,合而为一,竟蒙蔽了他那高洁的双眼! 人类啊,俯首吧,匍匐到这遍布鲜花的大地上,放弃所有的遗产吧,你所能拥有的一切,都只会一步步将你推向死神。②

爱伦·坡与玛丽·雪莱共同为科幻小说的发展奠定了基础。最早在短篇小说这一容量有限的文本中进行科幻叙事的探索,无疑是爱伦·坡对科幻文学发展最具独创性的贡献之一。

爱伦·坡的短篇科幻小说创作也运用了其所提出的"效果统一论"。"聪明的艺术家不是将自己的思想纳入他的情节,而是事先精心策划,想出某种独特的、与众不同的效果,然后再杜撰出这样一些情节——他把这些情节连接起来,而他所做的一切都将最大限度地有利于实现预先构思的效果。"③坡强调短篇小说诸要素服务于统一效果的重要性及其所产生的艺术优势:长篇故事利于情节的全面展开,短篇故事则便于读者坐下来,一口气读完。④"优秀的小说或者诗歌如果不能在一个小时内读完,读者的情绪就会遭到破坏。"⑤《凹凸山的传说》采用了第一人称视角,大大拉近了读者与作者之间的距离,在叙述中读者仿佛成了这个全知全能的"我",仔细观察着主人公奥古斯塔斯·贝德娄,好像身临其境一般,这种技巧成功地调动了读者的兴趣,吸引读者继续往下读,急切地想要了解贝德娄身上发生的一切,同时还能刺激读者自行想象,让自己在阅读的过程中用想象填补这个动人心魄的故事,使之更加完整饱满。

哥特文学发端于18世纪中后期,正是浪漫主义方兴未艾之时,启蒙思想家倡导的人类理性备受质疑,人们为了逃避残酷的现实,只好把目光

---

　　① Mary Shelley, *Last Man*, Ware, Hertfordshire: Wordsworth Editions Limited, 2004, p. 251.
　　② Ibid., pp. 251—252.
　　③ 转引自盛宁:《二十世纪美国文论》,北京:北京大学出版社,1994年,第17页。
　　④ Alfred Bendixen, James Nagel, eds., *Companion to the American Short Story*, Malden, MA: Oxford and Chichester: Wiley-Blackwell Ltd., 2010, p. 69.
　　⑤ Russell Blankenship, *American Literature*, New York: Cooper Square Publishers Inc., 1973, pp. 657—658.

投向神秘浪漫的中世纪。哥特小说与浪漫主义文学的关系甚为密切,故有评论家称其为"黑色浪漫主义"。哥特文学吸收了流浪汉小说、冒险故事和超自然的民谣中对荒野的热情,暗夜的阴影和响动投射在遥远的过去,构建起一幅恐怖小说的框架。它创造出极端的境遇,以此探索人身上各种各样的非理性因素,哥特小说伸展开自己的"触手",触碰人性中丑恶的、危险的秘密,探讨复杂的心理和深刻的问题。与玛丽·雪莱一样,爱伦·坡的科幻小说创作也无可避免地染上了哥特文学中怪诞、恐怖的色彩。为了衬托这种阴森神秘的气氛,他往往会巧妙地安排情节内容,精心设下伏笔,力求作品效果与气氛的统一。但爱伦·坡对恐怖的追求与一般哥特小说不同,他说:"在我的许多作品中,恐怖一直是主题,但我坚持认为那种恐怖不是日耳曼式的,而是心灵式的——我一直仅仅是从这种恐怖合理的源头将其演绎,并仅仅是将其趋向合理的结果。"①《凹凸山的传说》就浸泡在这种神秘恐怖的氛围之中,读者时时刻刻能够体验到死亡的恐惧。"我笑了笑,说道:'现在你肯定不会坚持说自己的奇遇不是梦吧?'……贝德娄接着说道:'有好一会儿,我唯一的情感,唯一的感觉就是黑暗和虚无,我意识到自己已经死了。我看到自己的尸体就躺在下面,太阳穴上那支箭还在,头部浮肿,已经变形。'"②读者由此被主人公的奇异感受与"我"的叙述送入了一个借尸还魂的离奇情境里。贝德娄自相矛盾的感受与现实认知增强了这个故事在读者眼中的怪异性,但同时又无损可信度。

霍桑为数不多但地位甚高的几篇科幻小说,也明显有着哥特文学的影子,他善于将哥特风与科幻两者相融合来揭示人类内心深处的隐秘罪恶。哥特小说特有的"黑色浪漫主义"特点赋予了其科幻小说以独特的艺术价值。在《海德格尔医生的实验》(*Doctor Heidegger's Experiment*,1837)、《胎记》(*The Birth-Mark*,1843)和《拉帕西尼的女儿》(*Rappaccini's Daughter*,1844)中,均可以找到传统哥特文学的鲜明要素,比如古老而神秘的宅邸、密室、炼金术和谋杀等,小说塑造的氛围也契合哥特文学惯有的诡异与阴暗。霍桑笔下的自然景色常常是一种象征性语言,含蓄地将人类罪恶的心理与外界环境联系起来。《拉帕西尼的女

---

① Nina Baymetal,*The Norton Anthology of American Literature*. New York:W. W. W. Norton & Company,1989,pp. 667—668.

② Harold Beaver,ed.,*The Science Fiction of Edgar Allan Poe*,London:Penguin Books,1976,p. 240.

儿》中那座"充满神秘色彩"[①]的花园,其中的有毒植物和魅惑的花香实际上就是小说女主人公的象征。

泰勒·斯托尔曾研究过霍桑对颅相学的接受。他指出霍桑在贝多恩大学学习期间,就与颅相学专家海恩斯会面,了解过颅相学理论。颅相学是一种心理假说,其本质是伪科学。它认为人的头颅形状决定了人的特质。德国解剖学家弗朗兹·约瑟夫·加尔1796年创立了颅相学这一学说,后由他的学生施普尔茨海姆"发扬光大",19世纪上半叶在欧美知识界非常流行。霍桑也未能逃脱这一伪科学的影响,他将这一理论用在了自己的科幻小说创作中,借此进行人物塑造。他的人物都被赋予了颅相学知识,并在自己的言行中贯彻了这一理论。比如在小说《胎记》中,主人公阿尔默就深深着迷于颅相学理论。《胎记》是霍桑为数不多的几篇科幻佳作之一,小说讲述一位科学家因无法忍受妻子容貌的缺陷(脸上的一块胎记),想尽一切办法用实验消除胎记,最终却断送了妻子的生命。作者在小说开头先向读者介绍了阿尔默在自然科学和哲学方面的背景,引出他对颅相学理论的接受前提。阿尔默就是运用这种方式刻画出的典型人物。阿尔默这位享有盛名的科学家,"在我们的故事开始前不久,感受到了强似任何化学亲和力的精神吸引力……静坐于实验室中,他早期还研究过人类骨骼的奥妙,试图弄清自然母亲从大地与天空,以及精神世界汲取的所有精华,创造和养育她的杰作——人类——的过程"[②]。霍桑以此告诉读者,主人公一直在研究人类的身体结构与精神世界的关系,他相信自然科学能赋予人类一种"摆布精神世界"的超自然力量。霍桑对人性中爱与怜悯的求索建立在通过颅相学以及面相学对人性的解读之上,而两者又构成了一种明显的对比。

[①] 霍桑:《拉帕西尼的女儿》,见霍桑《霍桑短篇小说选》,黄建人译,长沙:湖南文艺出版社,1996年,第44页。
[②] 朱振武主编:《胎记——霍桑短篇小说(评注本)》,上海:华东理工大学出版社,2010年,第87—93页。

第十三章
自由与平等：浪漫主义 与法国大革命

　　启蒙主义倡导的乃一种一元论的、抽象的群体自由，且往往从社会公正、群体秩序、政治正义的层面将自由归诸以平等、民主为主题的社会政治运动，因而它在本质上是一种倾向于革命的哲学；浪漫主义则更关注活生生的个体的人之自由，且将这种自由本身界定为终极价值。

　　18世纪末叶，美国独立战争和法国大革命这两个奉"自由、平等、博爱"为纲领的重大历史事件，共同标志着启蒙运动之进步和理性的信仰达到了它的顶点。对一个理想的"理性王国"的建构努力在法国遭受重创。首先，大革命在混乱与恐怖中将自身的正能量消耗殆尽：革命党人的暴虐与内讧，使得千万人头落地，革命的敌人与革命者纷纷被革命的洪流推上了断头台。其次，拿破仑·波拿巴从恢复秩序和保卫革命成果摇身变为帝国的皇帝——新的独裁者，而且他把欧洲整体地卷入了一场规模空前的战争之中。拿破仑的崛起，给他的祖国带来了荣耀也给法国的民众带来了苦痛，而意大利、德国和西班牙……相继被其占领，则使整个欧洲的知识分子惊愕莫名。在空前的民族危机、社会危机，以及个人危机所带来的痛苦与混乱之中，浪漫主义这一新的思想文化运动遽然获得了加速的力量。一言以蔽之，工业革命与政治革命所带来的社会巨变，在人们的内心之中产生了剧烈的冲击：和谐、宁静、匀称、单纯……旧有秩序所表征出来的所有完美与理性逻辑所推演出来的一切观念都在摇晃中陷入瓦解，而新的东西却没有及时地被建构出来补位，时代被投入到喧嚣、混乱、失落、冲突与撕裂的苦痛之中，一个怪异、复杂而无法确定的世界与生命体验展现在人们的面前。

　　对法国大革命以红色暴力与集体狂热扼杀个体自由的反思，强化了自由在浪漫派价值观念中的核心地位。法国大革命既是启蒙理念正面价值的总释放，也是其负面效应的大暴露。大革命所招致的对启蒙主义的反思，尤其是对其政治理性主义的清算，对浪漫主义思潮的集聚和勃兴起了推波助澜的作用。

第一节　浪漫主义文学是法国大革命的产物吗？

　　法国大革命以其理念与强度，因了整整一代人的时间跨度与搅动全欧乃至整个世界的空间覆盖面，用其辉煌的成就以及血与火凝成的惨痛教训，在人类历史上彪炳千秋。它不仅大大重构了欧洲地缘政治的版图，而且彻底改变了公众的社会—国家观念，在这个地球上开启了民主共和的现代政治潮流。

　　法国大革命如暴风骤雨般降临，次第展开的历史画卷堪称惊心动魄。1789年，第三等级举行大型非暴力示威，重开国民议会，建立君主立宪制，攻占巴士底狱，发表《人权和公民权宣言》；1791年，国王路易十六出逃、被捕，引发外国势力的介入；1792年，普鲁士与奥地利出兵法国，九月大屠杀，国民公会召开，第一共和国成立；1793年，处死路易十六，英法战争爆发，罗伯斯庇尔实施恐怖的革命专制，巴黎断头台高高矗立，农村武装叛乱风起；1794年，后浪拍死前浪，革命恐怖循环往复，罗伯斯庇尔等前赴后继倒毙于断头台。此后，拿破仑时代开启：1796年拿破仑将军开始崛起，1799年升任第一执政官，1804年自立为法兰西第一帝国皇帝，罗马教皇为其加冕；其间，他作为军事天才的一系列匪夷所思的战绩令人目瞪口呆；他几乎荡平欧洲，但1812年在酷寒俄罗斯的遭遇决定了其必败的命运，1815年的滑铁卢战役只不过是这位战神的退场仪式。再往后便有波旁王朝复辟，维也纳会议召开，神圣同盟成立，一个出人意料的崭新的欧洲……"这一连串的政治动荡，空前绝后，激起了参与者和远处的旁观者几乎同样激昂的情绪与激进的言行。有时看似一项崇高的伟业，有时又仿佛一股强力而令人惊愕不解的暴风，法国大革命既美丽动人又让人感到恐惧。"[①]

　　[①]　See Michael Ferber, *Romanticism: A Very Short Introduction*, Oxford: Oxford University Press, 2010, p.95.

长期以来,本土学界不乏"浪漫主义文学是对法国大革命的反响"或干脆是"法国大革命的产物"这样的说法。对此,笔者不禁要问:如果说法国资产阶级革命这样一个政治事件可以导致浪漫主义这样一场文学革命的产生,那么,同法国资产阶级革命性质相同却更早发生的英国资产阶级革命何以没有更早地使浪漫主义产生呢?如果说是法国大革命导致了浪漫主义的出现,那浪漫主义文学革命按说便应从法国本身开始;可文学史上的事实却似乎恰恰相反——浪漫主义文学运动首先发端于政治上仍很保守的德国,英国稍晚于德国,而法国这一文学思潮的形成规模却是最晚。在法国,真正的浪漫主义文艺运动是在19世纪20年代后半期发生的。[①]

20世纪西方思想史专家斯特龙伯格明确指出:"浪漫主义的来源显然不仅是法国革命。大概可以说,在1781年前后席勒和青年歌德的作品中,它已经崭露头角了。当时根本不是一种革命的政治氛围。"[②]其实,斯特龙伯格说得并不全面——浪漫主义最早可以追溯到法国的卢梭、德国的狂飙突进运动以及英国感伤主义文学;三者共同的特征在于激扬情感、贬抑理性,也就是对启蒙运动的反动。这意味着浪漫主义文学运动或文学革命与政治上的法国大革命这一事件本身并不存在一种直接的、必然的联系。我们总爱用政治来解释艺术,一种社会政治形势、生活格局产生出一种文学艺术,而这种文学艺术又反过来反映和再现这种社会政治生活。多少年来,我们就是按照这一模式来说明文学,来阐释文学的发展,僵硬而又简单,几乎成了一种思维定式。

文学艺术绝不可以用政治来图解。艺术是青春激情、放荡不羁的冲动,而政治则往往是老谋深算、见机行事的运作;艺术是自由的象征,而政治却要求秩序和纪律;艺术的出发点总是个体的感性生命,而政治则往往是冰冷理性的化身;艺术是灵魂超越世俗人生给自身创造出来的温馨、宁静、芬芳的精神家园,而政治却往往是意志为博取现实功利而陷身其中的一个残酷、诡秘、硝烟弥漫、充溢着血腥气的角斗场;艺术是圣洁妙曼的女神,而政治在很多时候带来的则是肮脏狡狯的恶棍。人们完全有理由说,一个艺术被政治强暴的社会,乃是一个专制、野蛮的社会,因为艺术的被

[①] 1827年发表的《〈克伦威尔〉序言》是法国浪漫主义文学运动的宣言;1830年《欧那尼》上演是这一运动在法国的高潮。

[②] 罗兰·斯特龙伯格:《西方现代思想史》,刘北成、赵国新译,北京:中央编译出版社,2005年,第219页。

强暴,标志着人的存在是一种奴隶式的存在;作为自由的象征的艺术被摧残,在本质上反映了人的自由、人的自由精神被扼制这一基本事实。一部艺术史,是一部艺术返归自身的历史;人类的艺术从古代走到今天,她的足迹显现出来的是一个强暴与反强暴、异化与反异化的艰辛历程。在这一历程中,一方面是纯洁的缪斯被俗世的宙斯所强暴;另一方面是艺术女神奋力挣脱枷锁,一把一把擦净脸上的污浊和泪水,日益显露出自己的娇容。以西方近代文学而论,文艺复兴运动、文学艺术掀掉了封建教权压在她身上的权力意识形态,可在17—18世纪的200年中,文学艺术却仍然屈辱地做着王权政治的奴婢和启蒙主义那种社会政治理念的传声筒。在19世纪浪漫主义运动展开的过程中,西方才开始确立现代的艺术自由的观念;这一观念的确立,之于西方艺术,之于西方社会,都具有划时代的历史意义。

在明确了艺术与政治的关系之后,再来看法国大革命与浪漫主义的关系就比较简单了。1789年爆发并一直绵延到1814年才基本结束的法国大革命,作为一个政治事件,它是法国18世纪下半期政治状况与经济状况不适应的一个必然结果;这样一个政治事件并不能直接导致若干国家在其后几十年中同时出现一股汹涌浩大的文学思潮;甚至单就法国而论,我们也可以说,这一事件对其浪漫主义文学的出现也没有直接的根本性的影响。政治革命,从深层来看,是一种强烈的集体意志的实现;从表面来说,它往往呈现为暴力和恐怖。处在这种革命时代的国家,一方面大多数人的热情都已为政治所吸引;另一方面,艺术创造所需要的独立思考和自由氛围也往往为狂热的政治所冲淡或扼杀,因而艺术的繁荣、文学运动的开展,这都是不太可能的。在革命结束了十几年之后,法国才有雨果为核心的浪漫主义运动,仅以此而论,我们说法国大革命非但没有导致法国最先出现浪漫主义运动,而且还使这一世界性的文学运动在法国晚展开了近三十年。"所谓浪漫主义革命——一场艺术和道德领域里全新的动荡变革——和通常所说的法国大革命的关系如何?……可以肯定,法国大革命为之而战的信念即普遍理性、秩序和公正原则,浪漫主义通常与之关联的理念即独特性、深刻的情感反思和事物时间的差异性,二者的差异胜于相似性,它们之间完全没有联系。"①

当然,文学艺术与社会政治状况以及人们的社会政治心理是有关系

---

① 以赛亚·伯林:《浪漫主义的根源》,吕梁等译,南京:译林出版社,2008年,第14页。

的;但这种关系从本来的意义上来说应该是一种自然的关系,而不应是一种强迫发生的关系。从这样一种客观公允的观点来看,法国大革命和浪漫主义有没有关系?当然有,但具体来说究竟是怎样的一种关系呢?在笔者看来,法国大革命对浪漫主义文学的影响主要表现在如下两个方面:

第一,大动荡时代人们骚动不安的激情为浪漫主义文学确立了那种强烈抒情的基调。1789年法国大革命爆发后,法国社会在长达二十多年的时间里长期处于一种政治动荡的局面;而一代天骄拿破仑那种令整个欧洲目瞪口呆的对外战争,把欧洲各国搅成一团,卷入了一个大动荡的漩涡。这种社会政治生活的大动荡、大变革,使得欧洲人心中蕴蓄了一种骚动不安、富于激情的群体情绪。这样一种群体情绪,对浪漫主义文学运动的发展,尤其是对浪漫主义文学那种奔放抒情风格的确立却有着直接的影响。大动荡的时代前后,文学艺术的基调往往表现为强烈的抒情;而平静和缓的时代,文学艺术则往往呈现出一种凝重含蓄的整体风格,这是历史上文学艺术演进的一个一般性规律。

第二,法国大革命的现实在很大程度上宣告了启蒙主义学者那种社会政治理性的破产,为人们对唯理主义的那种极端理性进行全面反拨提供了契机。需要强调的是:法国大革命只是为浪漫主义的情感张扬提供了一个契机,一个突破口,而并非是在说它是浪漫主义文学运动得以产生的原因——若说大革命的直接文学后果,那它可能恰恰是反浪漫主义的:"法国大革命鼓励古典主义和理性主义,法兰西帝国也有它官方的古典主义。"[①]法国大革命及其所导出的拿破仑法兰西帝国推崇理性主义与古典主义,这既彰显了其专制主义的本质,也揭示了"革命"内里所蕴藏着的悖论。

1789年,法国大革命爆发。法国大革命是当时法国社会政治经济矛盾激化的必然结果;从根本上暴露了封建专制制度的腐朽没落。开始,西欧各国的资产阶级知识分子对此基本上都持理解和欢迎的态度。但法国大革命爆发以后,革命派在革命中却搬用了启蒙学派那种极端理性主义的社会政治理论作为自己的指导思想,譬如说,以罗伯斯庇尔为首的雅各宾派,在革命中贯彻的就是卢梭的学说。卢梭那种资产平均、人权平等的绝对理性主义主张一旦落到实处,那便是平民政权、平民手段,那便是暴

---

① R.韦勒克:《文学史上浪漫主义的概念》,见R.韦勒克《批评的诸种概念》,丁泓、余徵译,成都:四川文艺出版社,1988年,第163—164页。

力和恐怖,对贵族和反对派冷酷无情,赶尽杀绝。"革命中的种种极端现象反而使革命名声扫地。随着内战、迫害、恐怖和国际战争横扫欧洲大陆,革命最初在欧洲各地引起的欢欣雀跃到18世纪90年代就转变为失望和幻灭……但是,法国革命迷失了方向,陷入暴力、劫掠和不义。它最后以革命吞噬自己的儿女这种可怕的场面告终。结果,人们回过头来重新审视理性时代的种种前提假定,然后予以拒斥,从而促成浪漫主义的转向。"[①]

作为启蒙学派那种极端理性主义的社会政治理论的试验,法国大革命所带来的长时间的混乱和战争、恐怖和暴力,清楚地表明:启蒙学者的理论并不能产生一个理性王国。这一现实,不但使不少人后来对法国大革命的态度由欢迎转为反对,而且也使更多的人开始对启蒙学派那种唯理主义的社会政治理论进行反思;以此为契机,这种反思很快演进成为一种对人们原来为之自信和乐观的理性崇拜的全面检讨和反思,在这种检讨和反思的过程中,人们开始重新认识自身,开始重估理性的价值,开始意识到人的本质并不就是理性,于是感性对理性的反拨、感性的张扬,一时间在哲学、社会科学和文学艺术各个领域便成了一股汹涌澎湃的潮流。这股潮流,在哲学领域表现为德国古典哲学的大繁荣;在社会科学领域表现为以康德、费希特、谢林为代表的自由主义思潮的兴起;在文学艺术领域就是浪漫主义文学艺术运动的发生。

第二节　启蒙主义与法国大革命

启蒙主义究竟在多大程度上引发或促成了法国大革命?如何影响了大革命的展开与结果?学术界众说纷纭。但几乎没有人否认孟德斯鸠、伏尔泰、卢梭和狄德罗这些启蒙运动的中间人物的理论所起的重大作用。《论法的精神》(*De l'esprit des lois*,1748)、《社会契约论》(*Du contrat social*,1762)等政治学名著对社会所展开的分析与批判,不仅让旧制度的权威彻底沦丧,而且其对理想新社会的展望与描绘,也大大鼓励了被压迫群众告别今天走向明天的向往与冲动。是的,让大革命箭在弦上不得不

[①] 罗兰·斯特龙伯格:《西方现代思想史》,刘北成、赵国新译,北京:中央编译出版社,2005年,第210页。

发的所有那些腐败、暴行以及绝望、义愤都并非这些著书立说的文弱书生所为,真正造成了这些黑暗的统治者的昏庸愚蠢、自大虚妄更与他们完全无关,但的确是"他们提供了点燃这场大火的火柴,而且,正是在他们的指引下,大革命才成为一场伟大的、影响深远的运动,而没有成为多少世纪以来所发生的那类无目的的暴动和抗议"①。"大革命是以引人注目'启蒙哲学家'运动为先导的……他们用言论来实现自己的目的;言论确实所向披靡。这些言论出自伏尔泰、孟德斯鸠、卢梭及其弟子们之口。这些人被视为权威,后来甚至被供奉在革命政府建立的先贤祠中。"②

的确,"大革命从18世纪哲学家那里获得了启示和理念"③。如果说文艺复兴是一场文化思想解放运动,那么启蒙运动便是一场政治思想的解放运动。随着资本主义生产方式的发展,资产阶级逐渐羽翼丰满。在这一过程中,它与封建王权的关系便逐渐由妥协转向对立,他们在政治上便有了独立掌权的要求。同这一政治格局的变化相适应,资产阶级知识分子便开始加快进行自己在政治理论方面的建构。在先前人文主义思想的地基上,在人对自身理性极其乐观自信的大背景中,用牛顿之世界乃是一个有序完美的结构的学说作指导,经由霍布斯·洛克、孟德斯鸠、伏尔泰、卢梭等人的不断发展,新兴资产阶级终于形成了自己的一套政治理论体系。这种理论体系在后来的法国大革命和美国独立战争中被提炼凝结为六个字——自由、平等、博爱。

"启蒙时代"因启蒙运动而得名;"启蒙时代"又称"理性时代"。启蒙学派之理性原则认定世界受一个统一的、永恒的自然法则所支配,人们通过理性可以发现和利用这一法则。根据这一法则来安排社会秩序,人们就会获得幸福。在国家与个人关系上,国家是人们为获得自由与幸福而组成的一种集合,统治者的任务是利用理性手段给个人提供最大的幸福。如果国家不能完成这一任务,人们就有权推翻它,建立新的政权。这就是当时流行的人民主权论和社会契约论思想。启蒙思想家那种社会政治思想表现为一种从机械的几乎也可以说是从数学的观点着眼的社会理论,只强调人的社会性、群体性,取消人的个体性,低估、掩盖、消弭个体生命深层那种强有力的生命本能。针对宗教蒙昧主义对人的摧残和愚弄,人

---

① 罗兰·斯特龙伯格:《西方现代思想史》,刘北成、赵国新译,北京:中央编译出版社,2005年,第204页。
② 同上书,第206页。
③ 同上书,第204页。

的理性挺身而出,使人从一种神的存在变成了一种人的存在,并在其后导致科学技术的迅猛发展和工业革命,从而使人的整体生活状况尤其是物质生活水平获得大幅度改观,理性在近代西方社会的发展中的确功绩卓著,这固然毋庸置辩,但人们同时也不能不承认,理性并不是人性的全部,完善的人性乃是理性和感性的统一;在宗教蒙昧主义(它所蕴含的是社会政治理性对感性的压抑)基本上被解除了武装之后的17世纪、18世纪,那种被历史定于一尊的泛滥的理性对于人之感性的压抑便愈来愈突出地呈现在人们的面前。

"自由、平等、博爱"这一在法国大革命和美国独立战争中都曾被以文本形式明确确定下来的口号,乃是启蒙思想家那套社会政治理论体系的高度凝缩。自由、平等、博爱,分开来讲,这都没有问题;但是,把三者混合起来作为一个口号,问题就潜在地冒出来了:自由、平等、博爱,这三者并不是一回事,这个口号内部的三个概念彼此间是存在矛盾的,譬如说自由与平等。作为启蒙主义者一系列社会政治思想的一个最高概括,这个口号中所存在的问题反映了当时启蒙思想家所提出的那套政治思想体系本身所存在的弊端。譬如说,他们只笼统地讲"天赋人权",可"天"究竟是如何赋予人以人权的?赋予每一个人的人权都是相等的吗?又比如说"主权在民",有权在身的人民又是怎样组织起自己的政府的呢?对此,霍布斯和卢梭的回答是通过社会契约,政府是全体人民订契约订出来的;可人们不禁又要问:人民究竟是怎样订的契约?社会及其权力机关真的是由全体人民订约订出来的吗?细加捉摸,人们将会感到,启蒙思想家所提出来的那些社会政治理论,虽然不乏真知灼见,但却往往把问题过于理性化了,理性社会、理性政治……到处都是理性。这种极端理性主义的社会政治理论体系只强调了人的社会性和群体性,却忽视了人的个体性;只看到了表面的理性,却大大低估了潜存于人的内心深处的那种深沉的感性或强有力的本能。

也许,应该像启蒙主义者一样承认革命是被统治者在专制暴虐处境中的唯一权利和出路;归根结底,革命是由统治者利令智昏、虚妄孤行一手造成的,设若他们能够及时、充分、有效地吸纳理性知识分子对现实的批判与修正,则不会造就给生民和社会带来巨大灾难的革命。就此而言,能不断理性改良——即汲取良智来避免革命的政府算得上是明智的政府。质言之,社会政治领域里的活动乃是一种关涉传统中人际关系纽带的实践;纯粹抽象的理性方法在此注定要失败。所以,"伯克宣称,革命之所以走进误区,是因为革命的领导者要摧毁整个政治体制,并想在一夜之间建立一个新的政治体制。他把这种错误归咎于启蒙哲学家、政治理性主义者的基本观念。他们的方法是抽象理论的方法,而在这样一个领域玩弄抽象是注定要失败的"①。自由主义思想家托克维尔在其经典著作《旧制度与法国大革命》(*L'ancien régime et la Révolution*,1851—1856)中也指出:"没有任何一个国家能像法国这样通过大革命这样果决的尝试来切断自己的过去,在现实和理想之间造出一条无法逾越的鸿沟……他们这种充满好奇心的尝试远不及他们想象中的成功……从旧制度中,他们不但接收了绝大部分风俗、传统和思维方式,而且更有那些激励着革命者摧毁旧制度的诸种观念本身。"②而巴尔扎克卷帙浩繁的《人间喜剧》,某种意义上则正是托克维尔论断的最好注解。"作品写到的法国人,不管是乡下人还是城里人,也不管拿破仑的粉丝还是波旁王朝的拥护者,其实都是被同样一些价值所驱使,这些价值既包括个人贪婪,也包括自我牺牲;既有愤世嫉俗,也有同情怜悯。巴尔扎克似乎想说,这就是法国社会,它历来就是这样,而且永远都会是这样。"③

所有按照特定观念体系或意识形态理论进行的革命,最终均会以对这种理性的否定而收场;因为革命固然有其必然性,为无奈之举,但革命不会解决人类的根本问题。对由自然人性所决定的社会问题,诉诸温和、宽容的解决比革命要好得多。"法国革命中那些大名鼎鼎的领袖人物都是狂热的自我中心主义者和热诚的教条主义者,他们将极端理性主义转化为政治意识形态,天生不会妥协,宣称:'不是赞成我的朋友,就是反对我的敌人。'……固然有个别例外情况,但大致可以说:法国革命者摧毁了理性的世纪,走向一个充斥着骚乱情感、思想和行为的世界。"④因此,"法国大革命这场大灾变当然也促成了启蒙运动的结束"⑤。

法国大革命既是此前启蒙运动正面理念的总释放,亦是其负面效应的大暴露。法国大革命所带来的思想反思与清算终结了启蒙主义,并经

---

① 罗兰·斯特龙伯格:《西方现代思想史》,刘北成、赵国新译,北京:中央编译出版社,2005年,第210—211页。

② H. M. Jones, *Revolution and Romanticism*, Cambridge, Massachusetts: Harvard University Press, 1974, p.297.

③ Ibid., p.298.

④ Ibid., p.229.

⑤ 罗兰·斯特龙伯格:《西方现代思想史》,刘北成、赵国新译,北京:中央编译出版社,2005年,第204页。

由浪漫主义、自由主义、保守主义、民族主义等社会－文化领域的革命运动开启了一个新的时代。"它的暴烈和过激引起了反感,导致人们反对那些被认为激发了大革命的理念。欧洲知识界大多追随伯克和梅斯特尔,反对法国大革命以及作为其背景的思想运动(指启蒙运动)。1789 年开始的长达 25 年的苍黄反复使得整个文明发生了彻底的变化——无论是社会领域,还是政治领域,还是思想领域。"①

总体来看,与启蒙学派单纯而简单的政治理念推演相比,浪漫派更重视文化－人心(精神)的阐发与建构。浪漫主义的政治观念比启蒙学派要复杂、深刻得多。如果说启蒙主义与法国大革命的关系是笃定、直接、明确的,那么浪漫主义与法国大革命的关系就是犹疑、间接、模糊的。作为对大革命的反应与补偿,"浪漫主义在政治上是暧昧的"②。

1789 年法国大革命爆发之初,大多数浪漫主义作家,包括著名的持保守主义立场的英国湖畔派诗人,都欣喜若狂地欢迎、欢呼这突如其来的变革风暴。在大革命的初始阶段,第一代浪漫主义作家大都风华正茂、意气风发。无论是作为年轻人求变的本能,还是作为诗人艺术家梦幻的激情,浪漫派诗人艺术家都合乎逻辑地会欢迎历史大事变的到来。法国按下不表——在德国,革命的消息传来,谢林、荷尔德林等年轻的浪漫派哲学家与诗人欣喜若狂,他们相信历史的伟大时刻已然降临,为此在神圣的仪式感中种下了那棵为后人不断谈论的自由树;在英国,后来以保守派著称的华兹华斯在革命爆发后很久仍在表达其难以抑制的带着战栗的激动:"能活在那个黎明真是幸福,若那时你还年轻就更胜似天堂!"③然而,革命一波三折。当 1793 年雅各宾派的专制统治(罗伯斯庇尔称之为"为解放而进行的专制")向世人袒露出其暴虐狰狞的面目,很多浪漫派作家纷纷从目瞪口呆中醒转过来成了革命的反对派。但直到这时,仍有人基于内在的信念而一厢情愿相信革命专制与恐怖是暂时的,乃至为其"短暂的存在"找出诸般理由。但当 1798 年法国军队侵入瑞士共和国、1804 年拿破仑由教皇加冕称帝等重大事件次第发生之后,即便是那些胸中满是自由信念与共和理想的最狂热的浪漫主义者也都无法直视,只能慢慢背

---

① 罗兰·斯特龙伯格:《西方现代思想史》,刘北成、赵国新译,北京:中央编译出版社,2005 年,第 204 页。
② 同上书,第 238 页。
③ Quoted in Michael Ferber, *Romanticism: A Very Short Introduction*, Oxford: Oxford University Press, 2010, p.95.

过身去。

　　18世纪90年代末期,满怀对法国大革命的失望之情,湖畔派诗人似乎放弃了那种他们曾为之激动不已、染有青春色彩的政治理想。尽管变得日益保守后仍不时涉足社会与政治论战,但总体来说,他们更倾向于投身自然以慰藉自己的心灵。华兹华斯明确意识到"无论出于希望或不满而进行了多少次革命,人类的心灵都不可能有所改变",只有"自然"才会教导心灵"超拔于世事的牵绊之上"。而柯勒律治宣称:自由从来就不存在于"任何形式的人类力量之中",它只存在于森林里或海洋中。① 因为牵涉到拿破仑军国主义所引发的强烈的民族主义情绪,以弗·施莱格尔为代表的德国浪漫派在19世纪伊始对法国大革命表现出了更为决绝的否定。倒是拿破仑垮台宣告革命最终结束之后,新起的第二代浪漫派作家普遍表现出对革命更为平和、冷静的辩证理解。时过境迁,他们较少因革命背离了其初衷而挫败失落——因为他们也并未赶上为革命的爆发而意气风发。拜伦在《恰尔德·哈罗尔德游记》第三章(1816)中慨叹推翻了暴政的法国虽"迎来新的地牢与王位",但由此"人类感觉到了自身的力量"——"时机来过、在来、会来,不必悲观消极"。雪莱则在《伊斯兰的起义》《解放了的普罗米修斯》两部重要作品中对法国大革命做了更为深入的反思,他笔下的革命者不再诉诸暴力夺取权力,而是通过爱与宽恕分化强权而取得胜利——大英雄普罗米修斯便是通过收回数千年前其对朱庇特的诅咒而击败了这一暴君。

　　"在19世纪初我们看到,浪漫派的政治思想与保守派的意识形态交融在一起,而后者是自由主义的个人主义和宪政主义的敌人。"②最终成为托利党人的华兹华斯、柯勒律治与骚塞的政治立场当然是保守的;他们在文坛上共同的敌人则是当时最激进的无政府主义革命家同时也是最受欢迎的诗人拜伦。但纵观拜伦的一生,不难发现:更多的时候他更关注的是美酒和女人,在政治上他的幼稚与矛盾几乎同样令人吃惊:自由即反叛一切,拜伦激进的政治姿态中并没有什么确定的政治信念或纲领。若非要对其政治信念或纲领进行界定,则只能是无政府主义;非要说有什么政治期望,则无疑是乌托邦主义。的确,他曾极力讴歌反叛的贱民,把盗贼

---

① See Michael Ferber, *Romanticism: A Very Short Introduction*, Oxford: Oxford University Press, 2010, p.96.
② 罗兰·斯特龙伯格:《西方现代思想史》,刘北成、赵国新译,北京:中央编译出版社,2005年,第237页。

描绘成刻有自己性格印记的"拜伦式英雄",但这丝毫不影响他一转眼却又蔑视民众——这倒也符合浪漫派精英主义的文化立场与根本逻辑。"拜伦式的反叛者只不过是一颗高傲而忧郁的灵魂,他宁肯选择孤独,也不喜欢他的同胞——我们不得不怀疑他在任何实际政治活动中能否获得成功。"[①]而济慈和缪塞、戈蒂耶等唯美主义倾向的作家在政治上则愈发暧昧模糊,因为他们更关注个体感性生命——灵魂的陶醉,在他们眼中,诗歌、艺术、宗教、爱情这些东西几乎是同一个东西。在很大程度上,"要真正理解法国革命,首先必须先理解个人浪漫主义"[②]。

第三节 小说的新方向:"社会小说"及空想社会主义

19世纪30年代伊始,随着文化热点从"个体主义"向"社会问题"的偏移,"社会小说"作为一种新的文学范式悄然成为小说创作的新方向。正如"个体主义小说"一样,"社会小说"的源头也可以追溯到18世纪。只不过不再是卢梭与圣皮埃尔,而是伏尔泰与圣西门。新的转型由亨利·贝尔(Henri Beyle)所开启,他后来以司汤达的笔名闻名于世。

司汤达,1783年出生在格勒诺布尔(Grenoble),母亲是意大利人,父亲是律师。他自幼讨厌父亲,因为其典型的法国风格——既有中产阶级对拥有财富的骄傲与虚荣,又倾向于神职人员式的严格与苛责;他尊崇母亲身上寄寓的地中海精神,然而母亲却在其很小时便故去了。少年时期,他尤其被数学和自然科学所吸引;1799年,他拒绝了进入巴黎理工大学深造的机会之后,满怀热情地随同拿破仑的一支军队前往意大利——他一直梦想的母亲的故乡。波旁家族复辟后,这位前拿破仑军队的高级军官去了米兰,他在那里致力于艺术史的研究,直到1821年才回到巴黎。1830年,他被任命为意大利东北部港口小城迪里雅斯特(Trieste)的领事,但4年后,由于其与烧炭党的关系,哈布斯堡王朝宣布他为不受欢迎的人。随后,他一度到意大利中部的奇维塔韦基亚(Civitavecchia)任职。1842年在巴黎休假期间,他中风昏倒在大街上,不久离世。在其墓碑上,

---

[①] 罗兰·斯特龙伯格:《西方现代思想史》,刘北成、赵国新译,北京:中央编译出版社,2005年,第238页。

[②] H. M. Jones, *Revolution and Romanticism*, Cambridge, Massachusetts: Harvard University Press, 1974, p. 228.

有他自己留下的一行字:"阿里戈·贝尔(Arrigo Beyle),米兰人,他活过,写过,爱过。"这在很大程度上意味着直到死去,意大利一直是贯穿于他所有文字中的主题。

一想到在巴黎与俄国女郎阿尔芒斯恋爱的那位面色阴沉而苍白的主人公奥克塔夫,就不难认定司汤达的第一部小说《阿尔芒斯》(*Armance*,1827)乃一部典型的浪漫主义作品。"七月革命"后出版的《红与黑》(*Le rouge et le noir*,1830)是司汤达一生中最重要的作品。于连·索黑尔(Julien Sorel)的故事来自一个刑事案件的档案材料:一位年轻的神学院学生以家庭教师的身份养活自己,但却与其学生的母亲开始了一段恋情,当她要求终止这段关系时,他开枪打死了她,随后被判处死刑。

这个青年人的野心及其实现野心的决绝,引发了司汤达的好奇。《红与黑》开篇所描述的勃艮第的维利耶尔小城,便是这位锯木厂老板的儿子个人奋斗故事的起点——于连被市长德·瑞那(de Renal)先生聘为孩子的家庭教师,很快这位家庭教师与市长夫人的私情便成为街谈巷议的焦点。被迫离开维利耶尔的于连在贝尚松神学院修业完成后去了巴黎。在巴黎,于连成了德·拉·穆尔(de la Mole)侯爵的私人事务助理。侯爵女儿玛蒂尔德(Mathilde)爱上了他,因为她在他身上看到了一个与众不同的人格——身为下等人但绝不卑躬屈膝。她声称怀上了于连的孩子,穆尔侯爵被迫应允了这桩婚事,并为于连谋得了贵族头衔,任命为中尉。关键时刻,德·瑞那夫人在一封来信中阻遏了于连的好事,他立即返回维利耶尔,在教堂枪击了他的前情妇。在随后的法庭程序中,于连拒绝所有人的搭救,并拒绝上诉,选择了死亡。"为了达到揭示自我意识的目的,司汤达笔下的人物,尤其是于连和玛蒂尔德,常常沉陷于内心独白。当然,叙事的整体设定仍是以作者全知全能的视角作为前提的。"[①]

"司汤达认为个体是存在的,他的小说变成了对人类存在的基本原则'自我主义'的行为研究,这意味着个体主义小说的全面实现,但同时也标志着小说向社会小说的过渡。"[②]司汤达对自我的崇拜在于连身上得到了充分的体现,"早期的忧郁崇拜的哀歌在这里变成了力量崇拜的史诗"[③]。

---

① Winfried Engler, *The French Novel: From 1800 to the Present*, tran., Alexander Gode, New York: Frederick Ungar Publishing Co., 1970, p. 25.

② Ibid., p. 30.

③ See Winfried Engler, *The French Novel: From 1800 to the Present*, tran., Alexander Gode, New York: Frederick Ungar Publishing Co., 1970, p. 26.

于连·索黑尔不同于乔治·桑笔下克己为人的雅克,也从来没有像勒内那样在厌世的悲观主义中表现出内心深处那个既高贵又软弱的自我,似乎也很难被简单归入那种将自由看得比生命更重要的"拜伦式英雄"行列。"个体主义小说在司汤达的作品中增加了一个新的维度——捍卫个人的尊严与自由意志"①;于连不光有复杂的头脑,更有强悍的行动意志;而这份行动意志,将人物与外部世界紧紧地连接起来。新的人物不再仅仅在自我的内心纠结纠缠,以行动意志为核心的新的艺术范式诞生了。很大程度上,"司汤达反对 19 世纪早期的个体主义小说,反对小说中无拘无束、多愁善感或多少有些遥远和超然的人物,反对卢梭式风格的浮华"②。

　　毫无疑问,司汤达笔下的于连是一个英雄。但不同于中世纪英雄史诗中那种基于宗教热情的英雄,他的英勇乃是出于对社会地位的追求与对个人荣耀的渴望;也不同于奥勃曼或勒内沉溺于自己的忧郁情怀与心灵追问,作为一个在既定秩序中找不到自己的位置而对世界倔强说"不"的人,于连始终在用行动与其周围的世界对抗——这驱使他离开了只有劳役没有温暖的锯木厂,也离开了那个缠绕着阴谋与暗黑的神学院。追逐着自己的雄心壮志,他在硬朗的行动中一步步实现自我的价值,而不是像勒内等诸多"世纪儿"那样迷失在无能的抱怨和徒劳的精神挣扎之中。当然,于连·索黑尔最后还是失败了,而且败得很惨烈——直至付出了自己年轻的生命,但这并不意味着他的软弱或他会对周边环境妥协。在司汤达的作品中,主人公总是在努力突破自己的位置限制,束缚与冲决束缚的争斗由是被锁定为基本的情节冲突。于连·索黑尔决心要站起来,但他的阶层条件决定了他必须采取的行为和态度。

　　司汤达的第二部长篇小说《巴马修道院》(*La chartreuse de Parma*,1839)中的场景设定在其梦想中的故乡意大利。经由心理小说和流浪汉元素的混合,这部小说在司汤达的创作中表现出了独特的张力,情节比其早期的作品更为丰富多彩。法布里斯·德·东戈(Fabrice del Dongo)出生于 1790 年,是他的母亲与法国占领军军官通奸所生,他在对拿破仑的狂热崇拜中长大,并在滑铁卢战役的关键时刻加入了帝国的军队。战争失败后,他改穿便服勉强逃到巴黎,然后从那里逃到在巴马的姨妈家,潜

---

① Winfried Engler, *The French Novel: from 1800 to the Present*, tran., Alexander Gode, New York: Frederick Ungar Publishing Co., 1970, p. 24.

② Ibid., p. 30.

心研究神学并很快升为大主教的辅佐者。在法布里斯的故事中,司汤达的目标绝非是要创作一部历史小说;激发其创作热情的一个特别的资源是一位名唤亚历山大·法尔(Alexander Farnese)的个人传记。在《红与黑》中,于连·索黑尔一心要使自己成为一切手段的主人;而在《巴马修道院》中,法布里斯·德·东戈本身就是一个主人。之前,人们在于连·索黑尔那里看到了其有些疯狂的"追求幸福"的观念;现在,人们在法布里斯身上看到了一种对生活乐趣的自然享受。巴尔扎克很早就曾指出:"在我看来,《巴马修道院》是迄今为止法国文学中的杰作。"①

为了找到自我,找到将他与神圣的宇宙联系起来的东西,卢梭宣称人属于自然。而在司汤达看来,人属于社会,因为他需要一个努力的领域才能"成为他自己",才能证明他自己和他的骄傲。19世纪初叶法国浪漫派"个体主义小说"向"社会小说"的转化,中间环节便是司汤达。其最后一本并未最终完成的长篇小说《吕西安·娄凡》(*Lucien Leuwen*,1894;又译《红与白》),故事的时间跨度从1815年到1830年,堪称是《红与黑》的姊妹篇。在这部新作中,讨厌一切与金钱有关的事物的司汤达以讽刺的笔触描绘了一个富豪社会。银行家之子吕西安·娄凡被置于这个社会的中心,他是个敏感、有改革思想的人,是圣西门的狂热信徒。在这部小说中,读者再次领略到司汤达创作中的核心问题——个人对敌对环境的抵抗;但主人公对圣西门学说的密切关联及其对社会改革的热切关注,揭示出司汤达也在追随着法国文坛的风尚,从"个体主义自我小说"的创作转向"社会小说"的创作。

"就世界文学而言,司汤达在他的时代可能被视为英国的狄更斯的对立面,为了保持语言的冷静与准确,他常常在写作之前先读几页《民法典》。"②司汤达完全意识到自己与时代之间的巨大落差;他预见1860年自己的创作才会获得一些认可,且坚信到1880年前后他的作品肯定会被世人喜欢。历史证实了他的预判,只不过时间上略有提前。19世纪末叶,卓越的批评家保罗·布尔热(Paul Bourget,1852—1935)曾将司汤达描述为伟大的"征服者"。从那时起,像邓南遮(Gabriele d'Annunzio,1863—1938)、尼采和纪德(André Gide,1869—1951)这样一些卓越的天

---

① Quoted in Winfried Engler, *The French Novel: From 1800 to the Present*, tran., Alexander Gode, New York: Frederick Ungar Publishing Co., 1970, p. 30.

② Winfried Engler, *The French Novel: From 1800 to the Present*, tran., Alexander Gode, New York: Frederick Ungar Publishing Co., 1970, p. 30.

才人物均在他的精神影响下思考和写作。司汤达教导他们"要以刚强的决心奋斗,避免因内心的充盈而产生的自我陶醉而丧失自我";"厌世的忧郁和酒神的激情被清醒、勇气、荣誉、友谊和至高的爱所取代,分水岭就在于坚持自我实现还是屈从于可鄙的软弱"。①

1835年之前,乔治·桑在其小说中宣扬"个体主义"的激情至上。其后,皮埃尔·勒鲁(Pierre Lereau,1797—1871)启发了她新的社会和民主观点,使她从过度的个体主义中解放出来,并教育她从奉献于人道主义的过程中找到幸福。但乔治·桑从来没有理解她那个时代的社会理论;结果就是她的社会改革方案一直都是模糊的和让人困惑的。她认识到改革是必要的,但她不确定改革应采用什么方式。像其他浪漫主义者一样,"她也拒绝接受圣西门和傅立叶的方案,但同时又对社会底层的穷人和贱民的痛苦抱有深深的同情与悲悯。像卢梭一样,她相信人天生是好的,但社会使他堕落了"②。法国浪漫派之所以将目光仅仅盯在"社会"上,除了现实原因、文化传统的原因,另一个更其直接的原因就是卢梭——从他开始,法国人习惯于将目光盯在"社会"上,将社会问题概括为"不平等",将出路设定为"世界大同的平等乌托邦"。

乔治·桑出身于贵族家庭。年幼丧父,因祖母与母亲不合,她童年与祖母相依为命。博学的祖母作为卢梭的信徒,带给乔治·桑宽松的学习环境、良好的童年启蒙以及充分的自由。自由自在的乡村生活滋养了她敏感的心灵,激发了她对大自然诗意的敏感。作为与雨果、巴尔扎克、缪塞等人同时代的第一位专事写作的女性作家,作为缪塞、肖邦等人的情人与创作上的缪斯,乔治·桑的生活及作品在当时一直饱受争议。在个人情感上,她因执着追求爱情而被世人指责为"不规矩的女人"和"可怕的荡妇";在文学创作上,她笔耕不辍,却被贬为"多产的写作母牛""上紧了发条的钟表"。乔治·桑去世之后,其文学作品的价值在很长一段时间里仍被世人所忽视。

事实上,乔治·桑不仅在自己的个人生活中不断反思和践行情感自由的原则,还将对个体自由问题的思考延伸到了文学创作中。在乔治·桑的诸多小说作品中,她积极或者不如说是激烈地倡导情感选择自由,其

---

① Winfried Engler, *The French Novel: From 1800 to the Present*, tran., Alexander Gode, New York: Frederick Ungar Publishing Co., 1970, pp. 30—31.

② N. H. Clement, *Romanticism in France*, New York: Kraus Reprint Corporation, 1966, p. 259.

小说中有关婚姻爱情问题的探讨对女权主义运动影响深远。她的作品也影响了后来很多女性作家的创作，比如，英国作家夏洛蒂·勃朗特（Charlotte Brontë，1816—1855）最出色的作品《简·爱》（*Jane Eyre*，1847）就被认为受了乔治·桑《康素爱萝》的启发。

乔治·桑的小说创作大致分为三类：一是早期的激情小说，代表作有《印第安娜》《瓦兰蒂娜》《莱莉雅》等；二是中期的空想社会主义小说，代表作有《木工小史》《康素爱萝》《安吉堡的磨工》（*Meunier d'Angibult*，1845）等；三是晚期的田园小说，代表作有《魔沼》《小法岱特》和《弃儿弗朗沙》等。在这三类小说中，"个体自由"——尤其是情感自由始终是其一以贯之的核心主题。

乔治·桑的激情小说，大都写被禁锢在包办婚姻牢笼中的贵族主人公，偶遇意中人初尝自由爱情的美妙，遂遵从内心愿望挣脱藩篱、追求理想的婚姻爱情。无爱的婚姻和没有温暖的家庭使她们对爱情的渴望比常人来得更加猛烈，男女主人公往往以恋爱为生活中唯一的事业，这就有了他们与家庭禁锢以及社会成规的激烈冲突，最终铸就悲剧的结局。作者在这一类型的小说中极力批判没有爱情基础的包办婚姻，认为这样的结合是"合法意义上的强奸"。在《瓦兰蒂娜》中，作者借贝内迪克之口说道："每天都有一个蛮汉或懦夫，以上帝和社会的名义，娶一个不幸的姑娘做妻子，女孩的父母或穷困迫使她窒息她心中的纯洁和神圣的爱情。就这样，在掌握生死大权的社会的注视下，那位不曾向冲动的情人让步的羞怯的女子，在她憎恨的主子的怀抱中凋谢了！"

乔治·桑认为，女性面对爱情和婚姻时应当享有独立选择权——这种自由不仅体现在对婚恋对象的选择上，还表现在当婚姻不幸的时候，女性有打破婚姻束缚、重新追求爱情和婚姻的自由。乔治·桑曾说："男人控制女人的奴役方式，破坏了男女之间的幸福，而这幸福只有在自由之中才能得到。"[①]"没有爱情的婚姻好比终身服苦役。"[②]"整治两性结合不合理的唯一办法，就是自由地中止和改变夫妻关系；而这种自由那时还不存

[①] 安德烈·莫洛阿：《一个女人的追求：乔治·桑传》，郎维忠等译，长沙：湖南文艺出版社，1992年，第455页。

[②] 玛丽·荷薇：《爱的寻求：乔治·桑的一生》，晋先柏译，北京：中国文联出版公司，1987年，第310页。

在。"①乔治·桑后来的小说在对"个人选择的自由"这一问题的反思上有新的发展。在那些小说中,女主人公有了更高的追求,她们要求发掘妇女在社会生活中的独特价值,肯定妇女的地位,证明女性不是只能成为男性的附庸,而是可以有独立的生活,有为之追求一生的个人事业。

结合乔治·桑的个人生活轨迹来看,其激情小说的创作时期,也恰恰是她在现实中遭遇婚姻不幸并因此出走巴黎的时期。激情小说中不幸的女主人公往往渴望爱情却得不到爱情,这在很大程度上正是乔治·桑对自己的个人遭际和心理历程的投射和转述,因而属于典型的"自我小说"。小说中对男女主人公努力追求爱情并获得短暂美好时光的描写,体现了乔治·桑对爱情的美好憧憬;作品悲剧性的基调直接奠基于作者女性解放的理想主义。

《木工小史》《康素爱萝》《安吉堡的磨工》等具有空想社会主义色彩的小说,叙事焦点由"个人情感"向"社会问题"偏移,体现着乔治·桑的创作正从早期的"自我小说"向"社会小说"转型。这类小说关注社会现实,憧憬未来的理想社会,希望建立一个人人平等、自由民主的新世界。《安吉堡的磨工》中,空想社会主义的实践者列莫尔发出感叹:"如果有一天,每个人为着众人而劳动,众人又为着每个人而劳动,在那个时候,疲劳将是怎样的轻松,生活将是怎样的美丽呀!"②这类小说中恋爱的男女主角不再像激情小说中一样只限于贵族阶层,而是扩展到了普通民众;贵族和平民的结合不再是遥不可及,而是切实可行的;他们的生活也不是纯粹的只谈恋爱,而是有自己的社会理想和抱负,对世界有自己独特的看法和见解,并以自己的实际行动证明地位和金钱不是爱情的障碍。"志同道合"型婚恋模式由此在乔治·桑的笔下诞生,《木工小史》中的比埃·于格南和琦绶·德·维勒普娄、《安吉堡的磨工》中的玛赛儿·德·布朗西蒙和列莫尔就是"志同道合"型的典型例子。在这一类型的小说中,乔治·桑对不平等的社会现实、以金钱和地位为价值导向的婚姻观以及因循守旧的贵族阶层都提出了猛烈的批判。

以《小法岱特》《弃儿弗朗沙》《魔沼》为代表的田园小说,是乔治·桑最受读者欢迎的一类小说。这些作品既不像早期激情小说那样着力于纯粹的主观情感宣泄,也不像空想社会主义小说那样带有抽象说教的性质,

---

① 安德烈·莫洛阿:《一个女人的追求:乔治·桑传》,郎维忠等译,长沙:湖南文艺出版社,1992年,第456页。

② 乔治·桑:《安吉堡的磨工》,罗玉君译,北京:人民文学出版社,1958年,第211页。

而是把生动活泼的生活内容与朴实清新的艺术情调结合起来,展现了乔治·桑思想中那些温婉动人的东西:对劳动人民的同情、对自然淳朴生活的歌颂以及对理想的人与人之间关系的向往。[①] 左拉曾称颂道:"她的田园小说是极为美妙的牧歌。"[②]乔治·桑田园小说中的男女主人公基本遵循"青梅竹马"式的婚恋模式,他们从小相识,直到特定事件的发生才发现自己对对方的特殊情感,最终冲破世俗的重重障碍,步入婚姻的殿堂。

随着创作生涯的持续展开,乔治·桑对女性自由的问题有了更为成熟和完整的思考与表达——女性自由追求爱情和婚姻的主题,被拓展为女性对自己人生意义更宏阔的追求。《康素爱萝》的女主人公就是一个典型的例子。小说同名主人公康素爱萝出身贫寒但拥有极高的音乐天赋,遭遇未婚夫的背叛后离开威尼斯的大舞台。在老师波尔波拉的安排之下,她做了鲁道尔斯塔特伯爵侄女的家庭教师,后来与伯爵之子阿尔贝在朝夕相处中产生了爱情。阿尔贝被家庭和贵族阶层视作疯子,但康素爱萝能够理解他,并在其思想陷入疯狂境地时将他救醒。思想上的共鸣使得他们决定打破身份和家庭的束缚结合在一起。阿尔贝的家庭最终同意两人结合,但提出了让康素爱萝远离舞台的条件;康素爱萝不愿离开自己心爱的事业,最终选择离开阿尔贝,独自前往奥地利为自己的理想而努力。好不容易事业刚刚有所起步,得到了去柏林演出的机会,却传来阿尔贝病危的消息,在他临终之前,两人终于得到家庭的认可结合在一起。阿尔贝病逝之后,康素爱萝放弃了其作为阿尔贝遗孀所能得到的大额遗产,将所有财产捐出,自己通过歌唱事业独立生活。康素爱萝的形象不同于乔治·桑早年激情小说中的女性,她有自己值得奋斗一生的事业,不愿因为婚姻爱情的束缚而放弃独立的歌唱事业。早年在威尼斯的时候,她凭着对高雅艺术的纯粹追求拒绝了朱蒂斯尼亚伯爵的引诱,选择了与同为歌手的高丽拉截然相反的道路。高丽拉凭着自己的外表,经由朱蒂斯尼亚伯爵的情妇身份获得世俗的成功;而康素爱萝则认为经由艺术追求生命的意义比成名成家更重要,因为个人的自由不仅体现为不受任何人与事物的牵绊,也体现为精神意义上的充实与饱满。

乔治·桑小说中情感自由的主题往往与歌颂大自然的主题相伴随。尤其在其田园小说中,两种主题相伴相随,交相辉映。乔治·桑之所以热

---

① 柳鸣九:《论乔治·桑的创作》,《文学评论》,1980年第1期。
② 吴岳添:《法国文学简史》,上海:上海外语教育出版社,2005年,第115页。

衷于描写自然,一方面与其思想上受卢梭"回归自然"的影响有关;另一方面与其成长环境也密不可分。诺昂地区旖旎的自然风光带给乔治·桑潜移默化的影响,故而她在潜意识中就更多地将小说人物置身于乡村之中,而不是像以往小说那样集中在城市的客厅内。乔治·桑笔下的大自然不仅仅是客观存在,它更代表了作者对于未来的一种美好向往。

乔治·桑从不吝啬对于自然的歌颂,在其作品的序言或附录中她曾无数次谈及她对自然的理解。例如,在《弃儿弗朗沙》的附录中她曾说:"自然是艺术的作品,上帝是唯一存在的艺术家……自然是美丽的,情感从自然的每一个毛孔里呼吸出来;爱情、青春、美丽在自然界里是永恒的。"①乔治·桑所抒写的大自然常常以两种不同的情形得以呈现:在第一种情形中,自然与人类和平共处,共同筑起世外桃源;在第二种情形中,人物的情感变化与自然环境结合起来,互相映衬。

《魔沼》的写作动因源于作者曾看到的霍尔拜因的一幅版画。版画中老迈的农夫"衣着褴褛",套犁的四匹马"骨瘦如柴",唯一"步履轻健"的是"手握鞭子的骷髅"——死神。痛苦的画面引发乔治·桑的深思,她坚信"艺术的使命是一种情感与爱的使命"②,"艺术并非是对实实在在的现实的研究"③。于是她用笔描绘了一个在她眼中与霍尔拜因版画截然不同的世界:"我见到的不是一个愁苦的老人,而是一位精神焕发的年轻人;不是一套皮包骨头、有气无力的马,而是四头强壮的烈牛;不是死神,而是一个漂亮的孩子;不是一副绝望的画面,一种破灭的意念,而是一副充满了活力的情景和一种对幸福的向往。"④与工业社会肆意破坏大自然不同的是,小说中的人物敬畏大自然:它不再是任人宰割的对象,而是承载着人类幸福生活理想的载体。《魔沼》中三分之一的篇幅都在描写风俗,乔治·桑留恋农业社会中流传下来的人类对自然界的原始崇拜,惋惜这些风俗的日渐消逝。这些风俗中尽管有些迷信不科学的部分,但传达了人类对于大自然的最初情感。

《笛师》记述的是老汉迪安在晚上剥麻时讲述的故事,全书用平民化的语言,带领读者感受平原和波邦内山区不同的风光和习俗,使人了解到作为笛师、骡夫和伐木工人等不同行业的从业者的工作内容和工作环境。

---

① 乔治·桑:《弃儿弗朗沙》,罗玉君译,上海:平明出版社,1954年,第169页。
② 乔治·桑:《魔沼》,李焰明译,桂林:漓江出版社,1996年,第4页。
③ 同上书,第5页。
④ 同上书,第13页。

与其他田园小说背景发生在平原不同的是,《笛师》更注重描述作为山区的波邦内与平原地区贝里的不同,也更为推崇山区人民"以天为被,以地为床"的亲近自然的生活方式。与森林相比,对平原来说不算小的诺昂村"只是个豆角架"[①],而山区有更清新的空气与满是奥沃涅大松树的森林。在平原生活的贝里人习惯舒适却单调无聊的生活,置办大量锅碗瓢盆和家具来使自己过得更幸福,但这样"剥夺了生活的真正意义"[②];与之相反,在森林生活的人行李简陋,贴近自然,体验人间冷暖,崇尚自由和没有约束的生活。正是这种与自然的亲近使得他们对大自然有更深的情感,更加懂得自然变化的规律。

乔治·桑热爱自然,擅长对大自然风光的描写,从最早的激情小说中,她就开始将自然环境的描写与人物的情感变化相融合,达到一种"情随景至,景随境迁"的境界。例如,在《安吉堡的磨工》中,乔治·桑塑造了一个可怜的疯女——布芮可里伦。为了衬托这个人物的可悲性,乔治·桑为其安排了两个主要的场景。一个是在一个有月光的夜晚,在老寨子里,她呼唤自己死去的情人,"月光照耀在她那消瘦的面孔上和畸形的身体上。也许在这种惆怅凄苦的希望里,她获得一些幸福的感觉罢"[③]。另外一个是黑夜在养兔林浓荫的小径,她把亨利看成了其死去的情人,于是展开了一场疯狂的追逐,不管"土地上的树根和小径的凹凸不平",不管那被厚厚荆棘遮盖的壕沟,"也不管有石子,也不管有苎麻"[④]。"总之,12年以来,这个沉默的,因为她父母的贪婪而牺牲了的被害者总是离开大家,孤独地排遣着她说不出来的悲哀,对于这种凄惨的景象,大家差不多都是那样残忍的漠不关心,日子一久,也就习以为常了。"[⑤]

在谈到浪漫主义文学运动兴起的原因时,本土学界很多学者一直信誓旦旦地声称,这与受了空想社会主义的很大影响有关。笔者认为,这一观点尚值得进一步斟酌商榷。

首先从时间上来考虑,我们可以看到空想社会主义作为一种思潮比浪漫主义文学运动要晚很多,它不可能对浪漫主义文学运动的兴起产生影响。浪漫主义文学运动发端于18世纪末;而就空想社会主义来说,作

---

① 乔治·桑:《笛师》,张继双译,石家庄:花山文艺出版社,1985年,第49页。
② 同上书,第51页。
③ 乔治·桑:《安吉堡的磨工》,罗玉君译,北京:人民文学出版社,1958年,第132页。
④ 同上书,第222页。
⑤ 同上书,第244—245页。

为一种形成了特定思潮的学说,其代表人物圣西门、傅立叶、欧文等人的理论著作却大部分是在19世纪20年代才发表出来,而这时候,浪漫主义文学运动在西欧各国则大都已进入了第二个阶段。

其次,从浪漫主义文学思潮与空想社会文学思潮两者的性质来看,由于浪漫主义和空想社会主义在本质上非但不接近,而且相互排斥,因此可以断定,即使在空想社会主义作为思潮形成之后,它对浪漫主义文学思潮也不会有什么很大的影响。浪漫主义作家戈蒂耶曾称将法国的空想社会主义者傅立叶称为一个"集疯狂与天才于一身的傻子",他不无讥讽地写道:"他是唯一一个既有逻辑又敢于把逻辑推到极端的人。他由此断定人很快会长出一条15英尺长的尾巴,尾巴末端还有一只眼睛。这肯定是一种进步——因为它可以让人做出无数过去做不到的事情……几位傅立叶主义者甚至声称他们已经长出了小尾巴;如果他们活得更长一些,那条尾巴定然会变得更长。"①"与'德廉美修道院'②相比,傅立叶幻想建立的社会主义基层组织堪称一大进步,它把人间天堂永久地降级为一堆过时的破烂。《一千零一夜》和奥诺伊夫人③的《故事集》是唯一能与其相媲美的幻想。"④

"信仰并不需要是反动的,并不总是要唤醒教皇和贵族的统治,它同样也可以激励改革者们努力去建立一个新的普遍的信仰给世界和谐统一……他们试图在一个人情日益淡漠和毫无感情的世界中重新建立人们之间兄弟般情谊的纽带,来代替出现在这个自我的、个人主义自由放任的世界中连接人们的金钱关系。"⑤面对着工业革命迅猛发展及其财富效应所带来的严重社会问题,很大程度上,社会改革是在一个过时的理想化的基督教关系的模式中构想出来的,这就像在灾难的压迫下对新的都市生活做重新返回过去的选择——甚至乡村的共济会成员也在实验着乌托邦式的社会主义,之后有些空想主义者也说那些想法或许源自研究中古的学究们喜爱捣鼓的那种尚古主义。事实上,作为一个社会政治思想的理论体系,空想社会主义者所构想出来的那种乌托邦与启蒙思想家那种自

---

① 泰奥菲尔·戈蒂耶:《〈莫班小姐〉序言》,参见泰奥菲尔·戈蒂耶《莫班小姐》,黄胜强、许铭原译,北京:中国社会科学出版社,2013年,第23—24页。——译文有改动,引者注
② 文艺复兴时期法国作家拉伯雷在其名著《巨人传》中所描绘的一个理想社会的组织。
③ Madam d'Aulnoy(1650—1705),17世纪法国著名童话作家。
④ 泰奥菲尔·戈蒂耶:《〈莫班小姐〉序言》,参见泰奥菲尔·戈蒂耶《莫班小姐》,黄胜强、许铭原译,北京:中国社会科学出版社,2013年,第24—25页。——译文有改动,引者注
⑤ J. B. Halsted, ed., *Romanticism*, London, Melbourne: Macmillan, 1969, p.26.

由平等博爱的理性王国大同小异,简直就像孪生兄弟。从根本上来说,空想社会主义学说仍是一种建立在对人的理性过分自信、过分乐观基础上的东西,忽视了对人深层本能的重视,正因如此,人们才称其为"空想社会主义"。而浪漫主义文学思潮在本质上是对个体的感性生命的推崇和张扬;一个强调人的理性,另一个则着力推崇张扬人的感性,如此南辕北辙,"很大影响"又从何谈起?

基于以上两个方面的考察,似乎已然否定了所谓空想社会主义对浪漫主义文学运动有很大影响的说法。但有人依然会质疑:乔治·桑就是一个空想社会主义小说家,这难道还不能说明空想社会主义对浪漫主义文学的影响吗?

这里,问题首先是乔治·桑真的是一个空想社会主义小说家吗?作为一个女性作家,一个年轻时因遭受婚姻的不幸而离家出走,后又经历了与缪塞、肖邦等很多男人一系列爱情纠葛的女作家,笔者认为,无论是早期如《印第安娜》《莱莉雅》等这样一些"个人问题小说",还是后期如《魔沼》《小法岱特》《弃儿弗朗沙》这样一些"田园小说",乔治·桑的创作,自始至终一直贯穿着一个主题——爱情。就此而言,乔治·桑也许并非像有人说的那样是一个空想社会主义小说家,而是一位具有浓重爱情至上倾向的"言情"小说家。

史料记载,在19世纪40年代,乔治·桑与法国当时一个不怎么有名的空想社会主义者皮埃尔·勒鲁曾有过一段交往。由此开始,人们便开始推断:既然有交往,那么乔治·桑肯定从他那里受到了影响;既然受到了影响,那她肯定就是一个空想社会主义者,然后便是从其小说中以先入为主的方式寻找只言片语,将之敷衍编排,整理出一系列空想社会主义的内容来。姑且退一步讲,即便承认乔治·桑思想中有空想社会主义的成分——那这种成分在其思想发展过程中到底占多大的比重?这种成分对其浪漫主义创作所产生的影响到底是积极的效应还是消极的作用?僵硬、干瘪、苍白的理性教条只能损害一个艺术家最可宝贵的情感体验,如果空想社会主义真的对乔治·桑的创作有影响的话,那么这也很可能只是一种负影响。

空想社会主义与浪漫主义的关系是一个非常值得进一步探究的课题。作为文化现象,空想社会主义主要在英、法两国产生,而其与浪漫主义文学艺术的关联则主要存在于19世纪30年代的法国文坛——法国一直是理性主义的老巢。在其他国家,尤其是浪漫主义的故乡德国,此种影响几乎是可以忽略的。总体观之,空想社会主义作为唯理主义回潮的产物,其对浪漫主义的影响不是促进而是剥蚀;将浪漫主义引向"社会"而与其"个体"本位的价值立场脱钩,将浪漫主义引向"平等"而又忽略或拒绝讨论作为其核心的"自由"观念,最终使浪漫主义与其"自由主义"的价值系统相疏离。

说浪漫主义就是表现"理想",这在很大程度上其实是与浪漫主义的自由本质相背离的。所谓"理想",大抵总与某种"理性"与"观念"叠加出来的"理念"难脱干系。若说表现"理想"就是浪漫主义,那么古典主义才是最典型的浪漫主义——古典主义作家笔下的理性非常发达,总是理性战胜爱情的主人公不都是一些承载了某种理想的高大全的理想人物吗?而众所周知,以张扬感性推崇情感为本质特征的浪漫主义文学,其所针锋相对的敌人就是古典主义。

艺术关乎理想——没有一种理想主义对现实进行超越的情怀就不会有艺术,浪漫派始终挂在嘴边的"无限""自由""永恒""蓝花"不都是理想吗?艺术也关乎现实——艺术产生的根本动因就是人在现实中所感到的那种苦闷,还有哪种文学充斥着浪漫主义文学中那么多忧郁成性、苦闷无所归依的主人公吗?但更为关键的问题却是——艺术在根本上首要的乃是个体的人的感性生命:抽掉了个体的人的感性生命,无论是再现现实,还是表现理想,都不能称为艺术。事实上,一旦抽掉了个体的感性生命,不管是用对现实的再现还是用对理想的表现来解释艺术,均只是看到了艺术最表面的皮毛,而忽视了艺术最根本性的魂魄——这不但歪曲了艺术,而且也割裂了艺术。于是,人们便一直难以摆脱某种宏大理论体系的统摄:不管中外古今,文学史上存在着现实主义和浪漫主义两种对立的文学艺术。

再现就是表现,表现就是再现。只要扣紧自由个体的感性生命这一关乎艺术真谛的核心,不难发现,所谓再现和表现,原本竟是一体,所谓现实主义和浪漫主义的对立只不过是一种人为的说辞。事实上,本土的文学理论在逻辑上长时间都很难自洽:一方面,把文学分成了现实主义和浪漫主义两种;可另一方面,在给文学下一个总体性的定义时,又基本上是用其中一个属概念来代替种概念,这样便造成了种属关系的混乱。

第十四章
自由与自然

第一节　浪漫主义自然观:"有机论"与"泛神论"

"自然"一词在历史上含义颇丰,仅在18世纪就有近两百种义项。但总的来说,对自然的尊敬往往使人们将自然视为一个外在于人类的和谐系统,这就导致多种多样的自然观的出现,有机械论的自然观、物理学的自然观,后来出现的有机论自然观和生物学的自然观等。在牛顿所建立的物理学秩序中,自然是一个井然有序的整体,宇宙中每一颗粒子都有自己的位置和运动速度,而人类"仅仅是这个可由数学精确表征的庞大物理体系中的渺小旁观者"①。当时的理论家们认为,如果牛顿建立的体系适用于物理学领域,那么该体系依靠同样的理性也能适用于生物世界、政治领域和伦理领域等。18世纪后期科学领域对自然的关注,是浪漫主义自然观形成的重要因由;而博物学家格奥尔格·恩斯特·施塔尔(Georg Ernst Stahl,1659—1734)于18世纪下半叶提出的"活力论"观点对当时由牛顿古典物理学所确立起来的机械自然观产生了猛烈冲击。施塔尔提出,生命是一个有机整体,物理世界的因果决定论无法支配生命。生物体的自身活力,亦即一种"追求生命的目标或终极目的的精神动因",在这个有机的自然界中,"一切都通过感应力、协同力或亲和力相互联系"②。施

---

① 郝苑:《科学与浪漫主义》,《自然辩证法通讯》,第36卷第3期,2014年6月,第88页。
② 彼得·汉斯·莱尔:《"科学革命"的遗产:科学和启蒙运动》,刘树勇等译,见罗伊·波特主编《剑桥科学史(第四卷)(18世纪科学)》,方在庆主译,郑州:大象出版社,2010年,第31页。

塔尔的理论受到了许多科学家的追捧,形成了一派"活力论者",他们致力于克服机械自然观的局限性,普遍强调自然的有机性、能动性和整体性。

　　浪漫派作家的自然观念虽不尽相同,但他们都一致否定18世纪机械论的宇宙观,转而认同基于自由-想象的有机论——所有的浪漫主义诗人都将自然视为一个有机的整体,这是从人而非从一堆原子的集合中得出的推论。浪漫派的自然是一个彼此关联的统一的整体,不仅与"真"相关联,更与"美"的价值不再分离。布莱克对洛克、培根、原子论、自然神论等都多有非议。在他那里,人和自然不仅相互连续,而且互为象征:"每一颗沙粒,地上的每块石头,每座礁石,每道沙丘,每道流泉,每条小溪,每片草叶每棵树,山丘、丘陵、大地和海洋,云彩、流星和星辰,都是从远处看见的人。"之所以如此,那是因为人、自然以及两者之间的"连续"或"联系"都是神秘的,唯由经由想象的直觉来参悟,人才有可能切近在"象征"中激荡的真相或真理。这事实上正是后来波德莱尔"感应论"的理论雏形。

　　"一种自然哲学,一种形而上学的自然概念,进入到诗中并且找到了一种具有高度个性特征的表现——沉思默想的崇山峻岭,坚定的、永恒的大自然的种种形式,与这个世界的一种几乎像梦幻一样不真实的生动的感觉结合在一起。"①在华兹华斯那里,自然是鲜活灵动的,既可带来惩罚使人恐惧,又可馈赠奖赏带来欢乐;自然是神秘玄奥的,因流溢着上帝或世界精神,而是一个象征的符号系统。在自然的活力、自然与人的关联、自然作为象征符码系统等问题上,第二代英国浪漫主义诗人雪莱与其前辈华兹华斯和柯勒律治的概念并无二致。但在他那里,自然更是现象不断消长的永恒运动,所以他吟咏风云闪电的动感,歌唱江河海洋的浩瀚,而不愿像华兹华斯那样一味吟哦"人迹罕至之地的灵魂"。而其同侪拜伦倒是个自然神论者,他信仰牛顿的世界即机械的观点,并时常将人类的激情和不幸与大自然的宁静和冷漠的美相对照。在其笔下,人与自然很大程度上并不是关联-契合互为象征的;更多的时候,面对或安静或狂暴但总归为一派虚无的大自然,孤独的个体只是在恐惧中立于自然的对面。这在某种程度上也许可以解释——在众多浪漫主义诗人的创作中,拜伦离象征含蓄较远,而离直白浅露更近。

　　浪漫派之具有神秘倾向的有机论自然观,认定"九九归一"——自然

---

① 转引自 R. 韦勒克:《文学史上浪漫主义的概念》,见 R. 韦勒克《批评的诸种概念》,丁泓、余徵译,成都:四川文艺出版社,1988年,第178页。

界在本质上是统一的,创造的链条具有连续性;而人则具有超常的直觉力——它在诗人身上尤其活跃,诗人的作用就在于经由直觉与想象,来翻译破解宇宙这个充满生机的象征体系。一个有机统一的世界,神秘而又古奥,这使得想象不但获得了合法性与真实性,而且也成了必需与必要。设若没了想象,象征—神话世界的建构本身便难以想象。所以,布莱克才干脆认为整个自然就是"想象本身";而用约瑟夫·德·迈斯特(Joseph de Maistre,1753—1821)的话来说就是:"物质的世界不过是一个影像而已;或者,倘如你愿意的话,也可说是一种程式,一个精神世界的副本。"①与济慈等很多浪漫派作家一样,奈瓦尔相信想象之创造物的真实性,其全部作品都通向一个由梦的象征所构成的神话的世界。他满脑子都是斯维登堡的思想及其他神秘的信仰,自然界之于他就是一个彻头彻尾的象征系统:"万物生存,万物行动,万物相互呼应;从我自己或从他人身上发出的磁力线,从无穷无尽的造物的链条横切而过,毫无阻碍;它构成了一副透明的罗网,覆盖了整个世界,它的精致的丝线将这个同那个连接起来,将行星和恒星连接起来。我现在是地球的囚徒,但我在同星辰的合唱队喁喁而语,让它们分享我的欢乐,我的痛苦!"②

浪漫主义是"唯我主义"和"主观性"的产物,因为文学必须向内探寻。勃兰兑斯认为:"如果一个作家不深入到人类灵魂的本质,不深入到灵魂最深远的地方;如果他不敢,或者不能不顾后果而写作;如果他没有胆量像雕像那样赤裸裸地表现他的观念,不敢把人性如它们所显现的那样反映出来,既不增加一分,也不减少一分……对我之所谓文学说来,他的作品是毫无价值的。"③勃兰兑斯所说的这种"灵魂的本质"就是人类的情感。因为人是有感觉、会思考的动物,人的情感内在于人的思想,由此他认为这是浪漫主义文学的一个标志。不可否认的是,早期的浪漫主义文学的确以抒情诗歌为代表,如华兹华斯、柯勒律治等诗人都把热情视作发现人的内心这一"壮举"的前提条件,而想象力、天才则成为优秀作品必不可少的素质。同时,浪漫主义者证实了人内心存在着宗教感情,认为"宗

---

① 转引自 R. 韦勒克:《文学史上浪漫主义的概念》,见 R. 韦勒克《批评的诸种概念》,丁泓、余徵译,成都:四川文艺出版社,1988 年,第 171 页。
② 同上书,第 170 页。
③ 勃兰兑斯:《十九世纪文学主流(第五分册)法国的浪漫派》,李宗杰译,人民文学出版社,1997 年,第 19 页。

教感情如同天才一样,是先天生成的"①。浪漫主义时代的一个重要特点即在世俗主义的影响下,自然神论这种"没有偶像的宗教"被古老的信仰所取代,这与卢梭提倡的"复归自然"是分不开的。大自然的美激发了心灵的感知能力,人类处在鬼斧神工的自然环境中,无时无刻不被感动。拜伦对大自然的吟诵更是表明了这一泛神论信仰成为浪漫主义时期情感勃发的载体。18世纪、19世纪科学的快速发展助力了神明的去神秘化,在失去明确的宗教偶像之后,人类开始神秘化他自己生活的环境②,这就是当时泛神论思想产生的根源之一。

在德国浪漫主义的诗学中,"总汇"是另一核心概念。总汇,不仅仅是无所不包或是包罗万象,不仅仅是指将大千世界囊括于其中,还表达出这样一个思考,即一就是全,全就是一。德国浪漫派思维的出发点之一就是有机论,他们把世界看成一个完整的统一体,个体与整体之间存在着内在的联系,互为依存,即所谓的"一寓于全,全寓于一"。他们认为世界以及完整的人性都应该是有机的——就像一棵大树,各部分共生共存。凡是不包括在世界整体的,都是不完整的,而包括世界整体的则必是统一的与和谐的。德国浪漫派的"总汇"强调的是有机整体的概念。与德国浪漫主义有机整体观截然对立的是,启蒙理性学说是以一种机械论的眼光认知世界和人类本身,把世界视为一些科学模式的结果,其中各部分并不唇齿相依,国家,或者其他的人类制度都是一种零件,只是用来推进人的幸福,避免无谓的伤害。个人的角色是促进社会进步的具有现实功能的职业人,是社会分工中的零件。德国浪漫派认为,这种机械论存在严重的弊端,造成的恶果之一就是导致个人丧失了完整意义,德国浪漫派已经开始意识到社会的异化问题。荷尔德林对此感触颇深,在其教育小说《许佩里翁》中借主人公之口说道:"我想不出来还有什么民族比德国人更加支离破碎的了,你看得见工匠,但是看不见人,看得见思想家,但是看不见人,看得见牧师,但是看不见人,看得见主子和奴才,成年人和未成年人,但是你看不见人。"③而且,随着资本主义工业文明不断扩展,实用主义渗入骨髓,带来了人的灵性的丧失。因为缺乏灵性和精神涵养,人们变得庸俗,

---

① 雅克·巴尔赞:《从黎明到衰落:西方文化生活五百年1500年至今》,林华译,北京:世界知识出版社,2002年,第504页。
② 理查德·桑内特:《公共人的衰落》,李继宏译,上海:上海译文出版社,2004年,第328页。
③ 瓦尔特·本雅明:《德国浪漫派的艺术批评概念》,王炳均、杨劲译,北京:北京师范大学出版集团,2014年,第16页。

背离了神圣,不再有对美的感知。"在这个民族中,没有什么神圣不被亵渎,人们对于一切美的生命都麻木不仁。"①在荷尔德林的小说中,他以古希腊的神性精神预言对这种社会现状表达出自己的担忧,这是一种新的历史的普遍分裂,即人与自己的创造物的分裂:人百般努力创造出来的东西,却是与人自身的神性本质相异的东西。失去了神性和审美感知能力的个人,在精神层面上也确为一种缺失性存在。

　　荷尔德林信奉的是"万有在神"(万有合一)的泛神论自然观,他认为人与自然是一个整体,二者拥有共同的内在本质,是绝对之物神性的显现,神性将人与自然统一在一起。神是自然万物的创造者,自然与神心意相通,许佩里翁由此坚信自然的至深处就是神的意志。主人公在观察自然之时又有新的发现,他感到了神的精神,世界的精神,但是他醒来的时候抓住的却是自己的手。在荷尔德林的理念世界中,自然、自我和神是一个同气连枝的整体。基督教对这种人的神性本质的理解经由虔敬运动对德国浪漫派的诗学理念产生影响。荷尔德林认为人具有神性的原始肖像,即人的神性形象,人类除了具有现实生命,处处受到各种制约和局限之外,还有一个更高的生命状态——神性生命。因此,荷尔德林号召现代社会中分裂的个人需要努力去接近这个原初的图像,除非如此,人类很难实现神性的完整复归。

　　但是人类在现代的理性社会中,世界祛魅化、神秘的存在都受到了无情的挑战。理性的种种弊端已经导致人类丧失了原有的神性。作者在《许佩里翁》前言中说,"至乐的统一"也就是自然与人类和谐相处的状态,在唯一的意义上已经消失,这是荷尔德林对他所生活的时代的总结,人类与自然处在一种分裂的状态,往往感觉"仿佛世界是一切而我们是无,可往往也如此,仿佛我们是一切而世界是无"②。分裂状态中的人类和自然失去了和谐,处在对立的状态。自然在启蒙理性面前降为人类实践的附属品、反思的对象。但是面对理性世界中失去神性的异化的现代人,对其心灵进行重塑和改造就显得尤为必要了。

　　在荷尔德林看来,自然神性尚存,对人类而言最后的救赎就是回归自然,和自然合而为一,重拾神性光辉。需要指出的是,荷尔德林所说的自然并不是我们平常所说的客观存在的自然界,而是充满神性的永恒自然。

---

① 刘小枫编:《大革命与诗化小说:诺瓦利斯选集卷二》,林克等译,北京:华夏出版社,2008年,第44页。
② 荷尔德林:《荷尔德林文集》,戴晖译,北京:商务印书馆,1999年,第9页。

荷尔德林秉持的是神秘主义的自然观，他认为自然是表现绝对意志的器官，在自然里人们可以感知到绝对之物的声音。人类可以假借"神性的自然"的中介物与上帝对话，从而找回失落的神性光辉，以此实现神性生命的回归。"我冥心静听在胸前嬉戏的微风巨浪……仿佛一种亲密的精神为我张开臂膀，仿佛孤独的痛苦融入了神性的生命。"[①]或者也可以说是，在个人与自然的融合中，个人在自然之中认同了自我，在自我之中融入自然万物彰显的神性，在神性的维度上，与万有合而为一。人类以此实现完整皈依。援引文中的表述是："与万有合一，这是神性的生命，这是人的苍穹。与生命万有合一，在至乐的忘我中回归自然宇宙，这是思想的欢乐的巅峰，它是神圣的顶峰，永恒的安息地……"[②]荷尔德林认为，"万有合一"是更高的理性，是更高的和平，它的权威使美德在它面前都要卸下铠甲，人的精神从此丢开了权杖，甚至死亡和命运也对它无可奈何，不得不放弃它们的统治。荷尔德林不愧是一个预言家，提前预感到了现代人的异化问题，并提出了"万有合一"药方，希望在自然神性的怀抱中人类的"现代病"可以痊愈。

如上所言，荷尔德林信奉的是"万有在神论"，但是他认为这种"无限的统一"是现成地存在的，所以人类无须追其自然与我们的统一，无须行动。荷尔德林对务实的行动派非常反感，在小说中许佩里翁称这些人为"不堪的人"，他们总会在别人激愤、不得意的时候趁虚而入，来"兜售"他们的格言："别抱怨，去做。"[③]许佩里翁也曾尝试将理想付诸实践，希望通过战争的形式实现人性的解放，但是战争的结果让他大失所望，义勇军攻城之后烧杀抢掠，他行动的结果却是"我成为这帮土匪的头子"[④]。这场战争也是对现实的映射，间接表现出荷尔德林对法国大革命失败的反思。德国浪漫派不是行动派，就像许佩里翁的名字一样，他们都是行走在高处的人，生活在一个更高的理念世界中，在自我的心灵世界中追求完善。荷尔德林不强调行动，但是他另辟蹊径突出了保持预感的重要性，个人需用充满预感的眼睛观察自然，不为其表象所迷惑。"环顾自然的四周和背后"，在自然之美中发现其神圣的本质。这种对自然的审美行为是个人获得神性的关键，是自我走向完善的必经之路。

---

① 荷尔德林：《荷尔德林文集》，戴晖译，北京：商务印书馆，1999年，第10页。
② 同上书，第34页。
③ 同上书，第8页。
④ 同上书，第47页。

美与自然是荷尔德林诗学中的关键词,他认为在纷繁复杂、矛盾丛生的经验现象背后,有一个普遍的统一体,神性原本将现实中的元素统一在这个统一体中。但是现存的世界是分裂的、充满对立性和矛盾丛生的状态,如果想在未来将分裂的万物重新统一起来,审美行为将起到至关重要的作用,原因是美反映了统一体的形象而且绝对之物将意志以美的形式呈现。所以是美将区别的多样性统一为整体的"一",就像使世界连接在一起一样。以荷尔德林的教育小说为例,在小说中同名主人公许佩里翁说:"新的王国守候着我们,美是它的国王。"①在德国浪漫派的诗学中,美扮演着"国王"的角色,不仅因为其具有超功利性,被德国浪漫派当作对抗实用功利的利器。"啊,至乐的自然!每当我在你面前抬起眼睛,我不知道自己怎么了,然而天空所有的乐趣都在这眼泪中,像爱人面对着爱人,我在你面前哭泣"②,抑或是那让我们读出了荷尔德林性格深处的内向、敏感甚至是纯净的文字:"我在你们那里变得真正理性起来,学会把我彻底地与我周围相区别,现在孤立于美的世界"③等。美在德国浪漫派的学说中更是一种超验理念的存在,是绝对完满的象征。在《德国唯心主义纲领》中,荷尔德林对审美行为做了准确描述:"统一一切的理念是美的理念……我坚信,理性的最高行动是一种审美的行动。"既然美作为普遍统一体的形象,将万有合而为一,人类在用美的眼光审视周围世界和自我、聆听内在和自然的声音之时,就能发现酣睡在万物以及自我本身中的神的秘密。总之,人类在与神性的关联的审美行为中,可以重拾内在的神性光辉,从而完成自我塑造和皈依神性完整。

经由自己的诗作《自然与艺术或者萨图恩与朱庇特》,荷尔德林旨在表明:"艺术,无论它有多么辉煌,也只能出自自然",艺术家的知性应当依循自然中"没有书写成文的法规";"特别是施莱格尔兄弟、施莱尔马赫和谢林,全都倾心于古代希腊。他们一心想深入感觉一切人性,果然很快认识到,希腊人身上才具有最丰富的人性。他们渴望从当时人为的社会结构中逃出来,逃向自然去,可是他们也只有在希腊人身上才重新找到永恒的自然"④。谢林将康德、费希特等人的意志自由学说与"活力论"相融

---

① 荷尔德林:《荷尔德林文集》,戴晖译,北京:商务印书馆,1999年,第2页。
② 同上书,第46页。
③ 同上书,第8页。
④ 勃兰兑斯:《十九世纪文学主流(第二分册)德国的浪漫派》,刘半九译,北京:人民文学出版社,1997年,第43页。

合,形成了一种"神秘主义的活力论",这对浪漫主义"有机论自然观"的形成至为关键。"自然本身是有生命的,是一种精神性的自我展开。世界起初处于一种野蛮的无意识状态,逐渐发展出它对自己的意识。这种意识肇始于最神秘的原初阶段,起源于黑暗而不断发展的无意识意志,逐渐获得自我意识……自然展现了意志发展的各种阶段,每个阶段都是自然不同发展阶段的意志的反映。"①在浪漫主义者看来,所有自然物都从属于一个"普遍的自然或世界的灵魂"(Universal Nature or World Soul)。"世界灵魂"的概念是弗里德里希·威廉·约瑟夫·冯·谢林哲学的核心,这用其名言来说就是——自然是可见的精神,精神是不可见的自然。谢林认为自然的发展和人类一样具有自我意识,自然与人类之间存在着不可忽视的相通性;他在自然规律与人类精神之间找到了某种平衡,从而完善了其自然哲学的理论。霍夫曼在1816年写道:"那些理解了艺术的神秘宗旨的画家可以听见大自然的声音,那声音通过树木、植被、水流和山岳等事物讲述着关于它自身的无穷奥秘。这种将自己的感情转化为艺术作品的天赋,就像圣灵附体一样降临到他的身上。"②

艺术与自然,在瓦肯罗德等浪漫派作家这里并非是一个"再现"或"反映"的关系。在《论两种神奇的语言及其神秘的力量》中,瓦肯罗德声称自然与艺术是两种不同的语言:自然是上帝的直接创造,艺术是人的创造;自然是神性的直接显现,艺术是人性的展现;自然承载着宇宙的奥妙,而艺术则揭示着生活的奥秘。两者的相同之处在于:艺术与自然都"通过隐晦而神秘的力量作用于人的心灵,具有神奇的力量";在瓦肯罗德看来,这两种语言所禀有的神奇力量显然要远胜过一切理性语词的论辩,"智者的教诲只能打动我们的头脑,也就是说,它只能打动我们的一半自我;而这两种神奇的语言——此刻我正在宣告着它们的力量——却既可以打动我们的感官,又可以打动我们的精神;或者更进一步说(我无法用别的语言表达),通过它们我们(自己所无法理解的)生命中的各个部分都被融合在一个新的有机体里"③。

---

① 以赛亚·伯林:《浪漫主义的根源》,吕梁等译,南京:译林出版社,2008年,第100页。
② 转引自大卫·布莱尼·布朗:《浪漫主义艺术》,马灿林译,长沙:湖南美术出版社,2019年,第23—24页。
③ 威廉·亨利希·瓦肯罗德:《论两种神奇的语言及其神秘的力量》,见威廉·亨利希·瓦肯罗德《一个热爱艺术的修士的内心倾诉》,谷裕译,北京:生活·读书·新知三联书店,2002年,第68—69页。

"自然"这种语言出自上帝之口,"生生不息、无穷无尽的自然,它牵引我们穿过大气中广博的空间直接到达神性"①。"自然就是一部解释上帝的本质和特性的最全面最明了的书。树林中树梢的沙沙作响,滚滚的雷声,都向我诉说着造物主神秘的事物,我无法用话语表达它们。一段优美的山谷,为许多千奇百怪的岩石所环绕;或是一条平静的河流,其中倒映着婀娜的树姿;或是一片开阔的绿色草坪,映照在蓝天之下——啊,所有这些事物,都比任何话语的语言更能神奇地触动我内在的情怀,更能深刻地把上帝万能的力量和他万有的恩泽载入我的精神,更能使我的灵魂变得纯洁和高贵。我以为,与之相比,语言只不过是一种平凡与简陋的工具。"②而"艺术"这种语言则"出自为数不多的遴选者之口","为我们塑造人类至高的完美",并"以其动人而奇妙的方式,把精神的和非感性的东西融化到可见的形体之中,使得我们整个身心从最深层为之震撼"。③

　　19世纪生命科学中有关"繁殖"的思想,很早便进入了浪漫主义话语系统,并成为其最重要的隐喻。将这一科学隐喻发挥到极致的便是德国浪漫派诗人诺瓦利斯及其哲学导师费希特。以赛亚·伯林将费希特的观点归纳为:"人是一种持续进行的行动——连行动者都称不上。人必须坚持不懈地生产和创造才能臻于完满。"④而诺瓦利斯则在生物繁殖体系中引入了"正-反-合"的辩证结构。他提出:"无论是个体的繁衍,种群的繁衍,还是两性的交配,生物繁衍发展的每个阶段都有自身的价值。生物的成长与繁衍,是在先前的生物基础上有所继承和有所扬弃的有机发展,而不是全盘抛弃或否定先前阶段所取得的成果。"⑤由此,诺瓦利斯便为浪漫主义思潮塑造了一种以肯定文化创造性和历史传承性为基础的文化观。

---

① 威廉·亨利希·瓦肯罗德:《论两种神奇的语言及其神秘的力量》,见威廉·亨利希·瓦肯罗德《一个热爱艺术的修士的内心倾诉》,谷裕译,北京:生活·读书·新知三联书店,2002年,第69页。
② 同上书,第67页。
③ 同上书,第68页。
④ 以赛亚·伯林:《浪漫主义的根源》,吕梁等译,南京:译林出版社,2008年,第117页。
⑤ 郝苑:《科学与浪漫主义》,《自然辩证法通讯》,第36卷第3期,2014年6月,第91页。

第二节 "返回自然"及"疯癫""废墟"意象

卢梭重新开启了人之自然情感的另一模式。他承认控制个人行为的力量当属理性,然而他同时又认为能够向理性发出号令的却常常是人内心深处的情感——在很多时候,理性与情感是很难截然分开的。卢梭的存在,表征着启蒙学派绝非是铁板一块,也昭示着 18 世纪后期情感的勃发已然成为至高的理性法则难以遏制的一种时代情绪。卢梭对情感的推崇、对自然的崇拜、对自我的歌颂、对想象力的强调,这一切都使得这个启蒙学派中的异类宣告了浪漫主义的诞生。

对自然或"自然状态"的崇拜,是卢梭思想中最为引人瞩目的一个方面。当卢梭宣称"自然状态"表征着纯真美好的年代而文明却意味着堕落的时候,其自然观中的非理性倾向已是昭然若揭、不言自明。卢梭非理性主义的自然观,在其思想与文学中有两个非常重要的展开。其一,他在教育小说《爱弥儿》中肯定了 18 世纪哥特小说中开始出现的"高贵的野蛮人"形象;"高贵的野蛮人"被后来的浪漫派作家进一步发扬光大,成为浪漫主义抵御工业文明之物质主义与功利主义的一种标志性创设。其二,当他把想象中的"自然状态"定义为是没有剥削和压迫的理想状态的时候,他自然会认定私有财产是人类社会不平等的起源与基础,而私有制则是应予剿灭的现代社会腐败的温床。这种对私有财产与私有制的断然否定,中经 19 世纪初叶空想社会主义思想家圣西门的进一步发挥,直抵 19 世纪中叶的无政府主义革命家普鲁东和无产阶级革命家马克思。对此,后来英国的浪漫主义作家威廉·赫兹里特对卢梭有如下评价:"正是他把那难以释怀的敌意,对于等级与特权的敌意,摆放在优先于人性的地位,并把它传播到每个人的心底。"[①]而更多的人则将卢梭"充满敌意"的平等主义思想与法国大革命中雅各宾派的"平民政治""红色恐怖"以及"革命专制"直接联系起来。

在《社会契约论》等政治学著作中,卢梭的确表露出强烈的集体主义价值取向,但在《忏悔录》等文学性著作中,卢梭所呈现出来的又是另一副

---

① 转引自邓肯·希思:《浪漫主义》,李晖、贾倩译,北京:生活·读书·新知三联书店,2019 年,第 24 页。

极端个人主义的姿态——自恋或者个人的自我崇拜。卢梭声称他所描绘的人就是他自己。他说:"我与世上的任何一个人都迥然不同;虽说我不比别人好,但至少我与他们完全两样。"①在卢梭看来:我拥有自己;我的自我的存在,使我与世界之间有了对话的可能。而且我在无论多么庞大、神秘的世界面前始终是站立着的;我可以选择谦卑,我可以体验崇高,但我绝不下跪,绝不交出自我,因为我的自由就是我的人格。就个人主义或者个体主义的思想立场而言,卢梭尤其是后来浪漫派的前驱,"他预示着浪漫主义执着于个人主体性的发展倾向"②。而当个体的心力衰退,无法支撑起这份个人主义的自恋或自我崇拜的时候,席卷其心理世界的强烈的不安全感就会构成对个体自身的反噬,这就有迫害妄想症的出现。晚年的卢梭在这方面也堪称是一个最好的样本。

城市文明使人与世世代代赖以为生的土地脱离;工业革命最不为人注意然却也是最严重的后果便是使人与自然分离。反工业文明的价值立场,使得浪漫派天然地持守与自然融合的思想主张。人与自然的关系历史地成为浪漫主义文学中的一条红线,"返回自然"从卢梭开始便成为现代城市文明的解毒剂。"浪漫主义者几乎一直从哲学和道德的角度来看待自然。自然和自然状态下的生活,不仅是浪漫主义对18世纪晚期新出现的城市工业化生存状态产生失望的症结中心,自然也是一面镜子,浪漫主义者从中看到了造就人和物质世界的永恒的力量。"③在浪漫派作家看来,被城市文明遗弃的自然,不唯是艺术创作的灵感源泉,更是一切意义的来源;先有自然的大地,然后有万物生长,哲学、科学、宗教、道德、艺术等莫不师法自然。就此而言,"返回自然",就是游子回到故土的家园,就是孩童投入母亲的怀抱。对浪漫主义者来说,"大自然是逃离充满缺陷、堕落的人类世界的最重要的庇护所"④。

浪漫派与后来的自然主义作家都主张"返回自然"⑤,但这个命题中的"自然"之所指显然各有侧重。其一,华兹华斯等浪漫派作家坚信"自然是我们的家",这不仅是因为"外部世界与人的心灵相符合",更是在说"在我们的生命中自然才存在";相比之下自然主义作家念兹在兹的"自然"显

---

① 卢梭:《忏悔录(上册)》,李平沤译,北京:商务印书馆,2010年,第3页。
② 邓肯·希思:《浪漫主义》,李晖、贾倩译,北京:生活·读书·新知三联书店,2019年,第24页。
③ 同上书,第74页。
④ 大卫·布莱尼·布朗:《浪漫主义艺术》,马灿林译,长沙:湖南美术出版社,2019年,第13页。
⑤ 左拉在《实验小说论》等著述中反复强调"自然主义就是返回自然"。

然要客观得多。其二,浪漫派的"返回自然",意味着要回到"起源"里去发现生命的"意义";而19世纪后期自然主义的"返回自然"则是要挣脱观念的宰制,回到生活的现象之海,从中打捞出世界的"真实"。两者虽有关联——都是要摆脱某种观念化的东西,但旨趣却明显不同:前者是面对着工业革命所带来的天崩地裂大变局及前所未有之意义的失落,要回到被工业文明断开的自然的源头上重建生命的"意义";后者则不满于前者简单的"意义"(观念)建构,要在生物学、生理学等重大科学进展所劈开的现实断面上重构人性以及世界的"真实"。其三,"忠于'主观性'的浪漫主义者,对自我意识形成的过程极感兴趣"①;他们向内寻找,在主体与客体的纠缠争斗中确立起一个独立的、创造性的、作为"意义"之直接来源的"自我";自然主义作家则向外探究,将膨胀、孤立的个体"自我"重新融入脚下的大地,将无中生有、天马行空的主观创造撇回到真切的"感觉"的端口,而这端口则直接连通着既作为现象或表象又作为"真实"之直接来源的"自然"。

  无论是在浪漫派作家那里还是在自然主义作家那里,都是"感觉"将"人"与"自然"连接在一起——但这里的"感觉"之于两派作家亦然有着不同的意味。同样是"感觉",浪漫派更强调想象与主观性,而自然主义则是将其置入"观察"-"实验"的科学立场上。浪漫派用一句"自然是我们的家",不仅轻易便消解、抹掉了主-客体二元结构中所包含着的自我-自然的对立,同时也忽略、取消了主体自我对客体世界在"感觉"中达成认知的外在过程与内在机制——需要的时候则以更为模糊的"创造性直觉"抵挡了事,这直接造成了浪漫主义,在"返回自然"的呼吁声中断开了与自然的真实关联,日益在人为的观念之渊中深陷、迷失。而这正是后来否定浪漫主义的自然主义文学运动得以出现的基本背景与逻辑前提。

  1895年,在写给瑞典作家奥古斯特·斯特林堡的信中,保罗·高更慨叹:"文明使你痛苦不堪",而"野蛮社会却让我返老还童"。②就审美现代性运动的展开而言,对失落的天真和自由的追求,往往与一种将自己跟原始本能重新联系在一起的渴望紧密联系在一起,这也许正是卢梭"返回自然"命题的初衷与本意。浪漫主义艺术家开始重新审视打量自然,并经由儿童或动物的自然冲动探触人的潜意识领域;与此同时,一种建立在对

---

① 邓肯·希思:《浪漫主义》,李晖、贾倩译,北京:生活·读书·新知三联书店,2019年,第75页。
② 转引自大卫·布莱尼·布朗:《浪漫主义艺术》,马灿林译,长沙:湖南美术出版社,2019年,第399页。

部落和非欧洲艺术效仿之基础之上的原始主义风格,也开始出现。逃离工业革命所带来的物质世界,逃离工业革命所带来的城市文明,对浪漫主义艺术家来说,"原始世界的诱惑同样是未知世界的诱惑。正如返回过去一样,它也指向一个新的艺术的未来,潜意识体验提供了一个从物质世界中逃离出来的机会,为我们回到一种被人遗忘的自然状态,提供了希望"①。1809 年,霍夫曼写道:"我通过一个放大镜来认识自己,围绕在我身边的所有形式都是其他的'我本人'。"②浪漫主义的自我是一个内心深处充满了思想、激情、冲动等复杂要素的结构。在浪漫派作家那里,作为自我表现的艺术创作过程当然与人之内心深处的非理性力量息息相关。艺术作品,在很大程度上往往便是心灵躁动即无意识或潜意识冲动的产物。但当时他们并不知道如何称呼或界定这些神秘的冲动。在《序曲》中,华兹华斯就曾用"下灵魂"(Undersoul)或"下意识"(Underconscious)这样的表述来指称它们。此种新的认知有一个非常重要的推论:作为一种直接发自灵魂深处的抽象艺术形式,过去曾长时间与神之启示联系在一起的音乐,现在开始被看作疯癫的表达,在浪漫主义戏剧许多与疯癫相关的场景中总有"会唱歌的疯子"出没;疯疯癫癫的音乐家在这一时期的小说中也是经常出现的人物。对于那些认为艺术创作本身可能包含着一种疯癫要素的浪漫派作家而言,人物精神错乱所表现的正是一种类如性亢奋的激动。醉生梦死与醉乡梦园、本能力量与超自然力、古老巫术与现代迷信、童言无忌与动物凶猛、疯子的痴狂与吸毒者的狂躁……所有这些都结伴步入艺术的前台。柯勒律治与托马斯·德·昆西是英国浪漫主义作家中两个最著名的鸦片吸食者。前者的《忽必烈汗》与后者的《一个鸦片吸食者的自白》(*Confessions of an English Opium Eater*,1821),都与吸食鸦片后的精神错乱相关。也许正是吸食鸦片的体验使得柯勒律治对于"幻觉"(Fancy)和"想象力"(Imagination)做出了明确的区分:幻觉或幻想,总是反复无常让人误入歧途,而想象力则生气勃勃予人以灵感。而托马斯·德·昆西直称其写作《一个鸦片吸食者的自白》的目的在于"揭示潜在的属于梦境的某种宏大的东西",包括"那种恍惚、深沉的白日梦,这

---

① 大卫·布莱尼·布朗:《浪漫主义艺术》,马灿林译,长沙:湖南美术出版社,2019 年,第 399 页。
② 转引自大卫·布莱尼·布朗:《浪漫主义艺术》,马灿林译,长沙:湖南美术出版社,2019 年,第 337 页。

都是鸦片能为人性做的贡献——把它推上巅峰"。①

  不论是否吸食毒品，浪漫派作家所揭示出来的内心潜意识世界都是一个黑暗的王国：已不再仅是乖张的个性、畸形怪癖或反常，而且更多的是纯粹的疯狂。与推崇理性的启蒙时代对疯狂的排斥不同，"浪漫主义运动刷新了人们对疯子天才的兴趣"②。从歌德笔下自杀的维特到华兹华斯的《智障男孩》，从拜伦的《塔索的悲叹》到德拉克洛瓦等浪漫主义大画家反复描绘的塔索肖像："这个时代不缺乏疯癫，艺术家用不同的方式诠释了疯癫的魅力。自省，结合个人至上的信仰，令很多浪漫主义者不仅对疯狂大感兴趣，而且对疯人也报以同情。"③对有些浪漫主义者来说，对疯子的理解与同情可能会上升到尊敬乃至嫉妒的地步。喜欢描画疯子的诗人画家威廉·布莱克曾这样记录一位朋友的谈话："柯珀来对我说：'噢，我其实一直是一个疯子，因为我永远也安生不下来。你能让我彻底疯掉吗？永远疯掉——噢，那样的话，我就会回到上帝的怀中。我将重获健康，与我们所有人一样疯狂——所有人——不因为失去信仰而受到伤害——不再承受培根、牛顿和洛克这些人的伤害'。"④

  由于意识到内心深处的潜意识会使人表层的理性思维与行为产生撕裂，双重人格在浪漫主义作家的生活与创作中便成了一个重要问题。长时间隐居在巴伐利亚小镇的德国作家让·保尔，从18世纪90年代起便开始描写所谓光阴静好的田园生活中那少为人知的虚无、压抑、狂乱与毁灭。"旨在弥合存在于人类本性之中的精神与物质的二元对立"⑤，他刻意揭示外衣里面的心机、日常深处的疯癫、平静底下的狂热。他喜欢给笔下的人物起一些相似的名字，如瓦尔特（Walt）与伍尔特（Wult），以此昭示：他们虽然表面上有着不同的性格与命运，但内里却是因一种神秘的相似相互联系着。

---

  ① 转引自蒂莫西·C. W. 布莱宁：《浪漫主义革命：缔造现代世界的人文运动》，袁子奇译，北京：中信出版集团有限公司，2017年，第95页。

  ② 蒂莫西·C. W. 布莱宁：《浪漫主义革命：缔造现代世界的人文运动》，袁子奇译，北京：中信出版集团有限公司，2017年，第100页。

  ③ 同上。

  ④ George MacLennan, *Lucid Interval: Subjective Writing and Madness in History*, Leicester: Leicester University Press, 1992, p.78.

  ⑤ 大卫·布莱尼·布朗：《浪漫主义艺术》，马灿林译，长沙：湖南美术出版社，2019年，第336页。

让·保尔的师尊不仅有后来疯癫了的让-雅克·卢梭①,而且有大名鼎鼎的德国艺术家霍夫曼。作为一位不得志的普鲁士官员,霍夫曼白天是法官,晚上则是梦想家与酒徒。在酒吧,他喜欢将各种酒调混在一起将自己灌醉,然后开始各种类如行为艺术的恶作剧。与酒一样,音乐同样是其生活中不可缺少的兴奋剂;他指挥过莫扎特的《魔笛》等歌剧,写过交响曲、钢琴三重奏、钢琴独奏以及歌剧等诸多音乐作品,同时作为最早的贝多芬乐评人之一,其有着详细谱例的贝多芬钢琴三重奏、第五交响曲的评论历来为史家所称道。从根本上来说,霍夫曼是一位彻头彻尾的艺术天才——不仅是当时著名的指挥家、作曲家与音乐评论家,更是怪诞小说家的祖师爷。在他看来,音乐、绘画、小说等构成的艺术世界是一个更丰富、更灵动、更真实的世界。活动扭曲的镜子、唱歌的玩具娃娃、恐怖的机器人、以为自己就是某音乐大师的怪人、为不使自己的杰作落入外行之手而奋起行凶的匠人……"除了霍夫曼的小说,在其他任何地方,我们都无法看到梦和现实、魔鬼和上帝以一种让人无所适从的方式融合或者冲撞。"②霍夫曼似乎对双重人格或人格分裂有着难以摆脱的痴迷,半是疯癫半是清醒的音乐家约翰内斯·克莱斯勒(Johannes Kreisler)是其笔下最具典型意义的人物形象。这位霍夫曼文本中反复出现的主人公,不满宫廷里的种种清规戒律,愤而辞职,隐居在修道院创作宗教音乐;但他的内心又满是躁动的欲望,各种自我纠结,诸多苦涩无奈。克莱斯勒才华横溢而个性乖张,狂放不羁又孤独脆弱。霍夫曼在文坛上的地位来自其一系列极具讽刺意义的怪诞故事。德国的让·保尔,法国的戈蒂耶、巴尔扎克、波德莱尔,英国的狄更斯,美国的爱伦·坡,俄国的果戈理、陀思妥耶夫斯基,都直接受过他的影响。

　　从18世纪末叶开始,西方学界与文坛就普遍出现了对梦进行探究的强烈兴趣。德国哲学家哈曼将梦视为"通向自我认识的地狱之旅",而法国作家查尔斯·诺蒂埃则宣称梦是"最甜美也最真实的生活经历"。③浪漫主义作家与理论家对于梦的探索与理解,正是大约100年后弗洛伊德《释梦》(*Interpretation of Dreams*,1900)的直接发端。总体来说,浪漫派

---

① 让·保尔的原名为约翰·保罗·里希特,后因崇拜卢梭改名为让·保尔。中译亦为让·保罗。
② 大卫·布莱尼·布朗:《浪漫主义艺术》,马灿林译,长沙:湖南美术出版社,2019年,第337页。
③ 转引自大卫·布莱尼·布朗:《浪漫主义艺术》,马灿林译,长沙:湖南美术出版社,2019年,第317页。

作家普遍喜欢将梦看作存在于另一个时间维度与空间世界的另一种生活,做梦者在梦乡中通过回忆过去与穿行未来达成对现在时间的超越,被理性主义分崩离析的碎片世界由此被梦重新拼接粘合,已然失去的永恒的统一再次降临。启蒙学派照亮世界的理性之光,使得人们不再相信传奇、神话以及其他涉及神秘或超自然现象的故事;浪漫派作家对于梦的探究,与他们热衷于寻找、收集、辑录民间传说乃至关于巫师魔怪的迷信故事有着共同的心理动因。在很大程度上,浪漫主义者普遍认为正是使人远离了灵性的理性撕裂了人类,混乱了世界。由是,较之于理性主义所推崇的规则和逻辑,浪漫派显然更青睐情感、感觉与冲动;相比于知识的明晰和科学的严谨,儿童的稚真乃至原始世界的雄浑似乎更受膜拜。华兹华斯推崇所有单纯的事物,这其中最引人注目的便是其对儿童的赞美——"儿童是成年人的父亲"。华兹华斯笔下的儿童是自然的延伸,自然是儿童的圣地。大自然中最卑微之物也让孩童惊喜不已。"快瞧,这绿叶浓荫里面,藏着一窝青青的鸟蛋!"惊喜之余,是孩童天真的歉意,"我惊恐不安——仿佛在窥视别人隐秘的眠床"。之后,"不分晴雨,也不问干湿,我和艾米兰妹妹总是一直去把它探望"。与麻雀的情谊就此缔结于这日日探望之中。自然里长大的孩子都有远见,"樱草、紫罗兰、雏菊,模样标致,只开花不结果,这些花你采吧,到了明年它们照样开,一开一大片。草莓花,别动手,为了那一天吃个痛快,草莓花儿你不能采!"大自然启迪了孩童善良的情感和博爱精神,是孩童的精神导师。融合在自然之中的孩子,谦卑虔敬、心地善良而聪灵智慧。由于孩童能够简单而自发地面对自然景象,他就具有了某种认知优势。而成年人的思想只是变得复杂,并不见得能企及孩童的直觉所能达到的高度和质量。

人类"进步"的观念似乎被彻底颠倒了过来:自人类吃了智慧树上的果子以来,由于背离了内在的灵魂,人类反而因其获得的理性与知识日益堕落下去。"诗人是一只夜莺,栖息在黑暗中,用美妙的歌喉唱歌来慰藉自己的寂寞。"[1]浪漫派作家认为只有在蛮荒状态中,或者当其在他们身上引起模糊的恐怖感的时候,自然才是最美的。[2] 德国浪漫主义正是这样用动态的方式来表现人与自然关系的:德国浪漫派作家蒂克发明了浪

---

[1] 雪莱:《为诗辩护》,缪灵珠译,见刘若端编《十九世纪英国诗人论诗》,北京:人民文学出版社,1984年,第127页。
[2] 勃兰兑斯:《十九世纪文学主流(第二分册)德国的浪漫派》,刘半九译,北京:人民文学出版社,1997年,第127页。

漫主义的月光风景,他笔下的"森林间的孤寂""月色皎洁的魔夜"正是风景和光影的变化所反映出来的人与自然的互动关系。德国浪漫派对风景,尤其是原始森林的诗意想象,以其丰富的变化和怪诞、诡谲的情绪,充分展现了浪漫主义自然观所提倡的自然的能动性。勃兰兑斯指出:"德国旧日的浪漫主义者到了夜晚才能真正体会到自然的精妙所在,才能真正感受到人与自然的和谐,他们并不关注自然本身,而是沉浸在个人对自然的印象之中,感到'忧郁而又无限的幸福',乃至'忘却了自己的目标'。"①很大程度上,浪漫主义中的废墟和荒原意象与黑夜和死亡的意象是同构的。经由自由想象所达成的崇高既然可以穿透废墟,俯视荒原,当然也就可以洞悉黑夜,超越死亡。"群山、深渊和荒野,与启蒙主义的思想原则截然相悖。在启蒙主义看来,宇宙井然有序,它来自神圣的'上帝钟表匠'之手。"②而浪漫派则在废墟与荒原中发现了某种充满悖论的吸引力,用阿希姆·冯·阿尔尼姆的话来说就是——它们唤起了"一种无常的独特感受,这一点颇受那些厌倦了现实的忧郁灵魂的欢迎"③。

第三节 《瓦尔登湖》:另一种"返回自然"的"绿色圣经"

"我宁肯坐在一颗南瓜上,让自己别无所求,也不想挤在天鹅绒坐垫上;我宁肯在地上坐着牛车,享受清新通畅的空气,也不愿心怀驶往天国的梦想,而在观光车梦幻般的车厢里一路呼吸瘴气。"④亨利·戴维·梭罗,这位在同代人眼中行为怪异、个性偏执的前哈佛高才生,这位具有无政府主义倾向⑤的超验主义者,在1845年夏天独自一人远离尘嚣来到距康科德城(Concord)2公里外的瓦尔登湖畔,在属于朋友拉尔夫·沃尔多·爱默生的土地上自建小木屋住了下来。在此生活的两年零两个月又两天中,梭罗全神贯注地感受自然蓬勃的生机,细致入微地观察和体验万物的奥秘,后来出版的随笔集《瓦尔登湖》(Walden,1854)详细记载了这

---

① 勃兰兑斯:《十九世纪文学主流(第二分册)德国的浪漫派》,刘半九译,北京:人民文学出版社,1997年,第127页。
② 邓肯·希思:《浪漫主义》,李晖、贾倩译,北京:生活·读书·新知三联书店,2019年,第18页。
③ 转引自大卫·布莱尼·布朗:《浪漫主义艺术》,马灿林译,长沙:湖南美术出版社,2019年,第230页。
④ 亨利·戴维·梭罗:《瓦尔登湖(修订版)》,仲泽译,成都:四川文艺出版社,2011年,第62页。
⑤ 梭罗曾出版无政府主义倾向的小册子《论公民的不服从》(Civil Disobedience,1849)。

段独特生活实验中的所见所闻与所想。不同于爱默生对自然的理性剖析,梭罗笔下的自然活泼灵动,自然与人或激烈或平静的神交激荡在书页之间;其前描写自然界的作品,只是以"书信""插叙"或"杂志文章"的形式出现,是梭罗赋予了自然散文以新的内涵:不再是简单的观察报告,而是关于自然的艺术创作——其关于自然的观察与体验被赋予了文学与哲学的双重价值。

自然在梭罗的笔下不再是单一的表象之美,也不再是传统文人抒情时的所借之景,而是一个独立自主的神圣主体。《瓦尔登湖》摆脱了既往西方文化中刻意强调的人与自然的对立,让自然站在了与人平等的地位,并彰显出其不为人知的"灵性"。在瓦尔登湖畔生活的两年多的时间里,从天上的日升月落、星辰变换、飞禽迁徙,到地上的花草鱼虫、湖泊河流,天地之间,没有一样东西能逃过梭罗的双眼和耳朵,没有一样东西不引起他内心的喜爱和兴趣。在《瓦尔登湖》中,自然的色彩、光影、构造与质地都得到了翔实的记录,字里行间充满着对自然的赞美——苍翠巍峨的高山、茂密繁盛的森林、清澈平静的湖泊、繁花点缀的草地、自由嬉戏的动物……而自然万物的灵性就附着在声光移易的物象之中。梭罗善于运用拟人、谐音、双关等辞令技巧优雅地描摹自然物象。在《春》这一章里,梭罗对春进行了无比动人的描写:

> 太阳终于开始直射了;暖风驱散了雾霾和阴雨,消融着岸上的残雪;太阳驱散了武器,撒播着柔柔的光线;大地气象万千,黄白相杂的蒸汽像熏香一般缭绕飘荡;游人取道其间,从一个小岛到另一个小岛,心田激荡着溪水与小河的淙淙欢唱——它们脉管中冬天的血液正在奔向远方。①

光影变幻的自然极具立体感,柔和的阳光、温暖的春风和缭绕的水汽的神奇交融让我们看到了春天的浪漫和温润,领略了自然力量的无坚不摧。梭罗把具有高大坚强气质的松树比作庄严的殿宇、海上列队待命的舰只;把草地上星星点点的蘑菇比作沼泽诸神的圆桌;把牛叫声形容成甜蜜而亲切、似行吟诗人歌唱的小夜曲;把猫头鹰比作午夜狡黠的巫婆,其尖厉的叫声则是忧郁风格的音乐。他描绘一年的春夏秋冬、雨雪阴晴,写树叶吹动的沙沙声,写失群大雁的阵阵惊寒、森林的狼嚎,写冰面在初春

---

① 亨利·戴维·梭罗:《瓦尔登湖(修订版)》,仲泽译,成都:四川文艺出版社,2011年,第329页。

开裂时的砰砰响声。那一潭深幽平静的瓦尔登湖水,更是其一往情深、流连忘返的倾心之物。梭罗用其独有的敏感察觉到了湖水的悄然变化:即便是从同一视点观察,也时而呈蓝,时而泛绿。它居于天地之间,在色彩上兼有二者之致。自山巅观望,它映照着天空的颜色,行至水边,湖岸细沙历历,湖水微微泛黄,然后变为淡绿,渐远渐深,最后融入了浑然一色的墨绿。湖水蓝黄绿的纷杂交织,呈现出了瓦尔登湖的纯美宁静,其远离尘嚣、绝世独立的风姿跃然纸上。

书中梭罗对动物的描写更为生动自然。即使是一些平时不怎么讨人喜欢的生物,他也能兴致盎然地发现并描绘出它的与众不同。红松鼠是个狡黠的鬼精灵,它急速奔跑取食时像舞女一样往来折腾;松鸦取食物鬼鬼祟祟,小家子气十足,且贪心进食时每每卡住喉咙;山雀成群结队,飞翔驻足大自在,无忧无虑无畏惧。当然,书中也记载了自然残酷阴郁的一面:月光下的猫头鹰是暗夜精灵,黑暗中传递着阴郁的兆头;蚂蚁们在木片之上殊死搏斗,你来我往,至死方休——梭罗发现它们甚至会"奏响国歌",一边激励着"漫无斗志、行动迟缓的战士",一边又在"为行将死去的战士喝彩"。毫无疑问,在梭罗的笔下,自然美不仅体现为或温和宁静或可爱活泼的优雅与生气,而且也呈现为蒂克式的模糊恐怖与残酷幽暗。

美国超验主义把大自然看做精神的象征、灵魂的外壳。梭罗的师友爱默生在《论自然》("Nature",1836)一文中曾称所有自然现象都是某种"精神现象的象征物",自然界的内在精神乃是"普遍的存在"[1]。梭罗认为自然的美丽首先源自其内在精神的纯粹与真实。在他看来,自然的精神力量首先体现为其净化能力。在《湖》这一章中,瓦尔登湖表现出的水质净澈和永不干涸的特性让梭罗大为赞叹。他赞美瓦尔登湖水是天界的圣水与大地的明眸,任人事变迁始终纯净无瑕,自然不可方物,美丽不染尘埃;在这方宝镜上,所有不洁之物落在上面都会彻底绝迹,因为它得到太阳的清洗和打理——用那块由缥缈透亮的光线织就的擦布;湖中的鱼类和蛙类较之其他河流湖泊也更"干净、优美,且健壮"。梭罗不遗余力地赞扬瓦尔登湖的高度纯洁,并进一步指出这种纯洁与物质财富无关,与人类的金钱价值观无关:"天地之间有一种存在,它较之我们的生命更为瑰美,较之为我们的品德更为纯洁。"[2]僻居山林的梭罗对瓦尔登湖的礼赞,

---

[1] 范圣宇主编:《爱默生集》,广州:花城出版社,2008年,第36页。
[2] 亨利·戴维·梭罗:《瓦尔登湖(修订版)》,仲泽译,成都:四川文艺出版社,2011年,第226页。

不仅是对自然纯洁的慨叹,也是一个自我净化的过程。在《瓦尔登湖》中自然从来不属于从者地位,作者赋予它平等地位以求能达到更高程度的质朴。面对自然的博大与纯粹,作者原本的激烈个性得到了克制与洗涤,因而能够满怀虔敬地描写自身之外那个更具有纯粹意义的自然。

在梭罗独身一人栖居湖畔苦苦追寻真理的漫长时日里,他没有单纯依靠前人的经验知识来建构自己的哲学思想,而是置身大自然以个人体验来感受物我之间的共鸣;通过对自然的敏锐观察和细心研究,以自然作为个人审视外在事物与精神世界的连接点。比如,当沐浴在彩虹光晕的斑斓中,梭罗除了感受到造物的奇妙,内心还不禁生出了"将自己视作上帝的选民"的信心。与湖上潜鸟斗智斗勇到最后潜鸟却在自然的庇护中翩然远走,这让梭罗对自然的神秘顿生敬畏。每当深夜让思绪漫无目的地飘向天际,梭罗反而发觉自然之力无时无刻不与自我精神神秘勾连。大自然特有的调节能力使梭罗从繁杂的尘世琐事中抽离出来,在寂寞孤独中用幽默自省的态度一点一滴地感受体验自然万物的灵性。在《声》一章中,梭罗对环湖而鸣的牛蛙做了栩栩如生的描述:湖边的牛蛙是"古已有之"的"醉鬼和豪饮之徒","一味地豪饮、猛灌而腹肚滚圆","尽管酒已经跑味,仅仅成了充胀肚皮的液体;尽管美妙的醉意从未驱散既往的回忆……它们依然乐于恪守节日盛宴上嬉闹的旧俗"。[①]

在自然之美的感召下,凭借自己的体验与领悟,梭罗打破了人与自然二元对立的陈旧观点,建立起了人与自然的新型关系。在其笔下,瓦尔登湖是"大地的明眸,旁观者只消凝眸俯视,便可以从中映照出他天性深处的幽微"。通过自然界的媒介作用来达成自我的道德修养与精神成长,经由对自然细微之处的敏锐把握并努力有意识地将其提升到哲学高度,这是梭罗在《瓦尔登湖》一书写作中所追求的终极目标。当梭罗在湖中沐浴月色泛舟垂钓,思绪驰骛于浩渺宇宙间时,鱼儿的游动声响会打断漫游的思绪,让他"跟大自然再次建立了联系",思考问题的走向就像钓钩,好像"不仅可以把钓钩向下抛入这片水域,也可以向上抛入空中",梭罗"获得了一钩双鱼之效"。[②]听从着自然的指引,体察到仅仅把自然看做人类从属者的观念是多么荒唐,梭罗开始把自然作为一个有主体意识的精神主体来看待。人类不是世界存在的理由,自给自足的自然本身就是其存在

[①] 亨利·戴维·梭罗:《瓦尔登湖(修订版)》,仲泽译,成都:四川文艺出版社,2011年,第154页。
[②] 同上书,第203页。

的理由。摒弃人类主观上对它的主宰、利用和压迫，把自然放在平等地位上进行学习和研究，人类才配得上当下的生活。

在《瓦尔登湖》中，自然保持着一种与人平等的独立自主状态；梭罗真正地将对自然的敬畏之心浸透到文字里，把自己的同情和尊重给予自然中的一切生物。在《豆田》一章，梭罗种植的豆田遭到蛆虫和寒冷的侵袭，旱獭也常常前来觅食，甚至杂草也为虎作伥。但梭罗却扪心自问："我有什么权利除去它们，而破坏它们古已有之的百草之园？"[1]值得指出的是，梭罗对自然的敬畏之心并不等同于西方文化中泛神论对自然的崇拜——泛神论是将神性融合在自然之中，认为神与整个宇宙和自然是一体的，其敬畏的焦点当然是神，自然万物只是神的一个容器；而梭罗却像一个另类的先知，他直接把创造万物的上帝等同于自然——自然不仅仅是物质，而且掌握着创造生命的神秘力量，即自然就是精神或上帝。梭罗在与自然的接触中敏锐地发现了自然万物与人类的生活有着千丝万缕的联系。敬畏自然，在梭罗那里就是敬畏人类自身的生活。在瓦尔登湖畔两年多的思索使梭罗意识到他所处时代对自然肆无忌惮的开发并不是可以持续的健康的生活方式；因为自然绝不仅仅是供人盘剥的对象，更是创造了生命并维系着生命的主人。"为确保健康，一个人与自然的关系必须非常接近一种人格化的关系……我不能设想任何一种生活够得上生活之名，如果在这样的生活中没有对自然的某种温柔关系。"[2]人与自然的关系应该且必须是一种温柔的人格化关系，这显然是一种新式的充满了生命情感、道德情感、审美情感的自然伦理意识和自然伦理观念。如果说"人与人之间生来就是平等的"作为人权宣言的响亮口号源于卢梭，那么"人与自然万物之间生来就是平等的"口号则是梭罗对生活的精妙感悟。正是这种"温柔"的"人格化"关系，才使梭罗的自然观与人类中心主义割裂开来。"不管是从最高还是最低意义上说，合作就是结伴谋生。"[3]人是自然的一部分，自然赋予人类梦想和希望，人类只有在自然里才能自由翱翔。

社会越来越在乎财富，一个人的成功很大程度上取决于他拥有财富的多少，同时工业革命的极速扩张也使得人与自然的矛盾日趋激烈。在《声》这一章里，如铁马般的火车轰隆隆地冒着滚滚浓烟在群山万壑间呼啸而过，打破了湖畔生灵静谧的生活。火车本是工业时代极其寻常的交

---

[1] 亨利·戴维·梭罗：《瓦尔登湖（修订版）》，仲泽译，成都：四川文艺出版社，2011年，第182页。
[2] 李素苗主编：《英语日记精品》，北京：北京大学出版社，1997年，第24页。
[3] 亨利·戴维·梭罗：《瓦尔登湖（修订版）》，仲泽译，成都：四川文艺出版社，2011年，第97页。

通工具,无疑是社会文明跨越式发展的标志物,但同时它也制造了浓烟和噪声来污染环境。当时并没有多少人会注意到这个问题,但梭罗凭借其敏锐的观察力和感悟力嗅出了潜在的生态威胁。外部世界的这种污染和人类精神世界的迷失是分不开的,梭罗忧心的绝不仅是工业革命对自然的侵扰和掠夺行为,更有对人类精神世界潜在危机的焦虑不安。他不无忧伤地在《瓦尔登湖》中写到森林被砍伐的情景——瓦尔登湖畔原先浓密高大的松树和橡树遭到伐木工人们的恣意砍伐,几年以后能够让人悠然信步的林间小路就不复存在了。"我的缪斯,今后你若陷入缄默我还能说什么?那方小小的树林已遭芟夷,你怎能希冀鸟儿的歌唱?"①为了使得一个本就富足的乡绅银钱翻番,大批劳工使用各种器具"剥去了瓦尔登仅有的一件外衣",在湖面上开凿冰块。工业文明盲目自大的畸形发展模式,在贪婪的驱动下如一把铁锹在一点一点地撬动着人类的精神文明的基座。这正如浪漫派大诗人雪莱所说:"科学已经扩大了人们统辖外在世界的王国的范围,但是,由于缺少诗的才能,这些科学的研究反而按比例地限制了内在世界的领域;而且人既已使用自然力做奴隶,但是人自身反而依然是一个奴隶。一切为了减轻劳动和合并劳动而作的发明,却被滥用来加强人类的不平等,这应该归咎于甚么呢,可不是因为这些机械技术的研究在某种程度与我们所有的创造能力还不相称吗?"②物质文明和精神文明的不协调发展导出了人类精神的深刻危机。但就工业文明本身而言,梭罗始终秉持了辩证的立场——他批判其贪婪野蛮,也认同其在工商业领域的勇敢进取。"当列车从我身旁骇然驶过时,总会让我振作奋发、胸次豁然。"③

　　梭罗厌恶以物质财富和经济繁荣去衡量生活品质的思维与行为,他认为绝大部分奢侈品及不少所谓生活的舒适,非但没有必要,而且构成了人类进步的一种障碍;健康的生活应该是简约的、与自然和谐共处的。他身体力行,在湖畔独自建造木屋,开荒种地,只从事简单的物物交易。不难见出,梭罗是一位真正的智者,他对生活的诗意理解与德国浪漫主义诗人荷尔德林的思想颇为相似。荷尔德林也看到了工业文明对人性的异化作用,并预感到这些"离开了神灵"的被异化的人需要重塑自身,人们必须

---

① 亨利·戴维·梭罗:《瓦尔登湖(修订版)》,仲泽译,成都:四川文艺出版社,2011年,第218页。
② 雪莱:《为诗辩护》,缪灵珠译,见刘若端编《十九世纪英国诗人论诗》,北京:人民文学出版社,1984年,第152页。
③ 亨利·戴维·梭罗:《瓦尔登湖(修订版)》,仲泽译,成都:四川文艺出版社,2011年,第39页。

重返故里、重返童真,才能充满诗意地在大地上栖居。

梭罗倡导的简约生活方式在一开始就定下了最低生活水平的框架。梭罗认为生命的必需品是指"在人们付出努力的所有获取中,那些不管一经使用抑或长期使用,而显得于生命关系甚大,以至于成了没有人能离得开的物品,容有例外,无非因为蒙昧、贫穷,或是哲学上的缘故"①。他把生命必需品归于四个方面:食物、住所、衣物和燃料。对食物,梭罗的要求是只消能够果腹:"我的食物包括黑麦、没有发酵的玉米粉、土豆、大米、少许腌猪肉、蜜糖、食盐,还有饮料,也就是水。"②房屋也是一样。房屋本是人的庇护之所,它最初的作用只是为了取暖,但梭罗发现新英格兰人在房屋问题上也开始追求所谓的时尚和奢华——现代建筑物的豪华气派甚至超过了以往的君主城堡和宫殿。梭罗杜绝这些不必要的奢侈,他选择自己拎一把斧头,砍伐一些白松在湖畔搭建小屋。关于衣物,梭罗发现现代人在着装上推陈出新的时尚既粗暴又愚蠢;衣服只是肌肤之外的一层表皮,人并不需要不停地置换新衣,相形之下自我生活品质的提升更为重要。

无论是衣物、居所还是食物,它们最终也只是一种保持人体温度的燃料。由此,生存的关键就必须采取更经济、更简单的方式来维持我们人体的正常热量消耗。梭罗最终的结论是——时间才是唯一真正的财富。"物价,就是为了换取物品而需要的那部分生命,不管是现实支付还是最终兑现"③;珍惜时间胜过追求金钱。时间的真正价值并不在于生产物质商品或是提供交通便利,而是在自我提升的过程中能同时满足人类的精神价值需求。梭罗每日走大约50公里,他花费的时间比乘坐火车的人要少得多,那些乘坐火车的人却不得不为一张火车票而花大力气挣上90美分,更妙的是他在散步途中还能惬意地欣赏沿途的风土人情。梭罗还以邻居为例,如继承农场的邻人和爱尔兰农夫约翰·菲尔德,他们为自己土地里的农作物的经济价值而汲汲营营却没有时间自我提升,除了机器一样地生活和为金钱忙碌,终身都无法从无穷无尽的劳作、吃饭、睡觉的机械循环中挣脱出来。"长期陷于庸俗,会妨害人们对其族类的关怀和信念,使他们习惯于把自己的全部心力都花在追求舒适上。需求和满足需求的技能变得更复杂了,贪得无厌的人必须耗费大量时间去熟悉这些技

---

① 亨利·戴维·梭罗:《瓦尔登湖(修订版)》,仲泽译,成都:四川文艺出版社,2011年,第37页。
② 同上书,第86页。
③ 同上书,第56页。

能,掌握其中的窍门,于是他没有多余的时间修身养性,凝神观照自己的内心世界。"① 在梭罗的"必需品"清单上,人们发现他明显略去了资本主义的基本要素:金钱。梭罗认为:"对满足灵魂的需求,金钱没有用武之地。"② 所以人不能"为了替人生最无价值的阶段争取某种不靠谱的自由,而将人生的黄金阶段挥霍在了金钱的营求之上"③。如果金钱不是必要的,那么只为赚钱的工作当然也就不是精神上必需的;只有出自真正的需要和发自内心的热爱的工作才会成为一种乐事。

梭罗靠周围的枯树残枝生火取暖,坚持用自己的双手劳作。他从不施肥,却收成不错。通过亲身实践,他发现满足生命必需其实很简单。几垄田地,铁锹整地,随时耕种生地就能空出大把光阴,有足够的自由去投身他的研究工作,满足灵魂生活。在梭罗那里,简约是生活的最高智慧;蠢人却将生计复杂化——为了得到皮带,要剥去牛皮细心缝制;为了得到安全,设置陷阱却在一转身夹到了自己;为了占有某物费尽心力,最后却是它占据了整个心灵……文明的发展在改善生活条件的同时,却忘记提升享受生活条件的人们的精神品质。"它营建了宫殿和园囿,却难以塑造出帝王和贵胄。"④ 梭罗明白自己的生活需求,只以最低的消耗去获取他想要的结果。梭罗自豪地宣称:"我能保证自己可以轻松地种上一蒲式耳或两蒲式耳的黑麦和玉米。"然后他说明了自己种植粮食的重要性:"这样,关于饮食,我就免去了各色各类的交易……但,我不妨这么说:我觉得因我居留在这块地上才提升了它的价值。"⑤ 梭罗展示了一种自给自足的生活方式能够给习惯向自然予取予求的人们带来精神的新生。这种自由自在的生存境界,超越心灵与物质的障碍,克服短暂生命和永恒时间的冲突,重新唤醒人类被遮蔽的本真存在,真正实现人与自然的完美和谐。简约的生活方式在梭罗看来是生命存在的基本形式,同时也表征着人类崭新的生存方式和精神境界。

梭罗选择在自然中栖息,他既是一位自然的保护者,又是严谨的哲学家、沉默的思考者。他脱离了人群和文明,以自然为媒介,用自己首创的

---

① 诺瓦利斯:《基督世界或欧洲》,见刘小枫编《夜颂中的革命和宗教:诺瓦利斯选集卷一》,林克等译,北京:华夏出版社,2007年,第204页。
② 亨利·戴维·梭罗:《瓦尔登湖(修订版)》,仲泽译,成都:四川文艺出版社,2011年,第355页。
③ 同上书,第79页。
④ 同上书,第59页。
⑤ 同上书,第89页。

精神与实验的方式来苦苦追寻心中的人生真理。"他是一个天生的异议者。他不肯为了任何狭窄的技艺或是职业而放弃他在学问与行动上的大志。他的目标是一种更广博的使命,一种艺术,能使我们好好地生活。如果他蔑视而且公然反抗别人的意见,那只是因为他一心一意要使他的行为与他自己的信念协调。"①梭罗在寂然清净的瓦尔登湖畔的日常生活里发现,人的内心纠缠着两种本能。一种是野蛮的兽性,让他偶尔对自然生灵产生强烈的猎杀欲望,野性和冒险在吸引他;另一种是趋向于一种更高的生活品质,是精神生活的本能。而在精神生活的道路上,个人体验至关重要。"让我们像大自然那样从容地度过每一天,在前行的途中,不要因纤芥之微而改变初衷……决意过好每一天。我们为什么要随波逐流,让步屈从?……不要松弛了你的胆气,充满朝气,去远航,去寻找另一条道路。"②在与自然神交的过程中,他会微笑着对屋外麻雀出声应和;在自然宁静平和的光阴里,懒散一点儿反而更能参悟真知——"只要充分地依从真知,它每时每刻都会向你昭示鲜活的前景。"③独处让他更加深刻地感受到自然的美好,"孤独并不取决于将人跟他的同伴分隔开来的空间距离"④,哪怕独处也不会倦怠疲惫,因为他在自己的冥想里找到了一个令人心醉神迷的世界。梭罗强调自我意识的不足和公众舆论阻碍了个人的发展;个人要想突破现有认知的界限,一定要对自己有清楚的认识:"一个人如何看待自己便昭示着,甚或决定了他的命数。"⑤他认为任何结论若不加验证都不足为训,尤其那些常被人引用的所谓警世恒言自认参透了生命的奥秘,却忽略了人之潜力的无限可能。他呼吁人们相信既有生活之外的更多可能,放下对己身的过多关注,将自我融入气象万千的大自然。

梭罗处在一个资本主义工业化、城市化蓬勃发展的时代。工业革命不仅带来了物质财富的高速增长,而且更有对自然的野蛮开发、征服和奴役。在物欲恶性膨胀的历史语境中,梭罗选择在瓦尔登湖畔离群索居,每日辛勤劳作,潜心阅读,对诸如人与自然应该是一种什么样的关系、文明与自然应该如何相处等重大问题进行了深刻而隽永的思考。梭罗的经历

---

① 范道伦编选:《爱默森文选》,张爱玲译,北京:生活·读书·新知三联书店,1986年,第189页。
② 亨利·戴维·梭罗:《瓦尔登湖(修订版)》,仲泽译,成都:四川文艺出版社,2011年,第124页。
③ 同上书,第140页。
④ 同上书,第162页。
⑤ 同上书,第33页。

反证了德国浪漫派诗人诺瓦利斯的论断:"某种孤独对于更高的感觉的成熟好像是必要的,因此人与人之间过多的交往,必然使有些神圣的萌芽窒息而死。"①

---

① 诺瓦利斯:《基督世界或欧洲》,见刘小枫编《夜颂中的革命和宗教:诺瓦利斯选集卷一》,林克等译,北京:华夏出版社,2007年,第204页。

主要参考文献

一、英文参考文献

Abercrombie, Lascelles, *Romanticism*, London: Martin Secker Ltd., 1926.

Abrams, M. H., *A Glossary of Literary Terms*, Fortworth: Harcourt Brace Jovanovich College Publishers, 1993.

——, *Natural Supernaturalism*, New York: W. W. Norton, 1971.

——, *The Mirror and the Lamp*, New York: Oxford University Press, 1953.

Adorno, Theodre, *Negative Dialectics*, trans., E. Ashton, London: Routledge and Kegan Paul, 1973.

Alexander, Meena, *Women in Romanticism*, Basingstoke & London: Macmillan Education, 1989.

Arac, Jonathan, Harriet Ritvo eds., *Macropolitics of Nineteenth-century Literature: Nationalism, Exoticism, Imperialism*, Philadelphia: University of Pennsylvania Press, 1991.

Babbit, Irving, *Rousseau and Romanticism*, Boston & New York: Riverside Press, 1919.

Barthes, Roland, *Writing Degree Zero*, trans., Annette Lavers and Colin Smith, New York: Hill and Wang, 1968.

Barzun, Jacques, *Classic, Romantic and Modern*, London: Secker & Warburg, 1962.

Becker, Lawrence C., *Encyclopedia of Ethics Volume II*, Garland Publishing, Inc., New York, 1992.

Behler, Ernst, *German Romantic Theory*, Cambridge: Cambridge University Press, 1993.

Berlin, Isaiah, *Vico and Herder: Two Studies in the History of Ideas*, London: Chatto & Windus, 1976.

Bloom, Harold, *Romantic and Consciousness: Essays in Criticism*, New York: W. W.

Norton & Co., 1970.

Bornstein, George, ed., *Romantic and Modern: Revaluations of Literary Tradition*. Pittsburgh: University of Pittsburgh Press, 1977.

Bourke, Richard, *Romantic Discourse and Political Modernity*, New York: St. Martin's Press, 1993.

Bowra, C. M., *The Romantic Imagination*, London: Oxford University Press, 1950.

Brinton, Crane, *The Political Ideas of the English Romanticists*, London: Oxford University Press, 1926.

Brown, Marshall, ed., *The Cambridge History of Literary Criticism: Romanticism*, Cambridge: Cambridge University Press, 2008.

Chapple, J. A. V., *Science and Literature in the Nineteenth Century*, London: Macmillan Education Ltd., 1986.

Charlton, D. G., ed., *The French Romantics*, Cambridge: Cambridge University Press, 1984.

Chiari, Joseph, *The Aesthetics of Modernism*, London: Vision Press, 1970.

Clement, N. H., *Romanticism in France*, New York: Kraus Reprint Corporation, 1966.

Colum, Mary M., *From These Roots: The Ideas That Have Made Modern Literature*, New York: Columbia University Press, 1937.

Conlon, John J., *Walter Pater and the French Tradition*, London and Toronto: Associated University Press, 1982.

Cornwell, Neil, ed., *The Gothic-Fantastic in Nineteenth-century Literature*, Amsterdam and Atlanta, GA: Rodopi, 1999.

Cranston, Maurice, *The Romantic Movement*, Oxford: Blackwell Publishing Ltd., 1994.

Curran, Stuart, ed., *British Romanticism*, Cambridge: Cambridge University Press, 1993.

Day, Aidan, *Romanticism*, London, New York: Routledge, 1996.

Dodge, Guy Howard, *Benjamin Constant's Philosophy of Liberalism: A Study in Politics and Religion*, Chapel Hill, NC: The University of North Carolina Press, 1980.

Dowden, Edward, *The French Revolution and the English Literature*, London: Kegan Paul, 1897.

Eichner, Hans, ed., *"Romantic" and Its Cognates: the European History of a Word*, Manchester: Manchester University Press, 1972.

Eragang, Robert Reinhold, *Herder and Foundations of German Nationalism*, New York: Columbia University Press, 1898.

Esposito, Stefan Thomson, *The Pathological Revolution: Romanticism and Metaphors of Disease*, A Dissertation Presented to the Faculty of Graduate School of Yale University, 2011.

Faflak, Joel, Julia M. Wright, eds., *A Handbook of Romanticism Studies*, Oxford: Blackwell Publishing Ltd., 2012.

Farrant, Tim, *An Introduction to Nineteenth-century French Literature*, London: Duckworth, 2007.

Fennell, John, ed., *Nineteenth-century Russian Literature: Studies of Ten Writers*, London: Faber and Faber, 1973.

Ferber, Michael, ed., *A Companion to European Romanticism*, Oxford: Blackwell Publishing Ltd., 2005.

Frye, Northrop, *Fearful Symmetry*, Boston: Beacon, 1962.

——, *Romanticism Reconsidered*, New York and London: Columbia University Press, 1963.

Furst, L. R., *Romanticism in Perspective: A comparative study of aspects of the Romantic movements in England, France and Germany*, London, Melbourne, Toronto: Macmillan, 1969.

Gay, Peter, *The Enlightenment: An Interpretation*, London: Wildwood House, 1923.

Gordon, John, *Physiology and the Literary Imagination: Romantic to Modern*, Gainesville: University Press of Florida, 2003.

Grana, Cesar, *Bohemian versus Bourgeois*, New York & London: Basic Books Inc., Publishers, 1964.

Habermas, Jürgen, *The Philosophical Discourse of Modernity*, Cambridge: Cambridge Polity Press, 1961.

Halsted, John B., *Romanticism*. London, Melbourne: Macmillan, 1969.

Halsted, J. B., ed., *Romanticism: Problems of Definition, Explanation and Evaluation*, Boston: D. C. Heath and Company, 1965.

Hamilton, Paul, *Coleridge's Poetics*, Oxford: Blackwell Publishing Ltd., 1983.

Harris, Laurie Lanzen, ed., *Nineteenth-century Literature Criticism: Excerpts from Criticism of the Works of Novelists, Poets, Playwrights, Short Story Writers, and Other Creative Writers*, Detroit: Gale Research, 1981.

Harvey, W. J., *Character and the Novel*, London: Chatto & Windus, 1965.

Hemmings, F. W. J., *Culture and Society in France: 1789—1848*, Leicester: Leicester University Press, 1987.

Henderson, John A., *The First Avant-garde: 1887—1894*, London: George G. Harrap & Co. Ltd., 1971.

Herman, David, *Poverty of the Imagination: Nineteenth-century Russian Literature about the Poor*, Evanston: Northwestern University Press, 2001.

Hough, Graham, *Image and Experience: Studies in a Literary Revolution*, Westport: Greenwood Press, Inc., 1960.

Howe, Irving, *The Idea of the Modern in Literature and the Arts*, New York: Horizon Press, 1967.

Hutchinson, Thomans ed., *Shelley: Poetical Works*, London: Oxford University, 1968.

Isbell, John Claiborne, *The Birth of European Romanticism: Truth and Propaganda in Staël's "De l'Allemagne", 1810—1813*, Cambridge: Cambridge University Press.

Jasper, David, T. R. Wright, eds., *The Critical Spirit and the Will to Believe: Essays in Nineteenth-century Literature and Religion*, New York: St. Martin's Press, 1989.

Jaspers, Karl, *The Perennial Scope of Philosophy*, tran., Ralph Manheim, London: Routledge & Kegan Paul Limited, 1950.

Jones, H. M., *Revolution and Romanticism*, Cambridge, Massachusetts: Harvard University Press, 1974.

Kelly, George Armstrong, *The Human Comedy: Constant, Tocqueville and French Liberalism*, Cambridge:Cambridge University Press, 1992.

Kohn, Hans, *The Idea of Nationalism*, New York: The Macmillan Company, 1944.

Kuhn, Bernhard. *Autobiography and Natural Science in the Age of Romanticism: Rousseau, Goethe, Thoreau*, Burlington: Ashgate Publishing Company, 2009.

Lehan, Richard, *A Dangerous Crossing: French Literary Existentialism and the Modern American Novel*, Carbondale and Edwardsville: Southern Illinois University Press, 1973.

Levenson, Michael, *Modernism and the Fate of Individuality: Character and Novelistic Form from Conrad to Woolf*, Cambridge: Cambridge University Press, 1991.

Levine, Caroline, Mario Ortiz-Robles, eds., *Narrative Middles: Navigation the Nineteenth-Century British Novel*, Columbus: The Ohio State University Press, 2011.

Levine, George, ed., *One Culture: Essays in Science and Literature*, Madison, London: The University of Wisconsin Press, 1987.

Lovejoy, A. O., *Essays in the History of Ideas*, Baltimore: The Johns Hopkins Press, 1948.

Lucas, F. L., *The Decline and Fall of the Romantic Ideal*, Cambridge: Cambridge University Press, 1948.

Lukes, Steven, *Individualism*, Oxford: Basil Blackwell, 1973.

Margot, Norris, *Beasts of the Modern Imagination: Darwin, Nietzsche, Kafka, Ernst, & Lawrence*, Baltimore: The Johns Hopkins University Press, 1985.

Martin Ronald E., *American Literature and the Universe of Force*, Durham: Duke University Press, 1981.

Martin, Travers, *An Introduction to Modern European Literature: From Romanticism to Postmodernism*, Hampshire: Macmillan Press Ltd., 1998.

Maurice Bowra, *The Romantic Imagination*, New York: Oxford University Press, 1961.

McGann, Jerome J., *The Romantic Ideology*, Chicago and London: The University of Chicago Press, 1983.

Mellor, Anne K., *English Romantic Irony*, Cambridge: Harvard University Press, 1980.

Merquior, J. G., *Liberalism: Old and New*, Boston: Twayne Publishers, 1991.

Morse, David, *Romanticism: A Structural Analysis*, London and Basingstoke: The Macmillan Press Ltd., 1982.

Mosse, George L., *The Culture of Western Europe: The Nineteenth and Twentieth Centuries*, London: John Murray Ltd., 1961.

Orel, Harold, *English Romantic Poets and the Enlightenment: Nine Essays on Literary Relationship*, Banbury: Thorpe Mandeville House, 1973.

Paquet, Stephane, *The Science of Romanticism: Looking for Nature*, A Thesis Presented to the Department of English of Concordia University, 2006.

Phelps, William Lyon, *The Pure Gold of Nineteenth-century Literature*, Philadelphia: Blakiston Press, 2013.

Praz, Mario, *The Romantic Agony*, tran., Angus Davidson, London: Oxford University Press, 1951.

Prickett, Stephen, *England and the French Revolution*, London: Macmillan Education, 1989.

Priestman, Martin, *Romantic Atheism: Poetry and freethought, 1780—1830*, Cambridge: Cambridge University Press, 1999.

Reed, Arden ed., *Romanticism and Language*, London: Methuen, 1984.

Richards, Robert. J., *Romantic Conception of Life: Science and Philosophy in the Age of Goethe*, Chicago: University of Chicago Press, 2003.

Richardson, Alan, *British Romanticism and the Science of the Mind*, Cambridge: Cambridge University Press, 2001.

Roe, Nicolas, *Wordsworth and Coleridge: The Radical Years*, London: Oxford University Press, 1988.

Ruston, Sharon, *Creating Romanticism: Case Studies in the Literature, Science and Medicine of the 1790s*, New York and Basingstoke: Palgrave Macmillan, 2013.

Schapiro, J. S., *Liberalism: Its Meaning and History*, Princeton: D. Van Nostrand Co., 1972.

Schenk, H. G., *The Mind of the European Romantics: An Essay in Cultural History*, London: Constable, 1966.

Simon, W. M., *European Positivism in the Nineteenth Century: An Essay in Intellectual History*, London: Kennikat Press, 1963.

Stein, S., ed., *Freud and the Crisis of Our Culture*, Boston: The Beacon Press, 1955.

Strinati, Dominic, *An Introduction to Theories of Popular Culture*, London: Routledge Press, 1998.

Stromberg, Roland N., *Realism, Naturalism, and Symbolism: Modes of Thought and Expression in Europe, 1848—1914*, London: Macmillan & Co Ltd., 1968.

Thorlby, A., *The Romantic Movement*, London: Longmans Green and Co Ltd., 1966.

Travers, Martin, *An Introduction to Modern European Literature: From Romanticism to Postmodernism*, Hampshire: Macmillan Press Ltd., 1998, p. 18.

Tresch, John, *The Romantic Machine: Utopian Science and Technology after Napoleon*, Chicago: The University of Chicago Press, 2012.

Weightman, John, *The Concept of the Avant-garde: Explorations in Modernism*, London: Alcove Press, 1973.

Wellek, Rene, *Romanticism Re-examined*, *Romanticism Reconsidered*, ed., Northrop Frye, New York: Columbia University Press, 1963.

Westbrook, Perry D., *Free Will and Determinism in American Literature*, Granburry, New Jersey: Associated University Presses, Inc., 1979.

Willey, Basil, *Nineteenth-century Studies: Coleridge to Matthew Arnold*, Harmondsworth: Penguin Books Ltd., 1973.

Williams, Raymond, *Culture and Society 1780—1950*, London: Chatto & Windus, 1958.

Wilson, James D., *The Romantic Heroic Ideal*, Baton Rouge: Louisiana State University Press, 1982.

Woodring, Carl, *Politics in English Romantic Poetry*, Cambridge: Harvard University Press, 1970.

二、中文参考文献

C. 波德莱尔:《私密日记》,张晓玲译,长沙:湖南文艺出版社,2007年。

C. 伊凡诺夫:《莱蒙托夫》,克冰译,上海:上海译文出版社,1993年。

E. 卡西勒:《启蒙哲学》,顾伟铭等译,济南:山东人民出版社,1988年。

J. G. 赫尔德:《论语言的起源》,姚小平译,北京:商务印书馆,1998年。

J. S. 密尔:《代议制政府》,汪瑄译,北京:商务印书馆,1984年。

M. H. 艾布拉姆斯:《镜与灯——浪漫主义文论及批评传统》,郦稚牛等译,北京:北京大学出版社,1989 年。

Robert E. Spiller:《美国文学的周期——历史评论专著》,王长荣译,上海:上海外语教育出版社,1990 年。

R. 韦勒克:《批评的诸种概念》,丁泓、余徵译,成都:四川文艺出版社,1988 年。

W. 考夫曼编著:《存在主义》,陈鼓应等译,北京:商务印书馆,1987 年。

阿瑟·Q. 洛夫乔伊:《存在巨链——对一个观念的历史的研究》,张传有、高秉江译,北京:商务印书馆,2015 年。

埃里·凯杜里:《民族主义》,张明明译,北京:中央编译出版社,2002 年。

埃里克·霍布斯鲍姆:《民族与民族主义》,李金梅译,上海:上海人民出版社,2006 年。

埃里希·奥尔巴赫:《摹仿论——西方文学中所描绘的现实》,吴麟绶等译,天津:百花文艺出版社,2002 年。

艾德蒙·柯蒂斯:《爱尔兰史(上、下册)》,南京:江苏人民出版社,1974 年。

艾弗·埃文斯:《英国文学简史》,北京:人民文学出版社,1984 年。

爱德华·萨丕尔:《语言论——言语研究导论》,陆卓元译,北京:商务印书馆,1985 年。

安德烈·莫洛阿:《一个女人的追求:乔治·桑传》,郎维忠等译,长沙:湖南文艺出版社,1992 年。

安东尼·史密斯:《民族主义——理论,意识形态,历史》,叶江译,上海:上海人民出版社,2006 年。

安希孟:《孤独的哲学》,银川:宁夏人民出版社,2006 年。

拜伦:《恰尔德·哈洛尔德游记》,杨熙龄译,上海:新文艺出版社,1956 年。

邦雅曼·贡斯当:《阿道尔夫》,刘满贵译,上海:上海人民出版社,2007 年。

——:《古代人的自由与现代人的自由——贡斯当政治论文选》,阎克文、刘满贵译,北京:商务印书馆,1999 年。

保罗·蒂利希:《基督教思想史——从其犹太和希腊发端到存在主义》,尹大贻译,北京:东方出版社,2008 年。

波德莱尔:《波德莱尔美学论文选》,郭宏安译,北京:人民文学出版社,1987 年。

勃兰兑斯:《十九世纪波兰浪漫主义文学》,北京:人民文学出版社,1980 年。

——:《十九世纪文学主流(共六册)》,张道真等译,北京:人民文学出版社,1997 年。

曹文轩:《中国八十年代文学现象研究》,北京:北京大学出版社,1988 年。

程正民:《艺术家个性心理和发展》,北京:北京大学出版社,2012 年。

大卫·布莱尼·布朗:《浪漫主义艺术》,马灿林译,长沙:湖南美术出版社,2019 年。

邓肯·希思:《浪漫主义》,李晖、贾倩译,北京:生活·读书·新知三联书店,2019 年。

邓晓芒:《康德哲学诸问题》,北京:生活·读书·新知三联书店,2006 年。

蒂莫西·C.W. 布莱宁:《浪漫主义革命:缔造现代世界的人文运动》,袁子奇译,北京:中信出版集团有限公司,2017 年。

恩斯特·贝勒:《弗·施勒格尔》,李伯杰译,北京:生活·读书·新知三联书店,1991 年。

范道伦编选:《爱默森文选》,张爱玲译,北京:生活·读书·新知三联书店,1986 年。

范圣宇主编:《爱默生集》,广州:花城出版社,2008年。
菲利普·拉库-拉巴尔特、让-吕克·南希:《文学的绝对:德国浪漫派文学理论》,张小鲁等译,南京:译林出版社,2012年。
费希特:《论学者的使命 人的使命》,梁志学、沈真译,北京:商务印书馆,2011年。
——:《全部知识学的基础》,王玖兴译,北京:商务印书馆,1986年。
弗雷德里克·拜泽尔:《浪漫的律令:早期德国浪漫主义观念》,黄江译,北京:华夏出版社,2019年。
弗里德里希·尼采:《尼采全集(第1卷):悲剧的诞生 不合时宜的思考 1870—1873年遗稿》,杨恒达等译,北京:中国人民大学出版社,2013年。
高尔基:《我怎样学习写作》,戈宝权译,北京:生活·读书·新知三联书店,1950年。
龚翰熊主编:《欧洲小说史》,成都:四川大学出版社,1997年。
古典文艺理论译丛编辑委员会编:《古典文艺理论译丛(第一册)》,北京:人民文学出版社,1961年。
圭多·德·拉吉罗:《欧洲自由主义史》,杨军译,长春:吉林人民出版社,2001年。
郭沫若:《郭沫若全集(文学编)(第十六卷)》,北京:人民文学出版社,1989年。
——:《郭沫若全集(文学编)(第十七卷)》,北京:人民文学出版社,1989年。
——:《郭沫若全集(文学编)(第十五卷)》,北京:人民文学出版社,1990年。
海德格尔:《谢林:论人类自由的本质》,王丁、李阳译,北京:商务印书馆,2018年。
海涅:《海涅选集》,张玉书编选,北京:人民文学出版社,1983年。
汉斯·昆:《基督教大思想家》,包利民译,北京:社会科学文献出版社,2001年。
荷尔德林:《荷尔德林文集》,戴晖译,北京:商务印书馆,1999年。
亨利·戴维·梭罗:《瓦尔登湖(修订版)》,仲泽译,成都:四川文艺出版社,2011年。
洪子诚主编:《中国当代文学史·史料选:1945—1999(上、下)》,武汉:长江文艺出版社,2002年。
胡适:《尝试集》,成都:四川人民出版社,2018年。
华宇清编撰:《金果小枝(外国短诗欣赏)》,哈尔滨:黑龙江人民出版社,1982年。
华兹华斯:《华兹华斯诗选:英汉对照》,杨德豫译,北京:外语教学与研究出版社,2012年。
霍桑:《霍桑短篇小说选》,黄建人译,长沙:湖南文艺出版社,1996年。
济慈:《济慈诗选》,屠岸译,北京:人民文学出版社,1997年。
加比托娃:《德国浪漫哲学》,王念宁译,北京:中央编译出版社,2007年。
金东雷:《英国文学史纲》,长春:吉林出版集团有限责任公司,2010年。
康德:《历史理性批判文集》,何兆武译,北京:商务印书馆,1990年。
——:《判断力批判》,邓晓芒译,北京:人民出版社,2002年。
克雷维列夫:《宗教史(上卷)》,北京:中国社会科学出版社,1984年。
克里斯托弗·库尔·万特:《康德》,郭立东译,北京:生活·读书·新知三联书店,2019年。
莱蒙托夫:《莱蒙托夫抒情小诗》,余振译,杭州:浙江文艺出版社,1992年。

雷纳·韦勒克:《近代文学批评史(第二卷)》,杨自伍译,上海:上海译文出版社,2009年。
李梅:《权利与正义:康德政治哲学研究》,北京:社会科学文献出版社,2002年。
李素苗主编:《英语日记精品》,北京:北京大学出版社,1997年。
理查德·桑内特:《公共人的衰落》,李继宏译,上海:上海译文出版社,2004年。
利里安·弗斯特:《浪漫主义》,李今译,北京:昆仑出版社,1989年。
梁启超等:《世博梦幻三部曲》,上海:东方出版中心,2010年。
梁志学主编:《费希特著作选集(卷一)》,北京:商务印书馆,1990年。
刘放桐等编著:《新编现代西方哲学》,北京:人民出版社,2000年。
刘若端编:《十九世纪英国诗人论诗》,北京:人民文学出版社,1984年。
刘小枫编:《大革命与诗化小说:诺瓦利斯选集卷二》,林克等译,北京:华夏出版社,
　　2008年。
——《夜颂中的革命和宗教:诺瓦利斯选集卷一》,林克等译,北京:华夏出版社,2007年。
刘小枫选编:《德语诗学文选》,上海:华东师范大学出版社,2006年。
柳鸣九主编,王逢振选编:《世界散文经典(美国卷)》,沈阳:春风文艺出版社,1997年。
卢梭:《忏悔录(上、下册)》,李平沤译,北京:商务印书馆,2010年。
——《忏悔录(第二部)》,范希衡译,北京:商务印书馆,1986年。
——《社会契约论》,何兆武译,北京:商务印书馆,1980年。
鲁迅:《鲁迅全集(第一卷)》,北京:人民文学出版社,2005年。
罗成琰:《现代中国的浪漫文学思潮》,长沙:湖南教育出版社,1992年。
罗德里克·菲利普斯:《分道扬镳:离婚简史》,李公昭译,北京:中国对外翻译出版公司,
　　1998年。
罗兰·斯特龙伯格:《西方现代思想史》,刘北成、赵国新译,北京:中央编译出版社,
　　2005年。
罗素:《西方哲学史(下卷)》,马元德译,北京:商务印书馆,1976年。
罗伊·波特主编:《剑桥科学史(第四卷)(18世纪科学)》,方在庆主译,郑州:大象出版
　　社,2010年。
马克斯·霍克海默、西奥多·阿道尔诺:《启蒙辩证法——哲学断片》,渠敬东、曹卫东译,
　　上海:上海人民出版社,2003年。
玛丽·荷薇:《爱的寻求:乔治·桑的一生》,晋先柏译,北京:中国文联出版公司,1987年。
麦格拉思:《基督教概论》,马树林、孙毅译,北京:北京大学出版社,2003年。
茅盾:《文学上的古典主义、浪漫主义和写实主义》,丁尔纲等编《茅盾论文学艺术:茅盾文
　　艺思想研究资料之一》,郑州:郑州大学出版社,1979年。
梅里美:《梅里美小说选》,北京:人民文学出版社,1980年。
米歇尔·沃维尔:《死亡文化史——用插图诠释1300年以来死亡文化的历史》,高凌瀚、
　　蔡锦涛译,北京:中国人民大学出版社,2004年。
莫达尔:《爱与文学》,郑秋水译,长沙:湖南文艺出版社,1987年。
莫尔顿·亨特:《情爱自然史》,赵跃、李建光译,北京:作家出版社,1988年。

尼采:《尼采著作全集(第六卷):瓦格纳事件 偶像的黄昏 敌基督者 瞧,这个人 狄奥尼索斯颂歌 尼采反瓦格纳》,孙周兴等译,北京:商务印书馆,2015年。
尼古拉·别尔嘉耶夫:《人的奴役与自由》,徐黎明译,贵阳:贵州人民出版社,1994年。
乔治·卢卡契:《卢卡契文学论文选(第一卷)》,范大灿选编,北京:人民文学出版社,1986年。
乔治·桑:《安吉堡的磨工》,罗玉君译,北京:人民文学出版社,1958年。
——:《笛师》,张继双译,石家庄:花山文艺出版社,1985年。
——:《魔沼》,李焰明译,桂林:漓江出版社,1996年。
——:《弃儿弗朗沙》,罗玉君译,上海:平明出版社,1954年。
瞿秋白:《瞿秋白文集(第一卷)》,北京:人民文学出版社,1985年。
让-保罗·萨特:《存在主义是一种人道主义》,周煦良、汤永宽译,上海:上海译文出版社,1988年。
饶鸿兢等编:《创造社资料(上、下册)》,福州:福建人民出版社,1985年。
萨特:《存在与虚无(修订译本)》,陈宣良等译,北京:生活·读书·新知三联书店,2007年。
沈雁冰:《司各德评传》,转引自 Walter Scott《撒克逊劫后英雄略》,上海:商务印书馆,1924年。
盛宁:《二十世纪美国文论》,北京:北京大学出版社,1994年。
施勒格尔:《雅典娜神殿断片集》,李伯杰译,北京:生活·读书·新知三联书店,1996年。
——:《浪漫派风格——施勒格尔批评文集》,李伯杰译,北京:华夏出版社,2005年。
史蒂夫·威尔肯斯、阿兰·G.帕杰特:《基督教与西方思想(卷二)》,刘平译,北京:北京大学出版社,2005年。
司各特:《艾凡赫》,刘尊棋、章益译,北京:人民文学出版社,2004年。
斯达尔夫人:《黛尔菲娜》,刘自强、严胜男译,广州:花城出版社,1998年。
索伦·奥碧·克尔凯郭尔:《论反讽概念》,汤晨溪译,北京:中国社会科学出版社,2005年。
索伦·克尔凯戈尔:《克尔凯戈尔日记选》,罗德编,晏可佳、姚蓓琴译,上海:上海社会科学院出版社,1992年。
索伦·克尔凯郭尔:《或此或彼(上)》,阎嘉等译,成都:四川人民出版社,1998年。
泰奥菲尔·戈蒂耶:《莫班小姐》,黄胜强、许铭原译,北京:中国社会科学出版社,2013年。
特奥多·阿多尔诺:《否定的辩证法》,张峰译,重庆:重庆出版社,1993年。
田汉:《平民诗人惠特曼的百年祭》,《田汉文集(十四)》,北京:中国戏剧出版社,1987年。
瓦尔特·本雅明:《德国浪漫派的艺术批评概念》,王炳钧、杨劲译,北京:北京师范大学出版社,2014年。
王锦厚:《五四新文学与外国文学》,成都:四川大学出版社,1996年。
威廉·巴雷特:《非理性的人》,段德智译,北京:商务印书馆,1999年。
威廉·亨利希·瓦肯罗德:《一个热爱艺术的修士的内心倾诉》,谷裕译,北京:生活·读书·新知三联书店,2002年。
维克多·雨果:《雨果论文学》,柳鸣九译,上海:上海译文出版社,2011年。
文美惠编选:《司各特研究》,北京:外语教学与研究出版社,1982年。
吴晓明主编:《二十世纪哲学经典文本·序卷(二十世纪西方哲学的先驱者)》,上海:复旦大学出版社.1999年。
吴岳添:《法国文学简史》,上海:上海外语教育出版社,2005年。
伍蠡甫等编:《西方文论选(上卷)》,上海:上海译文出版社,1979年。
伍蠡甫主编:《西方古今文论选》,上海:复旦大学出版社,1984年。
席勒:《美育书简》,徐恒醇译,北京:中国文联出版公司,1984年。
夏多布里盎:《阿达拉 勒内》,时雨译,北京:外国文学出版社,1983年。
夏尔·波德莱尔:《恶之花》,郭宏安译,桂林:广西师范大学出版社,2002年。
夏志清:《中国现代小说史》,杭州:浙江人民出版社,2016年。
谢扶雅:《祁克果的人生哲学》,香港:基督教文艺出版社,1963年。
徐玉凤:《济慈诗学观研究》,北京:光明日报出版社,2019年。
徐志摩:《落叶》,天津:百花文艺出版社,2005年。
许钧编选:《夏多布里昂精选集》,济南:山东文艺出版社,2000年。
许霆编:《中国现代诗歌理论经典》,苏州:苏州大学出版社,2008年。
雪莱:《钦契》,汤永宽译,上海:上海译文出版社,1987年。
——:《雪莱诗选(增订本)》,江枫译,长沙:湖南人民出版社,1987年。
雅克·巴尔赞:《从黎明到衰落:西方文化生活五百年 1500 年至今》,林华译,北京:世界知识出版社,2002年。
雅克·巴尊:《古典的,浪漫的,现代的》,侯蓓译,南京:江苏教育出版社,2005年。
耶尔·塔米尔:《自由主义的民族主义》,陶东风译,上海:上海译文出版社,2005年。
以赛亚·伯林:《反潮流:观念史论文集》,冯克利译,南京:译林出版社,2002年。
——:《浪漫主义的根源》,吕梁等译,南京:译林出版社,2008年。
——:《现实感:观念及其历史研究》,潘荣荣、林茂译,南京:译林出版社,2004年。
于可主编:《当代基督新教》,北京:东方出版社,1993年。
雨果:《雨果论文学》,上海:上海译文出版社,1980年。
袁可嘉等编选:《现代主义文学研究(上下册)》,北京:中国社会科学出版社,1989年。
约翰·济慈:《济慈诗选》,穆旦译,北京:中国宇航出版社,2019年。
——:《济慈书信集》,傅修延译,北京:东方出版社,2002年。
张广智:《西方史学史》,上海:复旦大学出版社,2000年。
张玉书等主编:《德语文学与文学批评(第一卷·2007年)》,北京:人民文学出版社,2007年。
郑振铎:《郑振铎全集(第十五卷)》,石家庄:花山文艺出版社,1998年。
中国社会科学院外国文学研究所外国文学研究资料丛刊编辑委员会编:《欧美古典作家论现实主义和浪漫主义(二)》,北京:中国社会科学出版社,1981年。

——:《外国理论家作家论形象思维》,北京:中国社会科学出版社,1979年。
中国社会科学院文学研究所现代文学研究室编:《"革命文学"论争资料选编(共两册)》,北京:人民文学出版社,1981年。
周扬:《周扬文集(第一卷)》,北京:人民文学出版社,1984年。
朱光潜:《西方美学史(下卷)》,北京:人民文学出版社,1979年。
朱振武主编:《胎记——霍桑短篇小说(评注本)》,上海:华东理工大学出版社,2010年。
朱自清:《朱自清全集(第四卷)》,南京:江苏教育出版社,1990年。
邹纯芝:《想象力世界——浪漫主义文学》,海口:海南出版社,1993年。

主要人名、术语名、作品名中外文对照表

A

阿贝克隆比,拉塞尔斯 Abercrombie,Lascelles
阿尔尼姆,路德维格·阿希姆·冯 Arnim,Ludwig Achim von
艾布拉姆斯,M. H. Abrams,M. H.
艾迪生,约瑟夫 Addison,Joseph
艾赫纳,汉斯 Eichner,Hans
艾肯赛德,马克 Akenside,Mark
艾略特,T. S. Eliot,Thomas Stearns
艾辛多夫,约瑟夫·冯 Eichendorff,Joseph von
爱默生,拉尔夫·沃尔多 Emerson,Ralph Waldo
安德森,本尼迪克特 Anderson,Benedict
昂基安公爵(路易斯·德·波旁) Louis II de Bourbon-Condé
奥登,W. H. Auden,Wystan Hugh
奥尔迪斯,布莱恩 Aldiss,Brian
奥芬巴赫,雅克 Offenbach,Jacques
《阿比多斯的新娘》"The Bride of Abydos"
《阿达拉》"Atala"
《阿岱尔齐》*Adelchi*
《阿道尔夫》*Adolphe*
《阿尔贝丢斯》*Albertus*
《阿尔丁海洛》*Ardinghello*
《阿尔多蒙》*Aldomen*
《阿尔芒斯》*Armance*

《阿拉丝塔》Alastor
《埃洛斯与沙弥翁的对话》The Conversation of Eiros and Charmion
《艾凡赫》Ivanhoe
《爱丁堡评论》Edinburgh Review
《爱弥儿》Emile
《安东尼》Antony
《安日洛》Angelo
《凹凸山的传说》A Tale of the Ragged Mountains
《奥勃曼》Oberman
《奥德赛》Odýsseia
《奥特兰托堡》Castle of Otranto

B

巴尔扎克,奥诺雷·德 Balzac, Honoré de
白板 Tabula Rasa
白尔谢,乔万尼 Bercher, Giovanni
拜伦,乔治·戈登 Byron, George Gordon
保尔,让 Paul, Jean
鲍沃尔-李顿,爱德华 Bulwer-Lytton, Edward
贝尔,查尔斯 Bell, Charles
贝克福德,威廉 Beckford, William
背离 Dénature
本质界 Ding An Sich
比尔德狄克,威廉 Bilderdijk, Willem
彼特拉克,弗兰齐斯科 Petrarca, Francesco
边沁,杰里米 Bentham, Jeremy
波德莱尔,夏尔·皮埃尔 Baudelaire, Charles Pierre
波尔塔,卡洛 Porta, Carlo
波旁家族 The Bourbons
伯克,埃德蒙 Burke, Edmund
伯林,以赛亚 Berlin, Isaiah
勃兰兑斯,格奥尔格 Brandes, Georg
勃朗特,夏洛蒂 Brontë, Charlotte
珀西,托马斯 Percy, Thomas
布尔热,保罗 Bourget, Paul
布莱恩特,威廉·卡伦 Bryant, William Cullen

布莱克,威廉 Blake,William
布朗,大卫·布莱尼 Brown,David Blayney
布劳纳,范尼 Brawne,Fanny
布列塔尼,雷蒂夫·德·拉 Bretonne,Restif de la
布伦塔诺,克莱蒙斯 Brentano,Clemens
布瓦洛,尼古拉斯 Boileau,Nicolas
《巴赫切萨拉伊的喷泉》 *The Fountain of Bakhchisarai*
《巴黎到耶路撒冷行记》 *Itinéraire de Paris à Jérusalem et de Jérusalem à Paris*
《巴黎的秘密》 *Les Mystères de Paris*
《巴黎圣母院》 *Notre-Dame de Paris*
《巴里西纳》 "Parisina"
《巴马修道院》 *La chartreuse de Parma*
《白鲸》 *Moby Dick*
《保尔与维吉尼》 *Paul et Virginie*
《保守派》 *Le Conservateur*
《悲惨世界》 *Les misérables*
《北岛强梁》 "Han d'Islande"
《被剥夺了权力的人》 *Desdichado*
《被囚的骑士》 "Imprisoned Knight"
《彼得·施莱米尔奇遇记》 *Peter Schlemihls wundersame Geschichte*
《别尔金小说集》 *Anthology of Berkin's Novels*
《布格—雅加尔》 *Bug-Jargal*
《布拉热洛纳子爵》 *Le Vicomte de Bragelonne*

C

查特顿,托马斯 Chatterton,Thomas
常物 Dinge
超验主义者 Transcendentalist
次要想象力 Secondary Imagination
《草叶集》 *Leaves of Grass*
《查特顿》 *Chatterton*
《忏悔录》 *Les Confessions*
《常性之歌》 *Song of the Universal*
《沉思集》 *Les Méditations*
《晨夕集》 *Les chants du crépuscule*
《城堡卫戍官》 *Les Burgraves*

《惩罚集》Les châtiments
《乘着歌声的翅膀》"Auf Flügeln des Gesanges"
《崇高与美概念起源的哲学探究》"Philosophical Inquiry into the Origin of Our Ideas of the Sublime and the Beautiful"
《穿靴子的猫》Puss in Boots
《垂死的塔索》"The Dying Tasso"
《纯粹理性批判》Critique of Pure Reason
《纯真之歌》Songs of Innocence
《茨冈》The Gypsies
《从巴门诺克开始》Starting from Paumanok
《催眠启示录》Mesmeric Revelation
《存在巨链——对一个观念的历史的研究》The Great Chain of Being: A Study of the History of an Idea

D

达尔文,伊拉斯谟斯 Darwin, Erasmus
大同世界 Pantisocracy
大仲马 Dumas, Alexandre
但丁,阿利吉耶里 Alighieri, Dante
德拉克洛瓦,欧仁 Delacroix, Eugène
德沃利亚兄弟 Deveria brothers
狄德罗,德尼 Diderot, Denis
狄更斯,查尔斯·约翰·赫法姆 Dickens, Charles John Huffam
迪克斯坦,莫里斯 Dickstein, Morris
笛卡尔,勒内 Descartes, René
第根,保罗·梵 Tieghem, Paul Van
蒂克,路德维希 Ludwig Tieck
蒂利希,保罗 Tillich, Paul Johannes
丢勒,阿尔布莱希特 Dürer, Albrecht
《黛尔菲娜》Delphine
《但丁的预言》The Prophecy of Dante
《但丁纪念碑》"On Dante's Monument"
《当代英雄》A Hero of Our Time
《岛屿的领主》The Lord of the Isles
《道德的形而上学基础》Fundamental principles of the metaphysic of moral
《道德与立法原理》The Principles of Morals and Legislation

《德国，一个冬天的童话》Deutschland. Ein Wintermärchen
《笛师》Les maîtres sonneurs
《东方集》Les orientales
《东方叙事诗》Oriental Tales
《独白》"Monologue"
《断片》Fragmente
《对鄙视宗教的知识分子的讲话》On Religion: Speeches to Its Cultured Despisers
《对人类自由的本质及与之相关对象的哲学探究》Philosophical Investigations into the Essence of Human Freedom

E

莪相 Ossian
《厄舍古厦的倒塌》"The Fall of the House of Usher"
《恶魔》Devil
《恩底弥翁》Endymion
《恩佩多克勒斯》Empédocles by Friedrich Hölderlin
《二十年后》Vingt ans après

F

费伯，迈克尔 Ferber, Michael
费希特，约翰·戈特利布 Fichte, Johann Gottlieb
弗里德曼，卡尔 Carl Freedman
伏尔泰 Voltaire
福斯科洛，乌戈 Foscolo, Ugo
傅立叶 Fourier, Charles
《法国文学的里程碑》"Landmarks in French Literature"
《法兰西》"O Star of France"
《珐琅与雕玉》Émaux et camées
《帆》"Sail"
《仿斯宾塞》"Sonnet to Spenser"
《废物传》Aus dem Leben eines Taugennichts
《费德尔》Phèdre
《芬格尔》Fingal
《弗兰茨·施特恩巴德的游历》Fraz Sternbalds Wangerungen
《弗兰肯斯坦》Frankenstein

G

感性崇拜 Sensibility
戈德温,玛丽 Godwin, Mary Wollstonecraft
戈德温,威廉 Godwin, William
戈蒂耶,泰奥菲尔 Gautier, Théophile
哥特小说 Gothic Fiction
歌德,约翰·沃尔夫冈·冯 Goethe, Johann Wolfgang von
贡斯当,邦雅曼 Constant, Benjamin
观念论 Conceptualism
《该隐》*Cain*
《盖比尔》*Gebir*
《戈德维》*Godwi*
《格拉齐耶拉》*Graziella*
《古宅青苔》"Mosses from an Old Manse"
《古舟子咏》"The Rime of the Ancient Mariner"
《关于美感和崇高感的考察》*Observation on the Feeling of the Beautiful and Sublime*
《光与影集》*Les rayons et les ombres*
《国王取乐》*Le roi s'amuse*

H

哈曼,格奥尔格·乔治
海德堡派 Heidelberg School
海明斯 F. W. J. Hemmings, F. W. J.
海姆 R. Haym, R.
海涅,海因里希 Heine, Heinrich
海因泽·威廉 Heinse, Wilhelm
荷尔德林,弗里德里希 Hölderlin, Friedrich
荷马 Homer
赫德,理查德 Hurd, Richard
赫尔德,约翰·戈特弗里德·冯 Herder, Johann Gottfried von
赫兹里特,威廉 Hazlitt, William
黑格尔,格奥尔格·威廉·弗里德里希 Hegel, Georg Wilhelm Friedrich
华兹华斯,威廉 Wordsworth, William
皇家文艺协会 Société des Bonnes Lettres
惠特曼,沃尔特 Whitman, Walt

霍布斯鲍姆,艾瑞克 Hobsbawm,Eric
霍夫曼,E. T. A. Hoffmann,Ernst Theodor Wilhelm,1776—1822
霍桑,纳撒尼尔 Hawthorne,Nathaniel
《哈姆雷特》*Hamlet*
《海德格尔医生的实验》*Doctor Heidegger's Experiment*
《海尔布隆的凯蒂欣》*Das Käthchen von Heilbronn*
《海佩利安》"Hyperion"
《海上劳工》*Les travailleurs de la mer*
《海因里希·冯·奥弗特丁根》*Heinrich von Ofterdingen*
《海贼》*The Corsair, A Tale*
《海中城》"The City in the Sea"
《汉斯·普法尔》*Hans Pfaall*
《何谓浪漫主义》"What Is Romanticism?"
《贺拉斯》*Horace*
《黑暗》*Darkness*
《黑猫》"The Black Cat"
《黑桃皇后》"The Queen of Spades"
《黑郁金香》*La Tulipe noire*
《亨利三世及其宫廷》*Henri III et sa cour*
《红房子骑士》*Le Chevalier de Maison-rouge*
《红与黑》*Le rouge et le noir*
《红字》*The Scarlet Letter*
《侯爵夫人》"Die Marquise von O"
《忽必烈汗》*Kubla Khan*
《胡桃夹子》*Nutcracker*
《胡桃夹子与老鼠王》*The Nutcracker and the Mouse King*
《湖》"Le Lac"
《湖上夫人》*The Lady of the Lake*
《幻想曲》*Fantasiestücke*
《毁灭者塔拉巴》*Thalaba, the Destroyer*
《霍夫曼的传说》*The Tales of Hoffmann*

J

纪德,安德烈 Gide,André
济慈,约翰 Keats,John
加尔,弗朗兹· 约瑟夫 Gall,Franz Joseph

加缪，阿尔贝 Camus, Albert
杰弗里，弗朗西斯 Jeffrey, Francis
绝对之物 das Unbedingte
《基督教信仰》 The Christian Faith
《基督教真谛》 Génie du christianisme
《基督山伯爵》 Le Comte de Monte-Cristo
《基督世界或欧洲》 "Die Christenheit oder Europa"
《基恩，或名混乱和天才》 Kean ou Désordre et génie
《吉卜赛人》 " Gipsies"
《吉尔伽美什》 The Epic of Gilgamesh
《吉纳维芙》 Geneviève
《假面舞会》 Masked Ball
《简·爱》 Jane Eyre
《见闻札记》 The Sketch Book
《剑桥科幻小说指南》 The Cambridge Companion to Science Fiction
《教长的黑色面纱》 "The Minister's Black Veil"
《解放了的普罗米修斯》 Prometheus Unbound
《金发的埃克贝特》 Der Blonde Eckbert
《金罐——一篇新时代的童话》 Der Goldene Topf: Ein Märchen aus der neuen Zeit
《金甲虫》 "The Gold-Bug"
《近代文学批评史(1750—1950)》 History of Modern Criticism, 1750—1950
《经验之歌》 Songs of Experience
《静观集》 Les contemplations
《镜报》 Le Miroir
《镜与灯：浪漫主义理论和批评传统》 The Mirror and the Lamp: Romantic Theory and the Critical Tradition
《九三年》 Quatre-vingt-treize
《旧制度与法国大革命》 L'ancien régime et la Révolution
《沮丧颂》 "Dejection: an Ode"
《军功与奴役》 Servitude et grandeur militaires

K

卡夫卡，弗兰兹 Kafka, Franz
卡莱尔，托马斯 Carlyle, Thomas
坎贝尔，托马斯 Campbell, Thomas
康德，伊曼努尔 Kant, Immanuel

康科德城 Concord
考珀,威廉 Cowper,William
考托普,W. J Courthope,W. J.
柯勒律治,塞缪尔·泰勒 Coleridge,Samuel Taylor
科尔夫,赫·奥 Korff,Hermann August
克尔凯郭尔,索伦 Kierkegaard,Soren Aabye
克拉克,肯尼斯 Clark,Kenneth
克莱斯勒,约翰内斯 Kreisler,Johannes
克莱斯特,亨利希·冯 Kleist,Heinrich von
克里斯蒂,阿加莎 Christie,Agatha
恐怖小说 Horror Tales
《卡罗特式的幻想集》 Fantasiestücke in Callots Manier
《卡玛尼奥拉伯爵》 Il Conte di Carmagnola
《卡门》 Carmen
《卡蒙斯》 Camões
《凯莱布·威廉姆斯》 Caleb Williams
《康素爱萝》 Consuelo
《柯丽娜》 Corinne
《科林斯的围攻》 "The Siege of Corinth"
《科学与近代世界》 Science and the Modern World
《克哈马的诅咒》 The Curse of Kehama
《克拉丽莎》 Clarissa
《克莱门蒂娜》 Clementina
《克雷斯佩尔顾问》 Rath Krespel
《克里斯特贝尔》 Christabel
《狂欢节》 Carnaval
《昆丁·达沃德》 Quentin Durward

L

拉布吕耶尔 La Bruyere
拉马丁,阿尔封斯·德 Lamartine,Alphonse Marie Louis de
拉辛,让 Racine,Jean
莱奥帕尔迪,贾科莫 Leopardi,Giacomo
莱蒙托夫,米哈伊尔·尤里耶维奇 Lemontov,Mikhail Yuriyevich
莱辛,戈特霍尔德·埃夫莱姆 Lessing,Gotthold Ephraim
兰多,沃尔特·萨维奇 Landor,Walter Savage

勒鲁,皮埃尔 Lereau,Pierre

雷列耶夫 Кондратий Фёдорович Рылеев

雷马克,亨利 Remak,Henry H. H.

理查兹,罗伯特 Richards,Robert J.

卢梭,让·雅克 Rousseau,Jean-Jacques

鲁斯,迈克尔 Ruse,Michael

路易十四 Louis XI

路易斯,M. G. Lewis,M. G.

罗伯斯庇尔 Robespierre,Maximilien Francois Marie-Isidore de

罗杰斯,塞缪尔 Rogers,Samuel

洛夫乔伊,阿瑟·O. Lovejoy,Arther O.

洛克,约翰 Locke,John

《拉奥孔》 *Laocoon*

《拉斐尔》 *Raphael*

《拉帕西尼的女儿》 *Rappaccini's Daughter*

《拉辛与莎士比亚》 *Racine et Shakespeare*

《莱拉》 "*Lara*"

《莱莉雅》 *Lelia*

《莱茵河》 *The Rhine*

《懒散的时日》 *Hours of Idleness*

《狼之死》 *La Mort du Loup*

《浪漫的机械:拿破仑之后乌托邦式的科学技术》 *The Romantic Machine: Utopian Science and Technology after Napoleon*

《浪漫派的人生观:歌德时代的科学与哲学》 *Romantic Conception of Life: Science and Philosophy in the Age of Goethe*

《浪漫主义》 *Romanticismo*

《浪漫主义的根源》 *The Roots of Romanticism*

《浪漫主义革命》 *The Romantic Revolution*

《勒内》 *René*

《历代传奇》 *La légende des siècles*

《立宪报》 *Le Constitutionnel*

《了不起的太空旅行与新星探索述略》 *A Short Account of a Remarkable Aerial Voyage and Discovery of a New Planet*

《林园集》 *Les chansons des rues et des bois*

《流亡者》 *Le Migré, Oulettres Ecritesen*

《卢琴德》 *Lucinde*

《鲁斯兰与柳德米拉》 *Russlan and Ludmilla*

《论崇高》"On the Sublime"
《论当代人》Sur les générations actuelles
《论德国》De l'Allemagne
《论德国宗教和哲学的历史》Zur Geschichte der Religion und Philosophie in Deutschland
《论法的精神》De l'esprit des lois
《论革命》Essai historique, politique et moral sur les révolutions anciennes et modernes
《论教会和国家的形成》On the Constitution of the Chruch and State
《论浪漫派》Die Romantishe Schule
《论人类原始本性的回归》Rêveries sur la nature primitive de l'homme
《论文学》On Literature
《论语言的起源》Treatise on the Origin of Language
《论真、善、美》Du Vrai, Du Beau et Du Bien
《论自然》"Nature"
《罗布·罗伊》Rob Roy
《罗累莱》Die Lorelay
《罗马:挽歌》Rom:Elegie
《罗曼采罗》Romanzero
《吕克莱斯·波基亚》Lucrèce Borgia
《吕西安·娄凡》Lucien Leuwen
《吕依·布拉斯》Ruy Blas

M

马基雅弗利派 Machiavellian
马里斯特,阿道尔夫 Mareste,Adolphe de
马志尼 Giuseppe Mazzini
迈斯特,维尔扎维尔·德 Maistre,Xavier de
迈斯特,约瑟夫·德 Maistre,Joseph de
麦克弗森,詹姆士 Macpherson,James
曼佐尼,亚历山德罗 Manzoni,Alessandro
梅尔维尔,赫尔曼 Melville,Herman
梅里美,普罗斯佩 Merimee,Prosper
梅列日科夫斯基 Merezhkovsky,Dmitri Sergeevich
梅斯特尔 Maistre,Joseph de
门德尔松 Mendelssohn,Felix
门德尔松,法拉 Mendlesohn,Farah
孟德斯鸠,查理·路易 Charles-Louis de Secondat,Baron de La Brède et de Montesquieu

弥赛亚主义 Messianism
米歇莱特 Michelet
密茨凯维奇,亚当 Mickiewicz,Adam
密尔,约翰·斯图亚特 Mill,John Stuart
缪塞,阿尔弗雷德·德 Musset,Alfred de
莫里哀 Molière
默里,约翰 Murray,John
穆尔,托马斯 Moore,Thomas
《麻雀窝》"The Sparrow's Nest"
《马克思与浪漫派的反讽——论马克思主义神话诗学的本源》*Karl Marx, Romantic Irony, and the Proletariat: The Mythopoetic Origins of Marxism*
《玛戈王后》*La Reine Margot*
《玛丽·都铎》*Marie Tudor*
《玛丽·罗杰疑案》"The Mystery of Marie Roget"
《玛丽蓉·德罗尔姆》*Marion Delorme*
《玛密恩》*Marmion*
《迈克尔》"Michael"
《麦伯女王》*Queen Mab*
《麦岑格斯泰因》"Metzengerstein"
《曼弗雷德》*Manfred*
《梅索隆契废墟上的希腊》*Greece Expiring on the Ruins of Missolonghi*
《蒙梭罗夫人》*La Dame de Monsoreau*
《梦》"The Dream"
《弥尔顿》*Milton*
《米德洛西恩的监狱》*The Heart of Midlothian*
《民间童话》*Volksmarchen*
《民族之歌》"National Song"
《名利场》*Vanity Fair*
《魔鬼的长生药水》*Die Elixiere des Teufels*
《魔沼》*La mare au diable*
《摩西》*Moses*
《莫班小姐》*Mademoiselle de Maupin*
《莫格街谋杀案》"The Murders in the Rue Morgue"
《木工小史》*Le compagnon du tour de France*
《墓地哀思》*On Tombs*
《墓地挽歌》"Elegy Written in a Country Churchyard"
《墓畔回忆录》*Mémories d'outre-tombe*

N

奈瓦尔,热拉尔·德 Nerval, Gérard de
内克尔,雅克 Necker, Jacques
尼采,弗里德里希·威廉 Nietzsche, Friedrich Wilhelm
牛顿,艾萨克 Newton, Isaac
诺蒂埃,查尔斯 Nodier, Charles
《纳契人》 *Les Natchez*
《奈尔塔》 *La Tour de Nesle*
《男童的神奇号角》 *Des Knaben Wunderhorn*
《尼伯龙根之歌》 *Nibelungenlied*
《你就是凶手》 "Thou Art the Man"
《你像一朵花》 "Du bist wie eine Blume"
《女邻》 "Female Neighbor"

O

欧文,华盛顿 Irving, Washington

P

培根,弗朗西斯 Bacon, Francis
裴多菲·山陀尔 Petöfi Sándor
坡,埃德加·爱伦 Poe, Edger Allan
普遍的自然或世界的灵魂 Universal Nature or World Soul
普希金,亚历山大·谢尔盖耶维奇 Pushkin, Alexander
《判断力批判》 *Critique of Judgment*
《彭提西丽亚》 *Penthesilea*
《批评理论与科幻小说》 *Critical Theory and Science Fiction*
《皮袜子故事集》 *Leatherstocking Tales*
《破瓮记》 *Der zerbrochene Krug*
《普罗米修斯》 *Prometheus*

Q

《七角楼房》 "The House of the Seven Gables"
《祈祷》 *La Prière*

《骑士文学与浪漫传奇》Letters on Chivalry and Romance
《弃儿弗朗沙》François le Champi
《恰尔德·哈罗尔德游记》Childe Harold's Pilgrimage
《强盗兄弟》Robber Brothers
《敲呀！敲呀！鼓啊！》"Beat! Beat! Drums!"
《钦契》The Cenci
《青铜时代》The Age of Bronze
《清教徒》Puritáni
《情欲》Volupté
《秋颂》"To Autumn"
《秋叶集》Les feuilles d'automne
《囚徒》"Prisoner"

R

融合力 Esemplastic Power
茹科夫斯基 Zukovsky, Vassily
《人类理解论》Essay on Human Understanding
《人群中的人》The Man of the Crowd

S

萨特,让·保罗 Sartre, Jean-Paul
桑,乔治 Sand, George
骚塞,罗伯特 Southey, Robert
沙德韦尔,托马斯 Shadwell, Thomas
沙米索,阿德尔贝特·冯 Chamisso, Adelbert von
莎士比亚,威廉 Shakespeare, William
圣伯夫,沙尔-奥古斯丁 Sainte-Beuve, Charles-Augustin
圣西门 Saint-Simon, Claude Henri de
狮心王理查 Richard Coeur de Lion
施莱尔马赫,弗里德里希·丹尼尔·恩斯特 Schleiermacher, Friedrich Daniel Ernst
施莱格尔,奥 Schlegel, August Wilhelm von
施莱格尔,弗 Schlegel, Karl Wilhelm Friedrich
史达尔夫人 Madame de Staël
史密斯,罗根·皮尔索尔 Smith, Logan Pearsall
叔本华,亚瑟 Schopenhauer, Arthur

司各特,沃尔特 Scott,Walter

司汤达 Stendhal

斯密,亚当 Smith,Adam

斯特拉奇,里顿 Strachey,Lytton

斯特龙伯格,罗兰 Stromberg,Roland N.

斯图亚特,玛丽 Stuart,Mary

苏,欧仁 Sue,Eugène

梭罗,亨利·大卫 Thoreau,Henry David

《撒旦的末日》 *La Fin de Satan*

《撒拉巴》 *Thalaba*

《塞维拉的荡子》 *El Burlador de Sevilla*,1630

《塞西尔》 *Cécile*

《三个火枪手》 *Les Trois Mousquetaires*

《僧侣》 *Monk*

《商人卡拉希尼科夫之歌》 *Song of Carla Sydney Cove*

《上帝佑人》 *La providence à l'homme*

《上尉的女儿》 *The Captain's Daughter*

《少年维特之烦恼》 *The Sorrows of Young Werther*

《社会契约论》 *Du contrat social*

《什么是启蒙？》 *What Is Enlightenment?*

《神曲》 *Divina Commedia*

《审美教育书简》 *Letters on the Aesthetic Education of Man*

《审判的幻景》 *The Vision of Judgment*

《生命的凯旋》 *The Triumph of Life*

《失窃的信》 "The Purloined Letter"

《诗歌集》 *Buch der Lieder*

《诗人之死》 *Poet's Death*

《施罗芬史泰因一家》 *Die Familie Schroffenstein*

《十四行诗Ⅰ》 *Le Sonnet I*

《十四行诗——致科学》 "Sonnet—To Science"

《实践理性批判》 *Kritik der praktischen Vernunft*

《使徒》 *The Apostle*

《释梦》 *Interpretation of Dreams*

《抒情歌谣集》 *Lyrical Ballads*

《睡美人》 *The Sleeping Beauty*

《斯马拉》 "Smarra"

《斯泰洛》 *Stello*

《斯维特兰娜》"Svetlana"
《死囚末日记》Le dernier jour d'un condamné
《四季》The Seasons
《四十五卫士》Les Quarante-Cinq
《颂诗集》Odes et poésies diverses
《颂诗与长歌》Odes et Ballades
《苏格拉底回忆录》Socratic Memorabilia
《苏格兰边区歌谣集》The Minstrelsy of the Scottish Border
《俗人的布道》Layman Sermons

T

他律 heteronomy
塔索,托尔考托 Tasso,Torquato
汤姆逊,詹姆斯 Thomson,James
特罗洛普,A. Trollope,A.
托马斯,查特顿 Chatterton,Thomas
陀思妥耶夫斯基,费奥多尔·米哈伊洛维奇 Dostoevsky,Fyodor Mikhailovich
《塔杜施先生》Pan Tadeusz
《塔索》Torqua-to Tasso
《塔索的悲叹》The Lament of Tasso
《塔索和妹妹》"Tasso and His Sister"
《塔索获释》"The Release of Tasso"
《胎记》The Birth-Mark
《苔尔芬》Delphine
《探索者》The Spectator
《汤姆·琼斯》Tom Jones
《唐璜》Don Juan
《堂·吉诃德》Don Quijote de la Mancha
《特里尔比》"Trilby"
《特里斯坦和伊索尔德》Tristan und Isolde
《天堂和地狱的婚姻》Marriage of Heaven and Hell
《跳蚤师傅》"Meister Floh"
《帖木儿及其他》Tamerlane and Others
《帖木拉》Temora
《铁手骑士葛兹·冯·伯利欣根》Götz von Berlichingen
《童僧》A Little Monk

W

瓦肯罗德,威廉·亨利希 Wackenroder,Wilhelm Heinrich
韦勒克,雷纳 Wellek,René
《韦氏大辞典》 Merriam-Webster Collegiate Dictionary
维尼,阿尔弗雷德·德 Vigny,Alferd de
未完成的形式 The Unfinished Manner
文社 Cenacle
沃顿,托马斯 Warton,Thomas
沃顿兄弟 Joseph Warton, Thomas Warton
沃斯通克拉夫特,玛丽 Wollstonecraft,Mary
《瓦尔德马事件真相》 The Facts in the Case of M. Valdemar
《瓦尔登湖》 Walden
《瓦兰蒂娜》 Valentine
《瓦提克》 Vathek
《王后的项链》 Le Collier de la reine
《威弗利》 Waverley
《威廉·洛弗尔》 Willam Lovell
《威廉·迈斯特》 Wilhelm Meisters
《威尼斯颂》 Ode on Venice
《围绕房间的旅行》 Voyage Around My Room
《为女性权利辩护》 A Vindication of the Rights of Woman
《为诗辩护》 A Defence of Poetry
《温蒂尼》 Undine
《文学保守派》 Le Conservateur Littéraire
《文学传记》 Biographia Literaria
《我发现了》 "Eureka"
《我歌唱带电的肉体》 "I'll pour the verse with streams of blood"
《我听见美洲在歌唱》 "I Hear America Singing"
《乌鸦》 "The Raven"
《无神论的必要性》 "The Necessity of Atheism"
《无畏的哈罗尔德》 Harold the Dauntless
《午夜寒霜》 "Frost at Midnight"
《物性论》 De Rerum Natura
《物种起源》 On the origin of species

X

夏多布里昂,弗朗索瓦-勒内·德 Chateaubriand, François-René de

谢林 Schelling, Friedrich Wilhelm Joseph

休谟,大卫 Hume, David

雪莱,珀西·比希 Shelley, Percy Bysshe

《西班牙和意大利的故事》Tales of Spain and Italy

《西比尔的叶子》Sibylline Leaves

《西风颂》"Ode to the West Wind"

《西西弗神话》Le mythe de Sisyphe

《希伯来歌曲》Hebrew Melodies

《希俄斯岛上的大屠杀》Massacres at Chios

《希腊古瓮颂》"Ode on a Grecian Urn"

《希腊文学研究》"Über das Studium der griechischen Poesie"

《锡隆的囚徒》The Prisoner of Chillon

《熙德》Le cid

《仙后》"The Faerie Queene"

《先人祭》Dziady

《先知》The Prophet

《乡村墓地》Cimitirul Rural

《小法岱特》La petite Fadette

《小伙子古德蒙·布朗》"Young Goodman Brown"

《笑面人》L'homme qui rit

《泄密的心》"The Tell-tale Heart"

《谢拉皮翁兄弟》Die Serapions-Brüder

《心灵颂》"Ode to Psyche"

《心声集》Les voix intérieures

《心之灵》Epipsychidion

《新沉思集》Nouvelles Méditations

《新颂诗集》Nouvelles Odes

《信念》Les Confidence

《信仰》La Foi

《凶年集》L'année terrible

《雄猫穆尔的生活见解:附音乐指挥约翰内斯·克莱斯勒传记片段》Die Lebensansichten des Katers Murr: nebst fragmentarischer Biographie des Kapellmeisters Johannes Kreisler in zufälligen Makulaturblättern

《许佩利安》Hyperion

《序曲》The Prelude
《雪影》"The Snow Image"
《殉教者》Les Martyrs

Y

雅克蒙，维克多 Jacquermont, Victor
扬格，爱德华 Edward Young
伊丽莎白 Elizabeth
溢出的宗教 Spilt Religion
雨果，维克多 Hugo, Victor
约翰逊，塞缪尔 Johnson, Samuel
《雅典娜神殿》Athenaeum
《雅科波·奥尔蒂斯的最后书简》Le ultime lettere di Jacopo Ortis
《雅克》Jacques
《耶路撒冷》Jerusalem, 1820
《野人》L'Homme sauvage
《叶甫盖尼·奥涅金》Eugene Onegin
《夜的颂歌》Hymne an die Nacht
《夜曲》Nachtstücke
《夜莺颂》"Ode to a Nightingale"
《一报还一报》Measure for Measure
《一个世纪儿的忏悔》La cofession d'un enfant du siècle
《一个鸦片吸食者的自白》Confessions of an English Opium Eater
《一棵棕榈树在北方》"Ein Fichtenbaum steht einsam"
《1789年以来的欧洲思想史》European Intellectual History Since 1789
《伊曼纽尔》Emmanuel
《伊莎贝拉》"Isabella: or The Pot of Basil"
《伊斯兰的起义》The Revolt of Islam
《艺术家》L'Artiste
《异教徒》"The Giaour"
《阴郁的情人》The Sullen Lovers
《印第安娜》Indiana
《印度人的语言和智慧》Ueber die Sprache und Weisheit der Indier
《英格兰诗歌史》History of English Poetry
《英格兰诗人与苏格兰评论家》English Bards and Scotch Reviewers,
《英国文学的自由运动》The Liberal Movement in English Literature
《英诗辑古》Reliques of Ancient English Poetry

《永恒的福音》 *The Everlasting Gospel*
《勇敢的卡斯帕尔和美丽的安耐尔的故事》 "Geschichte vom braven Kasperl und dem schönen Annerl"
《忧郁颂》 "Ode on Melancholy"
《游记集》 *Reisebilder*
《预感和现实》 *Ahnung und Gegenwart*
《约婚夫妇》 *The Betrothed*
《约瑟夫·巴尔萨莫》 *Joseph Balsamo*
《云》 "The Cloud"

Z

詹姆斯, 亨利 James, Henry
自然神论 Deism
《在奇妙的五月里》 "Im wunderschönen Monat Mai"
《在西敏寺桥上》 "Composed upon Westminster Bridge"
《这个世界令人难以容忍》 "The world is too much with us"
《这是一个美丽的黄昏》 "It Is a Beauteous Evening"
《真实的历史》 *True History*
《政教宪法》 *The Constitution of Church and State*
《政治正义论》 *Essays on Political Justice*
《致布谷鸟》 "To the Cukoo"
《致大海》 "To the Sea"
《致德意志民族的演讲》 "Addresses to the German Nation"
《致德意志人》 "To the Germans"
《致海伦》 "To Helen"
《致蝴蝶》 "To a Butterfly"
《致莱茵河》 "To the Rhine"
《致恰达耶夫》 "To Chadaev"
《致意大利》 "To Italy"
《致云雀》 "To a Skylark"
《仲夏夜之梦》 *A Midsummer Night's Dream*
《诸浪漫主义辨识》 "On the Discrimination of Romanticisms"
《自我之歌》 *Song of Myself*
《自由, 或罗马一夜》 *La Liberté ou une nuit à Rome*
《自由颂》 "Hymn to Liberty"
《自由颂》 "Ode to Liberty"
《自由与爱情》 "Freedom and Love"

《宗教讲演录》*Speeches on Religion*
《最后的萨拉芝家族传奇》*Les aventures du dernier Abencerage*
《最后一人》*Last Man*
《最末一个行吟诗人之歌》*Lay of Last Minstrel*